Dr. Gülseren Budayıcıoğlu, Ankara'da dünyaya geldi. TED Ankara Koleji'nden mezun olduktan sonra Ankara Üniversitesi Tıp Fakültesi'ne girdi. Öğrenciliği boyunca bir yandan da TRT televizyonlarında spiker ve sunucu olarak çalıştı. Psikiyatri ihtisasını yaptığı Hacettepe Üniversitesi'nde önce asistan, daha sonra da öğretim görevlisi olarak on yıl çalıştı.

Ankara'da yıllarca muayenehane hekimliği yaptıktan sonra 2005'te, insanlarımızın psikiyatrik yardım almalarını kolaylaştırabilmek ve yaygınlaştırabilmek amacıyla, Türkiye'nin ilk psikiyatri merkezi olan ve halen Ankara ile İstanbul'un çeşitli bölgelerinde şubeleri bulunan Madalyon Psikiyatri Merkezi'ni kurdu.

Psikiyatri bilimini hikâye ve romanlar yoluyla insanlara ulaştırmak amacıyla yazdığı *Madalyonun İçi, Günahın Üç Rengi, Hayata Dön, Kral Kaybederse, Camdaki Kız* ve *Hayatın Sesi* adlı kitapları yayımlandı.

Bu kitaplardan esinlenerek televizyonlara uyarlanan "İstanbullu Gelin", "Doğduğun Ev Kaderindir", "Masumlar Apartmanı", "Kırmızı Oda" "Camdaki Kız" ve "Yalı Çapkını" adlı televizyon dizileri büyük kitleler tarafından beğeniyle izlendi ve izlenmeye devam ediyor. "İstanbullu Gelin" adlı televizyon dizisi 2018 yılında Emmy Ödülü'ne aday gösterildi.

2021'den beri her hafta *Hürriyet* gazetesinde köşe yazıları da yazan Budayıcıoğlu'nun 2020'de *Madalyonun İçi* adlı kitabı Yıldız Teknik Üniversitesi tarafından "Yılın Kitabı" ödülüne layık görüldü. Yine aynı yıl, Medipol Üniversitesi tarafından "Yılın En İyi Farkındalık Yaratan Yazarı" ödülünü aldı. 2021'de Hacettepe Üniversitesi'nce yılın en iyi yazarı seçilerek "3. Kristal Geyik" ödülünün sahibi oldu. İstanbul Teknik Üniversitesi'nin 2021 yılı Sosyal Medya Ödülleri'nin yazarlık dalındaki ödülü yine Gülseren Budayıcıoğlu'na verildi. Yeditepe Üniversitesi "Dilek Ödülleri"nin 9'uncusunu ise, yılın en iyi dizisi kategorisinde "Masumlar Apartmanı" aldı.

İki çocuk annesi olan Gülseren Budayıcıoğlu, halen Madalyon Psikiyatri Merkezi'nin başkanlığı görevini sürdürürken, bir yandan köşe yazarlığı ve televizyonlarda yayınlanan dizilerin hikâye ve senaryo danışmanlığını yürütüyor, bir yandan da ülkemiz insanlarının gerçek yaşamlarından alınan hikâye ve romanlarını yazmaya devam ediyor.

www.facebook.com/drgbudayicioglu
www.twitter.com/drgbudayicioglu
drgulserenb@madalyonklinik.com

DOĞAN KİTAP TARAFINDAN YAYIMLANAN DİĞER KİTAPLARI

Hayatın Sesi
Hayata Dön
Camdaki Kız

KIRMIZI PELERİN

Yazan: Gülseren Budayıcıoğlu
Editör: Necla Feroğlu

1. baskı / Kasım 2022 / ISBN 978-625-8215-61-8
Sertifika no: 44919

Kapak tasarımı: Cüneyt Çomoğlu
Kapak çizimi: Nurettin İkizler
Sayfa uygulama: Yasemin Çatal
Baskı: Mega Basım Yayın San. ve Tic. A.Ş.
Cihangir Mah. Güvercin Cad. No: 3/1
Baha İş Merkezi. A Blok Kat: 2
34310 Haramidere-İstanbul
Tel. (212) 412 17 00
Sertifika no: 44452

Doğan Yayınları Yayıncılık ve Yapımcılık Ticaret A.Ş.
19 Mayıs Cad. Golden Plaza No. 3, Kat 10, 34360 Şişli - İSTANBUL
Tel. (212) 373 77 00 / Faks (212) 355 83 16
www.dogankitap.com.tr / editor@dogankitap.com.tr / satis@dogankitap.com.tr

Kırmızı Pelerin

Gülseren Budayıcıoğlu

Doğan Kitap

Bu roman, gerçek bir yaşamöyküsünden yola çıkılarak yazılmıştır ancak romandaki karakterlerin tanınmaması, kim olduklarının anlaşılmaması için büyük bir özen gösterilmiş, kitaba uyarlanırken gereken tüm değişiklikler yapılmıştır.

İthaf

Bu kitabı, hayatının bir döneminde cinsel taciz ya da tecavüze uğramış, hem ülkemiz, hem de dünyadaki tüm cinsel taciz ve tecavüz mağdurlarına armağan ediyor ve onlara buradan sesleniyorum; kendinizi suçlamayın, korkmayın, kirlenmiş ve damgalanmış hissetmeyin, bundan utanmayın, olanları içinize atmayın, konuşmaktan ve başınıza gelenleri anlatmaktan çekinmeyin. Aslında kirlenen siz değilsiniz, onlardır.

Siz değil, bunu size yapanlar utansın.

Önsöz

Sevgili okurlarım,

Cinsel taciz ya da tecavüze uğramak bir çocuğa ya da bir gence ömür boyu kendini pis, kusurlu ve aşağılık hissettirir ve kendinden utandırır. Utanmak, olumsuz duygular arasında en derinde yer alan ve özellikle bizim kültürümüzde yoğun olarak yaşanan, bizleri en çok yaralayan duygudur. Biz insanlar, utanmamak uğruna pek çok şeye katlanır ama ne yaparsak yapalım bundan kaçamadığımızda içimizdeki öfke okları bize döner. Bu sefer de sadece bizi utandıranlara değil, kendimize de kızar, suçu kendimizde arar ve sonunda da utanırız çünkü tacize uğrayan herkesin bakışı toplumun gözüyledir.

Bizim insanlarımız bu duyguyu iyi tanır çünkü sadece bizler değil, bizi yetiştiren aileler de bir zamanlar belki de ufak tefek nedenlerden utandırılmışlardır. Böylece bu duygu kuşaktan kuşağa akıp gider. Ancak bizim ülkemizde bir insanı en çok utandıran şey ne gariptir ki hırsızlık, dolandırıcılık hatta birini yaralama ya da öldürme değil, cinsel tacize ya da tecavüze uğramaktır. Bu suçu işleyenler ne kadar utanıyor bilmiyorum ama taciz ve tecavüze uğrayan masum çocuklar ya da kadınlı erkekli yetişkinler bundan çok utanıyor ya da utandırılıyor.

Meslek hayatım boyunca geçmişinde bu tür bir olay yaşamış pek çok insan tanıdım, bana anlatırken bile ne kadar utandıklarını, nasıl yerin dibine geçip derinden yaralandıklarını hep içim sızlayarak dinledim ve gördüm ki, çoğunun kaderi bu olaydan çok etkilenmiş. Hemen hepsi yaşadığı taciz ve tecavüzden sonra kendini çok aşağılamış hatta kimi de hayatı değersiz, kullanılıp atılmış sümüklü bir mendil gibi yaşamış. Yani bu taciz onların kaderini yeniden yazmış.

Toplum fahişelik yapanları nasıl aşağılıyorsa, o çocuklar da kendini öyle aşağılamış, öyle görmüş ve bir kısmı da onların yolundan gitmişti çünkü o artık kendi iç dünyasında kirlenmişti. Bu öyle bir kir ki, neyle silerseniz silin bir türlü geçmez. Yani bu lekeyi kişinin kendisi çıkaramaz. Onu ancak o çocuğun çok yakınları, belki bir terapist ya da toplum silebilir. O lekenin yok olabilmesinde ailenin ve toplumun desteği çok önemlidir. Eğer aile ve toplum onu bağrına basar, sever ve onaylarsa, o kişinin geleceği güneş gibi aydınlanır.

Günümüzde bile yani dünya böylesine gelişmişken her yerinde, en gelişmiş ülkelerden kabile devletlerine kadar, her kültür ve her coğrafyada pek çok kadın öyle ya da böyle, küçük ya da büyük tacize uğruyor. Üstelik bu taciz çoğu zaman o daha küçücük bir çocukken, belki de en yakınları tarafından oluyor.

Bu hüzünlü hikâyeleri yaşlı genç, kadın erkek pek çok kişiden dinledim. Kimi mutlu gibi görünen yuvasında uğradığı tacizin acısını yüreğinde taşırken, kendi suçuymuş gibi utançtan eşinin, çocuklarının yüzüne bile bakamazken, çoğunun maalesef bir yuvası bile olamamıştı. Kendilerini öyle suçlu, öyle kötü, öyle günahkâr hissediyorlardı ki, mutlu bir yuvaya sahip olmaya layık olmadıklarını düşünüyorlardı. Onların yeri toplumun en aşağıladığı insanların arasında olmalıydı. Öyle hissediyorlardı.

Bir kısmı da öyle yapıyordu zaten. Olanlar onların suçuymuş gibi tacizcileri kadar kendilerini de bir türlü affetmiyorlar, ne yaptım da benim başıma bu geldi diye kendilerinde de bir suç, bir günah aramaktan vazgeçmiyorlardı. Oysa çoğu bu tacize uğradığında daha çocuktu. Kendilerini korumaları mümkün değildi ama yine de suçluydu onlar. Hayat onları alınlarının ortasından damgalamıştı bir kere. Kimin suçu olduğu önemli değildi artık. Cinsel tacize uğramak öyle ayıp, öyle günah, öyle aşağılık bir durumdu ki, bunu en yakınlarına bile söyleyemiyor ya da söyleseler bile suçlanan, aşağılanan yine onlar oluyordu. Bazen de ağlayarak sığındıkları annelerinin gözlerinden, bakışlarından okuyorlardı bu günahı.

Tüm dünyada taciz suçunun bir cezası vardır ama bu cezayı tacizcilere toplum vermedikçe, onları kınayıp dışlamadıkça, yasalardaki cezalar bu suçu ortadan kaldıramaz.

Bu kitapta, çok küçük yaşta, babası tarafından cinsel tacize uğrayan küçücük bir kızın yaşadıklarını anlatacağım sizlere. Bu kitabı, başına hiç böyle şeyler gelmeyenler ama bundan hep korkanlar kadar, hayatında az ya da çok taciz yaşamış olanlar da okuyacak; yıllardır yüreklerinin derinliklerinde bu sırrı kendilerinden bile saklamaya çalışan kadınlar ya da erkekler...

Buradan onlara sesleniyorum ve diyorum ki:

Yeter artık, bitsin bu acı.

Kaldırın başınızı, bırakın artık utanmayı.

Siz değil, size bunları yaşatanlar utansın.

Siz hâlâ tertemizsiniz.

Çoğunuz bunu yaşadığınızda belki de küçük bir çocuktunuz. Bir çocuğun ya da bir gencin, tacizcisine nasıl tepki vereceğini bilememesi çok doğal değil midir?

Sesimi duyurmak istediğim bir başka kesim daha var. O da anneler ve babalar! Anne baba olmak kolay değil, büyük sorumluluklar ve fedakârlıklar gerektiriyor ancak şunu hiç unutmayalım; dünyaya getirdiğiniz bu çocuğun kaderi, gelecekte mutlu ya da mutsuz, başarılı ya da başarısız, doyumlu ya da doyumsuz bir hayat sürecek olması büyük oranda sizin ona ne kadar değer verdiğinize, sahip çıktığınıza bağlıdır. Onu anlamınıza, çok sevmenize, onu hiç suçlamadığınızı kendisine hissettirmenize bağlıdır.

Kendi mutsuzluğunuza çocuklarınızı ortak etmeyin. Kendi dertlerinize dalıp onları ihmal etmeyin. Başına her ne gelirse gelsin onlar sizin çocuklarınız. Anne babalar tarafsız değil, bu konuda kesin olarak taraflı olmalıdır. Onların yeri her zaman çocuklarının yanıdır.

Çocuklar en çok anne babalarını örnek alır. Siz ne kadar mutlu, huzurlu, hayatla ve kendinizle barışıksanız, çocuklarınızın kaderi de o kadar güzel olur. Bir annenin mutlu olmasında en büyük pay sahibi tabii ki eşi yani çocukların babasıdır. Çocuklarına, aile kurumuna değer veren babalar, hem çocuklarına, hem de eşlerine verdikleri bu değeri ne kadar iyi gösterebilir, ne kadar iyi hissettirebilirse, o ev o kadar aydınlık, o kadar sıcak ve o kadar mutlu, sevgi dolu olur. Topluma en büyük katkı, o evde yetişen çocuklar tarafından yapılır. Öyle evlerden suçlu, sabıkalı, tacizci, tecavüzcü ya da katil çıkmaz.

İşin bir de toplumsal yanı var. Bizler toplum olarak bu tacizi yaşamış insanların hep yanında olalım, onlara sahip çıkalım. Sahip çıkalım ki, bunlar yürek dağlayan bir yara, bir sır olarak kalmasın artık. Sahip çıkalım ki bu tacizi yapanlar sadece onlara yasaların vereceği cezalardan değil, asıl bizlerden korksunlar.

Saygılarımla.

Dr. Gülseren Budayıcıoğlu

Giriş

Sevgili okurlarım,

Bir psikiyatrist olarak, sayısı belki de artık yüz binleri geçen yeni kişilerle uzun uzun konuşmak, her birinin kendine has, çok özel hikâyelerini tüm ayrıntılarıyla kendilerinden dinlemek, önce insan, sonra da sırlarla dolu bu hayatla ilgili çok şey öğretti bana. Bu öğrendiklerimi mutlaka daha büyük kitlelerle paylaşmalıyım diye çıktım yola. Okuyucularımdan aldığım geri bildirimlerde, attığım taşın yerini bulduğunu gördükçe de bu yolda çalışmaya, elimden geldiği kadar yazmaya, bir yandan da televizyon dizileriyle sizlere ulaşmaya çalışıyorum.

Ülkemizin genç yaşlı, her kesimden insanları neler yaşıyor, en ince yerlerinden nasıl yaralanıyor, onları en çok kimler yaralıyor, her biri ne acılar çekiyor, geçmişimizden gelen hangi örf ve âdetlerin kurbanı oluyor, ne tür baskılar görüyor, bunları siz de bilin istiyorum. Bugünlere nerelerden geldiğimizi, geldik sandığımız gün bile ülkemizde halen bunların yaşanmakta olduğunu bilin ki değişim, gelişim, modernleşme ve özgürlük yolunda yürürken ayaklarınız yere daha sağlam bassın.

"Kader Motifi" kavramının hepinizin çok ilgisini çektiğinin farkındayım ve bu ilgi beni hep daha çok anlatmaya, daha çok yazmaya teşvik ediyor. Kader Motifi nedir, sizler kendi kaderinizin sizi nereye götürdüğünü nasıl bileceksiniz? İşte bunları da sizlere bilimsel yolla, uzun uzun anlatmak yerine, bir başka insanın kader motifinin nasıl oluştuğunu, onları nerelere götürdüğünü hikâyeler yoluyla anlatmaya çalışıyorum. Hikâyelerin kendine has bir gücü, bir büyüsü vardır, bu büyünün sizin gerçeklerinizi de size göstereceğine inanıyorum.

Kendimizi keşfetme yolunda ilerlerken geçmişimizi, ailemizin tarihini, neler yaşadığını, hangi acılarla, maddi manevi hangi kayıplarla, ne tür travmalardan geçerek bu günlere geldiğini bilmenin çok önemli olduğunu düşünüyorum. Çünkü kaderimizi genetik yapımız, tarihimiz, yaşadığımız coğrafya ve konumumuz belirler. Kişisel tarihimiz kadar içinde yaşadığımız toplumun kültürel yapısı da çok önemlidir.

Savaşlar, göçler, iflaslar, iftiralar, ani kayıplar, ani ölümler, öldürmeler, öldürülmeler, intiharlar, büyük nefretler, kinler, düşmanlıklar, kavuşamamış âşıklar, muradına erememiş yakınlar, aile içinde kalmış sırlar, tutulmamış yaslar, kapanmamış hesapların hepsi, bugün bizim yaşadığımız hayatı ve kaderimizi bir şekilde etkiler. Hatta bazen o dönemde kapanmayan hesapları kapatmak, ödenmeyen bedelleri ödemek bize düşebilir. Kim bilir Kolektif Bilinçdışı dediğimiz yedi göbek ötenin ayak izlerini bize kadar taşıyan güç hangi esrarengiz yollardan geçti ve hangileri bize kadar ulaştı. Kuşaktan kuşağa aktarılabilen acılar kadar yine aynı yolla bizlere intikal edebilen iyilik, fedakârlık, dayanıklılık, çalışkanlık, mücadele gücü, çevresine yardım eğilimi gibi olumlu özellikler de var. Geçmişimizi, kendi tarihimizi bilmenin daha pek çok getirisi var bizlere.

Hayatımızda değişmeyen tek şey, değişimin kendisidir. Dünyaya geldiğimiz anda başlar bu değişim, dünyadaki canlı cansız diğer tüm varlıklar gibi bizler de değişiriz. Marifet baştan neysen o olarak kalmak değil, zaman içinde her konuda daha iyiye, daha olumluya doğru gelişmek ve daha aydın, daha bilge, daha hoşgörülü, affedici, sevgi dolu bir insan olabilmektir. Bunun için kendimize ve hayatımıza her zaman önem vermeli ve kendimizi iyi tanımalıyız.

Hepimizin hayatı bir roman, bir hikâye, bir masal aslında. Acılar her zaman insanlar için mutluluktan daha öğreticidir. Mutluluk küçücük bir kuş gibidir, konduğunu anladığınızda o zaten uçmaya hazırlanır ama acılar kondu mu, kolay kalkmaz yerinden. Uğuna uğuna o acılar çekilirken demek hiçbiri boşa gitmiyor. Canımızı acıtsa da zamanla bize hayatı, o hayatın içinde daha rahat, daha huzurlu, daha uyumlu ve daha güven içinde yaşamayı öğretiyor. Buna belki de acıyla gelen hayat tecrübeleri diyebiliriz.

Bizler harikalarla, mucizelerle, sırlarla dolu bu hayatı öyle ya da böyle yaşayıp bitirmiyor muyuz? Marifet işi oluruna bırakmak, başladığımız yol bizi nereye götürüyorsa oraya gitmek değil, kendimize en iyi hayatı yaşatabilmek, en aydınlık yolu bulabilmektir.

Bu kitaplarda, birileri tarafından yaşanmış gerçek hayat hikâyelerini okurken sizler de onlar adına bazen üzülüyor, bazen de seviniyorsunuz. Olaylar ve kişiler sizden çok farklı olsa da, size hissettirdikleri ona çok benziyorsa, kendinizi keşfetme yolunda önemli bir adım attınız demektir. Kendimizi keşfetmenin yolu her zaman çocukluğumuzdan geçer. Nasıl bir evde, hangi koşullarda yaşadığımız kadar, ailemizin gözleri bize bakarken ne söylüyordu, bizler o gözlerde neler gördük; işte bunlar her zaman çok önemlidir. O gözler bizlere kendimizi sevilen, değerli, önemli, özel biri olduğumuzu hissettiriyorsa, gerisi pek de önemli değildir, artık daha özgür, daha güvenli, daha doyumlu yaşayabiliriz bu hayatı. Ancak o gözlerden bize akan enerjide bunların hiçbiri yoksa, o zaman bu değeri, bu güveni hep başkalarının gözlerinde, sözlerinde ararız ve başkalarında aradığımız bu değer ruhumuzu bir türlü doyurmaz. Kısaca ebeveynlerimizin hal ve hareketleriyle, beden dilleriyle, sözleriyle, bakışlarıyla bize neler hissettirdiği, âdeta geleceğimizin kısa bir özeti gibidir.

Eğer, hem her şeyiniz varken hem de hiçbir şeyiniz yokmuş gibi hissediyorsanız, bu keşif yolculuğuna mutlaka çıkmalısınız. Bu kitaplar, inanın en çok da bunun için yazılıyor. Bu hikâyelerin, hikâyedeki karakterlerin bir yerlerinde mutlaka kendinizle karşılaşacak ve kendinize uzaktan bakma şansı bulacaksınız.

Hepimiz hayatın içinde sürüklenip gidiyoruz. Doktor olabilecek biri iş insanı, şair olabilecek biri ofis çalışanı, ressam olabilecek biri işçi oluyor. Kimse istediği, hak ettiği, daha başarılı olabileceği yerlerde değil. Biraz da bu nedenle insanlarımız mutsuz. Severek yapılan işler her zaman kişiyi mutlu eder ancak her şeye rağmen sevgi, tüm duyguların merkezindedir. Eğer sevmezsen, zamanla bütün duyguların körelir ama seversen mutlu da olursun, kederli de...

Gerek kitaplarımda, gerekse film ve diziler yoluyla sizlere ulaştırmaya çalıştığım yaşanmış hikâyelerin hemen hepsinde sizlerin de gördüğü gibi, yoğun bir hüzün duygusu var, çünkü hayatın içinde ne varsa, o hikâyelerde de onlar var. Yani dert var, keder var, ayrılık var, ölüm var. Hüzünlü hikâyeler insanlara âdeta duygusal bir terapi gibi gelir, bastırılan olumsuz duyguları yavaş yavaş boşaltır ve bir rahatlama sağlar. Ruhumuzdaki karmaşa azalmış, düğümlerden bazıları çözülmüş, yüklerimiz hafiflemiş gibi hissederiz.

Biraz da bu yüzden hüzünlü şarkıları, acıklı hikâyeleri severiz. O şarkıların ve o hikâyelerin sanki iyileştirici, şifa dağıtan bir gücü vardır, içimizdeki acılara, kanayan yaralara iyi gelirler çünkü her biri gerçektir, çünkü benzerlerini zamanında bizler ya da yakınlarımız yaşamıştır. Bunları okurken ya da hüzünlü şarkıları dinlerken içimizden bir ses bize, "O da bunları yaşamış ve ne güzel ifade etmiş" derken bir yandan hiç yargılamadan, ayıplamadan arkadaşlık, sırdaşlık eder bize, ruhumuza teselli olur. Kendimizi kötü hissettiğimizde bizim gibi hisseden birilerini görmek, duymak bize iyi gelir, yoldaş olur. Acının da farklı bir lezzeti vardır. Bu tat birlikte paylaşılır.

Psikoloji bilimi son yıllarda "zevkli hüzün" adını verdiği bu duygunun insanlar üzerindeki olumlu ve iyileştirici etkisinden olabildiğince yararlanmaya çalışıyor. Bu hikâyede okuyacaklarınızın benzerlerini eminim ki ülkemizin dört bir köşesindeki başka kadınlarımız da yaşıyor. O evlerde, kapalı kapılar ardında yaşanan tacizler, tecavüzler, kızlarımıza yapılan ağır baskıların çoğundan inanın ki hiç haberiniz olmuyor. Mesleğim nedeniyle, ben bunun canlı tanığıyım. Bu kitaplar ve televizyon dizileri yoluyla, sesini duyuramayan bunca insanımızın sesi olabilmek, en önemli hedeflerimden biri zaten.

İlk günden beri benden desteğini esirgemeyen, mesajlarla, mektuplarla, bazen de yanıma gelerek beni hep yüreklendiren, yanımda olan tüm okuyucularıma en içten selam ve sevgilerimle...

Dr. Gülseren Budayıcıoğlu

Teşekkür

Bu kitabın yazılmasında her zaman olduğu gibi benden desteğini, sevgisini, ilgisini hiç esirgemeyen çok sevgili çocuklarım Yağmur ve Hasan'a, her kitabımı önceden okuyup beni yönlendiren sevgili dostum MKD'ye, yazdıklarımı titizlikle gözden geçiren ve öneriler yapan genç arkadaşlarım sevgili Emre Pekçetinkaya, Gizem Çil, Ayşenur Güngör ve Pınar Daldikler'e, televizyon dizilerinde olduğu gibi kitaplarda da benden desteğini esirgemeyen sevgili yapımcım Onur Güvenatam'a, kitap üzerinde pürdikkat çalışan tecrübeli editörüm çok sevgili Necla Feroğlu'na, tüm Doğan Kitap ailesine, sevgili Gülgün Çarkoğlu ve sevgili Cem Erciyes'e içten teşekkürlerimi sunarım.

1. Bölüm

İstanbul'un kızları
Fuları da kırmızı
Yanında köpekleri
Tıngır mıngır yürürken
Bakıyorum, çok da neşeli...

Bu sabah erkenden düştüm yola. Camdan bir baktım, iki baktım, sahil yolunda yürüyenleri, koşanları, denizde gezinen gemileri, uçuşan kuşları görünce daha fazla duramadım evde. Spor pabuçlarımı giydim ama üstümde etek ceket. Buradan doğru kliniğe gideceğim, hastalarım beni bekler ancak sahilde yürümeden, o kalabalığın içine girmeden hemen odalara kapanmak gelmedi içimden. Onlar koşarken, ben ağır aksak yürüyorum kenarda. Yanımdan geçen herkese tek tek bakıyorum. Neyse ki gözümde güneş gözlüğü var. Genelde bizim insanımız gergin olur, yüzü asık, gözleri öfkeli bakar, herkesin sanki acelesi vardır ama sahilde durum böyle değil. Çevremde mutlu ve hayatından memnun insanlar görmek hoşuma gidiyor.

Kimi banklara oturmuş, sıcacık taze simidini yiyor, kimi hazırlıklı gelmiş balık tutuyor; çoğu da koşuyor. Sabah sporunu yapıyorlar. Bir de kırmızı bereli biri var, tekerlekli sandalyesiyle, yaz kış demeden her sabah boydan boya geziyor sahili. Mutlu! Bak şimdi bak, şu yanımdan geçen, bana o şiiri yazdıran kıza bak! Bir değil, iki köpeği var, nasıl da tatlılar. Üçü birden güle oynaya, tıngır mıngır geziyorlar. Kırmızı fularına bakmadan geçemiyor insan, bir de ayağındaki topuklu spor ayakkabılara. Yürüdükçe kalabalık artıyor, acelesi olanlar, asık suratlılar da karışıyor kalabalığa. Benim yürüme sürem doldu sayılır, zaten daha fazla yürüyemem ki, iki kilometre bana çok bile.

Kliniğe gelir gelmez herkese günaydın diyerek yukarı çıkan merdivenin başına gelince Tuna'yı görüyorum. Yine gözlerinin içi gülüyor. Birlikte giriyoruz benim sevgili kırmızı odama. Ne çok severim çalıştığım odaları. Benim zihnime oralar hep kutsal yerler olarak kaydedilmiştir. İnsanın en mahrem sırlarının ağızlardan tel tel döküldüğü yerler kutsal olmaz mı? Aslında bir psikiyatriste gitmek, o odalarda ağır ağır, sahibine bile pek hissettirmeden gelen değişimin başlangıç noktasıdır. İnsanlar neden gelir bize, hayatında yapabileceği en büyük keşif için. İnsanın kendini, kendiyle birlikte hayatı, gelmişi, geçmişi, onu buraya kadar getiren ince, uzun yolu, o yolda yaşananları, aldığı irili ufaklı darbeleri, o darbelerden geriye kalan izleri, isleri, pasları görebilmesi, bunları doğru yorumlayabilmesi, yapılacak keşiflerin gerçekten de en büyüğüdür. Psikiyatrist ya da psikologlar altın tartar gibi dikkatle, özenle, titizlikle tutmalıdırlar ellerindeki teraziyi. Kolay mı, o terazi altından çok daha değerli bir varlığı, insanı tartacak. O terazi terapistin elinde de olsa, kendini tartacak olan her zaman insanın kendisidir.

İnsanın kendisiyle yüzleşmesi, sanıldığından daha zordur. Başkalarını tartmak, onları anlamak her zaman daha kolaydır ancak bizler başkalarının gerçeklerini anladıkça, içimizde hissettikçe, kendimize doğru giden yolun kapısını da açmış oluruz. Onları dinlerken ya da okurken, hikâyenin bir yerlerinde mutlaka kendimizi de görürüz. Kimi kendini görür görmez kapatır gözlerini görmemek için, kimi oralara daha dikkatli bakar görmek için. İşte en çok gözlerini kapatmayan, kendini tanımak, kendi gerçeklerini görmek, bulmak, anlamak, gerekirse yürüdüğü yolu yani kaderini değiştirmek isteyenler gitmelidir psikiyatriste.

Şöyle bir etrafıma bakıyorum, oda havalandırılmış, ışıklar yanmış, perdeler ve kırmızı storlar tam benim istediğim düzene getirilmiş ama ben yine de odadaki her şeyi tek tek gözden geçiriyorum. Sıra masama geliyor... Çalışırken akşama kadar o masayı o kadar çok dağıtıyorum ki, her şeyi yerli yerine koymak yine bana düşüyor. Hem evdeki, hem de klinikteki masalarımın üstü çeşit çeşit kalem doludur. Çekmecelerimdeki kalem kutularım da ayrı. Hatta ilkokuldaki kalem kutum bile hâlâ durur. Babam almıştı onu, nasıl sevinmiştim. Şimdi içinde sırayla dizilmiş uzunlu kısalı kurşunkalemler duruyor, hepsinin uçları açılmış. Kullanmasam da, arada bir açar bakarım onlara. Evdeki masamın kenarına tutturduğum kalemtıraşım bile duruyor. Her an kullanmam gerekecekmiş gibi onu hep göz önünde tutarım.

Hep dolu olan çekmecelerimi arada bir düzeltirim ama yine bozulur. Ne var o çekmecelerde derseniz, boy boy kâğıtlar, bloknotlar ve benim için çok değerli dolmakalemlerle doludur içleri. Nedense onlara bakmak, dokunmak, arada bir bazılarını kullanmak hoşuma gider. Onları kimseye vermeye kıyamam. İlla elimin altında duracaklar. Her gittiğim otelin, konukları için hazırladığı üzeri logolu bloknotunu ve kalemini alırım. Bu da yetmez, ne zaman bir kitapçıya gitsem kitapların yanında mutlaka bir iki küçük defter de alırım. Çocukluğumdan kalma bir özlem galiba.

Çocukken annem, okul açılmadan elimizden tutup bizi kitapçıya götürürdü. Her birimize gereken ders kitaplarını, kalem, silgi, defter, defter kaplama kâğıtları, kalemtıraşları alır, eve ellerimiz dolu gelirdik. Ben de, kardeşlerim de, çok beğensek de gözümüz kalsa da, ihtiyaçlarımız dışında bir şey isteyemezdik annemden. Oysa evde bize böyle bir yasak getiren olmazdı. O küçücük halimizle ailemizi maddi açıdan zorlamamaya özen gösterirdik. Demek şimdi o günlerin acısını çıkarıyorum.

Bir yandan masamı düzeltiyor, bir yandan eskileri düşünmeye devam ediyorum. Ben bir terapiste gitsem, karşısına otursam, o bana çocukluğumu sorsa, neler anlatırdım acaba? Doğduğum evi mi, evin bana çok tanıdık gelen kokusunu, ortada çıtır çıtır yanan küçük sobamızı, o sobanın üstünde kızartılan sucukları, patlatılan mısırları, kestaneleri, bunlar yapılırken eve yayılan mis gibi kokuyu mu? Babamın daireden getirdiği ve şeker fabrikalarında özel olarak yapılan tereyağları, kış gecelerinde "Bozzaa" diye bağıran bozacıyı, onları içerken yaşadığımız mutluluğu, sabahları süt getiren sütçü amcayı, gazete getiren küçük Hüsam'ı, bahçedeki leylak ağacını, kedimiz Uğur'u, hep oynadığımız kırmızı topu, annemin bizi yıkarken tepemizden döktüğü kaynar suları, biz çığlık atarken banyonun buhar tutmuş aynasını, sonrasında o aynaya parmaklarımızla çizdiğimiz resimleri, Noel Baba baskılı yün eşarplarımızı, saçlarımıza bağlanan beyaz kurdeleleri mi anlatırdım yoksa...

Hiç acı, hiç hüzün yok muydu o evde? Olmaz mı? Acısız, hiç kırılmadan, örselenmeden yaşayabilen birileri var mıdır acaba dünyada? Ben olmadığını düşünüyorum. Duyguların varsa, her ikisini de hayat yolunda mutlaka yaşayacaksın demektir. Acının da, tatlının da kökü zaten evlerimizdedir. Taş her zaman yakından gelir ve en çok da yakından gelen taş acıtır yüreğimizi. İnsan geçmişini, hele ki çocukluğunu düşünürken garip bir hüzün çöküyor üstüne. Acısıyla tatlısıyla özlem dolu bir duygu bu... Yeniden yaşayamayacağınızı bildiğiniz, sadece size özel, size ait bir şeyler var içinde. İşte ben hastalarımdan en çok o çocukluk zamanlarını dinlemek isterim çünkü aradığım soruların cevapları en çok oralara gizlenir. Bazıları pek hatırlamaz çocukluğunu ya da hatırlamak istemez. Zihinleri, canlarını çok yakan anıları çok derinlere gömmüştür. Yine de bir süre sonra acının en derini, tel tel dökülür ağızlarından.

Tuna mis gibi kokan kahveyle giriyor içeri. İşte günün en güzel saati... Elinde süslü bir de paket var. Vesile Hanım'ın kızı göndermiş. Açıyorum, içinden kırmızı, elde örülmüş harika bir atkı çıkıyor. Nasıl da güzel örmüş bunu. Küçücük, hemen sırtınıza alıvereceğiniz, sırtınız gibi kavisli, yuvarlak bir atkı. İçindeki küçük mektupta şöyle yazıyor: "Annem bunu sizin için örmüştü. Kırmızı sevdiğinizi biliyordu ama sonra unuttu. Güle güle kullanın. Şehnaz." Hemen alıyorum sırtıma, nasıl da hafif. Gidip aynada bakıyorum kendime, evet, ben bunu sık sık kullanırım. Küçük bir pelerin gibi sanki.

Hemen aklıma ak saçlı, nur yüzlü Vesile Hanım geliyor. Yıllarca gelip gitmişti bana. O güne kadar yaşadığı her şeyi sular seller gibi anlatırken sıra çocukluğunda yaşadığı tacize gelince suspus oluvermişti. Yaşadığı her acıyı gözyaşlarıyla anlatan Vesile Hanım birden ağlamayı bile kesmiş, o günleri kendisi değil de bir başkası yaşamış gibi gözlerini duvara dikmiş, yüzünde en küçük bir duygu ifadesi bile olmadan dümdüz anlatıvermiş, sonra da ace çıkmıştı odamdan. Yaralar derin olunca ağlamayı bile unutu insan.

Vesile Hanım'la pek çok kez konuştuk o günleri. O gün ağlayamamanın acısını sonradan çıkardı. Hem ağlıyor, hem de tacizi yapan amcasına beddualar yağdırıyordu. Sağ eli kalbinin üzerinde, gözlerini sonuna kadar açıp öyle ediyordu bu bedduaları. İçindeki yangın sönecek gibi değildi.

Aradan yıllar geçti. Geçen günlerden birinde orta yaşlı bir hanım geldi beni görmeye. Vesile Hanım'ın kızıymış. Alzheimer tanısı konmuş annesine o bakıyormuş. "Anneme ilaç verelim mi, ne yapalım?" diye sormaya gelmiş. O zaman anlattı. "Annem artık bizi bile tanımıyor ama abuk sabuk bir şeyler anlatıyor. Birine sürekli beddua ediyor" deyince bende hemen ışık yandı. "Demek" dedim içimden, "çocuklarını bile unuttu ama yaşadığı tacizi Alzheimer bile unutturamadı kadıncağıza." Yaşadığı taciz olayından ne kocasının ne çocuklarının haberi vardı. Ben kızına, "Bu hastalıkta olur böyle şeyler. Hayaller, hiç yaşamadığı şeyleri gerçek gibi anlatmalar... Siz hiç üzerine gitmeyin, soru sormayın, hatta dinlemeyin bile" dediğimi hatırlıyorum. Onun bu büyük sırrına sahip çıkmak da bana düşmüştü. O gün kızı bahsetmişti ördüğü bu küçük pelerinden. Örmüş ama sonradan beni de, bana ördüğü pelerini de unutmuş. "Ben size sonra yollarım onu" diyerek çıkmıştı odamdan.

Her ne kadar tek bir dünya var zannetsek de aslında her insanın baktığı, içinde yaşadığı, dokunduğu, kokladığı dünya birbirinden çok farklıdır. Her birimiz kendi dünyamızda yaşarken arada bir unuturuz günlerimizin sayılı olduğunu, takarız kafaya bir şeyler, takılırız o taktıklarımızın peşine, dünyayı zehrederiz kendimize. Kimine de hayat takar, dünya takar kancayı. Daha hayata gözlerini açar açmaz, geldiğine geleceğine pişman eder onu. Neresinin acıdığını da bilmez bu insanlar, bir yerleri durmadan sızlıyordur ama neresi? Hayatta kalabilmek için çabaladıkça batar, tutunacak yer ararken çoğu zaman onları en çok yaralayanların eline yapışır. Dostu düşmanı henüz bilmez, hem bilse ne olacak, o elden başka tutacağı el yoktur ki...

ar da büyür, aklı başında yetişkin oldum, dünyayı ama tanıdıkları, o güne kadar onlara gösterilen şkalarına ihtiyaç kalmamıştır, yine kendi elleriy- hakkından gelirler. İşte ben bu odada insanları en ellerinden kurtarmaya çalışırım. Düşman içinde değil de karşındaysa onunla mücadele etmek daha kolaydır ama içindeyse? İçine işlemiş, her bir hücrene sızıvermişse...

Bakalım bu kırmızı odaya bugün kimler gelecek, kimler ne anlatacak, beni hangi bambaşka dünyalara götürecek. Vakit geldi. Artık ilk konuğumu içeri alacağım ama önceden aynada şöyle bir bakıyorum kendime. Onlar karşılarında hep bakımlı, güler yüzlü, pozitif, bütün dikkatini kendilerine verecek, hiçbir sorunu olmayan, morali ve enerjisi yüksek doktorlar ister. Anlaşılmak ister, özen ister.

Her şeyiyle çok sevdiğim bu kırmızı odam ve ben artık hazırız. Telefonun tuşuna basar basmaz Tuna heyecanla giriyor içeri.

"Maşallah hocam, çok iyi görünüyorsunuz."

"Sen de öyle Tuna, yine parlıyorsun."

"Kim, ben mi? Yok canım, bu küpeler kaç yıllık. Seviyorum diye sık sık takıyorum."

"Parlayan küpeler değil, gözlerin."

Hemen başlıyor kıkırdamaya.

"Aşure yaptım, tabii buraya da getirdim. Ölenlerimizin ruhuna varsın inşallah. Öğlen beraber yer miyiz?"

"Yeriz tabii Tunacım, eline sağlık! Yaparken şarkı da söylüyor musun?"

"Söylemez miyim? Ama eskisi gibi ses mes kalmadı. Apartmandakiler rahatsız olmasın diye usul usul bir şeyler söylüyorum işte."

"Bir gün, akşam herkes gidince burada da söyle de dinleyelim. Özledim şarkı söylemelerini. Zaten epeydir bir araya gelemedik. Bize güzel yemekler de yaptırır, bir de mangal yaktırırsın."

"Tamam, ben de bu arada evde çalışayım biraz."

"Evet çalış bence. Bol bol şarkı söyle."

Ne âlem bir kadın Tuna, bir yanı hâlâ çocuk gibi bağlı hayata. Durduk yerde bile sevinecek, onu heyecanlandıracak bir şeyleri hemen buluyor. Hayatın hakkını veriyor doğrusu. Onun bu hallerine hayranım. Aceleyle çıkıyor odadan. Hemen camın önüne gidip hayatı seyrediyorum. Önce gökyüzüne bakıyorum. Özellikle baharda çok güzel oluyor gökyüzü ama klinikteki odamdan pek göremiyorum. Her yer yüksek binalarla, gökdelenlerle dolu. Çocukken, havada bulut varsa gökyüzünü seyretmeye bayılırdım. Her birini bir şeye benzetir, kediler, köpekler, tavşanlar, şaha kalkmış atlar görürdüm. Hayal dünyam amma da genişmiş. Tam yeni bir şey daha keşfetmişken esen rüzgârla birlikte bulutun şekli değişince, gördüklerim beni bırakıp gitmişler gibi canım sıkılırdı.

Gözlerimi sokağa çevirecekken Tuna giriyor içeri. Hemen oturuyorum masama. İlk hastamın adı Ayşa Kaleli. Yeni bir hasta, yanlış yazmışlar adını. Düzelttirmezsem sonradan sistemde onu bulmak zor olur. Bunu söylemek üzere ona döndüğümde yüzündeki heyecanı hemen fark ediyorum.

"Ne oldu Tuna, bir sorun mu var?"

"İlk hastamız bekliyor ama biraz şey... Ne bileyim. Artist filan galiba, belki manken. Ama ben tanımıyorum."

"Artist olsa sen onu mutlaka tanırdın. Senin tanımadığın artist olabilir mi Tuna?"

"Ben de zaten onun için şey ettim ya... Alttan baktım, üstten baktım, bir türlü tanıyamadım. Hani kapak fotoğrafı için saatlerce poz veren meşhurlar olur ya, işte öyle biri gibi. Bu hasta, bu odaya çok yakışacak. Yani her yerde görebileceğimiz tiplerden değil. Kırmızı, harika bir pelerin var üstünde ama başında bir şapka var ki görseniz bayılırsınız. Bana eskiden süslü hanımların taktıklarını hatırlattı. Önünde küçük bir tül var, yüzünün yarısını kapatıyor. Annemin vardı böyle bir şapkası. Nikâhta takmış, onunki beyazdı. Çocukken onu takmaya bayılırdım."

"Çocukluk işte, ben de severdim annemin özel eşyalarını karıştırmayı."

"Biraz utangaç sanki, hiç konuşmadı benimle."

Tuna'nın hastalarla ilgili söylediği her şey benim için çok değerlidir. Çünkü severler onunla sohbeti, biliyorum. Önemli saymayıp bana söyleyemediklerini ona söylerler. Tuna'nın o hastayla ilgili izlenimleri sayesinde o kişilerin dışarıdan nasıl göründüğünü, insanlar üzerinde nasıl bir izlenim bıraktığını anlamış olurum. Hemen, hastayı içeri almasını söylüyorum. Çevik bir hareketle çıkıyor odamdan. Açık duran kapıdan kırmızı pelerinli bir kız giriyor içeri. Bugün de şansımız pelerinden açıldı. Gerçi benimkine pek pelerin denmez ama... O anda elim aniden sırtıma gidiyor, pelerini çıkarmış mıydım, oh çıkarmışım. Tuna her zamanki gibi haklıymış, bir filmden, bir masaldan çıkıp gelivermiş gibi bir hali var. Başı önünde odamın kapısında duruyor. Canlı mı cansız mı belli değil. Nefes bile almıyor sanki. Açık duran kapıyı tutan Tuna'yla göz göze geliyoruz. Tuna yüzünde muzip bir gülümsemeyle hafifçe omuz silkerek kapatıyor kapıyı. Odada yalnız kaldık. Sabah ezanı okunurken, gün daha tam doğmamış, etraf henüz tam aydınlanmamışken insanın içine bir ürperti gelir ya, ona benzer bir duygu içimi yalayıp geçiyor. Kız, hayalet gibi... Hâlâ yerimden kalkmadığımı fark ediyorum. Oysa hastalarımı hep ayakta karşılarım. Kalkmak istiyorum ama sanki bir şey beni tutuyor. Odada her şey donmuş gibi; onlarla birlikte ben de... Yavaş yavaş kendimi toparlamaya çalışıyorum.

Başını hafifçe yana eğmiş, kapıya yaslanmış, tam da Tuna'nın dediği gibi, sanki fotoğrafçıya poz veriyor. Sarı kıvırcık saçları küçük şapkanın etrafından dışarı taşmış. Ne kıpırdıyor, ne gözlerini kaldırıp bana bakıyor. Küçük kıvrımlı dudaklarına kırmızı ruj sürmüş. Pelerinin bu kadar güzelini hiç görmemiştim. Aşağı doğru indikçe dalga dalga yayılıp eteklerde kıvrımlar oluşturuyor. Acaba pelerin modası çıktı da haberim mi yok! Çocukken, ben de ışıl ışıl renklere sahip bir pelerinim olmasının hayalini kurardım. Annemin anlattığı masallarda, okuduğum kitapların renkli çizimlerinde, izlediğim siyah beyaz filmlerde hep olurdu bu pelerinler... Bazen bir sihirbaz, pelerini sayesinde görünmez olur, bazen de bir süper kahraman göklere uçar, kötüleri cezalandırırdı. Kimi zaman da soğuk kış gecelerinde üşüyüp donmaktan kurtarırdı sahibini.

Her ne için kullanılırsa kullanılsın, giyene her zaman başka bir hava, başka bir asalet, başka bir güç katardı pelerinler. Acaba sen niçin giyiyorsun bu güzel pelerini Ayşe?.. Hayatın zorluklarına, dertlerine, yüklerine karşı görünmez olmak için mi, yoksa göklere yükselip seni üzenleri cezalandırmak için mi? "Ben güçlüyüm, benden uzak durun!" demek için mi?

Sütun gibi, bembeyaz bacaklarının öyle zarif bir duruşu var ki, bunu herkes yapamaz. Sanki bir fotoğrafçıya poz veriyor ve bu fotoğraf da ünlü bir derginin kapağını süsleyecek. Şimdi bana, "Kalk, böyle dur" deseler duramam. Özel bir eğitim almak ya da yıllarca bu konuda çalışmak gerekir. Gerçi ben yıllarca da eğitim alsam bu tür işleri beceremem. Bu işler sadece eğitim alınarak yapılmaz, biraz da yeteneğin olacak. Gençken gittiğimiz düğünlerde, derneklerde çoğu arkadaşım piste fırlar, içinden geldiği gibi dans eder ya da oynardı. Tuna da onlardan biriydi. Çok enerjik, kıpır kıpır, çok güzel bir kadındı ve ben her seferinde onu hayranlıkla seyrederdim. Önceleri beni de kaldırmaya çok uğraştılar ama sonra ümidi kestiler. Olmuyorsa fazla zorlamayacaksın.

Bir yandan düşünüyor, bir yandan da kızı incelemeye devam ediyorum. Hep böyle duracak değil ya, öyle ya da böyle bir tepki verecek. Buraya kendi geldiğine göre, ne yapacağını da biliyor olmalı. Benim burada oturup onu incelediğimin farkındadır diye umuyorum. Aslında onu oturtmanın da, konuşturmanın da bir yolunu bulurum ama biraz da bu ilginç durumu hemen bozmak istemiyorum. Sanki burası bir psikiyatri kliniği değil de, koca bir sahne ve tek seyirci benim. Karşımdaki kız da profesyonel oyunculara ya da balerinlere taş çıkartır. Öyle güzel, öyle ilginç, öyle farklı ki...

Hayal bile kurdum ama kızda hâlâ çıt yok. En iyisi bir an önce duruma el koymak. Yavaşça kalkıyorum yerimden, yanına gidiyorum ama kız beni öyle etkilemiş ki, ayaklarımın ucuna basarak, gürültü etmemeye özen göstererek hareket ettiğimi sonradan fark ediyorum. Hafif ama çok nazikçe koluna dokunuyorum. Ani bir refleksle elimi itip başını bana çeviriyor. Aynı anda yüzü kıpkırmızı oluyor. Bu ani refleks ürkütüyor beni ve ateşe değmişim gibi hızla çekiyorum elimi. Sadece yüzü değil, boynunun görebildiğim yerleri hızla kızarmaya başlıyor. Ama nasıl bir kızarma, ateşe tutulmuş gibi... Ne yapacağımı bilemiyorum. Onun böyle kıpkırmızı olmasının nedeni benmişim gibi bir duygu kaplıyor içimi. Biraz daha uzaklaşıyorum ondan. Konuşmaya da korkuyorum. Parmağımın ucuyla dokunduğumda böyle olduğuna göre, bir de konuşursam eriyip yok olacak sanki. Aman Tanrım, gerçekten de eriyor! Alnından başlayarak ter tomurcukları hızla yüzünün her yanını kaplıyor. Pelerindeki titreşimlerden şimdi de durduğu yerde tir tir titrediğini fark ediyorum. Sonra aniden sağ eli pelerinin içinden çıkıyor ve hızla ağzına doğru gidiyor. Bir adım daha geri çekiliyorum. Ardından boğuk bir ses geliyor kulağıma. Öğürüyor! Kusacak!

Artık durma zamanı değil. Koşarak masamın üzerindeki ağlama mendillerinden birkaç tane alıp ona uzatıyorum. Alıyor. O öğürmeye devam ederken bu sefer koşarak mendil kutusunu kaptığım gibi geliyorum yanına. Bir iki mendil ona yetmeyecek. Aceleyle alıyor mendilleri. O ağzını, yüzünü silerken ben de masamda duran sürahiden bardağa su koyup getiriyorum. Alıp birkaç yudum içiyor. Bulantısı geçti galiba, öğürmüyor, kusmuyor ama titremeleri ve terlemeleri devam ediyor. Henüz rahatlamadı. Yavaşça kolundan tutup koltuğa götürmek istiyorum ama buna da izin vermiyor. Yine hızla çekiyor kolunu. Ona yaklaşmamı istemiyor. Ne yapsam acaba? Bir iki adım uzaklaşıp kıza bir kere de uzaktan bakıyorum, başını önüne eğiyor. Benimle göz göze gelmek istemiyor. Gerçi başındaki şapkadan sarkan siyah küçük tül yüzünün birazını kapatıyor, gözlerini göremiyorum. İnsanların gözleri her zaman bana bir şeyler söyler. Bizler bunu çok önemser, her zaman önce gözlerine bakarız hastalarımızın. Bu kızın gözlerini göremiyor olmak beni rahatsız ediyor. Benden yardım ister gibi bir hali yok. Hızla arkamı dönüp masama geçip oturuyorum. Onu kendi haline bırakmak en doğrusu galiba...

Gözlerimi dikmiş bakarken, aniden hareketleniyor. Ne yapacak acaba? Vazgeçti de gidecek mi? Hayır, gitmiyor, eğiliyor, yüksek topuklu, önden bağcıklı siyah süet ayakkabılarına uzanıyor. Ne yapıyor bu kız? Şimdi de ayakkabılarını mı çıkaracak? İyi ama bu odaya herkes ayakkabısıyla girer. O niye çıkarıyor? Çıkarma diyeceğim ama henüz bu odada kimse konuşmadı. Benim sesimden irkilir, korkar mı acaba? Ayakkabısını çıkarıp yavaşça kenara koyuyor. Dikleşiyor, derin bir nefes alıyor. Hayırdır inşallah! Bir şey yapmaya hazırlanıyor sanki. Elindeki küçük siyah çantaya bakıyor. İçinde önemli bir şey mi var? Ben de onu bir dedektif gibi hiçbir şeyi atlamadan izliyorum. Bana yaklaşıyor. Oh, sonunda oturacak. Ama hayır, oturmuyor. Çantayı koltuklardan birinin üzerine yavaşça bırakıp odanın ortasına ilerliyor, yüzü bana dönük olarak asker gibi duruyor. Ona baktıkça endişelerim de giderek artıyor. Benimle hâlâ göz teması kurmadığına göre, ağır hastalarımızdan biri olmasın! Dışarıda Tuna'yla da konuşmamış. Ben endişeyle ona bakarken o derin bir nefes alıyor. Sıkıntısı çok fazla. Yüzü gittikçe daha çok kızarıyor, nefes almaları da sıklaşıyor. Üzerindeki pelerin o titredikçe hafifçe dalgalanıyor. Tuna'nın dediği gibi ne güzel bir pelerin bu. İpek mi yoksa? Odanın ışıklarında hafifçe parlıyor.

Rujlu dudakları gerildikçe gerilmiş. O anda görüyorum yanaklarından aşağı doğru süzülen bir damla gözyaşını. Hay Allah, ne yapsam şimdi? Kendi gibi beni de dondurdu. Koltuğa çakılıp kaldım sanki. Rüya mı, gerçek mi belli değil. Etrafa yaydığı enerji, sanki ilk andan beri, "Bana yaklaşma" diyor. Neden öyle asker gibi duruyor? O da ne, kollarını yavaşça yukarı kaldırıyor! Şimdi de burada spor filan mı yapacak? Yükseliyor, tıpkı bir balerin gibi parmaklarının ucunda duruyor. Balerin bir hastam vardı, buraya her geldiğinde bu odada küçük çaplı bir gösteri yapmadan gitmezdi. Bu kız da öyle mi yapacak?

Kollarını ahenkli bir şekilde yana doğru açıyor, başını Mevleviler gibi sola yatırıyor ve başlıyor hafiften dönmeye. Dönüyor... O döndükçe pelerinin etekleri yavaş yavaş açılıyor. Dönmeleri giderek hızlanıyor, sonunda odanın ortasında topaç gibi, fırıl fırıl dönmeye başlıyor. Ha uçtu, ha uçacak. Önce bu yaptıklarından adeta irkiliyorum ama o kadar hızlı, o kadar artistik, o kadar güzel dönüyor ki, kendimi bırakıyorum bu ritme, onu seyrediyorum. Yüzüme hafif bir gülümseme yayılıyor. Biraz önceki gerginliğim geçti. Sanki Viyana'nın ihtişamlı sahnelerinden birinde bana özel bir gösteri yapılıyor. Şu anda kapıyı bir açan olsa, bu kızın odanın ortasında, gözleri kapalı, pelerinin etekleri havalanmış, böyle döndüğünü, benim de keyifle onu seyrettiğimi görse, ne düşünür acaba? Ne diyecek, "Biri deli, biri de deli doktoru!" der.

Sahnede ayaklarının ucunda, zarif hareketlerle fırıl fırıl dönen balerinleri hep hayranlıkla seyrettim ama bu kızın ayağında bale pabucu bile yok. Yine de nasıl böyle dönebiliyor. Bu dünyada değil, başka dünyalara uçmuş, kendinden geçmiş gibi bir hali var. Şeb-i Arus törenleri geliyor aklıma. Onlar dönerken benim de ayağım yerden kesilir, dünya denen bu gezegenden çıkar, evrenin derinliklerinde onlarla birlikte kaybolurdum. Bu kız da aynen öyle etkiliyor beni. Hatta kulağıma benzer müzikler bile gelmeye başladı. Artık ne ben doktorum, ne o hasta, ne de burası bir klinik... Koltuğumda kaykılmış, yüzüme de keyifle karışık hüzünlü bir ifade oturmuş, onu seyrediyorum. En keyifli zamanlarımda bile içimde ince bir hüzün hep vardır. Hatta belki de ben en çok keyifli hüzünleri severim. İnsan olmanın, ölümlü olmanın verdiği bir şeydir o ince hüzün. Henüz hayatın gerçekleriyle tanışmadıkları için çocuklar bilmez bunu. Onların sevinci de saftır, katıksızdır, acısı da.

Huşu içinde onu seyrederken, acaba yaşadığı hangi acılar, içine düştüğü hangi çıkmazlar onu bir ruh doktorunun odasında böylesine döndürüyor diyorum içimden. Şimdi artık eskisi gibi hızlı dönmüyor. Daha ritmik, daha artistik bir dönüş bu. Öyle olunca yüzünü de daha iyi görebiliyorum. Terler kurumuş, rengi kırmızıdan beyaza dönmüş ve titremeleri azalmış. Yüzünde giderek belirginleşen gülümseme dikkatimi çekiyor. Biraz önceki yoğun sıkıntı ve gerginlikten eser yok. Sadece o mu, onu seyrettikçe ben de rahatladım. Ne yapacağını şaşıran ben gitmiş, ona bakarken gülümseyen bir ben gelmiş yerine. Bu dönmeler iyi geldi galiba kıza, nefes almaları da düzeldi. Belki de onu buraya getiren sıkıntıyla ancak böyle başa çıkabiliyor. İnsanların sıkıntılarından kurtulabilmek için çok farklı yöntemler denediğini biliyorum ama böylesini hiç görmemiştim. O rahatladıkça dönmeler giderek azalıyor. Pelerinin etekleri hafifçe dalgalanarak havalandıkları yerden aşağı doğru ağır ağır düşüyor ve o duruyor.

Ne güzel bir gösteriydi. Ellerimi çırparak hafifçe alkışlıyorum onu. İşte o zaman ilk kez başını bana çevirip gözlerime bakıyor. Ne kadar hüzünlü, ne kadar utangaç bakıyor bu gözler. Bağcıklarını çözünce, dalga dalga yere akıyor kırmızı pelerin. Onu orada bırakıp karşımdaki koltuklardan birine yöneliyor. Biraz önce oraya koyduğu küçük çantasını eline alıp ayakkabılarını giydikten sonra zarif bir hareketle oturuyor koltuğa. Rahatlamış. "Hoş geldiniz Ayşe Hanım" diyorum, kırılgan, hafif çocuksu, utangaç bir sesle "Hoş bulduk" diyor.

"Biraz önce ne güzel döndünüz. Bayıldım doğrusu. Kendimi çok özel bir gösteri izliyor gibi hissettim."

"O gösteri değildi hocam. Bu sıkıntı başka türlü bırakmıyor beni."

"Dönmek bir çeşit sıkıntıyla başa çıkma yolu galiba, öyle mi?

"Öyle maalesef..."

"Su isteyeceğim, siz de bir şey içmek ister misiniz? Ne de olsa yoruldunuz."

"Bir bardak da ben rica edeyim."

Su istiyorum. Telefonu kapatınca gözüm yine ona yöneliyor. Başındaki tüllü şapkayla bir büst gibi duruyor. Kim bilir bu kız nerelere götürecek beni. Önemli sorunları olduğu belli zaten ama şimdilik bunların ne olduğuyla ilgili hiçbir tahmin yapamıyorum. "İnsan nasıl böyle dönebilir? Bu konuda özel bir eğitim mi aldınız?" diye soruyorum, mahzun bir gülümseme yayılıyor yüzüne.

"Demek beğendiniz! Çocukluğumdan beri dönerim hocam. Ne zaman başım sıkışsa, ne zaman canım sıkılsa, korksam, içime bir taş oturur, ben de hemen odama gider dönmeye başlarım. Döndükçe sanki o taş biraz hafifliyor. Burada krizin geleceğini tahmin ediyordum. Biraz da bu yüzden gelmekte epeyce geciktim ya... Tabii biraz utanıyor insan. Daha ilk gittiğiniz yerde böyle bir saçmalık..."

"Burada geleceğini tahmin ettiğinize göre krizin ne zaman geleceğini aşağı yukarı önceden tahmin edebiliyorsunuz."

"Her zaman değil."

"Burada neden geldi öyleyse?"

"Yabancı bir ortam ve ben burada kendimi anlatacağım. Şimdiye kadar kendimi hiç anlatmadım ben. Her şey içimde kaldı. Gelmez mi?"

Evet, haklı... Onu cesaretlendirmeliyim.

"Evet ama bu yabancılık biraz sonra bitecek. Hem biliyor musun, insanın tanımadığı birine kendini anlatmasının kolay ve cazip yanları da var. Yüreğine çöreklenmiş ne kadar acı, ne kadar korku ve kırılmışlık varsa hepsini seni daha önce hiç tanımayan, daha sonra da hayatında olmayacak bir yabancıya anlatacak, onları bu kırmızı odaya bırakıp gideceksin."

"Öyle mi? Psikiyatriyle ilgili çok şey okudum ama yine de korkuyor insan. Ben pek umutlu değilim ama..."

"Buraya gelenlerin umutları hep biraz kırıktır. Böyle olması çok doğal."

"Siz kırmızıyı seviyorsunuz. Kitaplarınızda da okumuştum bunu. Mona Lisa'yı da... İnsan okurken hep bu odayı hayal ediyor. Siz gökyüzünü de seviyorsunuz değil mi? Gökyüzüne bakmayı."

"Evet, çok severim hem de."

"Ama bu odadan gökyüzünü görebiliyor musunuz?"

O böyle deyince ben de kafamı çevirip etrafıma bakınmaya başlıyorum. Yıllar önce harika bir evimiz vardı. Çocuklarla yayılıvermiştik eve ama sadece tek bir pencereden görebiliyorduk gökyüzünü. Şehrin tam merkezindeydi ev ve etrafımız çok katlı binalarla doluydu. Sonra çıktık oradan. Yeni ev ararken en çok ufku açık mı, gökyüzünü geniş geniş görebiliyor muyum diye bakmıştım. Sonra bol balkonlu, ufku geniş bir ev bulmuştuk da ben sabah kalkar kalkmaz gökyüzüne bakarak güne başlayabiliyordum. Belli ki bu kız da benim gibi gökyüzüne meraklı.

"Haklısın, görsem de etraf binalarla dolu. Sen de meraklı mısın gökyüzüne?"

"Evim, mutlaka gökyüzünü, orada uçuşan kuşları görsün isterim. Penceresi kocaman olsun. Önüne bir de koltuk koysam, sık sık orada oturup kuşlara baksam... Benim de en büyük hayalim bu işte."

"Kuşları da seviyorsun."

Ben İstanbul'daki evimde sık sık bakmıyor muyum kuşlara, Ankara'da bu kadar güzel, bu kadar çeşitli kuş yok. Denizden sonra benim de İstanbul'a geleli ikinci en büyük merakım kuşlar oldu. Sık sık yemyeşil, rengârenk papağanlar bile camımın önündeki ağaca geliyor. Ağaç dediysem, sadece kuru dalları kalmış, hayalet gibi bir ağaç. Kuşların salıncağı olmuş, oraya gelip sallanıp duruyorlar. Eve her gelen soruyor; bu ağaç kurumuş, neden kestirmiyorsunuz diye. Kestirmiyorum çünkü o ağacı kuşlar kullanıyor. Hele ben de pencerenin önüne ekmekleri küçük küçük dizince karnı doyan ağaçta sallanmaya bayılıyor, tabii ben de onları böyle izlemeye... Kız iyi ki kuş dedi, aklım ta nerelere gitti.

"Kuşlar benim belki de hayattaki tek dostum, en yakın arkadaşım. Onlar beni anlıyor mu acaba?"

"Bilmem, sence anlıyor mu?"

"Nereden anlasınlar, kuş onlar ama ben onları anlıyorum. Mutlular mı, bir sıkıntıları mı var, üşüyorlar mı, aç mı kaldılar, hepsini biliyorum. Baka baka öğrendim. Özgürlüğü seviyor kuşlar. Eğer bir şeyden kaçmıyorlarsa havada süzülürken keyifleri yerinde. Ben de biraz önceki gibi dönerken kendimi o kuşların yerine koyuyor ve sanki kuş olup uçuyorum. Onlar gibi havada süzülürken içimdeki taş küçülüyor, hafifliyor ve bir süre sonra artık onu hissetmiyorum. Benim de en mutlu olduğum anlar onlar işte..."

Kuşlara, onların özgürlüğüne, mutluluğuna imreniyor. Gerçekten de kuşlar, tam da bu duyguları hissettirir insana. Esrarengiz bir havası var. Buraya gelmesi kolay olmamış. Bir şeyleri anlatmayı hem çok istiyor, hem de bunları anlatmaktan ödü kopuyor. Bu hastada sıkı hafiyelik yapmam gerekecek. Sadece bana anlattıklarıyla işin içinden çıkamayacağım belli. O sırada elinde tepsiyle Tuna giriyor içeri. Sularımızı verdikten sonra odanın ortasında, yerde duran pelerine takılıyor gözleri. Toplasam mı diye bakarken göz göze geliyoruz. Hayır, anlamında hafifçe başımı sallayınca hemen çıkıyor odadan. Kız ise buz gibi suyu bir dikişte içiyor.

"Benim çok daha önce gelmem gerekirdi ama gelemedim. Belki de mecbur kalmasam yine gelmezdim. Ama artık bazı şeylere dur demem gerektiğini biliyorum."

"Her zaman zor olan, o kararı alabilmektir. Sen karar vermişsin ve işte buradasın."

"Beni buraya getiren asıl sorunu biraz önce gördünüz. Bazen aniden bir bulantı geliyor. Sonra kusmaya başlıyorum ve içim çok sıkılıyor, çatlayacak gibi oluyorum. Bunu size anlatmam gerekiyor çünkü artık buna daha fazla dayanacak gücüm kalmadı. Bir gün bu sıkıntı yüzünden ya pat diye düşüp öleceğim ya da aklımı oynatacağım. O kadar ağır yani... Üstelik böyle dönemezsem bu kriz peşimi bırakmıyor. Hayatın içinde olmadık yerde de dönemeyeceğime göre."

"Atak gelmeden de döndüğün oluyor mu?"

"Bunu neden sordunuz?"

Sorularım onu rahatsız ediyor. Oysa sıradan bir soru bu. Çok alıngan, çok şüpheci biri olabilir mi? Şimdi de merakla yüzüme bakıyor. Hakkında ne düşündüğümü merak ediyor. Yine çok tedirgin. Bu kızda anlamadığım bir şey var. Biraz beklesem, o ne isterse onu anlatsa belki daha iyi olur. Şimdi kızı yandan görüyorum. İnce kemikli, ağzı burnu, çenesi küçük, bebek suratlı bir kız bu. Saçını da tepeye toplasa tam bir balerine benzeyecek. Çok güzel kavisli bir çenesi var. Kaşları da incecik, kalemle çizilmiş gibi... Rujdan başka makyaj yok yüzünde. Bu sarı saç yakışmamış ona, eğreti duruyor. Kafasına oturttuğu bu garip şapka da onun değil de annesininmiş gibi... Hadi pelerin neyse de, insan bu şapkayı neden takar acaba? Hele o yüzüne doğru inen tül de neyin nesi? İnsan bir psikiyatriste giderken neden böyle bir pelerin giyip önü tüllü bir şapka takar ki... Önüne düşen tül, yüzünün neredeyse yarısını kaplıyor. Bunun bir anlamı olmalı. Onu tanımamı istemiyor olabilir mi? Belki de bana asıl adını vermedi. Bu kliniğe farklı bir isimle gelen pek çok hastam oldu. Onların kim olduğunu bilmemi istemediler, ben de bu duruma saygı duydum. Hemen ellerine kayıyor gözlerim. Elleri yıpranmış biraz. Bu kızdan böyle bir el beklemiyor insan. Ancak her gün mutfağa giren, bulaşık yıkayan birinin elleri bunlar. Ne yüzük, ne bilezik, ne de kolye var üstünde.

Seansın yarısı bitti ve ben onunla ilgili henüz bir şey bilmiyorum. Sessizlik uzadıkça yerinde huzursuzca kıpırdanıyor. Biraz daha beklersem bu huzursuzluk yeni bir krize neden olabilir. Geçirdiği atakların yaşadığı olaylarla ilgisi olup olmadığını soruyorum, "Hangi olaylarla?" diye soruyor ve yine huylanıyor. Hem bir sırrı anlatmak istiyor hem de anlatmaktan ölesiye korkuyor gibi...

"Ayşe, ben sormasam da sen anlatsan... Ama şimdilik seninle ilgili adından başka bir şey bilmiyorum."

"Onu da yanlış biliyorsunuz. Adım Ayşe değil, Ayşa."

"Hay Allah, ben de adını yanlış girmişler diye kızmıştım. Demek onlar doğru yazmış, yanlış söyleyen benim."

"Ziyanı yok. Siz nasıl isterseniz öyle deyin."

"Evet, adını öğrendim. Şimdi seni dinliyorum."

"Buraya son zamanlarda bu krizler iyice arttığı için geldim ama kendimi anlatsam, ne derim, ne söylerim hiç bilmiyorum. Hani dedim ya, kuşlara bayılıyorum diye... Ben hem kuş gibiyim hem de uçmayı bilmiyorum. Zamanla ben de herkes gibi uçmayı öğrenirim filan dedim ama hâlâ öğrenemedim. Aslında bu krizler hem geçsin istiyorum hem de onlar da geçerse ben ne yapar, nereye sığınırım, onu da bilmiyorum. Hep hayal kurarak olmaz değil mi bu işler?"

Çok değişik şeyler söylüyor. Bu sözlerde bir imdat çığlığı olduğunun farkındayım ama işin neresinden tutmam gerektiğini henüz hiç anlayamadım. Bu krizlerin geçmesinden neden korkuyor acaba? Hayatında önemli bir boşluğu dolduruyor belki de...

"Ne tür hayaller kuruyorsun Ayşa?"

"Gözlerimi kapatıp kuş gibi gökyüzünde uçtuğumu hayal ediyorum. İstediğim yere konup istediğim zaman kalkıyor ve yine uçuyorum. Kimse beni yakalayamıyor. Bazen de ağaçların dallarında kendime saklanacak bir yer buluyor, hiç kımıldamadan orada bekliyorum. Sonra yine havalanıyor, herkese ve her yere gökyüzünden bakıyorum. Bir süre gökyüzünde dolaşınca sanki biraz hafifliyorum. Oh, diyorum, kimse yok ve ben özgürüm."

"Kimse yok ve ben özgürüm." Satır aralarında kendine dair ne kadar da önemli şeyler söylüyor aslında... Belli ki yalnız kaldığında kendini özgür hissediyor. O "kimse" dediği, kim acaba? Onu bu hale getiren kimse, o işte, diyorum içimden. Demek ruhunda biriken kötü enerjiden o da böyle dönerek ya da kuş olup gökyüzünde döndüğünü hayal ederek kurtuluyor. Yine de bir yol bulmuş kendine.

"Küçükken daha çok mutluluk hayalleri kurardım. Biri beni sevecek ama öyle çok sevecek ki, sonsuza kadar bırakmayacak. Sonra da kızardım kendime. Sen bir çöp kızsın, boşuna hayal kurup durma. Kimse seni öyle sevmez derdim. Sevse de üç gün sever, sonra gider. Sen hep üzüldüğünle kalırsın."

Çöp kız diyor kendine. Neden acaba? Ayrıca terk edilme korkuları var. Kendini sevmediği gibi çok da aşağılıyor.

"Bir kız arkadaşım vardı. Bayılırdı oğlanlara, oğlanlar da ona. Bir süre biriyle çıkar, sonra gönlü geçince başkasını bulurdu. Hayatımın erkeğini arıyorum, derdi bana. Hayatının erkeğini arıyormuş... Aptal derdim ona, seni kullanıyorlar. Kızardı. Kimse kimseyi kullanmıyor derdi. Hiç üzülmezdi ayrılınca. İnsan terk edilince üzülmez mi sizce? Üzülür değil mi?"

Şimdi aniden neden çok eski bir arkadaşı geldi bu kızın aklına? "İnsan terk edilince üzülmez mi, üzülür değil mi?" diye soruyor, onu onaylamamı istiyor. Çok korkuyor terk edilmekten.

"Kendine neden çöp kız diyorsun?"

"Ben demiyorum ki, ben küçükken okuldaki arkadaşlarım çöp kız diye alay ederdi benimle. Çok zayıf, çırpı gibi, çirkin bir çocuktum."

"Ama şimdi hiç de öyle görünmüyorsun."

"Ben hiç büyümeyeceğim sanırdım, boyum da hep kısa kalacak, otuz kilodan yukarı çıkamayacağım. Arkadaşlarımdan hep çok küçüktüm. Öğretmen beni en ön sıraya oturturdu. Beden eğitimi derslerinde herkes gibi koşamazdım. Hemen yorulur, yere çökerdim."

Ne kadar da içten anlatıyor. Bu çöp kızın hikâyesini merak ettim doğrusu. Ona şöyle bir uzaktan bakıyorum. Ne çöp kızı, ona olsa olsa prenses, kontes, leydi filan der insan. Çöp kızlık da neyin nesi? Kimse tarafından sevilmeyeceğine, mutlaka sonunda terk edileceğine emin. İnsan eğer bu inanç doğrultusunda yaşarsa, kendi inandığı bu gerçeğe başkalarının da inanmasını sağlar. Kader motifinin çizdiği yolda giderken başına gelenlerde kendisinin hiçbir sorumluluğu olmadığını düşünür. Sonra da "Ben biliyordum zaten böyle olacağını" deyip haklı çıkmanın buruk hüznünü yaşar. Kendini doğrulayan kehanet tam da böyle bir şey işte. Yıllardır insanlara kader motifi adını verdiğim kavramı anlatmaya çalışıyorum. Bu kızın nereden gelip nereye gittiğini henüz tam bilmiyorum ama kendine hâlâ çöp kız dediğine göre, öyle bir şey yaşadı ki, çöp kadar değersiz hissetti kendini. Eğer böyle devam eder ve ben onu durduramazsam hayatın onu nereye götüreceği baştan belli zaten, çöp nereye giderse onu da oraya götürür hayat. Acaba bunları ona anlatabilecek miyim?

"Her ne kadar şapkandaki tül nedeniyle yüzünün yarısını görmesem de, çok şık, çok zevkli ve çok güzel görünüyorsun."

"Teşekkür ederim ama böyle giderse başım derde girecek."

"Derde girecek derken..."

"Gördünüz işte. Bu krizleri geçiren biri hayatını düzenli olarak sürdürebilir mi? Nerede geleceği belli değilken... Hatta bir keresinde bu kriz takside geldi. Aniden başladım kusmaya. Şoför de ne yapacağını şaşırdı. Hastaneye mi götürsün, ne yapsın; yoksa beni taksiden atsın mı, bilemedi. Ben de zaten bir an önce inip dönebileceğim bir yer arıyorum. Trafik de çok yoğun. Akşam saati. Beni hemen indir dedim. Adam zaten dünden razı. İndim. Her yer çok kalabalık. Kadın elbiseleri satan bir mağaza gördüm. Hemen girdim içeri. Güya elbiselere bakıyorum. Hemen aldım elime birini. Bunu deneyeceğim diyerek kabin arıyorum. Girdim kabine. Giydim elbiseyi ama kabin küçük, bir türlü dönemiyorum. Elbiseye bakıyor gibi çıktım kabinden. Aynanın karşısında başladım dönmeye. Kızlar da şaşırdı. Balerin misiniz siz diye sorunca, evet dedim, balerinim. Orada epeyce döndüm. Kızlar tıpkı sizin gibi alkışladı beni. Sonra dışarı attım kendimi. Kim bilir hakkımda ne düşündüler ama ne yapayım, ancak böyle sakinleşebiliyorum."

"Anlıyorum. O gün sen de kim bilir ne kadar korktun ve sıkıldın."

"Çok... Bütün bu yaşadıklarımı bir tek odamdaki kırmızı pelerinli kıza anlatabiliyorum."

"Odasındaki kırmızı pelerinli kız" kim? Onun gibi giyinen biri daha mı var?

"Şu yerde duran pelerin var ya, uzun zamandır hep onun sırtında durur. Buruşmasın diye katlamıyorum. Hem onu karşımda görmeyi seviyorum."

"Kimin üzerinde, onu anlamadım."

"Kimin olacak, mankenin."

"Manken mi? Odanda manken mi var?"

"Vitrin mankeni yani... Çocukken en büyük hayalimdi benim bu pelerin. Hâlâ da çok seviyorum. Başka yere koymaya kıyamadığım için hep mankenin üzerinde durur. Ona baktıkça ümitleniyorum. Bu pelerine sahip olabildiysen gerisi de gelir diyorum. Bazen ona sarılıp ağlıyorum, bazen de kendime gülmem geliyor. Ama son günlerde çok sıklaştı krizler."

Demek odasında bir vitrin mankeni var. Çok tuhaf... Bir yandan da kendi haline kendi de gülüyor. Bu iyi işte, yoksa akıl sağlığından şüphe edecektim. Ne yaşadı, başına neler geldi de bu kız çareyi bir vitrin mankeninin üzerine giydirdiği pelerinde arıyor acaba? Odada bir vitrin mankeniyle yaşamak nasıl bir şey? Artık bunları sorma zamanı... Bu krizlerin son zamanlarda arttığı anlaşılıyor.

"Bu krizler neden arttı Ayşa? Hayatında ne değişti?"

"Hayatımda ne mi değişti? Hayatım hep değişiyor benim.

Durduğu yerde hiç durmadı ki... Aslında kötü değil, belki de yıllardır hayalini kurduğum şey oldu ama yine de beni korkutuyor."

"Bazen iyi şeyler de bizi heyecanlandırabilir, alışkın olduğumuz dengeyi bozabilir. Hayatımızdaki değişikliklerden her zaman etkileniriz."

"Etkileniriz değil mi? Yani ben onu istemiyor değilim."

"O kim?"

"Kim mi? Ali... Ali geldi. Şimdi soracaksınız, Ali kim, ne oldu, nereden geldi filan diye ama..."

Başını önüne eğmiş kırmızı ojeli tırnaklarıyla oynuyor. Evet, bunları sen anlatmazsan ben sorarım ama bu korku, bu tutukluk neden? Sonra başını kaldırıp boynunu bükerek soruyor.

"Siz benim krizlerimi gördünüz. Bana onları durduracak bir ilaç veremez misiniz?"

"İlaç? Evet verebilirim. Bu ilaçla krizler hafifleyebilir, seni hayatın içinde biraz daha rahat ettirir ama sen onların neden geldiğini, hayatında neyi simgelediğini, kendinle ilgili neleri hâlâ göremediğini bilmez, anlamazsan, bu işi kökünden çözemeyiz."

"Olsun, siz verin, ben bu konuyu tekrar düşüneyim. Hem Ali geldi dedim ya, belki onunla her şey bambaşka olur."

Buraya aslında konuşmaya, anlatmaya geldi ama şimdi kolayı seçiyor. İlaç alıp gidecek. "Ben o krizleri ilaçla bir süre durdurabilirim ama kendini çöp kız gibi hissetmene engel olamam" diyorum içimden.

"Kolayı seçiyorsun."

"Kolayı mı? Ben bugüne kadar hayatımla ilgili hiçbir şeyi seçmedim ki... Hep bir şeyler için mücadele ettim ama seçimi benim yerime hep başkaları yaptı. Bana da yaşadığım ortama uyum sağlamak kaldı."

"Hâlâ öyle mi?"

"Biraz öyle, biraz değil. Ben bu hayatın beni sürüklediği yollarda kayboldum galiba. Ama neler yaşadığımı bilmedikçe anlamazsınız beni."

"Sen anlatırsan ben anlamaya hazırım. Hem bu ilaçlar krizlere iyi gelebilir ama seni çöp kız olmaktan kurtarmaz."

"Çöp kızdan kurtulmak mı? Ay o benim zaten. İnsan kendisinden nasıl kurtulabilir ki? Bunu bugüne kadar kimseye söylememiştim ama beni söylediğime pişman etmeyin. Kendime böyle demeyi ben ister miydim? Kim ister ki... Siz benim geçmişimi, geçmişte yaşadıklarımı değiştirebilir misiniz? Çöpe atılmış, üzerine binlerce çöp daha dökülmüş, oralarda ekşimiş, kokmuş bir şeyi çöpten alsanız ne olur zaten? Ne kadar yıkarsanız yıkayın, ne kadar parlatırsanız parlatın, onun özünden o yılların pisliğini silemezsiniz."

Ne oldu bu kıza? Bir anda çıkmayan sesi çıktı, eğik duran boynu düzeldi, şimdi sanki konuşmuyor, haykırıyor. Demek kendine, geçmişine, yaşadıklarına bu kadar öfkeli, kendinden hiç umudu yok. Bu kıza ne yaptılar da bu hale geldi acaba? İnsan onu dinlerken tuhaf bir şefkat duyuyor. Onu buraya tekrar gelmeye ikna edemezsem, kader motifi onu hep çöp yığınlarının içinde yaşatacak. Sesimi biraz daha yükseltip biraz daha otoriter bir havaya bürünüp öyle başlıyorum söze.

"Değişmeyen sadece seninki değil Ayşa, hiçbirimiz geçmişimizi değiştiremiyoruz. Geçmişte yaşadıklarımız öyle ya da böyle hepimizi etkiliyor. Doğduğumuz evler bizim kaderimizi yazıyor."

"Benimkini yazdı zaten."

"Sen memnun musun sana yazılan kaderden?"

"Bana hiç soran olmadı ki... Sanki hayat benim değil, onların."

"Sen peki, sen sahip çıktın mı hayatına?"

Hiç beklemediği, bugüne kadar üzerinde hiç düşünmediği bir soru sormuşum gibi şaşkınlıkla bakıyor yüzüme.

"Ben... Ben hiç böyle hissetmedim ki... Bu hayatı benim hayatımmış gibi yaşamadım ki... Hep bir yerlere sığınmak, verileni kabul etmek zorunda kaldım. Şimdi yeni yeni hayatımda bir şeyler değişiyor, ama hayat beni nereye götürecek, hiç bilemiyorum."

"Hayatın ilk yılları çoğumuz için öyle geçiyor. Ailemizin kurallarına ve değer yargılarına uymak zorunda kalıyoruz. Ancak belli yaşa gelip hele elimiz de ekmek tutuyorsa artık kendimizden, hayatımızdan biz sorumluyuz. Sen kendine çöp kız dediğine göre hayatına hâlâ sahip çıkmamışsın. Geçmiş belki artık kayıp gitti elimizden, onu asla değiştiremiyoruz, buna gücümüz yetmiyor ama bugünümüzü ve geleceğimizi aldığımız kararlarla, seçimlerimizle biz inşa ediyoruz..."

"Kaderin hiç mi suçu yok hocam?"

Nasıl da mahzun soruyor bu soruyu, "Kaderin hiç mi suçu yok?" Olmaz olur mu?

"Senin kaderin sana ne diyor, seni nerelere götürecek, şimdilik pek bilmiyorum ama kendine çöp kız diyen birini kader iyi yollara götürmez. O yolu biraz olsun aydınlatabilmek için suçu artık kadere yüklemekten vazgeçmeli, kendin için, kendi hayatın için mücadele etmelisin."

"Benim geçmişte neler yaşadığımı bilseniz, böyle söylemezdiniz."

"Yanılıyorsun. Yine böyle söylerdim. Senden umudu kesmedikçe böyle söylemeye devam edeceğim."

"Demek şimdilik benden ümitlisiniz..."

"Ya sen?"

"Bilmem ki... Geçmişte en küçük bir pırıltı ümitlendirirdi beni. Çocukluk işte..."

"Keşke bana da anlatsan o günleri..."

"Çocukluğumu mu? O günleri anlatabilir miyim, bilmem ki... Siz en iyisi benim ilacımı yazın."

"Tamam. Gerildiğinde, sıkıldığında, kriz gelecekmiş gibi hissettiğinde bundan alırsın. Bu kapı sana açık. Ne zaman istersen yine gel. Ben seni dinlemeye ve anlamaya hazırım."

"Anlayacaksınız yani. O zor biraz..."

Onu dinlerken etkileniyor insan. Bir yanı masum bir çocuk gibi...

"İşte şimdi Ali geldi diye çok sevindim ama biliyorum ki sevincim yine kursağımda kalacak. İşte o zaman daha çok nefret edeceğim hayattan da, kendimden de."

"Kim bu Ali?"

"Ali mi? O benim neyim yani, onu soruyorsunuz değil mi? Ali benim arkadaşım, sevdiğim, güvendiğim, sonsuza kadar yanımda olsun, beni hiç bırakmasın dediğim biri işte. Yıllardır birbirimizi hiç görmedik ama ben sanki her gün onunla beraberdim. Aklımdan hiç çıkmadı. Ama şimdi geldi ve ben çok korkuyorum."

"Nasıl bir korku?"

"Anlatsam da şimdi anlamazsınız hocam. Her şeyi, bütün ayrıntılarıyla anlatmazsam, ne beni anlarsınız, ne de Ali'yi. Verdiğiniz ilacı sıkıntı geldikçe alırım ama size gelip kendimi anlatabilir miyim, bilmiyorum. Gerçi bugün bu kırmızı pelerini biraz da onun için giydim ama..."

"Nasıl yani?"

"Bunu giyince sanki başka biri oluyorum. Ayşa değil de, kırmızı pelerinli kız... Bunun içinde daha rahat hissediyorum kendimi. Ne komik, değil mi? Başında şapka, üstünde kırmızı pelerin ama bir klinikte, doktorun karşısında oturuyor. Bakanlar deli demiştir bana."

"Başka bir klinikte olsan garip kaçabilir ama burası psikiyatri kliniği. Kimseye yabancı gelmemiştir. Neler gördü bu klinik! Rahat ol bence. Olsa olsa o da bizden derler."

İkimiz birden gülmeye başlıyoruz. Tuna bile onu böyle görünce şaşırdığına göre, kız haklı galiba.

"Sizce delilik var mı bende?"

"Pek sanmam. Deli değil ama dertlisin sen. Reçeteni yazdım."

"Dertliyim değil mi? Buraya bir süre daha bu kıyafetle gelsem, ayıp olur mu?"

"Neden ayıp olsun. İstediğin gibi gel. Hem ben çok beğendim bu pelerini. İpek mi bu?"

"İnce, ipek kadife hocam. Çok zor bulduk bunu ama eskirse bir daha bunun kadar güzelini bulamam."

"Dikkatli giy öyleyse."

"Öyle yapıyorum zaten. Neyse, her şey için teşekkürler. Ben gideyim artık. Birine kendimi, yaşadığım hiçbir şeyi atlamadan anlatabileceğimi, onun da beni anlayacağını bilsem, kapınızda yatardım ama o işler o kadar kolay değil."

Böyle diyerek hızla kalkıyor ayağa. Toparlanıp gidecek. Motif bir şekilde kendini devam ettirmek, varlığını sürdürmek ister. Değişikliği, daha iyi bile olsa istemez, her zaman alışkın olduğu yolda akıp gitmeyi tercih eder. Aslında bunu kişiye zarar vermek için değil, alıştığı sahada savaşmanın daha kolay olduğunu düşündüğü için yapar. Bu uğurda şifadan da, şifacıdan da uzak tutar insanı. Ne olsa o bir çöp kız. Herkes gibi doktor da onu önemsemez, iyi bakmaz ve anlamaz. Onu sadece doktor değil, hiç kimse anlamaz. Düştüğü o derin kuyudan kimse çıkaramaz. Sanırım şu anda tam da böyle düşünüyor. Ne yaşadıysa, bütün ümitleri kırılmış bu kızın. Kendine de, başkalarına da, hayata da hiç güveni kalmamış. Keşke yine gelse, keşke düştüğü kuyudan çıkmasına yardımcı olmama izin verse...

"Sen yine de düşün istersen. Bu kapı sana her zaman açık."
"Geleyim mi sahi?"
"Gel."

Mahzun bir gülümseme yayılıyor yüzüne ama gelecek galiba... Tamam diyor, yerdeki pelerini alıp küçük bir kız gibi elini sallayarak çıkıyor odadan. O çıkınca şöyle bir bakıyorum etrafa. Ne çok şey bıraktı odaya. Her tarafa bir şekilde dokundu. İlginç bir kız. En çok da kırmızı pelerin ile başındaki şapkaya takıldı aklım. Pelerin neyse de, o şapkayı neden takar ki insan? Bir de Ali var. Yani bir aşk hikâyesi anlatacak. Sonu hüzünlü de bitse aşk hikâyeleri hep güzeldir. En güzel ve en yüksek duyguları aşk yaşatır insana. Sonra da bunları unutur, aşk bitince çekilen acıda kalır aklımız. Hatırlamak için iyiyi, güzeli değil en çok acıyı seçeriz çünkü acı öyle keskin bir duygudur ki, etrafında ne var, ne yok hepsini soldurur. Terapide amaç her zaman yaranın kaynağına inebilmektir. Bu kızın yaralarının çok derin olduğu ve bu yaraları kendinden bile saklamaya çalıştığı hemen belli oluyor. Bakalım onları ne zaman gösterecek?

2. Bölüm

Hava erkenden kararmış, renkler solmuş, şehrin ışıkları yavaş yavaş yanmaya başlamıştı. Bu şehirde kışlar hep çok soğuk geçerdi. Aylarca kar yerden kalkmaz, cadde ve sokak kenarlarına yığılan kar kolay kolay erimez, zamanla kirlenir, kapkara olur, şehre pis, bakımsız ve yoksul bir görünüm verirdi. Bunların aksine çatıdaki kar, üstlerine bir de güneş düşünce bembeyaz, ışıl ışıl parlar, bu durum aşağısı ile yukarısı arasında tam bir tezat oluştururdu. Sanki bu şehrin hanımı üst katları gıcır gıcır yapmış da sıra alt katlara gelince arkasını dönüp gidivermişti. Ancak bu durum uzun sürmez, şehrin hanımının yarım bıraktığı temizliği yeniden yağan kar tamamlar, ortada ne is bırakırdı ne de pas. Ama o şehirde yaşayanları asıl heyecanlandıran, pek sık olmasa da henüz her yer tertemizken güneşin aniden çıkıp şefkatli bir anne gibi sıcacık ışıklarıyla şehri sarıp sarmalamasıydı. İşte o zaman evlerin pencereleri birer birer açılır, kenarları oyalı beyaz tülbentli ev kadınları başlarını bu pencerelerden uzatır, bir yandan birbirleriyle şuradan buradan konuşurken, bir yandan ellerine geçen her bez parçasını camdan silkeler ve güneşin tadını çıkarırlardı. Bu evlerde en az üç dört, bazen beş çocuk olur, kimi okula gider, kimi de annesinin kucağında bu muhabbete tanıklık ederdi.

Bahar gelince havada bir hareketlilik başlar, rüzgâr bazen deli gibi eserek aylardır şehre taht kuran karı oraya buraya savurur, bazen de bulutlar hafif esen rüzgârla dağılırken dağların üzerine mor hareler düşerdi. Yağmurun da etkisiyle evlerin çatıları ıslanır, sokak lambalarının ışığında hafifçe parlar, akşama büyülü bir renk katardı. Bir de kuşlar vardı... Yağmurda ağaç dallarının derinliklerine saklanan, üşüdükçe büzülen, büzüldükçe küçülen, bulutlar dağılırken kendini gökyüzüne atarak oradan oraya savrulan kuşlar. Bazen de asker gibi çatıların saçaklarına dizilir, uzun süre hiç kıpırdamadan orada beklerlerdi. Acaba aralarında konuşuyorlar mıydı? Birbirlerine ne diyor, sonra neden aniden hep birlikte havalanıyor, havada daireler çizerek, birbirlerinin peşini hiç bırakmadan hep birlikte nereye gidiyorlardı? Bu kuşların hiçbiri Ayşa gibi yalnız değildi.

Ayşa pek severdi bu kuşları. Hem yağmuru severdi, hem de yağmurda adeta saklambaç oynayan bu kuşları. Odasının küçük penceresinden onları imrenerek seyreder, "Keşke ben de kuş olsaydım, kuş olup uçsaydım" derdi içinden. İşte Ayşa kuş olup çatılarına konmayı hayal ettiği bu şehrin küçük evlerinden birinde yaşıyordu. Okula geçen yıl başlamıştı, okumayı hemen sökmüştü, sınıfın başarılı öğrencilerindendi. Zayıf, çelimsiz, çırpı gibi bir çocuktu. Boyu da küçük olduğundan öğretmen onu en ön sıraya oturttu.

Her şeyden korkardı Ayşa, en çok da babasından. Öfkeliydi çünkü Saffet. Hele içki içtiği akşamlar bir şeyleri bahane eder, mutlaka evde kavga çıkarır, annesini kıyasıya döverdi. Arada bir Ayşa'yı da döver, parmaklarının izleri yanağında pençe pençe kırmızı izler bırakırdı. Böyle zamanlarda korkudan ağlayamaz, içinden koşarak odasına gitmek gelir ama gidemezdi. Buna da kızardı babası. Zalim bir adamdı o. Hiç acıması yoktu. Fena döverdi annesini. İşte o zaman kendi yanağındaki izleri unutur, ciyak ciyak bağıran annesinde kalırdı aklı. Annesinin her çığlığında onun da içinden bir şeyler kopar, dudakları kıpır kıpır eder, ağzından tek bir söz çıkmazdı. Bu arada konuşan yine babası olurdu. "Sus be kadın, sus diyorum sana, yine başımıza toplayacaksın milleti" diyerek elleriyle kadının ağzını kapatmaya çalışır, daha olmazsa, "Öldüreceğim seni!" diyerek kadın morarana kadar boğazını sıkardı. Sonunda sesi çıkmaz olan annesi yere yığılır, babası o zaman bir tekme daha atarak soluk soluğa köşedeki büyük koltuğa çöker, bu sefer de gözlerini masanın altına sinmiş Ayşa'ya dikerdi.

Bir keresinde istemeden o kovalamacanın ortasında kalmış, babasının ayakları altında ezilmekten zor kurtulmuştu. Korkudan o da bağırmaya başlayınca, babası annesini bırakıp onun üzerine yürümüştü. O günden sonra ne zaman evde kavga çıksa, ortalık durulana kadar masanın altından çıkmıyordu. Babası, "Sen ne duruyorsun orada, defol git odana!" diye bağırınca, derin bir kâbustan uyanır gibi ayaklarını sürüyerek odasına gider, üstüyle başıyla yatağına uzanır, gözlerini tavana diker, titremekten bir süre ağlayamaz, sesler kesilince gözlerinden sicim gibi yaşlar akmaya başlar, uzun uzun ağlamadan uyuyamazdı. Alışmıştı ağlamaya, hatta biraz da seviyordu galiba bu ağlamaları çünkü ağlayamadığı zamanlar daha kötü oluyordu.

Okulda da en küçük bir şey olsa ağlar, arkadaşları bunu bildiklerinden onu ağlatmak için sık sık saçını çeker, sonra da "Çöp kız, çöp kız" diye alay ederlerdi çünkü çöp gibiydi, çok zayıftı, çırpı gibiydi. Öğretmenler birkaç kez annesini okula çağırıp çocuğun bir beslenme sorunu olup olmadığını sormuşlardı. Kemikleri sayılan bu küçük kızı ısrarla doktora götürmesini önermişlerdi. Beden eğitimi derslerinde bile biraz koşunca yorulur, öğretmenler de bu durumu idare etmeye çalışırdı. Ancak sınıftaki diğer çocuklar öğretmenler kadar anlayışlı değildi.

Bir tek öğretmen seviyordu onu. Defterlerini kontrol ederken hep, "Aferin Ayşa" diyor, saçlarını okşuyordu. Derslerine iyi çalışırsa öğretmenin onu seveceğini okulun açıldığı gün annesi söylemişti ama arkadaşlarının sevmesi için ne yapması gerektiğini bilmiyordu. Bunu hep sormak istiyordu ama annesi ya işte oluyor ya da evdeyse bile git başımdan diyerek Ayşa'yı uzaklaştırıyordu. Gözlerine bakmıyor, onu görmek istemiyordu sanki. Oysa Ayşa bir çocuk olarak o evde annesi ya da babası tarafından görülmek istiyordu.

Annesi Muazzez'i bir türlü anlayamıyordu. Bunca dayak yediği o adamı hâlâ seviyordu. Annesine söylemese de sevmiyordu babasını, babası da onu. Bir kere bile kucağına almadığı kızıyla konuşmuyor, hiç "Aferin" demiyordu. Her şeye kızıyor, ikide bir, "Bıktım sizden, bir gün gideceğim bu evden, bir daha da yüzümü göremeyeceksiniz" diyordu. Zaten babası onu sevse, gideceğim demezdi. Kendini sevdirmek için acaba ne yapmalıydı? Annesi çok korkuyordu babasının gitmesinden. Sık sık, "Baban giderse biz ne yaparız" diyerek uzun uzun ağlıyor, "Kızım dua et de baban gitmesin, Allah çocukların dualarını kabul eder" diyor, o da ellerini havaya kaldırıp, "Allahım, babam bizi terk etmesin, hep bu evde, bizimle kalsın" diye dua ediyordu. Dili böyle söylese de, içinden hep, "Keşke gitse, gitse de bir daha gelmese" diyor, sonra da böyle düşündüğünü annesinin anlamasından korkuyordu. Birkaç kere sordu Ayşa, "Anne beni seviyor musun?" diye. O da her seferinde, "İnsan çocuğunu sevmez mi" diye cevap veriyor ama yine de öpmüyor, okşamıyor, gözlerinin içine gülerek bakmıyordu. Annesinin, babasının gözlerine bakarken nasıl da güldüğünü, neşeyle kıkırdadığını kaç kere görmüştü. Demek gülmeyi de biliyordu, sevmeyi de. Acaba çöp gibi olduğu için mi sevmiyordu onu? Sofraya oturunca önüne konulanları yemek için çok uğraşıyor ama ağzında büyüyen lokmaları bir türlü yutamıyordu.

Annesi nasıl davranırsa davransın, yine de ona sokulmaktan vazgeçmiyor, kedi gibi onun eteğinde dolanıp duruyordu. O ise, "Git başımdan" ya da "Kalk, bana bir bardak su getir" diyerek kızı kendinden uzaklaştırmanın bir yolunu buluyor, eve bir gelen olsa onlara, "Eteğimden ayrılmıyor. Tuvalete bile gidemiyorum bunun ağlamasından" diyerek hep şikâyet ediyor, "Çok mızmız bu çocuk" diyordu. Mızmız ne demekti acaba? Derslerde iyi notlar alıyor, evde annesine her işte yardım ediyordu ama bunlar kadını memnun etmeye yetmiyordu. Demek ki kendisinin bilmediği kusurları, eksikleri vardı. O zaman içine bir sıkıntı gelir, boynunu bükerek odasına girer, önlüğünü çıkarır, yatağına uzanıp gözlerini kapatırdı. Gözlerini her kapattığında kendini havadaki kuşların yanında bulur, onlarla birlikte gökyüzünün maviliklerinde bir aşağı, bir yukarı dolanır dururdu. Hayal edecek başka bir şeyi yoktu henüz. Gerçi arada bir annesi gibi hemşire olmak istiyor, onun giydiği beyaz formayı giymeyi hayal ediyor ama bu hayalden hemen vazgeçiyordu. Annesi gibi olmak, hep dayak yemek istemiyordu.

Teyzesi Nurşen sık gelirdi onlara. Zengin bir adamla evliydi. İki çocuğu ve kocasıyla büyük bir apartmanın en üst katında oturuyorlardı. Teyzesi hiç benzemezdi annesine. Uzun boylu, artist gibi bir kadındı. Her zaman çok şık giyinir, gözleri ile dudakları hep boyalı olur, yüksek topuklu ayakkabılar giyer ve sık sık güler, kahkaha atardı. Zeytin rengi gözleri bir oraya, bir buraya oynar, siyah saçlarını arkadan parlak bir tokayla toplar, hep salına salına yürürdü. Teyzesi daha gelir gelmez de önce eşinden, sonra da çocuklarından şikâyet ederdi, "Bıktım hepsinden, bir gün alıp başımı gideceğim" der, eğer Ayşa hâlâ yanlarındaysa onu ders çalışması için odasına gönderir, annesiyle fısır fısır bir şeyler konuşurlardı. Hiç bitmezdi bu fısıldaşmalar. Arada bir teyzesi her nasılsa onu yanına çağırır, "Aman da aman, kocaman kız olmuş" diyerek saçlarını okşar, sonra onu yine unutur, kaldığı yerden hararetle konuşmaya devam ederdi. Yalancıydı teyzesi, kocaman bir kız olmamıştı ki henüz. Ayşa onların bu kadar gizli ne konuştuklarını hep merak eder, uzaktan bu konuşmalara kulak kabartır, arada bir Nurşen Teyzesinin, "Daha doymadın mı dayak yemeye" dediğini, annesinin de ona kızdığını duyardı. Yalan da söylese arada bir saçını okşayan bu güzel kadını severdi Ayşa. Büyüyünce keşke ben de öyle olsam der ama aynada kendine bakınca bu hayalden hemen vazgeçerdi.

Teyzesi hemen her geldiğinde bir süre oturduktan sonra Ayşa'yı da yanına alır, çarşıya giderlerdi. Önce biraz vitrinlere bakar, sonra mutlaka "o" ayakkabıcıya uğrar, Ayşa hep aynı ayakkabılara bakarken teyzesi aniden ortadan kaybolur, o tekrar gelene kadar da en köşedeki küçük taburede oturup beklerdi. Murat Usta diye birinindi bu dükkân. Hemen arkadan aşağı inen merdivende, teyzesi Murat Usta'yla birlikte birden kayboluyordu. Ne yapıyorlardı acaba aşağıda, korkmuyorlar mıydı?

Dükkânda Ali adında bir çırak vardı. Gözleri öfkeli bakan, pembe yanaklı, iriyarı bir oğlandı Ali. Eğer müşteri yoksa Ali de taburesini alıp yanına gelir, onunla konuşmaya çalışırdı. Ayşa birileriyle konuşmaya, sohbet etmeye alışkın değildi. Hele ki böyle kendinden büyük bir oğlanla, bir ayakkabıcı dükkânında karşılıklı oturup konuşamazdı. Biraz da korkuyordu ondan çünkü onun yanında küçücük kalıyordu. Böyle çöp gibi bir kızla neden konuşmak istiyordu acaba? Ama Ali ısrarlıydı. Karşısına geçip oturuyor, sen kaç yaşındasın, okula gidiyor musun, hiç arkadaşın yok mu diye sorup duruyordu. Bunları sorarken de gözünün içine bakıp ona hafifçe gülümsüyordu. İşte bu gülümseme içine işliyordu Ayşa'nın. İnsana ne güzel bakıyordu bu oğlan. Böyle gülünce pek korkmuyordu ondan. Hiç konuşmasa bile o da zamanla Ali'ye gülümsemeye başladı.

Gide gele yavaş yavaş birbirine ısınmıştı bu iki çocuk. Ali her cumartesi kız gelince seviniyor, eğer cebinde parası varsa bir koşu gidip simit, bazen de ucuz gofretlerden alıyordu ona. Önceleri istemem dese de giderek kız da ufak ufak konuşmaya başladı Ali'yle. Oradan buradan, en çok da okuldan konuşurlardı. Ali o zaman ortaokul öğrencisiydi ama çalışmak zorunda olduğu için okula gidemiyor, sadece dışarıdan sınavlara giriyordu. Konuşkan bir çocuktu Ali ve en çok babasından yediği dayakları anlatıyordu Ayşa'ya. Onun da tıpkı kendisi gibi babasından dayak yediğini öğrendiği günden sonra Ali'ye içinde büyük bir yakınlık duydu Ayşa. Demek başka babalar da dövüyordu çocuklarını. Demek sadece kızlar değil, oğlanlar da dayak yiyordu.

Teyzesi alt kattan yukarı çıkana kadar bu sohbetler uzayıp gidiyordu. Ortak dertleri vardı bu çocukların. İkisi de babasından dayak yiyor, ikisinin annesi de onları koruyamadığı gibi eşlerinden yoğun şiddet görüyordu. Artık dayağın bütün ayrıntılarını, o hafta kaç kere dayak yediklerini, nerelerinin acıdığını, ağlayıp ağlamadıklarını bile ellerini kollarını sallayarak hararetle anlatıyorlardı birbirlerine. Ali bazen kolunu, bacağını ya da sırtını açıp yediği dayağın izlerini gösteriyordu Ayşa'ya. Demek Ali'nin babası kendi babasından da kötüydü. O hafta kim daha çok dayak yediyse, diğeri onun için üzülüyor hatta bazen de biri anlatırken diğeri ağlıyordu.

Teyzesi yukarı çıkınca elinden tutup aceleyle sokağa çıktıklarında Ayşa'nın aklı hep Ali'de kalır, onun nasıl dayak yediğini hayal etmeye çalışır, bunları düşündükçe içi ezilir, gözleri dolardı. Aslında teyzesiyle çarşıya gitmeyi hiç sevmiyordu ama Ali'yle arkadaşlıkları geliştikçe bu gezmeleri o da sever olmuştu. Demek artık yalnız değildi. Artık, babasından dayak yerse hafta sonu bunları anlatacağı bir arkadaşı vardı.

Yol boyu teyzesi öyle hızlı yürürdü ki, onu adeta sürükleyerek götürür, evin yakınına gelince, "Sen artık buradan gidersin. Nereye gittiniz diye soran olursa çarşıyı gezdik dersin" diye sıkıca tembih edip onu yollardı. O kadar aceleci davranırdı ki, Ayşa'yı evine kadar bırakmazdı. Eve geldiğinde annesi mutlaka, "Nerede kaldınız, bak saat kaç oldu" der, geç kalmak onun suçuymuş gibi ona kızgın gözlerle bakar, sonra da "Hadi git odana, baban gelmeden üstünü değiştir. O sormazsa çarşıya gittiğinizden sakın bahsetme" diyerek sıkıca tembihlerdi Ayşa'yı.

Şehrin uzak mahallelerinden birinde, küçük bir gecekonduda oturuyorlardı. Yeşil boyalı evlerinin önünde küçük bir bahçeleri, bahçede koca bir dut ağacı, üç beş de gül vardı. Bahar gelince güller tomurcuklanır, daha açamadan da solar giderdi. Kışın evin ortasındaki soba hep yanar, salonun iki tarafındaki odaların kapısı hep açık durur, böylece bütün ev ısınırdı. Ancak en kenardaki mutfak her zaman soğuk olur, annesi yemek yaparken Ayşa da ona yardım etmek zorunda olduğundan her yanı buz keser, yemek ocağa konup da buhar çıkarmaya başlayınca mutfakla birlikte Ayşa da yavaş yavaş ısınırdı.

Ayşa'nın odası küçüktü. Odada sadece karşılıklı duran iki somya, onların ortasında küçük bir şifoniyer vardı. O da kitaplarını bu küçük şifonyerin üzerine dizer, çamaşırları, kazak ve hırkaları da sıkış sıkış bu komodinin çekmecelerine yerleştirilirdi.

Hem annesi, hem babası çalışsa da, varlıklı bir aile değildi onlar. Devlet hastanesinde hemşire olan annesi, Ayşa küçükken işe giderken onu komşu teyzelerden Neriman'ın evine bırakırdı. O günleri hayal meyal de olsa hatırlıyordu. Neriman Teyze'nin iki oğlu, bir de kızı vardı. Hepsi de çok yaramazdı. Ayşa onlardan küçüktü. Her biri bir yanını çekiştirir, onu hep ağlatırlardı. Neriman başına beyaz bir tülbent bağlar, üzerindeki çiçekli basma elbisesiyle evin içinde koşturur dururdu. Kendi çocuklarıyla bile ilgilenmeye vakti olmayan kadın işi gücü bırakıp onunla ilgilenecek değildi ya... Akşama kadar ya evde temizlik yapar ya mutfakta yemek pişirir, önlerine koyardı.

Hiç tanımadığı bu yabancı ortamda küçücük bir çocuk olarak önceleri çok yabancılık çekmişti. Gözü kapıda sürekli ağlıyor, sık sık hastalanıp ateşi çıkıyordu. Akşam olup da annesini kapıda görünce de öfkeyle bakıyor, kendisini bırakıp gittiği için ona nazlanıyordu.

Annesi her sabah giderken arkasından deli gibi ağlıyor, Neriman o zaman onu kucağına da alsa bir türlü susturamıyordu. Çocuğu susturamayacağını anlayınca da bir kenara bırakıyor, Ayşa orada ağlayacak hali kalmayana kadar bağırıyor, sesini kimseye duyuramayacağını anlayınca susuyor, korku içinde bakıyordu etrafa. Zaten birkaç ay sonra Ayşa bebeğin bakışları değişti, gözleri donuklaştı; ondan sonra da bir daha annesi giderken ağlamadı.

Çok hareketli bir evdi burası. En çok da doktorculuk oynarken oğlanların orasını burasını ellemesi acıtıyordu canını. Ondan başka herkes seviyordu bu oyunu. Yemek vakti gelince Neriman önüne yemek koyuyor, öteki çocuklar yemeğe saldırırken o da bir şeyler yemeye çalışıyordu. Tatlı oluyordu Neriman Teyze'nin yemekleri.

Zamanla alıştı Ayşa Neriman Teyze'ye, zamanla sevdi onu. Artık eskisi gibi korkmuyordu, evin düzenine alışmıştı. Önüne konulanı yiyor, eskisi kadar çok hastalanmıyor, hatta arada bir evdeki çocuklarla o da oynuyor, koşturuyor, yaramazlık yapıyordu. Böyle zamanlarda Neriman Teyze gözlerini sonuna kadar açar, eline aldığı oklavayla onları kovalar ama vurmazdı. Bazen de çocukları başına toplar, onları yere serdiği örtünün etrafına oturtur, ceviz kırıp verir, bir yandan da masal anlatırdı. Ne çok severlerdi onun anlattığı masalları. Arada bir hep birlikte üzülür, bazen de gülmekten yerlere yatarlardı.

Neriman Teyze bazen kendi çocukları gibi onu da kucağına alır, sever, okşar, saçlarını tarardı. Derken zamanla Ayşa büyüdü ve okul vakti geldi. Annesi onu mahalledeki bütün çocukların gittiği okula yazdırdı. Sabah okula gidiyor, öğleden sonra önlüğünün cebine uzun bir ipe bağlı anahtarla kapıyı açıp eve giriyordu. Kimse olmazdı evde. Önceleri yalnız olmaktan korkar, arada bir yine Neriman Teyzelere kaçardı. Annesi kızardı buna. "Koca kız oldun, ben gelene kadar otur evde ders çalış, ortalığı topla" derdi. Sonra evde oturmaya da alıştı.

Babası teyzesinin kocası gibi zengin değildi. O bir halıcıda çalışıyordu. Sabah erkenden işe gider, akşam işten çıkınca bazen arkadaşlarıyla takılır, onlarla kafa çekerdi. İşte o zaman evde kıyamet kopardı. Onun bu gidişlerine annesi çok kızardı. Babasının eve geç geldiği günlerde Ayşa evde rahat eder, derslerini yemek masasında çalışır, televizyonda annesinin açtığı, onun da çok sevdiği dizileri seyrederdi. Ama annesi o günler çok kızgın olur, gözü yolda hırsla kocasını beklerdi. Örgüsünü örmez, evin içinde oradan oraya dolaşır, her şeyi bahane edip Ayşa'ya kızar, bağırır, arada bir de onu döverdi. Hatta bir keresinde yemek dolu tencereyi mutfağa götürürken ayağı halıya takılıp düşmüş, bir tencere yemek ortalığa saçılıvermişti. Annesi önce bir çığlık atmış, sonra da hırsla yerinden fırlayıp bir güzel dövmüştü kızı. Ayşa her yeri deterjanlı sularla temizleyip paklamış ama hırsı geçmeyen annesinden, bir posta daha dayak yemişti.

Babası geldiğinde taşın üstünde upuzun yatan kızı görünce, "Ne oldu bu kıza?" diye sormuş, olanları öğrenince Ayşa'ya bir tekme de o savurmuş, kız korkudan ayaklarını sürüyerek odasına zor kaçmıştı. O gece bununla da bitmemiş, bu sefer de annesi, "Yine nerede kaldın, hangi orospunun koynuna girdin?" diyerek babasına saldırmıştı. Evde yine kıyamet kopunca karı koca birbirlerine girmişi. Annesi bir araba dayak yiyince, sokağın öbür ucundan duyulan çığlıklar atmış, bu çığlıkları duyan komşular uyku mahmurluğuyla kapılarına gelmişler, sonunda ortalık yatışmıştı. Her kavgadan sonra olduğu gibi annesi babasına yine küsmüş, o da kızının odasındaki boş somyada yatmıştı.

Babası yatmak üzere kızın odasına gelince Ayşa uyudu mu filan demeden her zamanki gibi ona, "Kalk bana bir bardak su getir" demişti. Kızcağız yediği dayaktan ağrıyan belini tutarak gidip suyu getirmiş, babası cebinden çıkardığı ilacı o suyla içer içmez, dönüp arkasını büyük bir horultuyla uykuya dalmıştı.

İri yapılı, gür saçlı, kocaman elli, fırça gibi bıyıklı bir adamdı babası. Herkes onu çok yakışıklı bulurdu, Ayşa'dan başka. Özellikle içki içmediği, eve zamanında geldiği akşamlar Ayşa bile babasına bakar kalırdı. Sanki bir gece önceki canavar gider, içindeki şeytan çıkar, başka biri oluverirdi. Öyle akşamlar annesinin de keyfi yerine gelir, evin bütün havası değişirdi. Ayşa yine de o evde kendine bir yer bulamaz, bu mutluluğa bir türlü ortak olamazdı. Onlarla masada yemek yer, yemeği biter bitmez ikisi birden, "Hadi kızım derse" diyerek onu odasına yollardı. Oysa Ayşa da onlarla birlikte oturmak, konuşmak, anlatmak ister ama bu fırsat ona hiç verilmezdi. Odasına girince yatağına oturur, mahzunlaşır, canı ne ders çalışmak, ne de yatmak isterdi. Ne düşüneceğini, ne yapacağını bilemez, oflamaya başlar, bu oflamalar kendi kulağına da gelince korkar, "Allah baba bana kızar" diye düşünürdü.

Hemen sokağa bakan camın yanına gelir, annesinin sıkı sıkı kapattığı perdeyi aralar, sokaktaki diğer evlerin pencerelerine bakardı; ışık yanan pencerelere. O pencerelere uzun uzun bakarken zamanın nasıl geçtiğini bilmez, uykusu gelince de yatağına kıvrılır, yatardı. Ertesi sabah, güzel geçen bir geceden sonra annesi yataktan gözleri parlayarak kalkar, kahvaltıyı hazırlarken şarkılar mırıldanır, hep birlikte gülerek çıkarlardı evden. Bugünlerin kısa süreceğini bilse de okula koşarak gider, sırada otururken sık sık elleriyle saçlarını arkaya doğru iter, gözlerinin altından çevresindeki arkadaşlarına heyecanla bakar ama onunla kimse ilgilenmezdi. Zil çalıp eve gitme zamanı gelince annesini yine öyle neşeli, yine öyle şarkı söylerken görecek olmak Ayşa'yı heyecanlandırır, bir an önce eve gidip onu beklemek isterdi. Kapıyı anahtarla açar, eve girince önce ayakkabılarını çıkarıp yerine koyar, sonra ürkek adımlarla, biraz korkarak bütün evi dolaşır, evde kimsenin olmadığından emin olunca odasına gider, önlüğünü çıkarır, ev kıyafetlerini giyer, mutfakta yiyecek bir şeyler arardı.

Akşama doğru annesi gelir, ikisi de heyecanla beklerlerdi, Saffet'i. Babası çok nadir de olsa ona derslerin nasıl gittiğini sorar, sonra da, "Erkeklere yaklaşma, uzak dur onlardan. Benim namusum her şeyden önemlidir" derdi. Bu namus işini bir türlü anlamamıştı Ayşa. Ama bunun erkeklerle bir ilgisi olduğunu bilir, teyzesiyle gittiği ayakkabıcı dükkânında Ali'yle konuştuğunu duysa babam kızar mı acaba diye korkardı. Teyzesiyle nereye gittiklerini annesi biliyor muydu acaba? Orada dükkânın sahibi Murat Amca ile teyzesinin, Ali'yle de kendisinin uzun uzun konuştuğunu biliyor muydu? Bunları konuşamazdı annesiyle. Ne o sorardı, ne de Ayşa bir şey söylerdi.

Sadece bayramlarda ve yılbaşında evin havası değişir, özellikle Kurban Bayramı'nda eve gelen etleri babası pişirir, annesi ona neşeyle yardım eder, bazen yalnız, bazen de birkaç misafirle bu kavurma keyifle yenir, sadece o günler babasının yüzü güler, babası gülünce annesinin neşesi yerine gelir, evde bayram havası eserdi. Sonra da hep birlikte birilerine bayram ziyaretine giderlerdi. Ayşa en çok Nurşen Teyzesine gitmeyi severdi. Orada her şey başka türlüydü. Saray gibi evlerinin tam dört odası vardı. Ortada koca bir salon, salonda kenarları parlak koltuklar, koca bir yemek masası, etrafında bir sürü sandalye, köşede de içinde rengârenk bardakların durduğu camlı bir büfe vardı. Ayşa en çok o büfeye bakmayı severdi. Oradaki bardakları, renkli fincanları, bir de kenarda duran, sallayınca içine kar yağan mavi küreyi artık çoktan ezberlemişti. Kendi evlerinde öyle şeyler yoktu. Onlara dokunmak ister ama annesinin bakışlarından ödü koptuğu için dokunamazdı. Zaten, sadece evin oğlu Tayfun'un böyle bir ayrıcalığı vardı, evin kızı Aynur da dokunamazdı. Onun gibi Aynur da pek önemsenmezdi o evde ama Tayfun'un her dediği yapılır, o kırsa da, dökse de kimse ona kızmazdı. Oysa Aynur da bu yıl okula başlamıştı, karnesi de çok iyiydi. Demek ki oğlan olsa belki onu da sevecekti insanlar.

Hem o eve, hem teyzesi ile eniştesine imrenerek bakardı. Onlar kendi anne babası gibi değildi. Hele Selim Enişte hiç benzemezdi babasına. Filmlerde gördüğü adamlar gibiydi, temiz yüzlüydü, kibardı ve herkese çok saygılıydı, ona bile... Bayramda elini öptürür, önceden alıp hazırladığı hediyeleri verirdi. Sadece Ayşa'ya değil, her bayram kendi çocuklarına da hediye alır, onları hiç dövmez, yüksek sesle bile konuşmazdı. Keşke bu eve daha sık gelsek, benim babam da Selim Enişte gibi olsa diye iç geçirirdi.

3. Bölüm

Ayşa üçüncü sınıfa geçmişti. Derslerini çalışıyor, Vehibe Öğretmen ona her seferinde aferin demeye, gülerek bakmaya, saçlarını okşamaya devam ediyordu. Ayşa'nın da vardı birkaç arkadaşı ama diğerlerine göre biraz daha sessiz bir çocuktu. Onun için bir Vehibe Öğretmen, bir de Ali vardı, bu ikilinin kendi hayatındaki yeri başkaydı. Gerçi teyzesine de hep hayranlık duyardı. Teyzesi gibi güzel ve hep neşeli olmanın nasıl bir şey olduğunu düşünür dururdu. Demek onu döven ya da küfreden biri olmadığı için böyleydi teyzesi. O evdeki çocuklara da imrenmiyor değildi. İkisinin de odalarını görmüş, hiç onunkine benzemeyen bu odalara gıptayla bakmıştı. Ders çalışsınlar diye odalarında masaları, elbiselerini asmak için de dolapları vardı. Bir keresinde Aynur'un elbiselerini görmüş, bu kadar çok elbisesi olduğuna inanamamıştı.

Annesi teyzesine hiç benzemiyordu. Onun işi gücü hastaneden gelince evi silip süpürmek, yemek yapmak, bir de akşamları kocasıyla kavga etmekti. Belki de onların parası olmadığından annesi teyzesi gibi olamıyordu. Babası da eniştesine hiç benzemiyordu. Eniştesi her gittiklerinde onları siyah takım elbisesiyle karşılar, hep mis gibi kokardı. Kısa boylu, biraz göbekli, saçları erkenden dökülmüş, biraz yaşlıca, sevimli bir adamdı eniştesi ve bıyıkları da yoktu. Bayramlarda ona demir değil, gıcır gıcır kâğıt para verir, mutlaka yanına az da olsa oturtur, sorular sorar, sonra da kocaman bir pakete sardığı hediyeyi Ayşa'nın kucağına bırakırdı. O paketin içinden de her zaman Ayşa'ya uygun bir giysi çıkar, bazen de okul çantası, parlak kâğıtlı defterler, hikâye kitapları olurdu. Hatta bir keresinde eniştesi ona kocaman, karnına basınca ağlayan bir taşbebek almıştı. Gerçi o en çok Neriman Teyze'nin aldığı bez bebeği seviyordu ama bir bebeği daha olmasına sevinmişti. Ne iyi adamdı eniştesi... Neden kendi babası da öyle değildi? Bir de eniştesinin verdiği parayı daha evden çıkar çıkmaz babası alır, "Bu kadar büyük parayı çocuklar yanında taşımaz, ver bende dursun" der, sonra Ayşa bir daha o paranın yüzünü göremezdi. Ama paketten çıkanlar zaten onu yeteri kadar sevindirdiği için parayı hemen verir, bir an önce eve gidip o elbiseyi üstünde görmek isterdi.

Artık evde ve okulda olan biten her şeyi Ali'ye bir bir anlatıyordu, iki yakın arkadaş olmuşlardı. Gerçi Ali ondan büyüktü ama olsundu... Yine de birbirlerini dikkatle dinliyor, sonra da ne söyleyeceklerini bilmedikleri için bazen beraber ağlıyor, bazen de hiçbir şey söylemeden ıslak gözlerle birbirlerine bakıyorlardı. Ali'yi ilk gördüğünde kocaman bir oğlan sanmıştı ama ondan sadece üç yaş büyük olduğunu sonradan öğrendi, buna çok sevindi. Bir keresinde teyzesi onu kolundan çekiştirirken düşmüş, dizi kanamıştı. Teyzesi hiç ilgilenmemişti, Ali hemen ilaçlı pamuk getirip dizinden akan kanları silmişti. O zaman anlamıştı onun göründüğü gibi olmadığını, onun da kendisi gibi bir çocuk olduğunu.

İçeri bir müşteri girer girmez Ali hemen fırlar, onunla ilgilenir, ayakkabıları denetir, ustasını soranlara da, "Ufak bir işi var, birazdan gelir" derdi. Bir keresinde yaşlı, aksi yüzlü bir adam gelip ustayı sordu. O zaman Ali iyice panikledi, yüzü kıpkırmızı oldu, "İşi var, geç gelir" diyerek yaşlı adamı gönderdi, ardından merdivenlerden aşağı birkaç basamak inip ustasına, "Sahir Ağa geldi, haberiniz olsun" diye bağırdı.

Adam gitmeden önce Ayşa'ya da dik dik bakıp öyle çıktı dükkândan. Ayşa ürktü bu bakışlardan. Adam gidince Ali'ye, "Kim bu adam, niye korktun?" diye sordu ama cevap alamadı. Sahir Ağa'nın, öz dedesi olduğunu çok sonradan öğrenecekti Ayşa. Aslında bilmediği daha pek çok şey vardı o zamanlar. Ali kızın adamdan korktuğunu anlamıştı. Bir koşu gidip ona gazoz aldı, çekmeceden çıkardığı bisküvileri verdi, gazozu yarım yarım içip bisküvileri yerken de çok güldüler. Ayşa kuşları anlatırken biraz önce içine düşen korkudan kurtulmuş, Ali de onu gülerek dinlemiști. "Keşke daha sık gelseniz dükkâna" diyordu Ali. Ayşa da çok memnundu onun yanında olmaktan. Birlikteyken zaman çabucak geçiyor, Nurşen Teyzesi aceleyle merdivenleri çıkınca, daha konuşulacak çok şey varmış da yarım kalmış gibi birbirlerine el sallayarak ayrılıyorlardı.

Yine babasının geç geldiği bir gece evde kıyamet koptu. Annesi yine çok dayak yedi, Ayşa yine masanın altına saklanarak dayak yemekten kıl payı kurtuldu. Babası her zamanki gibi Ayşa'nın odasındaki somyada yattı, yatmadan önce Ayşa'nın getirdiği suyla ilacını içip kendi kendine söylenerek, en çok da annesine küfürler ederek çabucak sızdı. Bu sefer çok sarhoştu. Odaya gelirken birkaç kez sendelemiş, düşmemek için son anda kapıyı tutmuş ama tutarken de kolunu kapıya fena halde vurmuştu. Ayşa annesinin yanında bir süre oturmuştu. Onun moraran yerlerine ilaç sürmüşler, annesinin, "Elleri kırılsın inşallah" diyerek ettiği bedduaları dinlemiş, kendisi de çok korktuğu için o da annesiyle birlikte ağlamıştı. Annesi biraz rahatlayınca, "Hadi sen de yat artık" diyerek ışıkları söndürmüş, odasına geçen Ayşa, karşısında uyuyan babasına öfkeyle baktıktan sonra, içinden, "Ellerin kırılsın inşallah" demiş, kuşları düşünerek uyuyakalmıştı.

Uykunun en derin yerinde sırtında dolaşan bir elle sıçrayarak uyandı. Korkmuştu... Babası yatağına gelmiş, onun saçlarını okşuyor, sırtını sıvazlıyordu. Bütün vücudu titredi önce. Ne de olsa babasının ona dokunmasına alışkın değildi ama sonra hoşuna gitti, gevşedi, yüzüne hafif bir gülümseme yayıldı. Belli ki babasının siniri yatışmış, onlara küsmekten vazgeçmişti. Şimdiye kadar babası ona hiç böyle dokunmazdı ama demek ki sonunda bu akşam pişman olmuş, kızının gönlünü almaya çalışıyordu. Demek babası da diğer babalar gibi arada bir de olsa kızını seviyor, onu dövdüğü için üzülüyordu. Babası onu okşamaya devam ederken sevinçli, heyecanlı ama utangaç gözlerle bakıyordu babasına. O baktıkça babası, Ayşa'yı görmek istemiyormuş gibi gözlerini kapatıyor, kıza daha sıkı sarılıyordu. Biraz sonra babasının, "Oh benim güzel kızım, meleğim benim" gibi tatlı sözler fısıldadığını duydu. Daha önce hiç kimseden, hele babasından hiç duymadığı bu sözler onu çok heyecanlandırsa, şaşırtsa ve çok sevindirse de yine de bu sarılmalar giderek sıkmaya başlamıştı. Okşamaların dozu arttıkça, babası yüzünü gözünü öptükçe, ona daha sıkı sarıldıkça bunaldığını hissetti. Ne olmuştu bu adama, böyle durup dururken yıllardır göstermediği sevgiyi ve yakınlığı göstermek nereden aklına gelmişti? Acaba babasını öğretmeni mi aramıştı? "Kızınız çok çalışkan, çok terbiyeli, sınıfta hep aferin alıyor" mu demişti? Onun için mi böyle sarılıyordu? Artık babasının elleri vücudunun her yerinde dolaşıyor, rakı kokan nefesiyle onu ağzından öpüyordu. Aniden garip bir sıkıntı geldi Ayşa'nın içine. Kötü bir şeyler mi oluyordu? Evet, kötü ama ne? Sevinci kayboldu, içine aniden bir taş oturuverdi sanki. Kocaman, çok büyük bir taş...

Daralıyor, bunalıyor, bu sevmelerinin devam etmesini istemiyordu. Önce hoşuna giden bu okşamalar aniden eziyete dönmüştü, nefes bile alamıyor, kalbi yerinden çıkacak gibi çarpıyordu. İçinden bir ses kötü şeyler olduğunu fısıldamaya devam ediyordu ama bunun ne olduğunu tam olarak anlayamıyordu. Önce direnmek, üstüne karabasan gibi çöken babasından kendini kurtarmak istedi, onu üzerinden itmeye çalıştı ama adam buna izin vermedi. Onu kıskıvrak yakalamıştı.

İşte o zaman öleceğini sandı. Sanki içine şeytan girmiş, içinde ne var ne yok tek tek boşaltıyor, kalbi yavaş yavaş onu terk ediyordu. Başı dönüyor, midesi bulanıyor, nefes almak istese de alamıyordu. Bir ara başını arkaya atıp içinde kalan son bir yudum nefesi de kullanarak bağırmak istedi ama olmadı. Babasının kocaman eli sadece ağzını değil, bütün yüzünü kaplamıştı. Her yeri ter içinde, midesi ağzında, nefes almak için başını sağa sola çevirmeye çalışsa da bir türlü derin nefes alamıyor, babasının kıskacından kendini kurtaramıyordu. Neler oluyordu, babası ne yapıyordu ona? "Annee!" diye seslenecek oldu, adam yine yapıştı boğazına. Her yeri acıyor, denizde boğulmak üzere olan biri gibi yatakta adeta çırpınıyordu Ayşa.

Kendine geldiğinde babası üzerinden kalkmıştı. Adamın koca gövdesinin ağırlığı altında ezilen bedeni sanki lime lime olmuştu, her yeri, özellikle de aşağı tarafları fena halde acıyordu. Gözleri açık, içi bomboş, tavana bakıyor, hiç kıpırdamadan yatıyordu. Bütün vücudu kaskatı kesilmiş, tüyleri diken diken olmuş, kalbi bile atmaktan vazgeçmiş, elleri iki tarafına sarkmış, beyni donmuştu sanki. Üzülmeye, ağlamaya alışkındı o ama şimdi istese de ağlayamıyor, kendini ölü gibi hissediyordu. Boğazına bir hıçkırık oturmuştu, sürekli yutkunsa da o hıçkırığı bir türlü boğazından söküp atamıyordu. Kendisine kötü bir şeyler yapıldığını anlamıştı...

Acaba ben öldüm mü dedi. Yoksa buzdolabındaki buz kalıpları gibi onu dondurmuşlar mıydı? Donduğu için mi böyle heykel gibi yatıyordu yatakta? Bedeni donsa da beyni ona kötü bir şeyler yapıldığını biliyor, kalbi ise sonsuza kadar hiç dinmeyecek bir acıyla sızım sızım sızlıyordu. Kendini bıraktı, hiç kıpırdamadan bir süre yattı öylece. Sık sık gözlerini sonuna kadar açıyor, korkulu gözlerle etrafına bakınıyor, sonra tekrar kapanıyordu gözleri.

Yandaki yatağa geçmiş olan babasının horultusuyla kendine geldi. Yavaşça bir kere daha açtı gözlerini. Bir süre yine etrafına bakındı. Elleriyle şöyle bir yokladı her yanını, ıslak ıslak bir şeyler değdi eline. Pijamasının altı da yoktu. Babası ne yapmıştı ona? Bir anda midesi ağzına geldi. Kalkmak istedi ama kalkamadı. Kalbinin gümbürtüsünü dinleyerek bir süre daha öylece çaresiz yattı yatağında. Sonra kuşlar geldi aklına, gökyüzünde dolaşıp duran kara kara kuşlar... Belki kuşlar onu kurtarabilirdi. Yine kapattı gözlerini, gözünün önünden hiç gitmeyen babasının kanlı gözlerini kovdu, onun yerine kuşları düşünmeye başladı. Biraz sonra onlarla birlikte gökyüzüne havalanmıştı bile. Ağaçlardan kalkıyor, evlerin çatılarına konuyor, sonra yine konacak yeni bir ağaç arıyorlardı. Kuşlarla birlikte uçtu, uçtu, uçtu...

Sıçrayarak uyandığında gün daha yeni ağarıyordu. Sanki konduğu dallardan biri kırılmıştı, o pat diye yere düşüvermişti. Hemen kalktı yerinden. Bir süre ona ne olduğunu anlamaya çalıştı. Sonra etrafına bakındı. Kuşlar onu bırakıp gitmişti. "Kuşlaaar" diye seslendi, cevap veren olmadı. Bir kere daha, bu sefer biraz daha yüksek sesle bağırdı, "Kuşlaaar!" Babası karşıdaki yataktan homurdandı. "Ne kuşları kız, yat yerine, zıbar çabuk!"

Belki de hayatında ilk kez babasının ne dediği onu hiç ilgilendirmedi. Sendeleyerek attı kendini banyoya. Ayaklarının ucuna basarak aynaya bakmaya çalıştı. Çok kötü görünüyordu. Zaten hiç sevmezdi aynaya bakmayı ama bu sefer aynada gördüğü bu yüzden iğrendi. Dudakları şişmiş, gözleri iyice küçülmüş, yanakları ve boynu al al olmuştu. Elini yüzüne götürünce kurumuş tükürük izleri geldi eline. Hemen açtı musluğu. Soğuk suyla yıkadı yüzünü. Olmadı, bir kere daha yıkadı, yine yıkadı, sanki o izler suratına yapışmış, bir türlü çıkmıyordu. Her yanı sudan sırılsıklam olmuş, çıplak ayakları üşümüş, donmuştu ama o hâlâ yıkanmak istiyordu. Musluğu kapatıp bir kere daha baktı yüzüne. Ne olmuştu bu gece? Ona ne olmuştu?

Aniden bir bulantı yükseldi midesinden, başladı kusmaya. Midesinde ne var ne yok boşalmıştı ama bulantısı hâlâ geçmemişti. Öğürüyor, öğürdükçe nefesi kesiliyor, midesinden artık bir şey çıkmıyor ama o öğürmeye devam ediyordu. Biraz önce küçülen gözleri şimdi iyice büyümüştü, gözünden inen yaşlar lavaboya düşüyordu. Şu içine oturan taşı bir çıkarabilse, ah bir çıkarabilse rahatlayacaktı ama o taş ne kadar öğürse de bir türlü çıkmıyor, kalbinin üzerinde bütün ağırlığıyla oturmaya devam ediyordu. "Galiba ölüyorum" dedi içinden. Daha önce hiç ölmediği için bunun nasıl bir şey olduğunu bilmiyordu ama nefesi kesiliyor, o taşı bir türlü kıpırdatamıyordu yerinden. Sonunda bu sesleri duyan annesi uyandı. Koşarak geldi yanına. Annesini görünce biraz rahatlar gibi oldu Ayşa, hemen sarıldı bacaklarına. Bacaklarına sarıldı çünkü boyu ancak oraya yetiyordu. Annesi, "Ne oldu kızım?" diyerek onu yerden kaldırdı. Endişelenmişti kadın. "Sus ağlama, gel yüzünü yıkayalım. Kötü rüya mı gördün, hastalandın mı anlat bana" derken bir kere de o yıkıyordu Ayşa'nın yüzünü. "Ayol dudakların şişmiş senin, ne dokundu sana? Her yanın da buz gibi olmuş. Üşümüşsün, donmuşsun. Pijamanı niye çıkardın üstünden, altına mı işedin yoksa?" diyerek kızını kucağına alıp salona götürdü.

Annesinin sıcacık kucağı iyi geldi Ayşa'ya. Öyle iyi geldi ki, ağlamak ancak o zaman aklına geldi, içini çeke çeke, hıçkıra hıçkıra ağlamaya başladı. Annesi onu salondaki kanepeye yatırdı, koşarak yan odaya, temiz çamaşır ve pijama getirmeye koştu. Ayşa yattığı yerde derin derin nefesler alıyor, artık bağıra bağıra, rahat rahat ağlıyordu. Annesi yanına geldi, bir yandan ıslak çamaşırlarını çıkarıp kuruları giydirirken, bir yandan da, "Neren ağrıyor kızım, söylesene" diyordu. Ayşa ne diyeceğini bilemiyor, bağıra çağıra ağlamaya devam ediyordu. Annesi huzursuzlandı. "Sus kız, baban uyanırsa ikimize de kızar sonra, sus. Ağlama artık yeter. Ağrıyan yerini söyle sen" dedi. Ayşa annesine sıkı sıkı sarılarak yavaşça, "Kuşlar" dedi.

"Ne kuşu kız, sabah sabah şaşırdın mı sen? Neren ağrıyor, onu söyle dedim."

Ayşa çığlık çığlığa ağlıyor, boğazına düğümlenen hıçkırıklardan konuşamıyor, ağlarken de hep elleriyle yüzünü kapatıyordu. Annesi konuşsun diye kızın ellerini yüzünden çektikçe o yine kötü bir şey yapmış da çok utanıyormuş gibi ısrarla elleriyle yüzünü kapatıyor, boğulurcasına ağlıyordu. Annesi başını iki tarafa sallayıp, "Hayırdır inşallah" diyerek yan odadan bir derece getirip kızının koltuğunun altına koydu, ateşi de yoktu. Kızın bu çığlık çığlığa ağlamaları onu endişelendirdi.

"Gidip babanı kaldırayım bari. Sana ne olduysa belki o daha iyi bilir" diyerek kızının odasına yönelmişti ki Ayşa sanki bir yeri koparılmış gibi aniden bağırmaya başladı.

"Kuşlar dedim, kuşlar. Sakın kaldırma o adamı, o değil, kuşlar yaptı."

"Ne kuşları kız, o adam dediğin senin baban. Sen ne biçim konuşuyorsun öyle?"

Ayşa'nın bu son sözleri kadının kafasını iyice karıştırmıştı. Ne diyordu bu kız?

"Kızım söyle bakalım, ne yaptı sana baban?"

"Acıttı her yanımı, her yerimi işte..."

Bir an donup kalan annesinin yüzüne bakınca o da korktu. İkisi birden sustu. Ayşa ağlamaktan vazgeçti, annesi de sormaktan. Çok korkmuş gibi dehşetle sonuna kadar açtığı gözleriyle kızının şişen ve moraran dudaklarına, kızaran boynuna bakıyordu. Bir şey kırmış da korkmuş gibi elleriyle yüzünü kapatan kızının ellerini hızla çekti kenara. Biraz önce şefkatle giydirdiği pazen pijamayı yırtar gibi çıkardı kızının üstünden. Tek tek bir kere daha baktı her yanına. Gördükleriyle şaşkınlığı ve korkusu daha da arttı. Sonra aniden önüne dönüp ellerini namaz kılar gibi dizlerinin üstüne koyup başı önünde öylece oturdu bir süre. Ayşa kendini kanepeye külçe gibi bırakmış, yine elleriyle yüzünü kapatmış, bu sefer artık sessiz sessiz ağlıyordu.

Başını ellerinin arasına almış bir yandan inleyen, bir yandan da öne arkaya sallanıp duran kadının aklı yavaş yavaş başına geliyor ama aklı başına geldikçe çıldıracak gibi oluyordu. Bir yerleri çok ama çok ağrıyor gibi oturduğu yerde kıvranıyor, sudan çıkmış balık gibi çırpınıyor, "Nedir bu başımıza gelen Allahım!" diye adeta dövünüyordu. Annesinin bu hali Ayşa'nın korkularını iyice artırmıştı. Şimdi de annesine kötü bir şeyler oluyordu.

Annesi yaklaşıp titreyen ellerini kızın yüzünde gezdirdi, sanki bunca yıkamaya rağmen yüzündeki izler geçmemişti. Ayşa hızla kalktı yerinden, koştu banyoya. Buz gibi suyla on kere daha yıkadı yüzünü ama olmadı. Yüzündeki izler suyla yıkanarak geçecek cinsten değildi. Annesi yine geldi yanına. Kızını kolundan tuttuğu gibi salona getirdi. Biraz önce onu şefkatle giydiren kadın bu sefer döver gibi, sağa sola savurarak, her yanını acıtarak, bir yandan da kendi kendine söylenerek giydiriyordu. Ayşa'nın ağlaması kesilmiş, o taş yine gelip oturmuştu yüreğine. Yine kötü bir şeyler oluyordu. Üşümüştü, sadece bedeni değil, sanki kalbi de üşümüş, her yanı taş kesilmişti. Taş işte... Okuldan eve gelirken ayağına takılan, onun da arada bir tekme attığı taşlardan. Ne canı acıyor, ne bir yeri ağrıyor, ne de ağlıyordu artık.

Annesi yine hışımla tuttu kolundan. Adeta sürükleyerek o adamın yani babasının yattığı odaya götürdü kızı. Banyoda buz gibi sularla her yanını yıkarken canı hiç o odaya gitmek istememiş, bundan çok korkmuştu ama işte şimdi annesi onu o odaya, o odadaki yatağa götürüyordu ama bu sefer korkmuyordu. Taş korkar mı? Nasıl da darmadağınıktı yatak. Annesi gürültü çıkarmamaya özen göstererek şöyle bir düzeltti yatağı, yastığı kabarttı, "Yat!" dedi Ayşa'ya. Ayşa yatınca yine bir hışımla örttü yorganı. Öyle bir örttü ki, Ayşa içinde kayboldu, annesi de onun yüzünü görmekten kurtuldu. Kadın odadan çıkarken bunca gürültüye rağmen bir türlü uyanmadan sessizce yatan kocasına baktı, "Hayvan herif!" diyerek çıktı odadan. Hayvan herif!

4. Bölüm

Kırmızı Oda

Bir süredir sık aralıklarla geliyor Ayşa. Her seferinde üstünde kırmızı pelerini, başında şapkası var. "Bunları da çıkarırsam çocukluğumu size hiç anlatamam" diyor ama kırmızı pelerinle böyleyse çıkarsa nasıl olacak acaba? İlk seanslara göre daha rahat, arada bir de olsa o günleri ağlamadan anlatabiliyor. Ancak o geceyi anlattığı gün daha içeri girdiği an başladı ağlamaya. En mahremini, bütün ayrıntılarıyla anlatırken ben bile zaman zaman çok zorlandım. İlk günden beri bir taciz hikâyesi dinleyeceğimi tahmin etmiştim ama bu kadar acı, bu kadar travmatik ve bu kadar yaralayıcı olmasını beklemiyordum doğrusu. Demek Ayşa boşuna çöp kız olmadı.

İnsanda bu kadar derin iz bırakan olayları, onlara bağlı çekilen acıları, kanayan yaraları hiç kimse bir başkasına kolayca anlatamaz. Bu tür olaylar yaşandıktan sonra kişi bir süre bunun şokunu atlatamaz, sonra da içini çok acıtan bu anıları zihninin en derinlerine gömmeye, yok etmeye çalışır. Anlatmak, bu olayı, bu acıyı ona yeniden yaşatacağından kişi hep susmayı tercih eder. Daha da kötüsü çocuk haliyle bu yaşananlardan kendini suçlar, sanki yaptığı bir hata yüzünden o sebep olmuştur tüm bunlara.

Uzun süre zihni onu korumak adına, rüyalarda bile bu acıya ait ipucu vermemeye çalışır. Ancak yine de yaşananlar unutulur mu derseniz, unutulmaz. Kişi bunlardan kaçabilmek için elinden geleni yapar. Bu acılar mangaldaki köz, sobadaki ateş gibidir. Sönse bile ne külü biter, ne dumanı, ne isi. Bu kişiler unuttum sansa da, yıllar boyu burnunun direğini sızlatan o is kokusu bir türlü bırakmaz peşini. Yüz kere de yıkansa, bin kere de abdest alsa, nereden geldiğini bir türlü bulamadığı o koku ruhunu karartır. Ruh karardıkça aydınlıktan, iyiden, doğrudan, güzelden bucak bucak kaçar. Nerede is var, pis var, karanlığın kötülüğü var, hep oralara çeker hayat onları. Neden diye sormak aklına bile gelmez, aydınlık varken ben neden karanlıktayım diye sormadan yaşar gider hayatı. O koyu karanlığın kalın örtüleri altında kendinden bile saklanır.

Şimdi yine Ayşa girecek içeri. Bana anlattıklarından çok etkilendim, "Hayat" dedim içimden, "hepimizi başka dünyalarda yaşatıp her birimizi başka yerinden yaralıyor. Her birimizin dünyası tek ve benzersiz... Birbirimize benziyoruz sansak da, yaşadıklarımız bizi başkalarından ayırıyor. Kiminin hayatına güneş daha çok gösteriyor yüzünü, kimi ise ayla, mehtapla idare etmek zorunda ama en aydınlık sandığımız dünyalarda bile dışarıdan hiç görülmeyen koyu karanlıklar var." Ayşa, şimdi o karanlığın neresinde acaba? Zaten ağlayarak girdi içeri, demek anlattıkça acıları tazelendi. Ağlamamasını söylüyorum, "Ağlama artık!" Bunca yıllık meslek hayatımda ağlayan birine hiç ağlama dememiştim ama Ayşa bana yaşadıklarını anlattıktan sonra o kadar çok ağlıyor ki, ona birinin dur demesi gerekiyor. Ama o tekrarlıyor: "Hayvan herif dedi, hepsi bu kadar. Hayvan herif!"

Bütün bunları anlatmak kadar dinlemek de zor. Dinlerken buz kesildim. Bir yandan da bu ağlamaların onu rahatlatacağını, içine oturan taşı biraz olsun yumuşatacağını biliyorum ama daha odaya girerken ağlıyordu zaten. Demek bütün gece bana anlatacaklarını düşündü. O küçük kızın o gece yaşadıkları karabasan gibi çöktü benim de yüreğime. Tüylerimi diken diken etti anlattıkları. Bu acıyı, bu korkuyu, bu çaresizliği hangi sözcükler hafifletebilir ki... Çocuklukta yaşanan en büyük, en yaralayıcı travmalardan birini yaşamış. "Bir baba kızına bunları nasıl yapar!" demeden edemiyorum. Ya annesi! Annesi neden böyle yaptı acaba? Baştan haklı olarak o da korkudan donup kalmıştır ama kızı neden ısrarla o odaya götürüyor? O gece kızını yanına alsa, sımsıcak sarılsa, yüreğini ısıtsa çocuğunun, ona güvende olduğunu hissettirse, bu olanların onun suçu, günahı olmadığını, kızına duyduğu sevgiyi hiç azaltmayacağını söylese, bunları ona hissettirse... Neden sahip çıkmıyor kızına?

Sanırım annesinin bu tavrı yeni bir travma daha yaşattı, bu hayatta ne kadar yalnız olduğunu hissettirdi kıza. "Güvenecek kimsem yok" diye düşündürdü. Bir psikiyatrist olarak, annesinin neden böyle davrandığını açıklayabilecek pek çok görüş var ancak kızın anlattıklarından öyle etkilendim ki, o anneye kızmaktan kendimi alamıyorum, babaya ise söyleyecek söz bulamıyorum.

"Demek o gece annene bile sığınamadın."

"Ben korkudan kuş gibi çırpınıyorum, o başka şeyin peşinde. Dizlerine vura vura başka bir şeyin yasını tutuyor. Bana ne olduğu onu hiç ilgilendirmedi. Olanlar bana değil de ona olmuş gibiydi. Beni değil, kendini düşündü. Kendi derdine düştü. O gece o evde bir suç işlenmişti ve sanki o suçu ben işlemiştim."

"Öyle mi hissettin?"

"Öyle oldu zaten. Annem olayı anladığı andan itibaren bana hep öfkeyle, utançla, iğrenerek baktı. Ben bunları annemin gözlerinde gördüm. 'Ne yaptın sen!' der gibi bakıyordu bana. Zaten tıpkı onun gibi ben de yıllarca, 'Ne yaptın sen!' diye sordum kendime."

Sanırım o gece iyice suçlu, iyice günahkâr bir kız oldu kendi gözünde.

"Sen de onlar gibi mi yaptın? O gece, o evde işlenen suçun hesabını kendine mi sordun?"

"Babama hayvan herif demiş ama beni kolumdan tuttuğu gibi sağa sola savurarak götürmüştü o odaya. Demek cezalandırılması gereken o adam değil, bendim. Beni değil, kocasını seçmişti. Onu her akşam öldüresiye döven kocasını..."

Doğa yasalarına aykırı bir davranış bu. Bir anne için yavrusu her zaman kendinden daha önemlidir. Doğa yasaları bunu emreder ama bu annelere ne oldu, neden çocuklarının arkasında dağ gibi, kaya gibi durmuyorlar? O gece annesi tarafından terk edildiği şeklinde bir duygu oluşmuş zihninde. Bir çocuk için ne kadar tehlikeli, ne kadar yıkıcı bir duygu. Çocuk annesine babasına güvenemezse bir daha hayata nasıl güvenir? Annesi, kocasının şahsında şiddeti, aşağılanmayı, mutsuzluğu seçmiş. Evlenmeden önce ailede şiddet gören kızların pek çoğu, sonradan bu şiddetin peşine düşer.

"O gece var ya, o gece... İşte ben o gece gerçekten çöp kız oldum. Pis, aşağılık, kokmuş, değersiz, kullanılıp atılmış bir sümüklü mendil gibi hissettim kendimi. Kuşlara bile bakamaz oldum. Onlar bile sanki bu aşağılık çöp kızla arkadaşlık etmek istemiyordu. Düşünebiliyor musunuz, beni kolumdan tutup yine o odaya, o pis yatağa yatırdı. Her yanı pislik içindeki o yatakta yattım. Başıma da yorganı öyle bir örttü ki, ölüye toprak atar gibi gömdü beni yatağa."

Aman Tanrım, yaşadıklarını nasıl da insanın yüreğini dağlarcasına anlatıveriyor bu kız! Neler hissetmiş! Giderek onu dinlemekte zorlanıyorum. Masamda hafifçe geriye doğru veriyorum kendimi. Demek uzaklaşmak, kaçmak istiyorum ondan. Doktor da olsanız travma bir şekilde size de ulaşır, sizi de etkiler. Sonuç olarak insanız. Duygularımız bizi hiç dinlemiyor. Dur diyorsun durmuyor, git diyorsun gitmiyor, şimdi git, sonra gel diyorsun, onu da takmıyor hiç. "Üzüldün sen, çok üzüldün Gülseren" diyorum kendime. Anne olduktan sonra çok değiştin, hele çocuklara, gençlere hiç kıyamıyorsun. Bunda utanacak, saklanacak bir şey yok. Üzüldünse üzüldüğünü söyle, kurtul. Ayşa'ya doğru eğiliyor ve sesimi düzeltmeye filan uğraşmadan, doğrudan başlıyorum konuşmaya.

"Üzüldüm Ayşa, senin adına çok üzüldüm. İnsan bunları dinlerken bile çok etkileniyor. Neler yaşamışsın sen... Ne büyük çaresizlik... Ne büyük yalnızlık..."

Ayşa ağlamaktan bir an vazgeçip bana bakıyor. Üzüldüğümü hissetti. Gözlerini gözlerimden ayırmadan konuşuyor.

"Ah hocam... Ben bunları ilk kez anlatıyorum. Anlatmak insana o günleri yeniden yaşatıyormuş. Bunu tahmin etmiştim zaten ama ne sizin beni anlayacağınız, ne de benim için üzüleceğiniz hiç aklıma gelmemişti. İnsan yaşadıklarını anlatırken hem her şeyi bir kez daha yaşıyor, hem de olanlara bir kere de uzaktan bakıyormuş. Kuşlara bakar gibi kendime de baktım bugün. Gerçekten ne kadar yalnız, ne kadar çaresizmişim. Kadın, ölüye toprak atar gibi başımı yorgana gömerken ben de kendimi tam bir ölü gibi hissediyordum. Canı gitmiş, içi çekilmiş, soğumuş, kararmış, kokmuş bir ölü. Yine ellerimi iki yanıma uzattım, gerçek bir ölü gibi saatlerce hiç kıpırdamadan, başımdaki yorganı hiç açmadan, mezarın içinde gibi karanlığa gömdüm kendimi. Ne bir şey düşünecek, ne de yerimden kımıldayacak gücüm kalmıştı. Ne ağlıyor, ne de bağırıyordum. Zaten o günden sonra bir daha öyle içten ağlayamadım. Ta ki buraya gelene kadar... Burada ağlayabileceğimi daha ilk gün anlamıştım. Ses tonunuz bile insana iyi geliyor, ürkütmüyor. Demek içimde birikti durdu bu gözümden akan yaşlar."

"Öyle olmuş, sahi o günden sonra hiç ağlamadın mı?"

"Dondum kaldım hocam. Ya da kurudum belki de... O günleri tarif etmek öyle zor ki... Ama şimdi anlatacaklarıma benim gibi siz de şaşacaksınız. Gece öyle yapan kadına sabah ne oldu da satırı eline alıp geldi, anlamadım gitti."

"Satırı mı! Hadi anlat bakalım, çok merak ettim."

"O sabah annemin ilk işi Neriman Teyzelere gidip et kesmek için kullandıkları satırı almak olmuş. Ben o gürültüyle yataktan fırladığımda annem odama girmiş, o gece babamın yattığı somyayı et doğrar gibi vura vura doğruyordu. Adamın yüzü korkudan bembeyaz olmuştu. Annem arada bir adama, bazen de bana bakıyor, bütün gücüyle satırı yatağa vuruyordu. Yatakla birlikte somya da paramparça olana kadar vurmaya devam etti. Sonra elindeki satırı kaldırıp adama döndü, 'Kaldır bu çöpü' dedi. Her zaman gür gür gürleyen adamın gıkı bile çıkmadı."

Bak sen... Demek olaya o kadar da tepkisiz kalmamış. Kızına sarılmamış, onu sevmemiş, derdine ortak olmamış ama adama gözdağı vermenin de bir yolunu bulmuş. Bu arada babasına artık baba yerine adam dediği de dikkatimden kaçmıyor.

"Annen tepkisiz kalmamış duruma. Seninle hiç konuşmadı mı?"

"Hayır, konuşmadı. Hiçbir şey olmamış gibi kaldığı yerden devam etti hayatımız ama yine de o satır beni o yataktan çıkarmayı başardı. Daha önce annemi hiç öyle görmemiştim. Gözlerinden ateş çıkıyordu. Bir ara yataktan sonra adamı da doğrayacak sandım. O da çok korktu zaten."

"Bütün bunlar olurken sen nasıl hissettin?"

"Güya adama gözdağı veriyordu ama bunun devamı gelmedi. Annem hemen unuttu o gece yaşananları, ilk fırsatta yine kulu kölesi oldu adamın. Yine onu sevdi, yine onu kaybetmekten korktu. Bense içim boşalmış gibi hissediyordum. Sanki karnımdaki organların hepsini almışlar, bedenim bomboş kalmıştı. Giderek zayıflıyor, içim sıkıldıkça gidip defalarca yüzümü yıkıyor, yıkayamazsam da hep elimle yüzümde bir şeyler arıyordum."

"Ne arıyordun Ayşa yüzünde? Bunu keşke dillendirebilsen."

"Sanki şey olmuştu... Yani... Yüzüme bakan bana neler olduğunu anlayıverecekti. Bir süre sonra yüzümde yaralar çıkmaya başladı. O ara annem beni çalıştığı hastanedeki doktora götürdü. Doktor ne yaşadığımı anlar diye çok korktum ama daha doktor bir şey sormadan, annem, 'Bu ara yıkaya yıkaya yüzünü bu hale getirdi' dedi."

Ah canım, diyorum içimden. O sadece yıkamaktan olmamıştır. Senin gösteremediğin tepkiyi bedenin gösterdi belki de. Doktor da bir şey sormamış, sadece dikkatlice yüzüne bakmış. Şikâyeti ne olursa olsun, keşke bütün doktorlar biraz dinlese hastalarını, "Ne oldu, ne zaman oldu, bu ara hayatında seni üzen, sıkıntıya sokan bir şeyler yaşadın mı?" diye sorsa. Yaşadığımız sıkıntılar, travmalar pek çok hastalığın nedeni olabiliyor. Dilimizin söyleyemediğini bazen bedenimiz söylüyor.

Üzüntü ve sıkıntılarla ortaya çıkanlara biz "psikosomatik hastalıklar" diyoruz. Bu tür hastalıklar bedeni gerçekten tahrip ediyor ve genelde asıl kaynağına inilmeden hastanın acısını hafifletme amacına yönelik olarak tedavi ediliyor. Hastalığı oluşturan ve çok derinlere gizlenen olumsuz duygular araştırılmıyor. Keşke amacı değiştirip diğer hastalıklarda olduğu gibi bu hastalığa neden olan asıl sorunu yani duyguları araştırabilsek. Hangi yaşanmışlıkların, hangi onulmaz yaraların, hangi ağır travmaların sonucu ortaya çıktığını anlasak ve böylece bu hastalığın bize ne anlatmaya çalıştığını çözebilsek.

Bu açıdan bakınca yüzündeki kırmızı renkteki yaraların bize ne anlattığını hemen anlıyor insan. Ayşa'nın doktora söyleyemediklerini yüzünde çıkan yaralar söyleyiveriyor. Bedenimizin sesini duyabilirsek, onun bize ne söylediğini anlarız. Kızın yüzü bize bas bas bağırıyor ve diyor ki: "Bu kızı damgalamışlar, bu kız bir şeylerden çok ürkmüş, çok korkmuş, çok da utanmış."

Bedenimizdeki bu bağlantıları araştırmaya başlayan bu yepyeni bilim dalına PNI yani psiko-nöro-immünoloji adı verildi. Hastanın zihinsel durumunun hem hastalıkları, hem de şifayı etkilediğini keşfeden bilim dalı da diyebiliriz.

Doktor bir hap ve bir krem verip onu kızının yüzüne sürmesini söylüyor. Annesinin kızını yanına alıp ona krem sürmesi, kremlerden daha iyi gelmiştir o çocuğa. Anne sevgisine ve yakınlığına öyle çok ihtiyacı varmış ki... Kremin çok iyi geldiğini söyleyince soruyorum:

"Annenin seninle ilgilenmesi de sana iyi gelmiştir diye düşünüyorum. Ne dersin?"

"Gerçi annem krem sürerken bile pek konuşmazdı benimle ama yine de onun bana dokunması hoşuma giderdi. Doktor yıkamayın dese de sonraki günler annem her sabah beni kaynar sularla yıkar, sabunlar, ova ova adeta derimi yüzerdi. Okula ıslak saçlarla giderdim."

Demek sadece Ayşa değil, annesi de o gece yaşananların altından nasıl kalkacağını bilemedi.

"Neden yapardı bunu sence?"

"Ben neden yüzümü yıkıyorsam o da aynı nedenle beni yıkardı. O zaman beni niçin böyle yıkadığını anlamazdım ama şimdi anlıyorum. O da bana sürülen lekeyi ova ova çıkarmak istermiş meğer. İnsan konuştukça bazı şeyler daha berraklaşıyor zihninde."

"Konuşmanın, içimizdeki sıkıntıları kelimelere dökmenin gücü işte böyle bir şeydir. Yüzünde oluşan yaraların da sadece yıkamaktan değil, o geceki korkudan ve yaşadığın stresten olduğunu sanıyorum."

Şimdi artık ağlaması durdu. Gözleri, burnu, yüzü adeta mayalı hamur gibi şişti ve kızardı. Başındaki şapkanın tülü bile onları görmeme mâni olamıyor. Ne çok ağladı bugün! Şimdi gözü hep Mona Lisa'da, bana değil çoğu zaman ona bakarak anlatıyor.

"Çocukken çoğu şeyi anlamıyor insan. Buraya gelirken geçmişte yaşadığım acıların üstüne örttüğüm kalın perdenin kalkacağını bilmiyordum. Beni neden ısrarla buraya çağırdığınızı şimdi daha iyi anlıyorum. Apse boşalmadıkça, krizler dursa ne olacak; o kriz gider, başkası gelir. Öyle değil mi?"

"Doktor gibi konuştun be Ayşa, bravo sana. Böyle giderse sen bu işi kökten çözeceksin. O zaman belki de çöp kız gider, kırmızı pelerinli kız gelir."

"Kırmızı pelerinli kıza bakanlar neyse ki onun içini görmüyorlar. Pelerin maske gibi gizliyor beni, içimi görseler kaçacak delik ararlar. Size anlatacağım daha o kadar çok şey var ki, sizin bile, beni dinledikten sonra hakkımda ne düşüneceğinizi, ne hissedeceğinizi bilemiyorum ama biraz da korkuyorum bundan."

Beni kendine yakın hissettikçe bu sefer de kaybetmekten korkuyor. Terk edilme motifinin ayak sesleri bunlar.

"Ben senin doktorunum. Bana ihtiyacın olduğu sürece de buradayım."

"Yani bir gün ihtiyacım kalmayabilir, öyle mi?"

"Umarım öyle olur."

"Bilmem ki... Ben bu gece bari uyur muyum sizce?"

"Birkaç gece uyumasan da olur Ayşa, tek derdin bu olsun. Yıllarca acılarını içine hapsetmişsin. Bırak da onlar hazır bir çıkış yolu bulmuşken özgürce kendilerini dışarı atsınlar. Bırak da o gece içine oturan taş çıksın içinden."

"O taşı diyorsunuz değil mi? Ah o taş... Nasıl parçaladı içimi bir bilseniz. Hâlâ da duruyor yerinde. Ne zaman bana o günleri hatırlatan bir şey olsa, biraz daralsam, sıkılsam, hemen yerinden oynamaya başlıyor. Her oynadığında yeni bir yerleri daha kanatıyor. Ben ne çektim o taştan bir bilseniz."

"Ona, Mona Lisa'ya bakıyorsun, ne diyor sana Mona Lisa?"

"Ay, fena takıldım o resme. Ben ona baktıkça sanki o da bana bakıyor."

"Nasıl bakıyor?"

"Galiba zamanında bir taş da onun kalbine koymuşlar. Size ilk geldiğim gün de gördünüz ya, sanki kocaman, etrafı tırtıklı bir taş yutmuşum da, öğüre öğüre onu çıkarsam ferahlayacakmışım gibi bir his geliyor bana. Ne kadar öğürsem onu çıkaramayacağımı bilsem de yine o öğürmeleri durduramıyorum. İşte şimdi bu kız her ne kadar ağzı sımsıkı kapalı dursa da, bu acıları o da çekmiş gibi bakıyor bana. Ne yaşamışsa yaşamış ama ağzını mühürlemişler. Sus, konuşma demişler ona."

Muayenehaneyi yeni açtığım günlerde yan komşum avukat Mehmet Ali Kutlu getirmişti bu tabloyu bana. Bu vesileyle onu bir kere daha rahmetle anıyorum. "Buraya Mona Lisa çok yakışacak" diyerek kendi elleriyle asmıştı tabloyu duvara. Çok özel bir çerçeveye konmuştu resim. Aradan çok uzun yıllar geçti, resim soldu, çerçeve kaç kere elden geçirildi ama o hâlâ benim kırmızı odamı süslemeye, hastalarım da hâlâ ona uzun uzun bakmaya devam ediyor.

O zamanlar hastalarımın onu bu kadar seveceğini bilmiyordum. Sonra anladım ki o hasta o gün bu odada ne hissediyorsa, Mona Lisa o duyguyu tam olarak o kişiye geri veriyor, o da öyle bakıyor. Bu nasıl bir sanattı ki, resimdeki yüz ile ona bakan kişi karşılıklı aynı duyguyu paylaşabiliyordu. Resmi yapan Leonardo da Vinci hakkında daha sonra çok şey okudum. O sadece bir ressam değil, hakiki bir bilim insanı, büyük bir sanatçıymış. Başka türlü insan bunu nasıl yapar? Artık hastalarımın onda ne bulduğunu biliyorum, hatta terapinin bitmesine yakın, "Mona Lisa size ne söylüyor?" diye tekrar sorarım. Bakalım Ayşa o gün geldiğinde ne diyecek. Demek böyle demişler, sus, konuşma... "Sana da öyle mi dediler?" diye soruyorum. Benden böyle bir soru beklemiyor gibi hayretle bakıyor yüzüme. Ben de bu arada onun gözlerine bakıyorum, zeytin gibi. Teyzesine çekmiş.

"Öyle demediler ama demeden bunu başka türlü anlattılar demek ki... Şimdi düşünüyorum da, size anlattıklarımı kimseye anlatmamam gerektiğini o zaman bile biliyordum. O benim en büyük, en utanç verici sırrımdı ve kimsenin bilmemesi gerekiyordu."

"Gerçekten de kimse bilmiyor mu?"

"Bilmiyor, inşallah bundan sonra da kimse bilmez. Bilseler, hiç bakamam yüzlerine."

Hafifçe gülümsüyorum, ben biliyorum der gibi.

"Evet, siz biliyorsunuz ama utandırmadınız hiç beni."

"Sen utanacak bir şey yapmamışsın ki... Evet, sana yapılanın utanılacak bir şey olduğu doğru ama bunun suçunu küçücük bir kızın sırtına yüklemek çok yanlış değil mi? Bu, yapanın utanması gereken bir şey. Bu konuda en önemli şey senin ne düşündüğündür. İstersen yavaş yavaş o küçük Ayşa'yı suçlamaktan, kınamaktan, aşağılamaktan ve lekelemekten vazgeçmeye çalış. Keşke bir gün o çocuğu anlayabilsen... Ayrıca sana çok teşekkür etmek istiyorum. Bana bugün kendinle ilgili çok mahrem sırlarını anlattın, içini açtın. Bunlar için teşekkür ediyorum."

"Yok hocam, asıl ben teşekkür ederim."

Genelde bize verdikleri bilgiler için hastalarımıza sık sık teşekkür ederiz. Bunu çok önemli bulur terapistler çünkü böyle diyerek hastanın bilinçdışına, "Ben aslında seni çok önemsiyorum" mesajını da iletmiş oluruz. Bilinçdışı böylece daha kolay güvenir doktora.

Yine başlıyor ağlamaya. Boncuk boncuk iniyor gözlerinden yaşlar. Yine dönüp Mona Lisa'ya bakıyor. Bunca yıldır giderek derinleşen, içine işleyen yaranın hemen kapanıvermesini beklemiyorum zaten ama her gelişinde o yaraya en etkili merhemleri sürmeye yani bu konuda onu olabildiğince çok konuşturmaya devam edeceğim. O yara belki tam kapanmayacak ama zihnine pompaladığı zehrin miktarını azaltabilmek bile büyük bir kazanç olur bu kırmızı pelerinli kız için.

Yüzünün yarısını kapatan siyah tül, gözyaşlarından öyle ıslandı ki, sık sık yüzüne yapışıyor ama yine de kaldırmıyor o tülü. Demek bu kıyafet tam bir maske görevi yapıyor. Onun bir şeyleri sakladığına inanıyor. Önceleri bu hali çok garip geliyordu bana, giderek ben de alıştım onu bu kıyafetler içinde görmeye. Artık bu pelerin onun için ne kadar kıymetliyse, hıçkıra hıçkıra ağlarken bile bir eliyle buruşmasın diye onu düzeltiyordu. Oysa bugün, bu odada pelerinin içine sakladıklarının en önemlisini gösterdi bana. Daha neler var acaba pelerinin içinde?

5. Bölüm

Hayat Ayşa için zaten çok zordu. O yeşil boyalı evde kendine bir türlü bir yer edinememiş, annesinin bir tanesi olamamıştı. Ama son yaşadıklarının ardından bambaşka bir dünyaya uyanmıştı küçük kız. Onlar kızlarını bağrına basmasa da Ayşa'nın tek dünyası henüz annesiydi, babasıydı, yeşil boyalı eviydi, bahçedeki dut ağacıydı, masada duran sardunyalarıydı, gökte uçan kuşlarıydı. Başına gelen her şeyi sorgusuz sualsiz kabul ediyor, bir yudum sevgi uğruna annesinin etrafında pervane oluyor, öğretmeninden bir aferin alabilmek için saatlerce dersin başından kalkmıyordu.

Ama o günden sonra içine yerleşen taş, taştan sızan ince sızı hiç dinmedi. Hayat hiçbir şey olmamış gibi akıyor, onun acısını kimse fark etmiyor, annesiyle babasının kavgaları, her geçen gün şiddeti artarak devam ediyordu. Evde kavga olan günler babası bu sefer de salondaki turuncu kanepede yatıyor, küçük kızın kalbine oturan taş en çok da o günler sızlıyor, acıdan ve korkudan sabaha kadar uyuyamıyordu. Babasının horultuları kulağına gelince biraz rahatlıyor, uykuya dalar gibi oluyor ama kısa bir süre sonra vücudunda bir el dolaşıyor gibi hissedip hemen doğruluyordu yatağında. Tekrar uykuya dalması için uzun bir sürenin geçmesi gerekiyordu.

Şimdi de başka bir korku düşmüştü içine. Ya babam yatağıma geldiyse ve ben duymadıysam? O zaman yatağından kalkıp küçük penceresinin önüne gidiyor, gecenin karanlığında ışığı yanan ev var mı diye bakıyor, gördüğü karanlık ve sessizlik korkularını iyice artırınca çareyi yine yatağına girip yorganı başına çekmekte buluyordu.

Rengi solmuş, iyice zayıflamış, adeta kemikleri sayılır hale gelmiş Ayşa, özellikle babasının kendi yatağında değil de salonda yattığı günler sabah uyandığında yatağını ıslattığını korkarak görüyor, aklına o gece hissettiği ıslaklık geliyor ve hemen öğürerek banyoya koşuyordu. Annesi yatağını ıslattığı için ona çok kızıyor, "Yine mi Allah'ın belası, yine mi!" diye bağırarak onu soyuyor, hemen banyoya sokuyor, kollarını bacaklarını çekiştirerek yıkıyordu.

Son günlerde annesinin titizliği iyice artmıştı. Her gün evi, özellikle onun odasını defalarca temizliyor, yatağını, dolabını, en çok da yattığı somyanın kenarlarını defalarca siliyor, yatak çarşaflarını, yastık kılıflarını neredeyse her gün yeniden yıkıyor, özellikle de banyoyu ovmaya doyamıyordu. Bir de Ayşa'nın bu kusmalarına takmıştı annesi. Kızın öğürme sesini duyduğu anda koşarak banyoya koşuyor, "Sus artık sus, hamile kadınlar gibi ne öğürüp duruyorsun!" diyerek eliyle kızın ağzını kapatıyor, yüzüne su çarpıp onu alelacele banyodan çıkarıyordu. Eskiden arada bir de olsa kızının başını okşayan kadın gitmiş, yerine kızgın bakışlı biri gelmişti. Ayşa da farkındaydı annesinin ona hep böyle kızgın baktığının. Yaramazlık yapmış, bir şeyleri kirletmiş, kırmış, derslerinden kötü not almış gibi bakıyordu annesi. Hiçbir şeyi kırmıyor, üstünü kirletmiyor, öğretmenden hep aferin alıyor, mutfakta annesine daha çok yardım ediyordu ama yine de bu bakışlar bir türlü değişmiyordu.

Annesi onu her sabah daha yataktan kalkar kalkmaz o soğukta banyoya sokuyor, her yanını defalarca keseliyor, sabunluyor, yüzünü, gözünü, hatta neredeyse ağzının içini bile sabunlu sularla yıkayıp okula öyle gönderiyordu. Aslında yıkadığı, sabunladığı, ovduğu kendi vicdanıydı ama bunu o da bilmiyordu. Bu yıkanmalar, keselenmeler, sabunlanmalar Ayşa'ya da iyi geliyor, içindeki taş yerinden kalkmasa da kendini temizlenmiş ve biraz da hafiflemiş hissediyordu. Her sabah daha saçları kurumadan o soğukta okula giderken üşüyor, belki de o nedenle sık sık hastalanıyor, hemen ateşi yükseliyor, boğazı ağrıyordu. Annesi kızsa da her seferinde midesi ağzına gelene kadar öğürüyor, kusuyordu. Özellikle hasta olduğu zamanlar annesinin onunla ilgilenmesi

Ayşa'nın hoşuna gidiyor, onu kızdırmamak için öğürmeleri durdurmaya çalışıyordu.

Öğretmeni bir iki kere annesini okula çağırmış, "Bu çocuğun nesi var? Çok durgunlaştı" demişti. Annesi bu görüşmelerden sonra iyice gerginleşmiş, öfkesini yine Ayşa'dan çıkarmış, "Bıktım senin nazından sözünden. Şimdi bir de beni öğretmenle uğraştırma yoksa çok fena olur!" diyerek ona çıkışmıştı. Bu sözler Ayşa'nın korkularını iyice artırmış, "Acaba artık öğretmenim de beni sevmeyecek mi?" diye karalar bağlamıştı.

Okuldan gelip de odasına girince hemen kapıyı kapatıyor, daha önlüğünü çıkarmadan odanın ortasında duruyor, gözlerini kapatıyor, kollarını kuş kanadı gibi iki tarafa açıyor, yavaş yavaş başlıyordu dönmeye. Durduran olmazsa odanın ortasında fırıldak gibi dönerken ne yoruluyor, ne kaç saattir döndüğünü biliyor, kapalı gözlerinin ardında gördüğü hayallere dalıp gidiyordu. İçine oturan taştan ancak bu dönmelerle kurtulabildiğini de yeni keşfetmişti. Dönerken hayal kurmanın, kuş olup uçmanın da başka bir güzelliği vardı.

Kuş olup evlerin çatılarının üstünde uçar, her evin çatısına tek tek konar, çocuk sesi var mı diye dikkatle dinler, sevinçli bir çocuk sesi arardı. O zaman yağmur da yağsa konduğu çatıdan kalkmaz, tüyleri ıslansa da yüreği ısınır, sesler kesilinceye kadar o çatıda büzülerek, küçülerek bekler, sonra başka çatılara doğru yeniden havalanırdı. Bir tek kendi evlerinin çatısına konmak istemezdi. O, çocuklarını çok seven anne babaların bulunduğu çatılara konmayı seviyordu. Camlardan dışarı taşan yemek ve kızarmış ekmek kokuları burnuna gelir, onları özlemle içine çekerdi. O zaman hemen o evin camının önünden merakla içeri bakar, anne babalarıyla sofrada gülerek, keyifle, çok sevilmenin gururuyla, biraz da nazlanarak yemek yiyen çocukları seyretmeye doyamazdı. Çareyi kuş olmakta, döne döne havalarda uçmakta bulmuştu.

Biri onu kolundan hırsla çekiştirerek oturttuğunda istemeyerek de olsa saatlerdir kapalı duran gözlerini açar, kuş değil de çocuk olduğu aklına gelince içine derin bir hüzün çökerdi. Onu bu güzel rüyadan uyandırdıkları için kızar ama kızdığını kimselere söyleyemez, asker gibi kendisine ne denirse onu yapar ve sonra da ilk fırsatta yatağına girer yatardı. Aslında hiç sevmezdi yatmayı. Ne yatmayı severdi ne de bu yatağı. Bu yatakta kuş bile olamaz, taş gibi, hiç kımıldamadan bir an önce uyumayı beklerdi.

Teyzesi yine her cumartesi erkenden onlara geliyor ve birlikte her zaman gittikleri ayakkabıcı dükkânına gidiyorlardı. Ali onu görünce yine seviniyor, onlar aşağı kata inince hemen küçük sandalyesini çekip kızın karşısına oturuyor, her zamanki gibi konuşmak, dertleşmek istiyordu ama Ayşa'ya bir şeyler olmuştu. Eskisi gibi konuşmaya hevesli değildi. Başını hiç kaldırmıyor, ıslak gözlerle Ali'nin gözlerine bakmıyor, ne onu dinliyor, ne de kendi konuşuyordu. Ali çok rahatsızdı bu durumdan. "Sende bir tuhaflık var, söylesene" diye sıkıştırsa da Ayşa'dan hiç yanıt alamıyordu. Ne diyeceğini, ne anlatacağını bilmiyordu Ayşa. Bir şeylerden korkmuş, sinmişti.

Artık teyzesine de eskisi gibi hayranlık duymuyor, onun bu çarşı gezmelerine kendisini de götürmesinden hoşlanmıyordu. Hele o ayakkabıcı amcayla alt kata inince iyice huzursuzlanıyor, Ali'ye sık sık, "Bunlar ne yapıyorlar aşağıda gizli gizli?" diye soruyordu. Bu soruya Ali de bir yanıt veremiyor, sadece kızaran yüzünü göstermemek için başını öne eğiyor ve hemen kapatıyordu konuyu.

Son zamanlarda artık sadece Ali konuşuyor, Ayşa da onu dinliyordu. Arada bir yüzüne yayılan hafif bir gülümseme bile Ali'yi çok sevindiriyordu. "Hah şöyle... arada böyle gül biraz. Her ne olduysa bu sefer senin canını çok yakmışlar. Boş ver... Benim de çok yaktılar zamanında ama ben biraz daha büyüyünce onlardan intikamımı alacağım. Nasılmış çocuk dövmek, göstereceğim onlara. Korkma kız, seninkilerden de alırım o intikamı. Senin böyle canını yakanın ben canını yakmaz mıyım? Anlat sen, hadi anlat... Ben senin arkadaşın değil miyim?" diyerek onu konuşturmaya, avutmaya çalışıyordu.

Ali'nin bu sözleri Ayşa'ya iyi geliyor, "Bizimkileri de döver misin?" diye soruyor, Ali bütün kalbiyle, "Döverim tabii" diye bağırınca, "Ama önce babamı döv tamam mı?" diyordu. Böylece Ali kızı bu hale getirenin babası olduğunu anlıyor, "Bu sefer çok mu dövdü seni?" diye sorunca Ayşa cevap vermeden konuyu geçiştiriyordu.

Ali kızı biraz olsun güldürebilmek için ne yapacağını şaşırıyor, o gelmeden gidip gofret alıyor, kâğıdını bile soyup öyle veriyordu kızın eline. Yandaki tuhafiyeci Yamuk Yasin'den, Ayşa'ya vermek için kenarı oyalı küçük bir ipek mendil almıştı. Ayşa ağlayınca hemen onu veriyordu eline. Bazen de o mendille kendi siliyordu kızın gözyaşlarını. Sonra da başlıyordu kendi başına gelenleri anlatmaya. Ayşa o zaman pürdikkat dinliyordu Ali'yi. Bu aralar babası kadar annesine de kızıyordu Ali. Mehmet'i dayak yerken alıyordu da babasının elinden sıra Ali'ye gelince neden bir kenara sinip öylece duruyordu? O zaman Ayşa da çok üzülüyordu. "Sen büyüksün, ondandır, kardeşin benim gibi galiba yani çırpı gibi." O zaman birlikte gülüyorlardı.

Teyzesi aceleyle yanlarına gelip Ayşa'yı kolundan çekiştirerek eve döndüklerinde hemen odasına kapanıp başlıyordu dönmeye. Annesi çok huzursuzdu onun bu dönmelerinden. Daha kapıyı kapattığı anda koşarak yanına geliyor, kapıyı çat diye açıyor, kızını hışımla daldığı uykudan uyandırıyor, bazen de suratına iki tokat atarak böyle yaptığı için onu cezalandırıyordu.

Babasıyla ilişkileri ise neredeyse hiç kalmamıştı. Eskiden babasının gözü onu hiç görmez, Ayşa kendini göstermek için çabalar dururdu. Şimdi artık bu oyundan vazgeçmişti, ona kendini göstermek yerine bu sefer de göstermemek için uğraşıyordu. Eskiden onlarla birlikte sofraya oturmayı, aralarındaki konuşmaları dinlemeyi severdi. Şimdi ise masadan bir an önce kalkmanın peşindeydi. Buna hem annesi, hem de babası kızıyordu. "Otur oturduğun yerde. Neyin acelesi bu böyle?" diye söyleniyorlardı. O zaman küçük kız korkup oturuyordu yerine ama bu halleri babasını daha çok kızdırıyordu.

Evde kavga gürültü yine hiç bitmiyor, babası bu sefer annesiyle birlikte onu da kıyasıya dövüyordu. Masanın altına girse de ortalıkta görünmemeye çalışsa da Ayşa artık bu dayaklardan hiç kurtulamıyordu. Adam kızı döverken annesi önce onlara dik dik bakıyor, arkasından bütün gücüyle bağırıp mahalleyi başlarına topluyordu. Mahalleli de bıkmıştı artık bu seslerden. Arada bir köfteci Yusuf, tuhafiyeci Yamuk Yasin, bazen de Neriman Teyze kavgaları ayırmaya gelse de her biri giderken söyleniyordu. "Çocuğa dirlik vermiyorlar bu evde. Madem bakamayacaktınız... Tövbe estağfurullah..."

Annesi için üzülmek istemiyor ama onun kocasına duyduğu aşkı ve bağlılığı düşündükçe öfkesi iyice artıyordu. Anneye kızmanın çok büyük günah olduğunu bir yerlerden öğrenmişti ama ne kadar istese de içindeki bu öfkeye engel olamıyor, engel olamadıkça da kendini suçlu ve günahkâr hissediyordu. Yüreğindeki taş en çok o zaman canını acıtıyordu. Herkes gibi o da çöp kız diyordu kendine. Okuldan gelirken yolda gördüğü her taşa ayağıyla vuruyor, öfkesini o taşlardan çıkarabilmek için yerde vurulacak taş arıyor, eve gelince annesinin eteğinden ayrılmıyor, kendini affettirmeye çalışıyordu.

Annesinin ise Ayşa ona dokunacak diye ödü kopuyor ama boş kaldıkça kıza hayatını anlatıyordu. "Ah ben neler çektim bir bilsen" diyerek başlayan sızlanmaları hiç bitmiyordu. Bıkmıştı annesini dinlemekten, onun hayata ve kaderine ettiği sitemlerden. Zaten dinleye dinleye hepsini ezberlemişti. En çok kendi babasını anlatırdı. Nasıl aksi biri olduğunu, ondan odunla yediği dayakları, annesinin onu nasıl hiç korumadığını, Nurşen Teyzesini hiç istemediği bir adamla evlendiriverdiklerini, sarayda yaşasa da kadının nasıl mutsuz olduğunu söylerdi. Kardeşinin mutsuzluğu hoşuna gider gibi durup durup onu anlatırdı. Sıra kendisine gelince önce yüzüne garip bir tebessüm yayılır, alt dudağını çarpıtarak, "Sen bakma onlardaki gösterişe, biz gecekonduda otursak da onlardan çok daha mutluyuz. Hiç olmazsa babamın istediğine değil, kendi sevdiğime gittim ben" diyerek adeta övünürdü.

Ayşa bunları dinlerken kafası iyice karışır, kendi gördüklerine mi yoksa annesinin dediklerine mi inansın bilemez, bazen de annesine olmadık sorular sorardı. Boynunu büküp, "Biz mutlu muyuz?" dediğinde annesi gözlerini sonuna kadar açar, "Daha ne olsun kız, ben her gece elin herifinin değil, sevdiğim adamın koynuna giriyorum" diyerek anlatmayı keser, hırsla mutfağa giderdi. Demek onlar mutluydu. Demek mutluluk böyle bir şeydi. Yani pek de iyi bir şey değildi.

Anladığı kadarıyla annesi de çocukken babasından dayak yemiş, kendi annesi onu hiç korumamıştı. O zaman Ayşa üzülürdü annesinin haline. Merhamet ederdi ona. Bir zamanlar babasından, şimdi de kocasından dayak yiyordu demek. Ne talihsiz kadındı. Annesi de kızının tam olarak böyle düşünmesini, böyle hissetmesini ister, bunca şeyi onun için anlatır dururdu. Demek teyzesi, eniştesi gibi kibar ve iyi bir adamla yaşamaktan, saray gibi bir evde oturmaktan mutlu değildi. Onun için gidiyordu o ayakkabı ustasının yanına. Eniştesi bunu biliyor muydu acaba? Annesi, babası gibi biriyle yaşamaktan mutluydu. Onu döven söven, evde onlara huzur vermeyen, sık sık arkadaşlarıyla içmeye giden, hep kebap, rakı kokan, asık suratlı, sonunda onu, kolunu çıkaracak kadar döven biriyle mutluydu.

Ali mutlu muydu acaba? Ali'yle ilgili her şeyi çok merak ediyordu. Aslında bu merak karşılıklıydı. Ali de onu merak ediyor, Ayşa'yı her gördüğünde yüzü kızarıp gözleri parlıyor, teyzesiyle usta aşağı iner inmez hemen karşısına geçip, "Ne oldu kız, baban seni yine dövdü mü?" diye soruyordu. Ali olmasa teyzesiyle gizli saklı o dükkâna gitmeyi hiç istemezdi. Ne olduğunu bilmese de, orada kötü bir şeyler yapıldığının farkındaydı. Gizli gizli olduğuna göre teyzesi çocuklar gibi yaramazlık yapıyordu. Ayşa da oraya gitmekle yaramazlık yapıyor sayılır mıydı? Sayılmazdı çünkü yaramazlık yapmanın ilk şartı annelerin haberi olmaması ya da kızmasıydı. Annesi onun nereye gittiğini biliyor ve gittiğine değil de geç geldiklerine kızıyordu.

Annesi, kendi babasından bunca korkmasına rağmen evden kaçmış, Ayşa'nın babasıyla evlenmiş, ailesi de ona küsmüştü. Bu kadarını biliyordu Ayşa. Onun için böyle yalnızdılar. Dedesinin ve anneannesinin hayatta hatta çok zengin olduklarını da duymuştu ama hiçbirini tanımıyordu. Teyzesinin çocukları Aynur ve Tayfun onları iyi tanıyorlardı. Sık sık Ayşa'ya onlardan bahseder, bayramlarda gönderdikleri hediyeleri adeta gözüne sokarlardı; size değil, sadece bize hediye yolluyorlar der gibi... Demek onun da bir anneannesi, bir de dedesi vardı ama onlara küsmüşlerdi. Sonuç olarak o çirkin bir çöp kızdı. Belki de küsmekte haklıydılar. Acaba Ali onun çöp kız olduğunu hâlâ anlamamış mıydı?

Teyzesine son gittiklerinde Aynur'un üstünde kırmızı, etrafı fırfırlı, dönünce etekleri açılan bir pelerin vardı. Bayram hediyesi olarak babası almıştı. Keşke bana da kırmızı bir pelerin alsalar, onun da etekleri dönünce açılsa diye uzun uzun hayaller kurmuştu. Sadece hayal kurmakla da kalmamış, kuşlarla birlikte havada uçarken kendini kırmızı pelerinin içinde hissetmişti. Gökyüzünde süzülerek döndükçe etekleri göklere savrulmuş, yeşil boyalı evlerinin üstünden geçerken gözleri dolmuş, gözlerinden akan yaşlar dut ağacının üzerine düşmüştü ama her zamanki gibi kendi evlerinin üzerine konmak hiç gelmemişti içinden.

Kırmızı Oda

"Demek kırmızı pelerin, ta o günlerden kalma bir hayaldi."

"Evet hocam, çocukluk işte. Aklım kaldı o pelerinde. Bana böyle bir şey almayacaklarını biliyordum ama hiç olmazsa odamda dönerken üzerimde o pelerin varmış gibi hayal ediyordum."

"Bunlarla avunuyormuşsun."

"Evet, artık bir tek hayallerim, bir de Ali kalmıştı."

"Sahi Ali'den neden hiç bahsetmiyorsun?"

"O da kendini size kendi anlatsın istiyorum. O da gelse kabul eder misiniz?"

"Ali de istiyor mu bunu?"

"Önce çekiniyordu size gelmeye ama sizi o kadar çok anlattım ki ona, şimdi o da gelmek istiyor."

Ali, geçmişte olduğu gibi şimdi de onun için ne kadar değerli. Hâlâ anlatmadığı çok şey var. Bu hikâyenin sonunu merak ettim doğrusu...

"Nasıl bir ilişkiniz var Ali'yle?"

"Ali benim için çok değerli hocam. Yıllar girdi aramıza, hiç görüşmedik ama sonunda buldu beni. Dünyada bir tek ona güvenirim ben. Bakalım siz görünce ne diyeceksiniz. O benim arkadaşım, dostum, sırdaşım, her şeyim işte. Araya uzun yıllar girince birbirimizden koptuk sanmıştım ama onu karşımda görünce nasıl korktum, nasıl şaşırdım, nasıl sevindim anlatamam."

"Korktum dedin. O neden?"

"O yokken hep var gibi gelirdi bana. Hiç görüşmesek de, birbirimizden haber de almasak o benim hayalimde hep duruyordu. Başım sıkıştığında o beni dinliyor gibi her şeyi ona anlattığımı düşünürdüm. Şimdi gerçekten gelince, onu kaybetme ihtimali de gerçek oldu. Hayalimde durursa hiç gitmez yanımdan."

"Ali'yi kaybetmekten çok korktuğun için onunla yeniden bir araya gelmekten de korkuyorsun. Öyle dedin sanki..."

"Olamaz mı yani? Onu hem çok özlüyor, hem de beni bulmasından, bana kızmasından korkuyordum. Sonunda buldu beni ama tam da korktuğum gibi oluyor her şey. Ali bana kızıyor. Ben buna dayanamam hocam. Ali bana kızmasın."

"Neden kızıyor sana?"

"Onu da kendi söylesin. Siz tabii henüz ne beni, ne de Ali'yi iyi tanıyorsunuz. Bizi iyi anlayabilmeniz için yaşadıklarımızı, başımıza gelenleri bilmeniz gerekir. Onun için size daha sık gelmeye çalışıyorum. Ali de gelsin, o da anlatsın kendini. Başka türlü içim rahat etmeyecek. Sizin bize söyleyecekleriniz de korkutuyor beni. Sonuç olarak Ali'yi kaybetmeye dayanamam ama böyle giderse tam da korktuğum gibi olacak."

Demek her şeyi sırayla anlatmak istiyor. Onları iyi tanımadan bir şeyler söylemem onu endişelendiriyor. Ne söylememden korkuyor acaba? Ayşa gibi birinin terk edilmekten çok korkacağını biliyorum zaten. İnşallah bu ara bu ilişkiyi kendi bitirmez. Bu tür korkular iyi giden ilişkilerin en büyük düşmanıdır.

"Biraz da bu nedenle size gelmesini çok istiyorum ya... Ben de asıl bu yüzden geliyorum buraya. Hata yapmaktan korktukça hata yapıyor insan. Bir yandan da kendime nasıl kızıyorum bir bilseniz..."

"Bunları anlatsana bana, neden kızıyorsun kendine?"

"Ben size her şeyi sırasıyla anlatmak istiyorum, başka türlüsü içime sinmiyor."

"Tamam, nasıl istersen . Öyleyse bu arada hiçbir konuda karar vermemeye çalış."

"Ben de öyle yapıyorum zaten. Ali gelsin değil mi?"

Yalvarır gibi söylüyor bunları.

"Tamam Ayşa, Ali de gelsin."

"Çok teşekkürler hocam. Ben bu hafta hem Ali için hem de kendim için randevu alacağım. Bazı şeyleri benim değil, onun size anlatması daha doğru olur. Onun neler anlatacağını çok merak ediyorum ama bunları bana söylemeyeceğinizi de biliyorum. Ali iyi olsun yeter ki... Benim tek istediğim bu."

"Tamam, madem öyle diyorsun, öyle olsun."

"Çok teşekkür ederim. Bize yardım edeceğinize inanıyorum ben. Haftaya görüşürüz."

Böyle diyerek ayağa kalkıyor. Gözlerindeki korkuyu bu sefer saklayamıyor benden. Demek yıllar sonra Ali'nin gelip onu bulmasıyla hayatındaki alışıldık dengeler bozuldu. Gerçekler onu o kadar korkutuyor ki, hayallerindeki sevgiliye razı. Ne güzel anlattı Ali'yle ilişkisini, iki çocuğun dertlerinin dermanını birbirlerinde bulmasını, çocukluk aşklarını. Çocukluğumdan beri severim masalları, masallardaki aşkları. O da bana masal gibi bir aşkı anlatacak galiba.

6. Bölüm

Bugün İstanbul'da hava kapalı. Denize bakıyorum, sanki yer gök birbirine girmiş. Ufuk çizgisi görünmüyor. Hafif de bir sis var. Bütün renkler griye bürünmüş. Rüzgâr ağaçları bir o yana, bir bu yana sallayıp duruyor. Demek sıra ağaçlardaki tozu, kiri, kurumuş dalları, yaprakları temizlemeye geldi.

Deniz, bir sıkıntısı varmış gibi huzursuzca kıpırdanırken üzerinde küçük beyaz dalgalar oluşturuyor. Tek tük geçen gemiler sis nedeniyle hemen kayboluyorlar. Birkaç martı sessizce uçuyor denizin üzerinde. Tam depresyon havası diyorum içimden. Bu havalar ruh sağlığı yerinde insanların moralini bozarken depresyonlu hastalara iyi gelir. Sadece böyle zamanlarda onların ruhları ile dünyanın rengi uyuşur. Hatta onlar ilkbaharın pırıltısından, cıvıltısından, çiçeklerin rengârenk açmasından hiç hoşlanmazlar. Çünkü güzel olan, insanı hayata bağlayan, neşelendiren hiçbir şey karanlık dünyalarını aydınlatamadığı için bu güzellik onları rahatsız eder ve hemen kapatırlar perdelerini. Onun için depresyondaki hastalar hiç renkli giyinmez, kıyafetlerinde bile siyahı, griyi, kahverengini tercih eder.

Beni fena halde hüzünlendiriyor bu hava. Renk yok, hareket yok, canlılık yok...

Geceleri hep geç yatarım. Bu kitaplar en iyi geceleri yazılıyor. Hele kitabın büyüsüne kaptırdıysam kendimi, o dünyadan hemen çıkmak istemem. Ayşa'nın hikâyesi de fena halde sardı beni. O sadece kendini değil, ülkemizde yaşanan ama üstü hep örtülen, konuşulmayan, paylaşılmayan yüzünü anlatıyor hayatın. Konuşulmasa da ruhlarımızın en derinlerine mıh gibi çakılan ve gemiyi batarken bile terk etmeyen anılarımızdır onlar ve bizim için hem ölene kadar unutulmayacak kadar önemli, hem de üstü açılıverecek diye ödümüzün koptuğu en gizli yaralarımızdır. Bu kadar önemli olmasa onları köşe bucak saklar mıydık? Acaba bu kadar saklamasak, onlardan korkmasak, kendimizi sorumlu tutmasak, suçlamasak, ötekilerden bu kadar ayırmasak yine de unutulmaz olurlar mıydı?

Canımızı asıl yakan şey, her zaman olayın kendisinden çok zihnimizde nasıl şekillendiği, bize hangi duyguları yaşattığıdır. Oysa onlar da bizim tarafımızdan yaşanmış ve içlerindeki kötü enerjiden bir an önce kurtulmak isteyen bize ait anılar. Saklamaya gerek duymadığımız anılar, içlerini çoktan boşaltmış, geniş geniş oturuyorlar zihnimizde. Çağırdıkça geliyor, çağırmadıkça yerlerinde oturuyorlar. Öyle ki hiç çağırmadıklarımız yerini daha yeni anılara bırakıp zamanla kayboluyor.

İşte ben en çok da o kara kuru, isli paslı, kullanılmaya kullanılmaya tozlanmış, örümcek bağlamış anılarımızı yazmak istiyorum. Kaderimizi yazan bilinçdışı sistemler en çok bu tozlu anılar üzerinden giriyor hayatımıza. Gücünün çoğunu onlardan alıyor ve bizi geçmişin tozuyla, pasıyla, kiriyle yönetiyor. Kaderimizi yazarken, kalemi bizim elimizden en çok da köşe bucak sakladığımız o anılar alıyor.

Klinikte odama girerken, koridorda bir aşağı bir yukarı gezinen siyah takım elbiseli gencin Ali olduğunu hemen anlıyorum. O da bana bakıyor alttan alttan. Huzursuz görünüyor. Saatime bakıyorum, daha vakit var. Demek erken geldi ama gergin ve heyecanlı.

Tuna'ya ilk hastayı hemen almasını söylüyorum. O da şaşırıyor böyle dememe. Kahve... demesine fırsat vermeden, onunla içeceğimizi söylüyorum. Tuna hemen alıyor onu içeri. Kapıda karşılıyorum Ali'yi. Elimi sıkarken hafifçe eğiliyor. Aslan gibi bir delikanlı. Oldukça heybetli görünüyor. Omuzları geniş, hafif de göbeği var. Kemeri göbeğinin altından bağlamış. Buraya gelmek onun için pek kolay olmamış galiba. Sıkıntılı görünüyor. Yerime geçince hemen başlıyorum.

"Hoş geldin Ali."

"Hoş bulduk doktor hanım. Nasılsınız?"

"İyiyim, sen nasılsın? Ayşa senden çok bahsetti bana."

"Tahmin ettim. Bana da hep sizi anlattı."

"Senden bahsetti ama hepsi çocukluğunuzla ilgiliydi. Zaten Ayşa sorulanlara cevap vermeyi pek sevmiyor. Sen ne sorarsan sor, o istediğini anlatıyor."

"Nasıl da bildiniz. Gerçekten de öyledir. Bazen bülbül gibi konuşur, susturamazsın, bazen de ağzını bıçak açmaz. Buraya gelirken bana sıkı sıkı tembih etti, en baştan anlat kendini diye. En baştan anlatırsam beni daha iyi anlarmışsınız."

Böyle aniden onu da ilgilendiren konulardan konuşmaya başlayınca rahatladı. Bir yandan da yine Ayşa'ya gidiyor aklım. Ali'ye bile tembihlemiş, en baştan anlat diye. Bunu da nerden çıkardıysa... Oysa bizim hastalarımız önce bugünkü sorunlarını anlatır, geçmişi, çocukluğunu, ailesini sonra konuşuruz.

"Demek böyle düşünüyor. Ama ben yine de sana birkaç soru sormak isterim."

"Tabii doktor hanım, siz nasıl isterseniz öyle olsun."

Hafifçe gülümserken bir yandan da onu inceliyorum. Siyah kıvırcık saçları terden ıslanmış ve birkaç tutam da ısrarla alnına düşüyor. Tok bir sesi var. Her ne kadar burada bana çok saygılı davranmaya çalışsa da, bir şeylere çabucak kızan, hemen büyük tepkiler verebilen biriymiş gibi hissettiriyor bana. Bir yanı da Anadolu kokuyor bu çocuğun. Sıcak, merhametli, heybetli, öfkeli ve güçlü. Ona olabildiğince sıcak ve yakın davranmaya devam ediyorum.

"Ne iş yapıyorsun Ali?"

"Ben ayakkabıcıyım. İstanbul'un büyük alışveriş merkezlerinden birinde bir dükkânımız var."

"Nasıl gidiyor işler?"

"İyi çok şükür. Çocukluğumdan beri bu işi yaparım. Allah nasip ederse bunun da altından kalkacağız."

"Ayşa'yla yıllar önce tanıştığınızı biliyorum."

"Öyle ama gidince bir daha aramadı beni. Ama ben yine de onu buldum. Biraz zor olsa da sonunda buldum onu."

Bu sözlerde ince bir sitem var Ayşa'ya. Nereye gitti ki Ayşa? Henüz hikâyeyi tam bilmiyorum ki... Büyük bir başarıya imza atmış gibi gururla söylüyor bunu. Belli ki Ayşa'yı bulmak gibi bir hevesi, umudu, hatta amacı varmış. Rahatladı dedim ama hâlâ diken üstünde oturuyor. Ben telefonla Tuna'yı ararken o da dikkatle ceketini düzeltiyor. Titiz birine benziyor. Siyah takımının içindeki beyaz gömlek tiril tiril. Çok düzgün ütülenmiş. Kravat takmamış. Bunlar işyerinde giydiği kıyafetler olabilir. Telefonu kapatırken ona hissettirmeden hafifçe öne eğilip ayakkabılarına bakıyorum. Pırıl pırıl mokasenler var ayağında. Hafif bir parfüm kokusunu daha içeri girer girmez aldım. Değişik bir oturuş tarzı var. Koltuğa hafif yan oturup başını bana çevirerek konuşuyor. Tırnakları da özenle kesilmiş. Ne de olsa kadın ayakkabısı satıyor. Biraz da mesleği gereği herhalde.

Tuna kahvelerle geliyor. Ali kahveyi alırken hafifçe ayağa kalkıp teşekkür ediyor. Kadınlara nazik davranmaya alışkın. Kahvesinden bir yudum aldıktan sonra gözlerini kısarak bana bakıyor.

"Doktor hanım, ben bugüne kadar hiç böyle yerlere gelmedim. Psikiyatristlere ne denir, ne konuşulur, onu da bilmiyorum ama Ayşa bana anlat dedi. Kendini anlat, çocukluğunu anlat. Bırak, doktor seni tanısın dedi. Kendisi de öyle yapıyormuş galiba."

"Evet, öyle yapıyor. Çocukluğundan başladı anlatmaya."

"Öyleyse beni de anlatmıştır size."

"Evet, bol bol anlattı dükkândaki günlerinizi."

"Buraya gelmek ona çok iyi geldi. O sıkıntılar eskisi gibi gelmiyor. Arada sizin verdiğiniz ilacı da alıyor. Buradan çıkınca size anlattıklarından bana da bahsediyor. Ne günlermiş diyoruz ikimiz de. İnsan hüzünleniyor çocukluğunu düşününce."

"Hep öyle olur."

"Ben de anlatsam, dinler misiniz?"

"Memnuniyetle."

Ali de tıpkı Ayşa gibi yapacak. Baştan karar vermişler zaten buna. Bakalım o neler anlatacak...

7. Bölüm

Ali'nin Hikâyesi

Mutsuz bir çocuktu Ali. Okuldan çıkar çıkmaz şehirde kasaplık yapan babasının kan kokan dükkânına gitmekten de, orada kan revan içinde babasına yardım etmekten de, babasından da nefret ediyordu. Henüz ilkokul üçüncü sınıftaydı. Babası gibi iri cüsseli bir çocuktu. İşte şimdi yine nefret ettiği o dükkâna gelmişti. Çantasını sırtından indirip dolaba koydu, önlüğünü çıkardı, yerine üstü kan lekesi dolu kasap önlüğünü giydi. Boyu tezgâha yetmediği için babası ona yere yakın bir tezgâh kurmuştu, çömelerek her gün burada küçük elleriyle tutmaya çalıştığı koca bıçaklarla kemiklerdeki eti sıyırıyordu. O daha içeri girer girmez babası homurdanmaya başlıyordu. "Bu gidişle sen adam olmayacaksın ama ben seni adam etmenin yolunu biliyorum. İnsan okuldan çıkınca koşarak gelir dükkâna. Bu bizim ekmek kapımız. Zaten böyle giderse daha da okutmam seni."

Bunlar babasının ona her gün söylediği sözlerdi. Oysa Ali nefret etse de o dükkânda elinden geldiğince bir şeyler yapmaya çalışıyordu. Babasından bu kadar korkmasa, annesi birazcık arkasında dursa, değil burada çalışmak, dükkânın önünden bile geçmezdi. O da diğer çocuklar gibi olmak, okuldan çıkınca büyük konağın önünde arkadaşlarıyla top oynamak, onlar gibi bağırmak çağırmak, birbirlerinin üzerine atlamak, konağın sahiplerinin çocuklarıyla dalga geçmek, sonra da onlar gibi gülmek isterdi.

Akşam eve gelince sobanın başında ısınmak, bolca yemek yemek, sonra da odasına çekilip ders çalışmak isterdi. Onun da bir çalışma masası olsun, masada lambası olsun, o ders çalışıyor diye kimse gürültü etmesin, karnesindeki notları görünce ailesi başını okşasın, "Aferin oğlum" desin isterdi.

Bunları o konakta yaşayan, onunla aynı sınıfta okuyan Doğanların konağına girdiğinde görmüştü. Doğan ona konağı gezdirmiş, odalara tek tek baktırmış, son olarak da kendi odasına götürmüştü. Aslında hiçbiri sevmezdi Doğan'ı. Gıcığın tekiydi. Sadece o konağı görmek, onların nasıl yaşadığını öğrenmek, kimsede olmayan bisikleti almanın bir yolunu bulmak için yanaşırlardı ona. O gün de bisikleti Ali almayı başarmış, sonra da mahallenin çocuklarıyla birlikte sırayla binmişlerdi bisiklete. Arkadaşları gibi o da konağı görünce uzun uzun içini çekmiş, çok kıskanmıştı Doğan'ı. Allah bu oğlana bunları veriyor da, onları neden pas geçiyordu acaba? Hem Doğan'ın yaşadığı hayata imreniyor, hem de asla onun gibi olmak istemiyordu.

Bir gün beden eğitimi dersinde soyunup da şortlarını giyerken görmüşlerdi Doğan'ın kırmızı, İtalya'dan alınma donunu. Kırmızı don giymek de neyin nesiydi? Don dediğin ya beyaz olurdu ya da siyah. Bütün sınıf gülmekten yerlere yatmış, Doğan'la alay etmiş, onu ağlatana kadar uğraşmışlardı. Hep bir ağızdan, "Kır-mı-zı-don-lu" diye, koro halinde bağırmışlar, sonunda öğretmen araya girip hepsine kızmış, Doğan'ı da teselli etmeye çalışmıştı.

Hatta başöğretmen bir gün bu yüzden Ali'nin kulağını çekmiş, bir daha böyle yaparsa onu okuldan atacağını söylemiş, o da sınıfa geri gelince Doğan'a göz kırpmış, hafifçe pantolonunu indirerek kendi donunu göstermişti. Gerçi onun donu da bir zamanlar beyazken şimdi yıkanmaktan rengi kaçmış, griye dönmüştü ama yine de Doğan'a takılmak, onun üzüldüğünü görmek hoşuna gidiyordu. Hep onlar üzülecek değildi ya, biraz da Doğan üzülsündü. Doğan üzülmüştü zaten. O bir evin bir oğlu, koca bir ailenin tek umuduydu. Hep el üstünde büyütülmüş, bir dediği iki edilmemişti. Babası erkenden ölünce aile ona babasızlığın acısını çektirmemek için daha fazla üzerine düşmüş, öpmüş, okşamış, o iyi olsun diye gözünün içine bakmıştı. Oyuncağın en âlâsı alınmış, derslere ilgisi azalınca eve özel öğretmenler çağrılmıştı. Ama yine de Doğan mahalledeki gariban çocuklar kadar bile olamamış, kendine arkadaş edinememiş, okula gitmek istememiş, annesi her gün elinden tutup okula kendi götürmüştü.

Babasının öldüğünü herkes bilse de, okulun açıldığı ilk gün öğretmen her birine aileleriyle ilgili sorular sormaya başlayınca, "Benim de babam var" demiş, aklı sıra onları kandırmaya çalışmıştı. Öğretmen sınıftan çıkar çıkmaz, hep bir ağızdan ona dönüp, "Yalancı, yağlı keçi, pazarlarda bağlı keçi" diye bağırıyor, gözlerinin içine bakarak, "Senin baban yok ki..." deyip gülüyorlardı. Böyle zamanlarda Doğan ya ağlıyor ya da sınıftan kaçıyordu. Onun bu ağlamalarına kimse üzülmüyor, onunla alay etmekten hepsi de zevk alıyordu.

Ali bir yandan hırsla kemikleri sıyırıyor, bir yandan da hep bunları düşünüyordu. Doğan'ın annesini görmüştü bir gün. Hiç kendi annesine benzemiyordu, İstanbullu kadınlar gibi giyiniyor, başını bağlamıyor, dalgalı saçlarını arkadan topluyordu. Sonra kendi annesini düşündü. Bir kere bile onu böyle görmemişti. Annesi saçlarını tek örgü halinde örer, üstüne kara yazmasını örterdi. Çiçekli basma elbisesi, elbiseye her zaman bağladığı kuşağı, onların üstüne giydiği yeşil uzun yeleğiyle Doğan'ın annesinden ne kadar farklıydı. Keşke onun da annesi Doğan'ın annesi gibi olsaydı.

Ali öfkeyle etleri sıyırırken bıçak parmağına değiverdi. Parmağının acısını unutmuş, yine bana kızar mı diye gözlerini babasına dikmişti. Babası parmağından akan kanı görünce, "Ulan yettin artık, mahsus mu yapıyorsun bunu!" diyerek elindeki koca bıçağı ona vuracak gibi kaldırmış, Ali korkudan büyüyen gözleriyle yerinden fırladığı gibi kendini sokağa atmıştı. Babası elinde bıçak dükkânın önüne kadar çıkmış, "Gel lan buraya. Böyle yaparak beni kandıracağını mı sanıyorsun? Küçücük aklınla bana oyun mu yapıyorsun?" diyerek söylenmeye, elindeki bıçağı bir aşağı bir yukarı sallamaya devam etmişti.

Her zamanki gibi yandaki berber dışarı çıkmıştı. İlaçlı pamukla Ali'nin parmağını temizliyor, bir yandan da "Yapma bunu Kasım Ağa, çocuk işte" diyerek onu sakinleştirmeye çalışıyordu. Ali babasının ona söylediklerini başkalarının, özellikle arkadaşlarının duymasından korkuyor, insanların yanında aşağılanmak içini çok acıtıyordu. Arkadaşlarının arasında itibarı oldukça yüksekti. Bu güçlü kuvvetli, iriyarı, sesi hep gür çıkan, herkesi başına toplayıveren oğlanı hem seviyor, hem de ondan biraz tırsıyorlardı. İşte o çocuklar, bu manzarayı görürse kim bilir onunla nasıl eğlenecekler, belki de Doğan'dan beter edeceklerdi. Bir gün babası olacak o adam elindeki bıçakla Ali'yi de doğrayıverecekti ama ne zaman...

Bazı geceler uykusundan kan ter içinde bağırarak uyanıyor, rüyasında babasının onu yere yatırıp et keser gibi ince ince kestiğini görüyordu. O böyle bağırdığında annesi her zaman yatağından fırlar, koşarak gelir, "Ne oldu gülüm, yine kâbus mu gördün yoksa?" diyerek sarılır, onu sakinleştirmeye çalışırdı. Annesinin soğanlı yemek kokusuyla karışık tuzlu ter kokusu her zaman ona çok iyi gelir, bu kokuyu gül koklar gibi uzun uzun içine çeker, yavaş yavaş sakinleşirdi.

Kardeşi Mehmet oldum olası cılız, hastalıklı bir çocuktu. Aralarında bir yaş olmasına rağmen boyu Ali'nin omzuna bile gelmez, yemez içmez, ancak ağlamayı bilirdi. Olur olmaz her şeye ağlar, babasından ödü kopar, en küçük bir şey olsa annesinin bacaklarına sarılır, onun arkasına saklanır, böylece kurtarırdı kendini. Ama Ali öyle miydi? Aslında öyle olmayı hem ister hem istemezdi. "Onun gibi korkak olacağıma ölürüm daha iyi" derdi bazen. Bazen de aptal bulurdu kendini. "Sen aptalsın, asıl akıllı o. Karnesinde iyi notlar getiren sen, dükkânda çalışan sen, dayağı yiyen yine sen."

Kaç kere Mehmet yüzünden babasından öldüresiye dayak yemişti. Sırf Mehmet'i babasının zulmünden korumak için. Babası en çok karnesinde zayıf getirdiği zaman döverdi Mehmet'i. "Ulan" derdi, "bizim üç kuruş kazanacağız diye dükkânda canımız çıkıyor, beyimiz ders çalışma zahmetine bile katlanamıyor. Bir daha zayıf getir, hele bir sınıfta kal, ben seni kulaklarından tavana asmaz mıyım?" Sonra eline sobaya attıkları odunlardan birini alır, bir yandan Mehmet'in neresine denk gelirse vurur, bir yandan da "Öldürürüm lan seni, öldürürüm" diye bağırırdı. Böyle zamanlarda annesi bir köşeye siner, "Yapma Kasım, öldüreceksin çocuğu" diye bağırır ama korkudan hiç yerinden kıpırdayamaz, Ali ise duramaz, mutlaka babasının karşısına çıkar, "Bırak baba, o daha küçük" diye bağırarak atlardı adamın üstüne. Fırsat bu fırsat diyerek Mehmet hemen ortadan kaybolur, dayağı yiyen yine Ali olurdu. Babası, "Ulan sen kendini ne sanıyorsun, kemiklerini kırayım da gör" diyerek iri cüssesiyle Ali'ye saldırır, onu altına alır, yer misin yemez misin diyerek kıyasıya döverdi oğlanı.

Gururlu bir çocuktu Ali, isyankârdı! Haksızlığa gelemiyordu. Hele babası onu değil de annesini ya da kardeşini döverse kenarda bu sahneleri seyredemiyor, küçücükken bile babasının üzerine atlıyor, kendi yediği dayaklara sesi çıkmıyor, adama öfke saçan gözlerle bakmaya devam ediyor, hatta bazen de "Döversen döv!" diyerek babasını daha çok kızdırıyordu. Annesi ile Mehmet artık bunlara alışmıştı. İkisi de Ali'ye güveniyor, onlar dayak yerken Ali evdeyse, nasıl olsa bizi kurtarır diyerek hemen gözleri onu arıyordu. Ali sanki insan değil, taştı. Taşa bir şey olur mu, olmaz. Öyleyse Ali'ye de bir şey olmazdı. Ama taş olmanın da bir karşılığı vardı. Ali babasından önce eve gelirse evin kralı oymuş gibi kapıda karşılanır, elindeki okul çantası alınır, önüne hemen sofra hazırlanır, hali hatırı sorulur, yemeğin en güzel yeri onun tabağına konurdu.

Köyde bile herkes Ali'ye farklı davranırdı. Köye gelince babasından bir süre uzak kalmak, onun öfke ve kin kusan gözlerini görmemek, amcasıyla davar gütmek, kıt akıllı küçük amcasıyla evde oturmak, onun şaşkın şaşkın bakan gözlerini görmek, babaannesinin yaptığı bazlamaları yemek, yengesinin onun için özenle ördüğü kazakları giymek hoşuna gidiyordu. Köyde hayat başka türlüydü. Dedesi ölmeden kızları evlendirmiş, oğlanlara sermaye olarak da bolca hayvan bırakmıştı. Onun ölümünden sonra evin en büyük erkek çocuğu olarak Kasım şehirde bir kasap dükkânı açmış, ortanca amcası köydeki hayvanlara bakmış, kıt akıllı küçük amcaya da babaanne sahip çıkmıştı.

Şimdi artık amcası hayvanları yetiştiriyor, babası da bu hayvanların kimini kasap dükkânında satıyor, kimini hayvan pazarında pazarlıyor, eline geçen paraları da köye gönderiyordu. İki küçük yeğeni vardı, ikisi de kız. Köydeki ilkokula gidiyorlardı. Okul bitince de ailesi bir an önce evlendirecek, evden iki boğaz eksildi diye de sevinecekti. Gariban amcaya ömrü yettiği kadar babaannesi bakacak, sonra da bu işi amcası devralacaktı.

Yengesi çirkindi çirkin olmasına ama iyi bir kadındı. İki göz odada hepsi bir arada yaşıyor, üç kişi de onlar gidince evin ortasına yataklar seriliyor, hep birlikte yaşamanın bir yolunu buluyorlardı. Burada her şeyin bir kuralı, bir düzeni vardı. Kimse halinden şikâyet etmiyor, sofradan çok şükür demeden kalkmıyor, kıt akıllı amcası beş vakit namazını camide kılıyor, akşam olup da yatma vakti gelince her biri büyük bir huzurla yatağına giriyordu.

Sabahın köründe herkes ayaklanıyordu. Önce ocak yakılıyor, ocağın üstüne konan siyah, kambur tavada bazlamalar pişiyor, kümesten toplanan yumurtalar haşlanıyor, bahçeden koparılan tazecik naneler, maydanozlar, tereler yıkanıyor, çay sobanın üzerinde fokur fokur kaynıyor, hep birlikte, hiç konuşmadan bunlar afiyetle yeniyordu. Hiçbir şey çarşıdan alınmıyor, bahçeden toplanan sebzeler, evde yapılmış tarhanalar, bulgurlar, erişteler, turşular, reçeller, kavurmalar, pestiller evin altındaki soğukluktan lazım oldukça yukarı çıkarılıyor, çabucak pişiriliyor, daha öğlen olmadan yemekler hazır ediliyordu.

Köyde aklı kıt amcasına "Deli İsmail" diyorlardı ama onu herkes seviyor, her ev ona bir şeyler ikram ediyor, sadece erkekler değil, kadınlar da onunla konuşuyor, evlerine misafir ediyordu. Deli İsmail hem o köyün delisi, hem de sevgilisiydi. Çocuklar bile köyün ortasında oyun oynarken onu da aralarına alıyor, birlikte bazen kovalamaca, bazen de yakantop oynuyorlardı.

Büyük amcası kahvaltı faslı biter bitmez yanına yengesinin hazırladığı azığını ve suyunu alıyor, küçük transistörlü radyosunu belindeki kuşağın içine sokuyor, ahırda bağırıp duran hayvanları önüne kattığı gibi otlağa gidiyordu. Bazen Ali de gidiyordu onunla. Akşama kadar otlakta dolaşıyor, ellerindeki sopalarla hayvanları bir araya toplamaya çalışıyor, bazen de bir gölgeye oturup radyoda çalan türküleri dinliyorlardı. Amcasının en sevdiği ise "Bir güzeli bir çirkine vermişler" diye başlayan yanık türküydü. Ali o zaman amcasına daha dikkatli bakar, onun yakışıklı ve yiğit bir delikanlı olduğunu o zaman fark eder, bir de amcasının gözlerindeki nemi görünce o da hüzünlenir, türküyü hiç konuşmadan ama yürekleri birbirine çok şey söyleyerek dinlerlerdi. Demek amcası halinden hiç şikâyet etmese de, yeri gelince karısına sevgiyle, şefkatle baksa da, içinde buruk bir şeyler vardı. Ali iri cüssesiyle, henüz yaşı küçük de olsa onu dinler, onu anlar, onun için üzülürdü. Hiç babasına benzemezdi amcası. O halim selim, sessiz, hayatın ona biçtiği kadere hiç itiraz etmeden teslim olmuş biriydi. Sadece sık sık Ali'ye, "Oğlum oku, benim durumuma düşme. Ne varsa okumakta var. Zamanında ben bu şansı değerlendiremedim. Ben okusam, babam yavan yer beni okuturdu. Babanı okutur muydu, bilmem ama beni okuturdu. Baban ailenin ilk çocuğu olduğu için erkenden bunca yükün altına girdi. O olmasa biz ne yapardık bilmem" diye uzun uzun anlatır, kendi sorar, yine kendi cevaplardı. Onun anlattıklarını masal dinler gibi dinlerdi Ali. Hoşuna giderdi amcasının onu adam yerine koyup konuşması, anlatması. Babası onunla hiç konuşmadığı için ailesiyle ilgili bir şeyler öğrenmek de vardı işin içinde. Amcası onu arkadaşı yerine koyup uzun uzun anlatıyordu geçmişi. Ali bir yandan gözlerini hayvanlara dikerken bir yandan da mırıl mırıl konuşan amcasını dinler, keşke benim babam da böyle olsa diye hayıflanır dururdu ama amcası onun cevabını da verirdi.

"Senin baban var ya senin baban, çok dayak yedi babamdan. Allah için beni onun kadar dövmedi. Keşke dövseydi de ben de okusaydım. Babamın dayaklarından Kasım Abim hep ensesi kıpkırmızı gezerdi. O razıydı ensesine yediği tokatlara ama bir kızılcık sopası vardı ki, vurdu mu yakardı. O sopanın acısını ben de iyi bilirim, anam da, kızlar da. Bir, Deli İsmail'e onunla vurmazdı."

Bunları dinlerken Ali'nin içi bir tuhaf olurdu. Demek babası da çok dayak yemişti. Madem dayağın acısını biliyordu, madem dayak yiyen insanın sadece bedeninin değil, yüreğinin de acıdığını yaşayarak görmüştü, neden yine de dövüyordu onları? Sonra büyüyünce ben de mi böyle olacağım diye korkuyordu.

Bazen, "Amca şu kavalı çalsan da dinlesek" derdi. Daha söz ağzından çıkmadan amcası hızla yerinden kalkar, büyükçe bir ağacın kovuğuna sakladığı kavalını çıkarır, dertli dertli çalar, kavalın sesini duyan hayvanlar bile sakinleşir, onlara yaklaşır, sanki onlar da hüzünlenerek kavalın sesini dinlerdi. Ne güzel çalardı amcası kavalı. O çalınca etraf güzelleşir, uzaktan gelen ırmağın sesi bile ona uyar, rüzgâr usul usul eşlik ederdi. Bir de kuşlar vardı. Bu kuşların aklı mı vardı da amcası çalmaya başlayınca her biri konduğu yerden kalkar, o büyük ağaca doluşur, sessizce kavalın sesini dinlerdi. Hiçbiri cıvıldamaz, ötmez, birbirine sokulur, oldukları yerde büzüşür, adeta titreyerek, titrerken içlerine dolan hüznü hayata bırakarak bu kavalın sesini dinlerdi. Ağaç bile bir o yana, bir bu yana sallanırken hışırdamaz, tabiat her şeye bir süre ara verirdi, bu sihirli kavalın sesini daha iyi dinleyebilmek için.

Uzun uzun çalar, çalmaktan hiç yorulmazdı amcası. Sanki onun da yaşadığını, dünyada var olduğunu hissettiği anlar, işte bu anlardı. Gözlerinin yeşili bile değişir, farklı bir renk gelir, canlanır, canlanırken duygulanır, o zaman başını iki tarafa iyice sallar, adeta kendinden geçerdi. Ali dinlerken hayaller kurardı. Büyüyünce doktor olup beyaz gömlek giyecekti. Hem de bembeyaz. Bir seferinde devlet hastanesinde elinde açılan kesiği diktirmek için gittiklerinde görmüştü. Genç, yakışıklı, bembeyaz önlük giymiş gözlüklü bir doktor dikmişti elini. Uyuşturmak istemişler, Ali gerek yok demişti. O ne acılar çekmişti, iğnenin acısı ona vız gelirdi. Nasıl da özenmişti. İşte kendisi de okuyacak, gerekirse babasıyla boğaz boğaza gelecek, gerekirse o evden kaçacak ama okuyacak, doktor olacaktı. Parmağı kesilen çocukların parmağını hiç acıtmadan dikecek, onlara şeker verecek, üstüne bembeyaz doktor gömleği giyecek, herkes ona "Doktor bey" diyecekti. Çok para kazanacak, her ay amcasına fazlasıyla gönderecek, Deli İsmail'e hediyeler getirecekti. Köyde kimsede olmayan kocaman bir top alacaktı İsmail'e. O zaman köyün bütün çocukları o topla oynamak için İsmail'e daha fazla yakınlık gösterecek, onu daha çok sevecekti.

Amcası her seferinde "Bir güzeli bir çirkine vermişler" türküsüyle bitirirdi kaval çalmayı. Akşam olunca tası tarağı toplar, hayvanları önlerine katar, köyün yolunu tutarlardı. Onlar geldiğinde yer sofrası çoktan hazırlanmış olurdu. İkisi oturmadan kimse oturmaz, sonra hep birlikte ortaya konan yemeğe kaşık sallarlardı. Kadınlar daha çok yemeğin suyuna ekmek banarak, kenarıyla köşesiyle idare eder, eti, sebzenin iyisini erkeklere bırakırdı. Deli İsmail bile erkekten sayılır, herkesten çok o yerdi.

Bu köyde insanların kaderi daha baştan belliydi. Oğlan on sekizine gelince köyün kızlarından birinin kapısı çalınır, askere gitmeden söz kesilir, nişan takılır, askerden gelince de hemen düğün dernek kurulur, on beş, on altı yaşındaki gelin yeni ailesinin evine taşınırdı. Evin bir odası yeni gelin için hazırlanır, oğlan babası ne iş yapıyorsa o işi üstlenir, baba biraz olsun rahat ederdi. Sabah birlikte erkenden işe gidilir, akşam ezanında da yine birlikte eve gelinirdi. Diğer oğlanlar da askerden geldikçe evlendirilir, eve bir oda daha ilave edilir, hayat kaldığı yerden devam ederdi. Gelinler dokuz ay dolar dolmaz doğurmaya başlar, bunca boğazı bu iş doyurur mu diye düşünen olmazdı. Eğer oğlanlardan biri cevval çıkar da okursa, o artık şehirde çalışır ama ömrü boyunca köyde kalan büyük aileye para göndermeye devam ederdi. Oğulları onların sermayesiydi.

Yaz bitmiş, okullar açılmış, Ali kaldığı yerden eski hayatına geri dönmüştü. O gün çok heyecanlıydı. Bütün arkadaşları okulda toplanmıştı, öteki mahallenin çocuklarıyla konağın önünde maç yapacaklardı ve ısrarla onu da takımda görmek istiyorlardı. Çok istiyordu o maçta oynamayı. Dükkâna zamanında gitmezse babasının kızacağını biliyordu. Yiyeceği dayakları da... Ama nasıl olsa her bahaneyle onu dövüyordu babası. Bu sefer de kendi keyfi için dayak yese ne olurdu sanki!

Hep birlikte dükkânın önünden geçmemeye özen göstererek güle oynaya arka yoldan mahalledeki konağın önüne gittiler. Karşı takım çoktan gelmiş, onları bekliyordu. Her iki takım da birer top getirmişti ama ikisi de çok eskiydi. O sırada Doğan, elinde pırıl pırıl bir futbol topuyla konağın önüne çıktı. Aslında onun iyi futbol oynamadığını herkes biliyor, top güzel de olsa onu takıma almak istemiyorlardı. Ali önce elinde topla kapının önünde bekleyen Doğan'a baktı, gözlerindeki hüznü görünce koşarak gitti yanına, "Hadi gel, maç yapıyoruz, sen de hakem ol istersen" diyerek onu da dahil etti oyuna. Doğan onlarla oynamak için can atıyordu zaten. Hakem olmak çok hoşuna gitmişti. Ali bu mahallenin en iriyarı, en sözü geçen, en gözü pek çocuğuydu. Sayardı arkadaşları Ali'yi. O böyle diyorsa kimsenin sesi çıkmazdı zaten.

Doğan buralarda istenmediğini biliyor, çocuk aklıyla bunu hep babasızlığına bağlıyordu. Herkesin babası var, onun yoktu. Yine de bu teklif hoşuna gitti ve eline verdikleri düdüğü kaparak ortaya attı kendini. Maç hızlı başlamış, karşı takım gol üstüne gol atmıştı. Ali giderek kızıyor, sağa sola küfürler ediyor, kırk yılda bir oynama şansı yakalamışken mutlaka bu maçı galip bitirmek istiyordu. Gerçi bir gol de o atmıştı ama yine de yeniliyorlardı. Tam da kalenin önündeyken top ayağına gelmiş, hiç olmazsa maçı berabere bitirecek golü atmak üzere ayağını kaldırmıştı ki, karşı tarafın oyuncularından Hüsam bir çalımla topu alıverdi önünden. İşte ne olduysa o zaman oldu. Ali bütün gücüyle tekmeyi salladı Hüsam'a. Hüsam acı içinde yerde kıvranırken iki takım çocuğun başında toplandı. İlk yumruğu karşı taraftan İbo vurdu Ali'ye. Ardından bir anda ortalık karıştı. Yumruklar havada uçuşuyor, herkes birbirine ağız dolusu küfrediyor, sesleri öteki mahalleden duyuluyordu. Doğan hiç alışkın değildi böyle kavgaya dövüşe. Durmadan elindeki düdüğü çalarak bu kavgayı ayırması için insanlardan yardım istiyordu.

Sonunda kavga bütün mahallede duyulmuş, dükkân sahipleri koşarak olay yerine gelmiş, her biri oğlanlardan birinin kulağından tutup kavgayı ayırmıştı. Ali başını kaldırdığında babasının öfkeden kan çanağına dönmüş gözleriyle karşılaştı. Babası, eli Ali'nin kulağında, önce şöyle bir baktı oğluna. Üzerindeki tişörtü kan ve çamur lekeleriyle kirlenmiş, ayakkabısı yırtılmış, ağzının kenarından ince ince kan sızıyordu.

Ali korkmuştu. Yalvaran gözlerle baktı babasına, burada olmaz, der gibi... Babası ise tam tersini düşünüyordu. Her gün de dövse bu çocuk adam olmayacaktı. Hiç olmazsa şimdi arkadaşlarının yanında onu kepaze etmeliydi ki, aklı başına gelsin. Önce sağlı sollu okkalı iki tokat attı yüzüne. Ali tokatların şiddetiyle bir o yana, bir bu yana savruldu ama düşmedi. Ardından, "Ulan deyyus, nedir ulan senden çektiğim! Dükkândaki koyunlar gibi seni de ayaklarından vitrine asayım mı lan, asayım mı? Kıçına da kırmızı kâğıt sokayım mı lan, ha, sokayım mı?" diyerek oğlanın üstüne çullandı. Tekme tokat, neresine denk gelirse acımasızca vuruyordu. Ali bu tekme tokatların acısını hiç duymuyordu. Zaten artık burada ölse de olurdu. Herkese rezil olmuş, mahalledeki bütün havası fıs diye sönmüş, kimsenin yüzüne bakacak hali kalmamıştı. Hatta keşke ölseydi. O zaman babası olacak bu herifi hapse atarlar, hiç olmazsa annesiyle Mehmet bu zulümden kurtulurdu.

Büyükler Ali'yi babasının elinden almaya çalışırken, çocuklar korkudan büyüyen gözlerle olanları seyrediyordu. Doğan ise donup kalmış, rengi bembeyaz olmuş, düşmemek için tutunacak yer arıyordu. Bu dayak faslı biraz daha sürerse babası Ali'yi öldürecekti. Hepsi de içinden küfrediyordu adama. Allah'ın belası, lanet herif! Hep bir olsalar, bu herifin canına okurlardı da, o mahallede büyüklere el kalkmazdı. Ali öleceğini bilse bile hiç karşılık vermiyordu babasına. Zaten yaşıtlarına göre iri de olsa, daha el kadar çocuktu.

Sonunda büyükler hep beraber Ali'yi Kasım'ın elinden aldı. Ağzı burnu dağılmış, bir gözü kapanmış, bacaklarından ve kollarından ince ince kan sızıyordu çocuğun. Üzerinden kamyon geçmiş gibiydi. Olayı en son duyan köfteci yerde yatan Ali'nin halini görünce koca gövdesini sallayarak sıkı bir yumruk attı Kasım'a. "Ulan böyle çocuk mu dövülür, manyak mısın sen lan?" diyerek. Ortalık yine karıştı. Kasım bu yumruğun altında kalacak adam değildi ama ahalinin artık bu kadarına izin vermeyeceği belliydi. Kasım daha fazla üstelemeden arkasını dönüp gitti.

Ali birkaç kez yerden kalkmaya uğraştı ama kalkamadı. Büyükler hemen onu kucaklayıp önce duvarın üstüne yatırdılar, ardından bir taksi çağırdılar ve oğlanı devlet hastanesinin aciline götürdüler. Karşı takımın oyuncularıyla mahalledeki çocuklar biraz önce aralarında yaptıkları kavgayı unutmuş, hep beraber koşarak hastanenin yolunu tutmuştu. Kimi Kasım'a küfrediyor, kimi başı önünde kendi babasını düşünüyordu. Doğan ise adeta şok geçirmişti. O, herkesin babasını kendi babası gibi sanıyordu oysa ne kadar yanılmıştı.

Ali son anlattıklarının etkisiyle gözleri dolu, başı önünde oturuyor karşımda. Bir çocuğun arkadaşlarının önünde aşağılanması, yerden yere vurulması ve üstelik de bu işi yapanın öz babası olması, onda öyle derin bir yara açar ki, hayat o çocuğu bir daha iyi insan, itibarlı insan yapabilir mi, bilinmez. Artık onun ne erkekliği kalmıştır ne gücü ne gururu... Katil, tecavüzcü, haydut ve hırsızların çoğu da işte bunların içinden çıkar. Haklı-haksız kavramı yok olur akıllarda, güçlü-güçsüz alır onun yerini. Bir şeyi sen istemiyorsan, gücünü kullanıp istediğini yaptıracaksın, yok güçlü değil de zayıfsan, bu sefer de hakkını aramayacak, güçlü ne derse ona teslim olacaksın. Hayatın en önemli kuralı işte budur onlar için.

Ali'nin anlattıklarından çok etkilendim. Karşınızdaki kişiyi iyi anlayabilmek için onunla empati yapmanız yani kendinizi onun yerine koyup öyle dinlemeniz gerekir. Böyle olunca da onun hissettikleri bir virüs gibi geçiyor size ama bu işte piştikçe araya biraz mesafe koymayı da zamanla öğreniyorsunuz. O gün, o dayağı siz de onunla birlikte yer, siz de onun gibi etkilenirsiniz. Onun adına çok üzülsem de, bana bugün anlattıklarını hiç unutmamalı, onun nasıl bir geçmişten geldiğini, geçmişinde yaşadığı bu ağır travmaları hep hatırlatmalıyım kendime çünkü bu yaşananlar gün olur aldığımız kararları, gün olur verdiğimiz tepkileri etkiler.

Gözlerindeki nemi bana göstermek istemiyor, çok sıcakkanlı bir delikanlı. İnsan onu hemen seviyor. Yaşından çok daha büyük görünüyor. Ayşa, benden üç yaş büyük, demişti onun için. Evin ilk çocuğu olmak, küçük yaşta büyük sorumluluklar almak olgunlaştırmış çocuğu.

"Sen de tıpkı Ayşa gibi çok güzel anlatıyorsun kendini. Pek kolay olmamış senin için de hayat."

"Olmadı doktor hanım. Çok canımı yaktı hayat benim. Hadi şimdi olsa neyse de, çocukken öyle olmuyor. Çocuksun, daha neyin ne olduğunu bilmeden çullanıyorlar üstüne."

"Yine de güçlü bir çocukmuşsun. Mehmet'e abilik yapmış, onu hep korumuşsun."

"Mızmızın tekiydi de, insan kıyamıyor yine de..."

"Bir yanın çok merhametli, bir yanın çok acımasız. Hâlâ öyle misin?"

Bu soru onu biraz düşündürüyor. Kendini nasıl yorumlayacağını bilemiyor.

"Pek sayılmaz. Artık iyi insan olmak istemiyorum ben. Senin iyi niyetini kullanmaya hazır öyle çok insan var ki... Anan baban, kardeşin bile gün oluyor, senin merhamet duygundan istifade etmeye kalkıyor. Önce güçlenmek gerekir. Kendini korumanın tek yolu güçlü biri olabilmek... Ha, sonra ister iyi ol, ister kötü. Hayatla mücadeleye erken başlayınca çok eziyorlar insanı. Biraz önce size de anlattım ya, çocuk musun filan diyen yok. Kimse bana çocuk muamelesi yapmadığı için ben de o zamanlar kendimi adam sanırdım. Öyle değilmiş meğer."

Artık iyi insan olmak istemiyorum diyor. Yaşadıklarından nasıl da etkilenmiş. "İyi değil güçlü olmalıyım" sözü hayatının merkezine oturmuş. Bir yandan da insan anlıyor bu çocuğu, buralara nasıl geldiğini.

"Hele o gün, yani milletin ortasında babamdan öldüresiye dayak yediğim gün sanki içimde bir şeyler kırıldı. Karpuz gibi ortadan ikiye ayrılıverdi kalbim. Çocuksun, muhtaçsın o adama. Gidecek başka yerin yok. Onunla aynı sofraya oturacak, onun getirdiği ekmeği yiyeceksin. Doktor halimi görünce, benden çok o korktu. Benim artık korkacak halim de kalmamıştı. Ağlasan, ağlayamıyorsun da... Beynim donmuş sanki. Her yanım parçalanmış ama ben yine de hiç acı duymuyordum. Gerisini siz düşünün artık."

Düşünüyorum zaten... Onun o anda çektiği ıstırabı tahmin edebiliyorum. İçinde öyle büyük, öyle keskin bir acı daha var ki, bedenindeki acı ona vız geliyor. Hemen arkasından oğlunu onca insanın ortasında öldüresiye döven babaya gidiyor aklım. Onu da anlamak istiyorum, biraz da anlıyorum zaten ama içim ona kızıyor, hem de çok kızıyor ve onu anlamak istemiyorum. İnsanlıktan çıkmış zaten, ona artık insan gözüyle bakamıyorsun. Sonra da Ayşa geliyor aklıma, onun yaşadığı o karanlık gece... Babaları tarafından bu iki çocuk da nasıl derinden yaralanmış. Sanki bıçakla içlerini oymuşlar çocukların. Bu çok derin, çok keskin acılar orada bitmiyor ki... Kaderlerine hükmediyor. Bunları düşünürken Ali eğilmiş, eliyle saçlarını iki yana ayırmış, başındaki yara izini gösteriyor bana.

"İzleri görüyor musunuz, karnımda, bacaklarımda da var bu izlerden. O gün, o genç doktor bu yaraları tedavi etmeye, kimini dikmeye uğraşırken hep, inşallah iz kalmaz ama ne yapsam kalacak diyordu. Çok acımıştı halime. Bedenimde iz kalsa ne, kalmasa ne, yüreğim parçalanmış benim, onu gören yok. Sizin de böyle acıdığınız hastanız oluyor mu?"

Hiç böyle bir soru soran olmamıştı. Bir an afallıyorum. Ona acıyıp acımadığımı anlamak istiyor galiba. Acımak sözcüğünde sanki bir aşağılama gizli. Evet, Ali adına çok üzüldüm, onun acısını tüm kalbimle paylaştığım doğru. O buna acıma diyor galiba.

"Acımak derken merhamet etmeyi, birisi için üzülmeyi kastediyorsan eğer, sorunun cevabı evet."

"Doktor da olsanız sonuç olarak insansınız tabii..."

"Sen o hastanedeki doktorun yerinde olsan ne yapardın?"

"Ben de çok acırdım o çocuğa ama ona bunu yapana da çok kızardım."

"Kızınca ne yapıyorsun Ali?"

"Gereken neyse onu yapıyorum. Altta kalacak halim yok ya... Eğer hak ettiyse hiç durmam. Hemen girişirim."

Öğrendiğini yapıyor, girişiyor yani tekme tokat...

"Girişirim derken?.."

"Girişirim işte... Artık gözünün yaşına bakmam. Ha, eğer suçunu bilir, kendini affettirmeyi başarırsa, o zaman sesim çıkmaz."

"Başaramazsa?.."

"Sen de baban gibi mi oldun demeye getiriyorsunuz. Tam öyle olmadım. Babamda hiç merhamet yoktu. Haklı mısın haksız mı, çocuk musun büyük mü, hiç gözüne gelmezdi. Hayvandı o, hiç insana benzemezdi. Kendinden zayıfa hiç tahammülü yoktu. Zayıfsan, seni ezmenin mutlaka bir yolunu bulurdu. Eli dursa dili durmaz, seni bir şekilde aşağılar, gururunu kırardı. Sadece bana değil, kendisinden zayıf gördüğü herkese böyle yapardı. Annem az mı çekti ondan. Kadının ağzı var dili yoktu ama ne yapsa yaranamazdı babama. Ne yaptığı yemeği beğenir, ne bir gün olsun eline sağlık derdi. Adam gülmeyi bilmezdi doktor hanım. Bakın hiç abartmıyorum, gerçekten bilmezdi. Varsa yoksa bağırsın, vursun, kırsın..."

Nasıl da öfkeli babasına. Nasıl öfkelenmesin ki, ben bile onu dinlerken aynı şeyleri hissettim.

"Babana çok öfkelisin, bunu anlıyorum Ali. Sadece bedenini yaralamamış, kalbini de kırmış senin. Biliyorsun, hepimiz ne öğrenirsek doğduğumuz evlerde öğreniriz. Bize ne söyledikleri değil, ne yaptıklarıyla tanıyoruz hayatı. Sonra da benzer kurallar bizim de alışkanlığımız haline geliyor."

"Doğru söylüyorsunuz, babam gibi olmayı hiç istemedim ama yine de arada bir onun verdiği tepkileri veriyorum. Bundan sonra bu konuda daha dikkatli olmalıyım."

"Çok haklısın, sık sık, ben ne yapıyorum diye sor kendine. "

"Ama o adam bir gün ne başımızı okşadı, ne de bir çift güzel söz etti bize. Amcam anlattı zaten. Onu da çok dövmüş babası. Ensesi kırmızı gezermiş. Demek adam bunu döve döve hayvana çevirdi."

Hem böyle söylüyor, hem de kendi söylediğine kendi de gülüyor.

"Şimdi içinizden kim bilir ne geçiyor, 'Babana böyle söylüyorsun ama senin de ondan aşağı kalır yanın yok' mu diyorsunuz?.."

"Hayır, öyle demiyorum."

Ali bazı şeyleri doğru değerlendiriyor, zamanla bu konuda daha da geliştirecek kendini diye düşünüyorum.

"Ona hayvan desem de ben severim hayvanları, bizimki sevilecek cinsten değildi, o da ayrı. Sonradan çok düşündüm ama hiç anlayamadım babamı. İnsan nasıl bu hale gelir, bilmem ki... Bakın amcam öyle olmamış. O halim selim bir adam. Aynı ana babanın çocukları bunlar. Demek ilk çocuk, biraz da cevval olursa her şeyi sırtına yükleyiveriyorlar."

Aklına bir şey gelmiş gibi bir an duruyor, sonra heyecanla, babası gibi olup olmayacağını soruyor. Demek öyle olmaktan kendi de korkuyor. Haklı aslında ama bunu bana sorması bile bu konuda daha bilinçli olduğunu gösteriyor. Kendisine bağlı olduğunu söylüyorum.

"O da doğru ya! Olmam ben onun gibi... Bu konuda biraz da Ayşa'ya güveniyorum."

"Nasıl yani?"

"İnsan birini çok sever, âşık olursa, zamanla daha çok insanlaşıyor galiba. Benim hayatımda Ayşa olmasaydı, ben ona böyle âşık olmasaydım ya da ben onu sevsem de o beni sevmeseydi, bugünkü Ali olamazdım belki de..."

Ne kadar doğru bir tespit! Biri tarafından çok sevilmek yüceltir bizi, kişiliğimizi etkiler, adeta kaderimizi değiştirir. Bambaşka biri oluruz o aşk, o sevgi sayesinde. Hiç sevilmeden bu dünyadan göç edenler için ise ne büyük kayıp!

"Ne güzel söyledin, ben de böyle düşünüyorum; sevgi insanları değiştiriyor, güzelleştiriyor ve hayata çok daha ılımlı, sıcak, hoşgörülü yaklaşmasını sağlıyor. Aslında insanlığın asıl ilacı hep sevgidir."

"Bir tek bu konuda babamı galiba biraz anlıyorum. Hayatı boyunca hiç sevgi görmemiş o adam. Zamanında anası da sahip çıkmamış. Biliyorsunuz işte, benimki de öyle. Ne kocasına sahip çıkabildi, ne de çocuklarına."

Çok önemli bir konuya değindi. Annelerin de buradaki rolü ne kadar önemli... Aslında onlar da kader kurbanı. İlk günden beri aileleri onlara hep susmayı, boyun eğmeyi öğretiyor. Biraz kendine güvenen, biraz dişli bir kadın bunlara izin verir mi?

"Ali bazen öyle şeyler söylüyorsun ki, bravo diyorum içimden."

Hoşuna gidiyor söylediklerim, bıyık altından gülüyor.

"Teşekkür ederim doktor hanım, bu sözleriniz bana güven veriyor."

"Ben de teşekkür ederim Ali, bugün benimle çok özel sırlarını paylaştın."

"Ne demek, sizin gösterdiğiniz yakınlık olmasa ben bunları anlatabilir miydim hiç. Bugün çok başınızı ağrıttım. Ben gideyim artık. Yine geleceğim değil mi?"

"Yine gel Ali, bekliyorum."

"Bugün biraz zorla geldim buraya. Ayşa'nın zoruyla ama haftaya koşarak gelirim artık. Ne de olsa Anadolu çocuğuyuz. Psikiyatri filan bizi korkutur. Yine de her şeyi anlattırdınız bana, zaten bunlar kime anlatılır ki... Millet kıçıyla güler sana. Ben Doğan'a az mı güldüm ama ne oldu, adam geldi, benim ortağım oldu. Hayatın işine akıl sır ermiyor. Kırk yıl düşünsem Doğan'la ortak olacağım aklıma gelmezdi. Meğer adammış Doğan da, ben o zaman anlamamışım. İşte böyle..."

Demek Doğan'la ortak olmuşlar, hayatın sürprizlerinden biri galiba. Hafifçe gülümseyerek ayağa kalkıyor, saygıyla elimi sıkıp çıkıyor odamdan. Her insan ayrı bir dünya, diyorum içimden. Ali'nin dünyası da bambaşka... Böyle bir geçmişten sonra yine de geliştirmiş kendini. Gerçi ciddi bir öfke kontrol sorunu olduğunu düşünüyorum ama tedaviye yatkın gibi görünüyor.

8. Bölüm

Ali o olaydan sonra bir daha ne okula gitmiş, ne evden çıkmış, ne de babasıyla yüz yüze gelmişti. Babasının geleceği saatte odasına girip yorganı başına çekiyor, "Hastayım, yüzümdeki dikişler acıyor" diyerek yorganın altına saklanıyordu. Sonunda köye, amcasının yanına gönderdiler onu. Bütün yılı köyde geçirmiş, amcasıyla hayvan otlatmaya gitmiş, çobanlık öğrenmiş, bolca da düşünmüştü. Yaşı küçük de olsa bu işe bir çare bulması gerektiğine aklı eriyordu. Sığınacak, ona yol gösterecek, akıl öğretecek, destek olacak kimsesi yoktu. Ya kendi başının çaresine kendi bakacak ya da amcası gibi buralarda sürünecekti. İstanbul diye bir şehrin olduğunu biliyor, hep orada yaşamanın hayalini kuruyordu ama şimdilik bu sadece kuru bir hayaldi.

Bir daha o eve, babasının yanına ya da kasap dükkânına gitmek istemiyor, okula gitmek bile onu endişelendiriyordu. Rezil olmuştu arkadaşlarına. Onu çok küçük düşürmüştü babası. Daha önce o nasıl kolayca başkalarıyla dalga geçiyorsa, şimdi de onunla dalga geçeceklerdi. Kendine bir iş bulup çalışmalıydı ama nasıl, nerede? Derken aklına yakın arkadaşı Niyazi geldi. Onunla telefonda konuşurken, "Şehirde çırak mırak arayan olursa bana haber et" dedi. Gerçekten de haber hiç beklemediği kadar çabuk geldi. Ayakkabıcı Murat Usta kendine çırak arıyordu. Bir anda gözleri parladı Ali'nin. Hemen ertesi gün düştü yola. Eve uğramadan doğru Murat Usta'nın yanına gitti. Acelesi vardı. Usta birini bulursa kendisi yine ortada kalırdı. Ustanın karşısında ezildi büzüldü, derken sonunda işe girmeyi başardı. Usta onu bir ay deneyecek, beğenirse işe alacaktı. Beğenirse ne demekti, Ali kendini beğendirmek için elinden geleni yapacaktı. Babasına görünmeden gitti eve. Durumu annesine anlattı. Her zamanki gibi, "Bilmem ki" dedi annesi, "baban ne der, bilmem ki..."

Akşam babası eve gelince korkudan içi titrese de çıktı babasının karşısına. "Ben kendime iş buldum, artık çalışacağım." Onların bir dükkânı vardı zaten ve Ali gelmediği için babası bu ara orada yalnızdı. Dükkân dururken başka yerde ne işi vardı oğlanın? Hem daha sonra bu dükkân ona kalacak, aileye Ali bakacaktı. "Olmaz" dedi Ali, "Belki ileride dükkâna Mehmet bakar." O kadar kararlı konuştu ki, babası uzun uzun düşündü. Aslında Ali ona hayır diyemezdi de, son olaydan sonra esnaf da çok üstüne gitmişti adamın. Sonunda, "Ne yaparsan yap!" diyerek gitti odasına. Ertesi gün Ali sabah ezanı okunurken çıktı evden. Gitti dükkânın kapısına, beklemeye başladı. Hava soğuktu, üstünde palto bile yoktu, sokak köpekleri ortada cirit atıyordu ama hiçbirine aldırış etmedi. Usta saatler sonra geldi. Onu kapıda bekler görünce önce şaşırdı, sonra bıyık altından gülerek dükkânın kepenklerini açtı, birlikte girdiler içeri.

Usta iyi giyimli, boylu boslu, yakışıklı bir adamdı. Ona tek tek anlattı ne yapacağını ama bu kılıkla buraya gelemezdi. "Kendine çekidüzen ver. Doğru dürüst, tertemiz giyin. Biz burada kadın ayakkabısı satıyoruz. Onların karşısına bu kılıkla mı çıkacaksın?" dedi. Ali bir an düşündü, köyde giydikleriyle buraya gelmemesi gerektiğini bilememişti. Iyi de istese de babası ona yeni kıyafetler almazdı ki... Utandı. Utancından başını kaldıramadı. Şimdi ustaya bunu nasıl söyleyecekti. O daha bir şey demeden usta, "Bizim terzi Mustafa'ya söylerim. Sana güzel bir şeyler diker" deyince daha çok utandı. Usta da acımıştı haline ama o kimsenin ona acımasını istemiyordu. Yine de hemen uzanıp öptü ustanın elini.

Birkaç gün elbiselerin dikilmesini bekledi. Sonra geldi elbiseler. Önce banyoya girdi, iyice yıkandı. Yüzünü gözünü sabunlu sularla ovdu. Saçlarını taradı, yepyeni elbiseleri, pırıl pırıl ayakkabıları, siyah çorapları özenle giydi. Aynada kendine bakmak istedi ama evde boy aynası yoktu. Gururla çıktı evden. Ayakkabılarını gıcırdatarak, etrafı süzerek gitti dükkâna. Ustası içerideydi. Ali'yi görünce, "Hay maşallah, bak işte şimdi adam olmuşsun" diyerek Ali'nin başını okşadı. O günden sonra da bir daha Ali'ye göz ucuyla bile bakmadı usta, güvendi ona. Kısa sürede dükkânın anahtarlarını verdi, saat kaçta açacağını, kepenkleri nasıl kaldıracağını, o gelmeden müşteri gelecek olursa ona nasıl davranacağını iyice öğretti.

Ali artık iş güç sahibi olmuştu. Var gücüyle çalışıyor, ustanın kendisinden memnun olduğunu gördükçe sevinçten içi içine sığmıyor, aldığı haftalığı da kuruşu kuruşuna babasına veriyordu. Hayatından memnundu. Böyle mis gibi bir yerde, babasına hiç benzemeyen bir ustayla çalıştıkça dünya gözüne başka türlü görünüyordu. Demek ki şans onun da yüzüne gülmüştü. Demek ki dünyada böyle adamlar da vardı. Tıpkı köydekiler gibi usta da Ali'yi adam yerine koyuyor, öğlen kendi ne yerse ona da yediriyor, yanlış bir şey yapmadıkça kaşını bile çatmıyor, hatta bazen dükkânı kapatırken hafifçe gülümseyerek başını okşuyordu.

Akşam eve doğru yola çıkarken ayakları geri gitse de olabildiğince babasıyla yan yana gelmemeye çalışıyordu ama babası yine de onu aşağılamanın, söylenmenin bir yolunu buluyordu. Ne de olsa akşam aynı sofraya oturuyorlardı. Sofrada Ali'ye yan yan bakıyor, sık sık "Ne o lan, çalışıyorum diye kendini adam mı sanıyorsun! Aldığın üç kuruş... Kışın aldığımız kömürün parasını bile çıkarmaz. Giydiğin elbiselerin kıymetini bil. Eskitirsen yenisini sana ne ben alırım, ne de ustan. Hem söyle o herife verdiği haftalığı artırsın" gibi Ali'yi çileden çıkaracak laflar ediyordu. Çocuğu kızdırıp yanlış bir şey yapmaya zorlar gibiydi. Ali bunu hissediyor, en küçük bir yanlışında babasından nasıl dayak yiyeceğini biliyordu. Susabildiği kadar susuyordu. Yedikleri boğazına diziliyor, bazen de sofradan erken kalkıyordu.

Yine bir gün babası böyle söylenirken masadan biraz erken kalkmış, bunu fırsat bilen babası o gece Ali'yi yine fena halde dövmüştü. Nefret ediyordu bu adamdan. Elinden gelse o eve adımını atmazdı ama gidecek başka da bir yeri yoktu. Annesine de kızıyordu. "Ulan" diyordu içinden, "madem bakamayacaktın, koruyamayacaktın, bizi niye doğurdun!" Mehmet de başlamıştı babasından dayak yemeye. Eskiden daha çok Ali'yi dövdüğü için sıra pek ona gelmezdi ama son zamanlarda babası öfkesini Ali'den çıkaramazsa Mehmet'ten çıkarıyordu. Sadece babası mı, arada bir Ali de dövüyordu Mehmet'i. Özellikle babasına kızdığı zamanlar o da öfkesini kardeşinden çıkarıyor, babası gibi oğlana basıyordu tokadı.

Mehmet, Ali gibi değildi. Mızmız, çelimsiz, hemen korkan, hemen ağlayan bir çocuktu. Babası bile onu Ali'yi dövdüğü gibi dövmüyor hatta daha insaflı davranıyordu. Buna da kızıyordu Ali. Hem anlayamadığı, hem de kızdığı bir şey daha vardı. Mehmet dayak yerken, her zaman köşede durup korkulu gözlerle olanlara bakmakla yetinen annesi hemen araya giriyor, oğlanı bunların elinden çekip alıyordu. Demek o da Ali'yi değil Mehmet'i seviyordu. Ayrıca bu dünyanın gücü zayıflara değil, güçlülere yetiyordu. Oysa o hep güçlü olarak kurtulmaya çalışıyordu bu zulümden. Zayıf olmanın, zayıf tanınmanın insanın etrafını bir örümcek ağı gibi sarıp onu bazen koruyabildiğini henüz bilmiyordu.

Nurşen ve Ayşa dükkâna geldiklerinde işi iyice öğrenmişti. O kadının ustanın sevgilisi olduğu belliydi ama yanındaki kızın durumunu önce anlayamadı. Küçüktü kız, bu işlerden hiç anlamıyordu, acıdı ona. "Bunlar bu küçük kızı da zamanla kendilerine benzetir" dedi içinden. Her hafta geliyorlardı. Biraz araştırınca ustası gibi kadının da evli ve bu kızın da onun yeğeni olduğunu öğrendi. Kadına baktıkça içi eriyen usta onlar gelince sevinçten deliye dönüyor, birlikte, kimse görmesin diye hemen alt kattaki depoya iniyor, kızı Ali'yle yukarıda bırakıyordu.

Ali onlar inince ustanın dediği gibi gözünü dört açıyor, ustanın başına kötü bir şey gelmesin diye etrafı kolaçan ediyor ama önüne bakarak kenardaki taburede uslu uslu oturan kızın yanına gitmekten de kendini alamıyordu. Daha önce hiç böyle denemeleri olmamıştı. Bir an önce bu işleri de öğrense iyi olacaktı. Sonunda bir tabure çekip oturdu kızın yanına. Bir yandan dışarıyı kolaçan ediyor, bir yandan da kızla konuşmaya çalışıyordu. Kolay olmadı kızı konuşturmak ama sonunda başardı. Ufaktan sohbet etmeye başladılar. Ali kıza dikkatle bakıyor, bu kız güzel mi yoksa çirkin mi diye ama bir türlü karar veremiyordu. Zayıf, çelimsizin tekiydi bu kız ama yine de bir şeyler onu bu kıza doğru çekiyordu. Acaba ne yapsa, nasıl yanaşsaydı? Kız henüz küçüktü. Konuşmaya başladıkça onun nasıl saf, nasıl masum, nasıl utangaç olduğunu gördü. Bu garibanın dünyadan haberi yoktu, gerçi kendisinin de ondan bir farkı yoktu ya... Aşağıda neler döndüğünü bile bilmiyorlardı. Dükkânın önünden kimse geçmezken acaba uzanıp elini tutsa mıydı? Tutsa kız ne derdi bu işe, kızar mıydı? Küçücük kızdan korkuyordu. Sonra ustası geldi aklına. Usta kendi yapsa da Ali'nin bu işlere kalkıştığını duysa kızar mıydı, yoksa aferin oğlum mu derdi? Bir süre bunu da bilemedi ama kızla ufaktan konuşmaya başlamışlardı.

Haftada bir geldikleri, her gelişlerinde en az bir saat dükkânda kaldıkları için kızla konuşmak için bolca zamanı vardı. Ustası gibi o da kızı ve teyzesini dört gözle bekler olmuştu. Konuştukça, konuştukça, içinden ona karşı ince ince bir şeylerin aktığını hissettiği kız safın tekiydi. Ali'ye sürekli babasından yediği dayakları anlatıyordu. "Senin baban da seni dövüyor mu?" diye sorduğunda ise dili iyice çözüldü Ali'nin. Birilerine anlatmayı çok isteyip de anlatamadığı her şeyi anlattı kıza. Biri başlıyor, öteki hemen lafı ağzından kapıp devam ediyordu.

Şu okul konusunu açmasa daha iyi olacaktı ama kız ona sürekli okuyup okumadığını, kaçıncı sınıfta olduğunu filan soruyordu. Sonunda ona da bir çare buldu. "Ben dışarıdan okuyorum" dedi. Kız hemen inandı. "Salak" dedi Ali içinden, "ben buna ne anlatsam inanacak." Ancak kıza anlatırken kendisi kızdan daha çok etkilendi söylediklerinden. Hemen ertesi gün bir ara okula gitti, gerçekten dışarıdan okulu bitirip bitiremeyeceğini iyice öğrendi. Sonrasında durumu ustaya açtı. Sadece sınav zamanlarında gidecekti okula. Kitapları alıp gece evde çalışacak, sonra da doktor olacaktı. Neden olmasındı, olanlar kendisinden akıllı mıydı?

Şu ustanın yaptığına da akıl erdiremiyordu. Bunlar memleketin adı sanı belli ailelerine mensuptu. Bu memlekette bu tür işler hoş karşılanmazdı. Hadi erkek neyse de, kadın dediğin evinde oturur, böyle orospuluk yapmazdı. Hiç mi korkmuyorlardı yakalanmaktan? Kadın kocasını açık açık boynuzluyor, şu zavallı kızı da bu işlere alet ediyordu. Bir de üstelik manifaturacı Sahir Ağa'nın kızıydı. Kocası neyse ne de, bu herifin nasıl belalı olduğunu bilmeyen yoktu. Geçen gün bunlar alt depodayken Sahir Ağa gelmiş, ustayı sormuştu. O gün korkudan Ali'nin eli ayağı birbirine dolanmış, adama ne diyeceğini şaşırmıştı. Biraz işi var ustanın filan diye bir şeyler gevelemiş, Allahtan adam içeri girip de ustayı beklemeye kalkmamıştı. Ne de olsa içeride oturan kız da Sahir Ağa'nın torunuydu. Kendi de gümbürtüye gidecekti, küçük kız da.

Aslında usta hiç böyle şeyler yapacak bir adam değildi. Dükkâna bunca kadın gelir gider, hiçbirine yan gözle bakmazdı. Evine, çoluğuna çocuğuna düşkündü. Nasıl oluyor da canı pahasına bu işleri yapıyordu, Ali bir türlü anlamıyordu. Bir başka seferinde ustayla kadın depodayken bu kez de ustanın karısı gelmişti dükkâna. Hatta Ayşa'yı da görmüş, ustaya bir makbuz bırakıp onun nerede olduğunu bilir gibi hiçbir şey sormadan gitmişti. Karısı da mı biliyordu bunların yediği naneyi? Biliyorsa neden hiç sesini çıkarmıyor, ortalığı birbirine katmıyordu?

O zaman kendi annesine gitti aklı. Babası böyle haltlar karıştırsa annesi ne diyebilirdi ki?.. Onun gücü ancak ağlamaya yeterdi. Derdini de yine Ali dinlerdi ama bunun tersi olur da annesi böyle işler yapmaya kalksa adam hiç acımadan onu kıtır kıtır keser, sonra da namusumu temizledim diye gerine gerine gezerdi. Bu kadının kocası demek ki namus nedir bilmiyordu. Zaten adam buralı değildi. Başka yerden buraya tayini çıkmıştı ama sonuç olarak o da erkekti. Duysa kim bilir neler yapardı, neyse ki şimdilik bu işten kimsenin haberi yoktu.

Acaba aşk dedikleri böyle bir şey miydi? Ali'nin duyduğu kadarıyla aşk evlenmeden önce olurdu. Delikanlıyken sık sık âşık olunur, onunla bununla gezilir tozulur, sonra da evinde oturan namuslu bir kızla evlenilir, bu işler de kapanır giderdi. Gerçi erkekler evlendikten sonra da hafif kadınlarla beraber olabilirler ama karılarını boşayıp o kadınları almaya kalkmadıkları için sorun çıkmazdı. Böyle adamlara kimse de dönüp karını niye aldattın filan diye sormazdı. Bu işler erkeğin elinin kiriydi. Kendisi de büyüyüp evlenirse zaten böyle yapacaktı. Arlı namuslu birini alacak, dışarıda da keyfine bakacaktı.

Babası bu işleri beceremediği için yapmıyordu. Utangaç herifin tekiydi. Beğendiği bir kadın vardı, Ayten. O dükkâna her geldiğinde kızarıyor bozarıyor ama karıya daha fazla yaklaşamıyordu. Yoksa annesine bağlılığından filan değildi. Zaten annesini gören bir an önce kaçmanın yolunu arardı. Ağzında diş kalmamış, çirkin, bakımsız bir kocakarı olmuştu. Zavallı kadın, yıllardır katlanıyordu bu herife, yoksa köpek bağlasan durmazdı o evde. Haline çok acısa da kendisi asla onun gibi bir karısı olsun istemezdi. Hiç olmazsa Ayten Hanım gibi olmalıydı. Bakımlı, cıvıl cıvıl, o ne isterse yapan, kapıdan girince boynuna sarılan, öpen, onu memnun etmek için etrafında dönen, birbirinden güzel yemekler yapan, sofralar hazırlayan bir kadın işte. Belki de büyüyünce Ayşa'yı alırdı. Ayşa'yı almayı hem istiyor hem de bundan korkuyordu. Teyzesi gibi olursa elini kana bulardı.

Ustası gibi o da artık dört gözle cumartesi günlerinin gelmesini bekliyordu. O gün dükkâna gelirken iyice yıkanıp paklanıyor, saçlarını daha dikkatle tarayıp öyle geliyordu. Bu Ayşa ne tatlı bir kızdı. Çok utangaçtı ama kız dediğin zaten utangaç olmalıydı. Bazen yediği dayakları anlatırken nasıl da ağlıyordu. Boncuk gibi dökülüyordu gözünden yaşlar. O zaman Ali'nin de gözleri doluyor, birbirlerinden utanarak karşılıklı ağlaşıyorlardı. Zamanla ağlarken birbirlerinden utanmamayı öğrenmişlerdi. Ali de kıza anlatırken ağlıyor, sonra da bir bahane bulup birlikte gülüyorlardı.

Ancak bir süre sonra kız aniden değişiverdi. Artık onunla konuşmuyor, yanına gelmesini istemiyor, suratını asıp hep yere bakıyordu. Bir şeyler olmuştu ona ama ne... "Acaba okula gidiyorum diye yalan söylediğimi mi anladı" diye uzun uzun düşündü ama bunu kimden öğrenecekti? Babası dövse nasıl olsa bıcır bıcır anlatırdı. Demek ki başka bir şey olmuştu. Kendisi de kıza her şeyi anlatmış ama mahallenin ortasında, arkadaşlarının önünde babasından yediği dayağı anlatamamıştı. Demek çok gururunu kırmışlardı kızın, ona anlatamayacağı kadar çok... Ali bir daha üstelemedi bu konuyu ama içinden, "Keşke o da anlatsa, ben de" dedi. Babasından çektiklerini, o adama duyduğu öfkeyi kıza anlatmak iyi gelmişti Ali'ye. Kendini eskisi kadar yalnız hissetmiyordu artık.

Kızın anlattığından onun çalışkan bir öğrenci olduğunu anlamıştı. Bundan sonra Ali de çok çalışkan olacak, gerekirse geceleri uyumayacak ama o okulu bitirip doktor olana kadar da ipin ucunu bırakmayacaktı. Ayşa çalışkan olsa ne olurdu, o kızdı bir kere. Babası onu ya okutur, ya okutmazdı. Zaten böyle bir teyzesi olduğuna göre, onların derdi okutmak filan değildi. Bir an önce cebi dolu birini bulur verirlerdi kızı. Kız da sonra teyzesi gibi onunla bununla fink atar mıydı acaba? İşte bu kızı asıl o zaman yakalamalıydı. Bir de doktor oluverirse, kız zaten buna hayır diyemezdi. O da kızla bir süre oynaşır, gönlü geçince kendine uygun başkasını bulurdu.

Bir yanı böyle düşünüyor, bir yanı Ayşa'yı hiç böyle hayal etmek istemiyordu. O artık iyice tanımıştı kızı. Çok saf, çok masumdu aslında. Hep böyle kalsa deyip durdu içinden. Sonra hastanedeki gözlüklü genç doktor geldi aklına. Kendisi de bembeyaz, gıcır gıcır bir doktor gömleği giyer, boynuna da doktorların taktığı o aleti takardı. Onun yerinde kendini düşündü. Acaba ona yakışır mıydı bunlar? Ama o doktorda iş yoktu. Adam hiç hava atmayı bilmiyordu. Ulan koskoca doktor olmuşsun. Öyle gevşek gevşek konuşmasana... Şöyle biraz es, gürle... İnsanlar seni görünce hizaya girsinler... Kendisi olsa bunu nasıl da güzel yapardı. Ortalıkta gezen hemşirelere, kapıcılara filan duman attırırdı. Onu görünce hepsi el pençe divan dururdu karşısında. Hele bir durmasınlar...

Böyle hayal kurmak güzeldi güzel olmasına ama kız niye konuşmuyordu? Acaba onu beğenmemiş miydi? Baştan beğeniyordu da sonra niye vazgeçmişti? Neye üzülmüş, neye kırılmıştı bu kız? Evde bir şeyler yapmış olsalardı kız gelip de her şeyi bir bir anlatmaz mıydı? Geçen gün simitçiden sıcak simit almış, kız gelince ona da vermişti ama o da işe yaramamış, kız simidi yememişti bile. Acaba hasta mıydı? Yüzü gözü de bir tuhaftı ama hastalık dediğin de bu kadar uzun sürmezdi ki... Yakınlarda rüyasında görmüştü kızı. Bu sefer aldığı simidi yemiş, ona gülmüş ama yine konuşmamıştı. Rüyaların tersi çıkar dedi içinden, demek ki konuşacak.

Ali bir yandan dükkânda çalışıyor, bir yandan da dışarıdan ortaokulu bitirmeye uğraşıyordu. Dükkâna da iyice alışmıştı. Ayşa artık eskisi gibi her hafta teyzesiyle gelmiyor, gelse bile onunla eskisi gibi konuşmuyor, hep uzak duruyordu. İşte o cumartesi günlerinden birinde Ali yine belki Ayşa gelir diye sabah evden çıkarken kendisine her zamankinden çok daha fazla özen göstermişti. Öğlen olunca ustanın da, onun da gözü kapıdaydı, cumartesi konuklarını bekliyorlardı. Kadının yalnız geldiğini görünce Ali'nin omuzları çökmüş, bütün neşesi kaçmıştı. Bu kıza ne olmuştu böyle, neden gelmiyordu, yoksa ona mı kızmıştı? Eğer öyleyse buna çok üzülürdü Ali. Onun dünyasında güzel olan bir tek Ayşa vardı. Hayat bu kadarını da çok mu görmüştü ona.

Onlar depoya indiklerinde Ali de sokağı görmek için vitrinin hemen arkasında ayakta duruyordu. Bir iki müşteri ayakkabılara bakmıştı. İçlerinden biri de indirimdeki çizmelerden birini beğenmiş kasada Ali'ye para ödüyordu ki, aniden içeri elinde koca bir tüfekle Sahir Ağa girdi. Adamın gözlerindeki ateşi görünce Ali korktu. Onları öldürmeye mi gelmişti bu adam? Müşteriler de, Ali de bir an donup kaldılar. Adam tüfeği Ali'ye doğrultup "Neredeler?" dedi. Ali daha cevap vermeye fırsat bulamadan Sahir Ağa dükkânı şöyle bir kolaçan ettikten sonra depoya inen merdivenlere yöneldi, paldır küldür indi aşağı. İşte o zaman Ali'nin aklı başına geldi. Kasada para ödemeye çalışan kadın çığlık çığlığa kendini dışarı atarken Ali'nin çaldığı ıslık kadının çığlıklarına karışıp sokakta yankılandı. Ali yardım istemek için kendini dükkândan dışarı atıyordu ki alt kattan gelen silah seslerini duydu. Adam belli ki üst üste ateş ediyordu. Silah sesini duyan herkes ayakkabıcı dükkânına doğru bakarken Sahir Ağa hızla koşarak geçti yanlarından. Kalabalık korku ve merakla o tarafa gelirken adam çoktan gözden kaybolmuştu. Kalabalıktan birkaç kişi hızla dükkâna daldı. Ali önde, dükkân komşuları arkada uçarak indiler merdivenleri. Deponun loş ışığında hem usta hem de kadın kanlar içinde yerde yatıyordu. Kadının yüzü yere dönüktü ama kafasından geriye az bir şey kalmış, gerisi etrafa dağılmıştı. Usta ise karnından vurulmuş, yere yayılan kan yavaş yavaş göl olmaya başlamıştı.

Her kafadan bir ses çıkıyor, kimse ne yapacağını bilmiyor, depodaki kalabalık giderek çoğalıyordu. Ali hemen ustanın yanına diz çöktü, elini tuttu, nabzına baktı, usta ölmemişti. Nabzı atıyordu. Hemen fırladı yukarı, ambulans bekleyecek durum yoktu. Yoldan bir taksi çevirdi, indi aşağı, birkaç kişinin yardımıyla ustayı arabaya bindirip yanına oturdu. Öne de yan komşuları kuyumcu Uğur Usta oturmuştu. Kanın aktığı yere eliyle iyice bastırdı, o zaman eskisi kadar akmadığını gördü. Hastanenin önünde ustayı sedyeye yatırırlarken Ali'nin eli hâlâ ustanın karnındaydı. O gün hemen ameliyata alındı usta. Ali sabaha kadar hastaneden ayrılmadı. Ustanın karısı Sabiha Abla ve kızları da gelmiş, ameliyathanenin önünde ağlaşarak bekliyorlardı. Doktorlar durum kritik diyordu. Ameliyattan sonra onu yoğun bakıma almışlardı, yanına da kimseyi sokmuyorlardı. Ustanın karısını görünce Ali biraz ürktü. Şimdi kadın olay nasıl oldu diye sorarsa ne cevap verecekti ama bir şey sormadı. Hatta bir ara birilerine, "Nurşen öldü mü?" diye sorduğunu duydu Ali. Adını bile biliyordu kadının. Bu nasıl iş, anlamadı.

Ertesi gün birkaç arkadaşıyla birlikte Nurşen Hanım'ın cenazesine gitti. Memleketin erkekleri bu kadının cenazesine gelmeyerek olayı protesto ettiklerini göstermişlerdi. Kadınlar kaldırıyordu cenazeyi. Ayşa'yı işte orada gördü. Zaten biraz da buraya Ayşa'yı görmek için gelmişti. Görmeyeli nasıl da büyümüş, güzelleşmişti kız. Yanına gidip konuşmayı çok istedi ama gidemedi. Bu memleket böyle şeyleri kaldırmaz, hatta bu uğurda kan dökerdi. O günden sonra usta bir daha dükkâna gelemedi. Üç ay hastanede yatmış, sonra da eve kapanmıştı. Dükkân tamamen Ali'ye emanet edilmişti. Ali sabahtan ustanın evine uğruyor, beş on dakika onu görüyor, hayır dualarını alıp dükkâna geçiyor, akşama kadar oluşan hasılatı akşam yine ustanın eline bir bir sayıyordu. Artık aileden biri gibi olmuştu. Ustası haftalığını artırmış, "Sen artık benim oğlum sayılırsın. Biliyorsun oğlum yok. Kızlar da küçük. Ben sana güveniyorum" demişti. Ali de bu güveni boşa çıkarmamak için var gücüyle çalışıyor, beş kuruş haram yemiyor, dükkânda da ustayı aratmıyordu. Babasına haftalığının arttığını söylemeyecekti ama babası zaten önceden, "Bu herif senin haftalığını artırmayacak mı?" diye sormaya başlamıştı bile. O da aldığı haftalığı babasının eline veriyor, babasının gönlünden kopup verdiğiyle de idare ediyordu.

Ama aklı hep Ayşa'daydı. Artık hiç gelmeyecek miydi dükkâna, Ali onu bir daha görmeyecek miydi? İki yabancı mı oluvermişlerdi birbirlerine? Ayşa da olmazsa bu tatsız tuzsuz hayata Ali nasıl tahammül edecekti? Madem onları ayıracaktı hayat, neden bir araya getirmişti? Oflayıp poflasa da halinden kimse anlamıyordu.

9. Bölüm

Kırmızı Oda

Olanlara bak, diyorum içimden. Demek Nurşen'le Murat Usta, öldürüleceklerini bile bile, hem de her hafta o dükkânda buluşuyorlarmış. Ali'nin dediğine göre Sahir Ağa olayı duyarsa ne yapacağı zaten baştan belliymiş. Bu cesareti nereden bulur insanlar? Bu da intihar etmenin bir başka yolu mu acaba? Her ikisi de uzun süredir evliymiş ve çocukları varmış. Sonradan ne olmuştu da hayat bu iki âşığa ölümü bile unutturmuştu? Bu aşk kaynağını nereden alıyordu acaba? Geçmişte hangi yaşanmışlıklar bu insanlara ölümü bile unutturuyordu? Nurşen neden her hafta kendi çocuklarından birini değil de yanında Ayşa'yı getiriyordu? O gün, Ayşa da o dükkânda Nurşen'ı bekliyor olsa, belki adam onu da vuracaktı. Bunu neden göze alıyordu?

Bu ilginç ve acı dolu hikâye kafamı karıştırdı. Bütün bunları yaşayan Ali nasıl etkilendi bu olaydan? Daha fazla kafamı karıştırmadan dikkatimi tekrar Ali'ye vermeliyim.

"Çok hüzünlü bir hikâye anlattın bana, çok duygulandım doğrusu. Ben dinlerken böyle duygulandığıma göre, sen yaşarken kim bilir neler hissettin?"

"Film gibiydi her şey, korkunç bir film. Aslında çok severim korku filmlerini ama gerçeği hiç güzel olmuyormuş. Şimdi olsa neler hissederim bilmiyorum ama çocukluk başka türlü bir şeymiş."

"Nasılmış?"

"Olduğu gibi... Nasıl desem, katıksız, saf yani... İnsan başkasına anlatırken daha iyi anlıyor. Nasıl masum, nasıl gariban bir çocukmuşum. Hissettiğim korkuyu anlatacak kelime yok zaten ama o harala gürelede bile aklıma hep Ayşa geldi, 'Neyse ki bugün gelmedi' dedim. Adam belki de çocuk mocuk demez, onu da öldürürdü, beni de... Ama yaşadığım şoku ömrüm oldukça unutamam."

"Kaç yaşındaydın sen o zaman?"

"12-13 filan işte... Depoda onları kanlar içinde görünce neye uğradığımı şaşırdım. Kurban kesmişsin gibi deponun her yeri kan içindeydi, bizim kasap dükkânından beterdi yani. İnsan kanının çok garip bir kokusu varmış meğer. Nasıl ağır, nasıl korkutucu... Ustayı elimle kavradığımda benim de her yanım kan oldu. Adam ha öldü ha ölecek, gözlerini zor açıyor, ağzı zaten kaymış bir tarafa. Doktor olsan yine korkarsın, öyle fena yani... Artık korkudan mıdır nedir, önce bir öğürtü geldi içime, sonra da aniden çişim gelmez mi? Ulan sırası mı şimdi diyorum ama sıkmasam hemen oraya yapıvereceğim. Size de böyle çişim filan diye saçmalıyorum, ne olur kusura bakmayın. O günler aklıma gelince bile elim ayağım birbirine dolaşıyor, işte böyle saçma sapan konuşuyorum."

"Rica ederim Ali, zaten son derece normal şeyler anlattıkların. Böyle desen de o halinle yine de ne gerekiyorsa yapmışsın. Belki de ustanın hayatını kurtardın. O yaşta her çocuk yapamaz bunları."

"Aslında sonradan ben de şaşırdım yaptıklarıma. Orada koca koca adamlar bile ne yapacaklarını bilemediler. Tabii bütün şehir yığıldı hastanenin önüne, babam da oradaymış. Herkes dedikodu peşinde. Yok ne olmuş da, kim vurmuş da, niye vurmuş da... Yakalasalar asıl beni sorguya çekecekler ama orada kafam çalıştı, hiç girmedim aralarına. Ustamın karısıyla kızlarının yanından hiç ayrılmadım. Onlar da şaşırmış kalmış, doktor bir şeyler istiyor, herkes aval aval bakıyor. Yine ben koşturdum her şeye. Zaten hemen polisler sardı hastaneyi. Biraz sonra da Nurşen Hanım'ın cenazesini getirdiler. Cenazeye de hemen sahip çıkan olmadı, belki de hemen duymadılar, duysalar da ne yapacaklarını bilemediler, belki de, kim bilir..."

Anlatırken düşüncelerinin hızına yetişemiyor. Nokta koymadan aklına gelen her şeyi anlatıyor. Ben sessizce dinliyorum onu.

"Tabii polisler önce beni sorguya çekti. Benim o gün orada olduğumu herkes biliyor. Elimden geldiğince anlattım olayı. Aslında yaşım biraz daha büyük olsa benim de peşimi bırakmayacaklardı da, yaşım küçük olduğu için pek üstüme gelmediler. Usta ameliyattan çıkınca bir tek Sabiha Abla girdi yanına, o da sadece beş dakika, sonra da ağlayarak çıktı zaten. Perişanmış usta. Ama çok yazık oldu ustama."

"Seviyorsun ustanı!"

"Sevmez miyim? O yaşta beni adam yerine koydu usta. Babamdan görmediğimi ondan gördüm. Bugün bir şeyler yapabiliyorsam hep onun sayesinde."

Eğer ustayı hiç tanımasa, onun gibi bir örnek olmasa hayatında, şimdi çok başka biri olurdu Ali. Babasının kirlettiğini usta temizlemiş.

"Sana da iyi bir örnek olmuş. Babandan çok farklı biriyle uzun süre birlikte çalışmışsın."

"Çok şey öğrendim ondan. Daha doğrusu insan olmayı öğretti bana. Bugün Doğan'la ortak olduysam, bu bile onun sayesindedir. Zamanla ben hayvanlıktan çıkıp insanlığa doğru evrildikçe Doğan'la ilişkilerimiz de çok değişti. Zaten o olaydan sonra babam, memleketin sesi oldu adeta. Nurşen Hanım ve ustamla ilgili söylemediğini bırakmadı. Az kalsın benim orada çalışmama bile izin vermeyecekti ama para tatlı geldi. Şimdi o günleri düşündükçe kendine üzülüyor insan."

"Seviyor musun o küçük Ali'yi?"

"Dedim ya, düşündükçe o zamanki halime hem acıyor, hem de arada bir aferin diyorum. Usta da olmasa, o çocuğun başını okşayan bile olmayacakmış, zaten o hiç çocuk olmamış. Olamamış. Çocuk olmasına izin vermemişler ki..."

Ali'ye bak, ondan hiç böyle büyük laflar beklemiyor insan. Bir yandan da kendi çocukluğum geliyor aklıma. Bir buçuk yaşında abla oluverince çocukluğa çabuk veda eden ben... İnce, çok ince bir sızı içimi yalayıp geçiyor.

"Öyle olmuş Ali. İlk çocuk olmak, ağabey ya da abla olmak, bu de yetmezmiş gibi o çocuk halinle o evde pek çok sorumluluk yüklenmek hiç kolay değil. Çabuk büyümek zorunda kalıyor insan."

"Biraz da bu yüzden daha çabuk büyümek için sofrada doysam da daha çok yemeye çalışırdım. Çocukluk işte... Aklın bu kadarına eriyor. Mehmet de abi abi diye peşimde dolandıkça demek kendimi adam sanıyormuşum!"

Hâlâ öylesin, diyorum içimden. Oturuşu, hal ve hareketleri, sesi bile yaşından daha büyük birine aitmiş gibi bir izlenim alıyor insan. İlk çocukların kaderi bu galiba. Bizim ülkemizde kadınlar çok erken evlendiği için ilk çocuklarında genelde anne olmayı bilemiyorlar, kendileri de çocuk zaten. Evlendiklerinde onlardan beklenen bir an önce hamile kalmaları. Hiçbirinin, ben anne olmaya hazır mıyım, bunu gerçekten istiyor muyum, doğursam bakabilecek miyim gibi sorular sormak aklına bile gelmiyor çünkü öyle bir soru sormaya hakları da yok ki... Sonra yavaş yavaş öğreniyorlar çocuk doğurmak ne demek, anne olmak ne demek. Bazıları hiç öğrenemeden doğurabildiği kadar doğuruyor. O çocuklar bu dünyaya gelince ne yapar, ne ister, neye ihtiyacı var, bilmez. Öğrenmek de istemez. O, ondan bekleneni yapmıştır. Dünyaya gelen büyür, büyüyemezse de ölür. Ali'nin annesi kaç çocuk doğurdu acaba?

"Başka çocuk doğurmamış mı annen?"

"Doğurmaz mı, kimi düşmüş, kimi ölmüş, son çocuğu doğururken de ölüyormuş zaten. Büyük ameliyatlar geçirmiş, takım taklavat neyi varsa almışlar. Onun için daha fazla doğuramamış. Düşünün ya, annemi bile o küçük yaşta korumak bana düştü."

"Cesur ve vicdanlı bir çocukmuşsun. Hep kendini feda etmişsin."

"Etmeyip de ne yapacaksınız?"

Çok kızdığı birine bir yandan da merhamet ediyor, onu koruyor olmaktan hem utandı, hem de yine kızdı galiba. Kızınca hep aynı şeyi yapıyor. Koltukta dikleşip ceketini iki yanından tutuyor ve arkaya doğru bir iki kere atıyor. Duygularına sansür koymayı öğrenememiş henüz oysa uygarlık bizden bunu bekliyor. "İçinizden geleni değil, yapmanız gerekeni yapın, kurallara uyun" diyor. Biz de zamanla duygularımızı geri çekmeye öyle bir alışıyoruz ki, iyi duygularımız da bundan nasibini alıyor. Şimdilik Ali'nin iyi ya da kötü, duyguları bütün şiddetiyle meydanda. Sanırım sevgisi de şiddetli bu çocuğun. Kadınlar sever sevginin şiddetlisini. Ayşa da seviyor.

"Sen de dövecek misin çocuklarını?"

"Ben mi? Niye döveyim, dövmem ben."

"Ama baban dövüyor. O da kendi babasından çok dayak yememiş mi?"

"O insan olamamış doktor hanım. İnsan olmaya da ömrü yetmez zaten."

Dayak yiyen, şiddet görenlerin çoğu aynı şiddeti kendileri de gösterir. En iyileri bile bazen bunu fizik olarak olmasa da psikolojik şiddete başvurarak yapar. Araştırmalar hep böyle söylüyor. O zincirin halkalarından biri, yani en son halka bunu kırarsa, o zaman işler değişir. Şiddet zinciri devam edemez. Keşke Ali de bunu yapabilse. O yine düşünüyor. Bakalım başka neler anlatacak.

"O gün orada gördüğüm manzara bir daha hiç çıkmadı aklımdan. Ulan yeter artık, unut bunları filan desem de, unutulmuyor işte. Kimseye de anlatamıyorsun. Zaten ortalık dedikodu kaynıyor. Ben derseniz, bir yandan Nurşen'i korumaya çalışıyorum, bir yandan ustayı. Millet sanki o gün oradaymış gibi atıp tutuyor."

Konu dönüp dolaşıp hep aynı yere geliyor, o güne... Bunca zamandır kimselere anlatamadığı ama onu derinden etkileyen o günü hep anlatmak istiyor. Ben de bu konuda onu destekliyorum. Belli ki hâlâ etkisinden kurtulamamış.

"O gün hiç ayrılmadım hastaneden. Sabiha Abla ile kızlara da yol görününce hep birlikte çıktık. Önce onlarla evlerine kadar gittim, sonra da düştüm yola. O yol bir türlü bitmek bilmedi. Oraya koştur, buraya koştur, herkese laf anlat derken yaşadıklarımı düşünmeye hiç fırsatım olmamış. Birden yalnız kalınca çok kötü hissettim kendimi."

"Nasıl? Biraz anlatsana..."

"Yol boyu durup durup etrafıma bakıyorum. Sanki Sahir Ağa elinde tüfekle bir yerlerden çıkıp beni de vuracak. Bir ürperti geldi üzerime. O zamana kadar hiç ölü görmemişim. O kadının kanlar içinde, kafasının yarısı yok, yerde yatışı, ustamın yarı açık bana bakan gözleri... Düşündükçe elim ayağım titriyor. Ağlasam ağlayamıyorum, bağırsam bağıramıyorum. Neyse, eve geldiğimde saat gece yarısını çoktan geçmişti. Kapının önüne oturdum, bu sefer de içeri giremiyorum. Sanki yatağa yatar da gözlerimi kapatırsam o korkunç sahne yine gelecek gözümün önüne diye. Bir yandan da açım, yorgunum, aklım ustamda. Sabaha çıkar mı, çıkmaz mı, onu düşünüyorum. Derken bir gürültüye arkamı döndüm ki, babam don paça karşımda duruyor. Hayret ama gerçekten beni beklemiş. Ben de onu gördüğüme sevinmişim... Ama adam ne dese beğenirsiniz, "Ne yaptı lan senin usta?.. Ne yere bakan, yürek yakanmış meğer. Demek evli barklı karıyı götürüyormuş. Sana da pezevenkliğini mi yaptırdı!" demez mi? Gecenin o saatinde, benim ne halde olduğumu hiç görmeden bana sorduklarına bakın. Canım burnumda zaten..."

Bu adam bir türlü baba olamamış, baba gibi hissedememiş kendini. Sanki oğluyla değil, rakibiyle, düşmanıyla konuşuyor.

"Başka baba olsa oğlunu merak etmez mi, ne oldu oğlum, neler geldi başınıza demez mi, bir çift tatlı söz etmez mi? Ben bunları hiç mi hak etmedim? Belki o kargaşada ben de ölebilirdim. Hiç mi vicdanın sızlamadı be adam?"

Ne diyeceğimi bilemiyorum. Ali'nin dediği kadar var galiba... Bir yandan da bir baba oğluna neden böyle yapar diye düşünüyorum. Anlaşılan onu ilk günden beri oğlu gibi değil de, ona hizmet etmekle yükümlü bir hayvan ya da bir köle gibi gördü. Sahibine hizmet etmekle yükümlü, karın tokluğuna çalışan bir köle. Demek kendi babası da ona böyle davrandı. Zamanla o köle büyüdü, büyüyene kadar çok zulüm, çok işkence gördü sahibinden yani babasından, sonra da kendi öğrendiklerinin bir benzerini oğluna uyguladı. Babalık böyle olur dedi.

"Ne söylesen haklısın Ali, haklı olarak da çok kızıyorsun babana."

"İnsan öz babası da olsa ona kızabilir değil mi doktor hanım?"

Çok ilginç bir soru. Babasına böyle büyük bir öfke duyduğu için bazen de suçluyor kendini. O adam babası değil de el olsa, rahat rahat kızar ona ama baba olunca bizim kültürümüz anneler gibi babalara kızmayı, onlarla ilgili çok kötü şeyler düşünmeyi de kınıyor. İçine doğduğumuz toplumun kuralları, âdetleri, töreleri, inançları, övdüğü ya da yerdiği her şey yüzlerce hatta binlerce yıl öteden kolektif bilinçdışı adını verdiğimiz, oldukça esrarlı bir yolla bizlere kadar intikal edebiliyor. Biz hiç fark etmeden o binlerce yıl öteden gelen izler duygularımızı, kararlarımızı, seçimlerimizi, doğrularımızı, yanlışlarımızı etkileyebiliyor. Biz onun sesini, bize fısıldadıklarını duymasak da onun çizdiği yolun dışına çıktığımızda verdiği cezayı iliklerimize kadar hissediyoruz.

"Tabii ki kızabilir Ali, hem bizim duygularımızın mantığı yoktur; ne zaman, ne hissedeceğimizi bize sormaz. O kendiliğinden gelir ya da gelmez. Düşüncelerimiz ile duygularımız hep kol kola gezer. Bazen duygularımız düşüncelerimizi etkiler ama çoğu zaman düşüncelerimiz duygularımızı aktive eder ama unutma ki dünyada düşünce suçu diye bir şey yoktur, olmamalıdır da. İnsanlar istediğini hatta istemediğini bile düşünebilir. İş eyleme gelince bu yasa değişir. Her türlü eylemimizden biz sorumlu oluruz. Sen babana rahat rahat kızabilirsin, yeter ki bunlar eyleme geçmesin."

Dikkatle dinliyor söylediklerimi. Bu sözlerimin onu nasıl rahatlattığı hemen belli oluyor. Dedim ya Ali'nin bir yanı hâlâ çocuk gibi, duygularını gizlemeyi, dışa yansıtmamayı hiç bilmiyor. Bir şeye kızarsa kaşları çatılıp ceketini arkaya atıyor, hoşuna giderse de ağzı hemen iki tarafa çekiliyor ve gözlerine bir gülümseme yerleşiyor.

"O gece, o halimle bana daha neler söyledi neler... Esti gürledi yani. Ama arkasından ne dedi... İyi ki seni vurmamış. Senin kılına dokunsa adam nasıl vurulurmuş, gösterirdim o herife, demez mi?"

Sağ elini dizlerine vurarak söylüyor bunu. Nasıl da sevinmiş.

"Senin de çok hoşuna gitmiş."

"Gitmez mi? Ulan dedim içimden, demek senin de bir baban varmış. Dirine olmasa da ölüne sahip çıkacak bir baban... Sonra da enseme bir şaplak indirdi, 'Hadi yat artık. Olur böyle şeyler hayatta. Sen kendi işine bak' diyerek beni odama kadar götürdü, öyle yattı."

"O zaman neler hissettin?"

"Belki size garip gelecek ama kapının önündeki o ürkek halim gitti. Sanki biri bana cesaret iğnesi vurmuş gibi başım dikildi, korku morku kalmadı bende. Daha yatağa yatar yatmaz uyumuşum. Biraz da yorgunluk vardı tabii..."

Babadan duyulan bir iyi söz, edilen onca küfür arasında geçen bir küçük cümle bile yetmiş ona. O geceye ilaç olmuş. Aslında bir yudum sevgi gösterisinin, küçücük bir ilginin yediden yetmişe hepimizi nasıl heyecanlandırdığını, sevindirdiğini biliyoruz, yine de bunu başkalarından esirgiyoruz.

"Sabahın köründe kalktım. Gün daha yeni ağarıyor. Demek 2-3 saat uyumuşum. İçim nasıl yanıyor, sanki ateşe tutulmuş gibi. Hemen mutfağa gittim, koca bir bardak su içtim. Benim tıkırtıma annem de kalktı."

"Ne dedi annen?"

"Önce, 'Ah yavrum' diyerek sarıldı bana. 'Sana bir şey olmadı ya, kırk Yasin okuyacağım' filan dedi. Hemen çay koydu ocağa ama benim acelem var. Aklım ustamda. Yine de ayaküstü peynir ekmek yedirdi bana. Koşarak hastanenin yolunu tuttum. Bir yandan da, ya ustan öldü derlerse diye içim içimi yiyor. Neyse ki, ona bir şey olmamış. İnanır mısınız, o gün ben kendimden çok Ayşa'yı düşündüm. Ya kız da orada olsaydı, başımıza neler gelirdi diye. Zaten o aralar dükkâna pek gelmiyordu Ayşa, ne olduysa artık."

Ayşa'nın babasının tacizine uğradığı zamanları söylüyor. Ali bilmiyor kızın başına gelenleri, bilse ne der, ne düşünürdü acaba?

"Ne olabilir sence?"

"Onu bilemedim. Hâlâ da bilmiyorum. Bu sefer kızı çok mu dövdüler diyorum ama öyle olsa bana söylerdi. Hem dayak izi yoktu görünür yerlerinde. Var mı diye hep dikkatle bakardım ama yoktu. O küçük kızın durumuna hem üzülür, hem de o da nasıl olsa gördüğünü yapar derdim."

"Gördüğünü yapar derken?.."

"Yani mal meydanda. Teyzesi kızın gözünün önünde bizim ustayla aşağı iniyor. O da bunu görüyor."

"Hâlâ öyle mi düşünüyorsun?"

"Bilmem... Yapmadığı ne belli?"

Demek Ayşa'ya güvenmiyor. Demek memleketindeki insanların söylediklerine itiraz etse de, hem ustayı, hem Nurşen Hanım'ı ahaliye ve babasına karşı korumaya çalışsa da, zihninin bir yanı onlar gibi düşünüyor.

"Ayşa da ona pek güvenmediğini biliyor mu?"

"Bilmez mi, sorun da o ya... Buraya en çok bunun için geliyoruz zaten. Neyse hocam, bugünlük vakit tamam galiba. Ben yine geleceğim değil mi?"

"Tabii Ali, gel. Bekliyorum."

Nasıl da aniden bitiriverdi konuşmayı. Demek buraya gelişlerindeki asıl sorun aralarındaki bu güvensizlik. Eğer öyleyse neden bunu konuşmuyor benimle? Ayşa da henüz hiç bahsetmedi bu konudan. Cüsseli bedeniyle, pantolonunu çekerek ağır ağır kalkıyor koltuktan. Gitmek istemez gibi başı önde, elimi sıkıp çıkıyor odadan. İnsan onu hem seviyor, hem ürküyor. Birinin onu can kulağıyla dinlemesi, anlaması hoşuna gidiyor ama bir yandan da bu gerçek olamaz der gibi bir hali var.

Ayşa da Ali de hep geçmişi, çocukluklarını anlatıyorlar bana. Sıra bir türlü bugün yaşananlara gelmiyor. Bunu planlı mı yapıyorlar yoksa bugünü konuşmak onları ürkütüyor mu, şimdilik bilmiyorum ama hayat bu delikanlıyı korkutuyor. Korktukça öfkesi ve güvensizliği iyice artıyor. O hep tetikte sanki. Bir yandan da anlıyorum onu. Bütün bu yaşadıklarından ve doğduğu toplumda ona öğretilenlerden sonra bu çocuk Ayşa'ya nasıl güvensin? En azından bazı şeyleri çok net görüyor, hiç sansür koymadan bütün duygularını anlatıyor ve yeri gelince de kendini eleştiriyor. Giderken söylediği o kısacık cümleyle asıl sorunu özetleyiverdi. Ne demişti: 'Sorun da o ya zaten...' Demek Ayşa'ya hiç güvenmediğini Ayşa da biliyor, bilmese mesele yok demeye mi getiriyor? Kafası çok karışmış bu delikanlının. İyi ama Ayşa ona nasıl güvenecek?

10. Bölüm

Okulların kapandığı gündü. Ayşa ilkokulu bitiriyor, hevesle ortaokula gideceği günlerin hayalini kuruyordu. Karnesini öğretmeninin elinden almış, öğretmeni onu öperek koklayarak, başarılar dileyerek göndermişti. Sevinçten uçuyordu. Koşarak geldi eve. Bir an önce bunları annesine söylemeliydi. Gerçi bu saatte annesi evde olmazdı ama olsun, akşama kadar camın önünde heyecanla onu bekler, belki de Neriman Teyzelere giderdi. Onun çocukları da karne almıştı. Eve yaklaşınca daha cebindeki anahtara elini atmadan kapıda bir kalabalık gördü. Eve biri girip biri çıkıyordu. Heyecanlandı. Ne olmuştu acaba? Koşarak, insanların arasından giriverdi eve. Annesi oturmuş, bağıra bağıra ağlıyor, komşular onu teselli etmeye çalışıyordu. "Gittiiii" diye bağırıyordu annesi, "benim ciğerimin parçası gitti."

Kimdi giden, nereye gitmişti? Komşular hemen onu alıp evin dışına çıkardılar. "Bir şey yok kızım, sen biraz burada dur, annen biraz sakinleşsin" diyor, Ayşa'yı içeri almıyorlardı. Herkeste bir panik, bir heyecan, bir merak vardı. Hepsi birbirine, "Nasıl olmuş, nerede olmuş, Sahir Ağa mı vurmuş?" gibi bir şeyler sorup duruyordu. Sonradan öğrendi gerçekleri. Dedesi yani Sahir Ağa, hem teyzesini, hem de Ali'nin ustasını dükkânda vurmuş, teyzesi ölmüş, usta da ağır yaralanmıştı.

Kimse bir şey söylemiyor, başta annesi, herkes onu oradan uzaklaştırmaya çalışıyordu. Ortalıkta şaşkın gezerken Neriman Teyze gördü kızı. Yanına geldi, "Gel kızım, seni bizim eve götüreyim. Bizimkiler de karne aldı, sen onlarla otur" diyerek elinden tuttu, birlikte yürümeye başladılar. Ayşa ağlasa mı, olayla ilgili soru sorsa mı bilmiyor, eğilip eğilip Neriman Teyze'nin yüzüne bakıyordu. Sonunda kadın çömeldi, elini kızın yanağına koydu, "Bak kızım, annen şu anda çok üzgün. Nurşen Teyzeni kaybettik. Hele bir aklı başına gelsin, annen sana uzun uzun anlatır olanları. Sen şimdi bizimkilerin yanında otur. Akşam ben geri gelir, seni elimle annene emanet ederim. Sen daha küçüksün, aklın ermez böyle şeylere, üzülme e mi kızım?" diyerek sıkı sıkı sarılıp öptü kızı. Neriman Teyze böyle yapınca, en çok da çömelip gözlerini onunla aynı hizaya getirip, her şeyi gözlerinin içine bakarak anlatınca, rahatladı biraz. Sonra yine birlikte girdiler eve. Evdeki çocuklar olayı duysa da, hiçbir şey olmamış gibi kapının önünde top oynuyordu. Onu da aldılar oyuna. Bol bol zıpladı, terledi, içindeki bütün kötü duygulardan kurtulmak ister gibi en çok o yoruldu.

O gece karanlıkta Neriman Teyze yine elinden tutup kızı annesine teslim etti. Perişandı kadın, babası ise ortada yoktu. Hemen aceleyle ikisi de üstünü değiştirip düştü yola. Anneannesinin evine gidiyorlardı. Daha önce hiç gitmemişlerdi o eve. Çok kalabalıktı ev. Herkes ağlıyor, eve biri girip biri çıkıyordu. Annesi de zaten feryat ederek girmişti içeri. Ayşa nereye gideceğini, ne yapacağını bilemedi. Arkada boş bir oda vardı, hemen oradaki somyaya kıvrılıp yatmak üzereydi ki, aynı somyaya oturmuş, kendi yaşlarında, elindeki telefondan başını hiç kaldırmayan bir oğlan gördü. Onun, İstanbul'dan gelen Mualla Teyze'nin oğlu olduğunu sonradan öğrenecekti.

Ertesi gün teyzesinin cenazesine annesi Ayşa'yı da götürmüştü. Ne babası, ne eniştesi ne de memleketin erkekleri gelmişti cenazeye. Yaşlı genç, kadınlar kaldırmıştı o güzelim teyzesinin cenazesini. Çocuklar bile yoktu ortada. Ne Aynur vardı, ne de Tayfun. Bir tek Ali oradaydı. Birkaç arkadaşıyla birlikte gelmiş, tabutu onlar kaldırıp koymuş, sonra da kadınların biraz uzağına çekilmiş, sessizce durmuşlardı. Ayşa Ali'yi görünce önce ona uzaktan el sallamak istemiş, sonra bundan hemen vazgeçmişti. Teyzesini o dükkâna gittiği için öldürmüştü dedesi. Oysa teyzesiyle birlikte sık sık kendisi de gidiyordu o dükkâna. "Beni de öldürürler mi acaba?" diye bir korku geçti içinden. Demek babalar buna çok kızıyor, bu yüzden kızlarını öldürüyordu.

Şehrin biraz uzağındaydı mezarlık. Issız, koyu renk ağaçların göklere doğru uzandığı, sessiz, ürkütücü bir yerdi. Bazı yerlerde yeşillik olsa da, çoğu kurumuş, çorak toprak ve üstlerinde eskimiş taşlar olan mezarlıklara baktıkça içi bir tuhaf oldu. Nurşen Teyzesini mezara koydular, kadınlar hep beraber üstüne toprak attılar. Ne güzel saçları vardı teyzesinin. Şimdi ağzı burnu da toprakla mı dolmuştu acaba?

Babalar neden bu kadar zalimdi? Yoksa sadece babalar değil, bütün erkekler mi böyleydi? Hiçbiri gelmemişti mezarlığa. Öyleyse Ali neden gelmişti? Oysa o adam, Ali'nin ustasını da vurmuş ama öldürememişti. Ali bu işe kızmamış mıydı? Ustası Nurşen Teyze'yi çok seviyordu. Bunu biliyordu Ayşa. Dükkândan içeri girer girmez adamın sevinçten gözleri parlıyordu. Ali'nin gözleri de hep parlıyor, sanki gözlerinin içi gülüyordu. Acaba Ali de onu seviyor olabilir miydi? Bu soru hoşuna gitmişti. Yüzü aniden kızarıverince önce hemen başını öne eğdi, sonra da belli etmeden etrafına bakındı. Bütün kadınlar ağlıyor, yaşlı bir kadınla annesi, mezarın başına oturmuş ağıt yakıyordu. Kimsenin ona bakacak hali yoktu. Mezarın başında ağıt yakan o yaşlı kadının anneannesi olduğunu sonradan öğrendi Ayşa.

Kuşlar bile bilir gibi ağaçların üstünde oradan oraya uçarken hiç ötmüyor; burada konuşmak, gülmek, şarkı söylemek yasakmış da, bunu onlar da biliyormuş gibi hiç ses çıkarmıyordu. Uzun uzun baktı kuşlara. Demek onlar da üzülmüştü o zeytin gözlü, şen kahkahalı, uzun saçlı kadının toprağın altına konulmasına.

Kırmızı Oda

Hem Ali'den, hem de Ayşa'dan dinlediklerim çok hüzünlendirdi beni. Bu olay yaşandığında ikisi de henüz küçükmüş, çocukmuş. Hayatı tanımadıkları, toplumun koyduğu kuralları pek bilmedikleri bir dönemde olmuş bunlar. Kim bilir nasıl derin izler kaldı bu çocuklarda. Birinin teyzesi, birinin kıymetli ustasıymış vurulanlar. Biri o teyzeye, diğeri de o ustaya hayranken, onları kendilerine örnek alıp onlar gibi olabilme hayalleri kurarken, bu olay kafalarını nasıl da karıştırmıştır.

Ayşa boynunu bükmüş oturuyor karşımda.

"Demek böyle oldu! Gazetelerde okuyup geçiyoruz, oysa o anda kimlerin canı yanıyor, o evlerde neler yaşanıyor, hiçbirini bilmiyoruz. Küçücük yaşında neler neler yaşamışsın. Kaç yaşındaydın o zaman?"

"On ya da on bir. İlkokulu bitirdiğim gün oldu olay. Ya ben de orada olsaydım diye korkudan günlerce uyuyamadım. O gün de karne alacaktık. Demek annem bunları bile bile, yine de gönderiyordu beni oraya."

"Nurşen Teyzen de kendi çocuklarını değil, ısrarla seni götürüyormuş. Bir gün başlarına böyle bir iş geleceğini hiç düşünmüyorlar mıydı acaba?"

"Nurşen Teyzem değil ama annem hep korkuyordu bundan. Tabii o zamanlar ben neden korktuklarını bilmiyordum. Annem hiç istemezdi oraya gitmemizi. Teyzeme söylenir dururdu ama sözünü geçiremezdi. Sanki gözü dönmüştü teyzemin, hiç korkmazdı."

Ayşa başını her zamanki gibi sol yanına eğmiş, olaylar daha dün yaşanmış gibi heyecanla anlatıyor o günleri. Henüz hiçbir şey eskimemiş hafızasında. Sanırım o dönem yaşadıklarını da bugüne kadar kimseyle konuşmamış. Oysa o günler bol bol konuşulmak ister. Konuşa konuşa, anlata anlata, o gün yaşanan duyguların üzerinden geçe geçe biraz olsun eskitmek isteriz olanları. O günleri biraz daha anlattırmalıyım ona.

"Bırakın korkmayı, cumartesi günleri bize geldiğinde gözleri ışık saçardı ve gözünü saatten alamazdı. Bir an önce beni alıp o evden çıkmak isterdi. Endişeli olan hep annem olurdu. Biz kapıdan çıkarken bile, teyzem de çocukmuş gibi, "Aman dikkatli olun, sakın geç kalmayın" diye sıkı sıkı tembih ederdi. O böyle yaptıkça benim de içime bir heyecan, bir korku yayılırdı. Eğer babamın yatağıma geldiği o olay yaşanmasaydı, ben her zamanki gibi koşarak giderdim oraya. O olaydan sonra hayattaki hiçbir şey artık bana cazip gelmiyor, Ali'yi bile görmek istemiyordum. Bir yandan da oraya neden gittiğimizi anlamıştım artık. Teyzem yanlış bir şey yapıyor ve ben de onunla oraya giderek o yanlışa ortak oluyordum. Ali de biliyordu bunu ama o yine de benim her hafta oraya gitmemi istiyordu."

"Bu konuda onu suçluyor musun?"

"Suçlamıyorum tabii ama sonuç olarak orada yapılan şey yanlışsa, biz de Ali'yle aynı yanlışa ortak oluyoruz diye düşünmeye başlamıştım."

Annesi bazı şeylerden korksa da kızını hiç korumamış. Annesi tarafından korunmayan çocuklar bir süre sonra kendilerini korumayı öğrenir. Ne hüzün verici bir durum! Çocukken kendini korumak zorunda kalan çocuklar bazen hayatta çok başarılı olabiliyor, kendi ayakları üzerinde durmayı daha çabuk öğreniyor. Ancak, hayata inancı kalmayan bu çocukların içindeki boşluğu ve yalnızlık duygusunu hiçbir şey dolduramıyor. Hüzün ve yalnızlık duygusu bir türlü bırakmıyor peşlerini.

"Nasıl hissederdin?"

"Suçlu! Hem çok severdim Ali'yle konuşmayı, hem de içimde hep bir yanlış yapıyorsun, suç işliyorsun duygusu olurdu. Zaten sadece oraya gitme konusunda değil, her konuda hayata karşı bir durgunluk gelmişti üstüme. En çok da o dükkândan gelirken hissederdim bu duyguyu. Teyzem, acelesinden beni eve kadar getirme zahmetinde bile bulunmaz, evin yakınında bir yerlerde bırakır giderdi. Acelesi vardı çünkü. Gizli işler çeviriyor ve bir an önce evine gitmek istiyordu. Eve yalnız dönerken hep utanarak yürürdüm yolda. Kapıyı çalıp da annemi karşımda görünce o suçluluk duygularını annemin gözlerinde de görürdüm, kara kara parlardı gözleri."

Ne güzel anlatıyor suçluluk duygularımızı, kimseyle paylaşamadığımız utançlarımızı. Demek annesinin gözlerinde o çocuk görüyor her şeyi. Biz psikiyatride buna "kronik stres" diyoruz. Yani hep var ama dile dökülmüyor, konuşulmuyor, biz onları ittikçe onlar başıboş dolaşıyor ortada. Hayaletler gibi... Yok saysak da bir köşede saklandıklarını için için biliyoruz.

"Hâlâ öyle mi düşünüyorsun?"

"Bilmem! İki çocuk diz dize, göz göze konuşurduk hep. O konuşmalar sanırım benim kadar Ali'ye de iyi geliyordu. Çünkü ne söylersek söyleyelim kimse kimseyi ayıplamaz, alay etmez, kızmazdı. Birbirimiz için hep üzülürdük."

"Ne güzel! Hiçbir kötülük yok bunda."

"Kötülük bizim içimize işlemişti. O erkek, bense kızdım. Çöp kız da olsam kızdım işte. Bir arada olmak bizi bu kadar sevindiriyorsa, bu kötü bir şeydi zaten."

Bir çocuğu bile sevindiriyorsa, yapılan şey kötüdür, yanlıştır, suçtur, günahtır. Her ne kadar bu sözler şimdi karşımda büyük bir masumiyetle oturan Ayşa'nın ağzından dökülüyorsa da, Ayşa bize kolektif bilinçdışımızın sesini duyuruyor aslında. Binlerce yıldır zihnimize kazınmış bu kurallar, bir çocuğa bile bu fani dünyada sevinmeye, mutlu olmaya utanmıyor musun, diyor. Dedelerimiz, ninelerimiz ise bunu başka türlü anlatırlardı bize. "Çok gülme, sonra ağlarsın" derlerdi. Kuşaktan kuşağa intikal eden bir anayasa sanki. Binlerce yıldır insanlık gülmeyi, sevinmeyi bir türlü yakıştıramadı kendine.

"Şimdi ne düşünüyorsun?"

"Şimdi o günlerde yaşadığım utançla karışık sevinci, mutluluğu hiç yakalayamadım ki... Bana kendimi suçlu da hissettirse, utandırsa da, öyle güzeldi ki..."

Bilinçdışı, kedinin fareyle oynadığı gibi oynuyor bizimle. Daha küçücükken günah saydığımız sevinçten, mutluluktan nasıl da uzak tutuyor bizi. Yani geçmiş, geçmişte kalmıyor. Acının, hüznün ve günahın tohumları bir kere zihnimize ekilince, o zihin onu nadide bir çiçek gibi besliyor, büyütüyor, dallanıp budaklandırıyor. Pek çok hastamdan duyduğum şu cümle geliyor aklıma: "Beni gören de çok mutlu sanır. Aslında gerçekten de bugün benim çok mutlu olmam lazım ama çok istesem de olmuyor. Kendimi bir türlü mutlu hissedemiyorum ben doktor hanım. Neden acaba?" Bu sözleri kim bilir kaç kişiden duydum. Şimdi çoğumuz gibi Ayşa'nın da zihnine yazılmış bazı yanlışları düzeltmeye çalışmalıyım.

"O zaman ikiniz de çocuktunuz ve sizi büyükler zorla bir araya getiriyormuş. Yani olayın sorumluluğu size ait değilmiş. Daha da önemlisi siz kötü bir şey yapmamışsınız. Birbirinizin yaralarına derman olmuşsunuz. Ne güzel... Ne iyi yapmışsınız... Ne saf, ne temiz ve ne güzel bir dostluk bu."

Böyle desem de, Ayşa'nın gözleri de annesininki gibi hâlâ kara kara bakıyor. Çocukluk inançlarımızı değiştirmek çok zordur ve bu inançlar yüzünden biz insanlar çok acı çekeriz ama yine de onları sorgulamak hiç aklımıza gelmez.

"Bunun doğru olduğunu bilsem de o duygudan kurtulamıyorum bir türlü."

"Bizim duygularımızı düşüncelerimiz besler. Sen düşüncelerini değiştirdikçe göreceksin, o duygular da zamanla peşini bırakacak."

"Ama dedem görse kesin vururdu beni."

Tıpkı Ali gibi ısrarla o günü anlatmak istiyor, onu korkutan, suçlandıran, yaralayan günü.

"Güzel, demek dedenin olaylara bakış açısını biliyorsun ama sen de kendine dedenin gözüyle baktığının farkında mısın?"

"Öyle mi yapıyorum? Ama..."

"Ama ne?"

Bir yandan da düşünüyorum, sadece Ayşa değil, hepimiz böyle yapmıyor muyuz? Anne babalarımızın, yakınlarımızın hatta içinde yaşadığımız toplumun söylemlerini, eleştirilerini, yorumlarını dıştan ısrarla reddetsek de, sıra kendimize gelince onların doğrularıyla yargılamıyor muyuz kendimizi? Yine hafif bir gülümseme yayılıyor yüzüne. Bu kız gülmeye korkuyor sanki. Onu bir gün gerçekten gülerken görebilecek miyim acaba?

"Bu işler karışık işler hocam. İnsan bu işlerin altından kendi kendiyle konuşarak kalkamıyor. Annem de bunları benimle hiç konuşmayınca..."

"Sahi hiç konuşmadınız mı?"
"Konuşmadık."

Çok önemli bir olay yaşanmış, bütün memleket yatıp kalkıp bunu konuşmuş, oraya o kadınla pek çok kez o annenin kızı da gitmiş ama anne bu konuyu kızıyla hiç konuşmuyor. Yani onu muhatap kabul etmiyor, önemsemiyor, konuşmaya değer görmüyor.

İçimizdeki yaralar her zaman dayakla, fiziksel şiddetle açılmaz. En çok, en yakınlarımız açar o yaraları, bazen bir şey söylemeyerek, bazen gözümüze bile bakmayarak, her hareketiyle bizim ne kadar değersiz, ne kadar önemsiz olduğunu bize bir şekilde hissettirerek...

"O ara başı kalabalıktı zaten. Beni hiç gözü görmüyordu. Ali de yok... O zamanlar Ali'yle konuşmayı öyle çok isterdim ki... Ona uzun uzun yaşadıklarımı, hissettiklerimi anlatmak, onun anlatacaklarını dinlemek... Eminim o da çok isterdi bunu. Onun da ustası ağır yaralanmış, olaylar zaten gözünün önünde yaşanmış. Ben de onu dinlerdim, beraber ağlar, sonra da gülmek için bir bahane bulurduk. Hep güldürürdü beni. O da ben de çok yalnız kaldık. Aslında şimdi düşünüyorum da, Ali'ye teşekkür borçluyum."

"Ali de sana. Çok güzel bir dostluk, arkadaşlık kurmuşsunuz. İkinize de çok iyi gelmiş bu kısa beraberlik."

"Öyleydi. Teyzem ölmese, ben o karanlık geceyi yaşamasam belki bu arkadaşlıkta bu kadar kötü şeyler aramaz, hep kendimi suçlamaz, bugün belki de daha başka biri olurdum."

Belki de başka biri olurdum derken ne kadar doğru bir şey söylediğinin farkında mı acaba?

"Siz, iki yaralı çocuk, birbirinizin dertlerine derman olmaya çalışmışsınız. Ne güzel..."

"Güzel, değil mi?.."

Bunları söylerken yine bir gülümseme gelip dudağının ucuna oturuyor. Daha fazlasına izin vermiyor sanki zihni. Yine de az da olsa bu gülümsemeler en çok Ali'yi anlatırken oluyor.

"Bir tek Ali'den söz ederken yüzünü içten bir gülümseme yalayıp geçiyor. Farkında mısın?"

Bu sefer daha büyük bir gülümseme kaplıyor yüzünü. Cevap vermiyor bu soruya. Pelerinin eteklerini toplayıp kuğu gibi süzülerek çıkıyor odadan.

11. Bölüm

Bu olayın meydana gelmesi bomba etkisi yaratmış, kimse başka bir şey konuşmaz olmuştu. Teyzesinin ardından türküler yakılmıştı. Kimi kızını öldürdü diye Sahir Ağa'ya beddualar ediyor, "Zamanında kızını Murat'a verseydi bütün bunlar yaşanmazdı" diyor, kimi de Nurşen'i suçluyordu. Bütün bu konuşmaları Ayşa da dinliyordu. Dedesi tutuklanıp hapse atılmış, annesi bundan cesaret alarak yanına kızı Ayşa'yı da alıp sık sık baba evine gitmeye başlamıştı. Anneannesi onu görünce önce yüzüne dikkatle bakmış, sonra bağrına basmış, saatlerce ağlamıştı. Ayşa ise kendini hiç yakın hissedememişti o kadına.

"Ah" diyordu anneannesi, "bu kız kendini de yaktı, bizi de. Şimdi insanların yüzüne nasıl bakacağız? Daha başımıza neler gelecek? Damada ne diyeceğiz, çocukların hali nice olacak?" Genç yaşta ölüp giden teyzesinin adını bile anan yoktu. Başka bir kadın daha vardı evde. Annesinin ablası, yani İstanbul'daki teyzesi Mualla. Erkek gibi, asık suratlı, sürekli ortalığı toplayan, gelen misafirleri ağırlayan, hiç ağlamayan, konuşmayan değişik biriydi bu teyze. Ayşa'ya da pek yakınlık göstermemiş ama her gittiklerinde eğer yemek vaktiyse önlerine sofra kurmuştu.

Arada bir annesiyle teyzesi mutfağa gidiyor, kısık sesle aralarında bir şeyler konuşuyorlardı. Ayşa'nın kulağına en çok, "Ah baba, ah! Ne çektiysek onun yüzünden çektik. Annem olacak kadın da hâlâ kocasına bahane bulmuyor" filan gibi laflar geliyordu. Ayşa en çok Aynur ile Tayfun'u merak ediyordu. Bu çocukların anneleri öldürülmüştü ama hiçbiri ortada yoktu. Mezarlığa bile gelmemişlerdi. Olayın arkasından eniştesinin çocukları da alıp şehri terk ettiğini sonradan öğrendi. Bizim oralar bu olanları kaldırmaz diyordu evdeki kadınlar. Anneleri ölünce o çocuklar kim bilir ne hale gelmişti ama onlarla görüşmesi şimdilik mümkün görünmüyordu, yine de onları düşünmeden edemiyordu. Dedesi teyzesini değil de annesini öldürse acaba kendisi ne yapardı? Babası olacak o rakı kokan adamla yalnız kalırsa anneannesi onu kurtarır mıydı?

Akşam olunca annesiyle birlikte yine kendi evlerine gidiyorlardı. Babası eve gelince, annesiyle oturup uzun uzun konuşuyorlardı. Annesi, eskisi gibi babasına kızmıyor, o bağırsa da çağırsa da sesini çıkarmıyor, öylece dinliyordu. Ayşa da kapı aralığından bu konuşmalara kulak veriyordu. Çok öfkeliydi babası. "Beni rezil ettiniz herkese" diyordu. Eniştesine yani Nurşen'in kocasına kızıyordu. "Ulan bunca zaman aklın neredeydi? Meğer bizden başka bu işi bilmeyen yokmuş. Bunların ilişkisi yeni değilmiş. Allah bilir ya, sen de biliyordun da bana söylemiyordun."

Annesi o zaman başını önüne eğiyor, "Evlenmeden önceydi o. Sonra babam onu Murat'a değil de enişteme verince olay kapandı gitti sanıyorduk biz. Gerisini ne bilelim. Bana söyleyecek değil ya... Hem belki de o gün gerçekten ayakkabı almaya gitmişti, ne biliyorsun" diyor, o zaman babası iyice kükrüyordu: "Bana masal anlatma. Şehirde ayakkabı alacak başka yer mi yok! Hem sadece o gün değil ki, sık sık gidiyormuş oraya diyorlar. Hatta giderken Ayşa'yı da götürüyormuş. Sen buna nasıl izin veriyordun ha, nasıl? Benden gizli ne dolaplar dönüyordu bu evde?" Muazzez o zaman korkudan bir iki kere yutkunuyor, "Ne var canım, onun da kızı değil mi, arada bir kızı elinden tutup çarşıya götürüyor, üstüne başına bir şeyler alıyordu. Demek o ara Murat'ın dükkânına da bir iki kere uğramışlar. Bizim millet de konuşacak laf arıyor. Utanmasalar bizim kıza da kırk kulp takacaklar. Sen de her şeye inanma" filan diyerek konuyu kapatmaya çalışıyordu. "Baban bunları takip etmiş, sonunda da yakalamış. O gün dükkâna baskın yapmış. Çırak yok filan demiş ama dinlememiş. Elinde tüfekle inmiş aşağı. Basmış kurşunu. Yer misin, yemez misin!"

Bunları duydukça Ayşa'ya iliklerine işleyen bir korku geliyor, ya benim sık sık gittiğimi de duyarsa, beni de öldürürler mi diye eli ayağı titriyordu. O gün oraya gitmemekle ne iyi ettiğini o zaman daha iyi anlıyor, teyzesinin ısrarlarına kapılıp gitmediği için Allah'a bin kere şükrediyordu. Ancak babası susmuyor, konuşmaya devam ediyordu. "Ben kimseyi namusumla oynatmam. Artık kızı da alalım okuldan, örtsün başını, otursun evinde, kısmetini beklesin. Hem senin kardeşin namlı orospu oldu, adına türküler bile yakıldı. Baban da katil... Şimdi bizim kıza da orospunun kızı diyecekler."

"Aman sus, kız duymasın" diye araya giriyordu annesi. "Duyarsa duysun. Zaten artık biz söylemesek bile kıza gerçeği söyleyen biri çıkacak. Çoğu kişi bilmiyor mu onun bizim değil, Nurşen'in kızı olduğunu. Artık o da bilsin. Bilsin ki edebiyle otursun." İşte bu son duyduklarını önce bir türlü anlayamamıştı Ayşa. Neler diyordu bunlar? Ne demekti orospunun kızı? Kimin kızıydı o?

"İnşallah yüzü gibi huyu da çekmez anası olacak o kahpeye. Ama ben Sahir Ağa kadar beklemem. Kulağıma bir şey gelsin, anında basarım kurşunu. Ben bu kadının böyle orospuluk yapacağını bilsem, kızını da almazdım ama senin hatırına almış bulundum. Babası olacak o boynuzlu da kızı ne aradı, ne sordu. İki çocuğunu alıp sırra kadem bastı herif."

Ne! Ne diyordu bunlar? Kızını mı almazmış, kız kim, o kız yani?.. İki çocuğunu aldı ama o kız kim, almadı ya yanına, kim o? Boynuzlu dedi, boynuzu mu varmış o çocukların babasının? Nurşen'in kız diyor... Bir süre çok karıştı kafası, bir türlü çözemedi ne dediklerini ama sonra yavaş yavaş anladı o kızın kendisi olduğunu. O annesinin kızı değil miydi? Annesi doğurmamış mıydı onu? Nurşen'den mi almışlardı? Yani ölen Nurşen miydi onun asıl annesi? Bir süre ne diyeceğini, ne yapacağını bilemedi. Sonra şuursuzca fırladı odadan. Koşarak gitti yanlarına. "Ben kimin kızıyım ha, kimin kızıyım? Söyleyin çabuk, benim annem babam kim?"

İkisi de bir an donup kaldı. Sonra babası başladı bağırmaya, "Sen bizi mi dinliyordun, seni piç kurusu seni! Duydun işte kimin kızı olduğunu. Sen o ölen orospunun kızısın, anladın mı? Baban da enişte dediğin o boynuzlu. İyice anladın mı şimdi?"

Ayşa bir yandan bağırmaya, çırpınmaya devam ediyor, bir yandan da babası sandığı o adamın söylediklerine bir türlü inanamıyordu. O anda Muazzez kalktı ayağa, adamın önüne geçti. Kızı tuttuğu gibi odasına götürdü çünkü bu kavga biraz daha devam ederse kocası kızı fena halde hırpalayacaktı. Yatağa oturtmak istedi ama oturmadı Ayşa. Ona kimsenin dokunmasını istemiyordu. Mümkün olsa hemen kaçacaktı bu evden, bu evdeki insanlardan. Nereye giderim, ne yaparım filan gibi sorular hiç gelmiyordu aklına. Bir an önce hem bu evden, hem de bu insanlardan kurtulup kaybolmak istiyordu.

Sertçe itti annesini ya da anne bildiği kadını. Elleriyle kendi yüzüne, bedenine vuruyor, hırsını kendinden çıkarmaya çalışıyordu. Bu sırada adam yine geldi yanlarına. Annesi yine önüne geçti. Güç bela çıkardı adamı odadan, kapıyı Ayşa'nın üzerine kilitledi. Artık odasında yapayalnız olan Ayşa, önce eline ne geçerse sağa sola fırlattı, olmadı. Çılgın gibiydi. Yine başladı kendini dövmeye. Bir yandan avazı çıktığı kadar bağırıyor, haykırıyor, bir yandan da suratına iki eliyle öyle sert vuruyordu ki, burnundan akan kanlar yerdeki küçük sarı halının üzerinde şekiller oluşturuyordu. Vurmaktan yüzü gözü kıpkırmızı olmuş, kolları bacakları morarmaya başlamıştı. Ardından yine geldi o bulantı. Odadan çıkamadığı için banyoya da gidemiyor, odanın ortasına nefesi kesilene kadar kusuyor, kusuyordu.

Nefes alabilmek için boğazını ıslatacak bir yudum su bile yoktu. Uzun uzun yutkundu. Yutkunurken gözünden akan yaşlar da usul usul yerdeki halıya, kanın, kusmuğun arasına düşüp kayboluyordu. Aklı başına gelince yerdeki kanla karışmış kusmukları gördü. Ayağındaki terlikleri çıkardı. Çıplak ayakla bastı kusmukların tam ortasına. Gözlerini kapattı, kollarını iki yana açtı, başladı dönmeye. Döndükçe sanki gökyüzüne doğru ağır ağır yükseliyordu. Aynur'da gördüğü kırmızı pelerinin eteklerini savurarak havada süzülürken tam da hayal ettiği gibi koptu dünyadan, bulutların arasında kayboldu. Döndükçe her türlü pislikten arınıyordu sanki...

Kırmızı Oda

Ayşa üşümüş gibi kırmızı pelerinine sarınmış, başı önünde anlatıyor bunları. Yüzünün yarısını başından sarkan tülden göremesem de, pıt pıt kucağına düşen gözyaşlarını görüyorum. Ağlamaktan bile utanır gibi bir hali var. Başındaki şapka, yüzüne düşen tül, onu bu duygudan koruyor. Belki de mümkün olsa kimseye görünmeyecek. Bir yandan da sanki ben buradayım diye bağıran, kırmızı, çok gösterişli bir pelerin giyiyor. O pelerine çok farklı şeyler yüklemiş zihni.

O yaşta, aniden o anne babanın kızı olmadığını, hem de bunu tesadüfen öğrenivermek nasıl bir duygu, nasıl bir şok yaşatır insana diye düşünüyorum. Hemen aklıma bizim evimiz, annem babam geliyor. Bir anda onların benim gerçek annem babam olmadıklarını öğreniversem, ne hisseder, ne yapardım? Düşünürken bile hafifçe ürperdiğini hissediyor insan. Demek bu gerçeği de böyle öğrenmiş, hem de on bir yaşında. Bunu söyleyince, "Hı hı" diyor, derken de kendi başından geçen bir şeyleri değil de, uzak birine ait anıları anlatır gibi donuk bir ifade var yine yüzünde. Demek böyle oluyor, dünyaya, yaşadığı hayata, her şeye ama her şeye yabancılaşıyor ve donup kalıyor. Donup kalmak ne demek diye soruyorum kendime, donup kalmak sanırım o anda hissedebileceği tüm duyguları kovalamak, reddetmek, o duygulardan çok korkmak anlamına geliyor. Dayanamayacağını hissettiği anda donarak her türlü duygudan saklanmak... Bu da bir çeşit savunma mekanizması, bedenimiz bizi korumaya çalışıyor.

Kendiyle ilgili en önemli gerçeği en kritik yaşta, hem de hazırlıksızken öğrenmiş. Daha teyzesinin yani öz annesinin ölümünden kaç gün geçmişti ki... Bu kızın bugüne kadar bana anlattığı, onun başına gelen şeylerin her biri zaten kaderimizi baştan yazacak kadar önemli, unutulmaz, içimizi en derinden oyan ve ne yaparsak yapalım bıraktığı izlerin sızısı hiç kaybolmayan yaralar. Bu küçük kız bütün bunlara nasıl dayandı, nasıl başa çıktı bunlarla?

> "O gün çok çırpındım hocam, çok... Hani yaralı bir kuş avucunuzda çırpınır durur ya, işte öyle."

Susuyorum. Ne güzel bir benzetme. Gerçekten de hayatının gerçeklerini aniden öğreniverdiği o gün yalnız başına, kuş gibi çırpınmış o odada. Keşke o günü, o odada yapayalnız yaşadıklarını ayrıntılarıyla anlatabilse.

"Kimse istememiş beni. Nurşen Teyze öteki çocuklarını değil, beni vermiş. Boşuna çöp kız dememişler bana. Ben de o eve her gittiğimde nasıl da imrenirdim Aynur'la Tayfun'a. Hiç gelmek istemez, enişte dediğim o adama dikerdim gözlerimi, bakmalara doyamazdım. Ne kadar kibar biri, keşke benim de babam onun gibi olsa der dururdum. Meğer benim babam oymuş. Demek bayramlarda onun için bana hediye alır, paralar verirmiş... Benim de değerim o kadarmış işte."

Gözlerimin dolduğunu hissediyorum. "Yapma" diyorum kendime, "sakın yapma. Kız zaten perişan, sen ona destek olacaksın, geri çek gözündeki yaşları." Bizim iş, insanı bazen işte bu hallere düşürür. Hem karşında oturan bu kızla empati yapacak, onun ne hissettiğini sen de hissetmeye, anlamaya çalışacaksın, hem de hastanın karşısında çakı gibi, dimdik duracaksın. Bu nasıl bir çelişki! Ne yani, bu masaya oturmadan zihnime çelik yelek mi giydireyim... Benden bir ses çıkmayınca kaldığı yerden anlatmaya devam ediyor.

"İnsan çocuğunu görmek istemez mi? Biz onlara bayramda seyranda giderdik. Onlar zaten bize hiç gelmezdi. Sadece Nurşen Teyze gelirdi. Onun da geliş nedeni belli. Belki sevgilisine gitmese bize hiç gelmeyecekti. Anneannemle dedem derseniz, hiç beni arayıp sormamışlar. Siz bizimkilere küsseniz bile benim ne suçum var? Aynur'la Tayfun torununuz da, ben değil miyim? Çirkin ördek yavrusu misali atıvermişler beni yuvadan. Bir daha kimsenin aklına gelmemişim. Dönmelerim de olmasaydı, bunca acıyla nasıl başa çıkardım ki..."

Tam da öyle olmuş, çareyi dönmekte, döne döne acıları hafifletmekte bulmuş. Kızı bir daha ne arayan olmuş, ne soran. Kimsenin istemediğini kendi nasıl beğensin, nasıl sevsin. İşte bunlar kaderin çıkmazları, hele de çocukken... Rahmetli anneannem, "Çocukken elin ermez, gücün yetmez" derdi böyle durumlarda. Ayşa, hayata şöyle isyan ediyor:

"O haberi aldıktan sonra sık sık anneme söylemeden evden kaçar, sokaklarda koşar, dolaşır dururdum. İçimdeki enerjiyi bir türlü tüketemez, sağda solda teneke kutu arardım. Bayılırdım o kutuları tekmelemeye, oradan oraya savurmaya. Hiç unutmuyorum bir gün yaşlı bir amca çıktı karşıma, 'Kızım sen utanmıyor musun oğlan çocuğu gibi böyle koşmaya, teneke kutularla top oynamaya?' dedi. Zaten canım burnumun ucuna gelmiş, kutuya bir vurdum, adamın omzuna çarptı. Adam öyle kızdı ki, beni dövmek için arkamdan gelirken ben tabanları yağladım, kayboldum ortalıktan ama biraz olsun rahatladım. Çok zor günlerdi onlar. Sanki o güne kadar yaşadığım her şey yalandı, bir anda bambaşka bir dünyada bulmuştum kendimi. Bir yerlere kaçmak istiyor, nereye gideceğimi hiç bilemiyordum. Bütün dünyaya öyle bir öfke vardı ki içimde, kimseye saldıramayınca öfkeyi kendimden çıkarıyor, canımı acıtmak istiyor ya da odamda saatlerce dönüyordum. Bu dönmeler belki de benim hayatımı kurtardı. Dönmeye başlayınca zihnim yavaş yavaş boşalıyor, hiçbir şey düşünemez oluyor, sonra da yorgunluktan olduğum yere çöküp öylece uyuyordum."

Demek o keskin acıyla bile uzun uzun dönerek baş etti. O yaşta bir çocuğun böyle bir gerçeği öğrenmesi, başına gelebilecek en kötü şeydir. Ergenlik zaten bütün dengeleri bozarken, bu haber de darmadağın eder.

"Sanki her şey yabancı gelirdi bana. Yıllardır içinde yaşadığım o ev, o oda hatta o şehir bile. Yüksek bir dağın tepesinde, karanlıkta yapayalnız kalmış gibiydim. O yalnızlığım sonradan da hiç geçmedi. Kalabalıklar içinde bile hep çok yalnız hissettim kendimi. Yalnız ve herkesten çok farklı... Öcü gibi bir şey işte... O günlerden birinde ayaklarım beni Ali'nin çalıştığı dükkâna götürdü. Oraya gitmenin benim için ne kadar tehlikeli olduğunu biliyor, yine de gidiyordum. Önceden olsa böyle şeylerden ödüm kopardı, annem babam duyar da kızar diye korkardım. Onların çocuğu olmadığımı bilmek başka türlü bir cesaret vermişti bana, cesaretle isyan edebiliyordum. Ama yine de ne yaparsam yapayım, içimdeki enerjiyi bir türlü bitiremiyordum. Ne kadar yorulursam o kadar rahatlayacağım gibi hissediyor, suç işlemekten, yanlış yapmaktan, bu yüzden cezalandırılmaktan hiç korkmuyordum."

12. Bölüm

O gün Ali yalnız başına oturuyordu dükkânda. Mevsim yaz olduğu için çoğu insan köyüne gitmiş, müşteri azalmıştı; dükkâna o bakıyordu. Annesi bile Mehmet'i alıp köyün yolunu tutmuştu. Ustası hâlâ hastanedeydi ama çok şükür her gün biraz daha iyiye gidiyordu. Ayşa'yı karşısında görünce sevinçten çılgına dönmüş, hemen kendini dışarı atıp kızı içeri davet etmişti. Ayşa yine hiç iyi görünmüyor, gözleri sanki ateş saçıyordu. Çay ısmarlayacaktı ama dükkânda onu yalnız bırakmaya korkmuştu. Ayşa'ya her zaman oturduğu küçük tabureyi verdi, kendi de karşısına oturdu, soran gözlerle ona bakıyordu.

"Ne oldu, ne bu halin? Yine bir şey mi oldu?"

"Benim annem Muazzez değilmiş, Nurşen'miş. O vermiş beni bunlara."

"Ne diyorsun, kim dedi bunu sana?"

"Kim olacak, babam sandığım o herif anneme söylerken duydum. Öff, o da benim annem değilmiş zaten."

"Emin misin, yanlış duymuş olmayasın?"

"Doğru duydum diyorum sana... Ben o orospunun kızıymışım."

"Sus, ne biçim konuşuyorsun sen... Tövbe de... Orospu dediğin teyzen Nurşen mi?"

"Yok işte, o benim annemmiş."

"Ölen birine öyle denmez. Demek o senin annenmiş."

"Benden saklıyorlarmış ama ben duydum işte. Ötekileri tutmuş, beni vermiş."

"Demek onun için dükkâna hep seninle geliyordu."

"Niye, niye benimle geliyordu? Niye Aynur'u değil de beni getiriyordu?"

"Bilmem ki... Boş ver, iyi ki seni getirmiş. Öyleyse baban kim?"

"Kim olacak, Nurşen'in kocası, Selim Enişte işte... Çocuklarını alıp kaçtı ya... Ama beni ne arayan oldu ne soran."

Ayşa şimdi dükkânın bir kenarında bağıra bağıra ağlıyordu. Bir yandan da ayaklarıyla yere vurarak adeta çırpınıyordu. Ali yerinden kalktı, ne aradığını, ne yapacağını bilemeden bir iki dolandı ortalıkta. Sonra dolaptan bir şişe su çıkardı. Bardağa koyup aceleyle uzattı. Ayşa, hırsını ondan almak ister gibi bütün gücüyle vurdu bardağa. Su ortalığa saçıldı. Ali buna hiç aldırmadı, yine doldurdu bardağı, kıza doğru hafifçe eğildi Ayşa'nın başını göğsüne yaslayıp bir süre öylece durdu. Kız şimdi başı Ali'nin göğsünde yine ağlıyor ama artık bağırmıyordu, onun hıçkırıklarını duydukça Ali'nin de gözleri doluyordu. Bir süre öylece durdular. Bu sefer Ali de başladı hıçkırmaya... Sonra kızın başını yavaşça arkaya itip bardağı onun ağzına yaklaştırdı, "İç Ayşa, sana iyi gelecek" dedi. Kız suyu bir dikişte bitirdi. Ali hemen bir şişe daha açtı, yine doldurdu bardağı. Bu sefer bir iki yudum daha alıp geri uzattı. Dolapta kâğıt peçeteler vardı, kaptığı gibi geldi Ayşa'nın yanına, sandalyesini ona yaklaştırıp yüzünü gözünü iyice sildi. Sonra, ona çay getireceğini söyleyip koştu, bir tepsiye koyduğu iki bardak çay ve simitlerle geri döndü. Tepsiyi ortaya koydu, kendisi de geçip oturdu karşısına.

"Üzülme, senin annen o olsa ne olacak, ölen rahmetli olsa ne olacak. Biri teyzenmiş annen olmuş, öteki annenmiş teyze dedirtmiş kendine. Sen asıl babanın o herif olmadığına sevinsene... O yarma değilmiş bak senin baban."

Bir an durdu Ayşa. İşte bu hiç aklına gelmemişti şu ana kadar. Demek yatağına gelen adam babası değilmiş. Buna sevinse mi, üzülse mi bilemedi. O geceyi Ali'ye anlatmak geldi içinden, sonra hemen vazgeçti. Ali zaten hiç susmadan konuşuyor, onun üzülmemesi için ne yapacağını şaşırıyordu.

"Zaten sen büyüdün artık. Çocuk değilsin ki... Başka bir gün gel de boyunu ölçelim. Ben duvara işaret de koyarım. Kaç santim büyüdüğünü hemen anlarız. Demek evdeki o kadın senin annen değilmiş ha? Vay dinine yandığımın dünyası... Sana oyun yapmış, yalan söylemişler. Niye böyle yaptılar ki, açık açık söyleselermiş ya! Neyse, boş ver, benim anam babam var da ne oluyor? Biraz daha büyüyelim, buradan beraber kaçarız."

"Nereye kaçıcaz?"

"Bilmem, buluruz kaçacak bir yer. Belki de doktor olurum, gelir seni kaçırırım. O zaman benim de Doğanlarınki gibi bir evim olur. Boş ver, ne diye kendini bu kadar üzüyorsun? Bak hasta masta olursun ha, bu kadar üzülme."

"Hasta olayım, ölsem ne olur ki? Asıl annem de ölmüş, babam zaten öteki çocuklarını alıp kaçmış. Bana üzülen bile olmaz."

"Yok kız, sakın ölme ha! Ben çok üzülürüm. Ben ölsem sen üzülmez misin? Geçen akşam babam bana ne dedi biliyor musun, 'Eğer o Sahir Ağa seni de vursaydı, ben ona adam nasıl vurulur gösterirdim' dedi."

"Gidip o adamı vurur muymuş? Tüfekle mi?"

"Tüfekle tabii... Bizim duvarda asılı iki tane tüfek var."

"Baban seni seviyor muymuş da öyle söyledi?"

"Lafın gelişi söyledi işte... Ama yine de gider vururdu o herifi."

"Benim babam benim için kimseyi vurmaz. O sadece annemle beni dövmeyi bilir."

"O herife niye hâlâ babam diyorsun kız? Oh işte kurtuldun ondan. Artık seni de dövemez. Bir daha sakın dövdürme kendini. Sen benim babam değilsin, beni dövemezsin de. Yine döverse kaç gel buraya."

"Biliyor musun, beni bir daha okula göndermeyeceklermiş."

"Niyeymiş o? Sen çok çalışkansın ama..."

"Evde otursun, başını da bağlasın. Onu kocaya verelim dedi."

"Kocaya mı? Bak sen deyyusa... Tövbe tövbe... Bir de kocaya verecek. Ben gidip kaymakama söylesem, bu adam kızı okutmuyor, zaten babası da değil desem... Bir çaresini bulurlar mı acaba?"

Ayşa konuştukça biraz olsun rahatlamıştı. Ali hep vardı demek. Gerekirse kaymakama bile gidecekti onun için. Ali yine kalkıp su doldurdu kıza. İç diye eline verdi. Ardından kopardığı bir parça simidi uzattı, ötekini kendi ağzına attı. İki çocuk sanki günlerdir hiçbir şey yememiş gibi iştahla sarıldılar simitlere. Birbirlerine ıslak gözlerle bakarken, büyük lokmalar halinde yutuyorlardı simitlerini. Demek Ali onun için çok üzülmüştü. Onun gözündeki yaşı gördükçe daha çok ağlayası geliyordu Ayşa'nın. Simitler bitip tam kapıdan çıkacakken geri döndü, sıkı sıkı sarıldı Ali'ye. Ali de ona. Eliyle bay bay yapıp koşarak sokağa attı kendini.

13. Bölüm

Sonraki günler yaşadığı her şey Ayşa için dehşet vericiydi. Kafası iyice karışmış, annesini kaybeden bir kedi yavrusu gibi ortalıkta kalıvermişti. Önce birkaç gün kendini sokaklara atmış, sonra odasına kapatmıştı. Odasından çıkmıyor, yemek yemiyor, yatağından hiç kalkmıyordu. Demek ölen onun annesiydi. Onu sevmeyen, istemeyen, başkalarına veren annesi... Annesi sandığı teyzesi Muazzez sık sık yanına geliyor, yemek getiriyor, konuşmak istiyor ama o her seferinde arkasını dönüyordu. İçinden hep Ali'yi bulmak, onunla tekrar konuşmak geliyordu ama oraya çok istese de gitmemesi gerektiğini biliyordu.

Artık onun ne evi, ne de bir sahibi vardı. Gelecek zaten kapkaranlıktı. Demek annesi onu sevse, başkalarına vermese o da hep hayran olduğu o saray gibi evde, kardeşleri Aynur ve Tayfun'la yaşayacaktı. Asıl babası, enişte dediği ve bir zamanlar çok sevdiği, hayranlık duyduğu, şimdi boynuzlu dedikleri o adamdı. Kardeşleri biliyor muydu acaba gerçeği? Annesi babası diğer çocuklarını değil de neden onu başka bir eve yollamışlardı? Şimdi hapishanede yatan katil dedesi ve ilk kez cenazede gördüğü anneannesi, neden diğer torunlarını bağrına basar, onlara hediyeler alırken kendisini bir kez bile arayıp sormamıştı? Kafasındaki soruların ardı arkası kesilmiyor ama bunların hiçbirine bir cevap bulamıyordu. Sonuç olarak en iyi anladığı şey, hiç kimsenin onu istemediğiydi. Kime kızacağını bilmiyor, hele enişte dediği adamın gerçek babası olduğuna bir türlü inanamıyordu. Demek ki o da yalancı, o da sahtekârdı. Ayşa'ya neden gerçeği söylemiyor, onu evlerine almıyorlardı? Nasıl bir kusuru vardı ki diğer çocuklar onlarla yaşarken Ayşa'yı istememişlerdi?

Aslında en kestirme yol bir an önce ölmek ve bu çıkmazdan kurtulmaktı ama nasıl? Annesi sık sık anneannesine gitmeye devam ediyor, giderken de önüne yemeğini koyup kapıyı üstünden kilitliyordu. Demek biliyordu ölmek istediğini ya da ilk fırsatta bu evden kaçağını. Kapana kısılmış fare gibiydi. Çişi gelse ona da gidemiyordu. Gerçi su bile içmediğinden çişi gelmiyordu ya... Durumu hapisteki dedesinden daha kötüydü. Bir an dedesine gitti aklı. Nasıl bir adamdı o? Gözünü kırpmadan kızını öldüren bu adam nasıl biriydi? O çocuk onun kucağına doğmamış mıydı? Ona ilk kez "Baba" dediği günleri ne çabuk unutmuştu! Bu kız sonuç olarak onların eseri değil miydi? Kızına o tüfeği doğrulttuğunda ne hissetmişti acaba? İnsanlığını ne zaman kaybetmişti?

Yıllarca baba dediği adam da öyleydi. O da bir gün hem onu hem de annesi sandığı kadını öldürebilirdi. Demek o gece yatağına gelen adam öz babası değildi. Enişte dediğinin evinde yaşasa, o da gelir miydi yatağına? Ama o ne çocuklarını ne de karısını dövüyordu. Acaba çocukların yatağına onları döven babalar mı geliyordu? Sonra Ali'nin ustasına gitti aklı. Kaç kere görmüştü onu, boylu boslu, yakışıklı biriydi usta. Her gittiklerinde ona parlak kâğıtlara sarılı çikolatalar verir, hafifçe başını okşarken gözü hep teyzesinde yani asıl annesinde olurdu. Acaba usta nasıldı, o da ölecek miydi? Usta ölürse Ali ne yapardı, babası yine onu döver miydi?

Derken bir gün annesi onu zorla kaldırdı yataktan. Öyle bitkindi ki, direnemedi. Salona getirdi, babasının koltuğuna oturttu, kendisi de geçti karşısına, başladı anlatmaya. "Bak kızım" dedi, "bizim başımıza ne geldiyse o kahrolası katil babamız yüzünden geldi. Biz ondan çok çektik. Anneanneni gördün. Kocasına kızıp kızına üzüleceği yerde hâlâ o neyin derdinde... Biz üç kardeşiz. İstanbul'da oturan Mualla Ablam, hani o gün gördün ya, en büyüğümüzdür. Çok akıllı, okumaya çok hevesli biriydi. İlkokulu birincilikle bitirmişti. Öğretmenleri kaç kere babamı ikna etmeye çalıştı ama o, ablamı okutmamakta direndi. Annem dersen, sadece babamın değil, tüm ailenin kahrını çekmiş, yıllarca ezilmiş, dövülmüş, sokaklara atılmış bir kadındı. Ne kendini koruyabildi ne de bizi. Derken Mualla Ablamı okuldan alıp eve oturttular. Kızcağız çok ağladı, çok yalvardı ama babam dinlemedi. Neymiş, namusu kirlenirmiş."

Ayşa söylenenleri tam anlayamıyordu. Okula giden kızların namusu neden kirleniyordu acaba? Anlamasa da susup dinliyordu. O kadınla yani yıllardır annesi bildiği kadınla konuşmak, soru sormak istemiyordu. Küsmüştü ona.

"Ablam yıllarca ağladı. Odasından çıkmadı, babamla konuşmadı ama hepsi nafile. Bir de üstelik yalvardıkça babamdan dayak yiyordu. Sonunda ablamı kendinden on beş yaş büyük varlıklı bir adama verdiler, babama İstanbul'dan mal gönderen bir adama. Karısı ölmüş, kendine yeni bir eş arıyormuş. Düğün dernek yapıldı, bizim kız ağlayarak İstanbul'a gelin gitti. Gitti ama bir daha aileyi ne aradı ne de sordu. Küstü hepimize. Sadece bize değil, hayata da küstü. Hiç sevmedi kocasını. Arada bir ama çok nadir telefonla arardı bizi. O öfkeyle kocasına da rahat vermedi. Sen de gördün ya ablamı, dünyayı dar eder insana. Kocasına da öyle yaptı zaten. Ne adama huzur yüzü gösterdi, ne de kendi huzur bulabildi."

Ayşa bu anlatılanları yarım kulak dinliyordu. Ona söylenecek hiçbir şey yaşadığı bazı şeyleri affetmesine yetmezdi. Ama kaç gündür yemeden içmeden yattığından karşı gelecek hali bile kalmamıştı. Bir yandan da Mualla Teyze'yi düşünüyordu. Asker gibi bir kadındı gerçekten. Kardeşlerine hiç benzemiyordu. Annesi de hiç ara vermeden, soluk bile almadan anlatıyordu.

"Derken sıra bana geldi. Ben o zaman daha ilkokulu yeni bitirmişim. Aslında beni de okutmayacaktı ama Mualla Ablamdan sonra kafası karışmış olmalı ki, benim okula gitmeme pek ses çıkarmadı. Ben biraz da ablamın sayesinde okuyup hemşire oldum. Ama babamın derdi okulu bitirir bitirmez beni de kendi uygun gördüğü birine vermekti. Bunu adım gibi biliyorum. Durup durup o zamanlar bana, 'Bir halt karıştırdığını duyarsam seni kıtır kıtır keserim' diyor, yanımdan geçerken mutlaka saçımdan bir tutam çekip koparıyor, sonra da 'At bunları' diye avucuma koyuyordu. Aman işte kızım, biz çok çektik bu hayattan. Bu babam her birimizin hayatının içine etti. O namus dedikçe, başımıza gelmeyen kalmadı. Nurşen bu hallere gelecek kız mıydı? Genç yaşında toprağa girecek kız mıydı? Nasıl da severdi hayatı! Ama o en çok Murat'ı severdi."

Lafın burasında annesi içini çeke çeke bir süre ağlıyor, o ara elinden hiç düşürmediği büyük beyaz mendille önce gözlerini, sonra burnunu siliyordu.

"İşte o sıralar ben okula gidip gelirken bu Saffet'i görüyordum sık sık. Meğer o da beni sevmiş, arkamdan takip edermiş. Birbirimize âşık olduk. Gizli gizli buluşuyoruz ama evde öyle bir baskı var ki, ben ona kaçmadan önce ya iki kere görüştük ya da üç. O da hastanede. O ara staj yapıyorum ya, bu da hasta ziyaretçisi gibi girip çıkıyor hastaneye. Babamın korkusundan başka türlü dışarı çıkamıyoruz ki... O zamanlar Saffet'in işi gücü de yok. Sahir Ağa kızını böyle işsiz güçsüz birine verir mi hiç? Düşündüm taşındım, istemediğim birine gidip de ablam gibi perişan olmaktansa, âşık olduğum kişiye kaçarım daha iyi dedim. Aslında o zaman yaşım da küçük. Oğlanı zaten doğru dürüst tanıma fırsatım da olmamış. Başıma geleceklere razı oldum, biraz da babama duyduğum öfkeyle bir gün tası tarağı toplayıp kaçtım evden."

Babasından ödü kopmuş ama yine de kaçmıştı evinden. Demek ki kızlar çok daralınca evden kaçabiliyordu. Kaç zamandır kendisi de zaten ne yapsam da bu evden kaçsam diye düşünmüyor muydu? İyi de o kime kaçacaktı?

"Tabii gerisini sen düşün. Babam ortalığı ayağa kaldırdı. Anlaşılan kısmette ölmek yokmuş. Zaten ben evden kaçarken ölümü göze almıştım. 'Babam bizi yaşatmaz' demiştim Saffet'e. Saffet o zaman hiç korkmadı babamdan. 'Geleceği varsa göreceği de var. Bak bakalım kim kimi öldürüyormuş' derdi. Biliyorsun Saffet'i, o da az belalı değil. Ailesi de öyle. Belalı sülale bunlar. Az kalsın kan davası çıkacaktı. Derken birileri araya girdi, biz evlendik, babam da beni resmen evlatlıktan reddederek namusunu temizledi. Zamanla kapandı konu. Sonra da beni ne aradılar ne de sordular. Bir başıma, sap gibi kaldım ortada. O zamanlar babamdan çok anneme kızardım. İnsan evladını arayıp sormaz mı? Hadi senin kocan deli, ya sen, sen akıllı mısın? İnsan gizli saklı da olsa gelir, kızına sahip çıkar. Ben neyse, sana sahip çıktı mı? Bir günden bir güne, o da benim torunum dedi mi? Senin Aynur ve Tayfun'dan ne farkın vardı? Onlara her bayram hediye almayı, ellerine para vermeyi biliyorlardı. Hiç olmazsa kendin vermesen bile Nurşen'e bırak. Bu da ilk torunuma diye ama nerdee..."

İşte buralar Ayşa'yı daha çok ilgilendiriyordu. Evet, onu arayan soran olmamıştı. Annesinin sahip çıkmadığına anneanne niye sahip çıksındı? Ayşa da o çocuklara imrenip duruyordu o zamanlar. Meğer her şey nasıl da yalandı...

"Sonra baban da bir iş buldu kendine. Bir yandan o, bir yandan ben derken çok şükür bugünlere geldik. Ama bir türlü çocuğumuz olmadı. Ben hastanede her gün baktırıyorum kendime, bir şey yok diyorlar. O ara babamdan gizli saklı Nurşen geliyor bize. Kız Murat'a deli gibi âşık, Murat da çok efendi çocuk. Bu sefer nihayet üç kızdan biri babamın da rızasıyla sevdiği adamla evlenecek diye hepimiz seviniyoruz. Murat'ın ailesi gelip Nurşen'i babamdan istedi. Tam da o sıralar Selim'in de tayini bizim oraya çıkmış. Oğlan bekâr. Bizim kızı yolda görmüş beğenmiş. Kimin nesi, kimin fesi derken babama gelmiş. Kızınızı istemeye geleceğim izin verirseniz demiş. Babam da 'Gel bakalım' deyince kendi memleketinden anasını babasını da çağırmış, Nurşen'i istemeye gelmişler. Biz o ara artık Murat'la Nurşen'in işi oldu sanıp seviniyoruz. Babam tutturmuş ben kızı Selim'e vereceğim diye. Demek dükkânda kulağına bir su kaçıran oldu. Bunların birbirine âşık olduğunu bir yerlerden öğrendi. Eh be adam, kızın senin rızanla sevdiğine gidiyor, sevinsene. Yok! Ne sevinmesi! O bizim mutlu olmamızı hiç istemedi. Onun tek derdi bizi köle gibi kullanmak, üzerimizden kendine paye çıkarmaktı. Oh olsun, Mualla Ablam da onun hevesini kursağında koyuverdi.

"Öyle böyle derken Selim'le ailesi bir akşam Nurşen'i istemeye geldiler. Nurşen, ben ölürüm de Murat'tan başkasına gitmem diye çok direniyor ama babamda tık yok. Adam oralı bile olmuyor. Kız kısmı nedir ki? Kız dediğin babasının lafının üstüne laf söylemez. Allah daha beter etsin inşallah. Hapislerde çürürken inim inim inlesin de bir yudum su veren olmasın. Bizim alamadığımız intikamı hayat alsın ondan."

Kadın babasına beddua ettikçe Ayşa da rahatlıyor, o da içinden dedesine aynı şeyleri söylüyordu. Demek anne dediği kadının babası da Saffet Ağa'dan farksızdı. Acaba dedesi de kızların yatağına gelmiş miydi? O gece annesi de o günler aklına geldiği için mi bu kadar dövünmüştü? Öyleyse kızına neden sarılmamış, onun ne kadar korktuğunu neden hiç anlamamıştı? Belki de asıl annesi olmadığı için üzülmemişti Ayşa'ya. Onun yerine kocasından taraf olmuştu. Bunları düşündükçe kafası karışıyor, işin içinden bir türlü çıkamıyordu. Annesi ise arada, tavanda onları dinleyen biri varmış gibi kafasını yukarı kaldırıyor, arada bir de kızının gözlerinin içine bakarak ağlıyordu.

"Hiç mi akıllanmadın be adam? İlk kızını zengin diye babası yaşında bir adama verdin, kız sonra sizin yüzünüze bile bakmadı. İkincisi ölümü göze alıp evden kaçtı. Seni bütün memlekete rezil etti. Bari sonuncu çocuğunda aksilik etme. Hem baştan sen de beğenmedin mi Murat'ı? Sonradan neden sorun çıkarıyorsun? Derken ne yaptı etti, Nurşen'i Selim'e verdi. Selim Eniştent biliyorsun adı gibi halim selim bir adam ama Nurşen onu hiç sevmedi. Aklı hep Murat'ta kaldı. Murat'ın da öyle... Aman be kızım, onların aşkı aslında dillere destan bir aşktı ama hayat aman vermedi. Gerisini sen de biliyorsun. Murat'a seni de alır giderdi. Yakalanırlarsa öleceklerini ikisi de biliyordu. Babam evden kaçtım diye beni vurmamış diye güveniyorsan, o iş öyle değil. Yaralı aslandan korkacaksın. Adamı ben bir kere yaralamışım. Namus namus diye tutturdu da ne oldu şimdi? Al sana namus! Şimdi elâlem demez mi, bu herifin kızlarının her biri bir çeşit diye... Bizi bu hale getirdin de ne oldun? Rütbe mi taktılar sana? Asıl şimdi beş paralık oldun. Ah bu Nurşen ah... O kadar söyledim, 'Kızım senin gidişin gidiş değil, başına iş açacaksın, kendine acımıyorsan çocuklarına acı. Onları da bu yaşta damgalama, günah' diye ama dinlemedi işte. Benim söylediklerim bir kulağından girdi, bir kulağından çıktı. Gözü dönmüştü kızın. Kim bilir, belki de ne yaptıysa babama inat yaptı. İnsan yakalanacağını bile bile kendini böyle ateşe atar mı?"

"Sen de öyle mi yaptın? Yani babana inat mı evlendin bu adamla?"

Bu sözler Ayşa'nın ağzından bir anda çıkıvermişti. Kadın bir süre şaşkın şaşkın baktı ona. Ne diyeceğini bilemedi. Bir iki kere yutkundu, sonra gözlerini açarak bağırmaya başladı.

"Bak, bak... Boyuna bakmadan sorgu hâkimi kesilmiş de, hesap soruyor. Ben ne diyorum, sen ne diyorsun! Beni akıllı akıllı dinleyeceksen, sana annen olarak laf anlatıyorum. Bunlardan sen de ders al diye. Soru sor diye değil. Kalk şu sürahiyi doldur da gel."

Ayşa o gün bu sözlerin devamını dinlemeyi çok istiyordu. Acaba kendisini nasıl verivermişlerdi bu kadına? Boş bardağı aceleyle doldurup verdi Muazzez'in eline. Kadın derin bir nefes aldıktan sonra hafifçe öne arkaya sallanıp gözlerini tavana dikerek yine başladı anlatmaya.

"O gün yine süslenmiş püslenmiş gelmişti bize. Allahtan sen o gün karne alacaktın da yoktun evde. Kız sen son zamanlarda Nurşen'le oraya gitmeyi neden istemiyordun? Yoksa bir şeyler duydun da bize mi söylemedin?"

Ayşa bu soruya ne diyeceğini bilemedi. O nereden, ne duyabilirdi ki... Sonra aklına bir gün o dükkânda Ali'yle otururken Sahir Ağa'nın gelişi, ustayı soruşu, Ali'nin nasıl da paniklediği geldi. Demek durumu Ali de biliyordu. Onun için o gün o kadar korkmuş, yüzü kıpkırmızı olmuştu. Anlaşılan Sahir Ağa, ta o zamandan bu işin peşindeydi.

"O gün ikimizin de üstünde bir sıkıntı vardı. Biliyorsun Nurşen hep önce buraya gelir, kahvesini içip falına bakmadan çıkmazdı buradan. O gün aceleyle içti kahveyi, fincanı bile kapatmadan çıktı evden. Zaten ben de arkasından çıktım. O Murat'a, ben hastaneye. Haa, Nurşen'i Selim'e nasıl verdiklerini anlatıyordum. Ben yıllardır bekliyorum bir çocuğum olsun diye, kız evlendi, hemencecik hamile kaldı. Ben olsam çocuğum olacak diye sevinçten deliye dönerim, onun çocukta filan gözü yok. Onun aklı Murat'ta. Ona dedim ki, madem senin şimdilik çocuk derdin yok, ilk çocuğunu bana ver, sen sonra nasıl olsa yine doğurursun. Nurşen hemen kabul etti. Gerçi Selim önce olmaz dedi, sonra Nurşen onu da ikna etti. Sonunda çocuk kız olursa verelim, demiş Selim. Ben nasıl dua ediyorum, inşallah kız olur diye çünkü hep bir kızım olsun isterdim. Allah dualarımı kabul etti, sen doğdun. Üç ay seni emzirdi, sütü kesilince seni aldık. Baban da bir şey demedi. Ne kadar sakladıysak da birçok kişi bunu öğrendi. Bir ay sonra bu eve taşındık. Bu mahallede bizi kimse bilmiyor. Yeni doğurdum dedim, çoğu inandı."

Annesi bir kızı olsun istiyormuş. Olunca sevmiş mi acaba, sevmemiş. Sevse böyle yapmazdı. Nurşen sütü kesilince hemen vermiş onu. Selim de nasıl olsa kız oldu, alın götürün demiştir. Demek onun için o evde kıymetli çocuk Aynur değil Tayfun'du. Ayşa o evde kalsa bile onu da sevmeyeceklerdi.

"Zaten sonra Nurşen üst üste doğurmaya devam etti. Sen de biliyorsun işte, senden sonra Aynur'u, sonra da Tayfun'u doğurdu. Bu arada Murat da evlendi ama dostlar alışverişte görsün hesabı, kimse kimseyi sevmedi. Murat'ın karısı da bilirdi kocasının Nurşen'e âşık olduğunu. Herkesin bildiğini o bilmez mi ama kadıncağız susar otururdu. Zaten bile bile geldi. Şimdi Murat hâlâ hastanede yatıyor. Çok şükür ölmedi ama bir ayağı sakat kalacak diyorlar. Karısı ona gül gibi bakar. Babam hapishanede olmasa mutlaka onu da ne yapar eder öldürürdü. Allah'tan onu kolay kolay çıkarmazlar oradan."

Hikâyenin sonu göründü. Demek Nurşen Teyzesi ya da gerçek annesi, onu gözünü kırpmadan verivermişti. Acaba diğer çocuklarını sevdi mi, onlara iyi annelik etti mi? Nurşen'in onlara her gelişinde Ayşa'yı yanına çağırıp derslerini sorması, sonra da kolundan çekerek Murat'ın yanına gitmeleri geldi aklına. Hayır, o da sevmiyordu Ayşa'yı. İnsan kızını öyle mi sever! Neriman bağırsa da, çağırsa da elinde oklavayla onları kovalasa da nasıl seviyor, nasıl sarılıp öpüyor, yerine göre nasıl da çocuklarını bağrına basıyordu. Hatta Ayşa'yı bile, teyzesinden de annesinden de daha güzel seviyordu. Yavaş yavaş aklı başına gelmeye başlamıştı Ayşa'nın. Artık kafasındaki soruların hiç olmazsa bazılarını sorabilirdi. Yıllardır ondan saklanan gerçekleri öğrendikten sonra kimseden korkusu kalmamıştı.

"Benim halim ne olacak?" dedi, kısık bir sesle. Annesi hemen gözlerini sonuna kadar açtı, ona doğru uzandı, sarıldı kızına. Ayşa bu sefer ses etmedi, itmedi onu. Sonra kızının oturduğu koltuğa sıkışarak, "Ne varmış senin halinde? Sen bizim kızımızsın. Oturacaksın evinde, bizimle" dedi. "Ama ben okumak istiyorum, başka türlüsü olmaz" dedi Ayşa. Annesine ufaktan dikleniyordu. Daha önce hiç böyle yapmamıştı.

"Dur bakalım kızım. Bu olanlar hepimizi perişan etti. Baban okutmam diye tutturuyor. Haklı adam. Teyzenin ölümü, Murat'la olan ilişkisinin ortaya çıkması şehirde çok dedikodu oldu. Herkesin gözü üstümüzde. Ben zaten babana kaçmıştım. Teyzen de böyle oldu. Bilmem ki ne yaparız?"

Ayşa sıçrayarak kalktı ayağa. "Olmaz ne demek, ya beni okutursunuz ya kaçarım!" Annesi ne yapacağını bilmiyordu. "Sus kızım, böyle deme. Bir de sen üzme beni. Hem kaçarım ne demek? Nereye gidersin kız başına?"

Nereye gidecek, Ayşa da bilmiyordu ama bu evde kalmaktansa nereye olursa oraya kaçardı işte. Annesi tuttu onu elinden mutfağa götürdü. Yeni yaptığı çorba ocakta buharlar çıkararak kaynıyordu. "Şimdi çorbayı yoğurtladım mı, mis gibi olur. Üzerine de nane dökeriz. Önce karnın doysun. Bunları sonra konuşuruz" diyerek kapattı konuyu.

14. Bölüm

Ortaokula devam edip edemeyeceği konusuyla birlikte Ayşa'nın kafası çok karışmıştı. Ne düşüneceğini, ne yapacağını bilemiyordu. Gece yatınca bir türlü uyku tutmuyor, uyusa bile her gece kötü rüyalar görerek, sıçrayarak uyanıyordu. En sık gördüğü rüya karanlık bir yerde kollarını açarak dönmesi, döndükçe havalara yükselmek yerine üstünde durduğu toprağın yavaş yavaş onu içine doğru çekmesiydi. Uyandığı anda eliyle ayaklarını yokluyor, ayakları pis ve ıslak gibi geliyor, hemen banyoya gidiyor, onları defalarca yıkıyordu. Hayata teslim olmayacak, bir şekilde başının çaresine bakmanın yolunu arayacaktı ama nasıl?

Sonraki günler annesiyle birlikte sık sık anneannesinin evine gitmeye devam ettiler. Orada, Mualla Teyzesinin oğlu Şahin de vardı. Esmer, kara gözlü, kara kaşlı, mahzun bakışlı, elindeki telefondan hiç başını kaldırmayan, kimsenin yüzüne bakmayan bir oğlandı. İstanbul'a geri dönmeye hazırlanıyorlardı ve okullar açılınca okula gidecekti. Ayşa içinden çok imrendi ona. Oğlan olduğu için aile dört gözle onu en iyi okullarda okutmanın yolunu arıyordu. Keşke ben de oğlan olsam diye düşünürken yepyeni bir şey keşfetmiş gibi gözleri parladı. Kendisi de oğlan gibi giyinse, onu da oğlan sansalar, talihi değişir miydi?

Bir gün Şahin'in yanına oturdu, uzun uzun anlattı başına gelenleri. Annesi bildiği kişinin teyzesi çıktığını, babası sandığı adamla gerçekte hiçbir kan bağı olmadığını, asıl babasının öteki çocuklarını da alıp orayı terk ettiğini, giderken ilk çocuğunu aramanın hiç aklına gelmediğini bir bir anlattı. Şahin bir yandan telefonuyla oynamaya devam ediyor, bir yandan da dinliyordu onu. Sonra bıraktı telefonu, gözlerini ona dikti, "Hadi ya" dedi, "öyleyse sen şimdi ne yapacaksın?"

"Oh" dedi Ayşa içinden. İlk kez biri, "Sen ne yapacaksın?" diye sormuş, onunla ilgilenmişti. O da bilmiyordu ne yapacağını ama bu evden, bu ortamdan bir an önce kurtulmak ve okumak istiyordu, başka da çaresi yoktu zaten. Bunları da söyledi Şahin'e. Sonra da "Senin kıyafetlerini giysem, saçımı da kestirsem, oğlan gibi olsam, acaba beni de artık kızdan saymaz, okuturlar mı" diye sordu. Şahin bu lafa o kadar çok güldü ki, sonunda Ayşa da ona katıldı.

Daha o hafta yaptıkları planı uyguladılar. Öğlenden önce ekmek alma bahanesiyle Şahin'le çıktılar evden. Doğru mahalle berberine... İkisine birden erkek tıraşı yapıldı. Ayşa'nın güzelim kumral, kınalı gibi saçları ağır ağır döküldü yerlere. Aynada baktılar birbirlerine, yine güldüler. Oradan çıktıkları gibi koşarak koltuklarının altına birer ekmek alıp geldiler eve. Kapıyı Mualla Teyze açtı. Daha, "Nerede kaldınız?" diye hesap soramadan Ayşa'yı görünce kesildi sesi. "Bu ne hal kız, ne oldu sana?" diye bir çığlık attı. Evdeki herkes toplandı başlarına. Ayşa, onlar hayretten dillerini yutmuş gibi bakışırken koştu gitti odaya. Daha önceden yatağın üzerine hazırladıkları Şahin'in pantolonuyla gömleğini hızla giydi. Düğmelerini ilikleyerek geldi yanlarına, "Ben artık oğlan oldum" dedi. Gerçekten de Ayşa doğuştan oğlan gibi olmuş, Şahin'le aralarında hiç fark kalmamıştı. Zaten o günden sonra Şahin'le daha da yakınlaşmışlardı, ikide bir odaya girip gülüşüyorlardı. Şahin arada bir telefonunu Ayşa'ya veriyor, ona da orada oyun oynamayı öğretiyordu. Bu arada ortalık bu cinayetle adeta çalkalanıyordu. Haber gazetelerde de yer almış, her kafadan bir ses çıkar olmuştu.

İşte tam da o günlerde aile yeni bir olayla daha sarsıldı. Muazzez'in kocası Saffet çarşıda adamın biriyle kavga etmişti. Birbirlerine bıçak çekmişler, her ikisi de yaralanmış, hastaneye kaldırılmıştı. Muazzez deli gibi koşmuştu hastaneye, çok sevdiği kocasının başına. "Ah" diyordu, "bizi buralarda yaşatmayacaklar. Kim bilir ne dediler adamcağıza." Eve geldiğinde perişandı. Çok ağır yaralanmıştı kocası karnından. Hemen ameliyata almışlar, gerisi de Allah'a kalmıştı. Adam kim bilir ne demişti de çıkmıştı kavga. Mutlaka namusuna dokunan bir şeyler olmuştu, yoksa kocası böyle şeyler yapmazdı. Hepsi Nurşen'in yüzündendi. Şimdi sadece anneanne değil, Muazzez de Nurşen'i suçlamaya başlamıştı. Onun yüzünden bütün aile perişan olmuştu.

Muazzez düzenli olarak her gün hastaneye gidiyor, sadece arada sırada üstünü değiştirmek ya da biraz soluklanmak için geliyordu eve. Herkesin dili dişi durmuş, aralarında bile konuşacak halleri kalmamıştı. Anneannesi hastaydı zaten, yaşlıydı. Gelen giden olmazsa yatağından hiç çıkmıyor, odasının kapısını bile açmıyordu. Ev Mualla Teyze'ye kalmıştı.

Değişik bir kadındı Mualla Teyze, çok değişik. Kimse yokken ilk işi evin bütün düzenini değiştirmek olmuştu. İşe mutfaktan başlamıştı. "Ne bu böyle, her yer tencere tava dolu" diyerek mutfak eşyalarının neredeyse yarısını kimseye sormadan atmıştı. Mutfak masasının yerini değiştirmiş, her şeyi kırklamış, paklamıştı. Banyo da aynı şekilde elden geçmiş, eski ne varsa atılmış, bol bol iyi cins sabunlar, hiç kullanılmamış yepyeni havlular konulmuştu.

Bir gün Muazzez, "Hadi Ayşa" dedi, "bu sefer sen de gel babanı ziyarete." Ayşa istemedi ama kadın kızı kolundan tuttuğu gibi götürdü hastaneye. Saffet Ayşa'yı görünce eliyle işaret ederek, "Gel bakalım" dedi. Adam buz gibi eliyle Ayşa'nın elini tuttu, "Bu ne hal, oğlan mı oldun sen?" diyerek ellerini okşamaya başladı. Her yanı buz kesti Ayşa'nın. Ona dokunmasını istemiyor hatta yatağın üstüne çıkıp bu adamın üzerinde tepinmek geliyordu içinden. Hafif bir bulantı midesinden yukarı doğru yükselir gibi oldu, Ayşa hemen çekti elini. Ne hale gelmişti koca adam! Bu adamın da gözü toprağa bakıyordu. Ama onu inşallah Nurşen'in yanına gömmezler dedi içinden. Bir üşüme geldi üzerine. Yazın ortasında ne üşümesiydi bu?

Ali geldi aklına. Şimdi o ne yapıyordu acaba? Bir gün Şahin'le o taraflara gittiklerinde dükkânın kapanmadığını, onun hâlâ orada olduğunu görmüş, Ali'ye hafifçe gülümsemekle yetinmişti. Ali kızmış mıydı yoksa dükkâna gelmediği için? Ya Şahin'i görünce?..

Hastaneden eve geldiklerinde Ayşa kendini hem çok yorgun hem de kirlenmiş hissediyordu. Mualla Teyzesinden izin alıp hemen girdi banyoya. Banyo tertemiz, pırıl pırıldı. Işığı da çok parlak olduğundan her yer daha güzel görünüyordu. Mualla Teyzesi ona hiç kullanılmamış, bembeyaz bir havlu vermişti. Girdi, iyice yıkandı. Böyle bir banyoda yıkanmak ruhuna da iyi geldi. Uzun süre çıkmadı oradan ama çıktığında artık rahatlamıştı, yüzü gülüyordu. Giyinince hemen gitti Şahin'in yanına. Olanları ona da anlattı. O adam hiç iyi görünmüyordu. Ölecekti galiba. Sonra, "Oh olsun" dedi, onun intikamını hayat alıyordu adamdan. Gerçekten de ağustosun yirmisinde öldü adam.

Bu sefer erkekler de gelmişti cenazeye. Çok kalabalıktı. Erkekler önde, kadınlar arkada duruyordu. Gözleri Ali'yi aradı ve gördü. Daha da büyümüştü Ali. Demek geçen sefer korkudan iyi bakamamıştı ona. Ali de onu görmüş, kısacık, erkek gibi kesilmiş saçlarına, üstündeki pantolon ve gömleğe bir anlam verememişti, uzaktan "ne iş" der gibi eliyle işaret ediyordu. Kıpkırmızı oldu Ayşa. Bir şey diyemedi.

O günler artık evde kimsenin daha fazla acıya tahammül edecek hali kalmamıştı. Bir tek Muazzez yere oturup dövünüyor, "Gitti benim canım, gitti benim civanım" diye ağlayıp dövünüyordu. Anneannesi misafirlerin yanına bile çıkmıyor, akşama kadar yatıyor, evde her şeyi Mualla yapmaya devam ediyordu. Bu sefer eve komşulardan tepsi tepsi börekler, etli pilavlar geliyor, evde yemek yapılması gerekmiyordu.

Öyle böyle derken o günler de geçti. Saffet'i öldüren adam tedavisi bittikten sonra hapse atılmış, Murat Usta da düzelip eve çıkmıştı ama duyduğuna göre sağlığı tam düzelmediği için evden çıkmıyor, dükkâna Ali bakıyordu. Yakında okullar açılacaktı. Artık ne yapılacaksa yapılmalıydı. Bunu düşündükçe Ayşa'nın içi içine sığmıyordu. Selim Bey'den yani öz babasından da bir haber yoktu. Hemen çekip gitmişler, bir daha da onlardan kimse haber alamamıştı.

Aile darmadağındı. Kendi evlerine gitmeyeli aylar olmuştu. Bir gün konuyu Şahin'e açtı. "Benim halim ne olacak, bunlar beni okutmazlar. Keşke ben de seninle İstanbul'a gelsem. Okula beraber gitsek" dedi. Şahin ilgilendi bu konuyla. "Ben anneme söylerim, bakalım ne diyecek" dedi. Teyzesi götürse, bu sefer de Muazzez onu bırakır mıydı? Sonra bir akşam, el ayak çekilmişken annesi ile Mualla Teyzesinin konuştuklarını gördü. Hemen bir köşeye sinip ne konuşuyorlar diye kulak kabarttı. Demek Şahin annesine söylemişti çünkü Mualla Teyzesi, "Ben kızı da alıp gideyim. Senin ona bakacak halin yok. Sen anneme bak yeter" demiş, Muazzez ise "Aslını sorarsan buralarda yaşamayı hiç istemiyorum. Ben de tayinimi başka bir yere çıkartır giderim ama annemi ne yapalım, işte onu bilemiyorum. Sen en iyisi kızı da al git. Sonrasına bakarız. Kız zaten okumak istiyor, bari o kurtarsın kendini" diye karşılık vermişti. Ayşa bunları duyunca küçük bir çığlık atıp sonra eliyle ağzını kapatarak Şahin'in yanına koşmuştu: "Geliyorum, ben de geliyorum sizinle. Kurtuluyorum buralardan."

Derken Şahin bıyık altından gülmüştü: "Artık kurtuluyor musun, yoksa daha mı çok batıyorsun, Allah bilir."

15. Bölüm

Ali yine dükkânda yalnızdı. Yandaki kuyumcu Uğur ile tuhafiyeci Yamuk Yasin ara sıra dükkâna uğrar, Ali'ye hal hatır sorar, bir ihtiyaç varsa çekinme der, giderdi. Müşteri olmadığı zaman Ali ya ders çalışır ya dışarı bakardı. İşte o gün Ayşa'ya benzer biri geçiyordu dükkânın önünden ama erkek gibi giyinmişti. Saçları dibinden kesilmiş, yanında da kendi yaşlarında bir oğlan. Kendisini görmeleri için hemen kapının önüne çıkmış, hayretle, heyecanla bakıyordu. Ne olmuştu bu kıza? Niye böyle giyinmiş, saçlarını neden kestirmişti? Konuşmak, sormak, öğrenmek istedi ama Ayşa hafifçe gülümsedi, hızla gözden kayboldular. Yanındaki kimdi acaba? Sümsüğün tekiydi ama böyle ortalıkta gezebildiklerine göre akraba filan olmalıydı.

Aradan bir ay geçmemişti ki Uğur Amca'dan, Ayşa'nın babasının biriyle kavga ettiğini ve hastanede yattığını duydu, derken bir gün de öldüğünü... Demek Ayşa'yı sürekli döven o herif sonunda ölmüştü. "Oh" dedi içinden, "kızını döversen sonun işte böyle olur." Bütün şehir adamı uğurlamak için cenazeye gidiyordu. Ali de gitti. Bakındı, Ayşa'yı gördü. Ayşa onu görünce kıpkırmızı oldu ve hemen başını önüne eğdi. Aslında kız da onunla konuşmak istiyor ama korkuyordu galiba. "Korkmasa konuşacak" dedi içinden.

Bir süre sonra Ayşa'nın teyzesiyle İstanbul'a gittiğini duyunca çok üzüldü. İnsan ne yapar eder, gitmeden beş dakika olsun uğrardı dükkâna. Acaba kızı hiç dışarı bırakmıyorlar mıydı? Demek Ayşa artık İstanbullu olmuştu ve bir daha belki de hiç görüşemeyeceklerdi. O da yakında İstanbul'un kızlarına benzer, kucaktan kucağa gezerdi. Gerçi onu oraya götüren büyük teyze için hiç bunlara benzemez, erkek gibi kadındır diyordu şehir halkı. Belki de kızı oğluna alırdı. Ali asla akrabalarından biriyle evlenmeyecek, liseyi bitirdiği gün terk edecekti buraları, tabii üniversiteyi kazanabilirse. Ayşa da okur muydu yoksa aile onu bir an önce evlendirir miydi? Hayali, bir gün Ayşa'yla çok farklı koşullar altında karşılaşmaktı. Kendisi koca bir hastanede doktor olacak, Ayşa'yı da o sırada hastalandığı için ona getireceklerdi. Ayşa Ali'yi tanımayacak ama Ali onu hemen tanıyacaktı. Gerçi kız büyüyünce çok değişir, güzelleşirse onu tanıyacağı bir işaret, bir ben filan da yoktu kızda ama Ali karanlıkta bile görse bilirdi onun Ayşa olduğunu. Kız o zamana kadar evlenmemişse, mutlaka Ali'yi beğenir, onunla evlenmek isterdi. Boru mu, koskoca doktor olmuştu Ali. Gerçi kız istese de Ali onunla evlenir miydi, işte orasını tam bilemiyordu. O namusuna leke sürülsün istemezdi. Belki bir süre gezer tozar, bırakırdı. Kim bilir...

Günler, aylar geçiyor ama Ali Ayşa'yı düşünmeden edemiyordu. İşte o günlerden birinde usta hastalandı. Zatürree dedi doktorlar. Ustanın karısı, "Nurşen gitti gideli ustanın da gözü toprağa bakıyor oğlum. Onun gidişine dayanamadı. Yaşamak istese böyle yapmaz, akşama kadar yatmaz, bir iki adım atar, arada bir dükkâna gelirdi ama istemiyor. Sen dükkânı sıkı tut" demişti. Apar topar hastaneye götürmüşlerdi ustayı. Karısı ve kızları hiç başından ayrılmıyordu. Ali de akşam dükkânı kapatır kapatmaz hastaneye gidiyor, hasılatı yine ustanın eline veriyor, onun halini hatırını soruyordu. İyi görmemişti ustayı. Beti benzi atmış, koluna serum, ağzına da oksijen maskesi takmışlardı.

Ustanın karısı ve kızları onu aileden biri gibi görüyor, her sırlarını, her dertlerini onunla paylaşıyorlardı. Kızlar büyüyordu. Aslında onlar da güzel, terbiyeli çocuklardı ama Ali kardeş kabul ettiği kızları görünce Ayşa karşısında heyecanlandığı gibi heyecanlanmıyor, içinden ılık ılık bir şeyler akmıyordu. Demek ona da böyle olmuş, ustasının aklı hep Nurşen Hanım'da kalmıştı. Aslında namuslu biri olan karısı Sabiha ustaya çok düşkündü. Çok iyi bir ev hanımı ve iyi bir anneydi. Kocasına da çocuklarına da gül gibi bakıyor, lafa söze hiç karışmıyor, bir gün bile ustaya sitem etmiyordu. Sadece Ali'ye söylüyordu bazı şeyleri. "Onların aşkı başka türlüymüş oğlum" diyordu. "Bana bunları daha evlenmeden söyledi ama nasıl olsa unutur dedim. Kadın zaten evliydi o zaman. Ben ne bileyim unutmayacağını."

Geç vakte kadar hastanede, ustanın başında oturduğundan eve geç gidiyor, böylece babasının o bet yüzünü daha az görüyordu ama o yine her fırsatı değerlendiriyor, kapı aralığında bile onu yakalasa, "Ulan dürzü, hastanedeyim diye beni kandırıyorsan, yakarım çıranı. Hem madem her gün onlarla beraberim diyorsun, ustanın kızları da büyüyor, kızlardan birini almanın bir yolunu bul. Nereden bulacağız böyle yağlı kapıyı" diyordu. Onun aklı fikri parada puldaydı. Zaten insana benzer bir yanı yoktu babasının. Hayvanlarla iç içe yaşadığından mıdır nedir, o da hayvan gibiydi. Sonra köydeki amcası geldi aklına. Durup durup, "Bir güzeli bir çirkine vermişler" diye türkü çığıran amcası. Belki onun da vardı bir sevdiği. Yengesi çirkindi mirkindi ama çok iyi bir kadındı. Demek ki Sabiha Abla ile yengesinin kaderi birdi. İkisinin de kocası başkasına âşıktı. Sabiha Abla yengesi kadar çirkin değildi, hatta annesinden de daha güzeldi ama demek ki aşk, güzele çirkine bakmıyordu. Ayşa sanki dünya güzeli miydi? Çırpı gibi bir kızdı. Hatta ona okulda çöp kız diyorlardı ama yine de Ali başka türlü seviyordu o kızı.

Sabiha Abla ona kendi sırlarını anlatmayı seviyordu. Çok güveniyordu Ali'ye. Kocasının durumu giderek kötüleşiyor, kadının gözünden yaş eksik olmuyordu. "Ah" diyordu, "o ölürse ben ne yaparım, Muratsız nasıl yaşarım. Ben ikimizin yerine de sevdim onu. O da beni sever, bunu da sık sık söylerdi. 'Sevgi başka, aşk başka Sabiha' derdi. Bir gün kalbimi kırmadı bu adam, hiç incitmedi beni. O Nurşen denen kadın bizimkinin peşine düşmese, Murat böyle işler yapacak adam değildi. O baştan çıkardı kocamı. Murat onun peşine düşecek olsa bunca yıl bekler miydi? Ne olduysa, sonradan oldu. Kadın yanına kızı aldı aldı geldi dükkâna. Biliyorsun işte ustanı, kalp kıracağım diye ödü kopar. Demek geri gönderemedi kadını. Yılların aşkını körükledi o kadın. Sonra da olan benim kocama oldu." Ali, "Kendi de bu uğurda öldü gitti Sabiha

Abla" dese de kadının Nurşen'e olan öfkesi dinmiyordu. "Oğlum o ölümü göze almış zaten. Hani derler ya, ölümüne susamış diye... Babası olacak o herifin nasıl belalı olduğunu bütün millet biliyordu da, o bilmiyor muydu? İşte şimdi halimize bak. Ustan da gidecek peşinden. Adım gibi biliyorum."

Ustanın arada bir bilinci bulanmaya başlamıştı. Artık ne dediğini kendi de bilmiyor, çoğu söylediği anlaşılmıyordu ama yine de Nurşen diye sayıkladığını karısı da, kızlar da duyuyor, duydukça daha çok ağlıyorlardı. Eli Sabiha'nın elinde, başucunda kızları, ayakucunda Ali, usta Nurşen'i sayıklayarak öldü. Sadece ailesi değil, Murat'ın arkasından herkes ağladı. Ali de çok ağladı. Babası gibi görüyordu onu. Evdeki meymenetsiz, baba değil adeta canavardı. Demek asıl babalar böyle oluyor, çoluğuna çocuğuna sahip çıkıyordu. Ustanın gömüldüğü gün yer yerinden oynadı sanki. Herkes seviyordu onu. Cami çok kalabalıktı. Ali de cenaze namazına en ön safta durdu. Henüz bu işleri pek bilmiyordu ama diğerleri ne yapıyorsa o da öyle yaptı, ağlayarak... "Ulan" dedi içinden, "Allah sonradan yüzüme gülmüş, bir sahibim olmuştu, şimdi o da gitti..."

Ölü evi dolup dolup taşıyor, her gelen o eve böreğin çöreğin, etin pilavın en iyisini getiriyordu. Ne de olsa Murat Usta her birine bunların âlâsını göndermişti. Ali de o aileden gibi ölü evinden hiç ayrılmıyor, kızlarla birlikte ortalıkta pervane gibi dönüyor, herkese hizmet ediyor, insanları ağırlıyor, uğurluyordu. Ustasından çok şey öğrenmişti. Özellikle hastanede yattığı günlerde usta onunla uzun uzun konuşmuştu. "Bak oğlum" demişti, "benim de kaderim buymuş. Fazla ömrüm kalmadı. Sen önce kendine, sonra da bizim aileye sahip çık. Sakın okulunu bırakma. Bak işte, ne güzel, gündüz dükkândasın, gece de güzel güzel derslerini çalış, önce şu liseyi bitir. Ondan sonrasına Allah kerim! Artık doktor mu oluyorsun yoksa başka bir şey mi, orasını bilmem. Ailem önce Allah'a, sonra sana emanet. Dükkân hepinizi geçindirir, tabii sen iyi çalışırsan. Sabiha çok iyi kadındır. Onu da üzdüm, biliyorum ama ne yapalım, bazen gönül ferman dinlemiyor. Ben evlen diye vasiyet etsem de biliyorum, o evlenmez. O da size analık eder."

Sabiha kocasına çok kızsa da, bir gün olsun onunla ilgili kötü bir şey söylemiyor, onu sevmeye devam ediyordu. Buna da çok şaşıyordu Ali. Kocan göz göre göre seni başkasıyla aldatmış, peygamber misin be kadın, sen de biraz kızsana, söylensene... Bütün bunlar kendi başına gelse ne yapardı acaba? Ayşa onu başkasıyla aldatsa, hâlâ onu sevmeye devam eder, kızmadan durabilir miydi? Aklına bunlar gelince hemen eliyle kulağını çekip üç kere tahtalara vuruyordu. O katlanamazdı bunlara, hem o erkekti. Kadın olsa hadi neyse... Ne yapardı acaba, gidip o herifi öldürür müydü? Ayşa'ya da kıyabilir miydi?

Olanlarla ilgili şehirdeki bazı insanların konuştuklarını duydukça, bir şey söylemese de sinir oluyordu. Ustanın ölümüne üzüleceklerine hepsi hâlâ dedikodu peşindeydi, en çok da babası... Nurşen'in ne orospuluğu kalıyordu, ne kahpeliği. Sahir Ağa'yı haklı buluyor, ustaya söylemediği kalmıyordu. Haftalığı bu kadar yüksek olmasa, Ali'yi çıkaracaktı ama para tatlı geliyordu. "Ah" diyordu Ali içinden, "ah, yapabilsen, sen de bu işlerin âlâsını yapacaksın ama sende iş yok. Sen benim ustamdan daha mı namuslusun? Çocuklarına babalık, karına doğru dürüst kocalık ettin de biz mi görmedik. Ayten her dükkâna geldiğinde ağzının suyu akıyor ama nerede sende o yürek. Beceremediğinden yapmıyorsun. Becerebilsen şimdiye kadar kim bilir ne fındıklar kırardın! Pis herif, beceriksiz herif..." Böyle düşünse de bunların hiçbirini söyleyemiyordu babasına. Sonra da öfkesi kendine yöneliyordu: "Sen sanki becerikli misin?"

16. Bölüm

Ayşa doğduğu şehirden ilk kez ayrılıyordu. Muazzez ve anneannesi onu öpüp koklayarak uğurlamışlardı ama o alışkın değildi böyle öpmelere. Âdet yerini bulsun diye yaptıklarından emindi. Ne onlardan ne de bu şehirden ayrıldığına üzülüyordu. Yıllardır anne dediği Muazzez, onu nasıl da çabucak yollayıvermişti İstanbul'a. Gitmek istiyordu aslında, kurtulmak istiyordu o şehirden ama onu bu kadar çabuk gözden çıkarmaları, hemen başka bir teyzeye emanet edivermeleri yine de içine işlemişti. Ne çabuk vazgeçiyordu insanlar ondan. Hani Muazzez çok düşkündü kızına? Ali de üzülmüş müydü onun gidişine? O da mı böyle çabucak vazgeçecekti Ayşa'dan?

Teyzesinin, o suratsız kadının peşine takılmış gidiyor, kendisini nelerin beklediğini düşünmek bile istemiyordu. Artık alışmıştı oradan oraya atılmaya, göçmeye. Zaten iyi bir şey beklemiyordu. Yeter ki okuyabilsin, yeter ki tanıdığı, bildiği herkesten kurtulsundu. Sonra koyu bir yalnızlık çöküyordu üstüne. Ona da aldırmıyordu. Şimdi etrafında birileri vardı da ne oluyordu. O hep yalnızdı zaten ve hep de böyle kalacaktı. Herkes bir gün terk edip gidecekti onu ya da başka bir yerlere yollayacaklardı. Bunu anlamış, buna inanmıştı bir kere. Bu inancın gelecekte ona nelere mal olacağını bilmiyordu o zamanlar.

İstanbul otobüsüne binmiş, gidiyorlardı. Ayşa yine pantolonunu gömleğini, üstüne de Şahin'in eski montunu giymişti. Başına da pek sevdiği önü siperlikli şapkasını takmış, camın kenarına oturmuş, boş gözlerle etrafa bakıyordu. Önündeki sırada teyzesi ve Şahin oturuyordu. O yine yalnızdı. Bazen boş yollardan, dağlardan tepelerden, bazen de küçük köylerin, küçük şehirlerin içinden geçiyordu otobüs. Yanı boştu. Henüz sabahtı, erkendi. Evlerin bacalarından duman tütüyor, kuşlar uçuşuyor, insanlar başları önde ağır adımlarla bir yerlere gidiyordu. Sonra boş bir arazide top oynayan çocukları gördü. Hepsi de erkekti. Bir topun peşinde bağıra çağıra koşturuyorlardı. Sabahın köründe nasıl da keyifliydiler. Ardından büyükçe bir evin tepesine yuva kuran leyleği gördü. Uzun gagasıyla, bir ayağı havada, yuvasını düzeltiyordu. Bir yerlerden aklında kalmıştı, leylek görünce insanların çok gezeceği. Acaba başka nerelere gidecekti? O sırada yolcular arasında gezinen, onlara su ve yiyecek bir şeyler dağıtan muavini gördü. Utandı biraz. Şimdi Ayşa'ya da soracak, ona da bir şeyler verecekti. Hemen çekidüzen verdi kendine. Oğlanın verdiği küçük suyla gofreti hiç başını kaldırmadan aldı. Teşekkür bile etmedi. Edecekti ama konuşmaktan çekindi.

Hiç de susamamıştı, yine de ayıp olur belki diye gofreti açıp yedi, ardından suyu içti. Boş paketleri nereye atacağını bilemedi, elinde tuttu. Biraz sonra otobüs muavini yine geldi, uzandı, aldı elinden boşları. Yine utandı, başını hemen cama doğru çevirdi. O sırada Şahin aradan başını uzattı, "naber" der gibi. Teyzesinin o zaman aklı başına geldi. "Kalk" dedi Şahin'e, "sen de arkaya, Ayşa'nın yanına geç." Hemen denileni yaptı Şahin. Zaten annesinin korkusundan öne oturmuştu. Hemen geldi Ayşa'nın yanına. Birbirlerine hafifçe gülümsediler. Şahin her zamanki gibi açtı telefonunu, oyun oynamaya başladı. İşte böyle biriydi Şahin. Sevmiyordu konuşmayı. Yeri gelmeden ağzını açıp bir şey söylemezdi. Biri telefona bakarken ötekinin gözü havadaki kuşlardaydı. Acaba İstanbul'da kuş var mıydı? Onlar nasıl kuştu, nasıl uçar, nereye konar, havada dans ederek uçarlar mıydı? İstanbul'un kuşlarını da sever, onlarla da arkadaşlık edebilir miydi?

Akşama kadar otobüs bir yerlerde durdu, yolcular inip bindi derken İstanbul'a geldiler. İşte o zaman heyecanlandı Ayşa. Bu sefer merakla bakıyordu etrafa. Ne çok insan, ne çok ev, ne çok araba, ne çok apartman vardı bu şehirde. Nasıl da büyüktü her şey. İçine bir korku geldi, "Ya kaybolursam" dedi. Teyzesinin evini iyi öğrenmeliydi. Hele denizi görünce adeta dili tutuldu. Deniz dedikleri demek böyle bir şeydi. Uçsuz bucaksız, mavi bir su... Ondan da korktu. İnsan bu suyun içine düşse çıkamazdı. Ama baktıkça baktıkça içine hayranlıkla karışık bir ürperti geldi. Suyun üzerinde irili ufaklı gemiler yüzüyordu. Hele bazıları öyle büyüktü ki, içine kaç ev sığardı acaba? Gemiye binmekten kimse korkmuyor muydu? Ya batarsa demiyorlar mıydı? Yok, o binmezdi gemiye. Ne gemiye binerdi, ne de gökyüzünde gördüğü, önce kuş sandığı uçağa. Buradaki insanlar demek ki çok cesurdu. Hiçbiri ona benzemiyordu. Acaba çocuklar da mı korkmuyordu böyle şeylerden? Onun bu halini, huzursuzca kıpırdanışlarını gören Şahin ona muzipçe gülerek bakmış, "Ne o, korktun mu? Korkma, korkma sen de alışırsın" demişti.

Denizin üstüne bir konup bir kalkan, havada daireler çizen, bağırıp çağırarak uçuşan bembeyaz martıları ilk kez o gün görmüştü Ayşa. Bunlar hiç kendi memleketindeki kuşlara benzemiyordu. Sesleri bile değişikti. Biraz fazla şımarık hatta biraz da edepsizdiler galiba. Cik cik diye ötmek yerine, caak diye haykırıyorlardı. Buranın kuşları bile farklıydı ama yine de kuştu sonunda. Demek kuşun da beyazı oluyordu. Nasıl olsa zamanla onlarla da yakın arkadaş olacak, beraber havada dans edeceklerdi.

Teyzesinin Üsküdar'ın arka sokaklarından birinde bulunan evine gitmek üzere daha küçük bir otobüse binmişlerdi. Hava kararmaya yüz tutmuş, ışıklar birer ikişer yanmaya başlamıştı. Ayşa, merak ve heyecanla rengârenk, pıtır pıtır yanıveren ışıklara bakıyordu. Bu nasıl çok ışıktı... Filmlerde gördüğü yerler gibiydi burası. Yani rüya gibi... Otobüsten sonra bindikleri taksiden, eski, karanlık, ahşap, cumbalı bir konağın önünde indiler. İki katlı konağın çatı katındaki küçük, üçgen pencereden soluk, kırmızı bir ışık sokağa yayılıyor, eve daha da esrarlı bir hava veriyordu. Birkaç basamak merdiveni çıkınca teyzesi kocaman bir anahtarla iki kanatlı kapıyı açtı. Her yer karanlıktı. Işıklar yanınca hızla etrafa baktı Ayşa. Küçük bir sofadan büyük bir kapıyla salona giriliyordu. Sofanın duvarlarında irili ufaklı çok sayıda nazarlık asılıydı.

Ne büyük bir evdi burası, Doğanların konağı gibiydi galiba. Salonun bir yanında geniş bir mutfak, öbür tarafta banyo vardı. Mutfağın olduğu taraftan yukarı doğru dönerek çıkan bir merdiven çarptı gözüne. Oradan aşağı kaymak ne güzel olur dedi içinden. Teyzesi evde yokken belki de Şahin'le kayarlardı. Salonda koltuklar, kanepeler, pencerelere asılı çağla yeşili kadife perdeler, büyükçe ahşap bir büfe, üzerinde üç kollu gümüş şamdanlar, şamdanlarda uzun beyaz mumlar, yerde çiçekli halılar vardı. Bir tarafta büyük bir yemek masası, masanın üzerine yukarıdan sarkan heybetli kristal avize, yerdeki incecik halılar nasıl da güzeldi. Dıştan eski görünse de ev harap değil, aksine çok bakımlıydı. Salonun bir köşesine açılan genişçe bir oturma odası vardı. Burası salondan çok farklı döşenmişti. Bej rengi incecik, kıvrımlı kadife kanepenin üzerinde rengârenk irili ufaklı yastıklar, kenarda kocaman eski bir gramofon, yuvarlak, yüksek bir sehpa, sehpanın üzerinde elde örülmüş beyaz kolalı dantel örtü, onun da üzerinde oldukça kıymetli olduğu bakar bakmaz anlaşılan porselen çay takımları duruyordu.

Evin ahşap zemininde yürürken yerler gıcırdıyor, dışarıdan rüzgâr uğultusu ve yaprak hışırtıları geliyordu. Çocukluğundan beri Ayşa korkardı rüzgârdan. Kaç kere kendine sormuştu, korkacak ne var, rüzgâr işte ama yine de bu korkudan kendini kurtaramamıştı. Ayşa hayran hayran etrafa bakarken teyzesi hemen başladı komutlar vermeye. Anneannesinin evinde de öyle yapardı. Savaş idare eden bir komutan gibi herkese emirler yağdırmaya bayılırdı: "Hemen ayakkabılarınızı çıkarıp dolabın üstündeki fırçayla iyice fırçalayıp yerine koyun. Üstünüzdeki montları da kapının önünde çırpın, öyle asın yerine. Bir yere dokunmadan üst kata çıkın, ben geliyorum."

Şahin zaten o bir şey demeden ayakkabılarını çıkarmış, açık duran kapının önünde fırçalamaya başlamıştı bile. Ayşa da yaptı aynısını. Tırabzanlara bile dokunmadan gıcırdayan merdivenden üst kata çıktılar. Teyzesi peşlerindeydi. Yukarıda dört kapı, ortalarında kapısı açık bir banyo, yan tarafta da büyükçe bir dolap vardı. Merdivenler yine dönerek yukarı doğru uzanıyordu. Ayşa, bu nereye çıkıyor diye bakarken Şahin, "Çatı katı" dedi, "yaramazlık yaparsan annem seni de oraya kilitler."

Ayşa bu sözleri duyunca kafasını eğip korkulu gözlerle bir kere daha yukarı baktı. Teyzesi bu sözleri hiç duymamış gibi dolabı açmış, içinden bir şeyler çıkarıyordu. Çarşaflar, yastık kılıfları, banyo ve el havluları, değişik örtüler asker gibi dizilmişti dolaba. İçinden diğerleri bozulmasın diye dikkatle bir şeyler aldı, Ayşa'nın eline verdi. Her şey mis gibi sabun kokuyordu.

"Bu çarşafların, bu banyo, bu da yüz havlun. Şahin'in kıyafetlerinden birkaç tane daha vereceğim sana, biri kirlenince birini giyersin. Şurası senin odan" diyerek kapalı kapılardan birini açtı. Odada tek kişilik bir yatak, başucunda küçük bir komodin, üzerinde şapkası dantelli, eski ve küçük bir lamba, duvara dayalı küçük bir çalışma masası, yerde de bir kilim vardı. Pencerelerde mavi çiçekli tüller asılıydı. Artık onun da kendine ait bir odası, başucunda lamba yanan yatağı, giysilerini asacağı dolabı ve bir de çalışma masası vardı. Bunları görünce sevinir gibi oldu. Teyzesi arkasını dönüp Şahin'in odasına gidince Ayşa bir kere daha baktı etrafına. Demek ki bundan sonra burada yaşayacaktı. Nasıl da suratsızdı teyzesi, suratsız ve hep öfkeli. Önce kendi evini düşündü. Orası bile buradan daha sıcaktı. Verandadaki kırmızı sardunyalar geldi aklına. Bu evin hiçbir yerinde çiçek yoktu. Anlaşılan Şahin doğduğu günden beri burada, böyle bir anneyle yaşıyordu. Kendi annesi yani Muazzez Teyzesinden daha mı iyiydi? Buna da cevap veremedi. Acaba Şahin'in babası nasıl biriydi, neredeydi, neden yoktu evde? Sonra onun odasına bakmak geldi aklına. Şahin'in odası onunkinin yanındaydı. Odaya başını uzattı, teyzesi onu görünce hemen başladı konuşmaya: "Bu ev ne anneannenin evine benzer ne de annenin. Burada her şeyin bir kuralı, bir düzeni vardır. Yemekler saatinde yenir. Herkes kendi sorumluluğunu üstlenirse sorun çıkmaz. Ayrıca bizim ailenin namus anlayışını biliyorsun. Bu uğurda nice canlar gitti. Mademki senin için okumanın kuralı bu, yani erkek gibi giyinmek, asla kız gibi olmamak, öyleyse sen de bu kurala uyacaksın. Seni buraya bu şartla gönderdiler. Umarım bunları unutmazsın." O güne kadar okuldaki başöğretmen bile

Ayşa'yla böyle konuşmamıştı. Kızcağız ne diyeceğini bilemeden öylece kaldı. Zaten teyzesi ondan bir cevap beklemiyordu. Şahin de utanmış gibi yere bakıyordu.

O sırada kapı çalındı. Teyzesi kendinden beklenmeyen bir çeviklikle koşarak indi merdivenleri. Gelenin kim olduğunu merak etmişti Ayşa. Eğilip baktı. İçeri giren adamı görünce bir kez daha ağzı açık kaldı. Adamdan önce fil dişi topuzlu bastonu gördü. Orta boylu, beyaza çalan saçları özenle taranıp sola doğru yatırılmış, altın çerçeveli gözlükleri burnunun üstüne düşmüştü. Üzerindeki lacivert kruvaze ceketin düğmeleri sıkı sıkı iliklenmiş, bej rengi pantolonu tek çizgi, dikkatle ütülenmiş, kırmızı kravatı özenle bağlanmıştı. Yaşlıca, güler yüzlü bir adam salonun ortasında durmuş, yukarı doğru bakıyor, teyzesine bir şeyler söylüyordu.

"Bu kim" der gibi Şahin'e bakınca oğlan, "Babam" deyip uçar gibi indi merdivenlerden. Babası eğilip yanaklarından öptü oğlanı. Sonra da başını kaldırıp Ayşa'ya baktı. "Gel bakalım küçük hanım, seninle de tanışalım" diyerek aşağı çağırdı onu. Ayşa utanarak indi merdivenlerden. Daha önce hiç böyle bir adam görmemişti. Cevat Bey ona elini uzattı. Ayşa önce anlamadı, sonra öpmesi gerektiğini düşünüp eğildi ama Cevat Bey büyük insan gibi onun elini sıkıp sonra da uzanıp yanaklarından öptü, hafifçe başını okşadı. "Hoş geldin kızım. Umarım İstanbul'u seversin. Şahin'e de arkadaş geldi artık. Ne dersin Şahin?" Şahin hafifçe sırıtmakla yetindi. Ardından ikisi de koşarak tekrar çıktı merdivenleri.

Demek Şahin'in babası buydu. Yatağının üzerine otururken yıllarca baba dediği adam geldi aklına. Sonra asıl babası olduğunu öğrendiği eniştesi. Cevat Bey hepsinden çok farklıydı. Televizyonda gördüğü zengin adamlara benziyordu. Bastonu tutuşu bile ne kadar farklıydı. O bastonu süs olsun diye mi kullanıyordu acaba? Eve her akşam geldiğinde Şahin'i böyle öpüyor muydu? Bütün bunların cevabını zamanla öğrenecekti.

Cevat Bey de o güne kadar gördüğü erkeklerin hiçbirine benzemiyordu. Mualla küçük bir şehirde, büyük bir ailenin kızı olarak ve çok baskı altında büyümüştü. Ne anası sevmişti onu, ne de babası. O evde hele bir de kızsa, çocuklar sevilmez, onlara sadece baskı yapılır, kurallara uymaları istenir ve namuslarına halel gelmesin diye herkesten korunurdu. Ailenin namusu her şeyden önemliydi. Kızlara önem verilmez, onların hiçbir derdi veya sorunuyla ilgilenilmezdi. Zaten kız çocuğunun ne sorunu olabilirdi ki? Yedikleri önlerinde, yemedikleri arkalarındaydı. Sıcacık evde oturup keyif çatıyorlardı. Bir aile, bir anne, bir baba daha ne yapabilirdi ki? Okumak, bir meslek sahibi olmak, çalışmak, kendi parasını kendi kazanmak gibi şeyler böyle bir ailenin kızlarına yakışır mıydı? Onlar şehrin iyi ailelerindendi. Saygındılar. Herkes korkardı onlardan. Kızları da birer zengin kocaya verdiler mi, hem kendileri rahat eder, hem de ailenin şanına şan katarlardı.

Mualla beklenenden de iyi bir koca bulmuştu. Gerçi Cevat Bey'in ilk karısı çocuk doğururken ölmüştü ama ayak bağı olacak bir çocuk da yoktu ortada. Şimdi bu kız babasının elini bırakıp ayağını öpmesi gerekirken kendi kendine huy çıkarıyordu. Mualla, ailesinin tam olarak böyle düşündüğünden emindi. Hatta belki de zengin kocayı bulunca şımardı, bizim yüzümüze bakmaz oldu bile demişti babası. Neden bu evde kendini bir yabancı gibi hissediyor, kocasına bir türlü ısınamıyordu? Oysa kocası gerçekten beyefendi bir adamdı ama her hareketi sahte gibi geliyordu Mualla'ya. "Böyle adam mı olur?" diyordu içinden. Cevat Bey onunla konuşmak istiyor, sohbet konuları açıyor ama hiçbiri Mualla'nın sımsıkı kapalı ağzını açamıyordu.

İki kere hamile kalmış ama çocukların ikisi de düşmüştü. Bir süre bunu taktı kafaya. Çocuğu olmazsa bunlar Cevat'a karısını boşatırlar mıydı acaba? Boşanırsa gidecek yeri de yoktu. Ailesiyle ilişkiyi kesmişti. Çocuklar düşünce Cevat da, ailesi de "Sağlık olsun, yine doğurursun" demişlerdi. Üstelik çocukların ikisi de erkekti. Hiç üzülmemişler miydi? Bunların hepsi sahtekârdı. Mualla onlarla başa çıkmanın bir yolunu mutlaka bulmalıydı. Titizlik hastalığı işte o sıralar başladı. Böyle kuralsız ev mi olurdu? Artık kuralları kendi koymalıydı. Öyle de yaptı. Önce sofra düzeni, yemek saatleri, yatak çarşafları, ayakkabılar, iç çamaşırları derken her gün yeni bir kural getiriyordu eve. Her koyduğu yeni kurala Cevat Bey acaba ne diyecek diye bakıyor, adam "Eh, madem öyle istiyorsun, olsun bakalım" deyince sevinçle karışık bir öfke duygusu içini yalayıp geçiyordu. Bu adam hiç mi bir şeye kızmaz, söylenmezdi? Hadi söylenmedin, bari suratın asılsın ama o da yok. Mutlaka başka bir hesabı vardı.

Seyrek de olsa kız kardeşlerini arıyor, oralarda neler olup bittiğini öğreniyordu. Kardeşleriyle konuşurken sürekli babasına beddualar ediyor, gurbette yalnız kaldığını, eve de kocasına da ısınamadığını söylüyordu. Kızlar, "Kocan nasıl, içkisi kumarı var mı, çok dövüyor mu?" diye sorunca onlara ne diyeceğini şaşırıyor, iyiyim, mutluyum, huzurluyum gibi bir cevap vermek aklının ucundan geçmediğinden mutsuzluğuna kırk kulp takıyordu. Oysa Mualla'nın mutsuzluğu, içinde yaşadığı koşullarla ilgili değildi ki... O geçmişte alıştığı düzeni arıyor, bulamadıkça da bahane üstüne bahane yaratıyordu.

O ara Nurşen ahlayıp oflayıp duruyordu. Murat'a fena halde abayı yakmıştı, Murat da ona. Mualla dönüp dönüp, "Babam seni ona nasıl olsa vermez. Ahlayıp durma kızım. Mutsuz olmak bizim kaderimizde var" diyordu. Hatta birkaç kere, "Babamın ne diyeceğini bekleyene kadar kaçsana Murat'a" demiş ama Nurşen, "Abla Murat öyle biri değil ki... İstesem de kaçırmaz beni. Allah'ın emriyle istemek varken kaçmak da neyin nesi..." diyerek of çekmeye devam ediyordu. Gerçekten de sonuç tam da Mualla'nın dediği gibi olmuş, babası kızını Murat'a değil, Selim'e vermişti. Hani kız âşıktı, hani ölürüm de başkasına gitmem diyordu, ne olmuştu? "Gitme de göreyim" dedi içinden. "Ben nasıl gittim, sen de paşa paşa gidersin." Nurşen ona telefonda çok ağlamıştı. Aslında o ağlarken Mualla'nın da içi sızlamıştı ama yapacak bir şey yoktu. Ailenin namusu önemliydi. Hepsi de buna uymak zorundaydı. Mualla o zaman, "Biz mutlu oluruz diye korkuyor adam" demişti. "O bizim azılı düşmanımız, görmüyor musunuz, belki de oğlu olmadığı için bizi cezalandırıyor. Oh, ne iyi ettim de beni bu adama verdiğine bin pişman ettim onu. Aklı sıra benim kocamla etrafa caka satacaktı. Şimdi bırak kapımın önünden geçmeyi, İstanbul'a bile gelemiyor" diyordu.

Mualla etrafında mutlu insan görmek istemiyordu. Mutlu insanlar ona yabancı geliyordu; kocası, kayınvalidesi, görümcesi gibi...

Kızlar durup durup ona kocasını niye sevmediğini soruyorlardı. Ne sevmesi canım, kocam işte, deyip geçse de bu soru sanki içini oyuyordu. O kimseyi sevmemiş, kimseye âşık olmamıştı. Keşke birini sevseydim diye iç geçiriyor, sonra da böyle düşündüğü için kendinden tiksiniyordu. İşte o zaman hemen başlıyordu evde bir yerleri silmeye, temizlemeye, ovmaya, yıkamaya. Bir şeyleri ovdukça, yıkadıkça, onların temizlendiğine inandıkça içi biraz rahatlıyor, kendiyle uğraşmaktan vazgeçiyordu. Yıllardır gülmeyi unuttuğunun, etrafındakilere de unutturduğunun farkında bile değildi.

Bu arada babasının nasıl da öfkeli ve perişan olduğunu duydukça içine soğuk sular serpiliyordu. "Oh olsun" diyordu, "madem sen beni koyun gibi, daha on sekiz yaşımda bacağımdan tutup hiç tanımadığım birine verdin, oh olsun sana. Daha beter ol inşallah! Muazzez Saffet'e kaçtığında babasının onları hem öldürmesini bekliyordu hem de ya öldürürse kardeşini diye içi titriyordu. Muazzez'in halini öğrendiğinde biraz olsun rahatladı. Kötü birine kaçmıştı kız. Şimdi de yaptığının cezasını çekiyor, günde üç posta dayak yiyordu adamdan. Yiyecek ekmeği zor buluyorlar, kız çalışmasa belki de aç kalırlar demişti Nurşen. Nurşen'le daha iyi anlaşıyordu. Ne de olsa onun da kendisinden farkı yoktu. Dertleri aynıydı. İkisi de iyi erkeklerle evliydi, ikisinin de rahatı yerindeydi ama ikisi de mutsuzdu. Muazzez bunca dayaktan sonra acaba mutlu muydu?

İlk evlendiği zamanlar, evdeki kaynanaya takıyordu kafayı, o olmasa belki de çok rahat ederim diye düşünüyordu. Salona açılan o oda, bir zamanlar kayınvalidesinindi. Oğlu gibi o da hiç Mualla'nın ailesine benzemiyordu. Değişik âdetleri vardı bunların. Sabahın köründe kalkıp önce duş alıyor, sonra da bir yere gidecekmiş gibi giyiniyor, süsleniyor, saçını başını tarayıp dudağına da kırmızı ruj sürüyordu bu kadın. Boynuna taktığı inci kolyesi, elinden düşürmediği küçük parfüm şişesiyle sanki onu sinir etmeye uğraşıyordu. Bir de beş çayları vardı. Gören de bir şey sanırdı. Neymiş efendim, saat beşte çayın en iyisi özenle demlenir, porselen çay fincanlarına konulur ve öyle içilirmiş. Bu da yetmez, çay yalnız içilmez, konu komşu da davet edilirmiş. Gerçi kadının ağzı var dili yoktu. Bir fincan kahve yapsa kırk kere teşekkür eder, sofradan eline sağlık demeden kalkmazdı ama yine de sinir oluyordu kadına. Kendini kraliçe filan mı sanıyordu acaba? Her hafta Mino dediği Ermeni bir kadın gelir, onu önce banyoda uzun uzun yıkar, sırtını keseler, çıkınca da tırnaklarını keser, her yanını kokulu kremlerle ovardı. Belki de gâvurdu bunlar da ona söylemiyorlardı. Sahtekârlar!

Artık o eve iyice yerleşmişti, kocasına her dediğini yaptırıyordu. Hanımanne dediği kaynanası bile onun eve koyduğu kurallara uyuyor, sabahları duş alırken yerlere su damlamasın diye verdiği havluları yere seriyor, havlularını onun gösterdiği yerlere kendi asıyor, sofradan tabağını alıp öyle kalkıyordu. Zaten odasından çıktığı da yoktu. İyice yaşlanan hanımanne bir gün aniden ölüverdi. Cevat Bey çok üzülmüştü. Demek belli etmese de çok düşkündü annesine. Böyle annem olsa ben de düşkün olurdum dedi içinden ama olmamıştı. Kendi annesi bir gün olsun böyle sevmemişti kızlarını. Nasıl da saygı gösteriyordu oğluna. Sanki onu kendisi doğurmamış gibi. Bir yandan da Cevat Bey gibi bir oğlu olduğu için kurum kurum kuruluyordu.

Ne yazık ki kendisi hâlâ bir çocuk doğuramamıştı. Cevat Bey'in bir erkek kardeşi daha vardı. Kadın üst üste üç oğlan doğurmuştu ama bir kız doğuramadım diye yanıyordu. Bu İstanbul'un kadınları da bir garipti. Üç oğlanı doğurmuşsun, Allah'tan belanı mı istiyorsun be kadın! Belki de kadın ona hava yapmak için böyle söylüyordu. Bunlar beni deniyor galiba diye düşünürken bir kez daha hamile kaldı. Bu sefer çocuk düşmedi ama hamileliği boyunca Cevat Bey'in burnundan getirdi. Ne nazı bitti, ne sözü... Hamile diye ses etmedi Cevat Bey ama o sıralar işim var diyerek eve geç geliyordu. Aniden nereden çıkmıştı bu işler? Hem hamile kadın evde yalnız bırakılır mıydı?

Şahin doğduğunda aile bayram etmişti. Bebeğe takılan altınlar, hediyeler, kutlamalar derken Mualla bir süre sadece bebekle ilgilendi. Nihayet uğraşacak bir şey bulmuştu kendine. Saatinde yedirilen mamalar, kırk kere yıkanıp ütülenen bebek bezleri, dakikalarca kaynatılan biberonlar, çocuğun aşıları, doktoru filan onu epeyce oyaladı. Ancak Cevat Bey neredeyse eve yatmadan yatmaya gelir olmuştu. Oğlana sabah işe giderken şöyle bir bakıyor, başını okşayıp gidiyordu. Kocasının kendisini genç ve güzel bir kadınla aldattığını öğrendiğinde Şahin iki yaşındaydı. Bunu duyduğu anda içinde yükselen öfkeyi bıraksa, dağları devirecekti. Demek haklıydı, bunlar gerçekten sahtekârdı. Kocası onu seviyor gibi yapmış, sonra da gidip başka bir kadın bulmuştu. Evde öyle bir kıyamet kopardı ki, mahallede kim varsa başlarına toplandı. Cevat Bey kendine kaçacak delik arıyor ama Mualla bırakmıyordu. Bir dövmediği kaldı adamı. Dövmedi ama tüm mahalleye, tüm aileye rezil etmeyi başardı. Zaten suskun olan Cevat Bey, o günden sonra iyice sustu. Mualla ise bir daha geri çekilmedi. Artık evde galibiyetini ilan etmiş bir komutan gibi dolaşıyordu. Daha önce az da olsa süslenip püslenmeye, güzel görünmeye çalışıyordu. Ondan da vazgeçti. Bir süre sonra Cevat Bey'in ailesinden kimseyi almadı eve. Kural üstüne kural koyup Cevat Bey'i çileden çıkarmak için elinden ne gelirse yaptı ama çıkaramadı. Bu evde birinin çileden çıkması gerekiyordu. Madem onu çıkaramamış, kendi çıkmalıydı ortaya. Vurdu kırdı, evdeki eşyaların bir kısmını kimseye sormadan attı, bağırdı çağırdı, derken yavaş yavaş rahatladı. Artık o ev onun olmuş, kendi fark etmese de çocukluğunda yaşadığı ortamı sonunda bu eve taşımayı başarmıştı. O zaman şiddet gösteren babası, ezilen annesi ve çocuklardı. Şimdi roller biraz değişse de durum aynıydı. Şiddet gösteren kendisi, ezilen Cevat Bey ile Şahin'di.

Mualla ne yaptığının hiç farkında değildi. O her konuda haklıydı. Arada bir edepsizlik ediyorsa da hak etmeyene bir şey yaptığı yoktu. Cevat Bey gitmesine gidecekti, hatta İstanbul'u bile terk edecekti ama Şahin vardı artık. Bu kadınla başa çıkamayacağını çoktan anlamıştı. Bunlar onun bildiği, anladığı dilden şeyler değildi. Gerçi onun babası da az eziyet etmemişti onlara. Çocukluğunda ailecek çok çekmişlerdi babasından. Nasıl da titiz bir adamdı. Dövmez, sövmez ama o varken evde herkes diken üstünde otururdu. Düzen hastalığı vardı adamda. Milimetre şaşsa hemen fark eder, duvardaki resimlere gözünü diker, metre elinde ölçer biçer, yemek yerken beyaz keten masa örtüsünü doğru serdiler mi diye kontrol eder, gözünü saatten ayırmaz, her şeyin saatine, dakikasına hepsinin uymasını isterdi. İstanbul'un namlı tüccarlarındandı babası. Şimdi de karısı Mualla maşallah babasını aratmıyordu. Bu da kader diyordu içinden, karısı sanki hık demiş burnundan düşmüştü babasının.

İşte Ayşa, annesi babasıyla yaşadığı evden çıkıp böyle bir ortama gelmişti. Aslında fiziksel şiddeti her türlüsüyle çok iyi tanıyordu ama burada şiddetin farklı bir türünü görecekti. Zamanla bu evde çok şey öğrendi Ayşa. Konak ya da perili köşk, her neyse işte, kışın buz gibi oluyordu. Evin eskimiş ahşap yapısı rüzgâr estikçe sanki sağa sola sallanıyor, aralıklardan içeri buz gibi soğuk giriyor, Mualla yine de kaloriferleri kış boyunca daha fazla yakmıyordu. Sabahın köründe kalkıp sokağın aşağı ucundaki markete koşuyor, evde kaç kişi varsa ona göre geceden hazırladığı alışveriş listesinde yazılı olanları alıyor, hep birlikte, tam vaktinde yemek odasındaki büyük masaya oturuyorlardı. Herkes hakkına düşeni, tabağında hiçbir şey kalmayıncaya kadar yedikten sonra tabağını, bardağını, çatalını, bıçağını sofraya kendi getirdiği gibi yine kendi götürüyordu. Yemek saatleri dışında evde ağza atacak zırnık bir şey olmuyordu çünkü her şey sayıyla alınıyordu, ekmek bile... Öğünlerde her birinin önüne çeyrek ekmek konuyor, eğer yemezse o ekmek hemen atılıyordu. Mutfakta, Ayşa'yı da alır geçerdi suyun başına. Bulaşık makinesine güven olmazdı. Mualla tabakları suyun altında gıcır gıcır sabunlu sularla iyice yıkar, Ayşa da yine gıcır gıcır durular ve tezgâha serilen beyaz örtünün üzerine dizerdi. Ayşa mutfağın yerini sabunlu sularla silene kadar bezin üstündekiler kurur, Mualla onları sırayla yerlerine dizerdi. Herkesin okulunun kaçta bittiğini bilir, cama oturup beklerdi. Haddine düştüyse geç gel, cezası çok büyüktü çünkü Mualla Teyze hemen merak eder, endişelenirdi. Şahin bu yüzden kaç kere geceyi çatı katındaki odada geçirmek zorunda kalmıştı.

Nasıl bir yerdi acaba orası, bu kadın bir gün ona da kızıp çatıdaki ceza odasına kapatır mıydı? İşte en çok da bundan korkuyordu Ayşa.

17. Bölüm

Ayşa çok merak etmişti çatıdaki ceza odasını, hiç olmazsa bir kerecik görüverseydi keşke. O zaman daha okullar açılmadığı için Şahin'le ikisi evdeydi ve Mualla Teyze her zamanki gibi markete gitmişti. Ayaklarının ucuna basarak, her an yakalanacaklarmış gibi korkuyla çıkmışlardı gıcırdayan merdivenleri. Küçük bir kapı çıkmıştı karşılarına, üstünde kocaman bir anahtar. Başlarını eğerek girmişlerdi içeri. İçeri girerken bile bir ürperti gelmişti Ayşa'ya. Burası basık bir çatı katıydı. Tavanlar koyu renk ahşaptı ve yanlardan yukarı doğru yükseliyordu. Tam ortada aşağı sarkan etrafı fırfırlı küçük kırmızı lamba her zamanki gibi titrek bir ışıkla yanıyor, etrafa gizemli bir hava veriyordu. Sokağa bakan üçgen, küçük bir pencere vardı. Böyle bir pencerenin örümcek bağlaması gerekirdi ama tam tersine burası bile tertemiz ve düzenliydi. Sağdaki duvarda büyükçe bir ahşap rafın üzerine irili ufaklı bir şeyler dizilmişti. Birkaç eski gazete, kahverengi, üzeri kırmızı kurdeleyle bağlı bir şapka kutusu, rafa oturtulmuş çok eski, sarı, kıvırcık saçlı bir taşbebek, eski plaklar, kasetler, yeşil ciltli, kilitli, eski birkaç defter, yine eski birkaç kitap, bir de biblo. Ellerini yukarı kaldırmış, fırfırlı eteklerinin altından görünen bacaklarını biçimli bir şekilde birleştirmiş genç ve güzel bir kız biblosu. Ayşa o bibloya uzun uzun baktı. Bir de üzerine kırmızı pelerin giydirse, ne güzel olurdu.

Başını biraz daha çevirdiğinde rafın köşesine yerleştirilmiş kuru kafayı görünce Ayşa'nın ödü kopmuştu. "Bu ne!" diyerek çığlık atarak elleriyle yüzünü kapatmış, Şahin ona kuru kafanın da hikâyesini anlatmıştı. Şahin'in babası liseyi bitirince iki yıl boyunca tıp fakültesinde okumuş, anatomi dersi için diğer öğrenciler gibi o da eve bir kuru kafa getirmiş, sonradan okuldan ayrılsa da bu kuru kafa evde muhafaza edilmişti. Hiçbir fazlalığa dayanamayan Mualla Teyze, her nedense bunu atmamış ve ceza odasının başköşesine koymuştu. Bu kuru kafa üzerine iki çocuk sonradan çok konuşmuş, onunla ilgili pek çok hikâye üretmiş, "Kim bilir kimin kafası" diyerek hem hüzünlenmiş, hem de ondan korkmuşlardı. En çok onun bir kadına mı yoksa erkeğe mi ait olduğunu merak ediyorlardı. Şahin'e göre o bir kadına, Ayşa'ya göre ise bir erkeğe aitti. Çünkü birini hayatta en çok korkutan babası, birini de annesiydi. Bir başka duvarda ise doldurulmuş hayvan kafaları asılıydı. Cevat Bey gençliğinde ava gitmeye çok meraklıydı. Bunlar da o zamandan kalmaydı. Eskiden salonda asılı olsa da Mualla onları ilk fırsatta çatıdaki bu odaya çıkarmıştı. En korkutucu olan da bir kurt kafasıydı, canlıymış gibi bakıyordu.

Yerde bir Yörük kilimi, kilimin üzerine konmuş biri mavi, biri yeşil, iki büyük yastık, sol tarafta da kilitli bir dolap vardı. Demek Şahin cezalı olduğu geceler bu yastıklarda yatıyordu. "Tuvaletin gelince ne yapıyorsun" diye sordu Ayşa. "Hiç" dedi Şahin. "Önce tuvalete giriyor, sonra geliyorum. Zaten su bile vermiyor ki..."

"İnsan korkar bu odada. Hayalet filan gelir derler."

"Kuru kafaya arkamı dönüyor, duvardaki kurda bakmamaya çalışıyor, sonra da iyice uykum gelene kadar camdan aşağı bakıyorum."

"Ama yorgan da yok. Üşür insan."

"Kazakla yattığım için az üşüyorum. Sokağa bakmak iyi geliyor insana. Bu sokaktan sabaha kadar birileri geçer. Onlara bakarım."

Şahin her zaman olduğu gibi hiç duygu kırıntısı olmayan dümdüz bir sesle anlatıyordu bunları. Ayşa onu dinlerken ne söylediğini hem anlıyor, hem anlamıyordu. Şimdi de öyle olmuştu. Şahin'in bu odada korkup korkmadığını anlayamamıştı. Bu robot gibi kadının yanında büyüdüğü için mi böyle olmuştu acaba? Mualla onu da bu odaya hapsederse ne yapardı? Şahin gibi o da zamanla bu perili köşkün en perili odasında korkmadan yatabilir miydi? Yok, o biliyordu kendini, asla yatamazdı. Öyleyse ne yapardı, odanın ortasında sabaha kadar dönse acaba korkusu azalır mıydı?

Yine kimseye görünmeden, Mualla da eve gelmeden yavaşça indiler merdivenleri. Bu evin kurallarını iyi öğrenmeliydi, hata yaparsa başına gelecekleri biliyordu artık. Oğluna acımayan, ona mı acıyacaktı? Ayşa evin kurallarını öğrenmişti, hata yapmamak için elinden ne gelirse yapıyordu. O da giderek robot gibi olmuştu. Üzülmüyor, sevinmiyor, kızmıyor, kimseyi özlemiyor sadece kurallara uyuyordu. Bu durum o dönem Ayşa'nın ruhuna iyi gelmişti çünkü düşünmeye ya da üzülmeye kalksa, bunun için sebep çoktu ama uyulması gereken kurallar vardı ve bunlar oyalıyordu kızı. Arada bir annesi yani Muazzez telefonla arıyordu. Ona kalsa asla konuşmazdı ama teyzesi onu çağırıp telefonu eline verince mecburen konuşuyordu. Muazzez onu çok özlediğini söyleyip halini hatırını soruyor, o da sadece, "İyiyim" demekle yetiniyordu.

Okula çabuk alışmıştı. Şahin'le aynı okulda ama farklı sınıflarda okuyorlardı. Erkek gibi giyinen, az konuşan, derslerde çok başarılı, öğretmenlerin her zaman el üstünde taşıdığı bu kızdan sınıf arkadaşları hiç hoşlanmamıştı. Zaten Ayşa'nın daha en başından kimsenin ondan hoşlanmayacağı şeklinde bir önyargısı vardı. Ne yaparsa yapsın onu kimse sevmez, beğenmezdi. Öğretmenlerin gösterdiği ilgi de çok çalışkan olduğu içindi, yoksa onlar da içten sevmiyorlardı onu. Bir tek Şahin vardı. Az konuşsa da, konuşurken insanın yüzüne hiç bakmasa da Şahin onu anlıyordu, o da Şahin'i. Sabah okula birlikte gidiyor, akşam Şahin'in bir planı yoksa yine birlikte dönüyorlardı. Şahin arada bir çatı cezasını göze alıp internet kafelere takılıyordu. Mualla Teyze buna çok kızıyor ama verdiği cezalar bile Şahin'in her gün okul çıkışı eve gelmesini sağlayamıyordu.

Şahin'in çatı cezası aldığı günler Ayşa da kendi odasında dolanıp duruyor, Şahin'i düşünmekten gözüne uyku girmiyordu. Hatta birkaç kez o cezalıyken ışıklar sönüp de evde ses kesilince Ayşa usulca yukarı, Şahin'in yanına çıkmış, kapı kilitli olduğundan içeri girememiş, kapının dibine oturmuş, oradan fısır fısır konuşmuşlardı. Kimse kimsenin ne dediğini tam anlamasa da sonunda Ayşa ağlayarak odasına dönmüştü. Ne gaddar bir kadındı Mualla Teyze. Bir anne oğluna bunu nasıl yapardı. Hem böyle demiş, hem de kendi başına gelenler aklına gelince daha çok ağlamıştı.

Cevat Enişte çok değişik bir adamdı. Sabah onlarla birlikte evden çıkar, akşam saat tam yedide eve gelirdi. Her zaman güler yüzlü ve sıcaktı. Yemekten sonra üstüne kahverengi çizgili ipek ropdöşambrını, ayaklarına siyah deri terliklerini giyer, Şahin'e ve Ayşa'ya hal hatır sorup başlarını okşadıktan sonra televizyonun karşısına geçer, yatma vaktine kadar orada otururdu. Mualla Teyze çabucak kahvesini yapıp dantelli gümüş tepside getirdikten sonra o da masaya oturur, ertesi günün alışveriş listesini hazırlardı. Saat on, en geç on buçuk olunca dizinin en keyifli yerinde ışıklar söner ve herkes yatmaya giderdi. Odalarına çekildikten sonra çocuklar bir süre herkesin uyumasını beklerdi. Sonra kapılar usulca açılır, kimseye görünmeden Şahin'in odasındaki pencerenin önüne oturur, biraz sokağa bakar, biraz da usul usul konuşurlardı. Aslında daha çok Ayşa konuşur, Şahin hiç yüzüne bakmadan onu dinlerdi.

Babası ise her zamanki gibi sadece başını okşamakla yetinirken, annesi Şahin'in çok üstüne gidiyor, giyimine kuşamına, konuşma şekline kadar her şeye karışıyor, Ayşa'nın yanında mahcup ediyordu oğlanı. Sonunda kimse kimseden bir şey saklamaz olmuş, birbirlerinden utanmaktan vazgeçmiş, iki kardeş, iki dost olmuşlardı. Şahin yalnız annesine değil, babasına da kızıyordu. Annesi evde at oynatıyor, o ise susup oturuyor, karısının her yaptığına rıza gösteriyordu. O sıralar tam da ergen yaşlarıydı Şahin'in. Bazen bunu Ayşa'ya da söylüyor ama kız bunu asla kabul etmiyordu. "Aman bırak böyle olsun. Bence Cevat Enişte iyi bir adam, sen asıl benim yıllarca baba dediğim adamı görseydin, bana attığı dayakları bilseydin böyle demezdin" diyordu. Şahin en çok da o zaman suratını asıyor, anlaşılmamanın buruk yalnızlığı çöküyordu üstüne.

Ayşa'nın derslerdeki başarısını Şahin gösteremiyordu. O yüzden bazı geceler o camın önünde, yani karanlıkta, ertesi gün sınavı varsa Ayşa Şahin'e o dersi anlatır hatta ezberletirdi. Şahin oflaya puflaya, elindeki telefonla oynayarak dinlerdi Ayşa'yı. Sonra sıra kuşlara gelirdi. Ayşa ona kuşları anlatmaya bayılırdı. İstanbul'un ona en iyi gelen yanı havada uçuşan kuşlarıydı. Ne çok kuş vardı bu şehirde. Şahin'in odası sokağa, onunki deniz tarafına bakıyordu. Uzaktan, çok uzaktan görüyordu denizi. Yüzen koca koca gemileri, denize bir konup bir kalkan martıları anlatmaya doyamıyordu. Onları gördükçe içine bir rahatlık geliyor, yalnızlığını unutup onlarla birlikte o da gözlerini kapatıp dönüyor, denize bir konup bir kalkarak uçuyor, uçuyordu.

Artık o evde eskiye göre daha huzurlu hissediyordu kendini. Mualla'nın koyduğu tüm kurallara titizlikle uyuyor, Cevat Enişte eve gelince mutlu oluyor, Şahin'le arada bir arkadaşlık ediyor, ona yardımcı olmaya çalışıyordu. Okulda da tek tük arkadaş edinmeye başlamıştı. Her ne kadar arkadaşlıkları okulla sınırlı olsa da, onlarla birlikte dışarıda hiç beraber olamasa da, o alışmıştı her şeye boyun eğmeye, acısını, hüznünü içinde saklamaya. Bir tek Ali'den uzak olmak, onu hiç görememek çok canını sıkıyordu. Ali hâlâ onu düşünüyor, onun için üzülüyor muydu acaba? Şimdi burada olsa, arada bir görüşseler ona anlatacak ne çok şey birikmişti.

İşte o günlerden birinde akşam yemek yenmiş, bulaşık bitmişti. Ayşa yerleri silmiş, şimdi sıra tezgâhtaki beyaz örtünün üzerine ters çevrilip dizilmiş tabakları, bardakları yerlerine yerleştirmeye gelmişti. Cevat Bey'in su içtiği kıymetli kristal bardaktaydı sıra. Kurulayıp Mualla'nın eline verdi. Mualla bardağı tam yerine koyacakken üzerinde bir leke gördü. "Bu ne bu, sen bunu iyi durulamamışsın. Bir kere daha iyice durula" dedi, öfkeli bir sesle. Ayşa bardağı aldı, bir kere de havaya kaldırıp neresinde leke var diye baktı ama bir şey görmedi. Bu kadın ona eziyet olsun diye mi yıkatıyordu bu bardağı? Suyu açtı, kenarlarını eliyle iyice yıkarken bardak elinden kaydığı gibi şangır diye düşüp kırıldı. Mualla şöyle bir baktı ona, sonra kafasını çevirip salonda oturan Cevat Bey'e baktı, Ayşa'ya dönüp, "Sen yukarı çık, ben geliyorum" dedi. Ayşa başını eğip korkuyla merdivenlere yöneldi. Çok korkmuştu. Mualla onu dövecekse neden mutfakta dövmüyordu, yoksa ona çatı cezası filan mı verecekti? Mualla hemen arkasından hızla çıktı merdivenleri, onu beklerken korkudan titremeye başlayan kızı kulağından tuttuğu gibi adeta iterek yukarı çıkardı. Hemen açtı çatıdaki odanın kapısını, içeri attı kızı. Kapıyı kilitlerken söylenmeye başlamıştı bile, "Biliyorum, sen bana inat, bilerek kırdın onu. Bardağı kaldırıp bakmalar filan... Artık kendini ne sanıyorsan... Sabaha kadar otur burada da aklın başına gelsin Ayşa Hanım."

Ayşa kadının itmesiyle yere düşmüş, kendini yeşil minderin üzerinde bulmuştu. Şahin de yoktu, belki Mualla'nın onu oraya kilitlediğini bile duymamıştı. Köşede duran kurukafayı görünce hemen eliyle yüzünü kapattı, bacaklarını karnına çekti, bir süre kendi kendine inleyerek yattı orada. Dışarıda sağanak yağmur vardı, rüzgâr da fena halde esiyor, kulağına olmadık sesler geliyor, ev sanki çıtır çıtır ederek sallanıyordu. Kalbi yerinden çıkacak gibi çarpıyor, nefes almakta zorlanıyordu. Demek Mualla o kurukafayı çocuklar korksun diye atmamış, odanın en görünen yerlerinden birine koymuştu. Midesi de bulanmaya başlayınca hemen aklına kusmukların ortasında döndüğü gün geldi. O gün bile onların üstüne basa basa dönmek iyi gelmişti. Hemen çekti ellerini yüzünden, hızla ayağa fırladı. Kurukafa köşeden bakıyordu. Sağa sola baktı, onun üstünü örtecek bir şey göremedi. Kendi üzerinde bir pantolon, bir gömlek vardı. Hemen çıkardı gömleğini, kurukafanın üstüne örttü. Tepedeki soluk kırmızı lamba ölgün gözlerle bakıyordu ona. Uzun süredir gelmemişti bu sıkıntı. Şimdi artık onu bu sıkıntıdan kurtaracak kimse de yoktu. Taş yine kımıldamıştı yerinden. Odanın ortasına geçti, kapattı gözlerini, üstünde o döndükçe sırtında uçuşacak bir şey de yoktu. Bu sefer tıpkı raftaki balerin gibi ellerini yukarıda birleştirdi, başladı topaç gibi dönmeye. Böyle dönmeye alışkın değildi ama ne kadar hızlı dönerse o kadar çabuk taşı yine yerine oturturum gibi gelmişti ona. Arada bir sağa sola çarpa çarpa saatlerce döndü o odada. Yorgunluktan yere yığıldığında sabah ezanı okunmaya başlamıştı bile.

18. Bölüm

Ayşa'nın anlattığı perili köşk benim de zihnime takıldı kaldı. Ne ilginç bir yermiş orası. Sadece köşk değil, asıl içinde yaşayanlar ilginçmiş. Her birini sanki tanıyor gibiyim. Hepsinin ayrı dünyaları, ayrı hayalleri ve korkuları var. Geçmişini bilince, bugünlere hangi yollardan geçerek geldiğini görünce kötüyü de anlıyor insan. Mualla öyle acılar çekmese, babası hayatına bu kadar müdahale etmese, bu kadar baskı yapmasa, evlilik gibi en hayati kararı bile kızının yerine kendi almasa, belki de böyle nemrut bir kadın olmayacak, kendisiyle birlikte etrafındaki herkesi bu kadar incitmeyecek, şiddeti karşı tarafta bulamayınca eline sopayı alan kendisi olmayacaktı. Eşinin, Ayşa'nın hatta oğlunun bile bu psikolojik şiddetten neler öğrendiğini, nasıl yaralandığını, onların karakterlerini nasıl etkilediğini görmek, düşünmek aklına gelmiş miydi? Tabii ki gelmemişti, gelse yapar mıydı bunları? Hangimizin aklına geliyor ki? O zaman Mualla'nın zihnindeki doğrular bu kadar eğrilmeyecek, o eğrilerden en yakınları da nasibini almayacaktı.

Ya Cevat Bey, o nasıl bu kadar kolay teslim olmuş Mualla'ya, neden yaptığı hiçbir şeye itiraz etmemiş? Oğluna bile sahip çıkmamış? Çünkü o da tanıyor şiddeti, babasından az mı çekmişler, daha çocukken öğrenmemiş mi şiddete boyun eğmeyi. İki şiddet kurbanı piste çıkınca hemen tanımış birbirini. Tıpkı güreşçiler gibi, bir aşağıdan bakmışlar birbirlerine, bir yukarıdan; şöyle bir yoklamışlar rakiplerini kim kimi yener diye, sonunda daha medeni olan hemen teslim olmuş daha vahşi olana. Ne olsa biri sanki ormanda, orman kanunlarına göre yaşamış, biri köşklerde saltanat sürmüş, o kadar öğrenebilmiş şiddeti. Her zaman olduğu gibi şiddet medeniyet filan tanımamış, anlamamış onun dilinden, zihninde kaydı yok ki, nereden tanısın.

Dünyada tek bir insanın mutsuzluğu, umutsuzluğu, hayata isyanı nasıl da virüs gibi yayılıyor ortalığa? Kaç kişi bu virüsten etkileniyor, sadece kendileri değil, bir süre sonra onlar da nasıl yayıyorlar bu kötü enerjiyi etrafa... Bunları gördükçe, düşündükçe hayata bakışı, ona verdiği anlam, doğru-yanlış, iyi-kötü kavramları nasıl da değişiyor insanın zihninde. Bu büyük sorunun kaynağı, nedeni, nereden bulaştığı bu kadar aşikârken, insanlık bunu neden hâlâ durduramıyor, onun yerine sevgi virüsünü yaymıyor? Hâlâ görmüyor mu, anlamıyor mu dünyadaki savaşların, yokluğun, yoksulluğun, acımasızlığın, vahşetin, dehşetin ilacının, panzehrinin sevgi olduğunu? Medeniyet bir başka deyişle uygarlık, gelişmişlik, teknoloji, bilim, filan feşmekân... Bunlar ne işe yarıyor? İnsanı daha uzun, daha rahat, daha refah içinde yaşatmak, bu vahşet devam ettikçe sahi ne işe yarıyor? İnsan mutsuzsa, huzursuzsa, güvensizse, korkuyorsa, her şeyi varken bile yine de ruhu açsa, doyumsuzsa, önüne peynir ekmek koysan ne, kuş sütü eksik sofralara oturtsan ne? Gideceği yere bisikletle gitse ne, özel helikopteri götürse ne?

İnsanlık sevgi diliyle tanışmadan, onu ruhunda hissetmeden, gönlündeki yaralar kapanmadan, hesaplar görülmeden, en çok ihtiyacı olan sevgiyi, saygıyı, şefkati, ilgiyi, değeri, özeni uzun uzun içine çekmeden bu savaşlar durmaz, kavgalar bitmez, kinler tükenmez, hırslar azalmaz ve yaşadığı güzel gibi görünen günler bile içine sinmez...

19. Bölüm

O yılın sonunda, okullar kapandıktan birkaç hafta sonra anneannelerinin ölüm haberi geldi. Haberi onlara Mualla, çok sıradan bir şey olmuş gibi verdi, hemen arkasından da "Hadi toparlanın, memlekete gidiyoruz" dedi. Şahin annesinin bu duygusuzluğuna, donukluğuna alışkındı, hiç şaşırmadı ama Ayşa hayretle baktı yüzüne. Bundan önceki ölümlerde evde kıyamet kopuyor, ölenin arkasından ağıtlar yakılıyordu. Hangisi doğru, hangisi gerçekti acaba?

Hemen odalarına çıkıp aceleyle bavullarını hazırladılar ve düştüler yola. Ayşa çok heyecanlıydı. Memleketini yeniden görmek onu hem heyecanlandırıyor, hem korkutuyordu. Orada yaşadıklarını düşündükçe içi burkuluyor, yüreğindeki taş yine başını gösteriyordu. Orada görmek istediği tek kişi Ali'ydi. Onu hem çok merak ediyor, hem de eskiden olduğu gibi onunla uzun uzun konuşmak istiyordu. Ona anlatacağı öyle çok şey vardı ki... En çok da çatıdaki ceza odasında geçirdiği geceyi anlatmak istiyordu. Nasıl korkmuş, nasıl paniklemişti. Bu kadının da demek ki ölen Saffet'ten bir farkı yoktu. İnsanları korkutmak, üzmek, canını yakmak hoşuna gidiyordu.

Okulunu da anlatırdı Ali'ye. Burası kendi memleketinden çok farklıydı. Okulda öğrenciler kızlı erkekli oynuyor, gülüyor, birbirlerine el şakası bile yapıyordu. Kızların etekleri kısacıktı. Bacakları görünüyor, kimse bir şey demiyordu. Sık sık grup halinde sinemaya gidiyor, bazen de sokaklarda geziyor, kafelerde oturup yüksek sesle konuşuyor, pizza dedikleri bir şey yiyorlardı. Ayşa ise zil çalar çalmaz aceleyle çantasını toplayıp eve koşuyordu, çünkü

Mualla Teyzesi camda onu bekliyor, dakikaları sayıyordu. Belki İstanbul'un kuşlarını, gemilerini, ışıklarını da anlatırdı Ali'ye.

Otobüse bindiklerinde Şahin onun yanına oturmuş, teyzesi de buna bir şey dememişti. Muavin yine keklerini, gazozlarını getirmiş, yanında Şahin oturduğu için Ayşa bu sefer onları alırken daha az utanmıştı. Hayret, Mualla Teyzesi bunlara karışmıyordu. Şahin elindeki telefondan başını kaldırmadığı için Ayşa arada bir başını cama yaslayıp uyuyordu. Gözünü açtığında otobüs durmuş, akşam olmuş ve memlekete gelmişlerdi. Tanıdık bir koku geldi Ayşa'nın burnuna. Şöyle bir etrafına bakındı, memleketin kendine has kokusuydu bu. Biraz is, biraz taze ekmek; biraz da otobüsten gelen mazot kokusu birbirine karışmış, Ayşa bu kokuyu içine çekerken yüreğindeki taş bir kere daha oynamıştı yerinden.

Anneannesinin evinde, kapı açıktı. İçeride başı örtülü kadınlar vardı yine. Muazzez onları görür görmez koşarak ve ağlayarak geldi yanlarına. Ayşa'dan başlayarak hepsine tek tek sarıldı ve bu sefer daha yüksek sesle ağlamaya başladı. "Sonunda o da gitti... Birbirimizden başka kimsemiz kalmadı bu dünyada." Herkes eski odasına yerleşti, akşam dualar okundu, ertesi gün de cenazeyi kaldırdılar. Mezarlıkta Ayşa'nın gözü hep Ali'yi aradı. Acaba o da gelmiş miydi? Derken gördü. Arkadaşlarıyla Ayşa'nın tam karşısında durmuş, dikkatle onlara bakıyordu. Ayşa onu görünce sevinçle karışık bir heyecan duydu. Kızaran yüzünü gören oldu mu diyerek etrafına bakındı. Kimse ona bakmıyordu. Ali yine eliyle koluyla, kimseye çaktırmadan, "Ne haber?" der gibi işaretler yaptı, Ayşa hafifçe gülümseyerek başını önüne eğdi.

Ali büyümüştü. Hemen kendine döndü dikkati. Acaba o da büyümüş müydü? Ali onu görünce ne düşünmüştü acaba? Bacağında pantolon, üstünde gömlek, başında şapkasıyla hiç de beğenilecek bir hali olmadığını kendisi de biliyordu. En çok da şapka takmayı seviyordu. Şapkanın önündeki siperlik yüzünün ve gözlerinin bir kısmını kapattığı için, daha az utanıyor, kendini daha rahat hissediyor, etrafa daha rahat bakabiliyordu. Onlar eve varana kadar Ali arkadaşlarıyla onları takip etti. Onunla konuşmak istiyor ama bunu nasıl yapacağını bilmiyordu. Ev yine dolup dolup taşıyor, Mualla ordusuz komutan gibi gelen yemekleri bir düzen içinde masaya yerleştiriyor, her gelenin mutlaka yemek yemesini sağlıyor, yemek gönderenlerin listesini çıkarıyor, yanına ne gönderdiklerini de tek tek yazıyordu.

Bir hafta, on gün sonra ziyaretçiler azalmıştı. Özellikle akşamları Mualla Teyzesi ile annesi salondaki koltuklara karşılıklı oturuyor, çocukları odalarına yolluyor ve durmadan konuşuyorlardı. Onların ne konuştuğunu merak eden çocuklar da girip çıkarken kulak kabartıyordu. Çünkü bundan sonra neler olacağını ikisi de merak ediyordu.

Aşağı yukarı plan belliydi. Memlekette kimseleri kalmamıştı. Artık Muazzez de ayrılacaktı buradan. Evi kapatacaklar, şimdilik Muazzez de İstanbul'da ablasının evinde Ayşa'yla birlikte yaşayacak, en kısa zamanda ona bir iş bulunacak ve o zaman kendi evlerine taşınacaklardı. Kendi evini kapatmıştı çoktan. Muazzez tayinini İstanbul'a isteyecekti ama bu tayin ne zaman çıkar, kimse bilmiyordu. Ayşa gelecekte başına neler geleceğini, ona kimin sahip çıkacağını merak ediyor, bu sefer acaba başıma neler gelecek diye düşünüp duruyordu. Bu iki kadın da onun teyzesiydi ve Ayşa ikisinden de nefret ediyordu. Onu doğuran ama sonra hemen terk eden gerçek annesi ölmüş, gerçek babasıysa kardeşlerini de alıp ortadan kaybolmuş, bir daha onu ne aramış, ne de sormuştu. Nefret de etse birbirinden beter bu iki kadına muhtaçtı. Biri deliydi, birinin de ne yapacağı belli değildi.

Misafirin ayağı kesilince Mualla harıl harıl evi toplamaya, eline geçeni atmaya, Muazzez ise sürekli bir yerleri ovmaya, silmeye başlamıştı. Allahtan evde yiyecek çoktu ve Mualla burada ne yediklerine ve ne zaman yediklerine karışmıyordu. Şahin'le usulca mutfağa gidiyor, börekleri peçeteye sarıp kimseye görünmeden odalarına geçiyor ve birbirlerine muzipçe gülümseyerek afiyetle yiyorlardı.

Ayşa, "Hazır memlekete gelmişken bir kerecik olsun Ali'yi görsem..." diye düşünüyor, içi içini yiyor ama bir türlü fırsat çıkmıyordu. Şahin'e de bir şey söyleyemiyordu. Gideceklerine yakın Muazzez kızına şöyle bir baktı, "Sana gömlek, pantolon alalım.

Şahin'in eskileriyle gezme" dedi, ertesi gün de elinden tutup onu çarşıya götürdü. Önce iki pantolon, iki gömlek, biraz da çamaşır aldı, sıra ayakkabıya geldi. Ayşa girdikleri dükkânlardaki ayakkabıların hiçbirini beğenmiyor, Ali'nin dükkânına gitmek için sabırsızlanıyordu. Annesi oraya bir türlü girmek istemiyordu. Ne de olsa ablası Nurşen bu dükkânda öldürülmüştü ama şehirde toplasan iki üç ayakkabıcı vardı. Sonunda dükkânın önüne gelince, "Hadi sen gir bak, beğendiğin varsa ben parasını veririm" dedi. Ayşa kulaklarına inanamadı. Nasıl da denk gelmişti. Yine utanarak girdi dükkâna. Ali zaten görünmemek için dükkânın arka tarafından onlara bakıyordu. Ayşa'yı görünce onun da heyecandan adeta dili tutuldu. Hemen geldi yanına. Bir süre ikisi de bir şey demeden birbirinin yüzüne baktı. Ne kadar özlemişlerdi birbirlerini. Yine ilk konuşan Ali oldu. "Sen büyümüşsün!" dedi. Ayşa, "Annem kapıda, ayakkabı alacaktık" deyince Ali hemen anladı durumu. Sağda solda Ayşa'ya uyacak ne kadar ayakkabı varsa dizdi önüne. Başladı kıza giydirmeye. Bir yandan eğilmiş ayakkabıları giydiriyor, bir yandan da konuşuyordu.

"Ne güzel olmuşsun sen."

"Sen de büyümüşsün. Oğlan gibi olmuşsun. Sakalların çıkmış."

"Ben zaten oğlandım. Oğlan gibi olan asıl sensin. Ee, naber?"

"Hiç... Anneannem de öldü, onun için geldik buraya. Yakında gideriz."

"Gitmeden önce gelmezsen kızarım ha!"

"Kızar mısın? Ne yaparsın kızınca?"

"Ne yapıcam kız, dövecek halim yok ya... Hem ben sana kıyabilir miyim?"

Ali böyle deyince hemen yüzü kızardı Ayşa'nın. "Ben sana kıyabilir miyim?" Bu cümleyi daha sonra sık sık tekrar edecekti içinden. Kendisini dışarıya bırakmadıklarını söyleyince, Ali, "Tüh ya, yine gideceksin, biz bir daha kim bilir ne zaman tekrar görüşeceğiz..." dedi. Ayşa üzülür gibi önüne bakıp omuz silkti.

"Hangi ayakkabıyı beğendin? Hadi bak, bir yandan da konuşuruz."

"Çabuk ol, annem kapıda bekliyor."

"O kadına hâlâ anne mi diyorsun?"

"Başkalarının yanında bazen anne diyorum."

"Ben başkası mıyım? Hem sen İstanbul'da da hep böyle oğlan gibi mi geziyorsun?"

"Hı hı... böyle daha iyi..."

"Hiç de değil, kızken daha iyiydin. Ama yine de böyle giyinmeye devam et sen. Bari peşine takılan olmaz. Biliyorsun değil mi, bizim usta da öldü."

"Aaa... bilmiyordum. Öldü mü?"

"Öldü ya... İyi adamdı ustam. İkisi de çok âşıkmış birbirine. Ustanın karısı bile biliyormuş. Yine de olanlara çok üzüldü. Şimdi ben yalnız çalışıyorum dükkânda."

"Sahibi mi oldun buranın? Patron mu oldun?"

"Yok, sahibi değilim ama patron oldum sayılır. Paraları alan veren hep benim. Kazandığımı akşam gidip Sabiha Abla'nın eline veriyorum."

"Baban yine dövüyor mu seni?"

"Arada bir okşamayı ihmal etmiyor ama eskisi gibi değil."

"Okşuyor mu yani?"

"Yok canım, dövüyor işte ama az kaldı. Bak, boyum da nasıl uzadı. Yakında hakkından geleceğim de, biraz daha zaman var. İstanbul'daki teyzen ne yapıyor, sana iyi bakıyor mu yoksa o da mı dövüyor?"

"Deli o deli. Dövmüyor ama korkunç bir kadın. Hele bizim köşkün çatısında kırmızı lambalı bir oda var, görsen korkarsın. Kafatası bile var içinde. Cinler, periler var galiba o odada."

"Ne cini, ne perisi, hâlâ böyle şeylerden korkuyor musun?"

"Korkuyorum tabii... Şahin'i sık sık kapatıyor oraya. Geçen gün beni de kapattı. Öyle korktum ki..."

"Çok mu korktun? Kafatası dediğin de o odada mı? Manyak yahu bunlar. Evde kuru kafanın ne işi var? E, korkunca ne yaptın? Telefonun olsa hemen beni arardın. Bak, artık benim telefonum da var. Sen de alsana, geceleri gizli gizli konuşuruz. Almazlarsa, korkunca içinden on kere Ali de, belki hemen geçer korkun. Vicdan yok bunlarda, vicdan! Sana emanet edilmiş kız çocuk o odaya kapatılır mı hiç. Ne yaptın peki odada?"

"Korkudan her yerim titredi. Sonra da odanın ortasında sabaha kadar döndüm."

"Sen yine mi dönüyorsun, deli misin?"

"Ama dönünce korkum biraz geçiyor."

"Buradaki evinde de dönerdin. Demek çok canını sıkıyor bunlar senin."

"Sen nerden biliyorsun benim döndüğümü?"

"Şey... sen buradan üzgün çıktığın günler dükkânı kapatınca sizin oralarda dolanırdım. Kaç kere gördüm seni. Odanın ortasında, kollarını açmış dönüyordun ama anladım biliyor musun, sıkıntıdan döndüğünü. Çok üzülürdüm o zaman ben sana."

"Ben de sana üzülürdüm, baban döverdi ya!"

"Hem nasıl döverdi, hayvan herif..."

Bu söz Ayşa'ya hemen "o" geceyi hatırlattı, annesinin odadan çıkarken babasına hayvan herif deyişini.

"Hayvan herif mi! Annen de mi öyle diyor babana?"

"Annem mi? Yok, ben diyorum ama hak etmese demem. Siz İstanbul'un neresinde oturuyorsunuz?"

"Üsküdar'da, eski bir köşkte. Ben ona perili köşk diyorum."

"Doğanlarınki gibi mi?"

"Yok öyle değil. Burası eski, kapkara bir köşk ama içi çok güzel. Filmlerdeki gibi."

"Sen de filmlerdeki kızlar gibi olma da..."

Muazzez dükkânın önünde ayakta durmaktan yorulmuştu. Bütün gücüyle, "Ayşaaa" diye bağırdı, çocukların ödü koptu. Ayşa, "Tamam, geliyorum" diyerek yerinden fırladı. O sırada yandaki kuyumcu Uğur Usta ve tuhafiyeci Yamuk Yasin de fırladılar dışarı. Muazzez'i görünce Uğur Usta, "Muazzez Hanım, niye ayakta kaldınız, buyurun benim dükkâna, size demli bir çay ikram edelim. Öyle değil mi Yasin Usta?" dedi. Yalnız bir kadını dükkâna davet etmek olmazdı. Onun için Yasin Usta'dan destek istemişti. O da devreye girince hep beraber Yasin Usta'nın kuyumcu dükkânına girdiler. Çaylar söylendi. Uğur Usta bir yandan kadına tezgâhtaki birbirinden güzel mücevherleri gösteriyor, bir yandan alışkın tavırlarla onunla sohbet ediyordu. Ne de olsa kuyumcuya en çok kadınlar gelirdi. Sohbeti koyulaştırmışlardı. Muazzez çok memnundu ona gösterilen bu ilgiden. Epeydir hiçbir erkekle şöyle ağız tadıyla sohbet etmemişti.

Ali dışarı çıkıp ortalığı kolaçan etti, durumu anlayınca içeri, Ayşa'nın yanına gitti. Artık daha rahat konuşabilirlerdi. Ayşa yine de huzursuzdu. Önce şu ayakkabı işini halletseler iyi olacaktı. Annesi dükkândan çıktığında o bari hazır olurdu. Ayşa ayakkabılardan birini beğenince, onu özenle kutuya yerleştirdi Ali. Sonra geçip karşısına oturdu, eski günlerdeki gibi...

"İyi ki geldin... Keşke hep gelsen. Sen gidince ben öyle yalnız kaldım ki..."

"Ben de yalnız kaldım."

"Yalan söyleme, senin yanında o oğlan var."

"Şahin'i mi diyorsun, o senin yerini tutmuyor ki... O hep telefonuyla oynar, pek konuşmaz."

"Demek benim yerimi tutmuyor, ha?"

Bu söz de Ali'nin çok hoşuna gitmiş, kendi kendine tekrarlayıp duruyor, bir yandan da bıyık altından gülüyordu.

"Hep böyle ol, tamam mı, İstanbullu kızlar gibi olma."

"Nasılmış İstanbullu kızlar?"

"Fingirdek olur onlar."

"Bilirmiş gibi konuşma. Sen hiç İstanbul'a gitmedin ki..."

"Olsun, gitmek şart mı? Ben duyarım her şeyi."

"Fingirdek ne demek?"

"Boş ver sen onları. Demek kırmızı lambalı ceza odası var sizin evde. Ulan dayaktan beter be! Şahin korkmuyor mu?"

"Korkuyor, korkmaz mı ama alışmış artık."

"Korkuyordur da erkekliğe şey sürmemek için söylememiştir sana."

"Ne sürecekmiş erkekliğe?"

"Boş ver ne süreceğini. Sen dikkatli ol da o deli kadın seni tıkmasın oraya. Şahin'e de fazla yaklaşma."

"Nedenmiş o? O benim kardeşim sayılır. Sen yine okula gitmiyor musun?"

"Gitmiyorum okula, unuttun mu? Ben dışarıdan okuyorum."

"Şimdi kaçıncı sınıftasın?"

"O hoo, kızım sen beni ne çabuk unuttun ya! Sen şimdi orta ikiye geçmedin mi? Ben de lise ikiye geçtim. Az kaldı. Lise bitince ver elini İstanbul. Orada gelir seni bulurum."

"Bulamazsın."

"Neden bulamayacakmışım? Sen bana evin adresini verirsin, ben de elimle koymuş gibi bulurum seni."

"Sonra da Mualla Teyzem ikimizi de öldürmekten beter etsin."

"Bana bir şey yapamaz."

"Yapamazmış! Sen daha onu tanımıyorsun."

"Tamam anladık da, öyleyse ben seni koca İstanbul'da nasıl bulacağım? Sen fakültede okuyacak mısın?"

"İnşallah okurum. Şimdilik kimse bir şey demiyor. "

"Bak, ben doktor olucam. Sen de ol. Fakültede buluruz birbirimizi. Sen benden daha çalışkansın, olursun."

"Doktor mu olucan?"

"Hı hı... Hani devlet hastanesinde gözlüklü doktor var ya, genç olan, işte ben o doktor gibi olucam. Artık kitap okumaktan o zamana kadar benim de gözlerim bozulur, gözlük de takarım. Bembeyaz önlüğü de giyerim. Boynuma da doktorların taktığı o aleti takarım. Hasta olunca gelirsin, seni muayene eder, ilaç yazarım."

"Ya! Ben hasta olmam."

"Bal gibi olursun."

Ayşa sözün burasında durdu. Kendini doktor gibi hayal etmeye çalıştı. O da beyaz önlük giyer, boynuna o aleti takardı. Çok da para kazanır, evdeki herkesten böylece kurtulurdu. Nasıl bir evi olurdu acaba? En çok o evden gökyüzünü, denizi, denizdeki gemileri ve kuşları görmek istiyordu. Hem evinde kimse olmaz, kuşları düşündükçe rahat rahat döner dururdu. Kimse olmaması hem hoşuna gitmiş hem de canı sıkılmıştı. Yine mi yalnız kalacaktı? Onun kimsesi yoktu ki... Acaba o zaman Ali onu gerçekten bulur muydu?

"Niye sustun, doktorluğu düşündün di mi? Ol işte. Ben de olurum. Hastanede işimiz bitince hep böyle buluşur, konuşuruz. Hem o zaman kimse de bir şey demez. Koskoca doktor olmuşuz. Boru mu?"

"Ne borusu?"

"Boş ver boruyu. Oh be! Güzel olur valla. Ben artık geceleri daha çok çalışıcam. Kendimi İstanbul'a bir atabilsem, gerisi kolay."

"Parayı kim verecek? Kumbaran var mı?"

"Ne kumbarası? Biz çocuk muyuz? Peki Şahin sana sarkıyor mu?"

"Ne yapıyor mu? Yok öyle bir şey, telefonla oynamaktan ders bile çalışmıyor. Arada bir ben çalıştırıyorum."

"Sana ne oğlanın dersinden. Kendi çalışsın. Salak işte. Yine kuşlara bakıyon mu?"

"Bakmaz mıyım? İstanbul'un kuşlarını bir görsen, aklın durur."

"Hiç değişmemişsin sen. Yine dönüyosun, yine kuşlara bakıyosun. Seni dönerken gördüğüm gece içimden bir şey koptu. Pencerenin önüne geldim, sana el salladım ama kendinden geçmiş gibi gözlerin kapalıydı. Cama vuracaktım, vazgeçtim, korkarsın diye... İstanbul'a gelsem, yine seni pencereden görür müyüm?"

"Pencereden mi, ama döndüğüm ceza odası, çatı katında. Bu sefer merdivenle çıkman gerekir."

"Çıkarım ne var. Alırım bir merdiven, dayarım duvara, en tepesine çıkar, oradan sana el sallarım."

"Sahi sallar mısın? O zaman benim de korkum geçer."

"Sen yine de o kadını kızdırmamaya bak..."

Ayşa tam bir şeyler daha diyecekti ki annesi, yanında Uğur Amca ve Yamuk Yasin'le dışarı çıktı. Ali onları görür görmez kasanın başına geçti, Ayşa'yı oturduğu yerde yalnız bıraktı. Muazzez kızı onu bekler görünce hemen çantasını açtı, "Gel oğlum, parayı burada al. O dükkâna giremem ben. İçim fena oluyor" diyerek Ali'yi dışarı çağırdı. Ayşa, ayakkabı kutusu koltuğunun altında, Ali'ye son bir kez daha bakarak çıktı dükkândan. Ali'yle konuşmak çok iyi gelmişti ona, sanki içindeki taş hafiflemişti.

İstanbul'a hep birlikte dönmüşlerdi. Köşk çok büyük olduğundan Muazzez'e de bir oda verilmiş, enişteleri Cevat Bey onu da güler yüzle karşılamış ve saygıda kusur etmemişti. Ancak Muazzez eve girer girmez evin havası bir anda değişivermişti. Dertliydi Muazzez, çok dertliydi. Annesine veya kocasına ağıtlar yakıyor, bağıra çağıra ağlıyor, olmadık şeye saatlerce gülüyor ya da Mualla'nın kızacağını bildiği şeyleri onun gözünün içine bakarak yapıyordu. Arada bir de Cevat Bey'in karşısına oturuyor, başlarına gelenleri ona ballandıra ballandıra anlatıyor, hiç değilse Cevat Bey'in onu teselli etmesini bekliyordu. Zaten Muazzez bu adamı hiç anlamamıştı. İlk gördüğünde onu bir şey sanmıştı. Tam bir beyefendi gibi duruyor, elindeki fildişi topuzlu bastonuyla çok havalı görünüyordu ama fos çıkmıştı. Memlekette erkeğin böylesine kılıbık derlerdi. Bu adam kılıbığın kılıbığıydı. Karısı ne yapsa ses çıkarmıyor, hiçbir şeye kızmıyor, bağırmıyor, çağırmıyor, kimseyi dövmüyordu. Ablası bu herifi sevmemekte haklıydı demek ki... "Böyle erkek mi olur, adamın ağzı var dili yok" diyordu içinden.

Ablasına ne demeliydi; kadının yaptıklarının birini kendi yapsa, Saffet ortalığı birbirine katar, onu eşek sudan gelen kadar döverdi. Adamı kendi evinde rahat ettirmiyor, oturduğu yerden yediği yemeğe kadar her şeyine karışıyordu. Sadece onun mu, evdeki herkesin canına okuyordu. Neymiş efendim dizinin en güzel yerinde televizyon kapatılıp yatılacak, sabahın köründe kalkılacakmış. Yemek aralarında ağza atılacak zırnık yoktu dolapta. Böyle ev hanımı mı olurdu? Ev hanımı dediğin tedbirli olmalıydı. Ne olur ne olmaz diye insan eve erzak almaz mıydı? Kadın soğanı, patatesi bile sayıyla alıyor, sabah ezanıyla markete gidiyor, açlıktan ölüyorum desen kimseye başka bir şey yedirmiyordu. Bunun adı hanımlık değil, delilikti. Demek ablası da kafayı yemişti.

Eve daha yeni geldiği için hemen sorun çıkarmak istemiyor, hiç olmazsa akşam yemeğinde bol bol konuşuyordu ama ablasının suratı asılıyor, sık sık, "Yemeğini ye" diye uyarıyordu. Çocuk muydu o? Başkasının aklına ihtiyacı yoktu. Hem ev dediğin bu kadar sessiz olmazdı ki... O hiç alışkın değildi böyle sessizliğe. Ne babasının evinde görmüştü, ne de kocasının. İşte o zaman ne kadar kadersiz olduğu geliyordu aklına. Çocukluğunda babasından, evlenince de kocasından dayak yemiş, başındaki erkekler ona hiç gün yüzü göstermemişti ama Cevat Bey gibisini de ister miydi acaba? Adamın bir ayağı aksıyordu ama yakışıklı, beyefendi adamdı. Evden, iki dirhem bir çekirdek giyinmeden çıkmıyor, misler gibi de kokuyordu. Parfümün bile en iyisini kullanıyordu demek ki... Kendi kocası gibi tıraş losyonuyla idare etmiyordu. Böylesi de zordu. İnsan eve gelince karısına sarılır, ona güzel şeyler söyler, yemekte sohbet eder, güler, konuşurdu. Sonra yine kendi kocası geldi aklına. Evet, onunki her şeye kızıyor, sık sık da onu hastanelik edene kadar dövüyordu ama yine de seviyordu Saffet'i. Hiç olmazsa dövünce karısının gönlünü almayı biliyor, sofrada birlikte kafa çekerken muhabbetin âlâsını yapıyordu onunla. Acaba Mualla mı adamı böyle muma çevirmişti? Kendisi ne yaptıysa Saffet'i muma çevirememişti.

Mualla evlenmeden hiç böyle değildi. Bir haller olmuştu kadına. Yüzü hiç gülmüyor, hiçbir şeyden memnun olmuyordu. Yaşamayı unutmuştu kadın. Öfkeden kuduruyordu. Bu neyin öfkesiydi? Babası zorla verdiyse ne olmuştu sanki. İstanbul'da köşklerde oturuyor, kendisi gibi para pul sıkıntısı da çekmiyordu. O yasak, bu yasak, böyle gün mü geçerdi? Bunları bir gün tek tek anlatacak, bilmediğini öğretecekti ablasına. Hem İstanbul dedikleri şehre geleli on beş günü geçmişti, onlar hâlâ kuş gibi evde oturuyorlardı. Oysa Muazzez uzaktan gördüğü gemilere binmek, şehri gezmek, çay bahçelerine gidip çay içmek, çarşıları dolaşmak istiyordu. Gerçekten de dediğini yapmış, bir gün Mualla'yı karşısına almış ve bunları tek tek söylemişti. O sırada çocuklar da merakla merdiven başından onları dinliyordu. Mualla sözünü hiç kesmeden onu dinlemiş, ardından, "Bak Muazzez, bu evin kurallarını iyi öğren yoksa bozuşuruz seninle" demekle yetinmişti. Bunu duyan Şahin, çok komik bir şey olmuş gibi önce uzun uzun gülmüş, ardından da Ayşa'ya dönüp, "Annenin canı dayak istiyor galiba" demişti. Durumdan Cevat Bey de tedirgindi. Bu evde bir gün kızılca kıyamet kopacaktı ama ne zaman.

O günlerden birinde Şahin eve zamanında gelmemiş, Mualla heyecan ve korkudan sokaklara atmıştı kendini. Muazzez onu teselli etmeye çalışıyor, "Abla, erkek çocuk o, belki arkadaşlarıyla bir yerlere takılmıştır" diyor ama Mualla bunların hiçbirini dinlemiyordu, oğlunu sürekli telefonla arıyor ama cevap alamıyordu. Cevat Bey'i de aramış, oğlan eve gelmedi demiş, o da bir çare bulamamıştı. Daha fazla beklemeye tahammül edemeyen Mualla, yanına Ayşa'yı da alarak okula gitmişti ama okul çoktan kapanmıştı. Akşama doğru Şahin başı önünde geldi eve. Evde herkes heyecanlıydı. Acaba şimdi Mualla ne yapacaktı? Oğlan hiç annesinin yüzüne bakmadan hızla çıktı merdivenleri, hemen banyoya girdi, tuvaletini yaptı, çıktığında Mualla kapıdaydı. Evdeki herkes başlarına toplanmıştı. Şahin, "Tamam anne, senin bir şey yapmana gerek yok, ben hemen çıkıyorum ceza odasına" dedi. Bu durum Mualla'yı daha çok kızdırdı. Demek artık cezalar Şahin'i kesmiyordu. Hemen yapıştı çocuğun yakasına, tam vuracaktı ki, Muazzez, "Kız delirdin mi sen, anneler erkek çocuğunu döver mi? Babası dövse neyse" diyerek tuttu elini. Şahin de bu fırsatı değerlendirip merdivenleri koşarak çıktı, ceza odasına girip kapıyı içeriden kendisi kilitledi.

"Sen nasıl olsa yarın o odadan çıkarsın" diye söyleniyordu Mualla. Üstelik hâlâ nereye gittiğini bile söylememişti. O gece Mualla fırtına gibi gezdi evde. Sofrada herkesin yediğine tek tek bakıyor, "Ya oğlana yiyecek bir şeyler götürürlerse..." diye korkuyordu. Muazzez bu eve geleli, evin bütün düzeni bozulmuştu. Herkes sesini çıkarmadan yedi yemeğini. Artanların çöpe döküldüğünden emin olmak için çöp iyice kontrol edildi ve öyle konuldu kapıya. Ne kadar dikkat etse de Ayşa'nın o odaya girmesine engel olamadı Mualla. Ayşa da korkuyordu teyzesine yakalanmaktan ama Şahin'i orada yalnız bırakmaya içi elvermiyordu. Hem nasıl olsa bu sefer anahtar Şahin'deydi. Muazzez de alt katta uyanık oturuyor, yakalanmasınlar diye onlara bekçilik ediyordu. Ayşa gecenin bir yarısı Şahin'in hatırına o odaya girse de korkudan eli ayağı titriyordu. Bu oda özellikle geceleri gerçekten çok korkunçtu. Her an bir yerlerden cinler, periler çıkıverecek gibi bir his geliyordu insanın içine. Daha olmazsa fareler... Şahin en çok da buna gülmüştü. "Kızım, Mualla'nın yaşadığı evde fare ne gezer. Böcek bile gelemiyor görmüyor musun? Hayvancıklar yanlışlıkla girseler bile açlıktan ölürler."

İki çocuk bir süre camın önünde oturup dışarı baktılar. Ayşa ona yiyecek bir şey değil ama bir şişe su getirebilmişti. Zaten Şahin'e en çok gereken şey de suydu. Kafasına dikip lıkır lıkır içti. O gün bütün arkadaşlar toplanmış, bir kafede Şahin'in sıra arkadaşının doğum gününü kutlamışlardı. "Annene söylesen göndermez miydi?" diye sordu Ayşa, hayır anlamında başını iki yana salladı Şahin. Göndermezdi çünkü Mualla çok evhamlı bir kadındı. Kafede oğlunun başına bir şeyler gelir, ona içine uyuşturucu konmuş kola içirirler, kavga olur, döverler gibi evhamları ve korkuları vardı annesinin.

Sabah Şahin çıktı ceza odasından. Annesine tek tek anlattı durumu. Mualla kırk kere sordu, ne yedin, ne içtin diye. O da tek tek söyledi, hep beraber pizza ve pasta yediklerini. Ancak Mualla'nın öfkesi geçmemişti. O akşam yemekten sonra Muazzez, "Ay bu dizi çok güzel, siz yatın, ben sonra yatarım" deyince iyice çileden çıktı, kardeşinin başına dikildi, "Hadi kalk, yat yerine" diye söylendi. Muazzez'in suratı asıldı, "Ayol misafir geldiysek esir değiliz herhalde" diyerek itiraz etti. Bu eve geldiği günden beri sürekli söyleniyordu Muazzez. Ya of çekiyor, ya gülecek bir şeyler yapıyor ya da kendi tabağını kaldırmak yerine Ayşa'nın eline tutuşturuveriyordu. Yemekten sonra örgüsünü eline alıyor, "Ay çok heyecanlı" diyerek televizyonun karşısına geçiyor, sık sık da "Çekirdek de mi yok bu evde?" diyerek ablasına sitem ediyordu. Şimdi artık Muazzez hariç evdeki herkes diken üstündeydi. Bir gün kıyamet kopacaktı ama ne zaman. O kıyametin kendilerine zarar vermesinden korkuyordu çocuklar. Özellikle de Ayşa korkuyordu. Teyzesi onları kapının önüne koyarsa nereye gider, nereye sığınırlardı?

Muazzez onları fazla bekletmedi. O kıyamet o gece koptu. Mualla Cevat Bey'in kıymetli bastonunu aldığı gibi kardeşinin üzerine yürüdü. Muazzez o zaman, "Nasıl olsa vuramaz" diyerek avazı çıktığı kadar bağırdı ama o bastonu kaldıranın başkası değil de Mualla olduğunu unutmuştu. İlk darbe sırtına isabet etti. Ardından Muazzez, "Ya sen ne oldun, babamın yerini mi aldın yoksa!"

diye bağırarak o önde, Mualla arkasında, bir süre evi dört döndüler. Cevat Bey hemen oturduğu koltuktan kalkıp merdivene yöneldi, çocuklar bu gürültüye odalarından çıkıp merdivenin başında durdular, herkes heyecanla olanları izlemeye başladı.

Mualla sonunda kardeşini yakasından tuttuğu gibi yere fırlattı, Muazzez yerde bağırdıkça o elindeki bastonla ona kıyasıya vurmaya başladı. Cevat Bey'in gözü bastondaydı. Kırılırsa diye korkuyordu. Bir daha bu kadar iyisini bulamayabilirdi. Hırsını alınca Mualla elindeki bastonu fırlattı, nefes nefese salondaki koltuğa zor attı kendini. Şahin Ayşa'ya bakıp bakıp, "Ben dememiş miydim" diyerek gülerken, Cevat Bey karısının fırlattığı bastonu yerden aldı, kırılmış mı diye dikkatle incelemeye başladı.

Sonunda kendi evinde olduğu gibi burada da Muazzez kapının dibine yığıldı, bir yandan eliyle acıyan yerlerini ovdu, bir yandan da "Ellerin kırılsın inşallah. Babamdan beter ol inşallah, sen de onun gibi hapislerde çürürsün inşallah!" diyerek ablasına beddua etti. Ayşa bu sahnelerin hiç yabancısı değildi ama bu sefer oyuncular değişmişti. O zaman bu oyundaki kendi rolü geldi aklına. Eskiden olduğu gibi mutfaktaki ilaç dolabına koştu. Oradan aldığı bir parça pamukla ilacı alıp geldi annesinin yanına. Acıyan yerlerine ilaç sürdü. Baştan beri hiç susmayan Muazzez, "Ay çok acıyor, her yanım kırıldı" diye bağırıyordu. Ama bu evde bağırmanın, çığlık atmanın da bir tadı yoktu. Sanki bu evin duvarları bile sağırdı, hiç ses vermiyordu. Biraz ferahlayınca yerlere tutunarak ayağa kalktı, "Bu evde daha fazla kalamam, ben gidiyorum" diyerek sokak kapısına yöneldi. Şahin ve Ayşa gözlerini sonuna kadar açmış, şimdi ne olacak der gibi iki kadına bakıyorlardı. Bunu duyan Mualla yerinden ok gibi fırladı, "Cehenneme kadar yolun var, bir daha gelirsen namertsin!" diyerek kapıyı sonuna kadar açtı, eliyle buyur işareti yaptı.

Yediği bunca dayağa değil ama bu sözlere çok şaşırdı Muazzez. Bir an Ayşa'nın kolunda sağa sola baktıktan sonra geri döndü, sessizce çıktı odasına. Hâlâ elindeki bastonu inceleyen Cevat Bey'in keyfi yerine gelmişti, bir Şahin'e, bir Ayşa'ya bakıp bakıp gülüyordu. Onun ne demek istediğini çocuklar hemen anlamıştı. O da öğrenecekti bu evin kurallarını. Birkaç gün odasından hiç çıkmadı, yemedi içmedi, birinin yanına gelip güzel bir söz söylemesini bekledi Muazzez ama ne gelen oldu ne giden. Mualla o odaya girilmesini çoktan yasaklamıştı. Sonunda Muazzez odasından çıktı, hiçbir şey olmamış gibi aşağı indi ve hayat yeniden tam da Mualla'nın istediği gibi oluverdi.

Muazzez baştan biraz zorlansa da zamanla alıştı evin düzenine. Ne de olsa boyun eğmeye, yönetilmeye alışkındı o. Sadece arada bir bu sessizlikten bunalıyor, o zaman hemen bir kural hatası yapıyor, Mualla'dan dayağı yiyince rahatlıyor, bir süre odasında, "Ah benim bi tanecik kocacığım, sen gittin de benim düştüğüm durumlara bak" diyerek ağlıyor, sonra da hayat kaldığı yerden akıp gidiyordu. Her şeye rağmen Muazzez'in gelişi o evde bir şeyleri değiştirmiş, evin sessizliği bozulmuş, kavga gürültü eksik olmamış, kurallara bir de pazar gezmeleri ilave olmuştu. Mualla da eskiye göre daha iyi görünüyordu. Yüzünde donup kalan kaslar gevşemeye başlamış, hatta yüzüne renk gelmişti. Özellikle Muazzez'le kavga ettikten, onu dövüp hırsını aldıktan hemen sonraki günler arada bir de olsa bir şeylere gülmeye başlamıştı. Özellikle Muazzez odasından kendiliğinden çıkıp da ablasının yanına gelince Mualla keyifleniyor, hareketleniyor, "Kız canın ne istiyor, söyle de bugün onu pişirelim" diyerek kardeşinin gönlünü alıyordu.

Her pazar kahvaltıyı eder etmez hep birlikte kendilerini sokağa atıyorlar, ya vapura binip görmedikleri yerleri geziyorlar, çay bahçelerinde oturup etrafa bakıyorlar ya da çarşıları gezip ufak tefek bir şeyler alıyorlardı. Muazzez neyi nasıl yaptığını kendi bilmese de, o evin enerjisini değiştirmeyi başarmıştı. Hatta bir seferinde iki kardeş evde örmek için kendilerine renkli yünler aldılar. Muazzez'in söylediği gibi geceleri televizyonun karşısına geçip bir yandan çocuklara atkı örüyorlar, bir yandan da önlerine koydukları çekirdekleri yiyorlardı. Böyle olunca gece saat onda televizyon kapanmıyor, ışıklar sönmüyor, isteyen örgü örüyor, isteyen ders çalışıyordu.

Çocuklar da memnundu bu değişikliklerden. Kurallar gözle görülür biçimde azalıyordu. Özellikle pazar gezmelerini hepsi seviyor, Cevat Bey ailesiyle gezerken en önde bastonunu sallayarak, havalı havalı yürüyordu. Kadınlar pazar günleri evden süslenip püslenip öyle çıkıyorlardı. Çocuklar da o gün evde kapalı kalmaktansa etrafa bakınıyorlar, arada canları dondurma isterse bunu Muazzez'e söylüyorlardı. O da kendi canı istemiş gibi hiç ablasına sormadan dondurmacının önünde durup hepsine dondurma alıyordu.

Şahin'le Ayşa'nın ilişkileri giderek yakınlaşıyor, Ayşa Şahin'e ders çalıştırıyor, Şahin de rüzgâr çıkıp da yapraklar hışırdamaya başlayınca çok korktuğu için Ayşa rahatlayana kadar onun yanında oturuyordu. Yavaş yavaş ergenliğe girmeye hazırlanan bu iki çocuk, birbirlerine destek olmaya çalışıyordu.

Kırmızı Oda

Ayşa bütün bunları bazen gülerek, bazen de ağlayarak anlatıyor. Geçmişi hatırlamak bir yandan hüzünlendiririrken bir yandan da ekşi tatlı karışımı bir tat buluyor orada. Hemen bir çay söylüyorum ona, karşılıklı içiyoruz.

"O günler aklına gelince neler hissediyorsun Ayşa?"

"O ev ilk zamanlar bana çok yabancı gelmişti. Hiç memleketteki evlere benzemiyordu. Mualla derseniz, o zaten kimseye benzemez. Baştan çok zorlandım, çok yalnız hissettim kendimi. Zaten hayatımın gerçeklerini de o eve geldiğimde yeni öğrenmiştim. Şahin'e gelince, o hiç Ali gibi değil. Gece onda odama kapanır, karanlıkta ya ışıklara ya da uzaktan geçen gemilere bakar, saatlerce otururdum camın önünde. Aklım hep beni istemeyen annemdeydi, babamdaydı. Şimdi onlara anne baba dediğime bakmayın, lafın gelişi söyledim zaten. Onlar bana hiç analık, babalık etmemişler ki..."

İnsanın içi eziliyor bu kızı dinlerken. Söyledikleri de ne kadar doğru. Bizim ülkemizde sıkça yapılıyor bunlar. Akrabalardan biri, çocuklarından birini ötekine veriveriyor. Bu olayı, ilişkiler de çok yakın olduğu için çocuklar herhangi bir yaşta öğreniyor ve "Neden ben?" diye sormaya başlıyor. Bunun mantıklı bir açıklaması da olamayacağından kendinde kusur arıyor. Aileye olan öfkesi çabucak kendine dönüyor: "Demek var bir kusurum ki verdiler, onlar evlerinde ana babalarıyla yaşarken benden çabucak vazgeçtiler, terk ettiler beni!" Bu soruların ve kendi içlerinde yaptıkları yorumların bir türlü sonu gelmiyor ve o çocukların zihnine, "Ben istenmeyen çocuğum" cümlesi mıh gibi çakılıyor. "İstenmeyen çocuk" ise zamanla, "İstenmeyen insan, kusurlu insan"a evriliyor ve her biri ömür boyu bu izlerle, bu yaralarla yaşamaya devam ediyor. İşte Ayşa da onlardan biri.

> "Yine de iyi kötü, Muazzez büyütmüş beni. Sonra da Mualla'nın eline kaldım. Oradan oraya işte... Ama zamanla oraya da alıştım. Alışmayıp ne yapacaksınız ki... Mualla önceleri bana çok garip geldi, onu hiç sevemedim. Zaten o da bu dünyaya sevilmemek için gelmiş."

Yine çok doğru bir yorum yapıyor. Evin ilk çocuğu olarak o evde bunu en iyi Mualla'ya hissettirmişler. Belki diğer kızlara da o göz kulak oldu, onlarla ilgilendi. Mualla o aileden kendisiyle ilgili nasıl mesaj aldı acaba? "Sen kimsin ki, oğlan bile değilsin; ne önemlisin, ne değerli, bize bir faydan olduğu sürece sen varsın, ancak o zaman gözlerimiz seni görür ama bizi memnun edemez, kendini düşünmeye kalkarsan işte o zaman daha çok kızarız ve seni cezalandırırız. Sen bu evden çıktığın anda, kendi başına bir hiçsin, kimse sevmez, beğenmez seni, yapacağın evlilikten bir faydamız olsun ki, biz de senin varlığını tanıyalım."

İnsanın kendisiyle ilgili zihnine yazılan cümleler o kişinin kaderini yazar. Mualla'yı kitap gibi okuyor insan. Siz misiniz benimle ilgili böyle düşünen, böyle hisseden, şimdi de ben sizi cezalandıracağım diyerek isyan ediyor dünyaya ama isyan da etse, ailesinin zihnine yazdıkları aynen duruyor. Cevat Bey gibi birinin ve onun ailesinin, kendisini sevebileceğine, ona değer verebileceğine hiç inanmıyor. Sahtekârlıkla suçluyor onları. Onu sever gibi, o değerliymiş gibi davrandıklarına göre sahtekâr tümü çünkü onu kimse sevemez ki, kimse ona değer veremez ki...

"Çocukluğunda sevilmemeye programlı ya da buna inanmış biri zaten sonra sevilmemek için elinden geleni yapar."

"Neden hocam? Oysa eminim ki onun da birileri tarafından sevilmeye çok ihtiyacı vardı. Hatta hepimizden çok..."

"Düz mantıkla öyle düşünüyor insan ama hepimiz doğduğumuz evlerde öğrendiklerimizle, o evdeki alışkanlıklarımızla, inançlarımızla yaşarız. Sevilmek, ona çok yabancı bir duygu ve onun için hiç inandırıcı değil. Sevilmeyeceğinden o kadar emin ki..."

"Tam da Mualla Teyzemi anlatıyorsunuz. Kocasının bile onu sevmemesi için elinden geleni yapmış. Baştan Cevat Enişte'nin onu sevip sevmediğini bilmiyorum ama sonunda adamcağız hepsinden vazgeçip teyzeme teslim olmuş. Onu görseydiniz, bu adamın bunca eziyete rağmen hâlâ bu evde ne işi var derdiniz. Hapishanede yaşamayı ister gibiydi. Sakın gitmeyişini Şahin'e bağlamayın çünkü onu o evde tutan asla Şahin değildi."

"Hayır, öyle demeyeceğim zaten. Öğrenilmiş çaresizlik deriz biz buna. Yıllarca denemiş ama o kapıyı açamamıştır, sonradan o kapı açılsa da bir daha oradan çıkmayı denemezler. Ayrıca tutsak yaşamanın da başka keyifleri vardır. Şaşırdın mı? Bunları ilk öğrendiğimde ben de senin gibi çok şaşırmıştım. Bunu köle efendi ilişkisine de benzetebiliriz. Bu tür ilişkilerde köle efendiye, efendi de köleye tutkundur aslında. Bir çeşit bağımlılık... Cevat Bey sanırım bir yerden sonra daha fazla mücadele etmekten yorulmuş ve teyzene teslim olmuş. Teslimiyet bir yandan da kişinin hayatına bir kolaylık sağlar. Artık hayatının tüm kararlarını bir başkasına teslim etmiş, onun hiçbir sorumluluğu kalmamıştır. Sadece söyleneni yapar, kurallara uyar ve akşam yatağa yattığında huzurla uyur. Çaresizdir ama onu koruyan, kollayan, ne yiyeceğini, ne giyeceğini, eve kaçta geleceğini, yatağa kaçta gireceğini bilen ve söyleyen biri vardır. Sıkıcı da olsa bütün bunları onun yerine düşünüp yapan bir sahibi vardır yani."

"Çocuk gibi..."

"Evet, çocuk gibi... Eminim Cevat Bey'in geçmişinde onu bu teslimiyete iten bir şeyler vardır."

"Ben de zamanla öyle olur muyum?"

Bunu nasıl da korkarak soruyor. Düşünüyorum. Ayşa da gerçekten zamanla böyle biri olabilir mi?

"Sence? Sen böyle biri olabilir misin Ayşa?"

"Aman hocam, hiç istemem. Allah korusun, asla istemem ama Cevat Bey'e de gençken sorsanız sanırım o da benim gibi asla derdi. O yüzden korktum ya."

"Henüz hikâyenin devamını dinlemedim ama bence olmazsın çünkü senin hayatın büyük mücadelelerle geçmiş. Sen tam bir savaşçısın. Savaşçılar ölür ama teslim olmaz. Cevat Bey muhtemelen iyi bir ailenin el üstünde büyütülen tek oğlu. Hiç savaşması gerekmemiş ki..."

"Ay tam da öyle. Aile çok varlıklıymış. O da babadan kalan işi devam ettirmiş. Aslında iş hayatında da çok başarılı olduğu söylenemez çünkü ailenin mal varlığı Cevat Bey'den sonra artmak bir yana, giderek azalmış."

"Beyzade yani..."

"Hah, çok doğru. Tam bir beyzade..."

Rahatladı, hafifçe gülümsüyor. Bu gülümsemede bile esrarlı bir yan var. Ona savaşçı demem hoşuna gitti. Bunu biraz da bu savaşta ona destek olabilmek için söyledim. Aslında doğduğu günden bu yana alışkın olduğu bir yaşam biçimi var. Bir zamanlar hep kendini sevdirmeye, ailesi tarafından onaylanmaya çalışmış. Bu konuda çok da başarılı olduğu söylenemez. Aile ona ihtiyacı olan sevgiyi, önemi, değeri hiç vermemiş. Hemen ardından anne bildiği kadının kendi annesi olmadığını, eniştesi bildiği adamın da öz babası olduğunu öğrenmiş. Yani hayat ona ısrarla, "Seni kimse istemiyor" mesajını veriyor. Eğer bu mesajı zihninde değiştiremezsek, o da ömür boyu hiç kimse tarafından istenmeyeceği inancıyla yaşayacak. Onu sevenlere inanmayıp belki de Mualla gibi sevenleri de bezdirecek. Tabii bir de taciz olayı var. Ben susunca ne düşündüğümü anlamak ister gibi dikkatle yüzüme bakıyor.

"Demek çatıdaki o kırmızı fenerli ceza odasına sonunda sen de girdin."

"Girdim, hem de kaç kere... Önceleri orada çıldıracağım sanırdım, öyle korkardım ki ama zamanla ona da alıştım. Beni yine bu dönmelerim kurtardı. Hatta bazen cezalı olmasam da sıkıntı gelince herkesten gizli o odaya çıkar ve uzun uzun dönerdim."

"Sıkıntı, bütün korkulardan daha üstündü demek."

"O sıkıntı gelince öyle kötü oluyordum ki, kuru kafanın bana bakan gözleri bile beni korkutamıyordu. Ancak odaya girerken ilk işim kapıdaki anahtarı almak olurdu. Anahtar kapıda durursa biri gelir de beni oraya kilitleyiverir diye korkardım. Odada dönmeye başladığım anda zaten nerede olduğumun hiçbir önemi kalmıyordu. Gözlerimi kapatıp başlardım dönmeye. Ama sıkıntı geçip de durduğum anda hemen aceleyle kaçardım o odadan."

"Odaya dönmek için çıkarken giydiğin özel bir giysi var mıydı?"

"Bunu laf olsun diye yani meraktan mı sordunuz yoksa bunun benim için önemli olduğunu tahmin mi ettiniz?"

"Tahmin etmedim, gördüm zaten."

"Neyi?"

"Bu pelerini neden sevdiğini biliyorum artık. O pelerin seni korkularından kurtaracak bir simge haline gelmiş. O varsa daha kolay döner, daha kolay konuşur, daha kolay kuş olur ve sıkıntıdan bir an önce kurtulursun. Öyle değil mi?"

"Kuş olurum değil mi? O odaya çıkarken üstüme sarmak için gizlice birkaç metre uzunlukta ucuz, kırmızı bir kumaş almıştım kendime. O kumaşı alırken bile sevinçten elim ayağım titremiş, herkesten çok gizli bir şey yapıyor gibi utanmış, sonra da kumaşın tam da hayal ettiğim kırmızı olduğunu görünce paketi koltuğumun altına saklamış, mutluluktan uçarak gelmiştim eve."

"Demek o kumaş parçası bile bu kadar önemliydi senin için."

"Olmaz mı, hayatımda ilk kez kendim için bir şey yapıyor, kendi seçtiğim, kendi beğendiğim, beni mutlu edecek bir şeyi kendim alıyordum. O ucuz kumaş parçası bile hâlâ durur yastığımın altında. Biliyor musunuz, pelerinle kumaşın kırmızıları aynı, ne güzel değil mi?"

Hüzünlü bir gülümseme yayılıyor yüzüme. Ayşa'nın duygu rengi sanırım hüzün, tıpkı benimki gibi, yani sevinçle karışık hafif bir üzüntü... Bu pelerin demek onun için bu kadar önemli! Hayat sevinecek başka bir şey vermeyince, o yapayalnız kız, sevinci buralarda arıyor ve onu simgeleştiriyor.

"Çok güzel..."

"Gizlice getirip odama saklamıştım. Ceza odasına girip de yalnız kalınca hemen onu çıkarır, bedenime sarar, öyle dönerdim. Döndükçe kumaş havalanır, o zaman hayalimde kuş olup uçmak daha kolay olurdu."

"Şahin bilir miydi böyle yaptığını yoksa ondan da mı gizliyordun?"

"Bilirdi. Arada bir o da gelirdi benimle ama çoğu zaman sıkılır, 'Sen bugün yalnız dön' derdi. Şimdi bile dönerken çoğu zaman o odada olduğumu hayal ediyorum."

"O neden?"

"En uzun o evde yaşadım ben. O oda sanki benim terapi odamdı. Sıkıntı gelince biliyordum, o oda ve kırmızı kumaşlarım var. Bazen uzun uzun döndükten sonra oraya yığılır kalır, hatta uyurdum. Aklım başıma gelince de kimseye duyurmadan inerdim odama. Ne günlerdi ama..."

"Önceleri girmekten çok korktuğun o odanın, sonradan senin terapi odan olması çok ilginç değil mi?"

"Hı, hı..."

"Sıkıntılarını, korkularını en çok korktuğun odada hafifletmeye çalışmışsın. Psikiyatride desensitizasyon adını verdiğimiz uygulamaya benziyor bu."

"O dediğiniz nasıl bir şey?"

"Çok korktuğun bir şeyle yavaş yavaş, zaman içinde yakınlaşma diye tarif edebilirim. Bir örnek vereyim istersen, yüksekten korkuyorsan, belli zaman aralıklarıyla önce birinci kata çıkıp orada durma, sonra ikinci kata alışmaya çalışma gibi. Sonunda başarmış ve o odayı sever bile olmuşsun."

"Ay tam da öyle oldu hocam. Demek kendi kendimi tedavi etmişim."

Tam bir çaresizlik aslında yaşadıkları. Korkularını kendi kendine yenmeye çalışmış. Aslında çocukluktan beri korkularını yenmede ona kimse yardım etmemiş, bunları kimse öğretmemiş çünkü çocuklar kendi korkularını, kaygılarını geçirmeyi bilmez. Annelerimizin yardımıyla, onların huzur veren dokunuşları, sesleri, sarılmalarıyla atlatırız o günleri. Bu kıza sanırım bunları kimse yapmadı. Bu yüzden çok acı çekse de, acıyı çeke çeke kendini sakinleştirmeyi hepimizden önce öğrenmiş.

"Kutlarım seni Ayşa, dedim ya, sen tam bir savaşçısın. Korkularınla başa çıkmayı bir şekilde öğretmişsin kendine. Aferin sana."

"Ay çok teşekkür ederim hocam, bu sözleriniz benim için öyle kıymetli ki... Düşünüyorum da, ilkokuldaki Vehibe Öğretmenimden başka ne bana aferin diyen, ne de bir şeyleri iyi yaptığımı söyleyen oldu. İnsan kendine not veremiyor."

Bak sen... Yine çok önemli bir şey söyledi. Bizler kendimize not versek de, bunu onaylayan olmayınca verdiğimiz notların hiç kıymeti kalmaz. Ne de olsa sosyal varlıklarız. Birlikte yaşadığımız toplumun bize bakışı bile her türlü etkiler bizi.

"Hadi yine benden çok yüksek notlar aldın bugün."

Nasıl da gözlerinin içi gülüyor. Çölde susuz kalmış birine benziyor bu kız, bir yudum suya, sevgiye, beğenilmeye, önemli ve değerli bulunmaya nasıl da muhtaç!

"Burada konuşmak, geçmişi uzun uzun anlatmak, sonra da sizin benimle ilgili düşündükleriniz, söyledikleriniz bana öyle iyi geliyor ki... Ali'ye de."

"Sahi Ali nerelerde? Bu ara gelmiyor."

"Bu ara dükkândan çıkamıyor, kalfalardan biri ayrılınca... O çıktığında da siz gitmiş oluyorsunuz ama mutlaka gelir yakında. Ben kalkayım. Bu gece artık rahat rahat uyurum hocam, haftaya yine gelirim, hoşça kalın."

Pelerinin eteklerini toplayarak çıkıyor odadan. Yine ne çok şey bıraktı bu kırmızı odada. Aklım o evde yani perili köşkte kaldı. Mualla, Muazzez, Cevat Bey ve Şahin'i hiç görmesem de tanıyor gibiyim. Özellikle Muazzez, hayatın içinde sık rastladığımız karakterlerden biri. Hayat nasıl da ilmek ilmek örmüş hepsinin hayatını, hiç ilmek kaçırmadan, geçmişte yaşanan, duyulan, görülen, tanık olunan her bir ilmek, bir sonrakine yataklık etmiş. Sırayla yavaş yavaş her birinin hayatına başka bir şekil, başka bir motif koymuş. Aynı evde, aynı anne babayla, aynı memlekette büyüyen üç kardeşi bambaşka yollara savurmuş. Onlar da nedenini, niçinini bilmeden suyun aktığı, onları götürdüğü yere doğru kayıp gitmişler. Bizlerde de böyle olmuyor mu? Yaşadıklarımız, ilmek ilmek örmüyor mu hayatımızı...

20. Bölüm

Muazzez'in gayretleriyle köşk eskiye göre az da olsa değişse de, yine her biri kendi kaderini yaşıyordu. Köşk giderek karanlığa gömülüyor, içinde yaşayan herkes bu karanlıktan nasibini alıyor, biraz daha yalnızlığa yöneliyordu. Mualla'nın bu durumdan hiçbir şikâyeti yoktu çünkü o zaten yalnızlığıyla barışıktı. Hayata küseli çok olmuş, kendine karanlık da olsa bir yol çizmiş, sonunda koyduğu kurallar hayatının tek anlamı haline gelmişti.

Sabahları heyecanla yataktan fırlıyor, hemen giyinip markete gidiyor, geceden hazır alışveriş listesinde ne varsa alıp geliyor, herkesin bu kurallara uyup uymadığını bir komutan edasıyla denetliyordu. Sofrada kim yemiş, kim yememiş diye tabakları dikkatle inceliyor, tabağında bir şeyler kalanın gözlerine bakarak artanları torbaya doldurup kendi eliyle çöpe atıyordu. Hem israf olmasın diyor, hem de bir şeyleri atmak çok hoşuna gidiyordu. O zaman içine bir ferahlık geliyor, zihninde onu rahatsız eden ne varsa birazından kurtulmuş, ruhundaki sıkışıklık azalmış gibi hissediyordu. Öğlen yemeğini hazırlarken bile aklında bir an önce oradan kalanları da atmak vardı. Akşam yemeği yenip bittiğinde, artanlar çöpe atıldığında tertemiz olacaktı evi. Öğlen Ayşa evde olmadığından bulaşıkları Muazzez'le yıkıyor, akşamları mutlaka Ayşa'yı mutfağa sokuyor, iyice yıkayıp yıkamadığını kontrol ediyordu. Bu koşturma içinde ne eskiyi, ne de yeniyi düşünmeye fırsatı oluyordu, o da zaten bundan kaçıyordu. Işıkları kapatıp yatağa girdiğinde, bütün sorumluluklarını yerine getirmiş kişilerin huzurunu duyuyordu.

Muazzez'le aralarında sıklıkla yaşanan kaçıp kovalama ve sonunda kız kardeşini kıyasıya dövmeler, artık neredeyse evde kural haline gelmiş, kız kardeşini iyice dövdükten sonra kulağına gelen çığlık ve bedduaların onu rahatlattığını sonunda fark etmişti. Artık Mualla da bağırıyor, kardeşine kızıyor, ağzına geleni söylüyor, içinde ne kadar öfke varsa bu kavgalarda boşaltınca derin bir oh çekiyordu. O zaman hemen mutfağa koşuyor, hiç âdeti olmadığı halde kapıyı kapatıp kendine bir fincan kahve pişirip kimseye göstermeden içiyordu. Fincanı yıkayıp yerine kaldırırken uzun süredir hiç hissetmediği bir rahatlama yüreğini yalayıp geçiyordu. "Ah Cevat Bey, ah..." diyordu içinden, "ağız tadıyla bir kavga bile etmedin benimle... Ömrümü çürüttün."

Cevat Bey uzun süredir çaresiz bir mahkûm gibiydi ama bununla mücadele edecek gücü bir türlü kendinde bulamıyordu. Arada bir bu evden, bu şehirden kaçıp gitmek istese de bunlar sadece hayal olarak kalıyor, ruhu gibi bedeni de giderek zayıflıyordu. Hep bir suçluluk, hep bir pişmanlık duygusu vardı içinde. Zamanında çok yanlış yapmış, Mualla'ya, hep Şahin yüzünden katlandığına inandırmıştı kendini. Katlanmıştı da ne olmuştu, Şahin bunların kıymetini bilmiş miydi, bilmemişti. Olan ona olmuş, hayatı kaymıştı. Şimdi Şahin de büyümüş, o evde kalmasını gerektirecek bir neden de kalmamıştı ama bu sefer, "Artık yaşlandım" diyordu. Biraz da alın yazısıydı bunlar, demek yazan böyle yazmıştı, ilkgençlik yıllarında yediği haltların cezasını hayat ona böyle ödetiyordu. Yanıldığı bir şey vardı, ona bu cezaları veren hayat değil kendisi, kendi bilinçdışıydı. Akıllı ve kültürlü biri de olsa, Cevat Bey bilinçdışı nedir, neyin nesidir, kim yazmış, ne yazmış, bunları hiç bilmiyordu.

Bazen de haline şükrediyordu. Tertemiz bir evde yaşıyor, akşamları zamanında önüne yemek konuyor, çamaşırları tertemiz yıkanıyordu. Her sabah erkenden çıkıyordu evden, yemek saatinden önce gelmiyor, akşam da erkenden yatıyordu. Zaten daha fazlasına tahammül edemezdi. Gerçi arada bir Mualla ile Muazzez'in kavgalarını seyretmek hoşuna gidiyordu ama bu kavgalar gece değil de gündüz olursa çok canı sıkılıyor, "Tuh, kaçırdık yine" diyerek sızlanıyordu.

Muazzez ne olursa olsun bu duruma bir türlü uyum sağlayamıyor, üç gün kurallara uysa, dördüncü gün mutlaka bir olay çıkarıyordu. Mualla'dan yediği dayaklar çok canını acıtmazsa hiç olmazsa bir süreliğine içindeki boşluk duygusu gidiyor, ağlayarak, kızıp söylenerek, epeydir çekmediği ama belki de özlediği acıları çekerek yaşamaya devam ediyordu. Yine de gelecekle ilgili hayalleri yok olmamıştı Muazzez'in. Bir gün karşısına mutlaka iyi bir kısmet çıkacak, onu bu eziyetten kurtaracaktı. Kurtaracaktı kurtarmasına da, nerede, nasıl çıkacaktı. Tam da o günlerde memleketten haber geldi. Hapisteki babaları ölmüştü. Haberi onlara veren görevliye Mualla, "Madem ölecek kadar hastaydı, niye bize önceden haber vermediniz?" diye çıkışmış, görevli "Sahir Ağa istemedi" deyince ne cevap vereceğini bilememişti.

Muazzez'le karşılıklı oturup birbirlerine bakmış, ağlasalar mı, üzülseler mi karar verememişlerdi. Hemen ne yapacaklarını konuşmaya başlamışlardı. Acaba hasta olduğunu önceden duysalar, babalarını görmeye giderler miydi? İkisi de bu soruya cevap bulamadı. Hapse gireli kimse adamı ziyarete gitmemişti. İlk zamanlar anneleri ısrarla kocasını ziyaret etmek istemiş, kızlar buna kesinlikle itiraz etmişlerdi. Kardeşimizin katilini ziyarete gitmek de ne demek diyerek azarlamışlardı kadını. Hiç olmazsa gidip cenazeyi almak gerekirdi.

Mualla hemen evdekilere kararını bildirdi, babaları ölmüştü, memlekete gideceklerdi. Bu sefer Cevat Bey de gitse miydi acaba? Mualla hemen karşı çıktı. Kardeşinin cenazesine gelmemişken şimdi gelmesinin ne lüzumu vardı. Ertesi gün erkenden çocukları da alıp çıktılar yola. Zaten çabucak döneceklerdi. Yolda hep evin halini konuştular. Bunca zamandır kapalı duran ev, kim bilir ne durumdaydı. İçeri girer girmez evin halini görünce iki kardeş birden üstlerini bile çıkarmadan temizliğe giriştiler. Şahin ve Ayşa koşarak markete gitti. Mualla eve neler alınacağının listesini önceden yapmıştı. En yakındaki marketten önce deterjanları alıp eve bıraktılar. Yiyecekler için daha büyük bir markete gitmeleri gerekiyordu. Ayşa çok heyecanlıydı. Ali'nin çalıştığı dükkânın önünden geçerlerse belki onu görebilirdi. Şahin'in gözü yine elinde oynadığı telefondaydı. Zaten bu memleketi Ayşa ondan çok daha iyi biliyordu. Şahin'e hissettirmeden o tarafa doğru yürümeye başladı. Dükkânın önüne geldiklerinde durdu. Onun durduğunu görünce Şahin başını telefondan kaldırıp ona baktı.

"Niye durdun?"
"Teyzenin öldürüldüğü dükkân burası, hatırladın mı?"
"Ha, burasıydı değil mi? Benim teyzemse senin de annen o."
"İçerdeki de Ali."
"Yanındaki kız kim?"
"Bilmem, belki müşteridir."
"Müşteri gibi durmuyor, başka biri o."

Evet, o başka biriydi. Ali'nin başında durmuş ona bakıyor, bir şeyler konuşuyorlardı. Bir anda garip bir heyecanla karışık öfke doldu Ayşa'nın içine. Demek kendine hemen yeni bir arkadaş bulmuştu. Paldır küldür girdi dükkâna. Ali onu görünce bir süre şaşkın şaşkın baktı yüzüne, sonra hemen toparlanıp ayağa kalktı.

"Hoş geldin Ayşa! Ne zaman geldiniz?"
"Biraz önce."
"Öyle mi, ne kadar kalacaksınız burada?"
"Bilmem. İşimiz bitince gideriz."

O sırada yanlarındaki kız elindeki telefona bakarak hemen çıktı dükkândan. Bir yerlerine basıyor, basıyor ama bir türlü aradığı yeri bulamıyordu. Tam da o sırada Şahin'le burun buruna geldiler. İkisinin de gözü telefonlarında olduğundan birbirlerini görmemişlerdi. Önce Şahin "Pardon" dedi, sonra da kız. Herkes kendi yoluna gitmek için aynı tarafa hamle yapınca bir kere daha çarpıştılar. O sırada kızın telefonu yere düştü. Şahin aceleyle aldı telefonu yerden, kirlenen yerlerini pantolonuna sürdükten sonra ona uzattı. Kız telefonu dün aldıklarını ama takıldığını ve bir saattir açmaya uğraştığını söyleyince Şahin bakmak için istedi.

Şahin telefonu almış, evire çevire incelerken dükkânın hemen önündeki beton yükseltiye oturdu, kız da hemen yanına. Bir yandan konuşuyor, bir yandan da birlikte yeni telefonu anlamaya çalışıyorlardı. Ayşa onları yan yana oturmuş görünce şaşırdı. Bu

Şahin'e ne olmuştu böyle, hiç tanımadığı bir kızla hemen arkadaş oluvermişlerdi. Bu kız kimse, demek oğlanlarla hemen arkadaş oluyordu. Kızgınlıkla döndü Ali'ye.

"Kim bu kız?"
"Sana ne, kıskandın mı yoksa?"
"Niye kıskanacakmışım... Ben gidince hemen yeni birini mi buldun?"
"Yok, o beni buldu."
"Nasıl bulmuş seni? Dükkâna gelip arkadaş olalım mı dedi?"
"Yok canım, o kız Şule, bizim ustanın büyük kızı. Elektrikli süpürgenin torbası patlamış da, yenisini tak diye gelmiş."
"Hep gelir mi?"
"Gelirse ne olacak?"
"Hiç... Sordum işte."
"Madem sen sordun, şimdi de ben soracağım. Yanındaki o zibidi teyzenin oğlu mu?"
"Onun adı zibidi değil ki, Şahin."
"Biliyoruz işte. Biz de onu sorduk zaten. İstanbul'da da siz hep beraber mi geziyorsunuz?"
"Yok, hiç gezmiyoruz biz, sabah onunla okula gidiyoruz, sonra çoğu zaman ben eve yalnız dönüyorum."

Bir an dikkatle birbirlerine baktılar.

"İyi ki geldin kız!"
"Sevindin mi beni görünce?"
"Sevinmez miyim? Keşke hep gelsen... Sen ortayı bitirdin değil mi?"
"Ortayı bitirdim. Liseye başlayacağım bu sene. Sen de devam ediyor musun okula?"
"Devam etmiyorum ki, dışarıdan okuyorum ben. Unuttun mu?"
"Yok, unutmadım. Ben de onu sordum zaten."
"Bu sene bitti lise ama üniversite sınavlarına girmedim. Nasıl olsa kazanamam."
"Niyeymiş? Çalışırsan kazanırsın."
"Kızım doğru dürüst kurs murs yok burada. Zaten olsa da gidemem ki... Dükkânı kime bırakacağım?"

"Sen de yanına birini al."

"Al demek kolay, boş ver şimdi beni, sen anlat, İstanbul'a gittin gideli hiç sesin çıkmıyor. İnsan bir arar, sorar, bu kadar mı unuttun beni?"

"Yok, hiç unutmadım ama telefonum yok ki benim. Senin telefonun var mı?"

Ali, olduğunu söyleyip büyük bir gururla telefonu cebinden çıkarıp gösterdi. Önemli görüşmeler yapması gerektiği için Sabiha Ablasının aldığını anlattı. Sonra dayakla, çatı katındaki odayla ilgili sorular sordu. Çatı katı durgunlaştırdı Ayşa'yı. Ali'ye kendisiyle ilgili iyi bir şeyler söylemek istiyor ama o iyi şeyleri bir türlü bulamıyordu. Kız suratını asıp başını önüne eğince Ali hemen anladı onun üzüldüğünü.

"Nasıl da büyümüşsün, farkında mısın? Hem artık o odaya kapatsalar da eskisi gibi korkmazsın ki..."

"Hı hı... Seni merak ediyorum ben de, baban yine dövüyor mu seni?"

"Yok, bitti o iş. Görmedin mi kız nasıl büyüdüğümü. Kodum mu oturturum valla..."

"Ne yaparsın, ne yaparsın?"

"Boş ver şimdi. Dövemiyor artık. Zaten eve de pek gitmiyorum. Aşağıdaki depoda yatıyorum."

"Nurşen'in öldürüldüğü yerde mi? Ayyy, korkmuyor musun orada?"

"Nurşen dediğin senin annen. Hem ne korkucam, tepeye yüz mumluk ampul taktım, pırıl pırıl oldu her yer. "

"Gece ışık açık mı yatıyorsun?"

"Yok canım, uykum gelince kapatıyorum."

"Ustanın kızı seni seviyor mu?"

"Nerden çıkardın şimdi bunu. Sen kıza taktın ha..."

"Takmadım."

"Taktın işte."

"Takmadım."

"İyi iyi... takmadın. Ama sen yine de takmaya devam et. Şahin sarkıyor mu sana?"

"Sen de Şahin'e mi taktın?"

"Erkek milleti kızım, babanın oğluna bile güvenmeyeceksin."

"O benim babamın değil, teyzemin oğlu bir kere. Ben ona güvenirim."

"Bak ben ne diyorum, sen ne diyorsun. Teyzenin oğlu da olsa erkek değil mi, erkek. Şimdiye kadar bir şey yapmadı mı sana? Kötü bir şey yani oranı buranı ellemedi mi?"

"Neden öyle bi şey yapsın ki? Biz kardeşiz onunla."

"Kardeş filan değilsiniz. Sen yine de dikkat et kendine. Oranı buranı elletme."

"Sen o kızın orasını burasını elliyor musun?"

"Başlatma şimdi o kıza. Ben öyle kötü biri miyim? Yapmam ben öyle şeyler. Hele ustanın kızına hiç yapmam. Sana yaptım mı?"

Yüzü kızardı Ayşa'nın. Demek ki bütün erkekler kızları elliyor, onlara dokunuyordu. İçindeki taş kımıldar gibi oluyordu ki, Ali yine konuşmaya başladı.

"Boş ver şimdi bunları. Kimse gelmeden biraz daha konuşalım. Eskiden ne güzel konuşurduk bu dükkânda, hatırladın mı? Ben seni o zamanlar dört gözle beklerdim."

"Ben de dört gözle beklerdim. Her geldiğimde sana neler anlatırdım. Sana anlatmayı çok severdim o zamanlar."

"Öyleyse sen de beni özlüyorsun. Keşke hiç gitmeseydiniz."

Keşke, derken Ayşa yine kızardı, Ali kızardığını gördü, bir anda o da heyecanlandı, Ayşa'ya sarılmamak için zor tutuyordu kendini. Gözü hemen sokağa kaydı, gelen geçen yoktu. Şahin ve Şule de arkaları dönük oturmaya devam ediyorlardı. Hızla sarıldı Ayşa'ya. Ayşa o sırada hâlâ önüne baktığı için onun sarılacağını hiç fark etmedi, bir anda kendini Ali'nin kollarında bulunca önce küçük bir çığlık attı, sonra Ali daha sıkı sarılınca kaskatı kesilse de direnmedi. Gürültüyle kapının önünden geçen motosikletin sesiyle birden geri çekildiler. Şimdi artık Ali'nin başı da öndeydi. Ne yapacaklarını, ne konuşacaklarını bilmiyor, öylece duruyorlardı. Ali sessizliği bozup sarıldığı için kızıp kızmadığını sordu. Ayşa susuyordu.

"Söylesene kız, kızmadın değil mi? Keşke o motosiklet geçmeseydi de biraz daha sarılsaydım sana. Öyle özlemişim ki seni, artık bu gece heyecandan uyuyamam ben. Bir şey söylesene, dilini mi yuttun? Biliyor musun, ben daha önce hiç kimseye böyle sarılmamıştım. İçimden geldi yani. Sana sarıldığımı kimseye söyleme sakın."

"Yok, söylemem."

"Sen hâlâ mı böyle oğlan gibi geziyorsun? İyi iyi... İstanbul'da kızlarla oğlanlar hep beraber geziyorlarmış. Orada işler buradaki gibi değilmiş. Kızlar hiç kaçmıyormuş oğlanlardan. Oh, ne âlâ memleket... Sen sakın yapma öyle şeyler."

"Yapmıyorum dedim ya... Beş dakika geç kalsam teyzem beni hemen ceza odasına yollar zaten."

"Sahi, o ceza odasına kapatıyor mu hâlâ? Korkma kız, o odadan sakın korkma. Bak, ben depoda yatarken korkuyor muyum, sen de korkma sakın."

"Korkuyorum ama dönünce geçiyor."

"Ne dönmesiymiş? Hâlâ dönüyor musun sen?"

"Canım çok sıkılınca dönüyorum, o zaman geçiyor."

"Kafayı mı üşüttün sen? Dönme artık. Bak, kocaman kız olmuşsun. Sana orada iyi bakmıyorlar mı yoksa? Dövmüyorlar değil mi?"

"Yok, kimse dövmüyor."

"Seni döven o herif de geberdi gitti işte. Şimdi kemikleri bile kalmamıştır. Hayvan herif."

"Hayvan herif..."

"Şimdi sen gidince biz nasıl haberleşeceğiz? Evde telefon vardır değil mi?"

"Var tabii..."

"Öyleyse oranın telefonunu ver bana."

"Evin mi? Teyzem mi açsın telefonu?"

"Ne var, açarsa açsın. Bana Ayşa'yı ver derim."

"Delirdin mi? Sakın yapma."

"Öyleyse adresini ver."

"Oraya mı geleceksin?"

"Gelmesem de bulunsun bende. Telefonu da yaz şuraya. Aramam korkma."

Ayşa kasanın yanına gidip adresi ve telefonu yazdı. Geç kalmışlardı. Eve gidince teyzesi kim bilir neler derdi. Kapının önünde oturan Şahin'le kıza baktı, hâlâ oturuyorlardı. Bu Şahin'e ne olmuştu böyle. Ali de yüzünde alaycı bir gülümsemeyle bakıyordu onlara. "Şahin abayı yaktı bizim kıza" dedi. Tam o sırada uzun boylu, yakışıklı bir delikanlı girdi dükkândan içeri. "N'aber Ali" diyerek elini uzattı. Doğan'dı bu. Ne işi vardı onun bugün burada, tam da Ayşa'nın orada olduğu gün gelmişti dükkâna. Ayşa ne yapacağını şaşırdı, hemen kenara çekildi. Ali mecburen tanıştırdı onları, bu Ayşa, bizim memleketin kızı. Hani şu yeni ölen Sahir Ağa'nın torunu, bu da Doğan, şu mahalledeki konağın sahibinin oğlu. İkisi de utanarak el sıkışıp tanıştıktan sonra Ayşa, Şahin ve Şule'ye bakarak onlara doğru yürüdü. Şahin ve kız birbirlerine telefon numaralarını verdiler ve el sallayıp ayrıldılar.

Ali, elleri arkasında, yanında Doğan, kapıdan onlara bakıyordu. Şahin ve Şule işi pişirmişti. Oh, dedi içinden, hiç olmazsa Şahin kafayı başkasına takarsa bizimkine ilişmez. Ayşa da başlarında duruyordu. Nasıl da büyümüş, nasıl da güzelleşmişti. O çırpı gibi kız gitmişti, sanki rengi bile beyazlaşmıştı. Bir de kız elbiseleri giyse, kim bilir nasıl olurdu. Bu Doğan da tam gelecek günü bulmuştu. Gerçi artık Doğan onun yakın arkadaşıydı. Arada bir dükkâna uğruyor, bazen de akşamları Ali dükkânı kapatınca köşedeki kebapçıda yemek yiyorlardı. Doğan o yıl üniversite sınavlarına girmiş ve tıp fakültesini kazanmıştı. O gün de zaten Ali'yle vedalaşmaya gelmişti. Okumak için İstanbul'a gidiyordu.

Eve geldiklerinde Mualla öfkeden kuduruyordu. Bu nasıl alışverişti böyle. "Kimseyi tanımaz etmezsiniz, bu saatlere kadar nerede kaldınız!" diyerek uzun uzun bağırdı ama yapılacak çok iş olduğundan onlarla daha fazla uğraşamadı. Ertesi gün cenaze kalkacaktı. Çocuklarla birlikte erkenden çıktılar evden. Mezarlığa geldiklerinde üç beş erkekten başka kimse yoktu yanlarında. Demek bu sefer de durumu kadınlar protesto ediyordu, yakın komşuları bile gelmemişti. Ali de yoktu cenazede. Sessizce gömüldü babaları. Mualla ve Muazzez de donup kalmış, ne hissedeceklerini bilememişlerdi. Ölüye kızılmaz, hakkında kötü düşünülmez filan gibi kurallar vardı kafalarında ama isteseler de babalarıyla ilgili iyi şeyler hissedemiyorlardı. Allah günahlarını affetsin diyerek aceleyle döndüler eve. Komşu kadınlar hafifçe başlarını uzatıp yalandan, "Başınız sağ olsun" deyip kapatmışlardı kapılarını. Eve ne börek gönderen vardı, ne de başka bir şey. "Ey koca Sahir" dedi Mualla, "sağlığında gür gür gürlemeyi biliyordun. Bak, kedi kadar değerin olmadı. Bir damla gözyaşı dökülmedi arkandan. Hepimizi perişan ettin de ne oldu? Namus da namus diye tutturdun. Senin de başını yedi o namus dediğin şey. Şimdi öbür tarafta inşallah yaptıklarının hesabını tek tek sorarlar sana." Muazzez karşısına geçmiş onu dinliyordu. "Sorsunlar tabii, sorsunlar" dedi.

Buralarda daha fazla kalmak istemiyorlardı. Aceleyle toplanmaya başladılar. Evden hatıra diye birkaç şey alıp, hemen akşam otobüsüyle İstanbul'a döneceklerdi. Çarşıdaki emlakçıya verdiler anahtarı, bir an önce sat bu evi diyerek, içindeki eşyaları da fakir fukaraya dağıtacaklardı. Eskiden babalarının yanında çalışan Yalçın da o işleri halledecekti. "Önce neye ihtiyacın varsa sen al, gerisini de uygun gördüklerine ver" dediler. Kaçar gibi bindiler otobüse. Artık bu memlekette itibarları da kalmamıştı. Yol boyu kimse kimseyle konuşmadı. Ayşa çok istese de bir daha görememişti Ali'yi, aklı da onda kaldı. Ali'nin ona sarıldığı anlar hiç çıkmıyordu aklından, her hatırladığında yüzü kızarıyor, kalbi çarpıyor, içinden sanki ılık ılık bir şeyler akıyor, üstüne garip bir heyecan geliyordu. Kötü bir şey mi yapmıştı Ali ona? Kötü bir şeyse neden her hatırladığında içi böyle kıpır kıpır oluyordu? Ya söyledikleri... Seni çok özledim deyişleri... Gözlerini kapattı, yol boyu hep bunları düşündü. Ona söylemese de kendisi de ne çok özlemişti Ali'yi.

21. Bölüm

İstanbul'a döndüklerinde hepsinin üzerinde bir ağırlık vardı. Muazzez sık sık, "Ölü toprağı serpildi eve, adam gitti ama ağırlığı üzerimizde kaldı" diyerek söyleniyor, evde Mualla'dan başka herkes sıkıntıdan patlıyordu. Gerçi bu sıralar Şahin halinden pek şikâyet etmiyor, telefonla oynamak yerine bu sefer sık sık birileriyle konuşuyordu. Ayşa onun kiminle konuştuğunu tahmin edebiliyordu. Demek Şule ile Şahin birbiriyle konuşabiliyordu, öyleyse kendisi neden Ali'yi arayamıyordu? Ali onun adresini de, evin telefon numarasını da almıştı. Ya gelirse, ya onu ev telefonundan ararsa...

Sürekli şikâyet edenlerin başını Muazzez çekiyor, "Ne yapsam da bu hapishane gibi evden kurtulsam" diyordu. Aklına ablasını kandırmak geldi. Bir hastanede iş buldum, gidip görüşeceğim dese, ablası buna ne derdi acaba? Ama o henüz İstanbul'u hiç tanımıyor, bilmiyor, hangi hastaneye gideceğini, hastanenin nerede olduğunu bile kestiremiyordu. Düşündükçe içi sıkılıyor, sıkıldıkça midesi daha çok ağrıyordu. Evet ya, midesi ağrıyordu onun. Hastaneye gitmeli, kendine baktırmalıydı.

Hemen söyledi ablasına, "Hastayım, midem çok ağrıyor, arada bir de kusuyorum" dedi. Mualla önce pek ilgilenmese de sonunda çaresiz kardeşini alıp bir hastaneye götürdü. Saatlerce beklediler, Muazzez'i muayene eden doktor önce şikâyetlerini sorup sonra bazı tetkikler istedi. İşte bu tetkik işi çok iyi olmuştu. Demek ki bu hastaneye bu ara sık sık gelmesi gerekecekti. İlk tetkik için yine ablasıyla geldi ama daha sonra, "Artık yolu öğrendim. Sen boş yere yorulma" diyerek hastaneye kendi başına gelip gitmeye başladı.

Her gelişinde işi bitse bile hastanede çalışan personelle ayaküstü konuşmanın bir yolunu buluyor, kendisinin de hemşire olduğunu ve buralarda bir iş aradığını belirtmeyi de ihmal etmiyordu. Sonunda hayalini kurduğu işi buldu. Yakınlarda bir özel hastane vardı ve oraya başvursa mutlaka onu alırlardı. Aceleyle buldu o dedikleri hastaneyi. Yetkili biriyle görüştü, tecrübeli bir hemşire olduğunu, iş aradığını söyledi. Telefon numarasını verdi ve heyecanla onlardan gelecek haberi bekledi. Ablasına da hafif yollu bahsetti konudan. Eğer iyi para verirlerse girip çalışacaktı. Hem o zaman kendine bir ev tutar, Ayşa'yı da alırdı yanına. Zaten kaç zamandır ona yük olmuşlardı.

Mualla konuyu fazla ciddiye almadı. İstanbul gibi yerde bir maaşla ev tutacakmış da, yanına kızı da alacakmış da, mış da mış yani... Birkaç ay sonra Muazzez'in beklediği telefon geldi. Gece nöbetleri biraz fazla olacaktı ama bu evde hapis gibi oturmaktansa, hiç olmazsa iki insan yüzü görürdü. Artık istediği saatte işe gidiyorum diyerek evden çıkabilir, istediği saatte dönebilirdi.

Gerçekten de düzen evde böyle kuruldu. İlk günler Mualla arada bir kız kardeşini kontrol etmeye gitse de, her seferinde onu hastanede bulunca rahatladı. Muazzez işi bitince, yorgun da olsa hemen eve gelmiyor, kendini sokağa atıyor, istediği gibi yiyor içiyor, kafelerde, restoranlarda oturuyordu. Hastanede çalışmayı da özlemişti. Diğer hemşirelerle, hastalarla, personelle bol bol sohbet ediyordu. Kısa sürede konuşkanlığıyla kendi çapında bir çevre edinmişti ama gözleri hep onu sevecek bir erkek arıyordu.

Şimdi artık ne istediğini çok daha iyi biliyordu. Bundan sonra bir daha tongaya düşmeyecek, Saffet gibi onun kıymetini bilmeyen bir erkeği asla kabul etmeyecekti ama eniştesi Cevat gibisi de olmazdı. Erkek dediğin biraz ağzı laf yapmalı, sözünü eşine geçirebilmeli, arada bir ona sürprizler yapmalı, güler yüzlü ve şakacı olmalı, gezmeyi tozmayı, yemeyi içmeyi bilmeliydi. Gerçi kocasıyla masaya oturup bir yandan sohbet ederken bir yandan da içki içmeyi kendisi de seviyordu ama bu adamlar da içkiden sonra sapıtıyor, olmadık işler yapıyorlardı. En iyisi onun yeni eşi ne içmeli, ne de kadını dövmeliydi. Sonunda aradığını buldu. Hastanenin muhasebesinde çalışan Veli Bey tam da onun istediği gibi biriydi. Karısı geçen yıl ölmüş, kızı zaten evlenip gitmiş, oğlu da başka bir şehirde üniversite okuyordu. Aynı semtte oturdukları için çoğu zaman aynı dolmuşa biniyor, yan yana oturup inecekleri durağa kadar bol bol sohbet ediyorlardı. Ardından akşam yemeklerini beraber yemeye başladılar. Konuşkan, hoşsohbet bir adamdı Veli Bey. Her ne kadar her yemekte bol bol rakı içse de kibarlığını hiç bozmuyordu. Gerçi eli biraz sıkıydı, onu Boğaz'daki lüks restoranlar yerine mahalle aralarındaki küçük lokantalara götürse de Muazzez onun yanında hiç sıkılmıyordu. Altmışına merdiven dayamış ama hâlâ yakışıklı, iriyarı, cüsseli bir adamdı. At yarışına merakı arada bir Muazzez'in canını sıksa da, bunu yalnız yaşamasına ve bununla oyalanmasına yoruyordu.

Altı ay kadar sonra Muazzez ve Veli evlenmeye karar verince, adam onu Cevat Bey ve Mualla Hanım'dan resmen istedi. Muazzez onlara daha önceden konudan söz etmiş, hastaneden birinin kendisiyle evlenmek istediğini söylemiş ama kimse bunu ciddiye almamıştı. Veli Bey'in eve gelmesi bu anlamda hepsi için sürpriz olmuştu. Mualla zaten eve hiç tanımadıkları birinin girmesine bile sinir olmuş, bu işe baştan çok karşı çıkmıştı. "Bu yaştan sonra evlenip de ne yapacaksın, el adamının kahrını çekmek kolay mı?" diyerek Muazzez'i vazgeçirmeye çalışmış, başarılı olamamıştı. "Ayol ne var yaşımda? Benim yaşımdakiler daha yeni evleniyor. Hem benim de artık kendime ait bir evim, bir yuvam olsun. Size de daha fazla yük olmayalım" diyordu Muazzez.

Şahin ve Ayşa da bu işe şaşırıp kalmış, her akşam bu konuyu konuşur olmuşlardı. Bu adamla evlenecek de ne olacak, bir türlü anlamıyorlardı. Üstelik Muazzez evlenirken Ayşa'yı da yanında götürmek istiyor, o ise tanımadığı bir adamın evine gitmekten çok korkuyordu. Mualla dövse de, sövse de, kırmızı lambalı odaya hapsetse de Ayşa razıydı. Hem Şahin'le birbirlerinden ayrılmak da istemiyorlardı. Pek fazla konuşmasalar da, bir arada olmak iyi geliyordu onlara.

Sonunda Şahin ona Şule'yi anlatmaya başlamıştı. Sınıfındaki kızların hiçbirine benzemiyordu Şule. O da Şahin gibi utangaç, çok saygılı, ona hiç kızmayan, sitem etmeyen biriydi. Her sefer telefonda konuşacak bir şeyler buluyor, arada bir de gülüyorlardı. Şahin telefon konusunda Şule'ye öğretmenlik yapmaya devam ediyor, ona bilemediği her şeyi telefonda uzun uzun, hiç sıkılmadan anlatıyordu. Bazen de derslerden konuşuyorlardı. Ayşa bir gün, "Keşke ben de Ali'yle konuşabilsem" dedi. Şahin hayret etti, "Gerçekten o ayı gibi oğlanla konuşmak istiyor musun, hiç korkmuyor musun, o senden çok büyük değil mi?" dedi. "Yok, sen onun görünüşüne bakma, benden biraz büyük ama içi çok iyidir Ali'nin." Şahin bir şey demese de, telefonunu Ayşa'ya vermeye hiç yanaşmadı. Ayşa da bu konuda bir daha ısrar etmedi. Demek ki Şahin konuşursa suç değildi ama Ayşa böyle yapmamalıydı.

Sonunda Muazzez tıpkı ilk evliliğindeki gibi zorla da olsa istediğini yapmış, iki ay sonra evlenip Veli Bey'in, köşke üç durak mesafedeki evine yerleşmişti. Daha evlenmeden hastaneden ayrılmış, evinin kadını olmayı tercih etmişti. Yakında Ayşa'yı da alacaktı yanına. Onun gidişiyle köşk sessizliğe bürünmüş, evdeki kavgalar, kaçma kovalamalar bitmiş, evin eski kuralları daha keskinleşmiş, Cevat Bey de onu keyiflendiren bu dayakları seyretmekten mahrum kalmıştı.

Zaman hızla geçiyordu. Muazzez çok sık olmasa da geliyordu köşke. Her gelişinde yakında Ayşa'yı yanına alacağını söylüyor ama bunu bir türlü hayata geçirmiyordu. Ayşa bu sözü her duyduğunda korkuyor, "Allahım, ne olur o eve gönderme beni" diye dua ediyordu. Gerçi Muazzez gideli Mualla eskiye göre daha sertleşmişti, en küçük bir yanlışta kimi zaman Şahin'i, kimi zaman da Ayşa'yı çatı katındaki odaya kilitleyerek cezalandırıyordu ama bunlara bile razıydı Ayşa, yeter ki hiç tanımadığı bir adamın evine gitmesindi. Şahin de bu konuda ona destek oluyordu. "Merak etme, seni almaya kalkarsa bu sefer ben de buna karşı çıkarım" diyerek kızı teselli etmeye çalışıyordu.

Çocuklar lise son sınıfa gelmişlerdi, Şahin bir yıl sınıfta kaldığı için ikisi birlikte aynı sınıfı okuyordu. Şahin her gün okul çıkışı üniversite hazırlık kurslarına gidiyor ama Ayşa'ya bu şans verilmiyordu. O zaten yeteri kadar okumuştu. Bundan sonra onun bir an önce iyi bir kısmetle evlenip yuva kurmasının zamanı gelmişti.

Hem iki çocuğu birden üniversitede okutmak kolay değildi, para lazımdı. Kardeşi Muazzez para konusuna hiç yanaşmıyor, her seferinde zaten zor geçindiklerini söylüyordu. Ne de olsa kocası da bir çocuk okutuyordu. Zaten okusa ne olacaktı? Sonunda evlenip gitmeyecek miydi? Ama Şahin için durum öyle değildi. O evin tek erkek çocuğuydu. Mutlaka okuyup diplomasını alması, sonra da babasının işinin başına geçmesi gerekiyordu.

Hem Mualla'yı, hem de Muazzez'i düşündüren daha önemli bir konu vardı. O güne kadar bu kız ortalıkta oğlan gibi dolaşmış, onların ailesine laf söz getirmemişti ama artık evlilik çağı gelmişti. Bu kızı bu haliyle kim alırdı? Acaba bir an önce onu yeniden kız mı yapsalardı? Ayşa bu işe ne derdi? Kursa gitmediği için sınavları kazanamayacağı baştan belliydi. Sonra nasıl olsa durumu münasip bir dille ona anlatırlardı. Şahin kurstan çıkınca orada verilen testleri eve getiriyor, hangi ders anlatıldıysa Ayşa'ya o dersin kitaplarını veriyor, ödev olarak verilen testleri de birlikte çözüyorlardı. Ayşa edebiyat öğretmeni olmak istiyordu. Çocukluğundan beri ilkokul öğretmeni Vehibe Hanım onu çok etkilemiş, şiire ve edebiyata olan merakı yüzünden de yıllardır edebiyat öğretmeni olmanın, çocuklarla uğraşmanın hayalini kurmuştu. Şahin ise aslında konservatuvara girmek, büyük bir orkestrada keman çalmak istiyordu. Gerçi ailesine bundan hiç bahsetmemişti bile çünkü onların asla kabul etmeyeceklerini biliyordu. Annesi ısrarla mühendislik, babası da işletme okumasında kararlıydı. Hatta bu yüzden aralarında kavga bile etmişlerdi ama dönüp de onun fikrini soran olmamıştı. Müziğe olan merakı yüzünden babası ilkokulu bitirdiği yıl bir keman almış, bir de öğretmen tutmuştu. Birkaç yıl o öğretmen düzenli olarak eve gelip oğlana ders vermişti ama bir süre sonra Mualla buna itiraz etmişti. Ne yani, bir tanecik oğulları çalgıcı mı olacaktı? Öğretmene artık gelmemesi söylenmiş, keman da çatıdaki odanın dolabına kaldırılmıştı. Şahin özellikle cezalı olduğu geceler, herkesin kilitli sandığı dolabı açıp o kemanı alıyor, çalmasa da onunla uğraşmak hoşuna gidiyordu.

Şimdi artık derslere daha fazla ağırlık vermeleri gerekiyordu çünkü üniversiteye giriş sınavları yaklaşmıştı. Geceleri odalarına kapanıp soru çözüyorlardı. Sınava aynı gün, farklı yerlerde girmişlerdi. Şahin'in kazanmaktan hiç ümidi yoktu ama aile izin verse Güzel Sanatlar Akademisi'nin yetenek sınavlarına girebilirdi. Ayşa ise şimdilik bu konuda bir şey söylemek istemiyordu. Sınav sonuçlarının açıklanacağı gün dört gözle beklenirken bir gün Muazzez çaldı kapıyı. Yüzü gözü yara bere içindeydi. Veli Bey onu dün gece durduk yere fena halde dövmüştü. Ağlayarak girdi içeri. Mualla ve çocuklar onu heyecanla dinlediler. Muazzez lafa, "Kaç zamandır söylüyorum bu at yarışına bu kadar para yatırma" diyerek başladı, uzun uzun anlattıktan sonra, "Gözü kör olsun böyle kaderin" diyerek bitirdi. Mualla çok kızmıştı bu işe. Önce, "Ne sanıyor kendini bu herif, yakalarsam dünyanın kaç bucak olduğunu gösteririm ona" dedi, ardından da "Senin bulduğun koca da bu kadar olur zaten. İkisini de sen buldun. Kadere söyleneceğine dönüp de kendine bak" diyerek arkasını dönüp gitti.

Cevat Bey'in zaten kapıda Muazzez'i görür görmez keyfi yerine gelmişti. Belli ki ona yine eğlence çıkacaktı. Muazzez iki gün onlarda kaldı, sık sık odasından çıkıp salona indi, başına gelenleri bir kere de uzun uzun eniştesine anlattı. Cevat Bey, "Sen artık bizim ailedensin. Eğer mutlu değilsen kapımız açık" dese de Veli Bey onu bir kere olsun aramayınca üçüncü gün tasını tarağını toplayıp, "Eve şöyle bir bakayım" diyerek çıkıp gitti.

Mualla'nın bu işe çok canı sıkılmıştı. O gün akşama kadar evin içinde söylenerek dolandı durdu. "Kıymet bilmiyor bunlar, kıymet... Gelince ağlamayı, inlemeyi, bize dert yanmayı biliyorsun ama giderken dönüp bir kere bile teşekkür etmek aklına bile gelmiyor Muazzez Hanım. Ben tanıyorum seni... Benim bildiğim Muazzez üç gün sonra yine dayanır kapıma. Hasta bu kadın, hasta... Dayak yemeye doyamadı gitti. Önce babamdan, sonra Saffet'ten, ardından benden yediği dayaklar yetmezmiş gibi onu dövecek bir herif daha buldu kendine. Dayak arsızı olmuş bu... Sen yine gelirsin nasıl olsa..."

Şahin ve Ayşa kendi kendine konuşan Mualla'yı dinliyorlardı. Bu ara yine çok öfkeliydi. Muazzez de deli miydi acaba, yine o eve gitmişti! Ayşa'nın aklına Muazzez'in Saffet'ten yediği dayaklar geldi. Ne kadar üzülür, ne kadar korkardı o zamanlar. Muazzez gerçekten de dayak yemekten korkmuyor olabilir miydi? Neden o eve tekrar gidiyordu? Ayşa bunları düşünürken, o ara açıklandı sonuçlar. Ayşa Edebiyat Fakültesi'ni kazanmış ama Şahin hiçbir yeri kazanamamıştı. Şimdi bunu aileye nasıl söyleyeceklerdi?

O sırada Mualla'nın sesi geldi. Onları çağırıyordu. İkisi de süt dökmüş kedi gibi korkarak indi aşağı. Mualla onları oturttu karşısına, "Sınav sonuçları açıklanmış. Niye bize söylemiyorsunuz, kazanamadınız mı yoksa!" diye gürledi. İkisi de cesaret edip cevap veremiyordu. Sonunda Şahin attı kendini öne, kendisinin kazanamadığını, Ayşa'nın ise Edebiyat Fakültesi'ni kazandığını söyledi. Annesi gürledi: "Kazanamadın mı? Yuh yani... Bunca ders, kurs, hepsi boşa mı gitti? Tabii kazanamazsın, aklın kim bilir nerede!" O sırada Cevat Bey konuşulanları duymuş, gelip Mualla'nın başına dikilmişti. Evde olanlara pek karışmazdı ama demek ki durum onu bile endişelendirmişti. Mualla tam yeniden bağırıp çağırmaya hazırlanıyordu ki, kocası elini yavaşça omzuna koyup onu susturdu ve sevecen bir sesle konuşmayı o devraldı: "Hayırlısı olsun oğlum. Bir yıl daha çalışır, kazanırsın. Ayşa da okuluna başlar." Bu sözler oradaki herkesi şaşırtmıştı. Önce bir sessizlik oldu salonda, sonra Mualla aniden fırladı yerinden: "Ayşa yeteri kadar okudu zaten. Onunla daha fazla uğraşamam. Hem annesi gelsin, ne yapılacaksa o söylesin." Ayşa bu itirazı beklese de "annesi" sözüne çıldırdı: "O benim annem filan değil" dedi, koşarak yukarı çıktı. Şahin de üzülmüştü bu duruma. Annesine dik dik baktı:

"Kız kazanmış, neden okumayacakmış?"

"Sen karışma her şeye. Bu ara senin de dilin uzadı. Muazzez gelsin, onlar karar versin. Sen kendi derdine yan."

"Ben Güzel Sanatlar Akademisi'nin sınavlarına girmek istiyorum."

"Ne akademisiymiş o? Yoksa yine keman çalmanın peşine mi düştün?"

"Ben sanatçı olmak istiyorum."

Cevat Bey yine elini Mualla'nın omzuna atmıştı, bu sefer hafifçe de sıkıyordu. "Gel hanım, biz biraz konuşalım seninle" diyerek karısını mutfağa götürdü. Tam işler büyümeden bitti derken kapı çalındı. Gelen, yüzü gözü yara bere içindeki Muazzez'di. Mualla, "Allah kahretsin seni, daha beter ol inşallah!" diye bağırıyor, Muazzez ise suçlu çocuklar gibi başını eğmiş, susuyordu. Mualla kapının arkasında duran dayak bastonunu eline almış, burnundan soluyarak bir aşağı, bir yukarı ortalıkta dolaşırken manzarayı gören Cevat Bey'in gözleri parladı. Muazzez'e selam verdi ama Mualla'nın halini görünce hemen çekildi kenara. Çocuklar zaten çoktan merdivenin başındaydı.

Mualla, "Bir daha o eve gitmeye kalkarsan bacaklarını kırarım! Senin canın dayak istiyorsa hiç merak etme, burada ben varken Veli Efendi'ye ihtiyacın yok. Ben de bilirim seni dayaktan gebertmeyi... Sen zaten iyilikten anlamıyorsun, giderken bir teşekkürü bile bana çok gördün. Seni sokaklarda yatırmak lazım da şimdilik son bir kez daha sana kapımı açtım ama bir daha denemeye kalkarsan, sana dünyanın kaç bucak olduğunu gösteririm!" filan diye söylenmeye devam ediyordu. Muazzez gerçekten de iyi görünmüyordu ama Ayşa bu sefer onun yüzüne ilaç sürmeye bile cesaret edememişti. Şimdi aşağı inse, teyzesi ona çatardı. Kavga yatışınca merdivendekiler ağır ağır odalarına girdiler.

Ertesi gün kahvaltıdan sonra, Mualla ile Muazzez'i karşılıklı oturmuş, sohbet ederken gördüler. İki kardeş, dün o evde hiçbir şey olmamış gibi muhabbet ediyorlardı. Biraz sonra Muazzez çocuklara seslendi: "Gelin aşağı, sizinle konuşacaklarımız var." İkisinin de korkudan yüreği ağzına geldi. Korkarak oturdular karşılarına. Söze her zamanki gibi Mualla başladı. "Bu düzen daha nereye kadar böyle gidecek, bir an önce aklınızı başınıza alın." Ardından Ayşa'ya döndü. "Kız başına daha fazla okumanın gereği yok zaten. Ancak..." lafın burasında durdu ve sen devam et der gibi Muazzez'e baktı. Muazzez bir iki kere yutkunduktan sonra söze girdi: "Şey dedik ablamla... Okula gittiğin için bu kadar zaman sesimiz çıkmadı ama daha fazla böyle oğlan çocuğu gibi dolaşmaya devam edemezsin. Şu haline bir baksana... Şahin'den ne farkın var senin? Oğlan desek oğlan değilsin, kız desek öyle de değilsin. Bu halinle seni alan da olmaz. Evde kalıp kız kurusu olmanı hiçbirimiz istemeyiz."

Ayşa bunları duydukça renkten renge girerken Mualla çok iyi şeyler söylüyorlarmış gibi kıza bakarak hafiften gülümsüyordu. Korktuğu başına gelmişti Ayşa'nın. Bunca zamandır bu çocuk oğlan mı, kız mı diye düşünen olmamıştı. Sonra bir gün aniden onu bir komutan edasıyla karşılarına almış, bundan sonra nasıl yaşayacağıyla ilgili yeni komutlar veriyorlardı. Daha fazla dayanamayıp başladı ağlamaya. Şahin de durumdan etkilenmiş, annesine dik dik bakıyor ama ağzını açıp bir şey söylemeye cesaret edemiyordu. Ayşa işte o zaman daha fazla sabredemedi, başladı bağırmaya: "Benim ne olduğum, nasıl bir hayat yaşadığım şimdi mi geldi aklınıza?" dedi. Devam edecekti ki anne bildiği Muazzez girdi lafa. "Daha ne yapsaydık; besledik, büyüttük, okuttuk, gözünün üstünde kaşın var demedik. Lafını bil de konuş. Daha ne yapsaydık?" Mualla da bir yandan söylenmeye, onu azarlamaya devam ediyordu.

Demek ki şimdiye kadar lütfedip ona bakmışlar, onu okutmuşlardı. Ne kadar sahipsiz, ne kadar yalnız olduğunu o gün hayat Ayşa'nın yüzüne bir kere daha çarpmıştı. O hiçbir yere ait değildi. Bu dünya bir çöp kadar bile değer vermemişti ona. Demek küçükken ona çöp kız diyenlerin bir bildiği vardı. Hiçbir şey söylemeden elleriyle yüzünü kapatarak kendini zor attı merdivenlere. Odasına girdiğinde adeta çırpınıyor, kendini nereye atacağını bilemiyordu. Şahin yetiştiğinde başını duvarlara vuruyor, bir yandan bağıra bağıra ağlıyor, bir yandan da öğürüyordu. Bu bulantı ve öğürmeler epeydir yoktu ama işte o gün yeniden başlamıştı. Şahin hemen koştu, kolonya getirdi, elini yüzünü sildi ama öğürtüler giderek artıyordu. Ayşa kendini banyoya atmış, sürekli kusuyordu. İçinde kusacak bir şey kalmamıştı ama o öğürmeye, içinde ne varsa hepsini dışarı atmaya çalışıyordu. Yüzü kızarmış hatta mosmor olmuştu, o öğürdükçe gözlerinden sel gibi yaş akmaya başlamıştı. Kırmızı lambalı odaya çıkıp dönme şansı da yoktu. Herkes evdeydi.

O sırada Muazzez ve arkasında Mualla koşarak geldiler. Muazzez kızının yüzünü tekrar tekrar yıkıyor, Ayşa ise o dokundukça koluyla itiyor, öğürmeleri iyice artıyordu. Sonunda Şahin girdi devreye. "Siz bırakın, ben ilgilenirim" diyerek ikisini de banyodan çıkardı. Muazzez söyleniyordu: "Hastalıklı bu, hastalıklı... Yeni değil bunlar, çocukluğundan beri üç gün doğru dursa dördüncü gün bir iş çıkarır zaten. Duyan da ona küfrettik sanır... Ayol ne dedik... Hem her dediğimiz doğru değil mi? Biz oturduk onun iyiliği için sabahtan beri kafa patlatıyoruz... İnsanlara iyilik yaramıyor."

Bu durum Mualla'nın da hiç hoşuna gitmemişti. Bu kız oğlunun da ahlakını bozacaktı. Hem Şahin'e ne olduysa kıza onlardan daha çok sahip çıkıyordu. Acaba aralarında başka türlü bir ilişki mi vardı? Birlikte merdivenden aşağı inerken en çok da bu konuyu konuşuyorlardı. "Biz bunları çok fazla bir arada tuttuk, demek yanlış yapmışız. Oğlan gibi hareket ettiği için şimdiye kadar hiç aklıma gelmedi böyle şeyler ama eğer oğlumu baştan çıkardıysa ikisini de doğduğuna pişman ederim. Hele o kızı kolundan tuttuğum gibi atarım dışarı. Dünyanın kaç bucak olduğunu görür o zaman. Gitsin de sokaklarda öğürsün..." diye söylenerek merdivenden inerken Şahin ve Ayşa banyodan çıkmış, bu konuşmaları tamı tamına duymuşlardı.

Artık ne ağlayacak, ne de öğürecek hali kalan Ayşa, adeta taş kesilmişti. Şahin'le camın önünde sessizce oturuyorlardı. Şahin ilk kez kolunu Ayşa'nın omzuna atmış, senin yanındayım der gibi ona sarılıyor, Ayşa ise düşünüyor taşınıyor, duruma bir çare bulamıyordu. Tek bildiği bu evde daha fazla kalmak istemediğiydi. Sürünse de razıydı. Hele son söylenenler içini çok acıtmıştı. Bunca yıl sonra şimdi de bir anda normal bir genç kız olup kendine bir koca bulması isteniyordu ondan. Sanki sihirli bir değnek dokunuverecek, bir anda koca arayan bir kıza dönüşecekti. Hayalleri ne olacaktı? Hem onunla evlenecek adama da yazık değil miydi? Bu saatten sonra nasıl bir kız olurdu ondan? Hayallerinde hep edebiyat öğretmeni olmak varken, üstelik üniversiteyi de kazanmışken bu nasıl bir vicdansızlıktı.

Aynı anda Şahin'in de kafasında bunlar dolanıyordu. Onun da Ayşa'dan farkı yoktu. Ne annesi, ne de babası bir gün olsun onu karşılarına alıp, "Oğlum senin ne derdin var, yüzün gülmüyor, doğru dürüst arkadaşın bile yok, kafanı bu meretten kaldırmıyorsun. Sevgilin de mi yok?" demiyordu. Yaşı on sekiz olmuştu, hâlâ ikisi de ona çocuk gibi davranıyor, ne yapıp ne yapmayacağına onlar karar veriyordu. Dışarı çıkacak diye ödleri kopuyor, bu yaşta bile onu cezalandırıyor, çatıdaki odaya kapatıyorlardı.

Onlar ısrarla akşam yemeğine inmeyeceklerini söyleyince Mualla bir hışım çıktı yukarı. Aşağı inmemek ne demekti, kendilerini ne sanıyorlardı? Bu bir isyan mıydı? Buna asla izin veremezdi. Yukardan bağrışmalar gelince Cevat Bey ve Muazzez merdivenin altına gelmiş, başlarını yukarı çevirmiş, endişeyle onları izliyorlardı. Şahin eliyle Ayşa'ya içeri girmesini işaret etmiş kendisi ise annesinin karşısına dikilmişti. "Ayşa bu akşam kendini iyi hissetmiyor, aşağı inmeyecek. Ben de inmeyeceğim. Siz yiyin yemeğinizi. Bir daha da yukarı çıkmanızı istemiyorum. Herkes kendi işine baksın. Daha fazla senin sesini duymak istemiyorum!" diyerek kapıyı annesinin yüzüne çat diye kapatmıştı. Mualla bir anda oracıkta öylece kalıvermiş, ne diyeceğini, ne yapacağını şaşırmıştı. Bu oğlana ne olmuştu böyle? Demek bu kız oğlunu baştan çıkarmıştı. "Ah benim aptal kafam" diyerek elleriyle başına vuruyor, adeta dövünüyordu. Muazzez aşağıdan ona bakarken kendi dövündüğü günler geldi aklına. O gece canlandı gözlerinde. Kızını banyoda yarı çıplak öğürürken gördüğü o gece... O da az dövünmemişti. Bu kız baştan beri belalıydı. Şimdi de ablasının evinin bütün düzenini bozmuş, onu da bir kere daha zor durumda bırakmıştı. Şimdi Mualla ikisini de kapıya koysa nereye gider, nereye sığınırlardı? Veli Bey bu sefer onu eve alır mıydı? Onu alsa bile Ayşa'yı istemezdi. Bunu daha en baştan söylemişti Muazzez'e de, o dillendirmemişti. Zaten Veli Bey istese de kendi istemezdi. Bu kız ne yapıyor ediyor, her girdiği evi birbirine katıyordu. Hem babasının bile sahip çıkmadığı kız için o niye daha fazla kendini yorsundu.

Hemen Cevat Bey girdi araya. Mualla'yı aşağı indirdi, "Hadi herkes otursun, yemeğimizi yiyelim" diyerek konuyu kapatmaya çalıştı. Onun devreye girip bir konuda karısına karşı çıkması o evde hiç alışıldık bir durum değildi. Muazzez hemen oturdu. Mualla ise hâlâ şaşkındı. Başka zaman olsa Cevat Bey'e kıyameti koparırdı ama o gün kafası karışmış, gücü tükenivermişti. Çöker gibi oturdu masaya. Hepsinin kafası karışık, aklı başka yerde, sessizce yediler yemeklerini. Mualla çocukların tabağına koyduğu yemekleri hırsla döktü çöpe.

Yukarıda, odalarında Şahin ve Ayşa ufak ufak konuşmaya başlamışlardı, bu işten nasıl kurtulacaklarını düşünüyorlardı. Şahin'in akademinin ön elemelerine girmesine bile karşı çıkacakları belliydi. Annesi, ölse izin vermezdi buna. Bu evde daha fazla kalamayacaklarını ikisi de anlamıştı ama nereye gideceklerdi? Şahin bir yandan da kolundaki pahalı saate bakıyordu. Sünnet düğününde daha sonra takarsın diye babası almıştı. Oldukça kıymetliydi ve satarlarsa hiç olmazsa bir süre bu parayla idare edebilirlerdi. Ancak bu evden nasıl çıkacaklardı? Mualla mutlaka yakalarına yapışacak, onlardan dün gecenin hesabını soracak, belki de onları ceza odasına kapatacaktı. Eğer bu konuda kararlı iseler, ne yapacaklarsa bu gece yapmalıydılar.

İkisi de otomatik hareketlerle ayağa kalktı ve yanlarına alacakları eşyaları toplamaya başladı. Şahin bilgisayarını, telefonunu, kemanını ve birkaç giyeceğini aldı. Ayşa'nın alacağı pek fazla bir şey yoktu zaten. Bir gömlek, bir pantolon, birkaç da iç çamaşırı. Kitaplarını çok istese de alamazdı. Nasıl taşırdı onca kitabı. Herkesin yattığından, derin bir uykuya daldığından emin olduktan sonra kırılmayacak türden olanları bir torbaya koyup Ayşa'nın odasındaki, arka tarafa bakan pencereden yavaşça aşağı attılar. Torba tok bir ses çıkararak bahçeye düştü. Aşağı inince onu almaları kolay olacaktı.

Evi terk etmeden önce Şahin onlara kısa bir mektup yazıp bıraktı. "Biz gidiyoruz. Biraz daha kalırsak kafayı yeriz. Siz çoktan yemişsiniz kafayı... Boş yere bizi aramaya kalkmayın, bu eve bir daha gelmeyi ikimiz de istemiyoruz. Unutamayacağımız anılarla ayrılıyoruz bu evden. Sizi değil ama çatıdaki ceza odasını, o odada bize yaşattıklarınızı hiç unutmayacağız. Saygılar..."

Mektubu son bir kez daha okuyup Ayşa'ya da okuttuktan sonra yatağının üzerine fırlattı, cebine telefonunu, eline bilgisayarını ve kemanını aldı, sabaha karşı sessizce indiler basamakları. Sokak kapısını yavaşça açıp çıktılar dışarı. Şahin usulca arka bahçeye geçip yukardan attıkları torbayı aldı, arkalarından bir gelen varmış gibi denize doğru yokuş aşağı koştular. Anacaddeye çıkınca biraz rahatlamışlardı. Bir süre hiç konuşmadan sahilde yürüdüler. İkisi de korkmuştu, ikisi de ne yapacağını bilmiyordu. Kaçmışlardı ama şimdi nereye sığınacak, nasıl ayakta duracaklardı?

Önce Şahin'in kolundaki saati satmaları gerekiyordu. Onca dükkân dolaşmalarına rağmen saate fazla para veren olmayınca, ederinden çok daha ucuza vermek zorunda kaldılar. Ceplerinde biraz para vardı ama bu parayla ne yapacaklarını ikisi de bilmiyordu. Sonunda Şahin Ayşa'yı, yanına eşyaları da bırakarak bir parktaki banka oturttu. Kendilerine sığınacak bir yer bulmalıydılar. Bir otele mi yerleşseydiler acaba? Ayşa daha on sekizini doldurmamıştı, hem otelde onları hemen bulurlardı. Ucuz bir ev kiralasalar, hiç eşyaları yoktu. Şahin yine de bakacaktı evlere... Akşama kadar Ayşa o parkta aç susuz oturdu. Tuvalete bile gidemiyor, gözü yollarda Şahin'i bekliyordu. Şimdiye kadar tanımadığı bir yerde yalnız kalmamış, tek başına bir parkta oturmamıştı. Yanındaki eşyaları da bırakamıyor, gözü yollarda, sıcakta Şahin'i bekliyordu. Akşama doğru geldi Şahin. Daha ona bir şey sormadan Ayşa koşarak tuvalete gitti, bir şişe suyu başına dikip içti ve soran gözlerle baktı Şahin'e. İyi bir haberle gelmediğini hemen anladı. Demek gidecek bir yer bulamamıştı.

Tam yedi gün, yedi gece parklarda sabahladılar. Şahin bir türlü kendilerine uygun bir ev bulamıyordu. İkisi de açlıktan, yorgunluktan ve ümitsizlikten bitap düşmüştü. Geceleri biri uyursa diğeri uyanık kalıyor, etrafı gözlüyordu. Meğer evsizlik, kimsesizlik, parasızlık neymiş... Bir bankta, mevsim yaz da olsa yatmak, sadece simit çayla günü geçirmek, olmadık yerlerde tuvalete girmek, el yüz yıkamak, akşam olmasından korkmak neymiş, onlara bakarak etrafta gezinen tekinsiz insanları gördükçe kaçacak yer aramak neymiş, yakalanmamak, dikkati çekmemek için her gün bir başka semtte sığınacak bir park aramak neymiş, hepsini yaşayarak, korkarak, iyice öğrenmişlerdi.

Sonunda Şahin bir gün, "Hadi kalk, gidelim, bir çatı katı buldum, kötü ama çare yok" dedi. Bu söz bile Ayşa'nın gözlerini parlatmıştı. Kötü mötü, hiç olmazsa sokaklardan kurtulacaklardı. Uzak bir semtte eski, küçük bir çatı katı dairesine götürdü onu Şahin. Apartman dökülüyordu. Pis ve karanlık bir yerden, sırtlarında ve ellerinde eşyalarla girdiler içeri. Karşılarına dik ve karanlık bir merdiven çıktı. Otomatın düğmesine bastılar, kirli sarı bir ışık yayıldı etrafa. Çıktılar, çıktılar, sonunda en üst kattaki, kapısı açık daireden içeri girdiler. Burası da karanlıktı ama yine kapısı açık duran bir küçük teras vardı önünde. Ellerinde eşyalarıyla çıktılar terasa çünkü onları evde nereye koyacaklarını bilemiyorlardı. Terasta derin derin nefes aldılar. Manzarası hiç fena değildi. Eski, küçük çatıların ardından, uzaktan da olsa denizin mavisini görmek ikisinin de hoşuna gitti.

Yere bir poşet koyup eşyalarını onun üzerine bıraktılar ve daireyi gezmeye başladılar. Şahin önceden gezmişti zaten. Çatı akıyor, ev rutubetle karışık pislik kokuyordu. Banyo yoktu, onun yerine tuvalete uyduruk bir duş takılmıştı. Tuvaletteki lavabo eski, kırık dökük ve kapkaraydı. Yerlerde böcekler dolaşıyordu. Duvarlar leş gibiydi, badana yapılmayalı kim bilir kaç yıl olmuştu. Mualla'nın yönetiminde her şeyin tertemiz, gıcır gıcır olduğu bir köşkten sonra böyle bir evde nasıl yaşayacaklarını kendileri de bilmiyordu. Bir şey söylemeden bir süre bakıştılar. Şahin, "Ben markete gidiyorum" diyerek fırladı çıktı. Biraz sonra elinde paketlerle döndü. Biraz temizlik malzemesi, iki havlu, iki polar battaniye, iki de plastik sandalye ve bir küçük tabure almış, bunları merdivenden zor çıkarmıştı. Küçük, kırmızı plastik tabureyi masa olarak kullanacaklardı. İki genç ellerine aldıkları bezlerle her yere deterjan döküp ovabildikleri kadar ovdular.

Temizlik bitince küçük dairenin yine küçük ama uzaktan denizi gören terasına çıkıp sandalyelerine oturdular. Simitlerini yerken ikisi de çok yorgun ve heyecanlıydı. Akşam olmadan evi aydınlatacak ampul almaları gerekiyordu. Şahin bir kere daha gitti markete. Bu sefer birkaç ampul, bir kutu çay, bir küçük çaydanlık, iki de bardak almıştı. Çay yapmak için koşarak mutfağa girdiler. Mutfağa girince ikisi de şaşırıp kaldı çünkü daha önce hiç dikkat etmemişlerdi ama evde ocak da yoktu. Mutfak dedikleri bir tezgâh, birkaç kırık dökük raftan ibaretti. Şahin'in de yorgunluktan tekrar evden çıkacak hali kalmamıştı.

Hiç olmazsa evde sular akıyordu. Şahin aceleyle lambaları taktı, hemen ardından sırayla banyo dedikleri deliğe girip soğuk suyun altında ellerindeki tek sabunla olabildiğince yıkanıp temizlendiler ve yanlarında getirdikleri tek temiz çamaşırlarını giyip beton zemine serdikleri polar battaniyelere sarınıp yattılar. Betonun üstünde tek bir polar battaniyeyle yastıksız yatmak neymiş, onu da o gece iyice öğrendiler. Bir yandan da gezinen böceklerden ürküyorlardı. Evi temizleseler de böcekler yine çıkmıştı ortaya. Ancak sabaha karşı dalabildiler uykuya. Acaba evden kaçmakla yanlış mı yapmışlardı?

Sabah uyandıklarında güneş iyice yükselmişti. Ellerini yüzlerini yıkayıp kendilerini dışarı attılar. Yorgunluktan, açlıktan ve üzüntüden ikisi de sararıp solmuş, elleri ceplerinde yürüyorlardı. Meğer yalnızlık, kimsesizlik, parasızlık, en çok da ümitsizlik ve çaresizlik neymiş, onu da yeni yeni, içleri burkula burkula öğrenmeye başlamışlardı. İkisi de hayatı henüz hiç tanımıyor, kendilerine hiç güvenemiyordu.

Akşama kadar sokak sokak dolaşıp kendilerine iş arıyorlardı. Sonunda ikisinin de iyi kötü bir işi oldu. Ayşa perili köşkte yıllardır mutfakta bulaşık yıkadığı için, bir kafede bulaşıkçılık yapmaya başladı. Şahin ise bir restoranda komi olarak iş bulmuştu. Çalışmaya başladıkları ilk günün gecesi eve geldiklerinde ikisi de yorgunluktan perişandı. Ayşa yine de alışkındı bulaşık yıkamaya ama Şahin'e bir kafede komilik yapmak çok zor gelmişti. Dokunsalar ağlayacak gibiydi. Biraz nefeslendikten sonra balkona çıkıp oturdular. Evden kaçmakla iyi mi yapmışlardı? Şimdiye kadar ikisi de hiç çalışmamıştı, insanlar onların yaptığı işi beğenir miydi acaba? Ayşa bir ara Şahin'e, "Sen istersen dön evine ama ben artık ölsem de gitmem oraya" deyince, "Yok" dedi Şahin, "ben de gitmem. Belki zamanla alışırız. Madem bu evde kalacağız, artık her hafta patronlar bize para da verecek, hadi gel, şu eve bir şeyler alalım." Onun bu sözlerine şaştı kaldı Ayşa. Bu oğlana ne olmuştu da telefonu artık cebinde duruyor, ona bakmak aklına bile gelmiyordu. Baştan beri çok kararlı davranıyor, daha da önemlisi artık susmuyor, konuşuyordu.

Birlikte evden çıktılar. Şahin nereye gideceklerini önceden öğrenmişti. Eski eşyalar satan kuytu bir dükkâna girdiler. Şahin cebindeki paranın bir kısmını ayırdı, kalanla alabildikleri her şeyi alıp çıktılar. Aldıklarını birazdan gönderecekti adam evlerine.

Nakliye parasını bile ödemişti Şahin. Marketten biraz patates, birkaç yumurta, iki de ekmek alıp döndüler. Şimdi artık dört gözle eşyaların eve gelmesini bekliyorlardı. Eşyalar gelince büyük bir heyecanla koştular aşağı. Getirdiklerini yerleştirdikçe çocuk gibi seviniyorlardı. Perili köşktekilere benzeyen eski, üzeri lekeli bir de gece lambası almışlardı. En çok o hoşlarına gitmişti. Mutfağa aldıkları küçük tüp de çok işlerine yarıyordu.

Sonraki günler düzenli olarak çalıştılar. Haftalıklarını aldıklarında bir an önce para biriktirip okullarına başlamak istiyorlardı ama işten çıkınca nasıl geçinecekleri hakkında ikisinin de fikri yoktu. O ara Şahin akademinin ön elemelerine hazırlanıyordu. Kemanıyla, olabildiği kadar ses çıkarmamaya çalışarak bir şeyler çalışıyor, parmaklarına antrenman yaptırıyordu.

İkisi de çalıştıkları yerlerle konuşup gündüz okula gideceklerini söyleyip gece çalışmaya devam edip edemeyeceklerini sordu. Ayşa'nın patronu bunu kabul etmiş ama Şahin'inki olmaz demişti. Bir süre gece işi bulamadı Şahin. Tam da o ara sınavlara girecekti. Ayşa onu cesaretlendirdi, "Sen önce şu sınavı kazan, nasıl olsa iş buluruz" dedi. O da o ara okula kaydını yaptırmıştı. Şahin'in sınavı beklediğinden iyi geçmiş, ertesi gün de bir süpermarkette kasiyer olarak işe başlamıştı. Market evlerine biraz uzaktı ama artık bir şekilde gidip gelecekti.

Okulların açılmasına üç-dört gün kalmıştı. Evdekiler Şahin'i her gün telefonla kırk kere arıyor ama o telefonları hiç açmıyor, onun yerine, "Bizi merak etmeyin. İyiyiz" gibi kısa mesajlar yazıyordu aileye. Şahin'in sınavları kazandığı haberi gelince sevinçten havalara uçtular. O gece bunu kutlamalıydılar. Şahin koşarak gitti, iki şişe bira ve kızarmış tavukla geldi. Yine oturdular balkona, açtılar biralarını, gülüşerek yediler tavuklarını. Bu küçük balkon olmasa bu evde oturulmazdı, o balkon kurtarıyordu onları. Artık küçük bir de masaları vardı balkonda. Evde olduklarında yemeklerini orada yiyor, ders çalışmaları gerektiğinde masayı içeri, ışığın altına alıyorlardı.

İlk kez o gece aradı annesini Şahin. Sınavı kazandığını, yakında akademiye başlayacağını, Ayşa'nın da Edebiyat Fakültesi'ne yazıldığını söyledi. Mualla telefonda ne diyeceğini şaşırmıştı, "Tamam, ona da bir şey demiyorum. Dönün artık eve" diye adeta yalvarıyordu. Onlar gideli ne kadar hasta olduğunu, belki de üzüntüden yakında öleceğini, sonra çok pişman olacaklarını söylemeye başlayınca Şahin, "Bir daha böyle yaparsan aramam sizi" dedi. "Tamam, hiç olmazsa her gün iki cümle bir şey yazıver bize, iyi olduğunuzu bilelim" diyerek kapattı telefonu. Arada bir Cevat Bey'den de mesaj geliyordu. O mesajlarda babası, "Bir ihtiyacınız olursa ben arkanızdayım. Bizi merak etmeyin, her şey yolunda, sevgiler" yazıyordu.

O gece keyfi yerindeydi Şahin'in. Şule de gelmişti İstanbul'a, o da kazanmıştı İşletme Fakültesi'ni. Artık onunla da görüşmenin bir yolunu bulurdu. Aldı eline kemanını inceden çalmaya başladı. Bir iki apartman ötedeki çatı katının balkonunda oturan koca göbekli, bol kıllı, atletli adam, şerefe diyerek Şahin'e doğru kaldırdı rakı kadehini. "Çal delikanlı çal da neşemizi bulalım" diye bağırdı, yanında oturan sarı saçlı kadın da el salladı. Ayşa Şahin'e, "Şimdi ne yapacaksın" der gibi bakıyor, bir yandan da gülüyordu. Şahin elindeki bira şişesini kaldırıp, "Afiyet olsun" diyerek bağırdı adama. Adam da ona.

Şahin'e, bu son yaşadıkları hayatla ilgili çok şey öğretmişti. Nihayet insan içine çıkmış, pek çok kişiyle ilişki kurmuştu. Eskisi gibi sıkıntıdan patlayıp telefona sarılacağına, arada çok daraldığında hayatın içinde olmak ona iyi gelmişti. Ayşa ise hâlâ çok sessizdi. Hayat onu korkutuyordu. Çalıştığı işyerinde kırklı yaşlarda bir kadınla birlikte yıkıyorlardı bulaşıkları. Eskiden de hep Mualla Teyzesiyle yıkadığı için pek fazla zorlanmıyor ama akşama kadar ayakta durmaktan, belli saatlerde kafe dolunca aceleyle tabakları bardakları kurulayıp garsonlara yetiştirmekten çok yoruluyordu. Naciye konuşkan bir kadındı. Sürekli ona kendi dertlerini anlatıyor, evdeki iki çocuğundan ve sevgilisinden dert yanıyordu. Israrla, "Senin sevgilin yok mu?" diye soruyor, olmadığı cevabını alınca da, "Seni bu halinle beğenen de çıkmaz zaten" diyordu.

Şahin'in işi onda bitiyor, marketten çıkması on biri buluyordu. Gece on ikiye doğru kafeye Ayşa'yı almaya gidiyor, onlar eve varana kadar saat bir oluyordu. Mualla ve Muazzez artık Şahin'i sık sık arıyor, "Ne olur, hiç olmazsa hafta sonları eve gelin" diye adeta yalvarıyorlardı. Cevat Bey bir kere aramıştı Şahin'i. "Oğlum ben senin adına şu bankaya her ay şu kadar para yatırıyorum, istediğinde o parayı çekebilirsin" demiş, ikisini de rahatlatmıştı. Hiç olmazsa çok sıkıştıklarında bankadan alabilecekleri bir para vardı ama o paraya el sürmeyi şimdilik ikisi de istemiyordu. Kimseye borçlu hissetmeden özgürce yaşamak istiyorlardı.

Kış gelmiş, hayatları biraz daha zorlaşmıştı. İlk işleri üzerlerine kalın birer mont almak oldu. Kalın battaniyeler ve elektrikli bir ısıtıcı aldılar ama ısıtıcı işe yaramadı, evi bir türlü ısıtamadılar. Sonunda küçük bir odun sobası aldılar eve. Boruyu balkondan dışarı çıkardılar, aldıkları odunları da balkona yığdılar. Eve gelir gelmez sabahtan hazırladıkları sobayı yakıyor, iki sandalyeyi de yanına çekip ısınıyorlardı. Çok işe yaramıştı bu soba, on dakikada ısınıyordu ev. Ev dedikleri zaten bir oda, küçük de bir salondan ibaretti. Mutfak tezgâhı da o salonun içindeydi ama artık mutfakta ocakları, tuvalette elektrikli su ısıtıcıları vardı. Tuvaletin bir duvarına duş başlığını asıyor, kenara taktıkları küçük rafın üzerine sabunlarını, şampuanlarını diziyor, naylon perdeyle çevirdikleri o küçük alanda rahatça banyolarını yapabiliyorlardı. Sıkça ilaçlayınca böceklerden de kurtuldular. Daha da önemlisi daire kapısını tamir ettirip kapıya doğru dürüst bir kilit taktırdılar.

Şahin evin tek odasında kalması için çok ısrar etti Ayşa'ya ama o salondaki kanepede yatmayı tercih ediyordu. Şahin kapısını kapatıp da salon ona kalınca eski gece lambasının ışığında hemen her gece uzun uzun dönüyordu Ayşa. Dönmek ilaç gibi geliyordu ruhuna. Döndükçe rahatlıyor, sonra da dönerken sırtına aldığı uzun kırmızı bezi katlayıp yastığının altına koyuyordu. Uyumadan önce bir süre Ali'yi düşünüyor, şimdi nerede, ne yapıyor acaba diye merak ediyordu. Acaba çoktan unutmuş muydu Ayşa'yı, kendine yeni kız arkadaşlar mı bulmuştu? Tıp fakültesini kazanıp doktor olacak mıydı, yoksa artık hayat onları bir daha bir araya getirmeyecek miydi? İstanbul'a gelse bile, koca şehirde onu nasıl bulacaktı. Ali'yi düşünmeden geçirdiği gece yoktu. Her seferinde onu düşünerek dalıyordu uykuya. Ders çalışmak için pek fazla zamanı olmadığından okul başarısı eskisine göre düşmüştü ama o, sınıfta kalmayacağından emindi. Dersleri çok iyi dinliyor, ödev yapılacaksa mutlaka yapıyordu. Artık okula giderken şapka takmıyor, saçları da giderek uzuyordu.

Haftada bir gün izinliydiler. Şahin o günler eve geç geliyor, Ayşa ise o günü evi temizlemek, alışveriş yapmak ve ders çalışmakla geçiriyordu. Evde balkonun kenarına mutlaka geceden ekmek kırıntıları koyuyordu, kuşlar da buna alışmıştı. Sabah uyanır uyanmaz balkona koşup geceden koyduğu ekmekleri yiyen kuşları seyrediyor, onlarla konuşuyordu. Bazen dersler erken biterse kafeye gitme zamanı gelene kadar İstanbul'u yürüyerek geziyor, deniz kenarında bir banka oturup kuşları seyrediyordu.

Zaman hızla akıyor, çocuklar mücadeleden vazgeçmiyordu. Mualla'nın bütün ısrarlarına rağmen eve dönmüyorlardı. Özgürlüğün bedelini fena halde ödetiyordu hayat onlara. Kazandıkları parayla idare etmeyi öğrenmiş, evi de biraz daha yaşanır hale getirmişlerdi. Artık odun sobasından da vazgeçmiş, eve iki tane elektrikli radyatör almışlardı. Yataklarını, yorganlarını yenilemiş, camlarına perde bile takmışlardı.

Cevat Bey artık düzenli olarak her ay arıyor, "Bankadan para çekmiyormuşsunuz, yapmayın böyle çocuklar, üzmeyin beni" diyordu. Yine bu aramalardan birinde onları sahildeki bir restorana davet etti, evdekilere söylemeyeceğim demeyi de ihmal etmedi. Biraz korkarak da olsa gittiler, birbirlerine sarıldıktan sonra birlikte yemek yediler. Cevat Bey, "Ben hep arkanızdayım. Aslında doğru karar verdiniz, benim yapamadığımı siz yaptınız. Sefillik çekmeyin, bankaya koyduğum parayı kullanın" diyordu. Cevat Bey'in desteğini arkalarında hissetmek çocukların çok hoşuna gitmişti gitmesine ama yine de o paraya dokunmak istemiyorlardı.

"Tamam" dedi Cevat Bey, "ona da tamam ama hiç olmazsa sizinle ayda bir buluşup böyle yemek yiyip sohbet edelim. Ben sizi çok özlüyorum." Gerçekten de o günden sonra ayda bir buluştular. Bu buluşmalar çok keyifli geçiyor, Cevat Bey evdekilerin halini, biraz da onları taklit ederek anlattıkça, hep beraber kasıklarını tutarak kahkahalarla gülüyorlardı. Muazzez bir koca daha bulmuştu kendine ama bu sefer Mualla buna izin vermemiş, evde yine kavga gürültü eksik olmamıştı. "Onların bu kavgaları da olmasa o evde sıkıntıdan patlarım. Neyse ki benim baston kırılmadan duruyor. Bizim hanım demek bastonu dikkatli kullanıyor" diyerek gülüyordu.

Mualla'ya kalsa bütün İstanbul'u karış karış gezer, bir gün mutlaka izlerini bulurdu ama Cevat Bey buna izin vermiyordu. "Bırakın peşlerini, evde kapalı oturta oturta hayattan kopardın çocukları. Başları sıkışırsa nasıl olsa gelirler. Bırakın da biraz hayatı tanısınlar" diyor, bu sefer Mualla'nın karşısında kapı gibi duruyordu. Bu söz onların da hoşuna gitmişti. Kendi yapamadığını bu çocukların yapması, onun bile yıllar önce kaybettiği özgüvenini sanki geri getirmişti. O evde bir devrim yapılmış, bu devrimin dalgaları orada yaşayan herkesi öyle ya da böyle etkilemiş ve değiştirmişti.

Tam iki yıl geçmişti aradan, çok zorlu iki yıl. Gece eve geldiklerinde ağrımayan bir yerleri kalmıyor, kendilerini yatağa zor atıyorlardı. Artık ikisi de üçüncü sınıfa geçmişti. Şahin okulda hiç olmadığı kadar başarılıydı. Hocalar onu çok seviyor, yeteneklerini övdükçe Şahin'in gözleri doluyordu. Ne de olsa bu okula girebilmek için çok ciddi fedakârlıklar yapmak zorunda kalmıştı. Hiç alışkın olmadığı bu hayat onu çok yoruyor, çok yıpratıyordu ama ardından gelen başarılar da gururlandırıyordu. Özellikle eskiden aynı okulda okuduğu kişilere, kendisini tanıyanlara şimdi kafede ya da markette hizmet etmek bazen onu incitiyordu, çünkü eskiden babasının Mualla'dan gizli verdiği paralarla bu tür yerlere arkadaşlarıyla gittiklerinde hesabı hep Şahin öderdi. Böyle günlerde eve daha da yorgun geliyor, hiç konuşmadan odasına çekiliyordu.

Ortama hemen ayak uyduran, bir kafede bulaşıkçılık yapmanın bile ruhuna iyi geldiği Ayşa'nın ise mutfakta çalıştığından pek kimseyi gördüğü yoktu. Görse de bundan gururu kırılmazdı, o zaten çöp kızdı, yeri de buralardı. İşinden memnundu, kendi parasını kazanıyor, evde istediği gibi dönüyor, sabahları erkenden kalkıp kuşları seyrediyordu. Kafedeki garson kızları kendinden üstün görüyor, onlarla selamlaşırken bile hemen başını önüne eğiyordu.

Şimdiye kadar hiçbir yere ait hissetmemişti kendini ama artık burası onun işyeriydi ve Ayşa oraya aitti.

Zamanla bu hayata alışmışlardı. Ayşa bulaşıkçılıktan garsonluğa terfi etmişti. Siyah, kısacık bir elbise giyip önüne kırmızı önlük takmak, ayağına da hafif topuklu siyah ayakkabılar giymek çok yabancı gelmişti ona. Uzayan saçlarını arkadan toplayıveren Ayşa, artık diğer garson kızlara benziyordu. Garsonluk bulaşıkçılığa göre daha zordu aslında ama daha çok para alıyor, müşteriler bahşiş de verince bu para ona bol bol yetiyordu. Kız olmaya da alışıyordu galiba. Şahin ise marketteki kasiyerlik işine devam ediyordu. O evden de çıkmışlar, gelirlerini aşmayan, biraz daha derli toplu bir eve geçmişlerdi. O güne kadar hiçbir konuda karar verme hakları olmadığı için en çok bu konuda zorlanıyorlardı. Ne giyecekler, ne yiyecekler, ne zaman yiyecekler, artanları atacaklar mı, saklayacaklar mı, kaçta yatacaklar, ne zaman ders çalışacaklar, markete gidince eve ne alacaklar gibi en basit konularda bile uzun süre karar veremiyor, bocalayıp duruyorlardı. Tanımadıkları insanlarla konuşmak, sohbet etmek, hal hatır sormak da onlar için yeni ve öğrenilmesi gereken şeylerdi. Şahin bu konuda arkadaşından daha iyiydi. Ayşa tutukluğunu bir türlü üzerinden atamıyor, zorlanıyor, zorlandıkça da geceleri evde dönmeye devam ediyordu.

Cevat Bey yatırdığı parayı hiç olmazsa yılda bir kez almaları konusunda çok ısrar etmiş, onlar da o parayla har vurup harman savurmuşlardı. Yeni evlerine en güzel eşyalar, kendilerine üst baş, Şahin'e iyi bir keman almışlar, Ayşa da o ara kitapçılardan çıkmaz olmuştu. Hatta bir kere kuaföre gitmiş, uzayan saçlarını uçlarından kestirmiş, kuaförün saçlarını nasıl taradığını pürdikkat incelemiş, daha sonra da kendisi evde öyle yapmaya başlamıştı.

Şahin onun geceleri döndüğünü biliyordu. Omzuna sardığı kırmızı kumaş parçasını da görmüştü. Bir gün, "Hadi gel, madem dönüyorsun, sana o çok istediğin kırmızı pelerini alalım" dedi. Ayşa çok heyecanlandı. Hemen ertesi gün başladılar Ayşa'nın istediği kırmızı pelerini aramaya. İstanbul'un dolaşmadıkları yeri kalmadı ama Ayşa hayalindeki pelerini bir türlü bulamadı. Şahin, "Ne istiyorsun anlamadım ki... Hepsi birbirinden güzel bulduklarımızın" diyor ama kızı ikna edemiyordu.

Bu arada Şahin-Şule ilişkisi sürüyordu. Baştan pek ilişki denemezdi onlarınkine, arada bir telefonda konuşuyorlardı, o kadar. Şule de İstanbul'a gelince haftada bir kere mutlaka buluşuyor, birlikte yemek yiyor, deniz kenarında geziniyorlardı. Diğer günler de telefon konuşmalarını hiç aksatmıyorlardı. Şahin bu konuda Ayşa'ya hiç bilgi vermese de, Ayşa onlara imreniyor, keşke Ali de gelse, biz de onunla buluşsak diye iç geçiriyordu. Hâlâ bir cep telefonu yoktu Ayşa'nın. Kendisi de buna pek hevesli değildi. Telefonu olsa ne işe yarayacaktı ki, olsa olsa onu her gün defalarca Muazzez arayacak, boş boş konuşacaktı. Ali'yi çok özlese de onu aramak aklından bile geçmiyordu. O kimseyi arayamazdı. Birini arayacak kadar kendine güvenmiyordu henüz.

Derken Şahin bir gün geldi, "Ben artık marketten ayrılıyorum, bir orkestrada keman çalacağım. Karşıda bir gece kulübünden teklif aldım" dedi. Bu işe onun kadar Ayşa da çok sevindi. Hem artık marketlerde çalışmaktan kurtuluyor, hem de çok severek çaldığı kemanı ona yepyeni bir kapı açıyordu. Kulüp ona siyah bir smokin diktirmiş, beyaz gömleğiyle incecik, çok yakışıklı bir delikanlı olmuştu. Ama önemli bir sorunları vardı; akşamları Ayşa eve yalnız gelemez, korkardı. "Sen ayrıl işten" dedi Şahin. "Bana iyi para verecekler, gerisine sonra bakarız." Ayşa bu teklifi kabul etmemek için çok direndiyse de sonunda mecburen ayrıldı işten. Artık Şahin bazen hiç eve gelmeden okuldan doğru kulübe gidiyordu.

Ayşa çalışmamanın, Şahin'e yük olmanın üzüntüsünü yaşıyordu ki yine bir akşam Şahin başka bir haberle geldi. Bizim orkestranın önüne dansçı kızlar arıyorlar. Başvurular başladı bile, sen de başvursana" dedi. Ayşa bu soruya çok şaşırdı. O ne anlardı dans etmekten. Şahin hemen anladı ne düşündüğünü. "Sen her gün gece yarılarına kadar odanın ortasında dönmüyor musun? Belki bu dönmeler işe yarar." Acaba o böyle bir şey yapabilir miydi? Sahneye çıkmak hiç ona göre değildi. O yolda yürürken bile utanan bir kızdı, böyle bir şey yapamazdı. Şahin hiç dinlemedi onu. "Fena mı, severek yaptığın bir işin olur" diyerek kolundan tuttuğu gibi kulübe götürdü kızı. Daha önce Şahin onlara Ayşa'nın bir balerin kadar güzel döndüğünü söylemişti. Biraz beklediler, beklerken Ayşa heyecandan tırnaklarını tek tek yedi. Sonra kızı sahneye alıp "dön" dediler ama önce dönemedi, sonra çantasından çıkardığı kırmızı bezi omuzlarına sarınca gözlerini kapatıp başladı dönmeye. Gerçekten de ne güzel dönüyordu. Kulüp yöneticileri onu iki dansçı kızın arasında dönmesi için işe aldı. Diğer iki kız Ayşa'nın etrafında oradan oraya koşarak dans ediyor. Ayşa da ortada dönüyordu.

Sıra giyecekleri kostümlere gelmişti. Dansçı kızlar beyaz, uçuşan tüllerden oluşan bir kıyafet giyeceklerdi. Ayşa, "Ben de kırmızı bir pelerin giysem olur mu?" deyince, bu fikir onların kafasına da yattı. Aradıkları pelerini sonunda film setlerine ve gazinolara kostüm diken, eski, küçük bir dükkânda buldular. Eski bir vitrin mankeninin üzerinde duruyordu. Yıllar önce ünlü bir oyuncu için dikilmişti ve dükkân sahibi onu kimselere vermeye yanaşmamış, hep vitrininde tutmuştu. Şimdi de "Manevi değeri çok büyük, satsam kim bilir buna ne büyük paralar verirler" diye tutturuyordu.

Ayşa daha görür görmez vurulmuştu pelerine. "İşte bu!" demişti bağırarak. Tam da onun aldığı ucuz kumaşın rengindeydi. Hayal ettiğinden de güzeldi bu pelerin. Hemen gitti, elleriyle her yanına dokundu, dokunurken gözlerini kapatıp pelerini hissetmeye çalıştı. Sonra derin bir oh çekti ve mankenin üzerinden kaptığı gibi giyiverdi. Bir yandan da, bunu kimseye vermem, der gibi sıkı sıkı tutuyordu. Dükkânın sahibi yaşlı adam da şaşırdı bu duruma, başını iki yana sallayarak, "Bu sefer umarım bu kıza uğur getirir" dedi. Şahin duydu adamın dediklerini, yaklaşıp, "Nasıl yani?" diye sorduysa da, adam hemen başını önüne eğip uzaklaştı ondan. Ayşa, eskimiş, üzerinde çizikler ve lekeler olan, dudağının boyasının yarısı çıkmış, burnunun ucu kopmuş vitrin mankeniyle birlikte aldı pelerini. Parasının bir kısmını kulüp karşıladı, bir kısmını Cevat Bey'in verdiği parayla ödediler. O geceyi hiç unutamıyordu Ayşa. Artık kırmızı pelerinli manken salonun başköşesine konmuştu. Ayşa bir an önce onu giyip dönmenin hayalini kuruyordu. Şahin durumu anlayınca, "Ben biraz dolaşıp geleyim" diyerek çıktı. Ayşa, evin ışıklarını söndürüp sadece eski gece lambasını yaktı ve başladı dönmeye. Perili köşkteki ceza odasından, hafif kırmızı ışıkta dönmeye alışkındı. Şahin geldiğinde hâlâ dönüyordu.

O hafta cumartesi günü erkenden kulübe gitmek üzere çıktılar evden. Şahin smokinini giymiş, Ayşa pelerini yanına almıştı. Kulüpte prova yapılacak, gece de ilk kez sahneye çıkacaklardı. Ayşa'nın başına önce sarı bir peruk takıldı, üzerine arkası ve önü tüllü koyu renk bir şapka oturtuldu. Kız bir anda adeta bir masal kahramanına dönüştü. Yüzüne de sıkı bir makyaj yapmışlardı. Ayşa aynada yüzüne bakınca içi bir tuhaf oldu. Kendisi gerçekten de bu kadar güzel miydi, yoksa bu makyajı kime yapsalar böyle güzel mi olurdu?

Önce orkestra çıktı sahneye. Şahin kıvrak hareketlerle kemanını çalıyor, pek de heyecanlı görünmüyordu. Zaten duygularını hiç belli etmeyen bir delikanlıydı. Biraz sonra dansçı kızlar girdi sahneye. Koreografın gösterdiği şekilde dans etmeye başladılar. Beyazlar içindeki iki dansçı kızın ortasındaki kırmızı pelerinli kız sahnede fırıl fırıl dönüyordu. Bu pelerin ona ne iyi gelmişti. Hele başındaki şapka, yüzünün yarısını örten tül... O artık Ayşa değil, "Kırmızı Pelerinli Kız"dı. Eskisi gibi utanmıyor, sanki bir anda bambaşka biri oluvermenin keyfini sürüyordu. Oysa sahneye çıkarken nasıl da korkmuş, nasıl da heyecanlanmış, daha ilk dakikada yere kapaklanacağını sanmıştı... Bu pelerin belki de sihirliydi, büyülüydü, adam zaten onu satmamak için çok uğraşmıştı. Şimdi de Ayşa'yı sarıp sarmalıyor, sanki etrafına büyülü bir duvar örüyordu.

Kırmızı Oda

Bütün bunları dinledikten sonra, Ayşa'nın sırtındaki bu büyülü pelerine bir kere daha dikkatle bakıyorum. Demek bir zamanlar ünlü biri giymiş bu pelerini, belki de hepimiz izlemiştik onu. Gerçekten de her yerde görebileceğimiz cinsten bir pelerin değildi bu. Kliniğe ilk geldiğinde anlamıştım onun çok özel olduğunu. O günleri anlatırken Ayşa da bir yandan pelerinine sımsıkı sarınıyor ve nihayet yüzü gülüyordu.

"İkimiz de hiç o günler kadar yalnız ama bir o kadar da özgür hissetmemiştik kendimizi. Gece işimiz bitince ben yüzüme yapılan makyajı siliyor, üstüme yine kot pantolonumla gömleğimi giyiyordum, öyle dönüyorduk eve. Pelerinimi istesem kulüpte bırakabilirdim ama iyice katlayıp sırt çantamda gezdiriyordum hep. O yanımda olursa daha güvende hissediyordum kendimi."

Demek pelerin ona güven veriyor. Bazı çocuklar küçük yaştan itibaren sık kullandıkları bir eşyaya sıkı sıkı bağlanır, nereye gitseler onu da yanlarında götürmek isterler. Sanki o eşya onlar için anne kokusunu simgeler. Çoğu ya yattığı yastığı, ya tüylü ayıcıkları, elinden düşürmediği havluyu filan gezdirir yanında, onlar olmadan uyumaz, aileyi de huzursuz eder. Bunlar o çocuklar için çoğu zaman anneyi, ona güven veren, seven, okşayan birini temsil eder. Acaba çocukken Ayşa'nın da böyle bir tutkusu var mıydı? Kırmızı pelerini sonradan onun yerini almış olabilir miydi? Hemen soruyorum Ayşa'ya, "Eskiden beri yanından ayırmadığın bir şey var mıydı?" diye.

"Neriman Teyze'nin o zamanlar bana aldığı eski bir bez bebek vardı. Nedense onu çok severdim. Geceleri yatarken mutlaka yatağımda o da olurdu. Pis, eski bir şey işte. Hâlâ atmadım, durur. Kırmızı pelerin belki de onun yerini tuttu. Çünkü ben o bebeği bizim perili köşkten ayrılırken bile çantama atmıştım. Hay Allah, demek öyle..."

Daha ilginç olan annesinin aldığı değil, Neriman Teyzesinin aldığı bez bebeğe tutkuyla bağlanması. Demek anne kokusunu bu kız Neriman Teyze'de bulmuş. Onu sevip sevmediğini soruyorum.

"Hem de çok... Kızsa da, bağırıp çağırsa da anne gibiydi o kadın. Yani çok sahiciydi. Hiçbir şeyi elinin ucuyla yapmaz, hep içinden geleni yapar ya da söylerdi. Çok şanslıydı çocukları. Benim hayatımda hiç öyle biri olmadı. Uzun süre anne bildiğim Muazzez bir gün bile bana öyle içten davranmadı. O zamanlar kusur bende, ben böyle olduğum için beni sevmiyor diye düşünürdüm, meğer beni o doğurmamış. Annelik nedir, belki de hiç bilmiyor kadın. "

"Bunun sadece doğurup doğurmamaktan çok başka şeylerle ilgili olduğunu düşünüyorum. O kadınlara da anneleri sevgi, şefkat göstermemiş. O evde sadece kavgayı, gürültüyü, aşağılanmayı öğrenmişler. Kocası Saffet de tam da alıştığı ortamı sağlamış ona. Hayatında pek fazla sorumluluk da almamış, ne olsa evin en küçük kızıymış. Senin de gördüğün gibi ablalarından çok farklıymış Muazzez. Ne aileye, ne de işine bir bağlılığı olmuş. Bir tek, hayatına giren adam onu sevsin istemiş. Yani aradığı, hep açlığını çektiği o sevgiyi ona verecek birisiymiş."

"Onun için mi gidip Saffet'i bulmuş?"

"Evet, onun için."

"Çok ters değil mi?"

"Düz mantıkla belki ters ama ona şiddet uygulamayan, onu hem seven, hem sayan birine Muazzez inanmaz ki... Mualla inanmış mı?"

"Hiç inanmamış. Cevat Enişte'nin dengi bile değildi Mualla."

"Bu tür denk olmayan ilişkilerde hep sanırız ki daha üstün olan diğerini ezer."

"Öyle olmaz mı?"

"Olmaz, onun ezmek gibi bir amacı çoğu zaman yoktur ama karşı tarafın böyle endişeleri vardır. Bu nedenle de daha zayıf taraf daha üstün olanı ezebilmek için elinden geleni yapar. Bilgisiyle, görgüsüyle, efendiliğiyle bunları yapamadığından o da işi edepsizliğe vurur."

"Ay, tıpkı Mualla gibi, adamcağızı kediye döndürmüştü."

"Döndürür, üstün olan taraf bilmez bu dili, şaşırır kalır, çoğu da sonunda teslim olur."

"Teslim olmuş da ne olmuş, hem kendi mutsuz olmuş, hem de adamcağızı canından bezdirmiş."

Pek çok konuda farkındalığı oldukça yüksek Ayşa'nın, hiçbir şeyi boş dinlemiyor, ciddiye alıyor ve buralardan bir şeyler öğrenmeye çalışıyor. Geçmişi bu kadar zorluklarla dolu olmasaydı, hayatı da kendini de bu kadar ciddiye almazdı. Çekilen acılar bazen de bizleri gelişmeye, öğrenmeye zorluyor. Artık konuyu evden kaçıp özgürlüğe kanat çırptıkları günlere getirmek istiyorum.

"Evden kaçıp da kendinize iyi kötü bir düzen kurduğunuzda nasıl hissediyordun kendini?"

"Çok özgür, bir o kadar da yalnız... O güne kadar bana içtenlikle sahip çıkan biri olmamıştı ama etrafımda hep birileri vardı. Bana kızan, şunu yap bunu yap diyen, benim de onlara yaranmak için çırpındığım birileri vardı işte. Kaçıp da o eve sığınınca Şahin de ben de şaşkına döndük. Hani bir sabah uyanırsınız da kendinizi hiç bilmediğiniz yabancı bir ülkede buluverirsiniz ya, işte tam olarak öyle hissettik. Sanki dilini bile bilmediğimiz bir yere uyanmıştık. Düşünsenize, markete gidip bir şeyler almayı bile öğrenememiştik o güne dek. Bir de o halimizle tam bir hafta parklarda sabahladık. İkimiz de nasıl korkardık bir bilseniz. Yine de şanslıymışız, başımıza çok kötü şeyler gelebilirdi. Biz de her gece başka bir parka gider, en kuytu köşelere saklanırdık. Kaç kere uzaktan gelen tipsiz insanlara görünmemek için korkudan tir tir titredik. Şahin'in de benden farkı yoktu. Onun en iyi bildiği şey telefonlar, bilgisayarlar ve oradan öğrendikleriydi. Çocuk hayatında kavga bile etmemiş. Yine de benden daha iyiydi, hiç olmazsa insanlarla daha kolay ilişki kuruyordu. Ben ise dağdan şehre yeni inmiş biri gibi hissediyordum kendimi. Şahin olmasa, bunların hiçbirini yapamazdım. Sonra biraz alıştım. Her boş kaldığımda başımda şapkam, uzun yürüyüşler yapar, en çok da insanlara bakardım. Ne yapıyorlar, nasıl konuşuyorlar, nasıl giyiniyorlar filan diye. Okul dışında pek bir yer görmemişiz. Bir zamanlar hep birlikte yaptığımız pazar gezmelerimiz vardı. Orada bile rahat hareket edemezdik, gözümüz hep Mualla'da olurdu. İşte böyle bir kız, birkaç yıl sonra ünlü bir gece kulübünde sahneye çıktı. Olacak iş değil diyor insan. Hani derler ya, rüyamda görsem inanmazdım diye, aynen öyle oldu. Ben öyle bir şeyi asla yapamam derdim, meğer kaderde varsa, insan her şeyi yapabiliyormuş."

"Kaderimizi biraz da biz yazmıyor muyuz, aldığımız kararlarla devam etmiyor mu hayat?"

"Hocam inanın, bana biri deseydi ki, sen haftaya ünlü bir kulüpte sahneye çıkacaksın, inanmazdım. Ben, sahneye çıkacak kadar kendine güvenen bir kız hiç olamadım ki... Ama sıkışınca, hayat mecbur edince, herkes her şeyi yapabilirmiş. Bunu öğrenmek bir yandan da çok iyi geldi bana. Hayatla, kendimle ilgili korkularım biraz azaldı. Yapamam deyip durma, dedim kendime, baksana, sahneye bile çıkıyorsun sen."

"Sahneye çıktığına memnun musun?"

"Evet, seviyorum ben sahnede dönmeyi, kendime güvenimi artırdı o sahne. Demek dedim, ben de bir şeyler yapabiliyormuşum. Ay düşünsenize, bulaşıkçılıktan dansçılığa..."

Kıkır kıkır gülüyor. Onu ilk kez böyle gülerken görüyorum. Belli ki sahneye çıkmak ruhunun bir yerlerinde sızlayan yaralara merhem oldu.

"Patronlar filan da beni övdükçe çok sevinirdim. Kırmızı pelerinin uğuru derdim hep. Yıllarca o pelerini boşa beklememişim, bir keramet varmış yani."

"Nasıl bir keramet?"

"Nasılı var mı, onu ilk giydiğim günün akşamı sahneye çıktım. İnsanların bana beğenerek baktığını gördükçe içime bir heyecan gelir, yok ya, derdim içimden, bu bir rüya ve ben şimdi uyanacağım. Yıllarca kendime çöp kız demişim, kimselere beğendirememişim, bir anda dünya tersine dönmüş, insanlar beni alkışlıyor, çiçekler filan yolluyorlar. Kulise geldiğimde aynaya bakıyorum, güzel bir kız görüyorum karşımda. Allahım derdim o zaman, cezam bitti de, sen beni artık ödüllendiriyor musun? Ama kırmızı pelerini çıkarıp yüzümdeki makyajı silince yine çöp kız oluverirdim. İçimi bilmiyordu kimse. Onlar başka birini görüyorlardı sahnede. Olsun diyordum, hiç olmazsa arada bir kendimle kavga etmiyor, hayatın bana verdiği bu şans için hep teşekkür ediyordum."

"Çöp kızla kırmızı pelerinli kızı neden birbirinden ayırıyorsun? İkisi de sen değil misin?"

"Onlar hem benim hem de benim farklı yüzlerim, biri değerli, biri değersiz..."

Hiç hoşuma gitmiyor bu söyledikleri. Kişilik bölünmesinin ayak izleri mi acaba bunlar?

"Sen daha yeni yeni sen oluyorsun. Kendini bir bitki, bir çiçek gibi düşün istersen. Geçmişte o çiçeğe iyi bakmamışlar, ışığını, suyunu, sevgisini eksik etmişler ama şimdi o çiçeğin sahibi sensin. Sen ona değer verir, ihtiyacı olan şeylerden onu mahrum etmez, dinler, desteklersen ve arada bir onunla konuşursan o da bugüne kadar açmadığı çiçekleri açıverir. Tomurcuklanmaya başlamış bile..."

Bu sözlerim onu çok duygulandırıyor. Ağlamasa da gözlerinin hızla dolduğunu görebiliyorum.

"Çiçek bile açar diyorsunuz... Unutur mu yani geçmişte yaşadıklarını, çektiği acıları, kanayan yaralarını, yüreğine oturan taşı?"

"Unutmaz. Sen de unutmayacaksın, hangimiz unutmuşuz ki... Geçmişi unutmayacak ama artık el gibi değil, kendi gözünle bakacaksın yaşadıklarına. Belki zamanla affedeceksin hayatı."

"Hayatı mı?"

"Hayatı ya... Sana yaşattıklarını reddetmek, aşağılamak, olanlardan iğrenmek, kendine çöp kız filan diye ad takmak yerine kabul edeceksin. O gerçeklerin üzerine öyle bir bina dikeceksin ki, görenler hayran kalacak. Hayat hep zalim değildir. Hele acı çekeni bilir, tanır, çektiklerinin onu erkenden büyüttüğünü anlar, kurduğu hayalleri görür, en çok da hayallerinden vazgeçmeyenleri sever. En büyük desteği de işte bu savaşçılara verir. Dünyanın önde gelen, aradan yüzyıllar geçse de unutulmayan şair, yazar, filozof, besteci, kâşif ve bilim insanlarının hayatına bakarsak, bu söylediklerimin ne kadar doğru olduğunu görürüz. Çoğu büyük sefaletler içinde, acılar çekerek gelmişlerdir o yerlere. Acı çekmek iyi bir şeydir demek istemiyorum ama özellikle çocukken çekilen acılar hayatta kalabilmek için yapılan mücadeleyi, savaşmayı, pes etmemeyi erkenden öğretir insana. Bunu sen de en iyi şekilde öğrenmişsin. Bir yandan üniversite okurken bir yandan bulaşıkçılık yapmak hafife alınacak şey değil. Mualla sana yıllarca bulaşık yıkatmasaydı, sen bunları yapabilir miydin?"

Çok garip bir soru sormuşum gibi hayretle bakıyor yüzüme.

"Yapamaz mıydım?"

"Sadece o da değil, sen o evden bu eve gezerken her evin kurallarına uyum sağlamayı, itiraz etmeden gerekeni yapıvermeyi çoktan öğrenmişsin. Hâlâ da bu konuda çok başarılısın. Sahneye çık, dön diyorlar, onu da hiç tereddütsüz yapıyorsun."

"Ama çok korktum."

"Burada önemli olan korkman değil, korkuya rağmen vazgeçmemen. Madem durup durup çöp kız diyorsun kendine, arada bir de cesur kız filan da desene. Tam bir cesaret örneği senin yaptığın."

"Hiç öyle bakmamıştım."

"Bakmazsın tabii... Çünkü böyle bakarsan kendine güzel bir şey söyleyeceksin. Oysa sen kendine güzel şeyler söylemeyi henüz öğrenmemişsin ama keşke onu da öğrensen."

"Siz beni cesur buldunuz demek. Bense ne var bunda, sıkışınca herkes yapar dedim. O sahnede dans etmek için kaç genç kız başvurdu, bir bilseniz."

"Ve kulüp yetkilileri onları değil, seni seçti. Her neyse, niyetim seni teselli etmek değil, sadece gerçekleri görmek istiyorsan, bir gözünü kapatma. İyiyi de gör, kötüyü de..."

"Ay kafam karıştı şimdi benim."

"Akşam dönerken bu dediklerimi bir kere daha düşün istersen."

Çocukluğumuzda zihnimize yazdırılan çocukluk inançlarımızdır aslında hayatımıza yön veren. Keşke hepimiz, bir zamanlar oraya neler yazdırıldığını görebilsek, okuyabilsek onları. Kocasından hâlâ dayak yiyen bir profesör hanıma da söylemiştim bunları. "Orada ne yazıyor, sorsana kendine" deyince, bülbül gibi anlatmıştı yazılanları. Aklımda kalan en önemli cümlesi, "Seni giydirsek de, kuşandırsak da, eller seni bir şey sansa da, hepsi bizim sayemizde. Senin ne olduğunu bilseler, kimse çalmazdı kapımızı..." olmuştu. Hem de çok önemli bir hastalık konusunda dünya literatürüne girmiş makaleleri vardı profesörün ama o yine zamanında ona söylenenlere kulak veriyor, kendini bir türlü beğenmiyor, onaylamıyor, yediği dayaklara ses çıkarmıyordu. Onun da layık olduğu şey buydu, böyle söylüyordu zihni. Eğer çocukluk inançlarıyla başa çıkamaz, orada yazılanları düzeltemezse, Ayşa'nın da kendini layık gördüğü yerler şimdiden belliydi.

Gitmek üzere ayağa kalkarken, usulca, "Tamam, düşünürüm" dedi. "Sadece düşünme, bul orada yazılanları" diyerek uğurladım onu. Hoşuna gitti söylediklerim. Elimi sıkarken az da olsa gülüyordu yüzü. Yine kırmızı pelerine iyice sarınarak çıktı odadan. Nasıl da önemli onun için bu pelerin.

22. Bölüm

Uzun bir aradan sonra bugün Ali geldi. Yine dimdik, omuzlarını hafifçe gererek giriyor içeri. Yine beğenir gibi bakıyor odanın her yerine. Buraya gelmeyi sevdiğini bakışlarından anlıyorum. Ben de seviyorum onunla konuşmayı. Sıcak bir gülümsemeyle karşılıyorum onu, elini sıkıp oturması için yer gösteriyorum. Oturmamı bekliyor. Aceleyle yerime otururken, "Hoş geldin" diyorum. Bakalım bu kez neler anlatacak.

"Hoş bulduk doktor hanım. Bu ara önce iş güç nedeniyle gelemedim, sonra da memlekete gittim, babam evlendi."

"Baban mı evlendi?"

"Uzun hikâye... En iyisi ben yine kaldığım yerden anlatmaya devam edeyim."

"Nasıl istersen Ali, yine kahve ister misin?"

"Olur, hatta çok iyi olur. Buraya bir an önce gelip bir yandan size anlatırken bir yandan da kahve içmeyi hayal edip durdum."

Hemen Tuna'yı arayıp kahveleri söylüyorum. Oldukça efkârlı görünüyor bugün Ali. Babam evlendi dedi. Annesine ne oldu acaba, yoksa adam annesi evdeyken yeni bir hanım mı aldı kendine? Ben kafamda hikâye yazarken, o kaldığı yerden anlatmaya devam ediyor.

"Ayşa teyzeleriyle birlikte bir kere daha geldi memlekete. Dedesi ölmüş. Ben bile gitmedim o herifin cenazesine. Zaten üç beş kişiyle kaldırıvermişler."

"Demek sizin memleket, olaya açıktan tepki gösterdi. Keşke her yerde yapsalar bunu."

"Yapsınlar tabii... Namus filan diye çatır çatır öldürüyorlar kadınları. Benim için de namus önemlidir ama kadını öldürmek neyin nesi? Hem de öz kızını. Zaten o adam oldum olası pek sevilmezdi bizim oralarda. Sayılır ama sevilmezdi. O zamanlar küçük olduğum için pek bilmiyorum ama sonradan duydum tabii... Aksi, huysuz, gelene gidene çatan biriymiş bu. Yanında çalışanlar da sevmezmiş adamı. Ayşa'yı da bir kere olsun arayıp sormamış. Ulan hadi kızın kaçtı, ona küstün, bu garibin suçu ne? Hem o Nurşen Hanım'ın kızıymış. Diğer çocuklarını başında taşıyorsun da, onu niye es geçiyorsun?"

Onu kızdıran bir şeyler anlatırken eli kolu sürekli hareket ediyor. Öfkesini onun el hareketlerinden anlıyor insan. Kahvelerimiz geldi, birer yudum alıp konuşmaya devam ediyoruz.

"Neyse işte, Ayşa'yı o memlekette son görüşüm oldu. Ben o gün bizim ustaların evinden gelen elektrik süpürgesini tamir ediyordum. Başımda da Şule dikiliyordu. Bizi yan yana görünce kıskandı beni kızdan. Epeyce hava yaptı bana. Kıskanması hoşuma gitti. Demek onun da bana ilgisi var diye çok sevindim. Hatta o gün ilk kez sarıldım ona, sonra da çok korktum. Ya Ayşa beni yanlış anlar da bir daha gelmezse diye. Çok değişmişti Ayşa."

"Nasıl bir değişiklik?"

"Doktor hanım, hâlâ oğlan kıyafetleri giyse de güzel bir kız olmuş. Gerçi ben onun çöp kız hallerini de severdim."

"Sen de çöp kız mı derdin ona?"

"Yok canım, der miyim? Benim için dünya bir yana, Ayşa bir yana... Kendi derdi, ben de kızardım ama çok tatlıydı çocukken. Ben ne kadar cinsem o da o kadar masumdu."

"Kendine cin derken..."

"Biz hayatın her türlü yüzünü görmüşüz. Cin olmayıp da ne yapacaksın? Babamı, ailemi anlattım size. Çevremde hiç iyi insan yoktu ki benim. Herkes bir yolunu bulup kendini kurtarma peşindeydi. Annemi de, Mehmet'i de biliyorsunuz. Babam zaten belli... Yoksulun iyisi olmaz zaten. Adam daha kendi karnını doyuramıyor. İyi olsa ne! İşte bizim aile meydanda. Amcam derseniz gücü köyde çobanlık yapmaya yetiyor. Sonra da oturmuş, bir güzeli bir çirkine vermişler diye türkü çığırıyor. Ulan güzel seni neylesin. Sen güzeli önce hak et, sonra çığır o türküyü. Mehmet de aynı amcam. Bunların iyiliğinden ne olur. Hepsi babamın eline bakıyor. O da iyi ki açmış o dükkânı. Yıllardır çivi çakmadı o dükkâna. Ulan oğlum şöyle bir etrafına baksana... Atı alan Üsküdar'ı geçti, sen hâlâ o dükkânda pinekliyorsun. Büyütsene işlerini, para kazanmanın başka yollarını arasana... Şimdi ben de iyi olsam, iyilerin halini görüyoruz, kötü olsam, kötü olup da babama benzeyeceksem, onu da istemem. Laf nereden nereye geldi değil mi? Ayşa'yı anlatıyordum. O kız o zaman çok masumdu ama İstanbul'da insanda masumluk bırakırlar mı, o da ayrı mesele..."

"Neden öyle dedin?"

"Kızın dünyadan haberi yok, başında bir ana baba da yok. Aldılar, götürdüler İstanbul'a. Orada ne yapar, ne yapmaz, insan bilemiyor ki... Her neyse, ben bu arada liseyi bitirdim ama üniversite sınavlarında tıp fakültesini kazanamayınca bir daha da girmedim sınavlara. Tabii Ayşa'ya öyle demedim, hiç girmedim dedim."

"Neden, neden öyle söyledin?"

"Kızın çalışkan olduğunu biliyorum, girse nasıl olsa kazanır. Şimdi ben kazanamazsam, aptal durumuna düşeceğim. Belki Ayşa yakınımda olsaydı o beni destekler, ben de daha çok çalışırdım ama akşama kadar dükkânda olduğumdan kursa filan da gidemedim. Öyle herkes kazanamıyor zaten oraları."

Bir yandan kendine çok güvenirken bir yandan da eksik yanlarını göstermek istemiyor Ayşa'ya. Ancak bunlar Ali'nin kişiliğine işlemiş. Yaşadığı her olaya biraz şüpheyle, biraz önünü arkasını düşünerek yaklaşıyor. Aslında ne kendine güveniyor, ne de hayata.

"Neyse işte, biz Ayşa'yla görüştükten bir süre sonra annem hastalandı. Hasta olduğunu anlamakta gecikmişiz. O da bize bir şey söylemedi. Babamı biliyorsunuz zaten, kadına bir günden bir güne nasılsın dememiş. Mehmet lisede okulu bırakınca çok üzülmüştü annem. Ben de o aralar eve arada bir gidiyorum, çoğu zaman dükkânda yatıyorum. Derken ağrıları artınca haberimiz oldu."

Nasıl da üzgün, annesinin hastalanmasına o sebep olmuş gibi suçlu suçlu anlatıyor bunları. Yakınlarımız hastalanınca, genelde kendimizde bir suç ararız. Acaba neyi eksik ettim diye yer bitiririz kendimizi.

"Hemen bizim oradaki hastaneye götürdük. Baktılar. İki kere ameliyat ettiler ama olmadı. İki ay içinde öldü annem."
"Başınız sağ olsun Ali."
"Siz sağ olun doktor hanım."

Efkârlandı. Kahvesinden bir yudum daha alıp anlatmaya devam ediyor.

"Kadın gözümüzün önünde öldü, elimizden bir şey gelmedi. Zaten o evde bu kadar yaşaması bile mucize. Babam gibi adamla yaşamak ne demek doktor hanım... Tabii insan biraz da kendine kızıyor. Neyi yaptım da neyi eksik ettim diye her şeyin hesabını soruyor kendinden."
"Suçlandın yani..."
"Öyle oldu biraz. Annemi o herifin elinden kurtaramadım."
"Kurtarmalı mıydın?"
"Keşke kurtarabilseydim ama çocuksun tabii, onlara muhtaçsın. Yine de annem ölünce içim nasıl yandı, anlatamam. Mehmet de öyle, o da çok üzüldü. İkimiz de keşke kadını hiç üzmeseydik filan deyip durduk ama giden gitti işte."
"İnsan bir yakınını kaybedince suçu hep kendinde arar. Keşkeler hiç bitmez."
"Bende de bitmedi. Ulan dedim kendime, baban zaten hayvan, sen bari hoş tutsaydın kadını."
"Hoş tutmuşsun zaten. O küçücük halinle babanın önüne hep kendini atmadın mı?"
"Attık atmasına da... Kadıncağız hiçbir şey yaşamadan gitti. Biz şaşırdık kaldık. Babam derseniz, adam ağlamaz, gülmez, sevinmez, üzülmez, öyle mal gibi oturur. Annem ölünce de yine ne hissettiğini hiç belli etmedi bize. Onun derdi Mehmet'i dükkâna alabilmekti. Benden ümidi kesince hep bir gün Mehmet gelir dükkâna diye bekledi ama o direndi. Annem de ölünce bir süre sonra köye gitti, bir daha da gelmedi. Şimdi amcamla birlikte hayvanlara bakıyor."

O baştan yolunu çizmiş zaten. Babadan, okuldan, başarılardan uzak, dünyadan saklanarak yaşamayı önce öğrenmiş, sonra da seçimini ona göre yapmış.

"Ne okumada gözü vardı, ne de babamla çalışmakta. Onun tek koruyucusu annemdi. Annem de ölünce benden daha kötü oldu. Çareyi çekip gitmekte buldu. Ama şimdi memnun hayatından. Köy hayatını seviyor. Babamdan uzak olunca her yer cennet zaten ona. Ben dükkânda kalıyordum ama annem hastalanınca eve döndüm. Bazı günler ağrısı çok olurdu, sabahlara kadar beklerdik başında. Hasta olduğunu bilsek de öleceği hiç aklımıza gelmiyordu. İkimiz de çok aradık annemi. Eve yatmadan yatmaya geliyorduk. Birbirimizin yüzünü görmemek için ne mümkünse yapıyor, sessizce çekiliyorduk odalarımıza. Ne o bir şey söylüyordu ne ben. Zaten aklım İstanbul'da, en çok Ayşa'daydı. Sabiha Abla'nın kızlar da büyüdü, biri liseyi bitirdi o sene."

"Kızlarla ilişkilerin nasıldı, arkadaş olmadınız mı onlarla?"

"Bizim memlekette kızlarla oğlanlar arkadaş olamazlar doktor hanım. Olsa olsa gizli saklı sevgili olurlar. Aslında Sabiha Abla Şule'yle evlenmemi çok istedi içten içe. Sık sık bir bahaneyle kızı dükkâna yollardı. Terbiyeli, annesi gibi çok namuslu ama ya âşık olursun ya olmazsın ya... Aklım da Ayşa'da. Gerçi benim biraz aklım olsa Şule'yi alırdım da, yok işte."

"Ne demek istedin?"

"Başkası olsa hiç tereddüt etmez. Kız güzel. Liseyi de bitirdi. Hazır kızı sana veriyorlar, alsana... Sonra o kızı kim kaptı biliyor musunuz? Şahin yani Ayşa'nın teyzesinin oğlu. Tabii oğlan akıllı... Ayşa yanında dururken, o gitti ustamın kızını beğendi. Bir taraftan da memnun oldum, demek bizim kızda gözü yok dedim. İşte o zamanlar zaten onlar da İstanbul'a gitmenin yollarını arıyorlardı. Kızlar okuyacak. Ben İstanbul'a gitsem ne yaparım, elimden ne iş gelir diye kara kara düşünüyorum. Moralim de iyice bozulmuş. Babam, oradan çıkıp da dükkâna, onun yanına gider miyim diye gözümün içine bakıyor. Mehmet'ten ümidi kesince bana hep kenardan dokundururdu. Kendi işimiz varken el kapılarında ne işin var filan... Hayalim doktor olmaktı. O olmayınca İstanbul'a gitsem, kendime küçük bir ayakkabıcı dükkânı açsam filan diyorum ama bu da hayal... Allah sesimi duymuş gibi o yaz Doğan geldi. Hatta o geldiğinde Ayşa da dükkândaydı. Gariplik, yoksulluk kötü yapıyor insanı doktor hanım. Hepimiz kıskanırdık çocuğu. İntikamımız da onu dışlamak, aramıza almamak olurdu. Çocukken daha da gaddar oluyor insan."

"Haklısın. Çocukken henüz vicdanımız gelişmediği için duygularımız olduğu gibi çıkar dışarı. Sonra büyüdükçe duygularımıza sansür koymayı öğreniyoruz."

"Sonra onunla iyi arkadaş olduk. Tabii ben de artık eskisi gibi gariban değilim. Elim ekmek tutmuş. Genç yaşta koca bir dükkânın hem ortağı hem de çalışanı olmuşum. Anlaşmamız daha kolay oldu. Ben onu arayıp sorunca, çok memnun oldu ve beni sık sık arayıp sormaya başladı. Her yaz geldiğinde onu yemeğe götürür, ağırlardım. O sene, 'Sen ne yapacaksın?' diye sorunca, 'Keşke İstanbul'da bir dükkân açabilsem' dedim. İlgilendi. 'Bizimkilerle konuşalım bakalım' diyerek gitti. İşi iyice öğrendim ama cepte o kadar para yok. Hem İstanbul'u hiç tanımıyorum. Konuyu ailesine açmış, birlikte İstanbul'da dükkân açacağımızı söylemiş, onlar da kabul etmiş. Ben de o ara zaten kendime kafası çalışan, İstanbul'u iyi tanıyan bir ortak arıyorum. Doğan'dan iyisini mi bulacağım. 'Sen işine bak' dedi Doğan, 'ben İstanbul'da dükkân bulurum.' Nereden nereye değil mi doktor hanım, bir zamanlar kıskandığım, oyunlara almadığım çocuk, sonunda benim ortağım oldu."

Hayat böyledir diyorum içimden, ne zaman ne olacağını önceden hiçbirimiz bilemiyoruz. Zamanında beğenmediğimiz, hatta olmadık nedenlerle kırdığımız insanları hayat yeniden, beklenmedik bir biçimde karşımıza çıkarır. Geçmişte yaptığımız hataları yüzümüze vurur gibi, bu sefer ona muhtaç eder bizi. Benim hayatımda bu tür olaylar çok geldi başıma. Nerede yanlış yapsam, benzer bir yanlışı bana başkası yaptı. Yani hayat benim başkalarına yaşattığımı bu sefer de bana yaşattı. Bunun tersi de oldu. Zamanında bana yanlış yapanları da hayat tek tek getirdi önüme. Aslında çoğumuzun hayatında olur böyle şeyler ama bunların neden bizim başımıza geldiğini çoğu zaman anlamaz, doğru yorumlamaz ve hep tesadüf der geçeriz. Tesadüf diye bir şeyin olmadığını düşünürüm hep. Hayat her zaman bizden çok daha akıllıdır ve hiçbir şeyi unutmaz. İyi yaptıklarımızı da, kötüleri de.

Bilinçdışı, hayatla el ele veriyor, tesadüfleri bile birlikte yaratıyorlar; nasıl bir ince ayarsa... Hâlâ kimse akıl sır erdiremiyor bunlara. Bilim de peşinde bunların ama bizler yani dünyanın efendisi insanlar henüz hayat kadar akıllı olamadık. Bilinçdışı her zaman bizden bir adım önde. Onun dilini çözebilirsek, belki o zaman kendimizi de, hayatı da daha iyi anlarız.

"Biz Doğan'la anlaştık, ben hemen askere gittim. İşler başlayınca yarım bırakıp gitmek olmaz. Gitmeden dükkânı iyi bir paraya memleketteki diğer ayakkabıcıya devrettik. Parayı da aldığım gibi Sabiha Abla'nın eline verdim. Öyle iyi bir kadın ki, paranın üçte birini bana verdi. Ne de olsa ustanın karısı. Bunların hiçbiri bize benzemiyor doktor hanım. Sanki insan değil de melekler. Ben olsam birazını verirdim ama üçte biri çok para. Ben çalıştımsa, her ay bana bunun karşılığını ödediler. Yani beş kuruş vermeseler de olurdu. Bu da yetmez gibi bana bir de yıllardır orada çalıştığım için tazminat ödediler. Yani neredeyse aldıkları paranın yarısını bana verdiler. Bana insanlık öğretti bunlar ama insanlık dediğin şey sonradan öğrenilmiyor. Onların yerinde olsam, açık konuşmak gerekirse böyle yapmazdım. Yine bir şeyler verir, tazminatını öderdim ama daha fazlasını vermezdim, babamızdan öyle öğrendik çünkü."

"Ama babandan çok ustan ve ailesiyle yaşamışsın sen Ali."

"Öyle oldu doktor hanım. Ben ustamı tanımasaydım, babamın yanında çalışmaya devam etseydim, şimdi tıpkı babam gibi hayvanın teki olurdum. Zaten ona benzer yanlarım yok desem yalan olur. Hâlâ çabuk kızıyor, bazen olmadık işler getiriyorum başıma. Şimdi, ne gibi işler diye soracaksınız. En küçük bir şeyde kafamın tası atıyor. Kavgaya her an hazırım ama bu devirde öyle olacaksın. Kimse kimsenin gözünün yaşına bakmıyor. Babanın oğluna da güvenmeyeceksin derler ya, öyle. Bana bunu öğretti hayat. Ustamın bana yaptıklarını ömrüm oldukça unutmam. Sabiha Abla benden bir şey istese, iki elim kanda olsa gider, neyse hallederim."

Ne kadar doğru söylüyor. Bizim nasıl biri olacağımızda, ailelerimizden öğrendiklerimizin önemi çoktur. Sonradan onlar gibi konuşur, onlar gibi yer içer, çevreyle onlar gibi ilişki kurarız. Sessiz sakin bir ailede yetişmişsek genellikle biz de öyle oluruz. Öfkeli, vurup kıran ebeveynler ise çocuklarına tıpkı kendileri gibi vurmayı, kırmayı öğretir. Ali'nin bir yanı çok agresif yani öfkeli, güvensiz ve şüpheci, bir yanı kadir kıymet biliyor.

"Dükkânı kapatınca Sabiha Abla kızlarını da aldı, İstanbul'a gitti. Adresini verdi, gelirsen sakın bize uğramayı ihmal etme diyerek ayrıldık. O ara askere gittim. Askere gitmek nasıl bir duygudur bilir misiniz?"

"Bilmem. Hep anlattılar ama beni de askere almadıkları için yaşayarak öğrenmedim."

"Şaka canım işte... Ben kendimi hiç askerdeki kadar yalnız hissetmemiştim. Nasıl hüzünleniyor, nasıl duygulanıyor insan. Görev yerim doğuda, sınır kapılarından birindeydi. Askerlik arkadaşı gerçekten de başka türlü oluyormuş. Kardeşin olsa bu kadar yakın olmaz sana. Baktım, sadece ben değil, herkes yalnız, hepimiz bir garip hissediyoruz kendimizi, sabaha çıkar mıyız belli değil, birbirimize olabildiğince destek olmaya çalışırdık. Neyse ki benim yakın arkadaşlarımdan şehit düşen olmadı. Olsa inanın çok üzülürdüm. Herkesi arayıp soran bir ailesi ya da bir sevgilisi, bir sözlüsü, nişanlısı var, onlarla konuşarak avunuyorlar. Beni ne arayan var, ne soran. O zamanlar nasıl kızıyorum Ayşa'ya... Kim bilir şimdi ne yapıyor, ben belki de aklına bile gelmiyorum, kimlerle gezip tozuyor diye söylenip duruyorum."

"Daha önce hiç telefonlaşmış ya da görüşmüş müydünüz Ayşa'yla?"

"Yok doktor hanım, benimki laf olsun, torba dolsun hesabı işte... Kızın telefonu bile yoktu o zamanlar. Sonradan aldı mı, onu da bilmiyordum ama dedim ya, insan askerdeyken aranmak, sorulmak istiyor. Yine arada bir Doğan arardı. Vefalı adamdı, babamdan daha sık arardı. Babam bayram seyran olacak da, beni arayacak. Arada bir de Mehmet arardı. Neyse, askerlik bitti, döndüm memlekete. Meğer askerlik çok şey öğretiyormuş insana. O Ali gitti, başka Ali geldi. Sanki beni büyüttü, adam etti askerlik. Memlekette durum eski tas, eski hamam. Dükkânı da kapatmışız."

"Doğan'la ortaklık ne oldu?"

"Doğan İstanbul'da açacağımız dükkânı bulmuş bile. İşi ben yıllar içinde iyice öğrenmişim zaten. Nereden mal alınır, malın iyisi ve ucuzu nerede bulunur, nasıl sipariş verilir, hepsini biliyorum. Dükkânın içini de Doğan dekore ettirdi. O böyle işleri biliyor. Biz ne görmüşüz ki, neyi dekore ettirelim. Baktım o biliyor bu işleri, ben hiç karışmadım. Derken dükkânı açtık. Yanıma iki delikanlı daha aldım, tıpkı ustam gibi ben de onlara işi öğrettim. Ayakkabıcılık deyip geçmeyin, çok ince iş bizimkisi."

"Biraz anlatsana bu işin inceliklerini."

Ben böyle deyince hafif bir gülümseme yayılıyor yüzüne, belki de mesleğine olan ilgim onu gururlandırdı. Koltuğunda biraz kaykılarak başlıyor anlatmaya.

"Anlatayım. Bir kere dükkâna her zaman pırıl pırıl, gıcır gıcır gideceksin. Sabah duşunu almadan, dişini fırçalamadan, saçını başını iyice düzeltmeden, en iyi cins parfümünü sıkmadan gitmeyeceksin. Hele ayakkabıların, her zaman yeni, en iyi marka ve pırıl pırıl olacak. Müşteri böyle ister. Hatta kadın ayakkabısı satıyorsan yakışıklı da olacaksın. Kadın dükkâna girince ayakkabıdan önce sana bakar. Seni beğenmezse, dükkân da bir anda gözünden düşer."

"Sahi mi, o kadar yani..."

"O kadar doktor hanım. Beğenmek derken özel bir duygudan bahsetmiyorum. Onlara her zaman çok nazik davranacak, sesinin tonunu bile ayarlayacak, çok yumuşak, çok ilgili ama asla rahatsız etmeyen bir tonda konuşacaksın. Alsın ya da almasın, her başını çevirip baktığı ayakkabıyı önüne dizeceksin. Yorulmak, usanmak yok. Sonra da kadına ama çok dikkatli bakacaksın. Kadınlar genelde ne istediğini bilmez, istisnalar dışında tabii. Kadının ayağındaki ayakkabıya bakacaksın; bu sana çok şey söyler. Aşağı yukarı zevki, tarzı filan, ayakkabısından belli olur. Daha da ileri gideyim, kadının saçına başına, giyim kuşamına bakacaksın, yaşını tahmin etmeye çalışacaksın."

"Sizinki gerçekten eğitim isteyen bir iş demek ki..."

"Olmaz mı? İşi bilmeyen biri sizi üç günde batırır. Kadın ayakkabıyı giyince aynanın karşısına geçer, dikkatlice bakar kendine. Siz o bakıştan hangi ayakkabıyı beğendiğini anlayacaksınız çünkü sonra kararsızlığa düşerler. Yavaş yavaş onu beğendiği ayakkabıya yönlendirecek, bunu da hiç belli etmeyecek, sohbet arasında sık sık o ayakkabıyı uzatacaksınız kendisine. Ne kadar yakıştığını filan laf arasında söylerken bir yandan da hiç tarzı olmayan bir ayakkabıdan gözünü alamadığını görecek ve bir de onu koyacaksınız önüne. Dar geliyorsa, zamanla bollaşır, bol geliyorsa altına tabanlık koyarız diyecek ve bir ayakkabı almaya gelen kadına iki ya da üç ayakkabı birden satacaksınız. Ayakkabıları denetirken genelde kendisine dokunmamaya özen gösterecek ama bir yandan da onu ne kadar beğendiğinizi hissettireceksiniz. Kadınlar beğenilmeyi çok sever. Onlarla konuşurken her zaman çok saygılı olacak, kadına güven verecek, karşısında ellerinizi birleştirerek duracaksınız. Ha, bu arada dükkândaki diğer çalışanlar kenara çekilecek, sahnede sadece o ve siz kalacaksınız."

"Aman Tanrım" diyorum içimden. "Ben de ayakkabı almayı çok severim ve tıpkı Ali'nin dediği gibi bir yerine iki üç ayakkabı birden alıp çıktığım çok olur. Demek beni de kafaya alıyor bunlar."

"İnce iş desene... Ne güzel anlattın mesleğini. Bu işi yapanlara saygım çok arttı doğrusu."

"Doktor hanım biz bu mesleğin inceliklerini kimseye anlatmayız. Ama size anlatmak benim de hoşuma gitti. Ayakkabıcılarda çalışan kişiler kolay yetişmez. Tıpkı ustamın bana yaptığı gibi biz de çok emek veririz onlara. Böyle olunca da çok para alır bizim işte çalışanlar. Ama açıkçası mesleğin erbabını bulursanız, o da size çok para kazandırır."

"Ne güzel, her mesleğin erbabını bulacaksın. İşini severek yapan insan her zaman başarılı olur. Sen de seviyorsun işini. Peki, babanın evlendiğini söylemiştin..."

"Ben İstanbul'a taşınacağımı, orada dükkân açacağımı söyleyince bir an durdu, yine kızacak sandım ama bu sefer kızmadı. Eliyle sırtıma birkaç kere vurup, 'Hayırlı olsun. Madem dükkân açıyorsun, şimdilik biraz toparla kendini, işin otursun, sonra sen de benim yaptığımı yapacak, aileni unutmayacaksın. Kaç nüfus bizim elimize bakıyor deyip gereğini yapacaksın' dedi. Giderken de garaja kadar gelip beni uğurladı. Annemin ölümünden sonra değişti babam. Bana da, Mehmet'e de eskisi gibi zalim davranmadı. Gücü meğer anama yetiyormuş. Arada nasıl olsa o var diye mi böyle yaptı yoksa annem gidiverince bize sahip çıkmak yeni mi aklına geldi, artık o kadarını bilemedim. Neyse otobüse bindim, başımı cama dayadım, babama el sallayarak çıktık yola. Daha yüz metre gitmeden bana bir ağlama geldi. Ulan şimdi otobüste ağlamanın sırası mı diye kızıyorum kendime ama tutmasam neredeyse hıçkıra hıçkıra ağlayacağım."

Ben bile o anlatırken duygulanıyorum. Çok iyi anlıyorum o karmakarışık duyguları. Sevinsen mi, üzülsen mi, heyecanlansan mı, içinde bulunduğun durumu garipsesen mi bilemezsin. Uzun süredir biriktirdiğin her türlü duygu bir kapı bulur kendine ve hepsi birden çağlayan gibi boşalıverir. Bir kere açmıştır kapıyı, dur dersin durmaz. Bir yandan da o anda ağlamak hoşuna gider. Yeni gelinler gibi hem ağlar, hem gidersin. İçinden yıllardır birikmiş ve kıvrım kıvrım kıvranan bir şeylerin boşaldığını bilir, ağladıkça rahatlarsın.

"Sonunda İstanbul'dayım. Camdan dışarı baktıkça içime olmadık duygular geliyor yine. O koca şehirde başıma neler gelecek, bilmiyorum. Bir yakınım, güvenebileceğim birileri de yok yanımda. Bir Doğan var. İyi çocuk ama onun da kendine göre bir hesabı var. Babasının hayrına mı benimle ortak oldu, o alacağı paraya bakar."

"Sen yine onun yerine kendi kafandan geçenleri söyledin gibi geldi bana. Ben olsam diyorsun ya bazen, sen olsan böyle düşünürdün ama Doğan ne düşünüyor, şimdilik bilmiyoruz."

"Yok yok doktor hanım, o kadar da değil. Onca parayı başka türlü kim kime verir? Tabii o da kazanacak."

"Sen olsan ne yapardın, istersen onu da söyle."

"Ben olsam... bilmem ki... Ben olsam benimle ortak olmazdım. İşi biliyoruz ama İstanbul gibi yerde bu işi bilen kim bilir kaç kişi var. Sadece işi bilmek yetmez ki, çok çalışacaksın. İşini öyle elinin ucuyla tutmayacaksın. Her neyse işte, ben olsam kimseye güvenmezdim... Usta bana nasıl insanlık öğrettiyse, Doğan'dan da çok şey öğrendim. Ama bu tek taraflı olmadı. O da benden öğrendi hayatı."

Bir süre havaya bakıp düşünüyor. Ne insanlara, ne hayata, ne de kendine güveniyor.

"O zamanlar içimden diyorum ki, ey İstanbul, yıllardır rüyalarıma girdin. işte sonunda geliyorum sana. Yalnızım ama sen varsın, beni sakın reddetme, al beni içine. Bırak da gönlümce yaşayabileyim seninle. Bu arada Ayşa'yı da gönder yanıma. Sonra gel keyfim gel... Çalışmam da sadece keyif çatarım filan demiyorum. Eşek gibi çalışırım. Yeter ki şansım iyi gitsin."

"Aldı mı seni içine İstanbul?"

"Şimdilik öyle görünüyor. O ilk günleri düşünüyorum da, cebimde param da var ama ben o parayla ne yapılır, nasıl yaşanır bilmiyorum ki; ya para biter de ben ortada kalırsam diye ödüm kopuyor. Gidip kenarda köşede bir ev tuttum kendime. Eski ve küçük bir apartman dairesi. İçine ne koyacağımı da bilemedim. Eskiciden bir iki yatak, çekyat, masa filan aldım ama ev yine eve benzemedi. O sırada Doğan geldi, 'Oğlum senin ne işin var buralarda, kendine doğru dürüst bir ev tutsana, yakışır mı sana buralarda oturmak' diyerek aldı beni kendi evine götürdü. O zaman nasıl utandım bilemezsiniz. Ulan dedim, sen adam olmazsın. Paranla bile rezil ediyorsun kendini."

"O kadar kızma kendine. Hepimiz bazı şeyleri zamanla öğrendik."

"Öyle mi diyorsunuz?"

Bu cümleyi çok sık duyarım hastalarımdan: "Öyle mi diyorsunuz?" Söylediklerim hoşlarına gittiğinde söylerler bunu. Bu söze inanmak ister gibidir hepsi Ali de öyle yapıyor.

"Doğan'ın evine gittim ki, ev değil saray. İçimden dedim, 'Ulan sen böyle evlerde oturamazsın. Senin etin ne, budun ne...'"

"Yine kıskandın mı Doğan'ı?"

"Tam kıskançlık denemez buna, yarısı da hayranlık. Adam zamanında öğrenmiş bunları. Benimse öğrenmem için daha bir fırın ekmek yemem gerekiyormuş. Siz de burada bir adaletsizlik görmüyor musunuz? Doğan, doğduğu gün her şeyin en iyisini görmüş, öğrenmiş, yetiştirmiş kendini. Ya ben, ben ne görmüşüm! Bu adaletsizliğe insanın isyan edesi geliyor."

Bir süre eliyle sinek kovar gibi hareketler yapıp başını sağa sola salladıktan sonra suratını ekşiterek anlatmaya devam ediyor. Adaletsizlik hayatın her yerinde var, "Doğan da isyan edilecek çok şey yaşamış" diyorum içimden ama yine de herkes kendi çektiğini, kendi yaşadığını bilir.

"O zaman her şeyin en kötüsü benim başıma geliyor diye çok üzülürdüm. Gerçi benim babam vardı, onun yoktu. Buna bile imrenmişliğim, keşke benim de babam olmasaydı, böyle konaklarda yaşasaydım dediğim de oldu ama zamanla insan bazı şeyleri anlıyor. Babası bizim memlekette savcıymış. Sonra bir gün işe giderken kapının önünde vurmuşlar adamı. Gazeteler filan çok yazmış bu haberi. Tabii ben de küçüktüm o zamanlar, bunları büyüklerimizden duyduk. Çocukken her şey başka türlü görünüyor insanın gözüne. Önce ben ona imrendim, sonra o bana... derken sonunda bir yerde buluşturdu bizi hayat. Şimdi ilişkimiz çok iyi! Ben kimseye kolay güvenmem, yanıma bu kadar yaklaştırmam ama Doğan tanıdığım başka kimseye benzemiyor. İnsan korkmuyor ondan, nerede, ne yapacağını biliyorsun."

Doğan onun hayatında çok önemli bir yere sahip. Ustası ve Sabiha Abla'sından sonra güvendiği, özendiği, imrendiği, örnek aldığı, arada bir de rekabet ettiği kişi. Rekabet ettiğimiz kişiler, hepimizin hayatında önemli bir rol oynar. En sevdiklerimize verdiğimiz değeri onlara da verirken, zaman zaman da onlara çabucak kızar, bizim için ne kadar değerli olduklarını unutur, arada bir de düşman gibi bakarız onlara.

"Her neyse işte, ben bir süre Doğan'da kaldım. İyi ki de kalmışım. Çok şey öğrendim ondan. Oturmayı kalkmayı, insanlara saygı göstermeyi, konuşmayı, gülmeyi... Küçük şehrin insanı bunları pek bilmiyor. Oralarla buralar birbirinden çok farklı. 'Ulan' dedim kendime, 'madem adam seni evine davet etti, sen de onun yanında staj yap, sen de halis İstanbullu olmanın yollarını öğren.'"

"Hayat, yaşadığımız sürece hep bize bir şeyler öğretmeye çalışır. Sen hayatın iyi öğrencilerindensin."

Elimden geldiği kadar... Ne de olsa hayat bana şöyle diyor: 'Kazandın kazandın, kazanamadın yandı gülüm keten helva.'"

Bu sözüne ikimiz birden gülüyoruz. Şimdilik benimle çok açık yüreklilikle konuşuyor ama zamanla hayata duyduğu öfke, kendine ve insanlara duyduğu güvensizlik giderek artarsa, bu durum onun herkesle ilişkilerini bozar.

"Sonunda benim de güzel bir evim oldu. Doğan'ınki kadar lüks olmasa da, kendimi huzurlu hissedeceğim, iyi bir semtte küçük ama pırıl pırıl bir daire tuttuk bana. İçini de Doğan'la beraber döşedik. Yatak odamı bir görseniz, hâlâ her akşam odama girdiğimde, burası benim mi diye uzun uzun bakmadan yatmam. Daha önce vahşetin yaşandığı o depoda yattığımı söylemiştim size... Dedim oğlum, nerelerden nerelere..."

Ne güzel diyorum içimden. Bu sözlerde yaşama sevinci var, yarınlardan umut var, gururlanmış kendiyle, bu da güzel...

"Sonra hemen daldık işlere. Doğan henüz okulu bitirmemiş, hastanede staj yapıyor. Bir yandan da sabahlara kadar nöbet tutuyor, çocuğun nefes alacak hali yok. Ben de o arada İstanbul'u biraz tanımışım. Bir tek açılışa gelebildi çocuk. Ailesi de geldi. Oğullarıyla nasıl gururlandılar bir görseniz. Benim kimsem gelmedi tabii, zaten ben de davet etmedim. Bu işler onlara göre değil."

Böyle derken yalnızlığın hüznü çöküyor gözlerine.

"Sonra da işimize başladık. İşte o aralar bir gün babam aradı. Önce memnun oldum telefonda onun adını görünce. Demek beni merak ediyor dedim. Açtım, kısa bir hal hatır sorduktan sonra, 'Ben evleniyorum, haftaya nikâhımız var. Sen de gel' dedi. Neye uğradığımı şaşırdım, kiminle diye bile soramadım. Daha annem öleli iki-üç yıl olmuştu, kimi buldu bu adam diye merak ettim. Annemden sonra evleneceği hiç aklıma gelmemişti. İçim bir tuhaf oldu. Hemen kalkıp gittim. Kiminle evlendi biliyor musunuz, hani size anlattığım bir Ayten Hanım vardı ya, işte onunla. Ya doktor hanım! Babam nasıl değişmiş, gözlerime inanamadım. Bizim evi satmış, güzel bir daire almış. Ayten Hanım da dayamış döşemiş, beni orada misafir ettiler. Bizimki bayağı yakışıklı, eli yüzü düzgün bir herif olmuş. Nikâhta çekmiş lacileri, kırmızı da kravat, görseniz halini. Ben yine bir tuhaf oldum. Gariban anneme bugünlerin birini göstermedin diye içimden saydırdım. Ne olmuştu bu adama? Bizim hayvanı bile adam etmiş bu hayat. Bize de nasıl iyi davranıyor. Gücü anneme yetiyormuş."

Bilmeden o kadar doğru bir şey söyledi ki, ezilmeye alışkın insanların karşısında bazıları aslan kesilir. O ezmelere doyamaz, öteki de ezilmelere. Ama karşı taraf kendini ezdirmemekte kararlıysa, bunun kokusunu hemen alırlar ve o zaman işler değişir.

"Annem adına çok üzüldüm ama bir yandan da babamı öyle görünce hoşuma gitti. Kadın beyaz bir tayyör giymiş. Gözlerinin içi gülüyor. Seviyor sanki babamı. Eskiden iyi kötü bir ailen vardı, şimdi yok. Artık karışanın görüşenin de yok ama yapayalnızsın. Başının çaresine bak. Bu savaşı kazanmazsan gideceğin yer belli. Takarsın önlüğü kasap dükkânında, sana da Ali Ağa derler."

"Baban gibi olmaktan korkuyorsun."

"Korkmaz mıyım doktor hanım. Bu korku hâlâ benim rüyalarıma girer. Geri dönerken otobüste hep bunları düşündüm. Benim kendimi kurtarmam lazım."

"Umarım çok başarılı olursun."

"İnşallah doktor hanım. Elimden geleni yapıyorum. Mehmet de okusa iyiydi ama okumadı kerata. Mehmet de amcamla geldi düğüne. Onları çarşıya götürdüm, üstlerine başlarına doğru dürüst bir şeyler aldım. Çok sevindiler. Mehmet, 'Abi, bu aldığını damatlığımda da giyerim' dedi."

"Mehmet'le ilişkileriniz nasıl?"

"İyi iyi, artık durumu kabullendim. Belki de doğruyu yaptı. Çok memnun görünüyor hayatından."

"O Mehmet'in kendi seçimi. Herkes kendi kaderini yaşar, unutma."

"Ben de öyle yapıyorum zaten. Askere gitsin gelsin, hemen evlendirirler."

Gerçekten de herkes kendi kaderini yaşıyor. Aynı evde doğan, aynı anne babanın iki çocuğu, birbirlerinden ne kadar farklı seçimler yapıyorlar. Aslında o seçimleri bizim zamanla oluşan kişiliğimiz yapıyor. Kişiliğimiz de hayatın bilinçdışına yazdırdıklarıyla oluşuyor.

"O ara hiç Ayşa'yla görüştünüz mü?"

"Yok be doktor hanım, hiç görüşmedik ama ben İstanbul'a ayak bastığım gün ne yapıp edip Ayşa'yı bulmakta kararlıydım. Bana verdiği adresi cüzdanımda hâlâ saklarım. Bir iki kere gittim oralara, evi buldum, etrafında çok dolandım, girene çıkana baktım ama Ayşa yok. Onu bulamayınca çok moralim bozuldu. Teyzeleri hâlâ orada yaşıyor ama ne Ayşa var, ne de kuzeni Şahin. İkisi de olmayınca içime bir kurt düştü. Sakın bunlar işi pişirip evlenip gitmiş olmasınlar dedim. Sonra bir gün bütün cesaretimi toplayıp çaldım kapılarını. Asık suratlı bir kadın açtı kapıyı. Eskiden annesiyim diyen Muazzez değil açan, demek bu da Mualla. Şahin'i sordum. Ben onun arkadaşıyım dedim. Yok Şahin, okumaya gitti, deyip kapıyı yüzüme kapattı. Acaba bizim kız da mı başka bir yerde okuyor diye kafamda kurup duruyorum. Neyse sonunda buldum onu. Hayat yardım etmese bulamazmışım. Öyle ya da böyle onu buldum ya, dünyalar benim oldu. Bana kalsa sabaha kadar anlatırım ama galiba vakit doldu. Her şey için teşekkürler doktor hanım, haftaya gelirim yine ben."

Böyle diyerek kalkıyor. Kapıya kadar uğurluyorum onu. Ali çok seviyor Ayşa'yı, ona tutkuyla bağlı ama bir yandan da zor bir delikanlı. Bakalım bu ilişki onları nerelere götürecek. Düşünüyorum da, hepimizin hayatı bir roman. Gelecekte ne yaşayacağımızı önceden çok merak etsek de, hayaller kursak da bilemiyoruz. Bilsek nasıl olurdu acaba, aynı filmi tekrar izlemek gibi olmaz mıydı, işin heyecanı da, tadı da kaçmaz mıydı?

23. Bölüm

Yine kırmızı peleriniyle Ayşa oturuyor karşımda. Bakalım bu kıyafeti giymekten ne zaman vazgeçecek. Nasıl kıymetliyse, çoğu zaman hava sıcak da olsa, terlese de çıkarmıyor. Yine çok heyecanlı görünüyor, önemli bir şeyler anlatacağını hemen anlıyorum.

"Hoş geldin Ayşa!"

"Hoş bulduk hocam."

"Artık bu giydiklerinin senin sahne kıyafetlerin olduğunu biliyorum. Sanırım dışarıda hep böyle gezmiyorsun."

"Tabii ki gezmiyorum. Bunlar benim hem sahne, hem de doktor kıyafetlerim."

"Doktor kıyafetlerin mi? Neden?"

"Okula giydiğim kıyafetlerle buraya gelmeyi hiç istemedim çünkü bir tek bu pelerini giydiğim zaman kendimi sahnedeymişim gibi hissediyorum. Başka biri oluyorum. Normalde ben çok utangaç, az konuşan, en küçük bir şeyde yüzü kızaran, derdini doğru dürüst anlatamayan biriyim. Ama pelerinimi giyip sahneye çıkınca sanki başka biri oluyorum. Zaten biraz da bu pelerin sayesinde çıkabiliyorum ya sahneye. Orada kendim gibi değil de başkası gibi oluyorum. Daha rahat, daha konuşkan, kendine güvenirmiş gibi duran biri işte."

Geçen sefer de bu konudan bahsetmişti, şimdi belki ben de durumu daha iyi anlayabilirim. Bazı oyuncuların da sadece film setlerinde bir başka karakteri oynarken kendilerini daha rahat hissettiklerini duymuş ve görmüştüm. Hatta onlardan tanıdıklarım da oldu. Gerçekten sadece kendileri olarak var oldukları ortamlarda çok farklı bir kişiliğe bürünüyorlar. Demek Ayşa buraya kendi olarak gelmedi. O kırmızı pelerinli kızı oynuyor.

"Burada kendimi iyi anlatmam gerektiğini biliyorum. Bu pelerin sayesinde size bütün geçmişimi anlatabildim."

"Pelerin olmasaydı nasıl olurdu?"

"Anlattıklarımı biliyorsunuz. Hiçbirini anlatamazdım. Öyle rahat rahat ağlayamazdım bile."

"Yani normalde duygularını ifade edemiyorsun, öyle mi?"

"Galiba..."

Uzun süre önce bana gelen bir genç kız geliyor aklıma. Ayşa'nın oturduğu yerde oturuyor ve çocukluğunda yaşadığı tacizi anlatıyordu. Öyle hazin bir hikâyeydi ki, benim bile tüylerim diken diken olmuştu ama anlatırken gülüyor gibiydi. "Dur" demiştim, "dur... Bu senin hikâyen, senin geçmişin, senin yaşadığın acılar." Yine gülmüştü. "Artık benim canımı hiçbir şey yakamıyor, hiçbir şeye eskisi gibi üzülemiyorum. Olan oluyor ve ben hiçbir şey olmamış gibi hayatıma devam ediyorum." Hatta bunları biraz da övünerek söylemişti. Ona göre bunlar onun hayata karşı gücünü gösteriyordu. Oysa yaşadığı acılar, karşılaştığı onur kırıcı durumlar kızı sanki ortadan ikiye bölmüş, bir yanını çöpe atmış, o geride kalanlarla idare etmeye çalışıyordu. Başka bir deyişle duygularını derin bir kuyuya kapatmış, üzerine de beton dökmüştü. Hiçbir şey bizi üzemez, utandıramaz, içimizi acıtamazsa nasıl biri olur, nasıl yaşar, yaşadığından ne anlar insan. Bunun önemli bir ruhsal kayıp olduğunu ona anlatmıştım, kızın uzun tedavilerden geçmesi gerekmişti.

"Sizinle konuştukça, eskileri anlattıkça burada uzun uzun ağlamıştım, hatırladınız mı?"

"Tabii hatırladım Ayşa."

"İşte sırtımda bu pelerin olmasa onları yapamazdım."

"Ne yapardın?"

"Belki yine anlatırdım ama yavan olurdu. Korkardım içimi dökmeye, sizin yanınızda ağlamaya. Hani size hep içime oturan bir taştan bahsetmiştim, zamanla o taş büyüdü büyüdü, o taş ben oldum. Mualla Teyzemin evinde başka türlü yaşayamazdım. İnsan taş gibi olunca her yerde yaşayabiliyormuş. Beni çatıdaki ceza odasına kapattığı ilk gün anladım bunu. Sonradan eskisi kadar korkamadım bile. Bir de bu dönmeler kurtardı beni. Genç bir bedenin, genç bir ruhun korkuları da başka türlü oluyor hocam. Şimdi artık hayata karşı daha dayanıklıyım. Yine korkuyorum, yine üzülüyorum ama geçmişteki korkular da üzüntüler de farklıydı."

Öyle iyi anlıyorum ki Ayşa'yı, çocukluk acıları bu yüzden hiç unutulmaz, bu yüzden o acıların izi hep kalır yüreğimizde. Dikkatlice bakıyorum ona, acaba artık bu odada bu pelerini çıkarabilir mi diye, bence onu çıkaracak kadar güçlendi. Yüreğindeki taş o anlattıkça, ağladıkça, hıçkırdıkça küçüldü. Birinin onu anladığını hissetti.

"Cesaretin var mı?"
"Neye?"
"Bu odada artık bu pelerini çıkarmaya."
"Şimdi mi?"
"Şimdi. Deneyelim, olmazsa tekrar giyersin."

Önce boş boş bakıyor bana, sonra yavaşça çıkarıyor pelerini üstünden, dikkatle katlayıp karşısında duran koltuğa asıyor. Siyah, dümdüz bir elbise var üstünde. Böyle daha ince görünüyor. Bir yandan bana bakıp, biraz tedirgin oturuyor yerine.

"Rahatsız olduğun anda yeniden giyebilirsin."
"Tamam hocam."
"Demek sonunda bu pelerinle sahneye çıktın. Kaç zaman oldu o kulüpte çalışmaya başlayalı?"
"Bir yılı geçti."
"Alıştın mı sahneye?"
"Aslında çatıdaki dönmelerimden bir farkı yok yaptığım işin, kendimi kırmızı pelerinli kız gibi düşünürsem, heyecanım bitiyor."
"Buraya ilk geldiğin gün sen karşımda dönerken, bu işin profesyoneli bu kız diye düşünmüştüm. Biraz haklı çıktım galiba."

"Tam da değil. Biliyorsunuz, bu konuda hiç eğitim almadım ama çocukluğundan beri durmadan dönersen, zamanla bu konuda profesyonelleşiyorsun. Bunları giyince kendimi güzel bir kız gibi hissediyorum. Ben kendimi hiç beğenmem, daha önce de size söylemiştim ya... Sahnede bana beğeniyle bakıldığını hissedince pelerin gözümde daha kıymetli oldu. Bu pelerinle çöp kız gibi hissetmiyorum kendimi. Pelerinli kız güzel, herkes onu beğeniyor diyorum kendi kendime. Galiba siz de beni beğenin istedim. Beğenin ki benden çabuk sıkılmayın. Çirkini kimse sevmez."

Çocukken çirkin olduğu için sevilmediğini düşünmüş ve bu kavram zihnine yerleşmiş. Sevilmemesini sadece çirkin olmasına bağlaması bir anlamda onu koruyor. Güzel olursam sevileceğim diyor, yani sevilmenin bir çaresi var. Anlattıklarını düşünüyorum da, aile onu baştan beri hiç benimsememiş, kendilerinden biri olarak görmemiş. Her evde gereksiz bir misafir muamelesi görmüş. İstenmediğini hissedenler, girdikleri diğer ortamlarda da istenmeyeceklerini düşündükleri için insanlarla iyi ilişkiler kuramazlar. Hep kenara çekilir, ortamdaki her şeyden alınır, onu istemeyen bu insanlara öfke duyarlar. Aslında her girdikleri ortamda istenmemenin bir yolunu bulan kendileridir.

"Güzellik ve çirkinlik kavramları hızla değişiyor Ayşa. Eskiden biliyorsun kadının şişmanı, biraz göbeklisi makbulmüş. Eski resimlerde bunu görmüşsündür. Şimdi ise kadınlar ne kadar ince ve zayıf olurlarsa o kadar güzel olduklarını düşünüyor. Bütün mesele, kendine değer vermekte, özen göstermekte. Sen ilk günden çöp kız dediğin için kendine hiç özen göstermemişsin. Hâlâ çirkin mi buluyorsun kendini?"

"Eskisi gibi zayıf, çırpı gibi değilim. Mualla Teyzemin bana etmediği eziyet kalmadı ama o evde tabağındaki yemeği bitirmek zorundaydın. Sonradan bir şey yeme şansın da yoktu. Öyle olunca daha çok yiyor insan."

"Aynı zamanda ergenlik dönemlerin o evde geçmiş, yani büyümüş, bambaşka bir kız olmuşsun. Oldukça güzel bir kız."

Özellikle söylüyorum bunu. Onu duygulandıracak bir söz bu. Bakalım kırmızı pelerin olmadan nasıl bir tepki verecek. Gerçekten de hemen yüzü kızarmaya başlıyor. Utandı. Sağa sola bakıp bir şeyler aranıyor sanki. Gözü, hemen karşısında duran kırmızı pelerine takılıyor. Ondan yardım istiyor gibi bir hali var. Demek duyguları her açığa çıktığında pelerin ona destek oluyor.

"Güzel denmesi, sana kendini nasıl hissettiriyor?"
"Şey işte... Biraz utanıyor insan."
"Sana güzel denmesi bile seni utandırıyor. Ne ilginç değil mi?"

Hı, hı... dedi ama hâlâ kaldırmadı başını. Şimdi de utanmaktan utanıyor. Hepimiz yaparız bunu. Bir şey olur, utanırız, sonra da insanların bizim utandığımızı görmesinden utanırız.

"Şimdi hayatında değişim başlamış. O sevilmemeler geride kalmış. Seni çok seven Ali var, seni alkışlayan seyircilerin var, en önemlisi de sen varsın."

Böyle deyince hızla kaldırıyor başını. Gözündeki yaşları saklamıyor artık.

"Ne güzel ağlıyorsun Ayşa! Ağlamanın da güzeli mi olur deme sakın, çünkü olur."
"Sağ olun hocam... İlkokuldayken çok ağlardım. O zaman ağlamaktan hiç utanmazdım. Sonra beni ağlarken kimse görmedi. Dönmelerle birlikte ağlamalarım da azaldı ama buraya geleli siz de gördünüz ya, çok ağladım. Şimdi pelerin de yok sırtımda, kendimi çırılçıplak hissediyorum. Yani dümdüz, olduğu gibi, gerçekten neysem o gibi. Hani dışarı çıkarken hepimiz giyiniriz ya, her yerimiz görünsün istemeyiz, onun gibi."

Demek pelerin de onun ruhunu saklayan bir maske.

"Maske takmak gibi mi yani?"
"Aynen öyle hocam, çünkü geçmişte ve halen yaşadıklarımı, sahne hariç, hep öteki kız yaşadı. Asıl Ayşa sizin karşınıza otu-

rup da onları anlatacak ha? Rüyasında bile böyle şeyler yapamaz o. Hem anlattıklarını düşünecek olursanız, haklı da..."

Kendisinden ikinci bir kişi olarak bahsediyor. Demek ilk günden beri yüzünde gördüğüm yapay ifade hep buna bağlı. Terapiyi başka biri aracılığıyla yapıyoruz sanki. Bir an önce asıl Ayşa'yla tanışmam gerekiyor. Bana çok önemli bir şey söylememiş gibi o anlatmaya devam ediyor.

"Perili köşkten kurtulup bir de kırmızı pelerinli kız olunca hayatın rengi bir anda değişti sanki. Kendini sığıntı gibi hissetmediğin, sana ait bir evin var, kendi kazandığın parayla geçiniyorsun, kimseye boyun eğmeden. Bazen pencerenin önünde kuşlarla konuşurken hep onlara bugünlerin kıymetini nasıl da bildiğimi anlatırdım. Hayata bin kere teşekkür etmeden girmezdim yatağa. İşte o günlerden birinde Cevat Bey bize, 'Artık evdekileri ziyaret etmenin zamanı gelmedi mi?' dedi. O evi de, içinde yaşayanları da görmek istemiyoruz ama Cevat Bey bize güven verdi. 'İstediğiniz saatte gelir, istediğiniz saatte gidersiniz, annelere küslük olmaz' deyince, o hafta bize söylenen saatte Şahin'le gittik. Kapıyı Mualla Teyzem açtı. Bir şey demeden bizi içeri buyur etti. Muazzez zaten hemen kapının arkasında, hoş geldiniz diye kıyameti koparıyor. Bizi koltuklara buyur ettiler. Önce onlar da ne diyeceğini bilemedi, biz de ama Cevat Bey ortalığı yumuşattı. Herkes birbirine nasıl saygılı... Derken bize yaptıkları börekleri, çörekleri ikram ettiler, bizi ne kadar özlediklerini filan söylediler. Biraz sonra Cevat Bey elinde iki kutuyla geldi. Kutuları elimize tutuşturdu. Açtık ki, ikimize de çok kıymetli birer kol saati almış. İnanamadık. Biz bir yılda o saatlerin birinin parasını kazanamayız. Bu sefer de Mualla ile Muazzez ellerinde kutularla geldiler. Mualla elindeki kutuyu Şahin'e verdi, Muazzez de bana. İçinden son model cep telefonları çıkmaz mı? Biz sevincimizden havalara uçuyoruz ama bu kadar sevindiğimizi belli etmek de istemiyoruz. Her birine ayrı ayrı teşekkür edip ellerini öptük. Okullarımızı sordular, sınıflarımızı geçtiğimizi duyunca çok memnun oldular. Keşke her hafta gelseniz filan diyerek uğurladılar bizi."

Üzerinde pelerin olmadığını unuttu galiba. Şimdi çok daha rahat. Bakalım kendisi bunu ne zaman fark edecek.

"Sokağa çıkıp esen rüzgâr yüzümüze vurunca derin bir oh çektik. Hediyelere ne kadar sevinsek de o ev ikimizi de hâlâ korkutuyordu. Elimizde telefonlarımız, kolumuzda saatler, koşarak sahile indik. Bir kafede oturup birer kola istedik, denize bakıyoruz. Ne o konuşuyor, ne ben ama ikimizin aynı şeyleri hissettiği kesin."

"Ne hissediyordunuz?"

"O evden bir daha hiç çıkamayız gibi bir korku düşmüş içimize. Annelerin haline de gülüyoruz bir yandan. O bana bakıyor, ben ona, bir şey demeden gülüyoruz. Demek biz çıkalı o evde çok şey değişmiş. Hele Mualla'nın haline bir türlü inanamadık. Saatime bakın hocam, işte o zaman bu saati taktı bana Cevat Bey. Onun o evdeki varlığı ikimiz için de çok önemli. Ona güvenmekte haklıymışız demek. O gün bize kimse ne iş yapıyorsunuz, neyle geçiniyorsunuz filan diye sormadı. Bir gece kulübünde çalıştığımızı duysalar ne derlerdi hâlâ bilmiyorum."

"Kimse bilmiyor muydu orada çalıştığınızı?"

"Bilmiyordu tabii, Cevat Bey'e bile söylemedik. Okulda da ben kimseye söylemezdim. Ne de olsa dansçı diyorlardı bana. Bizim ülkemizde geceleri kulüplerde dans eden kızlara ne der, nasıl bakarlar biliyorsunuz. Çok ünlü olacaksınız ki, size itibar etsinler. Gerçi benimle dans eden diğer kızlar bunu gururla söylüyordu arkadaşlarına. Onlara nasıl imrenirdim. Ben zaten her şeyden utanmak için gelmişim bu dünyaya. Ayrıca küçük ve son derece muhafazakâr bir yerde doğmuşum. Orada insanların nasıl düşündüklerini biliyorum. Annem olduğunu sonradan öğrendiğim Nurşen sevgilisiyle yakalanıp öldürülmüş. Benim hayatımda utanacağım öyle çok şey var ki..."

Haklı diyorum içimden. İnsanların çoğu, bu çocuğun olanlarda ne suçu var demez, kolayca yargılar hatta, "Annesine çekmiş" bile diyebilirler. Onu dikkatle takip etmeye devam ediyorum. Duygusal konularda bile artık pek zorlanmıyor.

"Tek şansım sahnede dönerken beni kimsenin tanımıyor olmasıydı. Şapkadaki tülü iyice çekerdim yüzüme. Zaten yüzümdeki makyajla ben bile aynaya bakınca zor tanımıştım kendimi. İnsanlar nedense diğer dansçılardan çok benim dönmelerimi beğeniyordu. O ara bana olmadık yerlerden teklifler gelmeye başladı. Ünlü bir kadın dergisi benimle röportaj yapmak istedi. Önce hayır dedim. Beni kimsenin tanımasını istemiyorum. Şahin, 'Uydur bir isim, kimliğini soracak değiller ya' deyince öyle yaptım. Ben dönerken poz poz resimlerimi çektiler. Yüzümde tül, kafamda sarı peruk ve koca şapka derken ben bile tanımadım kendimi."

"Demek poz poz resimlerini çektiler. Buraya ilk geldiğin gün ben masama oturup sen kapının kenarında robot gibi dururken içimden öyle demiştim, 'Sanki bir manken, fotoğrafçıya poz veriyor' demiştim."

"Ay çok hoşsunuz hocam, demek öyle dediniz. Haksız da değilmişsiniz hani. Sonradan pek çok klip çekiminde filan hep beni istediler. Nasıl olsa oralara giden ben değilim, kırmızı pelerinli kız, çoğunu kabul ettim. Şahin de ben de artık son sınıftaydık. Yakında okul bitecekti. İşte o ara akademi Şahin'i bir süreliğine burslu olarak Viyana'daki bir müzik enstitüsüne gönderdi. Tabii bu haberi duyunca Şahin'in gözleri parladı. O zamana kadar ben de onun mesleğinde bu kadar başarılı olduğunu bilmiyordum doğrusu. Meğer akademinin en gözde öğrencilerindenmiş. Kendisi pek söylemez öyle şeyleri, zaten konuşmaya üşenen biri o. Gideceğine hem seviniyorum hem de giderse tek başıma ne yaparım diye düşünüp duruyorum. Geceleri kulüpten çok geç saatte çıkıyoruz. Ben tek başıma o saatte eve gidemem. Neyse Şahin pek konuşmaz ama ne gerekiyorsa da onu yapar. Hemen kulüptekilerle konuştu, beni diğer dansçı kızlarla birlikte eve bırakacak bir servis ayarladılar. Kulüpte hemen herkesle merhabam vardı, dansçı kızlarla daha sık bir arada oluyordum. Onların arada bir değişen sevgilileri vardı. Bana kızıyorlardı. Bu yaşa geldin hâlâ bir sevgilin bile yok diye."

"Gerçekten de o güne kadar kimseyle beraberliğin olmadı mı?"

"Olmadı hocam. Korkak, utangaç, hele sevgili filan işlerinden ödü kopan, yaban bir kızdım. Uzun süre de erkek gibi giyindiğim için, daha da önemlisi o perili köşkte yaşadığım için sadece erkeklerden değil, kızlardan da uzak duruyordum. Sadece Selma diye okuldan bir arkadaşım vardı. O çok farklıydı benden. Ben ne kadar çekingensem, Selma o kadar girişken, konuşkan biriydi. Zaten o benimle arkadaş oldu. Onunla sık sık beraber olur, onun aşk maceralarını dinlerdim. Benim kulüpte çalıştığımı bir tek o biliyordu. Selma böyle şeylere takılacak biri değildi. Ama Şahin gidince kulüpte işler biraz değişti. Meğer onun varlığı, hep yanımda oluşu beni bazı şeylerden koruyormuş. Dansçı kızlar gibi müşterilerden bana da yoğun teklifler gelmeye başladı. Şahin varken kimse cesaret edip söylememişti. Belki de kırmızı giydiğim için daha çok dikkat çekiyordum. Yakından tanısalar ne olduğumu anlar, beni istemezler ama sahnede başka türlü duruyor insan."

Bu sözü de ne çok duydum hastalarımdan. Onları yakından tanısa, kimse beğenmez, kimse sevmezmiş. Kimse artık olduğu gibi görünmüyor ki toplumda, neredeyse tüm dünyada kural haline geldi bu durum. Ayrıca içimizdeki her şeyi başkalarına anlatmak gibi bir mecburiyetimiz de yok. Bu da yetmez, biz insanlar zaten tavrımızı, davranışlarımızı girdiğimiz ortama ya da karşımızdaki kişiye göre otomatik olarak ayarlarız.

"Niye öyle söyledin?"
"Yani hiçbir özelliği olmayan biriyim ben. Onlar beni değil, taktığım maskeyi, üzerimdeki kıyafeti filan beğeniyor. Ben de seyirci olsam, belki ben bile beğenirdim kırmızı pelerinli kızı."

Yine nasıl aşağılıyor kendini. Aklıma bizim ülkenin çok sevdiğim ses sanatçılarından biri geliyor, ne demişti bana, "Beni sahnedeki halimle seviyor, karşılarında hep onu görmek istiyorlar ama ben sadece o değilim ki..." Bunları söylerken gözleri dolmuştu. Ünlü olmak güzel olmasına güzel de, zorluklarını yaşayanlar biliyor.

"Sonunda Agâh Bey diye biri taktı bana. Her gün kulise kucak dolusu çiçekler gönderiyor ama ben bu kim diye sormuyorum bile. Seni hep en önde izler, görmedin mi dediler, alıcı gözle bakmayınca görmüyor insan. En sonunda kulübün sahibini devreye sokmuş. İşi bitince benim masama gelsin diye."

Demek Şahin gidince kızı yalnız buldular. Üstelik bu kız henüz hayatı hiç tanımazken!

"Kimmiş Agâh Bey?"

"İstanbullu bir iş insanıymış. Saygın ve varlıklı biri işte. Önce çok korktum. Korkacak bir şey yok dediler, gösteri bitince birlikte yemek yer, sohbet edersiniz, hepsi o kadar. Dansçı kızlar Çiçek ve Özge geldi yanıma. Bu kadar yabani olma, Agâh Bey çok düzgün bir adamdır, İstanbul'da herkes tanır onu. Seni yemeyecek ya, ne var bunda deyince, demek buralarda âdet böyle deyip gittim masasına."

Kızı bambaşka bir yola nasıl da usul usul çekiyorlar...

"Önce ne diyeceğimi, nasıl davranacağımı bilemedim ama o hemen başladı konuşmaya. Çok sıcakkanlı, sohbeti tatlı, Cevat Bey yaşlarında bir adam. Bana neler anlatıyor, hep güldürüyordu beni. Üstümde pelerin olmasa asla gidemem de, pelerin sayesinde korkum geçti. 'Bu akşam sizi evinize ben bırakayım' dedi. 'Yok' dedim, 'Arif Abi beni götürür. 'Arif Abin de çok kıymetliymiş, bizim şoförün adı da Sabri, belki onu da seversin' diyerek beni kaldırdı masadan. Bindik onun lüks arabasına, Sabri Bey kapıları açtı, yolda sohbet ederek geldik. Evliymiş, iki de kızı varmış, işi nedeniyle çok seyahat etmesi gerekiyormuş. Bana da sorular soruyor ama ben hep kısa kesiyorum. Edebiyat Fakültesi son sınıf öğrencisi olduğumu söyledim sadece. Neyse beni eve kadar bıraktı. Eve gelince oh dedim, korktuğum gibi değilmiş. Haftada bir iki gelirdi kulübe ve her gelişinde geceleri beni eve o bırakırdı. Bir gece bir de baktım, araba başka yere gidiyor. 'Önce bizim eve uğramamız gerekiyor' dedi. Bir şey diyemedim ama korkmadım da. Agâh Bey'i artık tanıyorum. Zaten o adam benimle ilgilenmeye başlayınca kulüpte adeta el üstünde taşımaya başladılar beni. Ne desem hemen yapıyorlar. Neyse büyük bir bahçeden içeri girdik, araba lüks bir villanın önünde durdu. Adam şoföre, 'Sen bizi bekle, birazdan geliyoruz' dedi. 'Ben niye iniyorum?' dedim, 'Ben işimi bitirene kadar sen de bir fincan kahve içersin' diyerek kolumdan tutup indirdi beni. Saray gibi bir ev, önünde havuzu, çiçekleri filan... Ben saraya geldim sandım. Sonra birkaç dakika içeri girip geldi yanıma oturdu, bana neler söylüyor bir duysanız. Bana ilk günden beri nasıl âşık olmuş, ben kimseye benzemiyormuşum, daha görür görmez vurulmuş, beni tanıyalı başka şey düşünemez olmuş..."

Sözün burasında duruyor. Sanki bizi bir dinleyen varmış gibi dikkatle sağına soluna bakıyor, ani bir refleksle eliyle üzerinde bir şeyler arıyor. O anda göz göze geliyoruz. Anlıyorum onun ne aradığını, demek söylemesi zor bir şeyler anlatacak ki, keşke pelerinim üzerimde olsaydı diyor.

"Pelerinini mi arıyorsun?"

"Hı hı..."

"Eminim o olmadan da anlatabileceksin, hem bu kırmızı oda, hem de ben artık sana yabancı değiliz."

Başını hafifçe sallayarak beni doğruladıktan sonra bir iki kere yutkunup sesini biraz daha alçaltarak anlatmaya devam ediyor. Ben yine onu dikkatle izliyorum. Bana bunları anlatırken yüzünde farklı duygular arıyorum ama bulamıyorum. Duygularının üzerine yine kilit vurdu.

"Sonra da beni soydu ve o gece biz onunla beraber olduk."

Hiç tepki vermeden dinliyorum onu, keşke duygularından bu kadar kaçmasa... Önüne eğdiği başını kaldırıp bu sefer de o benim ne düşündüğümü anlamak ister gibi dikkatle yüzüme bakıyor. Aslında buna şaşırmamam lazım. Ayşa gibi bir geçmişi olan pek çok genç kızdan dinledim buna benzer hikâyeleri. Hayatı o anda otomatiğe bağlar bu genç kızlar, o anda yapılması gerek diye önlerine sunulan neyse, ona adeta itaat eder ve gerisini hiç düşünmezler. Adam onu açıkça kandırıp evine götürüyor, arkasından soymaya başlıyor ve Ayşa bunlara çok alışkın biri gibi hiçbir şeye itiraz etmiyor. Adamın ona gösterdiği yakınlık, söylediği güzel sözler yetiyor ona. Hay Allah... Buna sadece saflık ya da tecrübesizlik filan diyemeyiz, içinde çok başka şeyler daha var. Otoriteye itaat etme, yapılması gereken her neyse bunu hiç düşünmeden, ben bunu istiyor muyum, istemiyor muyum diye kendine sormadan, zaten hiçbir önemi ve değeri olmayan bedenini birine sunma... Böyle geliyor bana, ne kadar üzücü...

"Ne hissettin o gece Ayşa?"

"Hiç... hiçbir şey. Zaten yaptığı hiçbir şeye itiraz etmedim, hayır demedim. Adam o kadar doğal davranıyor, bana o kadar güzel şeyler söylüyordu ki, bana dokunması çok doğal, çok normal bir şeymiş gibi, hiç canımı yakmadan, öperek severek sevişti benimle. Sadece bir ara canım yandı, meğer bekâretim hâlâ duruyormuş. Böylece onu da anlamış oldum."

Demek bekâretin duruyormuş! Bunları duymak üzüyor insanı. O karanlık gecede bekâretini de kaybettiğini sanıyordu. İçimden ben de "Hayvan herif" demeden geçemiyorum. Bu sefer sesindeki kuruluk yavaş yavaş yerini titrek, kısık bir tona bıraktı. Kırmızı pelerinli kız değil, sanki artık çöp kız konuşacak gibi.

"Bakire olduğumu görünce adam da şaşırdı kaldı, ben de. 'Sen daha önce kimseyle beraber olmadın mı?' diye sordu. Olmadım dedim ama pek inanmadı galiba. Sonra beni her zamanki gibi eve bıraktı ama yol boyu soru sordu. Annen baban kim, nerelisiniz, evde kimler var filan diye."

"Sen ne dedin?"

"Şimdilik bir arkadaşımın evinde kalıyorum. İstanbul'da teyzelerim var dedim. Evde yalnız yaşadığımı bilsin istemedim. Çok kötü bir şey yapmışım gibi bir his vardı içimde... Bu his, nedense o yataktayken değil de eve gelince geldi. Bir yanım da beni teselli etmeye çalışıyor, adam seni seviyor, seni çok beğendi, sana değer veriyor diyorum. Sonra bana sorduğu sorular geldi aklıma; evi beğendin mi, istediğin zaman buraya gelip kalabilirsin, Mahmure Hanım sana hizmet eder, ne istersen alıp getirirler, sen her şeyin en güzeline layıksın filan deyip duruyordu."

Demek gencecik kızları kandırmanın da yolu buymuş. Nasıl da gerildim ama şimdilik onu sadece dinliyor, bir şey söylemiyorum.

"'Siz nerede oturacaksınız?' deyince de, 'Benim başka evim var zaten' dedi. Demek eşi ve çocuklarıyla birlikte başka bir evde yaşıyor adam. Eve gelince, çok tuhaf hissettim kendimi. Yatayım dedim, yatamadım, ders çalışsam hiç kafam almadı. Pelerin de üzerimde, sabaha kadar dön Allah dön. O gece yaşadıklarımı düşündüm hep."

"Neler düşündün?"

"Herkesin çok saygı gösterdiği, önemli ve değerli birinin bana böyle ilgi göstermesi, ben çok saygın ve değerli biriymişim gibi davranması hoşuma gitti. Filmlerde filan gördüğümüz sevişme sahnelerine benzer bir şeyler yaşadık. Aslında birinin bana dokunmasından rahatsız oldum, ben de ona pek dokunamadım zaten."

Bu da doğal çünkü bu kıza çocukluğunda sevgiyle, şefkatle dokunan, onu kucağına alan, sarılan, öpen birileri olmamış ki... Böyle dokunulmadan büyüyen çocuklar sonradan da ne kendileri başkalarına dokunmak ister ne de ona dokunulmasından hoşlanır.

"Adamın gözleri beni sever gibi bakıyor, elleri hiçbir yerimi acıtmıyordu. Onun bana dokunmaktan ne kadar hoşlandığını görüyor ama ben onunla aynı duyguları paylaşamıyordum. Yine de hiç itiraz etmeden ona bırakmıştım kendimi. Öyle ya da böyle birinin bana böyle sevgiyle bakması, dokunması, değer vermesi benim için çok yeni bir şeydi."

Birinin ona değer vermesi... Sanırım anahtar cümle bu ama gerisi hiç yok zihninde. Kendini hâlâ çok değersiz görüyor. Kader motifi dediğimiz yazılım zihnine en çok bunu yazmış. Sen değersiz bir çöp kızsın. Böyle olunca yeni tanıdığı birine nasıl da kolayca teslim ediyor kendini. Ah çöp kız, daha seninle çok işimiz var.

"Artık arada bir akşamları kulübe geliyor, işim bitince beni alıp eve götürüyor, benimle yatıyor, sonra da beni eve bırakıyordu. O geceden sonra bana birçok kıymetli hediyeler almaya başladı. Yüzükler, kolyeler, birbirinden güzel elbiseler, çamaşırlar filan ama ben giyemem öyle şeyleri. Takamam da..."

"Neden?"

"Agâh Bey'in evinde birkaç kere onları giyip takıp takıştırıp baktım kendime. Baktıkça gülesim geldi. Çok pahalı, çok gösterişli şeyler. Kendime ne yakıştırabildim, ne de onların içinde rahat edebildim ama yine de bana böyle değerli hediyeler alması hoşuma gidiyordu. Bana çok değer veriyor diyordum içimden. Adam bana değer verdikçe soruyordum kendime, sen gerçekten değerli misin yoksa adamı kandırıyor musun diye..."

Soruyu nasıl da ters soruyor kendine... Kim kimi kandırıyor acaba? Daha fazla sabredemiyor ve başlıyorum sormaya.

"Kandırmak mı? Kim kimi kandırıyor, tam anlamadım."

"Çöp kız ile kırmızı pelerinli kızın kavgası diyebiliriz buna. O beni kırmızı pelerinli kız olarak tanıyor, aslımı bilmiyor ki..."

Çocuklukta, doğduğu evde o değeri alamazsan, değersizlik duygusu kolay terk etmez seni. Her biri kendine bir kulp takar. Ayşa da öyle yapıyor. Sanırım en çok da çocukken yaşadığı taciz nedeniyle kirli ve aşağılık hissediyor kendini. Gerçi o tacizi yaşamasa da hayatı boyunca hiçbir yerde değerli olamamış bu kız. Ona değer veren tek kişi Ali olmuş ve ne gariptir ki, Cevat Bey ona telefon alsa da aramamış galiba Ali'yi, arasa söylerdi. Kişi kendini neye layık görürse hayat, sesini duymuş gibi o da ona layık görür. Şimdilik anlattıkları da bunu doğruluyor. Su gibi bir kız o. Agâh Bey gibilerin yanında ne işi var, diyor içim.

"Biraz daha açsana bu konuyu."

"Biliyorsunuz işte, çöp kıza kimse değer vermedi ki... Ne okul arkadaşlarım, ne evdekiler, ne de bir sevgilim olabildi. O kulüpte çalışıp da bir sevgilisi olmayan tek kişi bendim. Bu iyi mi, kötü mü bilmiyorum ama yine herkesten farklıydım. Olumsuz bir farktan bahsediyorum. Herkes gibi olamadım bir türlü ama Agâh Bey'le birlikte olmaya başlayınca ben de onlara benzedim."

"Bir an önce kendini doğru değerlendirmezsen, sonradan telafisi zor adımlar attıracak sana hayat" diyorum içimden. Sen kendini neye layık görürsen hayat seni oraya sürükler ama hemen şimdi bunları söylemek istemiyorum ona, çok canı yanar.

"Bir tek Ali vardı bana değer veren, o da mazide kalmıştı. Agâh Bey evli, çoluk çocuk sahibi biriydi. O her zamanki hayatına devam ediyordu. İşine gidiyor, karısı, çocukları ve arkadaşlarıyla yaşadığı hayatı aynen sürdürüyordu. Sık sık beni çok sevdiğini söylese, bunu bana aldığı pahalı hediyelerle kanıtlamaya çalışsa da, benim gözüm hiç o hediyelerde olmadı."

"Sen ne istiyordun?"

"Onun beni sevmesini..."

"Seviyor muydu sence?"

"Sevgi neyle ölçülür, bilmiyorum ki... Benimle vakit geçirmeyi, özellikle de yatakta vakit geçirmeyi sevdiğini biliyordum. Yatağa girmesek, aslında ben de onun yanında iyi hissediyordum kendimi."

Benim konuşmamı istemez gibi kaldığı yerden hızlı hızlı anlatmaya devam ediyor.

"Ama bir yandan da artık benim de kimsenin bilmediği, kendime ait bir hayatım oldu diye düşünüyordum. Hani Selim Bey yani biyolojik babam çocuklarına bayramlarda hediye alıyordu, ben de onlara çok imrenıyordum ya, gerçi bana da hediye alıyor, para veriyordu o zamanlar. Agâh Bey bana hediye aldıkça hep o günler gelirdi aklıma. Bak derdim, İstanbul'un ünlü bir iş insanı sana değer veriyor, her gün çok pahalı bir hediyeyle geliyor eve. Çocukça düşünceler işte... Bunu ancak aptal, geri zekâlı biri böyle düşünür, değil mi?"

Nihayet olayı değerlendirmeye, yorumlamaya başladı. Verdiği örnek de çok ilginç, Agâh Bey ona biyolojik babası Selim Bey'i hatırlatıyor, sanki o günleri telafi etmek ister gibi...

"Neden öyle dedin?"

"Yani bir süre benimle beraber olmak hoşuna gidiyordu adamın. Bunları da gayet iyi biliyordum. Ben de elimden geldiği kadar onu memnun etmeye çalışıyordum."

"Bunu neden yapıyordun?"

Çok garip bir soru sormuşum gibi bakıyor bana. Demek bütün bunları neden yaptığını hiç sormamış kendine ama ne düşündüğünü tahmin edebiliyorum. Ona değer veren, hediyeler alan birine karşı borçlu hissetti kendini ve o borcu ödemeye çalışıyor. Böyle yaparken hayatın onu nereye götürdüğünün farkında bile değil.

"Lüks bir evde prensesler gibi yaşatıyordu beni. Onun bana gösterdiği ilgi, sevgi, şefkat, söylediği birbirinden güzel sözler hoşuma gidiyordu. Beni hiç incitmiyor, aşağılamıyor, tam tersi yemeği bile ben ne seviyorsam ona göre yaptırıyordu. Daha önce kimseyle beraber olmadığımı anlayınca çok şaşırdı hatta biraz da korktu ilk günler, inceden sorular sormaya devam etti."

Muhtemelen genç bir kızın bakireliğini elinden alınca başına geleceklerden korktu. Kızın zamanla onu suçlayacağını filan düşünmüş olsa gerek.

"Neler sordu?"

"Yok efendim daha önce hiç erkek arkadaşım olmuş mu, onlarla neler yapmışız, bekâretimi korumak için özel bir çaba mı sarf etmişim, benim başka niyetlerim mi varmış... Sordu durdu. Benden korktuğunu hissettim ama neden korktuğunu da anlayamadım. Ben ona ne yapabilirim ki... O beni çok sevse de gelecekle ilgili hayaller kurmamalıymışım. Eşinden ve çocuklarından ayrılmaya tahammül edemezmiş filan."

Tam da tahmin ettiğim gibi, adam sonradan bu kız başına tebelleş olur diye korkuyor ve daha işin başından bu ilişkiyi fazla ciddiye almaması için güya dürüst davranıyor, gelecekle ilgili bir vaatte bulunmuyor. Zamanı gelince bu söylediklerini koz olarak kullanıp, ben sana zaten baştan niyetimi açıkça söyledim, seni kandırmadım diyecek. Hem kandırıyor hem de kandırdığını kız anlamasın diye kırk kulp takıyor. Demek bu işlerin de kuralları var. Hem evliysen hem de gözün başka kadınlardaysa, işin usulünü iyi bileceksin. Vay Agâh Bey vay... Hem böyle bir ilişkiye sorgusuz sualsiz giriyor, hem de ne bugünle, ne de gelecekle ilgili bir şeyler düşünüyor. Ayrıca benim halim ne olacak demiyor. Neydi öyleyse onu bu ilişkiye asıl zorlayan şey? Ben ne olduğunu aşağı yukarı düşünüp bazı yorumlar yaptım ama kendisi bu konuya nasıl bakıyor acaba?

"Senin bu ilişkiden beklentin neydi Ayşa?"

"Ne beklentisi hocam! Ben alışmışım hayatın beni oradan oraya sürüklemesine. Bu sefer de bir anda kendimi Agâh Bey'in yanında bulmuştum. Hepsi o kadar."

İnsan onun bu söylediklerine inanamıyor. Demek öyle, diyorum içimden. Bir yandan bu sözlerin altında ne yatıyor diye düşünüyorum. Her gittiği ortama ayak uydurmak zorunda kalmış, hayatıyla ilgili hiçbir konuda karar alamamış. Şahin destek olmasa, o evden de kaçamayacakmış. Şahin gidince bir anda ortada kalmış, ne yapması, ne yapmaması gerektiğini bilememiş. Onu biri çekmiş kolundan götürmüş, o da buna razı olmuş. Başka da bir şey gelmiyor aklıma. Aslında çoğumuzun hayatını çocuklukta öğrendiklerimiz belirliyor. Nasıl ki su yatağını bilir ve hep oradan akarsa, bunu zamanında fark edip suyun yolunu değiştirmezsek, aynı yoldan akıp gidiyor. Böyle düşününce de hüzünleniyor insan.

"Ama yine de bana değer verilen öyle bir evde yaşamanın güzel tarafları da vardı. O mis gibi yataklar, yorganlar, bahçedeki yüzme havuzu, banyodaki kokulu sabunlar, şampuanlar, bembeyaz havlular, her gün ayağına gümüş tepsilerde gelen çaylar, kahveler, değişik meyve suları hoşuma gitmedi desem yalan olur. Hiçbir şeyi sorgulamadan bir süre o eve sık sık gidip geldim. Orta yaşlı bir teyze vardı, evde çalışan. Mahmure Teyze... Gündüz oradaysam, Agâh Bey de yoksa bana nasıl hizmet eder, nasıl saygı gösterirdi görseniz. Banyoya girsem gelir sırtımı ovar, havlu elinde çıkmamı bekler, o günkü mönüyü beğenmezsem bana hemen yenisini pişirir, etrafımda dört dönerdi. Orada yaşamak hoşuma gitmişti. Gündüz dersim varsa okula gidiyor, okuldan çıkınca buraya dönüyor, kulüpteki program saatimde Sabri Abi gelip beni alıyordu. Agâh Bey'in olmadığı geceler kendimi çok mutlu hissediyordum. Yanımda Mahmure Teyze, kapıda bekleyen Sabri Abi ve ben... Neyse ki Agâh Bey sık sık seyahate gidiyor, bazen birkaç hafta hiç eve gelmediği oluyordu. En çok da o günleri seviyordum."

Gençken lüksle tanışmak kızlarımızı çok kötü etkiliyor. Mutluluğu sadece parada, lükste aramaya başlıyorlar ve genelde hepsi de sonra çok mutsuz oluyor. Lüks uğruna kendilerinden yaşça çok büyük ve genellikle evli erkeklerle birliktelik yaşıyor, çoğu sonunda terk ediliyor. Lüks yaşamanın zamanla tiryakisi oluyor, mutlaka yine ilk yaşadıkları ilişkiye benzer bir başka ilişkinin peşine düşüyorlar. Hayatla yaptıkları tek mücadele o adamları ellerinde tutmak haline gelen bu gençler lüks içinde nasıl mutsuz olunur, bunun örneğini veriyorlar bize.

"Ama yavaş yavaş hayatı tanımaya başlamıştım."

"Tanıdıkça neler keşfettin?"

"Demek genç kızlar böyle yaşlı ve zengin adamların herkesten sakladığı evlerde yaşıyorlardı. Bizim dansçılardan Özge'nin de öyle bir sevgilisi vardı. Adam evliydi ama kız başka bir evde yaşıyor, tıpkı Agâh Bey gibi sevgilisi de arada bir o eve uğruyordu. Özge sık sık bize adamın yeni aldığı pahalı hediyeleri gösterir, onlarla gurur duyardı. Yani hediye ne kadar pahalıysa, kızların değeri o kadar artıyordu. O sıralar ben de tam olarak bunu yapıyordum. O kızlardan benim tek farkım Agâh Bey'in aldığı hediyelerin hiçbirini kullanmıyor olmamdı. Aslında onu da inadımdan yapmıyordum. Bana yakışmıyordu öyle şeyler. Bizim dansçı kızlar, 'Madem takmıyorsun, satıp paraya çevirsene' deyince çok kötü hissettim kendimi."

"Kötü derken?"

"Yani her şey lüks ve para üstünden dönüyordu. Oysa ben kulüpten bana yetecek kadar para kazanıyordum. Zaten Şahin gitmeden evden taşınmış, çok daha güzel bir eve yerleşmiştik. Bizimki Agâh Bey'in evi kadar lüks değildi ama bize aitti. Şahin döndüğünde benim Agâh Bey diye biriyle yaşadığımı duysa ne derdi, bunları hiç bilmiyordum."

"Ne derdi sence?"

"Hiç hoşlanmazdı bu durumdan. Bana kızardı. Teyzemler duysa kim bilir neler söylerdi. Ben de biyolojik annemin yaptığına benzer şeyler yapıyordum. Öyle değil mi? Gerçi ben bekârdım ama yine de evli bir erkekle beraberdim. Bunlar bile sonradan aklıma geldi biliyor musunuz?"

"Az çok tahmin ediyorum. Olaylar yaşanırken kendine ne yaptığını sormak hiç aklına gelmemiş."

Aslında ona önemli bir şey söylüyorum ama şimdilik alıcıları kapalı, ne dediğimi hiç duymamış gibi anlatmaya devam ediyor.

"Ama sonra Ali geldi ve... Ben ne yapacağımı, ne düşüneceğimi şaşırdım kaldım. Ali'nin geleceğini bilsem... Neyse işte, bunları da haftaya anlatırım size."

Demek Ali o günlerde geldi ve Ali'ye bunlar çok ters gelir. Bana tam da bunun için geliyorlar. Yeni bir keşif yapmış gibi hissediyorum kendimi ama işin içinden nasıl çıkarız, şimdilik hiç bilmiyorum.

"Siz de içinizden kızdınız mı bana?"

Bu soruya hiç hazır değildim, kendime de sormamıştım. Gerçi içimden ona kızsam bunu söyleyemem ki... Biz terapistler hastalarımızı olabildiği kadar objektif yani tarafsız, yani işin içine hiç duygu katmadan, kendi yorumlarımızdan uzak durarak dinlemeliyiz. Terapistler de insan ve onların da duyguları olduğuna göre, bu mümkün olabilir mi, bilmiyorum ama bizler olabildiğince bunu mümkün kılmaya çalışırız. Sahi ben kızdım mı Ayşa'ya? Pek sanmıyorum, neyi, neden yaptığını anladıkça onun adına üzüldüm galiba.

"Hayır kızmadım. Neyi, neden yaptığını, neden öyle hissedip öyle düşündüğünü anlamaya çalıştım. Haftaya bunları tek tek konuşuruz seninle."

"Oh hocam, ben bile anlatırken nefret ettim kendimden. Birinin beni anlamasına öyle ihtiyacım var ki..."

Böyle diyerek ayağa kalkıyor. Neredeyse pelerini unuttu. Kapıya yönelmişti ki, aklına pelerin geldi. Dönüp alırken bana muzip bir ifadeyle gülüyordu.

24. Bölüm

Artık askerlik bitmiş, Doğan'la dükkânı açmışlar, güzel de bir evi olmuştu Ali'nin. Geriye Ayşa'yı bulmak kalıyordu ama henüz ona dair bir ipucu yakalayamamıştı. Ali'ye verdiği adrese kaç kere gitmiş, hatta kapıyı bile çalmış ama yine de kızla ilgili bir adım ilerleyememişti.

Bir akşam Doğan, ortaklıklarını kutlamayı önerdi. Ali'yi aldı, arada bir arkadaşlarıyla gittiği bir kulübe götürdü. Ali çok beğenmişti gittikleri yeri. Çok nezih, şık bir ortamdı. Yavaş yavaş İstanbul'un bu tür yerlerini de tanısa iyi olacaktı. Yanlarında Doğan'ın iki arkadaşı daha vardı. Bir yandan rakılarını yudumlarken bir yandan etrafa bakıyor, sahnedeki orkestrayı izliyorlardı. Müzik güzeldi. Derken üç dansçı kız çıktı sahneye. Biri kırmızı bir pelerin giymişti, başında da önü tüllü bir şapka vardı. Öteki kızların ortasında dönüp duruyordu. Ali'nin dikkatini çekti kız, "ne güzel dönüyor bu kız" dedi masada oturanlara. Aklına hemen Ayşa gelmişti. O da böyle dönerdi. Yanında oturan gençlerden biri, "Sen de mi ona vuruldun, o kız Doğan'ın" deyince içi bir tuhaf oldu. O kız Ayşa olmasa da, onu hatırlatan birinin Doğan'ın olması hiç hoşuna gitmedi ama "İyi" dedi, "Doğan'ınsa Doğan'ın." "Yok ya" dediler, "öyle değil, yani Doğan da bayıldı o kıza." Bir yandan rakılarını içiyor, bir yandan konuşup gülüşüyorlardı.

Ali'nin aklı Ayşa'daydı yine. Acaba hâlâ çocukluğundaki gibi dönüyor muydu? Onu memleketteki evinde dönerken çok kez görmüştü. Geceleri kimseye görünmeden oturdukları evin etrafında gezer durur, biri görecek diye de ödü kopardı. Ayşa'nın odası sokağın diğer tarafına bakardı yani onu görmek için evlerinin önünden geçmesi gerekmezdi. Arka sokaktan bir yere gidiyormuş gibi geçer, çoğu zaman da kızı odanın ortasında kendi kendine dönerken görür, bunları ona söylemezdi. Bir keresinde niye döndüğünü sormuştu galiba, kız neye sıkılsa kapısını kapatıp odanın ortasına o sıkıntı geçene kadar döndüğünü, ancak böyle rahatladığını söylemişti o zamanlar. Bunları kafasından geçirirken gözlerini sahnede fırıl fırıl dönen kızdan da alamıyordu. İçi bir tuhaf olmuştu çünkü Ayşa da tıpkı bu kız gibi kollarını iki yana açıp başını da hafifçe sola yatırarak dönüyordu.

"Ulan" dedi içinden, "sakın bu kız Ayşa olmasın?" Hem öyle diyor, hem de kıza baktıkça saçmalama diyordu kendine, Ayşa'nın buralarda ne işi var, şimdi o kim bilir nerelerdedir? Program bitti, kızlar seyircileri selamlayarak kayboldu ama Ali'nin aklı takıldı o kıza. Gece bitmiş, herkes evinin yolunu tutmuştu. Sahnedeki kızı, üzerindeki kırmızı pelerini düşünüyor, düşündükçe o pelerin sanki Ayşa'yla ilgili bir şeyler hatırlatıyordu. Düşüne düşüne sonunda aradığını buldu. Bir keresinde Ayşa ona, keşke benim de bir kırmızı pelerinim olsa dememiş miydi?

Asıl babası Selim Bey öteki kızına buna benzer bir şey mi almış, Ayşa çok mu imrenmiş, böyle bir şeyler hatırlıyordu. Bunları kafasında dolandırdıkça yatağında yatamaz olmuştu, evin içinde gezinip duruyordu. Sabahın köründe çıktı evden, yine doğru o perili köşk dediği eve gitti. Erken gitti ki, okula ya da bir yere giderse göreyim diye ama yok. Eli bastonlu, çok şık giyimli yaşlı bir adam çıktı evden. Daha önce de görmüştü o adamı. Eniştesi filan galiba dedi. Yine büyük bir hayal kırıklığıyla döndü dükkâna. Akşamı zor etti. Bu sefer yanına kimseyi almadan yine gitti kulübe. Neyse ki bir gece önceden onu tanıyorlardı, erken de gittiği için hemen bir masa ayarladılar Ali'ye, o da bahşişi bol tuttu. Ne de olsa bu işin aslını öğrenene kadar daha çok gidip gelecekti bu kulübe.

Dansçı kızlar yine çıktı sahneye. Ali gözünü dikti kırmızı pelerinliye, bir dakika bile ayırmadan baktı kıza. Yeri de sahneye yakındı zaten. Eğer oysa, Ali'yi görsün, tanısın istiyordu ama kızda tık yoktu. Zaten gözleri açık mı, kapalı mı, o da belli değildi. İlginç olan, Ayşa da dönerken gözlerini kapatırdı. Bu Ayşa diyordu ama kızda onu tanıdığına dair hiçbir belirti görmüyordu. Ayşa olsa o da heyecanlanır, onu gördüğünü, tanıdığını belli ederdi. Demek bu Ayşa değildi. Arada bir ümitleniyor, bazen olan ümidi de kayboluyordu.

Artık o kulübün müdavimi olmuştu. Bir gece olmazsa ertesi gece mutlaka gidiyor, her zamanki yerine oturup sahnedeki kızı inceliyordu. Bu kızın saçları sarıydı ve görebildiği kadarıyla çok güzeldi. Hem Ayşa'ya hiç benzemiyor, hem de çok benziyordu. Sahi Ayşa bu kadar güzel miydi?

Sonunda, madem bu kadar taktın kafaya, gir kulise, gör kızı dedi. Garsonlara sordu, kim bu kız diye, adı sanı ne, kimse böyle sorulara cevap vermiyordu. Sonunda İstanbul'un en iyi çikolata yapan dükkânlarından birine gitti. Çok fiyakalı bir kutu çikolata yaptırdı. Çocukken ikisi de çok severdi çikolatayı ama onlara böyle şeyler almıyordu aileleri. Ali kenarda köşede biriktirdiği parayla kızın geleceği günler bir koşu bakkala gider, iki tane en ucuzundan gofret alırdı. Ayşa çok sevinirdi gofreti görünce. İkisi karşılıklı geçer, gofretlerini ağır ağır açar, birbirlerinin gözlerinin içine bakarak, keyifle yerlerdi. O zaman nasıl da tatlı gelirdi o ucuz gofretler. Kutunun üzerine taktığı karta şöyle yazdı; "Gofret yemeyi özlemedin mi?.. Ali." Garsonu çağırdı, "Bunu kırmızı pelerinli kıza verin" dedi, yine geçip oturdu yerine. Bu sefer kartı görünce burada olduğunu anlar, kesin bir işaret çakar diyordu ama kız yine o tarafa bakmadı bile... Ulan sen Ayşa değilsen bile sana hediye yollayan birine hiç olmazsa başınla hafif bir selam verirsin, diyerek söyleniyordu içinden. Artık iyice kızmaya başlamıştı. Bu işin içinde bir iş vardı.

O hafta Doğan, "Arkadaşlarla yine o kulübe gideceğiz, sen de gelsene..." dedi. Bu teklif Ali'nin kafasını iyice karıştırmıştı. Yoksa kız Doğan'la işi pişirmiş, onun için mi yüz vermiyordu Ali'ye? Kızlar sahneye çıkınca bu sefer onları bırakmış Doğan'ı inceliyordu. Doğan gözünü kırpmadan ısrarla kırmızı pelerinli kıza bakıyor, hayran hayran izliyordu onu. Bu oğlan abayı yakmış kıza, dedi içinden. Döndü Doğan'a, "Madem o kadar beğendin, git kızla tanış" dedi. "Kolaysa sen git, sen tanış" dedi Doğan. Meğer Doğan da kızı sormuştu orada çalışanlara ama bilgi vermemişlerdi.

"Git kapıda bekle madem, sabaha kadar burada kalacak değil ya" diye ısrar ediyordu ona. Bu sözleri bir yandan kendine söylüyor, bir yandan da bakalım ne diyecek diye Doğan'ı yokluyordu. "Bunlar arka kapıdan çıkıyor galiba, ben ön kapıda çok bekledim, giren çıkan olmadı" diyerek konuyu kapattı Doğan. Şimdi artık iyice sinirlenmişti, Doğan bir işler çeviriyordu ama ne olduğunu anlayamıyordu. Bütün öfkesi Doğan'a yönelmişti, içinden ona saydırıp duruyordu. "Ulan, doktor olmak istedik, ben değil sen oldun, şimdi de Ayşa'yı elimden alırsan, ben seni alnının ortasından vururum" diyordu.

Gece bitmiş, kulüpten çıkmışlardı ama Ali'nin aklı kızdaydı. O Doğan gibi değildi, ne yapar eder, o kız eğer Ayşa'ysa bir gün karşısına dikilir, bu yaptıklarının da hesabını sorardı. Hemen ertesi akşam yine gitti kulübe, her zamanki yerine oturdu, dansçı kızların sahneye çıkmasını bekledi. Kırmızı pelerinli kıza dikti gözünü, bir aşağıdan, bir yukarıdan bütün dikkatiyle inceledi kızı. Kesin bu kız Ayşa'ydı. Demek bu kadar güzelleşmişti. Saçını başını da boyatmış, süslenmiş püslenmiş, o da İstanbullu kızlardan biri olmuştu. Zaten baştan biliyordu böyle olacağını. Kaç kere söylemişti zamanında Ayşa'ya, sakın onlar gibi olma diye ama işte olan olmuştu.

Böyle düşündükçe yüreğine sanki bir bıçak saplanıyor, içini kabak oyar gibi oyuyordu. Onlar sahneden inince Ali de kalktı yerinden. Gire çıka, kulisin aşağı yukarı nerede olduğunu çoktan öğrenmişti. Hızla o tarafa doğru yürüyordu ki, adamın biri tuttu kolundan, "Beyefendi buraya girmek yasak" dedi. "Biz de biliyoruz yasak olduğunu ama beni kulise davet etti Ayşa Hanım" dedi, "davete icabet etmemek olmaz." Ali o kadar kararlıydı ki, adam bir an ne yapacağını şaşırdı. Tam, ben haber vereyim filan diyecekti ki, Ali ok gibi fırladı, kapıyı açıp girdi içeri.

Kıyafet değiştiren kızlar onu görünce bastı çığlığı. Tabii kulüpte ne kadar adam varsa toplandı başına. "Bakın" dedi, "üstümü arayabilirsiniz. Kötü bir niyetim yok. Sadece Ayşa Hanım'ı bir dakika görmek istiyorum. Sadece bir dakika... Olmaz derseniz ben burada dayak yerim ama yine de gitmem. Siz de müşteriye rezil olduğunuzla kalırsınız. Adamlar baktılar ki Ali onlara bağırıp çağırmıyor, gayet efendi konuşuyor, kendileri de müşteriye rezil olmak, gürültü patırtı istemiyorlar, içlerinden en yaşlı olanı, "Siz kimi görmek istiyorsunuz?" diye sordu. "Ayşa Hanım'ı" dedi, "kırmızı pelerin giyen kız" deyince, "Onun adı Ayşe değil miydi?" diyerek kapıyı vurup kafasını içeri uzattı adam, "Ayşe Hanım, sizi görmek isteyen biri var, lütfen hemen gelin" dedi. Kimse burada Ayşa diye biri yok demiyor, Ayşe diyorlardı ama ona zaten çoğu Ayşe derdi. Tamam dedi, buldum bizim kızı. Eli ayağı titreyerek bekledi gelmesini. Birazdan geldi Ayşa. Yine üzerinde pelerini, başında o tüllü şapkası vardı. Hiç tanışmamış gibi baktı Ali'nin yüzüne. Ama Ali yakından görünce onun Ayşa olduğundan iyice emin oldu.

Heyecandan yerinde duramıyor, "Ayşa, ben geldim, bak buldum seni" diyor ama kız hiç tepki vermiyordu. Bu sefer de "Memleketten selam getirdim sana" diye saçmalamaya başlamıştı ki, kız "Benden de selamlar" diyerek geri dönüp girdi içeri. Ali ne yapacağını bilemiyordu. Etrafını saran adamlara da rezil olmuştu. Demek kız artık istemiyordu onu. Biraz önce içine batan bıçak bir kere daha döne döne onu oymaya devam ediyordu. Sağına soluna baktı, sonra da adamlara teşekkür ederek ayrıldı oradan. Dışarı çıktığında dokunsalar ağlayacaktı. Bir süre nereye gittiğini bilmeden sokaklarda yürüdü. Bu Ayşa'ya ne olmuştu böyle? İstanbullu kızların huyu böyle mi oluyordu; geçmişi, geçmişte yaşananları bu kadar çabuk mu unutuyorlardı? Ayşa biraz önce bir yabancıya bakar gibi bakmıştı ona. Acaba kızın korktuğu bir şeyler mi vardı? Belki de vardı ama söz konusu olan Ayşa'ysa Ali hiçbir şeyden korkmaz, ölümüne dalardı olaya.

Biraz sonra titremeleri geçmiş, biraz daha sakin düşünmeye başlamıştı. "Sen salak mısın" dedi kendine, "düşsene kızın peşine. İşin aslını öğrenmeden eve gidilir mi? Gitsen bile uyku tutar mı?" Hemen döndü, kulübün etrafında bir iki tur attıktan sonra arka kapıyı buldu. Epeyce geride, karanlık, kuytu bir yere saklandı, başladı kapıyı gözetlemeye. Hiç olmazsa kız kiminle, nereye gidiyor, onu öğrenecekti. Arabaların biri geliyor, biri gidiyor, içeriden çıkanlar sırayla biniyorlardı bu arabalara. Hep de kızları alıyordu arabalar. Sonunda Ayşa da çıktı. Onu görünce yüreği ağzına geldi Ali'nin. Demek doğru yapmıştı buraya gelmekle. Pelerin yine üzerindeydi ama başında şapkası yoktu. Saçlarına bakınca şaşırdı kaldı, sahnede sarı değil miydi bu kızın saçları, ne ara böyle aniden eski rengine dönüvermişti? İşte şimdi onun kalbindeki Ayşa'ya daha çok benzemişti kız. Heyecanlıydı, avını bekleyen avcı gibi, hafifçe öne eğilmiş, her an oradan fırlayıp çıkabilecek pozisyonda bekliyordu. Kocaman, lüks bir araba yanaştı kapıya. Şoför indi, hafifçe eğilerek arka kapıyı açtı, Ayşa bindi arabaya, vın diye önünden geçip gitti. "Eyvah" dedi içinden, "bizimki İstanbullunun âlâsı olmuş. Artık hangi deyyusun yanına gidiyorsa..."

Gözleri dolarak uzaklaştı kapıdan. Aslında niyeti ok gibi fırlayıp kızı bileğinden yakalamaktı ama Ayşa o arabaya gülerek binince son anda vazgeçti yanına gitmekten. Onun Ayşa'sına ne olmuştu böyle... Gecenin o saatinde bir kızı o koca araba niye alır, nereye götürürdü? Ayşa'nın ailesini tanımasa, araba kızı teyzesinin evine götürecek derdi ama onlar zaten kızın buralarda çalışmasına filan izin vermezdi. Demek kız aileden kopmuş, dilediği gibi yaşıyordu. İçinin ezildiğini hissetti. O bu hallere düşecek kız mıydı? Demek teyzeleri de ona doğru dürüst sahip çıkmamış, kız buralara kadar düşmüştü. Öyle de olsa, "Ben nasıl olsa seni yakalarım" diyerek evine yollandı. Ayşa'yla konuşmadan içi rahat etmeyecekti. Başına ne gelmiş olursa olsun, belki de bir yardımı dokunurdu kıza. Belli ki kız onu unutmuş, başka âlemlere dalmıştı. Kaç gündür onu bulmaya çalışırken nasıl da heyecanlanmış, ne hayaller kurmuştu. Ayşa onu görünce sevincinden havalara uçacak, hemen boynuna sarılacak, iyi ki buldun beni Ali diye bağıracaktı. O da kızı belinden tuttuğu gibi havaya kaldırıp döndürecek, o döndürdükçe üzerindeki pelerin paraşüt gibi açılacaktı.

Hemen ardından kızmıştı kendine, "Oğlum sen kendini ne sanıyorsun, şunun şurasında daha yeni yeni adam oluyorsun, böyle bir kızı bırakırlar mı sana" diyerek ofladı pofladı, geçti camın önüne, oturdu. "O artık İstanbul'un en ünlü kulübünde sahneye çıkan bir artist olmuş, beğenir mi senin gibi köylüyü... Belki de Doğan ona daha uygundu. Ne olsa zengin bir ailenin, okuyup doktor olmuş çocuğuydu ama Doğan'da iş yoktu. O, kızı eliyle koymuş gibi arka kapıda bulmuş, o koca arabaya bindiğini şıp diye görmüştü. Arabayı şoför kullanıyordu. Araba kimindi acaba? Nasıl olsa yakında bunu da öğrenirdi. Yoksa araba kulübündü de, kızı evine şoför mü götürüyordu. "Ah, keşke öyle olsa" dedi.

Bunları tek tek anlamadan bu işin peşini bırakmayacaktı. Sabah ola, hayrola diyerek yattı. Ertesi akşam aynı saatte yine arka kapıda nöbetteydi. Bu sefer kulübe hiç girmedi. Artık arabayı da tanıyordu. Daha araba kapıya yanaşır yanaşmaz hazırlandı, Ayşa kapıdan çıkınca ok gibi fırladı yerinden, tam şoför kapıyı açmıştı ki, kızı bileğinden yakaladı. Neye uğradığını şaşırdı Ayşa. Korkulu gözlerle bakıyordu Ali'ye. "Şimdi ya benimle gelirsin ya da ben burada hadise çıkarırım. Ölürüm ama seni bırakmam. Kararını ona göre ver" dedi. Hemen korumalar kollarından tuttu Ali'yi. Tam biraz kenara doğru sürüklüyorlardı ki Ayşa bağırdı, "Bırakın onu. O benim arkadaşım..." Böyle diyerek koşup geldi Ali'nin yanına, şoföre dönüp, "Sen git Sabri Abi, ben bu gece gelmeyeceğim" dedi. Adamların hayret dolu bakışları arasında oradan uzaklaştılar. Şimdi yan yana, hiç konuşmadan yürüyorlardı. Sonunda Ali duramadı, döndü, "Kız beni niye tanımazdan geldin? Unuttun mu yoksa?"

Ayşa dili tutulmuş gibi sağa sola bakıyor, bir türlü kafasını çevirip Ali'ye bakmıyordu ama ne kadar heyecanlı olduğunu anlamıştı Ali. O da bilemiyordu ne yapacağını. Ağaçların karanlığında dümdüz yürüyorlardı. Ali daha fazla duramadı, yavaşça uzanıp korka korka kızın elini tuttu. Ayşa bir anda elektriğe tutulmuş gibi titremeye başladı ama Ali bırakmadı o eli. Giderek daha çok sıkıyor, sıktıkça ılık ılık bir şeyler akıyordu içinden. Ne kadar özlemişti kızı, bu anı yıllardır nasıl da beklemişti. Ayşa elini çekmeye yeltenmemişti bile, çok acısa da... Yavaşça kaldırdı başını, "Ben seni unutur muyum?" dedi. Ali önce duyduklarını algılayamadı, gerçekten böyle söylüyor olamazdı. Eğer böyle dediyse, bunca zamandır neden ondan bucak bucak kaçıyor, onu tanımazdan geliyordu. Yavaşça eğildi, "Ne dedin sen, sahi unutmadın mı beni?" diye sorduğunda, Ayşa'nın gözündeki yaşı gördü. Demek gerçekten unutmamıştı onu. Hemen bıraktı elini, belinden tuttu, kaldırdı havaya, başladı döndürmeye. Ayşa korkudan küçük çığlıklar atarken Ali onu döndürmeye devam ediyordu. Gücü tükenene kadar döndürdü kızı. Tekrar aşağı indirdiğinde ikisi de nefes nefese kalmıştı. Sık sık nefes alırken gözleri çoktan buluşmuştu, gecenin karanlığına inat, şimdi bu gözlerden sanki etrafa ışık saçılıyordu. Ali hırsla, özlemle sarıldı kıza, kız da ona. Uzun süre birbirlerinden ayrılamadılar. Nasıl da özlemişlerdi birbirlerini.

Ali'nin gözleri etrafta oturabilecekleri bir yer arıyordu. Ağaçlarla çevrili, karanlık, küçük, az kullanılan bir yoldu burası. Oturacakları bir yer de yoktu. "Hadi" dedi Ayşa'ya, "şu ağaçlardan birinin altına oturalım." Birlikte yürüdüler oraya doğru. Ali hemen cebinden mendilini çıkardı, yaydı yere, oturması için Ayşa'ya yardım etti, sonra o da oturdu yanına ve başladı konuşmaya.

"Demek sen de unutmadın! Öyleyse dün elâlemin önünde niye öyle saçma sapan konuştun? Bön bön baktın yüzüme, yabancıymışım gibi. Ben sana demedim mi, ben seni İstanbul'da bile elimle koymuş gibi bulurum diye... Bak, buldum işte. Sevinmedin mi?"

"Sevindim."

"Hiç de sevinmiş gibi durmuyordun ama... Kaç gündür sen dönerken bakıyorum sana. Niye bir selam bile vermedin?"

"Hemen tanıdın mı beni?"

"Tanımaz mıyım? Dönmenden tanıdım, bir de üstündeki pelerinden. Hani söylemiştin ya, keşke benim de kırmızı pelerinim olsa diye."

"Onları da mı unutmadın?"

"Unutur muyum, seninle ilgili hiçbir şeyi unutmam ben ama Ayşa beni unuttu dedim. Ha, bir daha söylesene, unutmadın değil mi?"

"Hiç unutmadım ama korktum senden."

"Benden mi? Sen niye korkuyorsun benden? Şu dünyada seni en çok seven ben, hep seni düşünen ben, yine de korkulan ben. Sana ne yaptım ki korktun benden?"

"Kızarsın diye, her şeye kızarsın sen."

"Yok yok... boş ver sen şimdi kızmayı filan. Seni buldum ya, artık ölsem de gam yemem. Bir ara iyice umudu kesmiştim, bu kızı galiba hiç bulamayacağım diye ama Allah da yardım etti, bak sonunda buldum seni. Sen de sevinsene!"

"Sevindim zaten. Kızmayacaksan daha çok sevineceğim aslında."

"Tamam tamam, kızmam. Bak şurada bir kafe var, geç kapananlardan galiba. Gel oraya gidelim. Burada biraz daha oturursak her yanın ağrıyacak."

Kalktılar, yol boyu el ele yürüyüp girdiler kafeye, kenarda bir masaya oturdular. Birer kahve söylediler. Ali başını Ayşa'ya doğru iyice uzattı, gece boyunca mırıl mırıl konuştular. Tıpkı eskisi gibi... Ali'nin sevinçten pırıl pırıl parlayan gözleri sürekli ıslanıyor, kızın karşısında ağlayacak gibi oluyordu. Demek sevinç gözyaşları dedikleri böyle bir şeydi. Bunları Ayşa görsün istemiyordu ama ona baktıkça Ayşa'nın da gözleri doluyordu. Sonunda, "Böyle kendimizi sıkıp duracağımıza ikimiz de bırakalım, rahat rahat ağlayalım" dedi Ali. Kenardaki kâğıt mendillerden bir tutam alıp birazını Ayşa'ya verdi, birazını kendine ayırdı. İkisi de mendillerle kapattılar yüzlerini, başladılar hıçkırarak ağlamaya. Arada bir mendili çekip birbirlerine bakıyor, bu sefer de kahkahalarla gülüyor, sonra yine ağlamaya devam ediyorlardı.

Ali o gece Ayşa'ya hiçbir konuda soru sormamaya çok gayret etti. Kız korkuyordu ondan. Kızarsın diyordu. Demek ortada Ali'nin kızacağı bir şeyler vardı. Zaten İstanbul'da bir kulüpte bulmuştu Ali onu. Kızması için sadece bu bile yeterliydi aslında. Ağlama faslı bitince masaya gelen kahveleri keyifle içtiler, Ali bir de çikolatalı tatlı istedi, garson dondurma versek deyince yine çikolatalı olanını istedi ama Ayşa, "Külahta olsun" deyince gelen külahtaki dondurmaları gülerek yalayıp yuttular.

Ali düşünüyordu. Şimdi buradan çıkınca nereye gideceklerdi? Kızı evine davet etse gelir miydi yoksa ilk günden onu eve çağırdı diye kızar mıydı, hiç bilemiyordu.

"Ayşa sen buradan çıkınca nereye gideceksin?"

"Evime."

"İyi öyleyse, ben seni evine kadar bırakayım mı?"

Yine çıktılar yola. Birbirlerine hiç bakmadan ama içleri kıpır kıpır Ayşa'nın evinin önüne kadar geldiler. İndiler arabadan. Ali düşünüyordu, onu bırakıp gitmeli miydi, yoksa o da birlikte yukarı mı çıkmalıydı? Evde ondan başka kim yaşıyordu acaba? Yavaşça sordu.

"Sen bu evde yalnız mı yaşıyorsun yoksa birileri var mı?"
"Yok, eskiden Şahin vardı, şimdi o Viyana'ya eğitime gitti. Görmek ister misin bizim evi?"

Birlikte çıktılar yukarı. Küçük ama güzel bir daireydi burası. Önünde bir de balkonu vardı, ışıl ışıl bir manzaraya bakıyordu. Ayşa ona evi gezdirdi, "Burası Şahin'in odası, burası da benim" dedi. Kızın odasında, yatağının kenarında bir manken duruyordu.

"Bu niye duruyor orada?"
"Pelerinimi ona asıyorum."
"Korkmuyor musun gece ona bakınca?"
"Yok, korkmuyorum. Seviyorum onu.

Ali kızın etrafında dolanıyor, bir an önce ona iyice sarılıp koklamak istiyordu. Böyle yapsa kız buna ne derdi? Yavaşça yanaştı kıza, kollarını açtı, onun bir şey demesini beklemeden hızla sarıldı. Ayşa önce biraz direnir gibi oldu, sonra o da sarıldı Ali'ye. Birkaç dakika, hiç kıpırdamadan öylece durup özlemle kokladılar birbirlerini. Sonra Ali yavaşça bıraktı kızı "Oh be, dünya varmış. Sonunda sana kavuştum ya..." diyerek. Ardından, biraz üşüseler de çıktılar balkona, sandalyelerini yanaştırdılar, saatlerce konuştular o balkonda.

25. Bölüm

Ayşa bugün ilk kez kliniğe pelerinsiz geldi. Mavi dümdüz elbisesi, spor pabuçlarıyla yaşı iyice küçülmüş. Yıllar sonra İstanbul'da nasıl bir araya geldiklerini Ali'den öğrendim. Bakalım bu konuda Ayşa ne diyecek.

"Hoş geldin Ayşa, bu halin de çok güzelmiş. Bu kıyafetle nasıl hissediyorsun kendini?"

"Tahmin ettiğim gibi değil, iyi sayılırım. Hocam, nihayet hikâyenin sonuna geldik. Ben bunca zamandır bir an önce bizi iyi tanıyın da derdimize bir çare bulun diye bekliyorum. Ali de öyle. Bildiğiniz gibi Ali beni en olmadık şekilde kulüpte buldu. Belki başka türlü karşılaşsaydık bu kadar zor olmazdı. Ali'yi artık siz de tanıyorsunuz. Teyzemle İstanbul'a gideceğim zaman kaç kere söylemişti, 'Oraya gidince sen de İstanbullu kızlar gibi olma' diye. Düşünebiliyor musunuz, çocuk beni bir kulüpte sahnede gördü. Bu da yetmezmiş gibi Agâh Bey'in yolladığı arabaya binerken geldi yanıma. Bütün bu olanları Ali gibi birine nasıl anlatabilirsin?"

"Sen önce kendini anlat bana. Kendi duygularını, kendi isteklerini, korkularını, her neyse işte... Önce bu konuda seni dinlemek isterim."

"O gece Ali gelip de beni kolumdan tutunca önce ne yapacağımı bilemedim. Kaçsam, kaçamadım da."

"Daha önce de tanımazdan gelmişsin. Yıllarca onun özlemiyle yaşamadın mı? Neden bu kadar korktun?"

"Aslını sorarsanız, Saffet'in yatağıma geldiği o geceden sonra ben hep kaçtım, uzak durdum Ali'den. Neden derseniz, o zamana kadar kendime bile anlatamadığım her şeyi Ali'yle paylaşırdım. O da beni anlar, benim için üzülürdü. Ama o gece yaşadıklarımı Ali'yle bile paylaşamadım. Ali'ye o kadarını anlatmaya kıyamadım."

"Kıyamadım derken?"

"Kendimi bıraktım, bunu duyarsa Ali çok üzülür dedim. Hem üzülür hem de böyle bir kızdan artık uzak durur, istemez dedim. Gerisini biliyorsunuz işte, hep aşağıladım, hiç sevmedim kendimi. Söylemesem, bu sefer de onu aldatmış, kandırmış, benimle ilgili bilmesi gereken en önemli sırrı ondan saklamış olacaktım. Belki de bunu bilse çocuk beni istemeyecekti."

"Ama ona bu fırsatı vermemişsin. Onun yerine sen karar vermişsin."

"Yok hocam, ben tanıyorum Ali'yi. O böyle şeyleri hoş görecek biri değil. Onu da bilirse, ben Ali'nin yüzüne nasıl bakarım!"

Çocukken yaşadığı taciz hayatının her döneminde çıkıyor karşısına, Agâh Bey'le yaşadıkları hakkında ne düşünüyor acaba? Şimdilik bundan hiç söz etmiyor.

"Büyük bir suç işlemişsin gibi düşünüyorsun. Ortada bir suç var ama onu işleyen sen değilsin, bundan zarar görensin. Bunları hiç unutamıyorsun değil mi?"

"Eskiye göre azıcık daha iyiyim çünkü sonunda bunları size anlatabildim. Yerine göre ağladım, yerine göre bas bas bağırdım bu odada ama bunlar unutulmuyor hocam. Hiçbiri içimden çıkmıyor. Biraz da bu yüzden kendimi sevemiyorum ya..."

"Şimdiye kadar kendinle bir türlü barışamadın, biliyorum. Onlar gibi sen de haksızlık ediyorsun Ayşa'ya. Yaşadığın olayın yasını yeteri kadar tutmadın mı? Yıllardır bunun için üzülüp çok acı çekmedin mi? Çektin. Her yasın da bir sonu olmalı. Böyle bir şey yaşayan herkes bundan çok etkilenir, çok üzülür ama bunu tüm hayatına yayarsan yine kaybeden sen olursun. Başkalarının sana yaptığı haksızlığı, bir kere de sen kendine yapma. Bu konuda artık bilinçlenmen gerekir."

"Keşke yapabilsem..."

"Yok, öyle değil. Bu işi daha ciddiye almanı öneririm. Kendine başkalarının gözüyle bakmaktan vazgeç artık, özellikle de o zamanlar anne dediğin Muazzez'in gözüyle."

"Öyle mi yapıyorum?"

"Aynen öyle yapıyorsun. Hem dünya sana adil davranmadı diye kızıyor, hem de asıl adaletsizliği sen kendine yapıyorsun. Şimdi adil olma sırası dünyada değil, sende."

"Bende mi? Sanki o kadar kolay da..."

"Kolay değil. Hayatta kolay olan ne var ki... Sadece sen değil hepimiz hayatta kalabilmek, iyi, huzurlu ve mutlu yaşayabilmek için büyük bir mücadele veriyoruz. Sen zaten zora alışkınsın. Bu anlamda şanslı görüyorum seni. "

"Siz bayağı bayağı benden ümitlisiniz."

"Evet, bir yanın bana çok ümit veriyor."

Boynunu bükmüş oturuyor. Bugün, bu konularda onu olabildiği kadar sıkıştıracağım. Bu önyargıları silemezsek, gerçekten hayatını karartacak bu kız. Kendinden hiç umudu yok. Biraz da kendine şefkat göstermesini, kendi hayatına sahip çıkmayı denemesini söyledim, ne demek istediğimi anlamadı ama gözleri dolmaya başladı bile.

"Bak sen büyüdün, yetişkin biri oldun artık. Hani hep bir sahibim yoktu diyordun ya, işte artık senin de bir sahibin var ama sen yeteri kadar kendine sahip çıkmıyorsun. Şahin gidince ne oldu?"

Oh, nihayet düşünüyor. Şahin gidip de hayatının tüm kararları ona kaldığında yaptıklarını düşünmesini istiyorum çünkü bu konuda bazı endişelerim var. Özellikle Agâh Bey'le birlikteliğinin bir karar süzgecinden geçtiğini hiç sanmıyorum. Yol nereye götürdüyse, Ayşa da oraya gitmiş. Bunu kendisi de hem biliyor, hem de doğru yorumlamıyor. Birden, bir şey bulmuş gibi hızla bana çeviriyor başını.

"Agâh Bey'i mi soruyorsunuz yoksa Ali'yi mi çünkü ikisi de Şahin gittikten sonra hayatıma girdi."

"Hepsini soruyorum. Bazen hayat akıp giderken, ben ne yapıyorum diye sormak gelmez aklımıza. Yol bizi nereye götürürse, oraya gidiveririz. Kendi bilinçli irademizle aldığımız kararlar değildir bunlar. Özellikle senin gibi yıllarca hayati kararlarını kendi almamış insanlar daha çok yapar bunu."

"Düşünüyorum da, ben hep öyle yaptım zaten. Önce Ali'yi anlatayım size. O ilk geceden başlayalım isterseniz. Ben daha ilk gün Doğan ve arkadaşlarıyla kulübe geldikleri zaman gördüm Ali'yi."

"Sahi nasıl görebildin onu sahneden? Ayrıca sen Doğan'ı önceden tanıyor muydun?"

"Ali'nin yanında olmasa tanımazdım ama Ali'yi görünce onu da hatırladım."

"Ali'yi nasıl tanıdın? Yıllardır görüşmediniz oysa."

"Hocam Ali'nin kendine has bir oturuşu vardır. Çocukluğundan beri o hep iriyarı ve biraz da göbeklidir. Hafif yan oturur sandalyeye, gözlerini kısarak bakar ve konuşurken eli kolu hep oynar. Ben o ışıkların altında hayal meyal öyle birini gördüm. O değildir filan diyorum içimden ama her dönüşte gözüm onda. Bu o dedim ve ah nasıl heyecanlandım. O da gözlerini dikmiş bana bakıyor. Size ilk geldiğim günlerdeydi bu olanlar. Nasıl bir panik başladı bende, size anlatamam. Sahnede ha düştüm, ha düşeceğim. Siz bana o ilacı verince ben uzun süre sahneye çıkmadan önce hep aldım onu."

"Demek tam da o günler geldin sen bana. Onu gördüğünde nasıl hissettin Ayşa?"

"Hocam, bir çocuğa en sevdiği oyuncağı ya da en sevdiği çikolatayı verirseniz nasıl sevinirse işte öyle bir sevinç geldi içime. Oh dedim, sonunda buldu beni."

Böyle diyor ama bir yandan da bucak bucak kaçmış Ali'den.

"Ah o günlerde nasıl olduğumu size anlatamam ki... Gerçi nasıl olduğumu ilk geldiğim gün gördünüz işte. Her an elim ayağım titriyor, her an dönesim geliyor, bir yandan da onu tekrar kaybetmekten ölesiye korkuyorum."

"Onu kaybetmek neden?"

"O gelmese bile ben yıllarca onun hayaliyle yaşamışım, bunu da biliyorsunuz değil mi? Şimdi gelir de bana kızıp giderse diye bir korku geldi içime. İşte bu kadarına dayanamam dedim. Ya ona yalan söyleyecektim ya da bu iş başlamadan bitecekti. Ali'ye yalan da söyleyemezsiniz hemen anlar. Çünkü beni yeni tanımıyor. Hem gördünüz onu, kafası hep kötüye çalışır. İstanbul'a gelip de beni sahnede görünce ben onun için bittim zaten. Saffet olayını söylemiyorum bile. En iyisi o beni hiç görmesin, tanımasın, beni aramaya devam etsin dedim içimden ama bırakmadı peşimi."

"Bıraksa mıydı?"

"Öyle de değil. Kulise kadar geldi çocuk."

"Sen onu o gün kovmaktan beter etmişsin."

"Ali anlattı değil mi? Duvar gibi durdum karşısında. Nasıl olsa artık benden ümidi keser ve gider dedim ama yine kesmedi. Sonunda gelip kolumdan yakaladı..."

Sıra sözün burasına gelince gözleri parlamaya başlıyor. Nasıl seviyor Ali'yi, onun peşini bırakmaması nasıl da hoşuna gitmiş. Aşk ne güzel şey... Bir yandan da paranoid ve psikopatik bir yanı var Ali'nin yani fazla şüpheci ve bazen kontrolünü kaybediyor. Umarım bu yönleri zamanla bu ilişkiye gölge düşürmez. Ayşa, artık yapacak bir şeyi kalmadığını ve o gece çocuk gibi nasıl heyecanlı olduklarını, o kafede herkesin ortasında birlikte ağlamalarının tahmin edilemez güzelliğini anlatırken ben bile heyecanlanıyorum, içime bir sevinç geliyor.

"Sonra bizim eve gittik. Orada nasıl sarıldı bana, ben de ona. Birbirimizi öyle özlemişiz ki... Sonra balkona çıktık, hiç konuşmadan, bir süre el ele oturduk. Ne o bir şey söylüyor, ne ben. Konuşmak değil, demek ki birbirimizi içimizde hissetmek istedik. Sonra başladık yine mırıl mırıl konuşmaya, zaman nasıl geçtiyse, güneş yavaştan ışıklarını gösterince aklımız başımıza geldi. Ali benim telefon numaramı alıp sabaha karşı gitti. Bir daha sarılmadı, dokunmadı bana."

"Dokunsun ister miydin?"

"Saatlerce el ele otururken hep düşündüm. Agâh Bey gibi o da beni soysa, birlikte yatağa yatsak dedim. Bunu düşünmek bile kendimi çok kötü hissettirdi. O Agâh Bey değildi."

"Ne demek istedin Ayşa?"

"Ali'nin benim için ne kadar değerli olduğunu biliyorsunuz, değil mi hocam?"

"Bilmez miyim, tabii biliyorum."

"İşte Ali gelince bazı şeyler kafamda çok değişti. Hele buraya gelip tıpkı bir zamanlar Ali'ye anlattığım gibi her ne yaşadıysam, ne hissettiysem size anlattıkça, sanki bazı şeylerin altı çizildi kafamda. Kendi hayatıma biraz daha yukarıdan bakabilmeye başladım. Tabii böyle olunca da Agâh Bey'le yaşadıklarım sinir etti beni. Aslında siz biraz önce bu konuda bazı şeyler söylediniz bana. İnsanın kendi iradesiyle alınmayan kararlardan söz ettiniz ama bunun ucunu Agâh'a bağlamadınız. Ben nihayet anladım bazı şeyleri."

"Ne anladın Ayşa?"

"Şahin gitti, hayatımın kararları bana kalınca hemen hayatın beni götürdüğü yere gidivermişim ben. Hem de gerçekten ne yaptığımı, neden yaptığımı sorgulamak aklıma bile gelmemiş. Mualla Teyze'nin kurallarını nasıl hiç sorgulamadıysam, Agâh Bey konusunda da öyle yaptım. Hatta bilmem hatırlıyor musunuz, o evde yaşamaktan hoşlandığımı filan bile söyledim size. Oradaki kızlar, yani dansçı kızlar da böyle yapıyordu ya, bunlar olağan şeylermiş gibi mi düşündüm, artık ne yaptığımı kendim de bilmiyorum. O adamın yatağına girerken bundan doğal bir şey yok gibi mi hissettim, bilmem ki..."

Ah Ayşa ah... Geçmişinde taciz hikâyesi olan kızların bir kısmında sık görürüm bu davranışı. Hiç düşünmeden, kendilerini erkeklerin ellerine bırakıverirler. Sen de öyle yaptın. Bu konuda bir an önce bilinçlenmen gerek.

"Şimdi beni ayıplayacak, bana kızacaksınız belki de... Bu odada gerçek neyse söylemek gerek, öyle değil mi?"

"Bugüne kadar seni ne ayıpladım, ne de sana kızdım. Seni anlamaya çalıştığımı görmüyor musun Ayşa? Ben her şeyi senin adına, senin açından görebilmeliyim ki, anladıklarımı sana anlatabileyim."

"Ama söz değil mi, neyse onu bana da anlatacaksınız."

"Tabii ki..."

"Ben o gece, öyle önemli biriyle beraberim diye kendimle gurur bile duydum. En küçük bir zevk almadığım halde, o yataktan kalkmadım ama bu kararı nasıl aldın derseniz, bunun bir cevabı yok bende."

Şu anda pek çok genç kızımızın sesi oldu Ayşa, bütün içtenliğiyle neyi, neden ve nasıl yaptığını anlatıyor. İnsan anlıyor onu. Tam böyle olmasa da pek çoğumuz hiç düşünmeden bir şeylere evet demiyor muyuz? Pek çok kızımız bedenini erkeklerin önüne atarken bunu neden yaptığını soruyor mu kendine, çoğu ne yaptığını iş işten geçtikten ya da yıllar sonra anlamıyor mu? Neden böyle yaptıklarını kendine hiç sormayan bu kızlarımız, yıllar içinde karakterlerinde, hayata bakış açılarında, doğru yanlış kavramlarında bile ciddi bir erozyona uğruyorlar. Böyle bir yaşam şekli, zamanla geri dönüşü olmayan bir yol haline geliyor. Çoğu bu yolda çok şey kaybederken birazı da o evlerin gerçek hanımı olmayı başarıyor. Sonunda kazanıyorlar mı derseniz, kliniğe gelenlerin hemen hepsi bambaşka sorunlarla başlıyor söze ama konu dönüp dolaşıp geçmişte yaşadıklarına, hayata duydukları öfkeye geliyor.

Ben bunları düşünürken Ayşa karşımda sessizce ağlıyor. Son söyledikleri ona ağır geldi. Pelerin yokken bu kızda değişen ne var diye bakıyorum, ağlaması bile farklı. Ağladığımı kimse görmesin, duymasın der gibi bir hali var. Biraz önce söyledikleri de bana çok yabancı geldi. Bana kızar mısınız, ayıplar mısınız deyişleri, sesinin tonundaki alçalma, konuşurken gözlerime bakamayışı... Umarım zamanla bunlar da düzelir.

"İşte böyle biriyim ben ve Ali gibi birine âşık oldum. Siz beni onun yanına yakıştırıyor musunuz?"

Yine garip bir soru soruyor, pelerinli kızken hiç böyle şeyler sormazdı. Ne diyeceğimi bilemiyorum. Neden onu Ali'ye layık görmeyeceğimi düşünüyor acaba? Saffet'le yaşadıkları mı, Agâh mı, çöp kızlığı mı, hangisi?

"Cevap veremediniz değil mi? İşte ben de kendimi onun yanına bir türlü yakıştıramıyorum. O benim geçtiğim yolları bilmiyor ya da tahmin ediyor ama bana bir şey söylemiyor."

"O günden sonra ne oldu? Ali'yle buluşmaya, görüşmeye devam ettiniz mi?"

"Ettik tabii. Ali bir daha hiç bırakmadı beni. Ona dedim ki, lütfen bana bir süre hiç soru sorma. Sorarsan bir daha göremezsin beni. Birlikte doktora gidelim. Soruları o sorsun bize. Kendimizi anlatalım. Önce ikimizi de iyi tanısın. Sonra o ne derse öyle yaparız."

"Sizin yerinize benim karar vermemi mi istiyorsunuz? Peki Ali ne dedi?"

"Karar değilse de belki yol gösterirsiniz. Ali, önce çok itiraz etti. Kendi kararımızı neden kendimiz vermiyoruz filan dedi ama benim halimi, o geçirdiğim nöbetleri görünce tamam dedi, gidelim ama sonra yani size gelmeye başladıktan sonra bir daha hiç itiraz etmedi."

"Sen kulüpte hâlâ çalışıyor musun? Ali bu konuda bir şey diyor mu?"

"Çalışıyorum. Ali boş ver, çalışma, ben sana bakarım filan dedi ama ben kabul etmedim. Ama her gün bir bahaneyle kavga ediyoruz zaten."

"Nasıl kavgalar bunlar?"

"Belki güleceksiniz ama Ali'nin bana dokunmasına hiç izin vermiyorum. O da kızıyor bana, sen beni sevmiyorsun demek ki diyor. Git, hiç tanımadığın bir adamın yatağına gir, sonra da Ali'ye hayır de. Size de garip gelmiyor mu bu?"

Gelmiyor diyorum içimden. Biri saf cinsellik, birinde aşk var. Ve Ali'nin yanında bu kız değerli hissediyor kendini. Bir kadının kendini değerli hissedip hissetmemesi ne çok şeyi değiştiriyor. Değerliyken herkese, her şeye evet demesi gerekmiyor, onun da düşünmeye, bu soruyu bir kere daha kendine sormaya hakkı var. Tabii bir de aşk girerse devreye, o beden, o ruh çok daha değerli oluyor. Genelde hep bunun tersini düşünürüz. Sanırız ki kadın en kolay sevdiğiyle yaşamak ister cinselliği, doğru, onunla yaşamak ister ama artık onunla yaşanacak cinsellik bile çok önemli, çok değerlidir. Herhangi biri değildir karşısındaki, özenir, bekler, âşık olduğuna güvenmek ister. Ayşa'da da böyle olmuş. Agâh Bey'e hiç düşünmeden kendini bırakıveren Ayşa, Ali'nin ona dokunmasından bile kaçıyor. Tıpkı onu kaybetmemek için ta baştan beri ondan kaçması gibi... Bir yandan da hoşuma gidiyor bunlar. Şimdi artık kendi gerçeklerini keşfetmesi için çalışmalıyım.

"Hayır, pek garip gelmedi doğrusu. Sen ne düşünüyorsun bu konuda?"

"Bana dokunulmasından hoşlanmayan biriyim ben aslında. Sevmem öyle mıncık mıncık ilişkileri."

"Bunun nedenini de biliyor musun?"

"Alışkın değilim galiba... Bir tek Neriman Teyze dokunarak severdi beni. Kucağına alır, saçımı okşar, öperdi. Onu da hayal meyal hatırlıyorum. Muazzez severek dokunmazdı, sadece banyoda oramı buramı keselerken, liflerken filan işte. Nurşen de öyle... İnsan doğurduğu çocuğa dokunmaz mı, onu bağrına basmaz mı? Ben bunları sadece Neriman Teyze'de görmüşüm."

"Bravo Ayşa! İsteyince çok dipte saklanan gerçekleri bile çıkarıp görmeyi başarabiliyorsun. Şimdi yine gelelim Ali'ye."

"Ali çok değişik bir insan. Ne zaman kızacağı, ne zaman seveceği hiç belli olmuyor. Sevince de çok seviyor, kızınca da çok kızıyor. Korkuyorum ondan."

Haklısın diyorum içimden. Doğru bir teşhis bu. Öfkesini kontrol etmekte zorlanabilir o çocuk ama kadınlar tam da böyle erkeklere tutulur. Aşkta sınır tanımayan, onlara aşkın da en şiddetlisini yaşatan erkeklere...

"Nasıl bir korku bu, ne yapar diye korkuyorsun?"

"Hocam ben ona hiçbir şey anlatmıyorum ya, bir de üstelik kulüpte çalışmaya devam ediyorum. Bunlara taktı kafayı."

"Hiç mi bir şey anlatmıyorsun?"

"Anlatıyorum. Onunla görüşmeyeli Mualla Teyzemin evinde neler yaşadığımı, o çatıdaki ceza odasını, orada nasıl döndüğümü, o evin kurallarını filan hep anlatıyorum. Bunları dinlerken benim adıma çok üzülüyor. O zaman hemen gelip sarılıyor ama o da hiç ileri gitmiyor. Sadece sık sıkı sarılıyor. Ona yaklaşmamı bekler gibi bir hali var. Ben yaklaşmadıkça, geri durdukça da çok kızıyor. Aklına kim bilir neler geliyor."

"Ne yapıyor o zamanlar?"

"Geçen gün yine geldiler buna, eline ne geçirdiyse, vurdu kırdı. Ben hemen odaya kaçıp saklandım. Şimdilik bana hiç vurmadı ama ben de ona henüz onun kızacağı hiçbir şey anlatmadım."

Tam da düşündüğüm gibi. Öfkesini kontrol etmekte zorlanıyor, Ayşa'nın ona anlatmadığı çok önemli şeyler olduğunu tahmin ediyor.

"Şu ara nasıl gidiyor bu ilişki?"
"Gündüzleri ikimizin de işi olduğundan pek görüşemiyoruz ama her sabah mutlaka arar beni. Telefonda uzun uzun konuşuruz. Sonra da akşamları kulübe beni almaya gelir. Orada bir masası var, gelince hep orada oturur, sonra da beraber çıkarız ama benim hâlâ orada çalışmama deli oluyor. Zaten ben de okul bitince hemen ayrılacağım oradan. Şımdilik kimseye muhtaç olmadan yaşamak istiyorum. Bunu da bir türlü anlamıyor. Sizce Ali gerçekleri bilse, beni bırakır gider değil mi?"
"Sen ne düşünüyorsun bu konuda?"
"Yaşadıklarımı Ali gibi biri istese de kabul edemez."

"Asıl felaket, hem her şeyi bilir, hem de Ayşa'yı bırakıp gitmezse olur" diyorum içimden. Öyle bağlanmış ki Ayşa'ya, gitmek de kolay olmaz Ali için, kalmak da.

"Hiç gelecekle ilgili konuştuğunuz oluyor mu?"
"Bu konuda ne o bir şey söylüyor, ne de ben ama yine birbirimizi her gördüğümüzde içimize güneş doğuyor sanki. O yanımdayken ne yalnızlığım kalıyor, ne mutsuzluğum. Dünyanın rengi bile değişiyor. Bunlar da çok korkutuyor beni. Arada bir acaba okul bitince o beni bırakmadan ben kaçıp gitsem mi diyorum."

Bu cümle de hiç şaşırtmıyor beni. Bu kız hayatı boyunca hep terk edilmiş, hep birilerine verilmiş. Terk edilmekten korkan insanlara bu durum o kadar büyük bir acı verir ki, bir yolunu bulur ve bunu kendileri yaparlar. Bu konuda da uyanık olmalıyım.

"Şimdilik böyle yapman için bir neden göremiyorum. Hem Ali'yi bu kadar severken kaçmak neden?"
"O beni bırakır giderse artık buna dayanamam. O bile beni istemezse, ben kendimi ister miyim?"

Ne ilginç bir söz bu! "Ben kendimi ister miyim?"

"İlginç bir şey söyledin, ne demek istediğini tam anlamadım."

"Yani öyle işte... Kırmızı pelerinli kız olalı, daha yeni yeni kendimle barışıyordum, bir de Ali vardı hep aklımda. Kimse sevmese de o beni sever diyordum. İkisini birden kaybedersem, yaşamanın ne anlamı kalır ki..."

Şimdi de ölmekten söz ediyor. Demek durum bu kadar vahim.

"Agâh Bey'i biliyorsunuz. Aptal gibi, kendi ayağımla tıpış tıpış gittim adama."

"Sahi onunla ilişkinize ne oldu?"

"Ali gelince Agâh Bey mi kalır, hemen ertesi gün o eve gittim, eşyalarımı aldım, bana aldığı bütün hediyeleri masanın üzerine dizdim, bir de küçük mektup bırakıp çıktım o evden."

"Ne yazdın mektuba?"

"'Gösterdiğiniz ilgiye ve nezakete teşekkürler' yazdım. Başka ne yazabilirdim ki..."

"Demek aldığı bütün hediyeleri bıraktın."

"Bırakmaz mıyım? Eğer onları alsam, işte o zaman azıcık değerim varsa, onu da kaybederim. Oraya gidiş nedenimin maddi bir beklenti olmadığını anlattım size."

"Evet, anlattın. Agâh Bey ne dedi bu işe?"

"Çok aradı, kulübe geldi, yine kulise acayip pahalı hediyeler gönderdi, kulübün sahibini araya soktu filan. Hâlâ da vazgeçmiş değil ama ben onun telefonlarını bir daha hiç açmadım. Kulüpten de atarlarsa atsınlar. Aç gezerim ama bir daha öyle şeyler yapmam."

"Onun araması sorması hoşuna gitti mi?"

"Gitti çünkü bir daha beni aramaz diyordum. Beğendiği kızları bol ve pahalı hediyelerle kendine bağlıyor. Bunları da sonradan anladım. Ama hâlâ şansını zorlamaya devam ediyor."

"Ali'yi görmedi mi?"

"Onun geldiği gece Ali kulüpte yoktu ama çalışanlardan öğrenmiştir onu. İnşallah Ali'nin başı benim yüzümden belaya girmez."

"Neden öyle dedin?"

"Adam bana mesaj üstüne mesaj yazıyor. Hele o hediyeleri almamış olmam ona biraz garip geldi galiba. Ben senin kıymetini yeteri kadar bilemedim mi filan diye yazıyor. Şimdi artık telefonda engelledim onu. Allah korusun Ali görecek olsa, işte o zaman yanarım."

Bu konu beni bile ürkütüyor.

"Ali, o gece beni almak için gelen arabanın kime ait olduğunu sorup duruyor. Kulüp beni o arabayla gönderiyordu filan dedim ama inanmadı. Sonra kendisi öğrenmiş. Evde vurup kırdığı da o gündü."

"Ali'ye yalan söylememelisin."

"Elimden gelse söylemeyeceğim de gerçekleri anlatmaktan çok korkuyorum."

"Yarın Ali gelecek, bakalım o ne diyecek bu konuda."

"Aman hocam, ne olur iyi dinleyin onu. Bizi bu dertten kurtarın. Ali gitmesin, bırakmasın beni. Benim bugüne kadar kendime ettiğim yeter, bir de o aşağılamasın beni. Buna dayanamam."

"Şimdilik benimle tekrar görüşmeden Ali'ye bir şeyler anlatma sakın."

"Yok yok, merak etmeyin. Size tekrar geldiğimde konuşuruz zaten."

Böyle diyerek kalkıyor ayağa. Konu giderek darboğaza giriyor. Ali'nin gerçekleri öğrenmesini hem istiyor hem de bu konuda endişeleniyorum. Çok iyi biri ama bazı kırmızı çizgileri var ki, sorunlar tam da o kırmızı çizgilerden vuracak Ali'yi. Bu konuda çok dikkatli olmam gerekiyor.

26. Bölüm

Ali yine bütün heybetiyle ve biraz da hışımla giriyor içeri. Daha oturmadan başlıyor konuşmaya. Ama hiç olmadığı kadar sert ve gergin. Ben de hemen tarzımı değiştirmeli, onunla konuşurken aynı tonlamayı kullanmalıyım.

"Doktor hanım şu iş neyse çözülsün ben de derin bir nefes alayım artık. Bunaldım ya..."

"Şu iş derken?"

"Ayşa anlatmış size. Bir de beni dinleyin. Bu kız ne yapıyor, ne yapmıyor, neden ona soru soramıyorum, nedir benden sakladığı? Bunları bilmek benim de hakkım değil mi?"

"Nedir bilmek istediğin Ali?"

"Eminim size her şeyi anlatmıştır."

"Evet, anlattı. Tıpkı senin gibi o da yaşadıklarıyla ilgili bütün detayları anlattı bana."

"Bana niye anlatmıyor?"

"Ben onun terapistiyim, sen ise sevgilisi. Sana geçmişte yaşadıklarını ister anlatır, ister anlatmaz. Bu onun bileceği iş."

"Ama o benim her şeyimi biliyor."

"Bu senin kararın. Kimse seni zorlamadı."

"Yok doktor hanım, öyle değil. Ayşa korkmasa bana her şeyi anlatırdı."

"Korkmasa dedin, öyle değil mi?"

"Evet, korkuyor işte. Demek ki korkulacak şeyler yaptı bu kız."

Onun korkması ne kadar da doğal geliyor Ali'ye, bunun altını çizmeliyim.

"Bana her şeyi hiç korkmadan anlatıyor. Demek ki özellikle senden korkuyor. Sahi Ayşa senden neden korkuyor?"

"Bir suçu olmasa korkmazdı, anlatırdı her şeyi."

"Nasıl bir suçu olabilir? Adam mı öldürdü, hırsızlık mı yaptı, nasıl bir suçu var sence?"

"Yok, öyle bir şey değil tabii ama benim kaldıramayacağım bir şeyler geçmiş başından. Ben zaten onu kulüpte görünce bir şeyler tahmin ettim ama bir de onun ağzından duymak istiyorum."

"Senin tahminlerin neler?"

"Kim bilir kıza orada neler yaptılar. O da saf zaten, herkese inanır."

Sessizce bakıyorum ona. Ne düşündüğünü, yaptığı tahminleri ondan duymak istiyorum ama bir yandan da kalbim pır pır ediyor. Bugün bu işin altından kalkamazsak, bu iki genç de bundan çok zarar görecek.

"Nasıl masum bir kızdı küçükken."

"Hâlâ da çok masum bence."

"Sahi mi? Öyle olmasını çok isterdim. Onu teyzesi İstanbul'a götürürken bunları çok düşünmüştüm. Ortalarda kaldı kızcağız. Nereye götürürlerse mecburen gitti. Ben o zaman Şahin'den şüphelenmiştim ama meğer Şahin'le kardeş gibilermiş. Zaten o da bizim Şule'yle beraber hâlâ. Eğer Viyana'da kendine yeni bir sevgili bulmadıysa tabii..."

"Sen kendine yeni sevgililer buldun mu Ali?"

"Yok be doktor hanım. Bizim memlekette zaten bu işler yapılırsa gizli saklı yapılır. İstanbul'a geleli de hiç bu işlerin peşine düşmedim. Benim aklım fikrim Ayşa'daydı. Siz de biliyorsunuz ya... İsterdim ki Ayşa da öyle olsun. Benden başkasını düşünmesin."

"Doğru söylüyorsun. Sevdiklerimizin bizden başkasını düşünmesini bile istemeyiz. "

"Hah, tam da öyle işte... Zaten onu bulduğum gün, kız kaçacak delik aradı. Ben oraya girebilmek için neleri göze aldım, bizimki beni buz gibi karşıladı. İnsan sevdiğini böyle mi karşılar? Eğer ben peşine düşmesem biz asla bir araya gelemeyecektik. Bu da çok düşündürüyor beni. 'Acaba bana olan bağlılığı, sevgisi çoktan bitti, ben kendi kendime gelin güvey mi oluyorum' diyorum."

Böyle düşünmekte haklı Ali. Nereden bilsin Ayşa'nın korkularını...

"Hâlâ öyle mi düşünüyorsun?"

"Ne düşüneceğimi de bilemiyorum. Bir bakıyorsunuz karşınızdaki eski Ayşa. Sizi bütün kalbiyle seviyor, sonra bir bakıyorsunuz o bir yabancı. Beni sevdiğine emin olsam, bu ilişki daha iyi gidecek ama olamıyorum. Buna izin vermiyor."

"Neden böyle yapıyor sence?"

"Hiçbir fikrim yok. Beni sevmediğini bilsem, inanın çeker giderim."

"Gerçekten gider misin?"

Bu soru onu düşündürüyor. Söylerken kolay da, sıra icraata gelince yine o kadar kolay olur mu bu işler?

"Giderim ama çok da üzülürüm."

"Sadece üzülür müsün?"

"Hem çok üzülür hem de çok kızarım Ayşa'ya. Bunca yıl hayalini kurduğun kadın senden vazgeçerse kızmaz mısın? Hem üzülür, hem kızarsın. Geçen gün zaten öfkeden gözüm döndü, evi darmadağın ettim. Ona vurmamak için kendimi zor tuttum."

"Demek sen bir kadına kızarsan ona vurur, onu döversin."

Yine suçüstü yakalanmış gibi bakıyor bana.

"Şimdiye kadar hiçbir kadına öyle bir şey yapmadım ama erkeklerle kavga ettiğim çok oldu. O gün iyi ki elimden bir kaza çıkmadı. Zaten kız hemen saklandı. Kendini odaya kilitledi."

"Bir kaza çıkmadı derken?"

"Yani olur ya, insan çok sinirlenince ne yaptığını bilmiyor."

"Biz buna psikiyatride öfke kontrol bozukluğu diyoruz. Demek senin böyle bir sorunun var. Bu sorunu halletmeden hiçbir kadınla beraber olmamanı öneririm."

"O kadar da değil canım, birini boğazlamışım gibi konuştunuz."

İlk anda böyle dese de biraz bekliyor. Kendi ağzından çıkanı yine kendi kulaklarıyla duysun istiyorum. Hatta bir kere daha vurgulamalıyım söylediklerimi.

"Hayır, öyle konuşmadım. Her an birine zarar verebilirsin dedim. Bu Ayşa da olabilir, başkası da ama hedefte şu an Ayşa var. Şiddetin ayak sesleri bunlar. Söylediklerimi umarım ciddiye alırsın."

"Bana haksızlık ediyorsunuz. Yani o gün yaptıklarımı söyledim diye şimdi suçlu mu oldum?"

"Senden önce o günü Ayşa bana anlatmıştı zaten."

"Ne yapacağız öyleyse yani ben hasta mıyım, deli miyim sizce?"

"Lafı çevirme Ali, sende ne olduğunu çok net söyledim ve sen de beni anladın."

"Ama ben bugüne kadar kimseyi Ayşa gibi sevmedim. İnsan sevince daha çabuk kızıyor."

Konudan uzaklaşmaya çalışıyor. Bir süre ona izin versem iyi olacak.

"Neden acaba, sevdiğine neden daha çok kızıyor insan? Bunu da düşün bakalım."

"Neden olacak, o kadını kendinden daha çok seviyorsun ve onu kaybetmek çok korkutuyor insanı."

"Demek Ayşa gibi sen de korkuyorsun."

"O da bunun için mi korkuyor, yani beni kaybetmekten korkuyor ha!"

Bunu bilmek onu sevindiriyor. Ayşa'nın onu çok sevdiğinden emin olmak istiyor.

"Biraz önce çeker giderim dedin ama."

"Lafın gelişi işte... Keşke gidebilsem."

"Sahi istiyor musun gitmeyi?"

"Yok ya, ister miyim, istesem de gidemem ki zaten."

İnsan böyle severken gitmek zorunda kalırsa, bunun öfkesi büyük olur. Hele de bizim ülkede yaşıyorsan ve erkeksen, seni sevmediği için onu cezalandırmak istersin. Kadın cinayetlerinin kilit cümlesi işte bu. Bu konuda olabildiği kadar çok konuşturmalıyım Ali'yi.

"Herkes seni sevmek zorunda mı?"

"Herkes dediğiniz kişi Ayşa. Bizim onunla bir geçmişimiz var. Gerçi o zaman çocuktuk ama yine de kulübün kapısında onun kolundan tuttuğum gece, bana deseydi ki, ben artık başkasını seviyorum, seni istemiyorum, o zaman gerçekten giderdim. Aynı şeyi ben de yapabilirdim. Ben de başkasına âşık olabilirdim. Bunu gerekirse Ayşa'ya da söylerdim ama sen öyle yapma, benimle gel, beni sevdiğini söyle, sonra ben vazgeçtim, başkasına gideceğim de... işte o zaman bunun affı olmaz. Erkeksen, bunu kaldıramazsın."

İşte bir ipucu daha geldi Ali'den. Yani diyor ki en baştan seviyorum diyorsan bunun geri dönüşü yok. Ya hemen gideceksin ya da sonsuza kadar gidemezsin. Bakalım gerçekten böyle mi diyor.

"Yani şöyle mi diyorsun Ali, ilk gün beni istemiyorsan bunu söyle, ben de yoluma gideyim ama hem benimle gel, seviyorum de, benimle otur kalk, elimi tut uzun uzun, sonra vazgeçtim, ben gidiyorum de."

"Şimdi mesela, ben vazgeçtim, gidiyorum desem, Ayşa üzülmez mi?"

"Üzülür."

"Üzülür ya... O zaman bana niye yalan söylüyorsun? O gece onu kulüpten almaya gelen araba kulübün sahibinin arabası, beni her gece evime kadar onunla yolluyor dedi. Sonra ben araştırdım, hepsi yalan. O araba oraya gelen zengin müşterilerden birininmiş. Sabri Abi dediği herif de o adamın şoförü. Sonra adamı da gördüm. Yaşlı, çok zengin, evli barklı ama karı kız peşinde koşmaktan da geri durmayan bir herif. Demek dedim bu herif Ayşa'yı da tezgâhından geçirdi."

Eyvah, tezgâhından geçirmek gibi çok kötü, çok aşağılayıcı bir tabir kullanıyor Ali. Daha da kötüsü tahminlerinin hepsi doğru.

"Belki İstanbullu erkekler kızlara geçmişin hesabını sormuyor, her neyse sineye çekiyor ama ben başka bir kültürden geliyorum. Adam kaç yıldır arkadaşının çıktığı kıza göz koyuyor, sonra da onunla evleniyor. Aslında bizim Doğan'a da kızmıyor değilim. Benden önce Ayşa'yı yakalayabilse, hemen el koyacakmış kıza."

"Bunu nereden çıkardın? Doğan biliyor mu Ayşa ile olan beraberliğinizi?"

"Biriyle beraber olduğumu biliyor ama onun ne kırmızı pelerinli kız, ne de bizim Ayşa olduğunu biliyor. Şimdilik bilmesin de..."

"Öyleyse neden kızıyorsun Doğan'a?"

"İnsanlara bu kadar güvenmeyeceksin doktor hanım. Onun benim sevgilim olduğunu bilse ne yapardı, bunu şimdilik bilmiyoruz. O kulübe ilk gittiğimiz gece, yanındaki arkadaşlarından biri söyledi. O kulübe Ayşa için gidermiş zaten. Çok uğraşmış kızla tanışmaya, sevgili olmaya ama becerememiş. Şimdi bilse ki ben o kızın sevgilisiyim, belki o da bana kızar, kızı elimden almaya kalkar."

"Sen ne yapardın Ali? Yani Ayşa şimdi Doğan'ın sevgilisi olsaydı, ne yapardın?"

"Bilmiyorum."

Bu çocuk paranoid kişilik dediğimiz türden bir karaktere sahip olsa, bana karşı da bu kadar dürüst olmazdı. Gerçeği değil, bana hoş gelecek cevabı verirdi. İşte biraz da bu yanına güveniyorum Ali'nin.

"Senin bu dürüstlüğün var ya, işte buna hayranım. Ne düşünüyorsan hiç sansür koymadan onu söylüyorsun. Dışarıda da böyle misin?"

"Her zaman değil. En çok Ayşa'ya ve size karşı bu kadar içtenim. Hayat daha fazlasına izin vermiyor."

"Evet, haklısın. Biraz önce sorduğum soruya bilmiyorum dedin. Biraz açsana bunu."

"Nereden bileyim, söz konusu Ayşa olunca ben her şeyi yapabilirim."

"Ve Doğan'ın da senin gibi düşündüğünü tahmin ediyorsun. Biz nasıl biriysek, karşımızdakini de öyle sanırız. Bu söz hepimiz için geçerlidir. Sen hayata hiç güvenmediğin için her şeyin altında bir kötülük, bir maraz arıyorsun. Başkalarıyla ilgili tahmin yaparken bunu unutmasan keşke..."

"Hayata neden hiç güvenmediğimi sanırım siz çok iyi biliyorsunuz."

"Evet, biliyorum. Umarım hayat sana zamanla güzel yüzünü de gösterir."

"İnşallah doktor hanım."

Bir yanı da çok sevimli çok sıcak bu çocuğun. Ondan ümidi kesmemeliyim.

"Gelelim yine size."

"Biz şu ara Ayşa'yla hem beraberiz, hem değiliz. İkimiz de birbirimiz için yanıp tutuşuyoruz ama bugüne kadar sadece el ele tutuştuk, arada bir de iki arkadaş gibi birbirimize sarıldık. Ne o bana daha fazla dokunabiliyor, ne de ben ona."

"Bu neden sence?"

"O beni istemeden ben ona dokunamam. Zorla olmaz bu işler. Onun da bana dokunmaktan ödü kopuyor. Hissediyorum bunu."

Aşk ile cinsellik birbirinden çok farklı şeylermiş. Bunu bir kere daha gösteriyorlar bana.

"Ama ben biliyorum. Bana henüz söyleyemediği şeyler var. Zaten ilk günler ben de ona hiçbir şey sormadım. Sıkıştırma kızı dedim içimden. O sana nasıl olsa her şeyi anlatır ama anlatmadı. O anlatmadıkça benim sinirler iyice geriliyor. Bir de kulüpte çalışma konusu var. Diyorum bırak artık bu işi, ben sana bakarım, hayır diyor. İlla çalışıp kendi parasını kendi kazanacakmış. Gerçi okulun bitmesine az kaldı. Okul bitince ayrılacak oradan. Aramızdaki bu gerginlik çok sıkıyor onu, farkındayım ama çaresi bende değil ki, anlat sen de kurtul, ben de kurtulayım. Başı sıkıştıkça çareyi dönmekte buluyor. O kulübe biraz da bunun için gidiyor diyorum ben. Orada dönerek rahatlıyor. Akşamları artık kulüpten ben alıyorum onu. Arada bir de içeri girip seyrediyorum."

"Ne hissediyorsun onu seyrederken?"

"Çok güzel dönüyor. Gören de onu okullu sanır. Kimse böyle dönemez. İnsan seyrederken hayran kalıyor. Tabii insan sevdiğine herkes böyle baksın istemiyor, içim içimi yiyor... O zaman çok kıskanıyorum Ayşa'yı. Bunu ona da anlatıyorum ama anlamıyor. Onun için içeri pek girmiyorum. Kızı kapıdan alıp gidiyorum. Artık kulüp çalışanları da tanıdı beni. Bazen erken gidersek, oradakilerle ayaküstü sohbet ediyoruz. Neyse doktor hanım, bizim halimiz ne olacak? Bir an önce ona söyleseniz de bana her şeyi anlatsa."

"Bunu ben mi söylemeliyim ona?"

"Ben söylesem de anlatmıyor ki..."

"Madem istemiyor, ısrar etmesek mi?"

"Yok doktor hanım, ben bu işin peşini bırakmam. Bu bana hiç uymaz. Ben her şeyi bilmek isterim."

"Ama bilmenden korktuğu şeylerse eğer, bunları sana anlatmamak için Ayşa senden vazgeçebilir. Bunu da biliyor musun?"

"Vazgeçer ha? Ben onu bu kadar severken vazgeçer. Buna da izin vermem."

İşte korktuğum her şey tek tek dökülüyor ağzından. İzin vermez, biliyorum. Bu konuda bildiğim her yolu denemeliyim. Bir yandan da, iyi ki bana baştan asıl sorunu anlatmak yerine, kendilerini anlatmışlar diyorum. Ben ikisini de iyi tanımasam, bu işin içinden çıkmak hayli zor olurdu. Gerçi şimdi de zor ya...

"İzin vermez misin? Bu onun kararı. Sana da bu karara saygı duymak düşer."

"Yok doktor hanım, o kadar da değil. O bana anlatır, ben doğru söylediğinden emin olurum, o zaman bakarız."

"Bakarız derken? Yani ilişkiniz hakkında bütün kararları ancak sen alabilirsin. Öyle mi dedin yoksa ben mi yanlış anladım?"

"Öyle dedim. Ben artık ondan vazgeçemem. Öyle de vazgeçemem, böyle de... Daha olmadı evlenmeyiz ama birlikte yaşamaya devam ederiz. Bakın size bu kadar açık söylüyorum."

"Ya bunu Ayşa kabul etmezse?"

"O da beni seviyor, kabul etmeyip de ne yapacak. Benim kötü bir niyetim hiç olmadı. Baştan beri onunla evlenmek en büyük hayalimdi. Eğer bir yanlış yaptıysa bunun bedelini de ödeyecek."

İş giderek tehlikeli bir hal almaya başladı. Ayşa'nın anlattıklarını Ali kaldıramayacak gibi geliyor bana da.

"Sizce Ayşa yanlış yaptı mı?"
"Ne biçim bir soru bu Ali? Benden bu soruya bir cevap vermemi beklemiyorsun umarım. Hem neye yanlış, neye doğru diyeceğiz, bu da belli değil. Benim ya da Ayşa'nın çok doğal gördüğü bir şey sana çok ters gelebilir. İşi zorbalığa döktüğünün farkında mısın?"
"Farkındayım ama Ayşa'yı öyle çok seviyorum ki, ondan vazgeçemem ben."
"Vazgeçme öyleyse. Birbirinizi anlamaya çalışın."
"Ben onu anlamaya hazırım, inanın bana hazırım. Benimle konuşmadıkça, benden uzak durdukça iyice delleniyorum. Hepsi bu..."
"Senin öfke kontrol sorunun var Ali. Biraz önce kendin de söyledin ya, kızınca ne yapacağın belli değil. Bu konuda bir şeyler yapalım ister misin?"
"Ben de insanım doktor hanım, biraz da beni anlayın."
"Seni çok iyi anlıyorum Ali ve sana yardım etmeye çalışıyorum."
"Ama durup dururken yapmıyorum ki..."
"Eminim hepsinde çok haklısındır."
"Haklıyım tabii... Durup dururken insan dövecek halimiz yok ya... Ben Ayşa'ya asla zarar vermem."

Hemen kalkıyor kaşlarım, "Ne demek zarar vermem! Öfke gözünü kör edince senin ne yapacağın belli mi?"

"Verirsin."
"Gerçekten mi? Siz beni hiç tanımamışsınız."
"Tam tersi, ben seni senden daha iyi tanıyor ve şu anda seni korumaya çalışıyorum."
"Beni mi? Kimden koruyorsunuz beni?"

"Kendinden, hayattan... Kızınca etrafa zarar veren, zamanla bir psikopata dönen biri olmaktan, Ayşa'yı kaybetmekten korumaya çalışıyorum. Aslında hep babanın yanında büyüseydin, ustanı tanımasaydın sana böyle güvenmezdim ama ergen yaşlarından itibaren ustayla beraber yaşamışsın. Ondan çok şey öğrendiğini düşünüyorum. Ve şimdi bu öğrendiklerini hayata geçirme zamanı. "

"Çok iyi adamdı ustam. Ona çok şey borçluyum."

"Ayşa haklıymış. Sorunlarınızı öğrenmeden önce sizi tanımam gerçekten iyi oldu. Şimdi artık sıra senin bu sorununu çözmeye geldi. Sana bir ilaç yazacağım, bunu yarından itibaren düzenli alacaksın. Bu bir... Sonra da öfkeni kontrol etmeyi öğreteceksin kendine. Şu andan itibaren saat çalışıyor. Eğer bunu beceremez, her kızdığında fiziki ya da psikolojik şiddete başvurmaya kalkarsan, bu işin altından kalkamayız."

"Kalkamazsın değil, kalkamayız diyorsunuz. Yani beraber öyle mi?"

"Evet Ali, beraber."

"Sizin bizi böyle sahiplenişiniz, el gibi davranmamanız var ya, işte buna baştan pek inanamamıştım. Sonra baktım, gerçekten önemsiyorsunuz bizi. Bir de... Siz bana güveniyorsunuz. Sahi güveniyorsunuz değil mi? Yanılmıyorum yani?"

Sıcacık gülümsüyor bunları söylerken ve beni kontrol ediyor. Ne âlem çocuk bu Ali! Demek ona güveniyor olmam çok hoşuna gitti. Bu işler hep böyledir. Birine gönülden iyi derseniz, onun bir daha kötü olması her zaman zor olur.

"Neden güvendiğimi bile söyledim."

"Bu iyi işte... Ama doktor hanım, kızmakta haklı değil miyim?"

"Haklısın. Haklı olmaktan, kendini hep haklı görmekten vazgeçtiğin gün, bambaşka biri olacaksın Ali. Haklı olmayı değil, mutlu olmayı seçtiğin gün sizi çok güzel günler bekliyor olacak. Hiçbir kadın kendisine şiddet göstermeye meyilli biriyle yaşamak istemez. Ayşa da bunu istememeli."

Ne diyeceğini bilemedi. Başını önüne eğmiş, düşünüyor. Bir yandan ben de düşünüyorum. Eğer öfkesini kontrol etmeyi öğrenemezse Ali Ayşa'ya ne yapar, bilemiyorum. Bu konu beni çok endişelendiriyor.

"Şimdi seninle bir anlaşma yapalım. Öfke kontrolünü sağlamadan Ayşa'ya soru sormayı sana yasaklıyorum. Onun da bu konularda konuşmasına yasak koyacağım. Tamam mı, anlaştık mı?"

"Demek bir anlık öfkeyi bu kadar ciddiye aldınız. Size güveniyorum doktor hanım, elimden geleni yapacağım. Siz böyle dediğinize göre belli ki Ayşa da bana güvenmiyor, korkuyor kız. Beni seviyor değil mi?"

"Hem de çok..."

"Bu bana yeter işte. İzin verirseniz elinizi öpmek isterim."

"Neden?"

"Bilmem, Ayşa gibi bana da sahip çıkıyorsunuz siz."

Uzanıp elimi öpüyor. Gözleri dolu. Ben de duygulanıyorum. Genelde bu tür sorulara cevap vermem ama Ali için bunun ne kadar önemli olduğunu biliyorum. Ayşa onu severse, dünyalar onun oluyor. Ancak o zaman hayata karşı daha hoşgörülü davranabiliyor. Ancak tersi olur da Ayşa ondan uzak durur, onu terk etmeye kalkarsa, bu işin sonunun nereye gideceği belli değil. Kızın peşini bırakmayacak, çünkü Ayşa onun hayatının tek anlamı, mutluluğun tek anahtarı haline gelmiş. Onu kaybetmek zihninde, hayata karşı yenilmek, çocukluktan beri kurduğu hayalleri kaybetmek, kendine olan güveninin yerle bir olması anlamına geliyor. Bu aşka çok şey yüklemiş Ali. Ayşa yoksa, ne yeni kurduğu iş, ne de Doğan gibi para sahibi, zengin bir iş insanı olmak, hatta saygın biri haline gelmek bile anlamını kaybedecek.

Böyle olunca da doğduğu günden beri yaşadıkları, ona yapılan haksızlıklar, çektiği acılar, babasının onu arkadaşlarının yanında dövdüğü gün içinde oluşan öfke ve kinin tek muhatabı Ayşa haline gelecek. Bir tek Ayşa onu beğenir, ona gelir, onu severse bu öfke ve kinin yatışacağını düşünüyor. Bir tek o zaman hep yenilen değil bu sefer yenen taraf olmayı hedefliyor. Doğan'ın hiç tanımadığı, sadece sahnede gördüğü bir kıza hayranlık duyması bile onu çıldırtmış. Bir yandan da bu aşka saygı duyuyor insan. En zor, en çaresiz günlerinde bu iki çocuk birbirlerini sevmiş, anlamış ve bu beraberlik sayesinde çocukluk acılarıyla başa çıkabilmişler. Bu ilişkinin bir tarafı çok sağlam. Eğer bu krizi atlatabilirlerse gelecekte çok mutlu olacaklarını düşünüyorum. El ele verebilirlerse geçmişin acıları daha kolay küllenir, hiç peşlerini bırakmayan yalnızlık duygusu da bu sayede yok olur gider diye düşünmek istiyorum.

27. Bölüm

Ayşa bugün çok mahzun. Yine dümdüz, koyu yeşil, bebe yaka bir elbise var üzerinde, ayaklarında spor ayakkabılar... Çok sade giyiniyor demek. Ne bir küpe, ne bilezik, ne de yüzük takmış. Saçlarını da arkaya doğru taramış, yüzünde hiç makyaj yok.

"Hoş geldin Ayşa, bugün biraz mahzun musun yoksa bana mı öyle geldi."

"Hoş bulduk hocam. Bu ara iyi hissetmiyorum kendimi. Sizin verdiğiniz ilacı daha sık kullanmak zorunda kalıyorum. Sahnedeki dönmeler yetmez oldu. Ali'yle her buluşmamızda bir yandan çok seviniyorum, bir yandan çok korkuyorum. Bu ara en çok kendime kızıyorum. Ben niye yaptım o saçma sapan şeyleri, neden gittim o adamın evine, üstelik yatağına girdim... Düşündükçe içimdeki taş iyice ağırlaşıyor. Okulda bile duramaz oldum. Sık sık tuvalete kapatıyorum kendimi. Ali'nin karşısında ezilip büzülüyorum. O da anlıyor bende bir şeyler olduğunu ama hiç soru sormuyor. Beni rahatlatmaya, güldürmeye çalışıyor. Bu çocuk bu duruma daha ne kadar katlanacak bilmiyorum ki..."

"Nasıl davranıyor sana?"

"Süper! O öyle yaptıkça ben utanıyorum kendimden. Ben bayağı bayağı ona ihanet etmiş, gidip elin adamının yatağına girmişim. İnsan kendine nasıl böyle bir şey yapabilir, aklım almıyor."

Demek Ali beni dinledi, soru sormuyor ve Ayşa'ya iyi davranıyor. Buna memnun oldum doğrusu. Ayşa yaptığının yanlış olduğuna karar verdi. Onun için çok önemli bir adım bu. Biraz da Ali sayesinde bunları görebildi. Eğer hayatında onu çok seven, ona çok değer veren biri olmasaydı, hiç düşünmeden, sorgulamadan aynı yolda yürümeye devam edecekti belki de. İnsanın kendini bu kadar değersiz hissetmesinin bazen işte böyle bedelleri oluyor. Tamamen bilinçsiz, hiç akıl süzgecinden geçirmeden yürüyorlar bu yolda.

"Bugün artık çok daha bilinçlisin Ayşa. Sakın bunu küçümseme. Zaten hayatta en büyük kötülükler bize karşı taraftan gelmez, o cezaları hiç bilmeden biz veririz kendimize. Sende de öyle olmuş."

"Keşke size daha önce, bu yanlışları yapmadan gelebilseymişim... Şimdi Ali de gelmiş, mutluluktan havaya uçuyor olurdum. Hayat bu kadarını çok gördü bana."

"Hayat deme, ben de... Bazı şeylerle yüzleşmek bazen çok üzer insanı ama gerçeği görmek her zaman iyidir. Bizi kendimizden korur."

"Doğru, kendim ettim, kendim buldum ben de... Mualla Teyze gibi birinin evinde büyü, sonra da git Agâh denen adamın yatağına gir."

"Mualla'nın evinde onca baskıyla büyümenin de aldığın kararlarda etkili olduğunu düşünüyorum. Kendinle ilgili karar almayı, düşünmeyi taşınmayı o evde hiç öğrenememişsin. Sadece yaşadığın yere uyum sağlamayı öğretmiş sana o ev. Sen de çalıştığın kulübe uyum sağlayayım derken olmuş bu ilişki."

"Bu sözleriniz az da olsa içime su serpiyor ama insan yine de affedemiyor kendini."

"Kendini affedebildiğin gün yine özgür, ne yaptığını bilen bir kız olacaksın. Yargılarken dikkatli ol, başkalarının gözüyle bakma kendine. Ben nasıl seni yargılamadan anlamaya çalışıyorsam, keşke sen de böyle yapabilsen. Madem Agâh Bey'le ilişkinin yanlış olduğuna karar verdin, bu konuda önemli bir farkındalık geliştirdin yani ders aldın, kendine biraz daha hoşgörüyle bakabilirsin. Sen de hayatı yeni tanıyorsun."

"Yok hocam, Ali beni affetmeden, ben kendimi affedemem. O affetse de ben affedebilir miyim, ondan da emin değilim."

Demek Ali onu affetmeden kendini affetmeyecek. Ayşa gibi bir kızın kendini affetmemesi, kendine düşman olması, onu uçurumların en derinine götürür. Önce çöp kız diyordu kendine, şimdi ne diyor acaba? Ali'nin yanında ezilip büzüldükçe aralarındaki ilişkinin dengesini de bozacak. Ali zaten kolay öfkelenen, öfke kontrolünde zorlanan ve çocukluğundan beri şiddetin her türlüsünü yaşamış ve şiddete yıllarca tanıklık etmiş biri. Ayşa şu ara ona ölen annesini hatırlatmaya başlarsa, şiddeti mıknatıs gibi çeker üstüne. Bunları durdurabilecek miyim, emin değilim.

"Bu böyle devam edemez. Ben her şeyi anlatacağım Ali'ye. Başıma geleceklere de şimdiden razıyım."

"Ne gelecekmiş başına?"

"Ali'yi tanıyorsunuz. Artık bunları duyunca bana saldırır mı, döver mi, küfür mü eder yoksa çeker gider mi bilmiyorum."

"Ali'nin şiddete meyilli biri olduğunu gayet iyi görmüşsün."

"Yeni görmedim ki, eskiden beri biraz böyleydi zaten."

"Şiddete meyilli biriyle yaşamak nasıl olur, hiç düşündün mü?"

"Daha önce benim tırnağım taşa değse ödü kopardı. Ama şimdi bana çok iyi davransa da, eskisi gibi değil, öfkeli bakıyor gözleri. Ben konuşmadıkça öfkesi daha da artıyor. Dövse de, öldürse de haklı."

"Sen bugün neler söylüyorsun Ayşa? Ne demek dövse, öldürse... Hak ettiğini düşündüğün cezayı Ali'nin elinden görmeye mi çalışıyorsun?"

Dimdik bakıyor yüzüme. Kendine duyduğu öfke etrafa sıçramaya başladı. Artık bilinçdışı konuşuyor. İçindeki mahkeme onu suçlu ilan etti, bu suçun cezasını bir türlü verecek kendine. Agâh Bey'le yaşadıklarında da böyle bir karar söz konusuydu. Nasıl olsa o bir günahkârdı, başka çocukların değil, onun başına gelmişti o olay, annesi o gün hep suçlayarak bakmıştı ona. Azıcık değeri varsa, onu da o gece kaybetmişti. Agâh Bey gibi değerli bulunan birinin yatağına, belki biraz olsun değer kazanabilmek için girdi. Oysa bilinçdışının başka hesapları var. O, alıştığı yolda, değersizlik yolunda yürümek istiyor ve kızı o tarafa doğru çekiyor.

"Bugün senin kafan karışmış. Ali'yi açık açık şiddet göstermeye davet ettiğinin farkında mısın? Ne demek Ali'nin karşısında ezilmek, büzülmek? Kendine gel Ayşa! Yaşadıklarından, önce sen sorumlusun. Evli değilsin, kimseye verilmiş bir sözün yok. Böyle olunca kimseye de ihanet etmiş olmuyorsun. Agâh Bey'den ayrılıp Ali'yle beraber olmaya kendi iradenle karar verdin. Ali bunu ister kabul eder, ister etmez. O da onun kararı!"

"Gerçekten mi? Siz gerçekten böyle mi düşünüyorsunuz?"

"Evet, aynen böyle düşünüyorum. Sen Agâh Bey'le beraber olmakla yanlış yaptım diyorsan, bir daha o tür yanlışları yapmaz, sana doğru gelen yolda yürümeye devam edersin. Artık Ali'yle mi devam edersin yoksa kendine başka bir yol mu çizersin, bunlar da senin bileceğin şeyler. Sen önce kendi hayatına sahip çıksana!"

Gözlerini açmış, beni dinliyor. Oysa biraz önce öyle çaresiz bakıyordu ki... Onu cesaretlendirmeye devam ediyorum.

"Bundan üç beş ay öncesine kadar Ali diye biri yoktu hayatında. Sadece hayallerinde yaşatıyordun onu. Şimdi ona mecburmuşsun gibi konuştuğunun farkında mısın?"

"Mecbur mu? Biraz da öyle değil mi? Onu seviyorum."

"Ne güzel... O da seni seviyor ama sevmek bile bir şeylere mecbur etmemeli insanı. Önce kendini sevmeli insan."

"Ama ben sevmiyorum kendimi..."

"Bugüne kadar sevmedin, bunu anlıyorum. Zaten çocuktun, muhtaçtın, kendi kararlarını kendin alamıyordun ama şimdi işler değişti. Sen varsın artık, duydun değil mi beni, varsın..."

Onun bilmediği bir dilde konuşuyormuşum gibi yine boş boş bakıyor bana.

"Her konuda kendine sahip çıksana, seni en rahat, en mutlu edecek kararları almaya çalışsana. Sen kendini suçlu, günahkâr, değersiz ilan edersen, başkası sana ne yapmaz? Sen böyle ezilip büzüldükçe, kendini suçlu ilan ettikçe Ali de böyle düşünmez mi?"

"Böyle mi düşünür?"

"Tabii böyle düşünür. Sen madem yaptığının yanlış olduğunu düşünüyorsun, bundan kendine ders de çıkardın, yaşananlar yanlıştı dedin, bundan sonra kendi doğrularınla hareket edersin. Şu başını da kaldır artık. Herkes temiz de bir tek sen mi kirlisin? Herkes hep doğru yapmış da, bir tek sen mi hep yanlışsın? Olanlara yeteri kadar üzülmedin mi? Bıraksam ömür boyu kendini lanetleyerek yaşayacaksın. Şimdi de herkes bitti, kendine sen mi düşmanlık edeceksin? Yeter artık kendinle uğraştığın... Yıllardır kendine demediğin kalmadı. Ne çöp kızlığın kaldı, ne değersizliğin. Sen kendine düşman mısın?"

"Düş... Düşman mıyım yani?"

"Biraz da kendi yanında yer al, el gözüyle bakma kendine. Ali'nin gözüyle bile bakma."

"Kimin gözüyle bakayım hocam?"

"Benim gözümle bak."

Böyle diyerek gülmeye başlıyorum. Ben gülünce biraz rahatlıyor. Bana bakarak hafifçe gülümsüyor. Sonra hızla kalkıyor yerinden, koşarak geliyor yanıma, sıkı sıkı sarılıyor boynuma. Ağlayacak ama ben buna da izin vermiyorum. Yerine oturunca hemen başlıyorum konuşmaya. Ağlamayı kesmesini söylüyorum, yeteri kadar ağladığını da... Kes deyince ağlamayı kesiyor. Biraz merak, biraz da şaşkınlıkla bakıyor yüzüme ama kaldırdı başını. İşte bu iyi!

"Önce hayat harcadı beni, sonra da aynı şeyi kendim yaptım."

"Ben de tam olarak bunu söylüyorum sana. Sen bari harcama kızım kendini. Hayatına sahip çık. Ali'den önce sen onayla kendini. Sen kendine güvenir, kendi arkanda durur, ne yaptığını bilirsen, kimse yıkamaz seni. Şimdi git, haftaya bekliyorum. Başın hep dik gezeceksin, anladın değil mi?"

Benden hiç böyle bir çıkış beklemiyordu, onu bir an önce hem kendinden hem de hayatın elinden kurtarmam gerekiyor. Aksi halde başına çok kötü şeyler gelecek. Kendi kararlarını almaya, ben de varım demeye hiç alışkın değil, alışkın olduğu, kendini aşağılamak, her girdiği ortama ayak uydurmak, ezildikçe ezilmek. Ali gibi biri bunu asla affetmez. Onun bu halleri Ali'yi iyice çıldırtacak. Aslında ruhu Ali gibi birini istiyor. Ona arada bir kızacak, söylenecek, gerekirse bağırıp çağıracak, belki arada bir de fiziksel şiddet gösterecek, onu yapma, bunu yap diyecek birini... Umarım bugün benden yediği fırça, ruhuna iyi gelir, yepyeni bir yol çizer kendine.

28. Bölüm

On beş gündür ikisinden de hiç haber çıkmayınca merak ettim. Bugün randevu listesinde Ali'nin adını görünce memnun oldum doğrusu. Bakalım neler anlatacak.

"Hoş geldin Ali."

"Hoş bulduk hocam. Gelirken size çok özel bir kutu kahve getirdim. Siz de seviyorsunuz kahveyi, bakalım bunu beğenecek misiniz? Tuna Hanım aldı, birazdan getirir."

"Teşekkürler Ali. Beraber içeriz. Nasılsın, nasıl gidiyor hayat?"

"İyiyim. İşler de yavaş yavaş oturdu. Artık müşteri bizi tanımaya başladı. Yeni modellerimiz de çok beğenildi."

"Çok memnun oldum."

"Böyle giderse, bu sefer de Anadolu yakasında bir mağaza açmayı planlıyoruz ama artık gelecek seneye inşallah. Siz nasılsınız?"

"Ben de iyiyim Ali."

Kapı hafifçe çalınıyor ve Tuna elinde kahvelerle giriyor içeri. Gerçekten de kahve güzel galiba, daha içmeden kokusundan belli oluyor. Yanında bir kutu da çikolata var. Tuna açmış, Ali Bey getirdi diyerek ikram ediyor.

"Niye zahmet ettin Ali, teşekkür ederim."

"Lafı mı olur doktor hanım. Bugün tatlı yiyelim, tatlı konuşalım istedim. En son görüşmemizde hem sizin söylediklerinizi, hem de benim cevapları çok düşündüm. Ne kadar haklısınız doktor hanım. Ben İstanbul'a geldim ama ruhumu hâlâ bizim memlekette bırakmışım. Neler söyledim o gün size ama siz de boş durmadınız, benim aklımı başıma getirdiniz. Kız benden korkuyor, bunu siz de görüyorsunuz ben de... İnsan sevdiğinden korkar mı diye sormak, şöyle bir dönüp kendime bakmak hiç aklıma gelmemiş. Şiddet göstermeye meyilli bir adamla hangi kız beraber olmak ister dediniz ya, yahu ben ne yapıyorum dedim. Babamdan farkım kalmamış. Siz bana ustamdan bahsedince olayı daha iyi bağladım. Ben de babamın kopyası olup çıkmışım. İnsan bazen gerçekten ne yaptığını bilmiyor, sen ne yapıyorsun diye sormadan bundan doğal bir şey yok gibi eski alışkanlıklarını sürdürüyor."

Bunları duymak beni çocuk gibi sevindiriyor. Bu delikanlı terapiye çok açık, farkındalığı oldukça yüksek biri. Baştan ondan bu kadar umudum yoktu, tanıdıkça ona olan güvenim de giderek artıyor.

"Bunları senden duymak ne güzel Ali... Ama inşallah bir gün bu cümleleri sana hatırlatmam gerekmez."

"Asla, bu konuda kararlıyım. Adam olduk sanıyordum ama gördüm ki hâlâ öğrenecek çok şey var. Geçen gün yine Doğan'la beraberdik, yemek yedik. Bir ona baktım, bir de kendime, oğlum dedim, senin bu adam gibi olabilmen için daha bir fırın ekmek yemen gerekiyor."

"Ne gördün onda?"

"Ne olacak, uygarlık ya da medeniyet dediğimiz şeylerin hepsi var adamda. Oturuşu, kalkışı, ses tonu, size hitap şekli, insanlara gösterdiği saygı... Onun yanında ben halis köylüyüm. Onun için de her fırsatta adamı kıskanıyorum. Sonra kendime dedim ki, oğlum adamı kıskanacağına ondan bir şeyler öğren. Ne yapalım, zamanında bize bunları öğreten olmadı, onun gibi el üstünde büyütülmedik. Ama artık hâlâ bunların arkasına sığınma. Ayşa'nın yerinde olsam, beni değil, Doğan gibi bir adamı beğenir, onu seçerdim."

Doğan'ı idol haline getirmiş, bir yandan ona büyük bir hayranlık duyuyor, bir yanı da onu kıskanıyor. Çok insanca duygular bunlar. Eskisi gibi kötülük yok içinde ama Ali'nin kendisiyle ilgili böyle düşünebilmesi, bunları hiç çekinmeden burada ifade edebilmesi beni daha da umutlandırıyor.

"Arada bir içimden size de kızdığım oluyor. Doktor beni değil Ayşa'yı tutuyor diyorum ama siz böyle düşünmeme izin vermiyorsunuz. Kendimi bol bol aşağıladım. Beğenmedim daha doğrusu."

"Öyleyse sen de kendini kendine beğendir."

"Tam da dediğiniz gibi yapmaya çalışacağım."

"Aslında bunu sanırım işyerinde en iyi şekilde yapıyorsun. Demek ki isteyince yapılıyormuş."

"Bak, işte bu da doğru. Siz beni dükkânda görseniz, hele bir de içeride müşteri varsa, bambaşka biriyim. Yeni de değil, ustamla çalışmaya başladığım gün öğrendim bunları."

"Öyleyse Ayşa'ya neden farklı davranıyorsun?"

"Diyorum ya, kendime bunları sormak hiç aklıma gelmedi zira ben iş dışında biraz maço bir adamım ve böyle olmayı da marifet sanıyorum. Belki biraz da verdiğiniz ilacın yardımıyla son günlerde hiç sıkıştırmadım Ayşa'yı. Ne surat astım, ne kaba davrandım, ne de durduk yere kavga çıkardım ama Ayşa hâlâ iyi değil."

"İyi değil derken?"

"Hele size son geldiği günden sonra çok gergin ama tuhaf bir şekilde o ataklar durdu. Çok sıkıntısı vardı, bana çaktırmamaya çalışsa da, yüzü aniden kıpkırmızı oluyor, hemen tuvalete koşturuyordu. İlaç mı verdiniz bilmiyorum ama o bakımdan daha iyi. Şimdi de olmadık yerde o beni tersliyor. Arada bir yorgunum, dersim var filan diyerek beni atlatıyor."

Hadi canım, diyorum içimden, Ayşa'ya bak... Demek aklı başına gelmeye başladı.

"Ne yapıyor öyle zamanlarda?"

"Ben tabii hemen kurmaya başlıyorum, başka yere mi gidiyor diye ama başka yere de gitmiyor. Evinde gerçekten ders çalışıyor ya da erken yatıyor. Bir yandan da kendine daha çok özen gösteriyor."

"Ne gibi?"

"Eskiden dümdüz bir elbise giyer, saçını toplayıp çıkıverirdi evden. Geçen gün birlikte alışveriş yaptık. Kendine güzel bir şeyler aldı, birkaç makyaj malzemesi, bir fön makinesi, çok güzel bir parfüm, sabunlar, şampuanlar filan..."

"Bu durum senin hoşuna gitmiyor mu?"

"Gitmez mi, biraz kendine dikkat etse çok güzel oluyor. Onu sahnede görseniz bayılırsınız. Demek kızların hepsi makyaj güzeli..."

"Böyle yapması seni rahatsız ediyor mu?"

"Eğer beni sevdiğinden eminsem, rahatsızlık bir yana benim de çok hoşuma gidiyor ama her zaman bundan emin olamıyorum. Bazen çok uzak duruyor benden. Nedenini hiç anlayamıyorum."

"Bunun seninle, senin ona davranışlarınla bir ilgisi olabilir mi?"

"Geçen gün iki günlüğüne yeni siparişler için bizim ayakkabıları yapan fabrikaya gittim. İş için gittiğimi biliyor ama geldim ki, bana tavırlı. Neyin var diye soruyorum, yok bir şey diyor. Bu kız hâlâ bir şeylerden korkuyor ama neden korktuğunu bir türlü çözemedim. Sonunda Agâh diye bir adam var ya, hani şu Ayşa'ya araba gönderen, kulübe gittim, onu buldum. Ayşa da tam o sırada sahnede. Adam gözünü dikmiş, bizim kıza bakıyor. Acaba dedim kızı tehdit filan mı ediyor?"

Eyvah! İnşallah kötü bir şeyler yaşanmamıştır.

"'Ben Ali' dedim, 'Ayşa'nın sözlüsüyüm.' 'Biliyorum' dedi, sonra da 'buyurmaz mısınız' diyerek beni masasına davet etti, hatta oturmam için hafifçe yerinden kalkıp yer gösterdi. Tabii bütün garsonlar çaktırmadan etrafımıza dizildi. Ben hemen lafa girdim. 'Bir zamanlar Ayşa'yla aranızda bir şeyler yaşandığını biliyorum' dedim. 'Kendi bir şey söylemiyor ama siz kızı hâlâ rahatsız ediyor olabilir misiniz?' Ben pat diye konuya girince adam şöyle bir durdu, yüzüme baktı, 'Ayşe kendi isteğiyle mi sizinle beraber yoksa siz mi onu zorluyorsunuz?' demez mi? Adamdaki cesarete bakın."

"İstersen önce sendeki cesarete bakalım. Pat diye gidip adamın masasına oturmak da neyin nesi?"

"Doktor hanım, eğer söz konusu olan Ayşa'ysa hiçbir şeyden korkmam. Belki de kız korkudan bana söyleyemiyor dedim. Adam peşini bırakmıyorsa..."

Heyecanla dinliyorum Ali'yi, demek pat diye gidip adamın masasına oturdu. Agâh Bey belli ki Ali'ye çok saygılı davrandığı için Ali sakin kalabilmiş. Başka türlü olsaydı o gece o olay çıkacakmış. Cevabı merak ettim.

"'Ayşa'yla biz yeni değil, eski arkadaşız. Uzun bir aradan sonra yeniden bulduk birbirimizi ama buraya ilk geldiğimde sizin arabanıza binerken gördüm onu. Bir mesele varsa aramızda çözelim.' Adam hafifçe gülümsedi. 'Aramızda bir mesele yok çünkü Ayşe sen geldikten sonra bir daha ne benim arabama bindi, ne de yüzümü gördü. Sizinle sözlü olduğunu gerçekten bilmiyordum. Başkasına ait olana el uzatmayız biz. Size mutluluklar dilerim' dedi. Ardından da garsonları çağırdı, 'Beyefendiyi masamızda ağırlamaktan şeref duyarız. Ne arzu ederdiniz?' diye sordu. Demek İstanbul'da âdet böyle... Bana biri böyle hesap sormaya kalksa..."

"Ne yaparsın?"

"Ne mi yapardım, eskiden olsa o adamın ağzını burnunu kırardım. Ama o gece iyice anladım ki, bunların arasında bir şeyler yaşanmış."

Evet, artık konudan kaçmanın anlamı kalmadı. Ali bilmeceyi çözmüş bile. Olabildiği kadar çok konuşturmalıyım onu.

"Ne gibi şeyler?"

"Doktor hanım eminim siz bunları biliyorsunuz ve haklı olarak bana söylemiyorsunuz. Yalnız bir kız Ayşa, hem de ünlü bir kulüpte çalışıyor. Güzel de... O da yetmez, bir de üstelik çok saf, daha hayatı hiç tanımıyor. Uzun süre yanında Şahin varmış. Sanırım o zaman daha rahat etti orada ama o gidince böyle bir kızı rahat bırakırlar mı? İşte o Agâh denen adam düşmüş peşine. Artık aralarında ne geçti, o kadarını bilmiyorum. Zaten böyle şeyler ne olursa olsun, bir erkeğe sorulmaz. Kart pezevenk... Ah, pardon doktor hanım. İçimden ne geçerse söyleyince, işte arada bir de böyle kazalar oluyor. Tabii bunu gidip Ayşa'ya söyleyemedim."

"Neden?"

"Bu ara kız zaten gergin... Yani eskisi gibi değil, hemen kızıverecekmiş gibi geliyor insana."

Aferin Ayşa'ya, diyorum içimden. Benim fırça işe yaramış. Demek dik durmayı öğrendi. Şimdi de Ali ondan korkar, çekinir olmuş.

"Ben de söylemedim ama duyduklarım içime oturdu. Adam, aramızda bir şey vardı da demedi, yoktu da... Ne olsa işin erbabı... Kim bilir kimler geçti elinden, ama inkâr da etmedi. Hiç çekinmeden dümdüz konuştu benimle."

"Sen neler hissettin o masadan kalkınca?"

"Önce sinirden hiçbir şey düşünemedim. Adama saldırsam öfkem geçecek ama onu da yapamıyorum. Sonra olanları tek tek düşünmeye başladım. Ah keşke biraz daha erken bulabilseymişim Ayşa'yı ama olmadı. Hayat işte, yine de bulduğuma şükretmem lazım. Şahin de gidince o kulübün en kodamanı yani Agâh pezevengi belli ki düşmüş kızın peşine. Bizimki de o lüks arabalarla eve gitmeyi bir halt sanmış. Şahin varken hep ikisi birlikte çıkarmış kulüpten. Bunları da öğrendim. Anladım ki birkaç aylık bir dönemde Ayşa'ya sahip çıkan olmamış. İşte şimdi ne yapacağımı bilemiyorum. Onun için gelir gelmez sizden randevu alabileyim diye Tuna Hanım'ı epeyce sıkıştırdım. Demek dedim bizim kızın bana söyleyemediği şeyler bunlar."

Ali bayağı çözmüş konuyu. Detaylarına kadar anlatıyor ve bunları söylerken yine eliyle dizine vuruyor. Eyvah der gibi... Ardından bunların hesabını Ayşa'ya sorarsa onun kaldıramayacağını ekliyor. Tam zamanında aklını başına getirmişim Ayşa'nın. Eskisi gibi ezilip büzülse bunların hesabını hem de ne biçim sorardı Ali.

"Sormasam, benim içim rahat değil. Her şeyi bırakıp gitsem, bir daha da adını bile anmasam Ayşa'nın, ömür boyu bizim usta gibi kız hiç çıkmayacak aklımdan. Arafta kaldım yani. Siz benim yerimde olsanız ne yapardınız?"

Bu soruyu pek çok hastam sordu bana. Ben onların yerine karar veremem ki...

"Ben sen değilim ki Ali! Sen başka birisin ben başka biri. Bunun doğrusu yok ki... Bu bir seçim, bir karar. Ancak sana şunu söyleyebilirim, bizim kaderimizi aldığımız kararlar, yaptığımız seçimler belirler. Sende de öyle olacak."

"Ben gidersem Ayşa ne yapar?"

"Ne yapacak, önce çok üzülür. Sonra... Onu hayatında bırakıp giden çok olmuş zaten. Sensiz yaşamayı öğrenmeye çalışır."

"Doğru söylüyorsunuz. Doğduğu zaman önce annesi bırakmış, sonra anne dediği Muazzez. Babası olacak Selim zaten bir daha ne aramış, ne sormuş kızı. Bir de ben bırakır gidersem, buna da alışır."

"Alışır. Sakın bu kararı Ayşa adına üzüldüğün için verme. Sen kendi adına düşünmelisin."

"Yok doktor hanım, ben bırakamam Ayşa'yı. O beni bırakır ama ben onu bırakamam. Benim hayalim, geleceğim, her şeyim o. Zaten bıraksam da bir daha onun gibisini ne bulabilirim ne de öyle sevebilirim. Şimdi Şahin'le arkadaşlık eden Şule'yi zamanında annesi bana vermeyi çok istedi. İyi kız, hatta babam sürekli onu alsana diye söylenip duruyordu. İnsan hayatını iyi kızlarla değil, sevdiğiyle geçirmeli. Sevdiğinle berabersen, samanlık seyran olur derler ya, boş laf değil bu."

Ali yine şaşırtıyor beni, ondan böylesine sözler beklemiyor insan. Göründüğünden çok daha derin duygulara sahip.

"Ne güzel söyledin Ali, aşk biraz geçici bir duygu. Zamanla kaybolabiliyor ama sevgi çok daha güvenilir geliyor bana. Çocukken siz bir aradayken aşktan söz edemeyiz belki ama birbirinizi sevmiş ve daha da önemlisi anlamış, birbiriniz adına çok üzülmüşsünüz. Hâlâ da öyle galiba."

"Öyle... Ben onun kaşından gözünden, bakışından anlıyorum ne hissettiğini. O da benim."

"Ne güzel... Artık eskisi gibi öfkeli bakmıyor gözlerin. Acaba Ayşa da bunu fark etti mi?"

"Sanmam çünkü bu ara benim değil, onun gözleri öfkeli bakıyor. Bir şeylere takıldı kafası ama ne olduğunu şimdilik bilmiyorum."

Demek bu sefer de Ayşa'nın gözleri öfkeli bakıyor. Ataklar da durmuş. Bu da yetmemiş Ali'yi, işim var filan diyerek kendinden uzak tutuyor, yani ipleri kendi almaya çalışıyor. Bak sen! Hiç bu kadar hızlı hareket edeceğini beklemiyordum. Yine bir aferin aldı benden. O böyle yapınca Ali nasıl da değişmiş! Agâh Bey'le bizzat konuşup her şeyi öğrendiği halde, bunlara kızmak yerine Ayşa'yı anlamaya çalışıyor. Ona iyi davranıyor. Şiddet kılıcı el değiştirmiş sanki. Ne de olsa şiddetin her türlüsünü Ayşa da görmüş. Umarım bu konuda daha ileri gitmez.

"Ayşa ve sen yıllarca birbirinizden uzak kaldınız. Tamamen bir tesadüfle buldunuz birbirinizi. Bu konuyu şunun için açtım, ikiniz bir araya gelene kadar aranızda gönül bağı hariç, başka türlü bir bağ yoktu. Sen onu bulduğunda Ayşa bir başkasıyla nişanlı, evli ya da ciddi bir arkadaşlık ediyor da olabilirdi. Aynı şey senin için de geçerli tabii... Belki de Şule senin kız arkadaşın olabilirdi. Yani çocukluk bitip yetişkin biri olduktan sonra birbirinize verilmiş bir sözünüz yoktu."

"Benim için hiç öyle değildi. Ben aradan kırk yıl da geçse, Ayşa'yı bekler, sonunda nasıl olsa bulurdum onu."

"İnsanın birini bu kadar kalpten, bu kadar derin bir aşkla sevmesi çok güzel doğrusu ama ben bunları şunun için söylüyorum, o arada kurulan başka ilişkiler birbirinizi aldattığınız anlamına gelmez. İkiniz de özgür birer yetişkindiniz. Ama birbirinizi bulup, beraber olmaya karar verdikten sonra oyunun kuralları değişir. Bunları bir kere daha hatırlatmak istedim sana. Aynı hatırlatmayı Ayşa'ya da yaptım. Kendinizi yargılarken bile bunu unutmanızı istemiyorum."

"Ben temizim doktor hanım ama Ayşa'yı bilmiyorum."

"Yani siz yeniden bir araya geldikten sonra Ayşa seni aldatmış mıdır, bunu mu söylüyorsun?"

"Yok hayır, o kadar da değil..."

"Öyleyse ne?"

"Benden öncesini söylüyorum ben."

"Senden öncesinin hesabını sormak gibi bir hakkın olduğunu nereden çıkarıyorsun hâlâ?"

"Olmaz olur mu, birbirimize her şeyi anlatmamız gerekmez mi?"

"Gerekmez. İsteğe bağlı bir şey bu, ister anlatırsınız, ister anlatmazsınız."

Konuştuklarımız giderek köşeye sıkıştırıyor onu ama bunları onunla konuşmakta kararlıyım. Başka türlü olacaklardan ikisi de zarar görecek.

"Ben zaten onunla ilgili çok şey öğrendim. Anlatmazsa bile nasıl olsa öğrenirim."

"Ayşa bunları hoş karşılar mı sence?"

"Hoş karşılamayıp da ne yapacak?"

"Sence ne yapacak? Senden uzak durmaya başlamış bile... Biraz önce sen anlattın bunları bana."

"Ondan mı yani?"

"Bilmem, belki de öyledir. Hem Ayşa'yı kaybetmeyi göze alamam diyorsun, hem hâlâ nelerin peşindesin. Ama yine de karar senin. Siz birbirinize mecbur değilsiniz. Güzel bir beraberlik olacaksa, bunu ikiniz de istersiniz, olmayacaksa bu kararı bir kere daha gözden geçirseniz iyi olur."

"Siz ne diyorsunuz doktor hanım, benim kararım kesin, başka türlüsünü düşünmek bile istemiyorum."

Böyle söylese de, ne dediğimi çok iyi anladı. İyi gidiyorsun Gülseren, devam et, diyorum kendime.

"Sen bu konuları biraz düşün istersen. Acele etmenize gerek de yok. Bunlar çok önemli kararlar. Ben ikinizi de mutlu görmek isterim."

"Biz ancak beraberken mutlu olabiliriz."

"Hepimiz aynı şeyi istiyoruz zaten Ali, beraberken hayatı zindan etmeyin birbirinize, mutlu olun diyorum ben de. Olmuyorsa da hayatta çare tükenmez, ikiniz de kendi yolunuza gidersiniz."

Çok üzerine gittim, neredeyse ağlayacak. Ah canım, daha fazlasına kıyamam zaten.

"Tamam doktor hanım, haklısınız ama ben bazen tam bir ayı oluyorum. Öyle değil mi?"

"Ne biçim konuşuyorsun kendinle ilgili. Ben hiç öyle düşünmüyorum. Sen çakı gibi bir delikanlısın. Hep birlikte bunların üstesinden geleceğimize inanıyorum ben."

"Sahi inanıyor musunuz? Öyleyse siz bana güveniyorsunuz."

"Senin sağduyuna güvendiğim doğru. Çok açıksözlü, güçlü duygulara sahipsin. Daha da önemlisi kendini karanlıklara hapsetmek yerine değişime açıksın. İnanıyorum ki sen ikiniz için de en doğru olanı göreceksin. Ayrıca senin aşkına da saygı duyuyorum. Bu anlamda çok şanslı buluyorum Ayşa'yı."

"Ayşa'yı mı? Ne güzel ya... Çok teşekkür ederim. Bu sözleriniz beni öyle rahatlattı ki ama inanın bugün söylediklerinizi tekrar tekrar düşüneceğim. Yeni şeyler öğrenmeyi, kendimi geliştirmeyi seviyorum. Babam gibi, amcam gibi, Mehmet gibi olmaktan hep çok korktum. Yeni şeyler öğrenmek kolay olmuyor ama hayattan bir şeyler istiyorsan eğer, sen de gereğini yapacaksın. Haftaya yine gelirim ben. Kendinize iyi bakın doktor hanım, size çok ihtiyacımız var."

Yine saygıyla elimi sıkarak çıkıyor odadan. Bu seans beni hem çok yordu, hem de biraz olsun rahatlattı. Durum beni çok endişelendirmişti, şimdi sanki iki taraf da çözüme giderek yaklaşıyor. Umarım Ayşa yine hata yapmaz, nerede duracağını bilir. Bir yandan da Ayşa'daki değişim hoşuma gidiyor. Demek gözleri öfkeli bakıyor, ataklar durdu ve arada bir Ali'ye işim var diyor. Başını kaldırmış bizim kız.

29. Bölüm

Ayşa Ali'nin kulüpte Agâh Bey'in masasında oturduğunu görünce bir anda neye uğradığını şaşırdı. Hemen aklına doktorun söyledikleri geldi, başını hafifçe kaldırıp gözlerini kapatmıştı. Ali'nin ne işi vardı adamın masasında, acaba ne konuşuyorlardı? Demek Ali ona sormak yerine bu işi başkalarından öğrenmeye çalışıyordu. Bir anda bütün bedeninin elektriğe tutulmuş gibi titrediğini hissetti. Kim bilir şimdi kendisiyle ilgili neler düşünüyor, nasıl kızıyordu ona. Ayşa söylemese de, anlaşılan öğrenmişti her şeyi. Bu rüya da burada bitecek, Ali şimdi ona kim bilir neler söyleyecek, belki de onu bırakıp gidecekti.

Her zamanki gibi kuşları düşünmeye, onlarla havada uçtuğunu hayal etmeye çalışıyor ama ne yapsa içindeki korku gitmiyordu. Sahneden inip Ali'nin onu almaya gelmesini eli ayağı titreyerek bekledi. Başı önünde geldi Ali, hatta biraz da gülümsedi. Bir şeyler söylesin, bir şeyler sorsun diye bekledi ama sormadı. Demek sadece onun değil, Ali'nin de ondan sakladığı şeyler vardı. Varsa var dedi içinden. Gidecekse bir an önce gitsin, ben de kurtulayım. O gün çok bekledi Ali bir şey söyler diye ama söylemedi. İyice huylandı Ayşa. Hem gidip adamın masasına oturuyor, Allah bilir adamı sorguya çekiyor, hem de dönüp de ona bir şey söylemiyordu. Madem her şeyi öğrenmişti, açık açık söylemek varken neden susuyor, bir de üstelik Ayşa'ya çok iyi davranıyordu? Derdi neydi bu oğlanın? Onca zaman kızmak için bahane ararken, şimdi ne yapmaya çalışıyordu?

O gün doktora çok kızsa da doktor haklıydı söylediklerinde. Sen kendini ezdirirsen, elâlem de seni ezer. Kaç zamandır nasıl da korkuyordu Ali'den. Benim suçlarımı öğrenir de bırakır gider diye ödü kopuyor, adeta onun gözlerinin içine bakıyor, bir dediğini iki etmiyordu. Öyle yapmış da ne olmuştu, Ali gidip Agâh Bey'i sorguya çekmişti. Gerçi Agâh Bey de az değildi, onu geri döndürmek için yapmadığı kalmamıştı. Sonunda kulübün sahibi Nedim Bey devreye girmiş, "Hiç olmazsa bir kere oturup konuşun, sonrası sizin bileceğiniz iş" demişti. Ne konuşacaklardı ki? Ayşa'nın o adama söyleyeceği hiçbir şey yoktu. Adam onu elinden tutup götürmüş, o da aptal gibi hiç itiraz etmeden onun yatağına girmişti. Onu kimse zorlamamıştı ki. Yok, bu iş böyle olmaz diyordu. Ali nasıl olsa seni bırakıp gidecek, sen de sap gibi kalacaksın ortada; bugün gitmese, yarın mutlaka gider. Boşa umutlanmış, her yerde kendini küçük düşürmüştü. Hadi şimdi Ali onu Agâh Bey'in arabasına binerken gözleriyle görmüştü de onun için gidecekti, ya öz annesi babası ne yapmıştı? El kadar çocuğa da suç bulamayacaklarına göre, oğlan olmadığını görünce teyzesine verivermişlerdi. Onu da geçtik, ben senin annenim diye yıllarca Ayşa'yı kandıran Muazzez ne yapmıştı? Hazır Saffet Efendi de ölmüşken onun erkek kıyafetleriyle hiç bilmediği bir kadınla, zırdeli teyzesiyle İstanbul'a gitmesine neden izin vermiş, neden o benim kızım, ben nerede, kızım orada diyememişti?

En sonunda Şahin de terk etmişti onu. "Ben gidersem bu kız bu kulüpte yalnız başına ne yapar, başına neler gelir" demiş miydi, dememişti. Onun aklı fikri Şule'deydi. Kimse Ayşa'yı düşünmüyor, ilk fırsatta herkes kendi hayatına dönüveriyordu. Şimdi de sıra Ali'deydi. "Madem bırakıp gidecektin, niye çıktın ki karşıma? Ben o kadar direnirken neden tuttun kolumdan? Ne istiyorsun benden? Senin Agâh Bey'den ne farkın var? Onun için mi beni bırakıp işim var diyerek iki gün kayboldun ortalıktan? Neden birkaç mesaj atmakla yetindin? Senin kulun da değilim, kölen de... Gidersen git, ben nasıl olsa alıştım yalnızlığa..."

Bunları düşündükçe sinirleri iyice geriliyordu ama artık doktorun dediği gibi kimseye başını eğmiyor, hayata karşı hep dik durmaya çalışıyor, böyle yaptıkça başına geleceklerden eskisi gibi korkmuyordu.

30. Bölüm

Ayşa diklendikçe Ali de şaşırmıştı ne yapacağını. Ona her zamankinden çok daha iyi ve yakın davranıyordu. Eskiden mesajlar hep Ayşa'dan gelirken bu sefer Ali ona mesaj üstüne mesaj atıyordu. Bu kıza ne olmuştu böyle, acaba Agâh Bey'le konuştuğuna mı kızmıştı? Bir gece yine birlikte kulüpten çıkmışlar, her zaman gittikleri kafede kahve içiyorlardı. En iyisi bu konuyu Ayşa'yla konuşmak dedi Ali, biraz da çekinerek konuya girdi. "Biz geçen gün Agâh Bey'le konuştuk, biliyorsun değil mi?" Bu sözü duyar duymaz yay gibi gerildi Ayşa. Onun karşısında küçülmek, utanmak, utancından yerin dibine geçmek istemiyordu. Ne söyleyecekse söylesin, sonra da defolup gitsin diyordu içinden. Elindeki kahveyi tabağına geri koymuş, gözlerini dikmiş, pürdikkat Ali'yi dinliyordu.

"İlk geldiğim zamanlar sen onun arabasına binmiştin ya..."

"Nerden biliyorsun, o arabanın onun olduğunu?"

"Bunu öğrenmek hiç zor olmadı. Baktım senin konuşacağın yok, en iyisi ben gidip adamla konuşayım dedim."

Bir anda kıpkırmızı oldu Ayşa. Korktuğu olmuş, Ali her şeyi öğrenmişti, yine de kaç gündür ona bir şey söylememişti. Demek şimdi gitmenin, onu yapayalnız bırakmanın hesabını yapıyor, onunla adeta alay ediyordu. "Ne sordun adama, o ne dedi sana? Ayşa benim yatağıma girdi mi dedi, ha, ne dedi? Onun yatağına da girdim, o Saffet denen adi de benim yatağıma girdi. Başka öğrenmek istediğin bir şey var mı? Sen beni bırakıp gitmenin yollarını arama boş yere. Beni kandıramayacaksın. Hadi şimdi git nereye gidiyorsan." Ali duyduklarının şokuyla Ayşa'nın suratına bakakalmıştı. Neler söylüyordu bu kız?

Ayşa daha fazla dayanamadı, hırsla kalktı masadan. Kalkarken masadaki fincanları yere fırlatmayı da ihmal etmedi. Şangırtıyı duyan herkes başını çevirmiş onlara bakarken Ayşa koşarak çıktı kafeden. Ali ne olduğunu anlamadan o sokağın başına gelmişti. Sağa sola bakındı, bir an nereye gideceğini bilemedi. Evine gitmek istemiyordu. Ali gelir, bulurdu onu. Bakınırken yoldan geçen taksiye işaret etti, hemen atladı. "Acele işim var, biraz hızlı gidebilir miyiz?" dedi şoföre. Şoförün yüzünü görünce, "Hastam var da, acil yetişmem gerekiyor" diyerek başını önüne eğdi ama şimdi de şoför, "Ne tarafa abla?" diye soruyordu. Bu saatte nereye gidebilirdi? Agâh Bey'in evi geldi aklına. Hemen adresi verdi şoföre. İnşallah bu akşam ev boştur, Mahmure Abla'ya bir şeyler uydururum deyip dualar etti. Taksiden indiğinde şoför Sabri karşıladı onu. Arabanın önünde bekliyordu. Evin bütün ışıkları yandığına ve araba da kapıda olduğuna göre, demek ki Agâh Bey evdeydi. "Olsun" dedi içinden, "kimseden korkum yok benim. Artık ne olacaksa olsun."

Bugüne kadar başına gelmeyen kalmamış, hepsiyle bir şekilde başa çıkmış, kimi zaman ağlamış, kimi zaman acılarından dönerek kurtulmaya çalışmıştı ama Ali gidince ne yapacaktı? Giderken onun hayallerini de beraberinde götürmeyecek miydi? Kuru bir hayali bile ona çok mu görmüştü hayat? Olduğu yerde titreyip duruyordu. Sabri de şaşırmıştı onu görünce çünkü Agâh Bey evdeydi ve yanında yeni sevgilisi Tuğçe vardı. Yavaşça yaklaştı kıza, "Hasta mısınız, bir sıkıntınız mı var? Bahçedeki şu koltuğa oturun, ben size bir bardak su getireyim" diyerek kızı kolundan tutup oturttu, kendisi koşarak içeri girdi. Önce arka tarafta oturan Mahmure Hanım'a seslendi yavaşça, gelince kulağına eğildi, "Ayşe Hanım geldi ama durumu fena. Sen bir bardak su ver bana, sonra yanına gidelim. Ben ne yapacağımı bilemedim."

Mahmure Hanım da şaşırdı bu işe. Gecenin bu saatinde Ayşe'nin ne işi vardı burada? Hem bu kız ötekilere hiç benzemiyordu. Garibim, giderken adamın aldığı bütün hediyeleri, en pahalı mücevherleri bile tuvalet masasının üzerine tek tek dizip öyle gitmişti. İçlerinden birinde Mahmure Hanım'ın da gözü kalmış, şu küpeleri götürsem de bizim kız taksa demiş ama sonra korkudan alamamıştı. Hemen bir bardağa su doldurup koca memelerini sallayarak koştu bahçeye. O da ne, kız oradaki ağacın altında kendi etrafında fırıl fırıl dönüyordu. Bir de şal sarmıştı boynuna, şal bu rüzgârda onunla birlikte uçuşuyordu. Bismillah diyerek bardağı masaya koydu, yine koşarak eve girdi. Bu sefer yavaşça salonun kapısına vurarak, "Agâh Bey, Agâh Bey" diye seslendi. Adam bir süre sonra açtı kapıyı. Üzerinde ipek sabahlık vardı, dik dik bakıyordu ona, beni bu saatte nasıl rahatsız edersin der gibi. Mahmure Hanım elini çok şaşırmış gibi ağzına götürerek olabildiğince küçük bir sesle "Ayşe Hanım geldi. Pek iyi görünmüyor. Bahçede kendi kendine dönüp duruyor" dedi.

İşte bunu hiç beklemiyordu Agâh Bey. Duyduklarına inanmamış gibi bir süre baktı kadının yüzüne, sonra başını içeri uzattı, "Tuğçe, acil bir durum var. Sen odana gir, kapıyı arkadan kilitle" diyerek fırladı bahçeye. Mahmure Hanım önden koşarak ona yol gösteriyordu. Ayşa'nın yanına geldiklerinde kız sahnedeki gibi gözlerini kapatmış, boynundaki şalı uçurarak dönüyordu. Adam yanındakilere eliyle susun işareti yaparak bahçedeki koltuklardan birine yavaşça oturdu. Ötekiler ayakta, hazır ola geçmiş, Ayşa'ya bakıyorlardı.

Kız çoktan yorulmuş, hafifçe inlemeye başlamıştı. Agâh Bey hemen ayağa kalkıp Ayşa'yı kolundan yavaşça tuttu, oradaki koltuklardan birine oturttu. Masada duran suyu aldı, içmesini sağladı. Ayşa buz gibi suyu içince yavaş yavaş doğruldu. Neredeyim der gibi bir süre etrafına baktıktan sonra karşısında Agâh Bey'i görünce hızla ayağa fırladı. Niye gelmişti buraya, şimdi adama ne diyecekti?

"Özür dilerim Agâh Bey, sizi de bu saatte rahatsız ettim."

"Önemi yok Ayşe ama iyi görünmüyorsun. Bir şey mi oldu, canın mı sıkıldı, bir şeylere mi üzüldün sen?"

"Yok, önemli değil. Acaba bu gece burada kalabilir miyim, diyecektim."

"Tabii kalabilirsin. Ben şimdi sana oda hazırlatırım."

Sonra Mahmure Hanım'a döndü, "Bir fincan kahve yap Ayşe'ye. Yanında çikolata da getir. Suyu da tazele" dedi. Sabri de arkasından gidince kızla yalnız kaldılar.

"Ali mi bir şey yaptı?"

"Ali! Siz onu tanıyorsunuz değil mi?"

"Tanıyorum. Geçen akşam kulüpte masama geldi. Sen de o sırada sahnedeydin, onu gördün sanırım. Çok babayiğit oğlan Ali. O kadar adamın arasında hiç korkmadan gelip masama oturdu. Seni, benim arabaya binerken görmüş. Tabii işkillenmiş çocuk."

"Ona ne dediniz?"

"Hiç, başkasına ait olana el uzatmayız biz dedim. O da başka bir şey sormadı. Seni rahatsız edip etmediğimi anlamak için gelmiş. Doğrusu o benim yanıma gelene kadar ben seni arayıp sormaya, haber yollamaya devam ediyordum ama Ali'yle tanışınca, senin de bildiğin gibi bir daha seni hiç rahatsız etmedim. Siz kavga filan mı ettiniz?"

"Yok, pek sayılmaz. Ali gidecek."

"Ayrılıyor musunuz yani?"

"Hı hı..."

O sırada Mahmure Hanım elinde kahvelerle geldi. Bir fincan da Agâh Bey'e yapmıştı. Buz gibi suyla koca bir çikolata tabağını da koydu masaya. Başka bir arzuları olup olmadığını sorunca, Agâh Bey, yok, siz gidebilirsiniz dedi. Önce su içtiler. Agâh Bey çikolata tabağına eğildi, en güzelini işaret etti Ayşa'ya, bunu al, der gibi. Ayşa ağır ağır yedi çikolatayı. Tatlı sanki ona iyi gelmiş, üzerindeki uyuşukluğu almıştı.

"Bak, sen benim için çok değerlisin Ayşe. Kalbimde çok ayrı bir yerin var. Eğer tekrar bana dönmek istersen kapım sana sonuna kadar açık. Seni mutlu edebilmek için elimden geleni yaparım ve sen beni bırakıp gitmedikçe ben seni asla bırakmam."

"Böyle şeyler söylemeyin lütfen. O iş bitti. Buraya gelmemeliydim aslında ama..."

"Böyle yapma Ayşe, benim için gerçekten çok değerlisin. Baştan bunu pek anlamamıştım ama sonra seni daha iyi tanıdım. Çok temiz bir kızsın, hayatın kirletemediklerinden..."

Lafın burasında Ayşa gülmeye başladı. Agâh Bey anlamadı nedenini. Kaldığı yerden konuşmaya devam etti.

"Eğer Ali gerçekten bırakır giderse başımın üstünde yerin var ama o seni hiç bırakmaz sanmıştım, demek yanılmışım."

"Ben de... Ben de yanılmışım."

"Şimdi Ali nerede?"

"Bilmem, her yerde beni arıyordur."

"Demek kaçtın onun yanından, ayıp etmişsin. Ayrılık bile böyle kaçarak göçerek olmamalı. Bana da öyle yaptın, ben gidiyorum bile demedin. Gitmek istersen tabii ki gidebilirsin ama her şeyin de bir adabı var. İnsan gideceği zaman karşısındaki kişiye bunu söyler, neden gittiğini anlatır, sonra da güzel güzel vedalaşır, öyle gider. Şimdi Ali'ye de aynı şeyi yapıyorsun."

"Ben değil, o yapıyor."

"Ama kaçıp gelen sensin."

"Ben ondan önce davrandım diyelim."

"Yok, olmaz öyle şey."

Kahveleri bitmişti. Agâh Bey arkasını dönerek "Mahmure! Sabri!" diye seslendi. İkisi birden koşup geldi. Alın şu fincanları filan derken bir yandan da onlara başıyla Ayşa'nın sandalyesinin arkasına astığı çantayı işaret ediyordu, oradan alın der gibi. Ayşa'nın kafası o kadar karışıktı ki, onun ne yaptığını hiç fark etmedi. Mahmure Hanım Ayşa'nın yanından fincanları almak üzere eğilmişken Sabri yavaşça aldı çantayı ve hızla eve doğru gitti. Arkasından Agâh Bey, "Hemen geliyorum" diyerek kalktı masadan. Mahmure Hanım'a, "Ben gelene kadar yanından ayrılma" gibi bir işaret daha yaparak eve girdi. Mahmure Hanım masayı toplama işini ağırdan alıyor, bir tane daha çikolata alması için Ayşa'ya ısrar ediyordu.

Agâh Bey ile Sabri aceleyle çantayı açtılar, telefonu çıkarıp Ali yazan numarayı Sabri'nin telefonuna kaydettiler ve telefonu aldıkları yere koydular. Ses duyulmasın diye sokak kapısını kapatmışlardı. Sabri bastı numaraya, telefonu hemen Agâh Bey'e uzattığında Ali'nin heyecanla alo diyen sesi geldi.

"Merhaba Ali, ben Agâh... Hani geçen gün kulüpte masama gelmiştin..."

"Ha, evet... Hayırdır inşallah, bu saatte beni aradığınıza göre kafanız iyi herhalde."

"Kafam her zaman iyidir benim. Seni rahatsız etmemin sebebi, Ayşe burada. Belki sen de onu arıyorsundur."

Ali bunu duyunca sevinse mi, üzülse mi, bilemedi. Bu saatte bu kızın ne işi vardı onun evinde?

"Biraz gergin galiba. Onu gördüğümde bizim bahçede kendi başına dönüp duruyordu. Kavga mı ettiniz siz?"

"Hayır, ben de anlamadım ne olduğunu."

"Bir an önce gel istersen. Şimdi kahve içiyor bahçede. Seni aradığımdan haberi yok. Biz gizlice çantasından telefonunu aldık, onun görmeyeceği bir yerden arıyorum şu an ve şoförüm sana konum atacak."

"Tamam, hemen geliyorum."

"Benim aradığımı belli etme sakın."

"Tamam, tamam."

"Seni niye aradığımı merak ediyorsun değil mi? Sana söz verdim bir kere. Başkasına ait olana el sürmeyiz dedim ve sözümü tutuyorum. Ama bu kızı bir daha terk edersen bu sefer öyle yapmam, haberin olsun."

Böyle diyerek kapattı telefonu. Sabri'ye dönüp, "Hemen bir konum at Ali'ye" dedi. Çantayı Sabri'nin eline verdi, "Ali gelene kadar siz de bahçede bir bahaneyle yanımda olun" diyerek ağır adımlarla tekrar geldi Ayşa'nın yanına. Mahmure Hanım kızın arkasında durdu, Sabri usulca taktı çantayı sandalyenin başına. Agâh Bey bu arada bir şey içip içmeyeceğini sordu, kız istemedi.

Biraz daha zaman kazanmak, onu burada, bu bahçede tutmak istiyordu. Mahmure Hanım'a mısır patlatmasını, canının çektiğini söyledi. Ayşa itiraz ettiyse de Mahmure Hanım hızlıca gitti mutfağa. Fesuphanallah dedi giderken. Bu gece burada neler oluyordu? Agâh Bey hiç böyle şeyler yapmaz, ayrıldığı kızlardan biri olmadık zamanda eve gelmeye kalkışırsa asla yanına çıkmazdı, kızı oradan göndermek Sabri'yle ona kalırdı.

Mahmure mısır patlatmak üzere ocağın başına geçerken Sabri geride kalan birkaç şeyi içeri götürmek bahanesiyle geldi yanına. O da telaşlıydı. Adam bir de üstelik kızın sevgilisini buraya çağırmış, ona da konum attırmıştı. O da tanıyordu Ali'yi. Pek de tekin biri değildi. Geçen gün de kulüpte pat diye gidip patronun masasına oturmuştu herif. Bir bela çıkmaz inşallah diyordu. Patron onları yanına niye istiyordu acaba? Korktuğundan mı? Korksa onları değil, bu tür durumlar için hazır bekleyen adamları çağırırdı. Hepsini buraya toplamak için bir telefonu yeterdi. Demek başka bir planı vardı.

Mısırlar etrafa güzel kokular yayarak patlamıştı. Mahmure Hanım kocaman, derin bir kaba döktü hepsini. Hemen koştular bahçeye, patronun yanına. Mısırı önlerine koyup, adamın arkasında, ellerini bağlayıp dikildiler. Agâh Bey başladı mısırları tek tek yemeye. Ayşa'ya sen de ye demiyor, kızın kendiliğinden yemesini bekliyordu. Kadınları iyi tanıyordu o, onlara nerede ne denir, ne denmez biliyordu. Biraz sonra Ayşa da başladı mısırları tek tek ağzına atmaya. İkisi de konuşmuyor, mısır yiyorlardı ki, kapının önünde acı bir frenle bir araba durdu, Ali hemen fırladı içinden. Sabri koşup ona bahçe kapısını açtı, Agâh Bey Ali'yi görünce ayağa kalktı. Ayşa şaşkınlıkla bakıyordu içeri soluk soluğa giren Ali'ye.

"Ali! Ne işin var senin burada?"

"O soruyu asıl benim sana sormam gerekiyor ama neyse... Bak, yine buldum seni."

"Nereden buldun burayı?"

"Hayat yardım ediyor diyelim. Ben bulamazsam hayat ne yapıp edip bana seni bulduruyor."

O sırada Agâh Bey, heyecandan ve öfkeden yüzü kıpkırmızı olmuş, soluk soluğa kalmış Ali'ye yaklaşıp, "Hoş geldiniz Ali Bey" diyerek elini uzattı. Şimdi iki erkek yüz yüze, birbirlerinin gözünün içine bakıyorlardı. Ali'nin bakışlarında hem öfke, hem de bir miktar minnettarlık vardı. Agâh Bey ise "verdiğim sözü tuttum" der gibi bakıyordu.

"Eh, madem geldiniz, elinizle koymuş gibi buldunuz Ayşe'yi, o zaman bana da sizi yolcu etmek kalıyor. Ama Ayşe Hanım için mısır patlatıldı. Biz de onu yiyorduk. Arzu ederseniz size de ikram edelim."

"Yok, biz bir an önce gidelim."

"Tekrar beklerim ama bu sefer size güzel bir yemek yedirmeden göndermem. Öyle değil mi Ayşe Hanım?"

Ali hafifçe yaklaştı ona, "Hadi gidelim" diyerek tuttu kızı kolundan, bahçe kapısına doğru geldiler. Mahmure hemen masada kalan çantayla şalı yetiştirdi. Hep beraber uğurladılar onları.

31. Bölüm

Arabaya binerken Ali yardım etmek ister gibi bir kere daha hafifçe kolundan tutmak istedi ama Ayşa tutturmadı, sertçe itti onu. Ali buna da ses etmedi, hemen geçti direksiyona ama gözünden ateşler çıkıyor, ne yapacağını bilmiyordu. Bir kaza yapmamak için dikkatle yola bakmaya çalışıyor, bir yandan da düşünüyordu. Ne olmuştu Ayşa'ya, neden bu kadar kızmıştı? Kafede son söyledikleri hiç çıkmıyordu aklından. Hem Saffet hem de Agâh için "Yatağıma girdiler" mı demişti? "Ben onlarla yattım" mı demişti? Bir türlü toparlayamıyordu kafasını. Ayşa onu masada öyle bırakıp kaçınca deliye dönmüştü. Masadakileri de dağıtmış, herkes onlara bakmıştı. Oysa onun Ayşa'ya kötü şeyler söylemek gibi bir amacı yoktu. Tam tersine Agâh Bey'le konuştuklarını anlatarak onu rahatlatmaya çalışacaktı. Son günlerde ne olmuştu bu kıza, ne yapsa, ne dese dikleniyordu ona.

Ayşa yanındaki koltukta suratını asmış, kıpırdamadan oturuyordu. Şimdi bir şey dese, nasıl tepki vereceği belliydi. Demek kendini Agâh Bey'in evine atmış, oraya sığınmış, ardından da bahçede kendi kendine dönmüştü. Ah benim garibim dedi içinden, gücü dönmeye yetiyor. Düşünmeye devam ettikçe demek o evi biliyor dedi. Daha önce de gitmiş ki, biliyor. Ayşa gibi bir kız öyle bir adamın evine neden giderdi? Buna vereceği cevabı düşünmek bile istemiyordu. Hem de gecenin köründe, onu bırakıp Agâh Bey'in evine gitmek ne demekti? Evdekiler de iyi tanıyordu Ayşa'yı. Bu Agâh denen pezevenk de başka türlüydü. Kızı bin bir türlü dümen çevirerek ona eliyle teslim etmiş, arkasından da bu sefer sözümü tuttum ama bu kızı bir daha bırakır gidersen işler değişir filan gibi bir şeyler söylemişti. Kim bırakmıştı Ayşa'yı, kendisi asla böyle bir şey söylemediği gibi onu bırakmayı aklından bile geçirmiyordu. Acaba Ayşa adama öyle mi söylemişti? Daha adını bile doğru dürüst bilmiyordu kızın, Ayşe deyip duruyordu.

Ali, gecenin bu vakti aslında nereye gittiğini bilmiyordu, yol nereye götürürse gidiyordu işte. Kızı evine götürse onun yukarı çıkmasına izin vermeyeceği belliydi. En iyisi arabayı uygun bir yere çekip bu işi bu gece halletmekti. Deniz kenarına gelmişlerdi. Bank gördüğü yerde hemen sağa çekti arabayı, "Hadi iniyoruz, biraz oturalım, konuşalım seninle" dedi. Kız hemen itiraz etti, "Beni evime götür, bir daha da senin yüzünü görmek istemiyorum" dedi ama hemen arkasından eliyle yüzünü kapatarak ağlamaya başladı. O ağlayınca birden çok üzüldü Ali, hiç kıyamıyordu onun ağlamasına, üzülmesine. Yavaşça sarıldı, "Ağlama" dedi kulağına, "sen ağlar, sen üzülürsen ben ölürüm. Yoksa ben mi üzdüm seni?" diye fısıldadı. Ayşa önce onu itecek gibi oldu ama Ali bu sefer izin vermedi. Daha sıkı sarıldı ona. "Sen beni unuttun mu, biz her şeyimizi birbirimize anlatmaz mıydık, ben her zaman senin yanında olmadım mı, seninle üzülmedim mi, sen bizi unuttun mu yoksa, benim, Ali..."

Bu sözler ruhuna iyi gelmişti Ayşa'nın. Bir süre daha hıçkıra hıçkıra ağladı. Onun ağlamasına hiç dayanamazdı Ali, hemen o da başladı ağlamaya. "Hadi gel, şu banklarda oturalım biraz. İstersen hiç konuşmayız. Birbirimize sarılır, otururuz." Öyle deyince arabadan indi Ayşa. Hemen önlerinde duran banka oturdular, Ali yine sarıldı kıza. "Sen benim gönül dostumsun, yârenimsin. Herkesten kork ama benden korkmak neden? Sen uzaklardayken de hep benim içimde duruyordun. Hiçbir yere gitmedin ki oradan... Sen orada durmasan, benim yaşamaya bile hevesim olmazdı. Hep sen varsın diye çalıştım ben. Sen varsın diye yaptım ne yaptıysam. Bak, daha dükkânıma bile gelmedin. Ben o dükkâna bakarken bile Ayşa da beğenir mi diye baktım. Sen benim gözümsün, kulağımsın, kalbimsin, beynimsin... Sen yoksan hiçbir şeyin anlamı yok ki benim için..."

Ayşa sessizce dinliyor, dinledikçe inanmak istiyor ama bir yandan da ondan çok utanıyordu. Ona söylemişti işte her şeyi. Yine de neden hiçbir şey sormuyor, hâlâ böyle güzel güzel konuşuyordu? O sırada çok sarhoş oldukları yürüyüşlerinden belli hırpani kılıklı iki genç onlara yaklaşıyordu. Ali hemen gördü adamları, oturduğu yerde dikleşti. Adamlar doğrudan yanlarına geldiler, ikisi birden, "Sana var da bize yok mu, biraz da biz bakalım ablamızın tadına" diyerek çullandılar üstlerine. Ali doktora söz vermişti, şiddet yok diye ama şimdi şiddet onu çağırıyordu. Hemen fırladı ayağa, o adamlara, adamlar da ona vurmaya başladı. Biri hemen düştü yere, diğeri biraz daha iriyarıydı, bütün gücüyle sarılmıştı Ali'ye. Ayşa panik içinde etrafına bakıyor, ne yapacağını bilemiyordu. Korkmuştu. Hemen telefonunu çıkardı, çevirdi 112'yi, arkadaşıma saldırdılar, koşun yetişin filan dedi telefonda. Polis neresi deyince onu da bilemedi. Ben hemen konum atıyorum size dedi. Bir yandan da gözü Ali'deydi. Bir zarar verirler miydi acaba ona?

Ali tepesindeki adamı can havliyle savurunca adam denize yakın bir yere doğru yuvarlandı. Diğeri zaten yerden kalkamamıştı. Şimdi Ali ve Ayşa dikkatle bakıyorlardı adamlara, acaba yine kalkacaklar mı diye. İriyarı olanın aceleyle cebinden çıkardığı bıçak gecenin karanlığında parlıyordu. Yerden kalkmasıyla bıçağı Ali'ye savurması bir oldu. Ali ilk saldırıyı savuşturmuştu, şimdi artık ikisi karşılıklı dans eder gibi birbirlerini kolluyorlardı. Ayşa panik içinde onlara bakarken adam tekrar saldırdı Ali'ye. Ali yine can havliyle itti adamı. Bundan sonrası artık yavaş çekilmiş bir film gibiydi. Adam zaten sarhoştu, düştüğü yerde yuvarlanırken elindeki bıçakla ağır ağır düştü denize. Düşmesiyle denizde kaybolması bir oldu. Suyun üstüne çıkamadı.

Bu arada sağdan soldan sesleri duyup gelenler hep bir ağızdan, "Adam boğuluyor yahu" diye bağırıyordu. Yerdeki sarhoş da kalktı ayağa, denize bakmaya başladı, deniz sanki adamı yutuvermişti. Ali daha fazla duramadı, telefonuyla cüzdanını Ayşa'nın eline tutuşturup atladı denize. Orada bulunan herkes telefonlarıyla denize ışık tutuyordu. Sonunda başı göründü adamın. Ali hızla o tarafa doğru yüzerken siren seslerinden polisin geldiğini anladılar. Her kafadan bir ses çıkıyor, şimdi polis de merakla sudakileri görmeye çalışıyordu. Hemen büyük bir ışık geldi arabadan. Ali adamı başından tutmuş sahile doğru getirmeye çalışıyordu. Polis hemen denize can yelekleri atmış, ip sarkıtmıştı. Ali tam ipi tutacaktı ki, ah dedi. Aynı anda denize kıpkırmızı bir kan yayılmaya başladı. "Vay namussuz, adamı bıçakladı manyak" diye bağrışmalar yükselirken bu sefer Ayşa da atladı denize. Çok iyi yüzme bildiği söylenemezdi ama Agâh Bey'in bahçesindeki yüzme havuzunda işi bayağı ilerletmişti.

Bu arada adam yine kaybolmuştu sularda. Polis sürekli anons yapıyor, telsizle sahil güvenliği arayıp yer bildiriyor, en yakın sahil güvenliğin bir an önce oraya ulaşmasını istiyordu. Acele etmezlerse bu gece burada insanlar ölecekti. Polisin biri hemen çıkardı ceketini pantolonunu, can yeleği gibi bir şey giyip atladı denize. Önce, Ali'ye ulaşmaya çalışan Ayşa'yı tuttu kolundan, yukarıdan attıkları ipi bağladı kızın beline. Sonra suyun yüzünde kalmaya çalışan Ali'ye yaklaştı. O sırada ambulans da gelmişti, polis aşağıdan, sağlık görevlileri yukarıdan çekerek Ali'yi de çıkardılar denizden. Hemen sedyeye yatırılan Ali'nin bilinci yerindeydi ama çok kan kaybetmişti. Adam bıçağı sağ yanından tam da böbreğinin oralardan bir yere savurmuştu. Suyun içinde olduğundan kan kaybı çok olmuştu. Ayşa sağlık görevlilerinin itirazına rağmen, her yanından sular akarak Ali'nin yanına koştu. Sağlık görevlileri yaranın üzerine gazlı bezlerle bastırarak kanamayı durdurmaya çalışıyorlardı. İçlerinden biri hemen telefonla, acele kan gerektiği çağrısı yapmaya başlamıştı bile. Biri, soğuktan ve heyecandan titreyerek başlarında bekleyen Ayşa'ya Ali'nin kan grubunu sordu, bilmiyordu. Aceleyle ambulansa aldılar Ali'yi, polis hâlâ denizde kaybolan adamı arıyordu. Sahil güvenlik de gelmiş, dalgıçlar atlamıştı bile suya. Ortalık gecenin o saatinde mahşer yerine dönmüş, gazeteciler ellerinde fotoğraf makineleriyle resim çekmeye başlamıştı.

Ayşa o ıslak haliyle titreyerek Ali'nin yanına binmeye çalışırken sağlık görevlilerinden biri tuttu kolundan, büyükçe bir havluyla sıkıca sardı kızı. Ayşa havluya iyice sarınıp oturdu Ali'nin yanına, tuttu elini, başını iyice yaklaştırdı, "Sakın ölme Ali, ben sensiz yapamam" dedi. Hafif bir gülümseme belirdi Ali'nin yüzünde. Sağlık görevlileri onu hemen yana aldılar, biri aceleyle serum bağlıyor, diğeri tansiyonunu ölçmeye çalışıyordu. Ali'nin dudakları bile bembeyaz olmuş, titriyordu.

Ayşa hemen Ali'nin telefonunu çıkardı, aceleyle Doğan'ı aradı. Kim olduğunu, başlarına neler geldiğini, şimdi ambulansta olduklarını, Ali'nin çok kan kaybettiğini söyledi. Doğan hemen, ambulansın şoförünü istedi telefona. Doktor olduğunu, arkadaşı Ali'yi çalıştığı hastaneye getirmelerini söyledi. Kendi de apar topar giyindi, arabasına atlayıp son sürat gitti hastaneye. Zaten evi yakındı, ambulanstan önce acile girdi, kanamalı bir hasta geliyor diyerek gerekli hazırlıkları yaptırırken siren sesini duyunca hemen acilin önüne çıktı. Sedyeyi ambulanstan indirirlerken hem Ayşa, hem de Doğan Ali'nin başındaydı. Kapılar gürültüyle açıldı kapandı, birileri sağa sola koşturup iki ünite kan bulun çabuk diye bağırdı. Aceleyle hastanın kan grubuna bakıldı: A RH pozitif. "Oh" dedi Doğan, "bulamazlarsa ben veririm, benim kan grubum." Doğan'ın yanına acildeki pek çok doktor da koşup geldi, her biri hastanın üzerine eğilip bir şeyleri anlamaya çalışıyordu.

Acil ameliyata alınması gerekiyordu hastanın. Doğan hemen telefona sarıldı, kliniğin hocasını aradı. "Hocam çok yakınımın size ihtiyacı var" diyerek kapattı telefonu. Hoca gelene kadar ameliyathane hazırlandı, Ali için aranan kan bulundu, hemen takıldı. Hoca geldiğinde her şey hazırdı. Doğan da hocasıyla birlikte soyundu, akan suyun altında üç beş kere fırçaladılar ellerini, yeşil gömlekleri giyip aceleyle daldılar ameliyathaneye.

Ayşa, hâlâ üzerinde kalın havluyla ameliyathanenin önünde titreyerek bekliyordu. Arada bir ayaklarını yere vuruyor, içinden dualar okuyordu. Hastane polis kaynıyordu. Bir an önce Ayşa'yı sorguya çekmek istiyorlardı ama kızın hali ortadaydı. Biraz sonra orta yaşlı bir hemşire geldi yanına, "Gel kızım, bir de sana bakalım. Seni de sudan çıkarmışlar, bir yerine bir şey oldu mu, baksın doktorlar" dedi, Ayşa'yı kabinlerden birine götürdü, iyice soydu, orasına burasına baktı, "Bir şikâyetin var mı?" diye sordu. Ardından önce ateşini, sonra tansiyonunu ölçtü, çarşafı kızın üstüne çekerek kalkmamasını tembihleyip çıktı kabinden. Kız çarşafın altında hâlâ titriyordu. Biraz sonra genç bir doktor hanım geldi yanına. Orta yaşlı hemşire de yanındaydı. "Hemen kalın bir şeyler giydirin kıza, hipotermiye girmesin, sık sık da ateşini ölçün. Bir fincan sıcak çay getirin, onu da içsin" dedi doktor.

Sabah olmuş, gün aydınlanmıştı. Denize düşen adamın cesedini dalgıçlar çıkarmıştı. Kimlik tespiti yapılmış, adamın hırsızlık ve gasp suçundan cezaevinden üç gün önce çıktığı öğrenilmişti. Olay ölümlü olunca iş büyümüş, polis ve savcı da devreye girmişti. Durum kayıtlara adli vaka olarak girmişti ve polisler bir an önce herkesin ifadesini almaya çalışıyorlardı.

Ayşa üzerindeki battaniyelere rağmen hâlâ titriyor, kötü bir haber alırım endişesiyle kimseye bir şey soramıyordu. Dönmek istiyor ama bu ortamda onu da yapamıyordu, dudakları kıpırdayıp duruyordu. Biraz sonra Doğan geldi yanına. Ameliyattan yeni çıkmış olmanın, saatlerdir ayakta durmanın ve Ali'yi kaybetmemek için uğraşmanın yorgunluğu vardı üstünde. Yığılır gibi çöktü Ayşa'nın yanındaki sandalyeye. Ayşa hemen doğruldu yerinden. Soran gözlerle Doğan'a bakıyor, bir yandan da duyacaklarından korkarak iyice büzülüyordu yatakta. Doğan yavaşça, "Korkma, şimdilik iyi Ali ama bir böbreğiyle karaciğerinin bir kısmını almak zorunda kaldık. Çok kan kaybetmiş. İki şişe kan verdik ama yetecek mi bilmiyorum. Yoğun bakımda şimdi" dedi. Bu haber hiç rahatlatmadı Ayşa'yı. Durup dururken olanlara bak dedi içinden. Demek böbreğinin birini almışlardı. Onun yüzünden yarım olmuştu Ali. Ayşa hiçbir şey söylemeyince Doğan sordu:

"Sen de atlamışsın değil mi denize? Ali neyse de, sendeki de iyi cesaret doğrusu. Gece yarısı, Boğaz'da suya atlanır mı?"

"Adamı kurtarmaya atladı Ali."

"Öyle mi? Bak işte bunu bilmiyordum. Ben kavga ederlerken ikisi birden denize düştü sandım. Ama adam onu denizde bıçaklamış. Biraz da o yüzden bu kadar kan kaybetmiş tabii. Niye bıçakladı ki, madem onu kurtarmaya atlamış, insan böyle bir durumda kendisini kurtarmaya geleni bıçaklar mı?"

"Ben de anlamadım zaten. Suya yayılan kanı görünce Ali ölüyor sandım, atladım işte."

"Şu işe bak! Bunları senden başka gören oldu mu?"
"Oldu tabii, etrafta bir sürü adam vardı."
"Sen iyi misin, biraz toparlandın mı?"
"Hı hı..."

O sırada yine aynı hemşire girdi yanlarına. "Hastamızın hipotermisi vardı, vücut ısısı 34 dereceye düşmüştü, tansiyonu da sekizlerdeydi. Bir ünite serum verdik. Şimdi bakayım kaç olmuş" diyerek Ayşa'nın önce tansiyonuna sonra ateşine baktı. İkisi de normale yaklaşmıştı ama kız hâlâ titriyordu. Onun halini görünce Doğan, "Hadi kalk, bir an önce evine git, sıcak bir duş al, biraz dinlen. Ben sana haber veririm" dedi. Ayşa omuz silkerek, "Yok, ben Ali'yi burada bırakıp gidemem" deyince Doğan biraz da emir verir gibi konuştu: "Gideceksin. Aslında ifadeni almak için polisler bekliyor ama şimdi git. Zaten Ali'yi göremezsin çünkü henüz ayılmadı. Hadi kalk bakalım. Ya da dur, ben de birkaç saatliğine eve gideceğim. Bir duş alıp üstümü başımı değiştirip öyle geleceğim. Seni evine kadar bırakırım." Biraz sonra birlikte çıktılar hastaneden, Doğan önce Ayşa'yı evine bıraktı, sonra da kendi evine yöneldi. Çok yorgundu, bugün akşamı nasıl edecekti acaba?

32. Bölüm

Sonraki günler zamanının çoğunu hastanede geçirdi Ayşa. İyi bir tesadüf olarak bu kazadan iki gün sonra Şahin de gelmişti Türkiye'ye. O da sık sık hastaneye, Ayşa'nın yanına geliyordu. Doğan hiç başından ayrılmıyordu Ali'nin ama henüz Ayşa yanına girememişti. Ali ayılıp kendine gelince ilk işi Doğan'a Ayşa'yı sormak oldu.

"İyi iyi... Yoğun bakımın kapısında beklemekten bir hal oldu kız."

"Sakın içeri alma şimdilik. Halime baksana, her yanımdan ayrı bir hortum çıkıyor. Beni böyle görmesin."

"Oğlum perişan oldu kız, böyle görse ne olacak. Sen bu halinle bile artist gibisin maşallah. Ayrıca bunca zamandır arkadaşınmış da beni niye tanıştırmadın? Son zamanlarda ne olduysa bir anda kayboldun ortalıktan. Yabancı mıyım, senin hem ortağın, hem arkadaşın değil miyim?"

"Denk gelmedi işte... Demek beni merak ediyor, etsin, etsin. Kızla ilgilen ha, ben de buradayım, çok yalnız kalmıştır o şimdi. Onun yüzünden ölüyordum ama bin kere ölmek gerekirse bininde de ölürüm onun için. Şimdi bak, iki laf ettik, nefesim daraldı. Benden hâlâ ümidiniz var mı? Bok yoluna gidiyorduk az daha."

"Zamanında getirmeseler, kan kaybından gidiyordun."

"Ne böbrek bırakmışsınız bende, ne karaciğer. Hazır eliniz değmişken kalbimi de alıverseydiniz ya."

"Ben alacaktım da, hoca o bari dursun dedi."

"İyi, yine hoca insaflı çıkmış. Kapıda kimler var?"

"Sadece Ayşa değil, polisler de bekliyor. İfadeni alacaklarmış. Ben şimdilik izin vermiyorum ama biliyorsun adam ölmüş. Dalgıçlar cesedini çıkarmış denizden."

"Yapma ya! Ölmüş mü? Gece gece belasını arıyordu deyyus! Ulan ben onu kurtarmaya atlamışım denize, herif beni öldürüyordu. Gebersin dürzü!"

"İyi de polisler adamı sen öldürdün sanıyor."

"Ne öldürmesi be! Ha, demek polis işi başka türlü biliyor. İşte bu kötü... Yani şimdi bir de katil muamelesi mi yapacaklar bana? İyi, anlatırız tabii ama şimdilik alma kimseyi yanıma."

"Almam merak etme, zaten biraz daha toparlaman gerekiyor."

"Ölecek miyim yoksa?"

Doğan bu soruyu hemen cevaplayamadı. Şimdilik durum iyi görünüyordu ama yine de böyle bir ihtimal vardı. Bu ihtimal Doğan'ı da çok üzüyordu. Hemen toparladı kendini. "Allah korusun, ne biçim bir soru bu! Hem sen ölür müsün oğlum, dokuz canlısın maşallah." Doğan'ın bu sözleri Ali'ye de iyi gelmişti. Hele böyle bir dönemde, hazır Ayşa'yı da bulmuşken ölmeyi hiç istemiyordu. Doğan çıkarken Ali arkasından uzun uzun baktı. Daha önce onu hiç doktor önlüğüyle görmemişti. Tiril tiril ütülü beyaz doktor gömleğinin cebinde Dr. Doğan Türköz yazıyordu. Gözüne gözlük takalı zaten çok olmuştu. Bir boynunda o alet eksikti. Doğan cerrahi ihtisası yapıyordu. Ameliyatına da hocasıyla birlikte o girmişti. Ali'nin hayal ettiği ne varsa Allah Doğan'a kısmet etmişti. Bunda da vardı bir hayır...

Doğan odadan çıktı ama gergindi. Ali hâlâ zor konuşuyor, konuşurken sık sık nefes almakta zorlanıyordu. İnşallah prognoz iyi gider, çocuğa bir şey olmazdı. O çıkınca Ali kendisiyle baş başa kaldı. Ayşa geldi yine aklına. Acaba siniri geçmiş miydi? Sahi bu kız durup durup niye kızıyordu ona? Agâh Bey de bir şeyler saçmalamıştı o gece, bir daha kızı bırakıp gidersen filan diye... Nereden çıkıyordu bu laflar, kim uyduruyordu bunları? Acaba Ayşa'ya bir şey söyleyen mi olmuştu, Ali seni bırakıp gidecek mi demişlerdi? Demek kız onun gitmesinden korkuyor, bunun için kızıyordu. Eh, bu iyi işte dedi. Gitmemden korkuyor, öyleyse beni çok seviyor. Başına gelenler, geçirdiği büyük ameliyat, tek böbrekle yaşamak zorunda kalacağı, karaciğerinin bile bir parçasının alındığı hiç gelmiyordu aklına. Ayşa onu seviyordu ya... Ayşa Doğan'ı görünce hemen koştu yanına, Ali'yi sordu, yanına gitmek istedi ama Doğan engel oldu.

"Daha iyi evet ama henüz içeri giremezsin. Biliyorsun yoğun bakıma ziyaretçi almıyoruz. İçeride yatan herkesin durumu son derece ciddi. Mikrop almamaları gerekiyor."

"Şey, Ali çok bahsettiği için ben seni tanıyorum hatta bir seferinde ben oradayken sen de gelmiştin Ali'nin memleketteki dükkânına. Adım da Ayşe değil, Ayşa."

Doğan hemen anladı kızın kim olduğunu. Demek bu kız oydu. Murat Usta'nın sevgilisiyle dükkâna gelen. Hani sonra babası kadını öldürmüştü. Demek bunların ilişkisi çok eskilere dayanıyordu. Çırpı gibi bir şeydi o zaman bu kız, nasıl da değişmişti, söylemese asla tanımazdı.

"Evet, hatırladım. Ali hiç bahsetmemişti bana senden. Ah Ali ah... Kaç zamandır söylüyorum kız arkadaşını da al birlikte yemeğe gidelim diye. Bu arada bir ihtiyacın olursa ben hep buradayım. Telefonum var sende değil mi? Beni ne zaman istersen arayabilirsin. Burada böyle aç biilaç bekleme. Ben nasıl olsa hep buradayım. Ali biraz daha düzelsin, ben seni ararım, o zaman gelirsin. Şu numaranı ben de kaydedeyim."

Ayşa hemen verdi numarasını. İyi ki Doğan var diye dua ediyordu içinden. O da olmasa ne yaparlardı? "Aşağıda güzel bir kafeteryamız var, kim bilir kaç saattir açsındır. Hadi birlikte inip bir şeyler yiyelim. Seninle yeteri kadar ilgilenmezsem Ali kızar bana" dedi. Ayşa bunu duyunca hemen düştü doktorun peşine, birlikte kafeteryaya oturup bir şeyler yediler. Çok saygılı biriydi Doğan. Ali için elinden ne gelirse yapıyordu. Ali çok iyi bir ortak bulmuştu kendine.

Bu arada polisler Ayşa'nın ifadesini almak için bekliyorlardı. İfade alınırken Doğan da onu yalnız bırakmadı. Ayşa elinden geldiğince anlattı o gece olanları ama ölen adamın yanındaki arkadaşı, farklı bir ifade veriyordu. Ali onu kurtarmak için değil tam tersine öldürmek için atlamıştı suya. Adam da onun için bıçaklamıştı Ali'yi.

Başka türlü olsa insan kendini kurtaracak adamı bıçaklar mıydı? İşler giderek karışıyordu. Şimdi bunca olandan sonra bir de hapse mi girecekti Ali? Bunları duydukça kahroluyordu Ayşa. Hemen o gün Cevat Bey'i aradı. Şahin gideli birkaç kereden fazla görüşmemişlerdi onunla, eve de gitmemişti. Gerçi hem Mualla, hem de Muazzez sık sık telefonla arıyor, ısrarla eve çağırıyorlardı. Şahin de gitti, sen kız başına ne yapıyorsun diye başının etini yiyorlardı. Zaten o olaydan sonra artık kulübe de gitmiyordu. Kulüptekiler ona bir süre izin vermiş, bir an önce gel demeyi de ihmal etmemişlerdi.

Telefonda Cevat Bey'e birlikte yemek yiyelim mi deyince hemen sözleştiler. Her zaman gittikleri restoranda buluştuklarında Cevat Bey ona hasretle sarıldı. Oturdular masaya, hal hatır sorma işi bitince Ayşa önce Ali'yi, sonra da başlarına gelenleri tek tek anlattı. Hemen bir avukat bulmak gerekiyordu, Ali'nin başı derde girebilirdi. Cevat Bey önce Ali'nin kim olduğunu sordu, Ayşa bir iki kekeledikten sonra bu ilişkiyi başından itibaren kısaca anlattı. Yıllar sonra bir tesadüf onları yine bir araya getirmişti. "Yani erkek arkadaşın öyleyse" dedi Cevat Bey, o da başını sallamakla yetindi. Cevat Bey ilgilendi konuyla, "Bizim şirketin avukatına sorarım, bu konuyla ben ilgilenirim, sen merak etme" deyince rahatladı Ayşa, hep güvenirdi bu adama. Yemekten sonra birlikte perili köşke gittiler. Mualla'yla Muazzez onu görünce çok sevindi. Nasıl ağırlayacaklarını bilemediler kızı. O gelmeyeli ne kadar değişmişti bu ev. Artık evin hâkimi Muazzez olmuştu. Çaylar, kahveler, kurabiyeler geldi önüne. Hayret ama Mualla bunlara bir şey demiyor, eskiye göre daha az konuşuyordu. "Ne oldu sana teyze, ben görmeyeli zayıflamışsın, bir sorun mu var?" diye sordu Mualla'ya. O da böyle bir soru bekliyormuş gibi başladı anlatmaya:

"Siz gidince yapayalnız kalıverdik. Artık eskisi gibi her işin peşine koşmaya halim de yok. Muazzez sağ olsun, bana iş bırakmıyor zaten. İştahım da kalmadı son günlerde. Çok mu zayıflamışım?"

"'Bunca zamandır çok yordu kendini teyzen Ayşa' diye atıldı Muazzez, 'Biraz da uzat ayaklarını otur' diyorum. 'Ben sana iyi bakmıyor muyum, Cevat Bey'e de bakıyorum.'"

"Bir doktora gösterelim teyzemi, böyle olmaz."

O gece Ayşa'yı bırakmadılar, orada, eski odasında kaldı. Zaten canı çok sıkkındı. Herkes yatınca hemen çıktı çatıya, saatlerce döndü. Özlemişti bu odayı. Odada ne varsa, hepsini bir kere daha uzun uzun inceledi. Kuru kafa bile artık onu korkutmuyordu. O da bu odanın misafiri olmuştu. Bir gün mutlaka Ali'ye de gösterecekti buraları. Ah Ali, bir çıksan oradan, sağlığına kavuşsan, bir daha hiç üzmeyeceğim seni.

Sabah erkenden hep birlikte çıktılar yola. Ayşa önceden Doğan'ı aramış, teyzesi için doktordan randevu alınmıştı. Onlar doktorla uğraşırken Ayşa hemen koştu yine yoğun bakımın önüne. İçeri giren çıkan herkese Ali'yi soruyordu. Bari telefonla konuşsaydılar, ona da izin vermiyorlardı. Öğlene doğru Ali'ye bakmak için yine Doğan geldi. Bu sefer çok yalvardı Ayşa, ne olur bir dakikacık göreyim diye. Doğan içeri girdi, Ali'ye, Ayşa'nın içeri girmek istediğini söyledi. Düne göre biraz daha iyiydi Ali. Şöyle bir baktı kendine, hâlâ perişan görünüyordu. Her bir yerinden sallanan hortumları henüz çıkarmamışlardı. Saçı sakalı uzamıştı, rengi bembeyazdı. Doğan onun tereddüdünü görünce, "O senin artık sözlün, nişanlın sayılır. Hastasın, olur o kadar. Bırak da görsün seni. Zaten bir dakika hemen girip çıkacak. Daha fazla konuşup yorulmana ben de izin vermem zaten" dedi. Sonra da cevabı beklemeden çıktı kapıya: "Girebilirsin Ayşa ama sadece bir dakika."

Ayşa Ali'yi öyle görünce neredeyse düşüp bayılacaktı. Ne olmuştu böyle Ali'ye... Onu üzmemek için dik durması gerektiğini biliyordu. Yavaşça yaklaştı yanına, hafifçe eline dokundu, uzun uzun baktı sadece. Ali de ona bakıyor, bakarken gülümsüyordu.

"Ali affet beni, hep benim yüzümden oldu, ne olur affet."

"Ne affetmesi Ayşa! Sen mi istedin böyle olmasını? Olacağı varmış işte. Bize nazar mı değdi acaba? Son günlerde sana da bir haller olmuştu. Büyü filan mı yaptılar ha, ne dersin?"

"Ben bozarım o büyüyü..."

"Nasıl bozacaksın?"

"Senin etrafında döne döne büyü filan bırakmam."

"Çok mu kötü görünüyorum?"

"Yok, yine çok yakışıklısın. Çok özlemişim seni."

"Yalan söyleme."

"Artık hiç yalan söylemeyeceğim sana."

"Bak ama sonra unutma bu söylediklerini. Ben de seni çok özlemişim! Sen de verdin gazı, verdin gazı... Artık çabucak iyileşirim. Ama tek böbrekli kaldım, biliyorsun değil mi? Ötekine de bir şey olursa... "

"Bende iki tane var, birini sana veriveririm. Kan gruplarımız da tutuyormuş zaten."

"Eh, artık bunu da duydum ya, bu gece bana uyku yok sevinçten. Belki de ağlarım. O gün kafede sevinçten nasıl ağlamıştık, unuttun mu?"

"Unutur muyum? Sen çık, yine birbirimize sarılır ağlarız."

"Sahi ağlar mıyız?"

O sırada Doğan girdi içeri.

"Bir dakika dedik ama bakıyorum muhabbeti koyulaştırmışsınız."

"İyi ki aldın Ayşa'yı içeri. Senin hakkını nasıl ödeyeceğim, bilmem ki..."

"Adama bak ya... Kaç gündür onun için yaptıklarımı unuttu, bir tek seni içeri aldığım için teşekkür ediyor bana. Sen ne âlem adamsın be ortak."

Şimdi hepsi birden gülümsüyordu. Ayşa teşekkür ederek çıktı dışarı. Çıkmadan önce Ali'ye uzaktan el sallamayı da ihmal etmedi.

33. Bölüm

Uzun bir aradan sonra Ayşa bugün nihayet geldi. Artık buraya gelirken pelerin giymiyor ama eskiye göre çok daha şık ve bakımlı. Saçlarını dümdüz taramıyor, hafif bukleler var, spor ayakkabıları çıkarmış, alçak topuklu sade bir ayakkabı var ayağında. Açık renk ruj ve yanaklarındaki belli belirsiz pembelikle yine su gibi bir kız olmuş. Elinde büyükçe bir poşet var, daha oturmadan onu bana uzatıyor. Hediyeyle geldiğine göre, belki de bir daha onunla görüşmeyeceğiz, yani bu son seans. Önce evde yapılmış bir kutu tatlı çıkıyor, "Hocam bunu ellerimle yaptım, bizim memleketin meşhur tatlısı bu" diyor. Ne güzel, şimdi birlikte yeriz. Altta duran siyah kadife kutu beni heyecanlandırıyor, inşallah çok pahalı bir hediye çıkmaz içinden diyerek açıyorum kutuyu, bir sıra, açık pembe bir inci parlıyor kutuda.

Ne düşündüğümü anlamış gibi hemen atılıyor, "Hocam, bunu kendi kazandığım parayla aldım. İnanın çok da pahalıya gelmedi, hani size anlatmıştım ya, bu pelerini aldığım o küçük dükkânda buldum bunu. Yani yeni değil, geçmişte kim bilir kimler kullandı ama elime aldım, evirdim çevirdim, çok sıcak bir enerji hissettim bu incide. Umarım siz de öyle hisseder, bol bol takar, taktıkça da beni hatırlarsınız" diyerek kolyeyi hemen boynuma takıyor. Elimle yokluyorum, hiç fena değil incinin enerjisi, çok da güzel. Teşekkür ederek geçiyorum yerime ve kaç zamandır nerelerde olduğunu merak ettiğimi söylüyorum. O da yerine oturur oturmaz tek tek anlatıyor neler yaşadıklarını. Olacak iş değil başlarına gelenler ama hayat bu, olmaz olmaz yani...

"İşte böyle hocam... Ali yirmi günden fazla yattı hastanede. Tabii o arada okula bile doğru dürüst gidemedim. Kulübe o günden sonra hiç uğramadım bile... Ali'ye bir şey olacak diye aklım çıktı. Çok suçladım kendimi. Ben o gece öyle yapmasaydım, bunlar gelmeyecekti başımıza."

"Doğru söylüyorsun ama hayatın önümüze ne çıkaracağını hiçbirimiz bilmiyoruz ki... İlk kez gördüğümüz bir filmi izler gibi, sonra ne olacağını hiç bilmeden yaşayıp gidiyoruz. Sen o gece neden öyle yaptın? Bir anda ne oldu sana?"

"Biliyorsunuz işte, yaşadıklarımı Ali duyarsa beni istemez diye kurup duruyordum. Ben başımı kaldırıp da biraz daha dik durmaya başladıkça Ali epeyce yumuşadı. O yumuşayınca da benim korkularım iyice arttı. Ali'yi tanıyorum, o böyle şeylere eyvallah edecek adam değil, bunda bir iş var dedim. Bu kadar alttan aldığına göre, demek benimle biraz gezip tozacak, sonra da herkes gibi o da beni bırakıp gidecek. O gece zaten içimde ne varsa söyleyip çıktım."

Olayların bu kadar doğal, kendiliğinden gelişmesi belki de iyi olmuştur. Bunları tek tek anlatmak hiç kolay olmayacaktı Ayşa için. "Agâh Bey'e gitmek neden?" Hem bu soruyu soruyor, hem de neden oraya gittiğini tahmin ediyorum. Ali'nin yanında bu kız arınıyor, temiz hissediyor kendini ama o da bırakır giderse yine kirli, değersiz, lekelenmiş Ayşa olacak. Agâh Bey onun kafasında değersizliği, kirlenmişliği temsil ediyor, Ali ise saflığı, temizliği, değerli olabilmeyi, sevilmeyi...

"Başka nereye gidebilirdim ki? Hem Ali beni bırakırsa yerim yine ya Agâh Bey'in ya da onun gibi birinin yanı olurdu."

"Neden öyle olsun? Böyle olması için bu seçimi senin yapman gerekir."

"Belki size komik gelecek ama kendimi oralarda daha rahat hissediyorum. Ben Ali'nin yanından çok oralara yakışıyorum."

Tam da düşündüğüm gibi... Bu kız kendini o kadar değersiz hissediyor ki, yeri yurdu orasıymış gibi hayat hemen onu oralara doğru çekiveriyor. Bilinçdışının gücü bu, görünmese de ipler hep onun elinde.

"Bakıyorum bilinçdışıyla el ele vermiş, kaderini değersizlik üstünden yazıyorsunuz. Şimdi biz de buna kader mi diyelim Ayşa? Bu kader değil, bu bir karar."

"Ama şimdi her şey öyle değişti ki kafamda."

"Nasıl?"

"Ali'ye o gece hem Saffet'i, hem de Agâh'ı bir anda söyleyiverdim ya, bunları bilirse Ali benden nefret eder, iğrenir sanıyordum ama öyle olmadı. O bana seven gözlerle her baktığında biraz daha arınıyorum sanki... Ali bana hep böyle baksa, hep yanımda olsa, belki artık bu dönmelere de ihtiyaç duymam."

Eskiden sadece dönerek arınıyordu içine düştüğü pislikten, şimdi ise Ali'nin aşkı, sevgisi, ona olan tutkusu arındırıyor kızı. Hem çok hüzünlü, hem de sonu iyi biten bir aşk masalı bu.

"Agâh Bey nasıl bakıyordu sana?"

"O da bana çok değer vermeye çalıştı ama o bana bakınca bir kadın görüyor karşısında. Ali sadece beni görüyor. Neysem onu görüyor. Çöp kıza da öyle bakıyor, kırmızı pelerinli kıza da. Artık o beni bırakmadıkça bir daha kaçmam ondan."

"Hâlâ seni bırakacağını düşünüyor musun?"

"Hayat bu, her şey olabilir, belki de eski korkularım azaldı. Eşitlendik sanki Ali'yle..."

Ne harika bir cümle... Demek sonunda kendisiyle barıştı, diğer insanlardan bir farkı kalmadı onun da... Nasıl da sevindiriyor bu sözler beni. Doktorluk böyle bir meslek işte, hastamızın bizim dokunuşlarımızla iyileştiğini görmek de bize verilen en büyük ödül. Koltuğumda sağa sola kaykılarak ona sevinçli gözlerle bakmaya devam ediyorum.

"Ali hastanede yattığı sürece hiç başından ayrılmadım. Gece gündüz baktım ona. Doğan iyi olacak inşallah derken gözlerindeki korkuyu, endişeyi görüyordum. Demek ameliyattan sağ çıksa da, henüz tehlikeyi tam atlatamamıştı ama çok şükür sonunda çıktı. Bu arada olay adliyeye intikal ettiği için sorgu sualler hiç bitmedi. Zaten Ali'yi normal odaya aldıktan sonra kapıya bir sivil polis diktiler. Bu sefer de Saffet denen o iğrenç adam geldi aklıma. Onun da kapısında bir inzibat beklerdi. İşte tam da o sıralarda Mualla Teyzem hastalandı. Ben ısrar etmesem daha doktora filan gideceği yoktu. İyi ki götürmüşüz çünkü çok ciddi bir hastalığı varmış kadının. Zaten evin bütün idaresini Muazzez'e vermesinden anlamalıydık hasta olduğunu. Haklı, hastalanmasa asla alışkanlıklarından vazgeçmezdi.

O ara bir yanda teyzem yatıyor, bir yanda Ali. Ben birinden çıkıp öbürüne koşuyorum. O da büyük bir ameliyat geçirdi. Bu konuda da Doğan çok yardımcı oldu bize, teyzemin ameliyatına da girdi. Tabii Muazzez duydu Ali'yi, bana bin bir soru sordu, işin aslını iyice öğrendikten sonra da hemen geldi başına. Tanıştırdım onları."

"Ali konusunda ne dedi, bir yorum yapmadı mı?"

"Vallahi ben de çekiniyordum bu işten, öğrenirse kırk tane kulp takar diyordum ama ben görmeyeli ona da bir haller olmuş. Her zamankinden çok daha neşeli, enerjikti. Konuşmaya başlayınca sesi cihanı tutuyor. O gelince Cevat Bey de geldi Ali'yi ziyarete, yani Ali akrabamız gibi oluverdi."

"Şahin'in bunlardan haberi olmadı mı?"

"Olmaz mı, zaten teyzemden kısa bir süre önce o geri döndü. Tabii Şahin gelince Mualla Teyzemin gözleri parladı. Morali düzeldi kadının. Şahin de sağ olsun, hiç ihmal etmedi annesini. O da hep başındaydı. Doğan'la da çok yakınlaştılar. Ne olsa, ikisi de aynı memleketin çocuğu. Hatta bir seferinde Şahin Şule'yi de getirdi, annesiyle ve bizimle tanıştırdı. Eskiden olsa kıza kırk kulp takardı, belki de hasta olduğundan çok nazik karşıladı. Şahin Şule'yi de aldı, Ali'ye geçmiş olsuna geldi. Ondan sonra da hastaneye her gelen hem Ali'yi, hem de teyzemi ziyaret eder oldu."

"Ne güzel, gerçekten geniş bir aile olmuşsunuz. Sen şimdi kendi evinde mi kalıyorsun?"

"Yok, o günden sonra bir daha beni bırakmadılar. Araya hastalık da girince, şimdilik perili köşkte kalıyorum. Daha komiği, sadece ben değil, Ali de bizimle perili köşkte kalıyor şimdilik."

"Ali mi? Nasıl yani?"

"Muazzez'i biliyorsunuz işte, 'Bu çocuğu yalnız eve göndermek olmaz. Ben ikisine de gül gibi bakarım' diyerek hastaneden çıkınca onu doğru perili köşke getirdi. Ali'ye soran da olmadı. O hastaneden çıkmadan odasını bile hazırladı."

Muazzez'e bak, diyorum içimden, demek oynamayı biliyormuş da gerçekten yeri darmış kadının.

"Şahin ne dedi bu olanlara?"

"Şahin de memnun oldu, şimdi perili köşkte çok kalabalık bir aile olduk. Doğan ve Şule de çok sık geliyorlar. Sofralara sığmıyoruz. O kadar yani... Şule, hani bazen birilerine çok hanım kız derler ya, tam da öyle biri. Onu hiç yadırgamıyorsunuz, kırk yıllık dost gibi davranıyor size, insanlara gösterdiği saygıyı anlatmaya da kelimeler yetmez. Şahin'le ilişkisi de çok yakın ve çok sıcak. Mualla gibi bir anneden sonra bu kız Şahin'e çok iyi gelecek. Ona bakarken kızın gözlerinden dökülen sevgiyi, şefkati, sadece o değil, hepimiz görüyoruz."

Demek öyle... O çocuk yıllardır aradığı sevgiyi, şefkati Şule'de buldu ama acaba kendisi Şule'ye alışkın olduğu sevgiyi verebilecek mi?

"Doğan nasıl biri? Ben bu hikâyede ikinizden de ayrı ayrı çok duydum onun adını."

"O çok farklı biri, şimdiye kadar çevremde öyle biri hiç olmadı. Sanki o bu dünyaya prens olarak gelmiş, bir başında tacı eksik ama mahzun bir prens. Dünyanın en temiz, en güvenilir insanı ama ilişkilerde araya öyle bir mesafe koyuyor ki, onu aşmak imkânsız. Yine de iyi ki öyle biri var hayatımızda diyorum. Ha, belki de onun için yapılacak en iyi tarif, 'Ali'nin tam tersi' demek. Ali siyahsa o beyaz. Ortak olmakla ne iyi etmişler, ikisi de sanki tamamlanmış."

Doğan'ı bu hikâyede bir türlü bir yere oturtamıyorum. Hep var ama aslında yok. Sonra Cevat Bey'i soruyorum.

"Ona da bir haller olmuş, Muazzez Teyzem onun da hakkından gelmiş. O bir tek Saffet'in hakkından gelemedi. Adam şöyle bir kendine gelmiş. Sık sık evde tavla partileri yapılıyor. Tavlacıların başını da Muazzez Teyzem çekiyor. Ali de memnun hayatından, o da seviyor tavlayı. Şahin'le Doğan'ı bir türlü oturtamıyorlar tavlaya. Onlar da birlikte film filan seyrediyor."

"Ali'ye açılan dava nasıl gidiyor?"

"Cevat Eniştem ona bir avukat tuttu. Şimdi o ilgileniyor davayla. Doğan da davanın sıkı takipçisi."

"Bu arada sen ne yapıyorsun? Ali nasıl?"

"Ben sabahtan okula gidiyorum, dersler biter bitmez koşarak eve geliyorum. Evde ne iş varsa yapıyor, Muazzez'e her işte yardım ediyorum. Gerçekten de hastalarımıza gül gibi bakıyoruz. Mualla Teyzeme kemoterapi, radyoterapi filan yapıyorlar. Artık perili köşkün kapısında da bir şoför var, onları sık sık hastaneye götürüp getiriyor. İlk fırsatta Ali'ye çatıdaki odayı gezdirdim. Kuru kafayı görünce ödü koptu. Ali'nin durumu da fena değil, sonra ona bir ünite daha kan verdiler, ilaçları da bitmek üzere. Yine rengi solgun ama yakında işe başlar inşallah.

Hem Muazzez hem de Cevat Bey el üstünde tutuyor Ali'yi. Kulüpten de tamamen ayrıldım, kapandı o defterler ama dönmekten vazgeçmedim. Bir süredir ilaca da hiç ihtiyaç duymadım. Eski sıkıntılar ve krizler hiç yok. Moralim de iyi. Eskisi gibi kendimle uğraşmıyorum artık. Hele Ali hep yanımda olunca, meğer yaşamak ne güzelmiş..."

Vay perili köşk vay... Nereden nereye... Ev aniden canlanmış, yaşamaya başlamış. O evleri, o köşkleri hep içinde yaşayanlar güzelleştirir, ısıtır, ev birden sevilesi bir yer haline gelir. Yıllar sonra perili köşk bile canlanmış, yaşamaya başlamış. Daha da ilginci, Ali'nin bıçaklanması hepsinin hayatını farklı etkilemiş. Ali bir böbreğini kaybederken bir yandan da hayat ona çok şey kazandırmış. Ah hayat ah... Sen nelere kadirsin, bütün bunları, hiçbir ayrıntıyı atlamadan nasıl yazıyor, nasıl yaşatıyorsun. Sana hayran olmamak mümkün mü?

"Cevat Bey'i baştan beri babam gibi görüyorum. Sağ olsun, her şeyimle ilgileniyor. Mualla Teyzem bile bunca hastalığa rağmen mutlu. Bu dünyaya yemek listesi yapmaya gelmiş, o eve müfettiş tayin edilmiş gibiydi. Şimdi arada bir gülüyor, konuşuyor, iyi olduğunda tavla oynayanları seyrediyor."

Ayşa bunları söyleyince ikimiz birden gülmeye başlıyoruz. Obsesif yani çok titiz biri olarak yaşamak gerçekten de zordur. Böyleleri hayatlarına belli kurallar koyarlar ve yataktan kalkarken tek amaçları vardır, kuralları bir an önce hayata geçirebilmek. Bunu yapabilirlerse huzur bulurlar. Ayşa'nın dediği gibi bir yanları müfettiş gibidir, eksik arar, her şeyi gözleriyle didik didik ederler. Hiçbir şeyi üstünkörü yapmaz, olacaksa tam olsun der, ya hep, ya hiç kuralına sonuna kadar uyarlar. Sanırım Mualla hep'ten hiç'e dönmüş. Çocuklar evi terk edince hastalanması da, aniden hep'ten hiç'e dönmesi de ilginç ve yoruma açık bir durum.

Muazzez'e gelince; histerik karakter dediğimiz, dışadönük, neşeli, bütün duyguları açıkta, çok gülen, çok ağlayan, çabuk kızan, çabuk kavga eden ve çok sosyal bir yapıya sahip. Böyleleri hiçbir şeyi içinde tutamaz, duygularını sonuna kadar yaşamak ister. Pek fazla kural tanımaz, istekleri bitmez, sıkıya gelemez. Ancak çoğu çok sıcak ve yakın ilişkiler kurar, çabuk sever, çabuk bağlanır, çabuk da vazgeçer. Nazları, sözleri gibi kahkahaları da bitmez. İşte bu özellikleriyle perili köşkü nasıl da değiştirivermiş. Mualla bile onunla başa çıkamamış ve sonunda teslim olmuş.

"Bundan sonrası için ne düşünüyorsun Ayşa?"

"Hocam okulun bitmesine az kaldı zaten. Ali'yle konuştuk, mezun olunca evleneceğiz. Bana hasta yatağında evlenme teklif etti, ben de kabul ettim ama bu sayılmaz dedi. Yataktan kalkar kalkmaz bunu usulüyle yaparım diyor."

"Ne güzel haber! Şimdiden kutluyorum sizi. Çok memnun oldum doğrusu."

"Sağ olun hocam, hepsi sizin sayenizde. Ali çok değişti. Şimdi ondan hiç korkmuyorum. Sanırım onun kafasında da olay kapandı. Başka türlü olsa ben anlardım."

"Artık aranızda geçmişle ilgili bir şeyler konuşulmuyor galiba."

"Hem de hiç... Ali, Saffet konusunu bile sormadı bana. Anlatmayı da düşünmüyorum. Bir daha o günlere dönemem. Size anlattım ya, o bana yetti. Tabii ki yaşananlar unutulmuyor ama hepsi o kadar. Bugünümü hiçbiri etkilemiyor. Kendime artık çöp kız demiyor hatta biraz da beğeniyorum galiba ve hepsi gerçek, hepsi de sayenizde. Okul bitince tayin isteyemeyeceğim çünkü Ali'nin işi burada. Belki bir özel okulda iş bulurum kendime. Şu karışıklık bitsin, hemen yüksek lisans programlarına başvuracağım ama bir yandan da çalışırım."

"Harikasın Ayşa. Sizinkiler sizi bırakacaklar mı? Gelin bizimle oturun derler mi sence?"

"Derler tabii. Perili köşke yakın bir ev tutalım diyoruz Ali'yle. Artık onları ihmal etmek istemiyorum. Şahin de öyle düşünüyor. Hemen hemen aynı dönemde evleneceğiz onlarla. O da yakın bir ev tutmayı düşünüyor. Teyzemin ne kadar ömrü kaldı, belli değil. Annesine yakın olmak istiyor. Şimdi herkesin aklı Doğan'da, sana da bulalım bir kız, hep birlikte evlenelim diyorlar. Ama o çok seçici. Epeyce kız arkadaşı olmuş, hiçbiriyle evlenmeyi düşünmemiş. Zaten haftanın en az üç günü nöbetçi. Neyse hocam, izninizle kalkayım, size ne kadar teşekkür etsek azdır. Düğün davetiyemizi mutlaka getiririm. Ali de size son bir kez daha gelmek istiyor. Bu odaya çöp kız olarak girdim, mutlu kız olarak çıkıyorum. Ömrüm boyunca dualarımdan hiç eksik olmayacaksınız."

Demek onunla son görüşmemiz. Veda seansları her zaman hüzünlendirir beni. Bana sarılırken gözleri buğulanıyor. Benzer duyguları paylaşıyoruz onunla. Mutlu bile olsa vedalaşmanın bir yanı her zaman hüzünlüdür. "Ali'ye selam söyle benden. Geçmiş olsun dileklerimi ilet. Hediyeler için de çok teşekkürler. Tatlı harikaydı, ellerine sağlık, inciyi sık sık takarım artık" diyorum. Hafifçe el sallayarak çıkıyor odadan. Ne kadar değişmiş, neşeli, başı dik, ne yaptığını bilen bir genç kız olmuş. Onu seven, ona saygı gösteren bir ailede yaşamanın keyfini çıkarıyor Ayşa. Umarım hep böyle mutlu olurlar.

34. Bölüm

Birkaç ay sonra bir gün Ali geldi kliniğe, elinde bir kutu baklavayla. Tatlı yiyip tatlı konuşalım diyerek uzattı bana paketi. Aldığı yara, geçirdiği ameliyatlar onu çok etkilemiş. İncelmiş, göbeği kaybolmuş, rengi bile hâlâ tam düzelmemiş. Durduk yerde çocuğun başına gelenlere inanamıyor insan. Bunlara rağmen çok neşeli, yüzü hep gülüyor. Mutlu olduğu her halinden belli. Baklavayı Tuna alıyor, tabaklara koyup yanında birer bardak suyla getiriyor.

"Geçmiş olsun Ali, umarım artık bir sorun kalmamıştır. Sen nasıl hissediyorsun, eskiye göre bir fark var mı?"

"Hayır yok. Bir ara çok halsizdim, şimdi o da geçti. İşe başladım."

"Hâlâ perili köşkte mi kalıyorsun?"

"Ayşa söyledi, değil mi? Sormayın, hiç aklıma gelmezdi Ayşa'nın yaşadığı yerde kalacağım, çok iyi baktılar bana. Kırk yıllık dost gibi karşıladılar. Cevat Enişte, ustam gibi bambaşka bir adam. Ayşa da çok istedi orada kalmamı. Biliyorsunuz Mualla Hanım da hastaydı. Kötü hastalıkmış kadınınki... Doğan sağ olsun, ona da, bana da oldukça yardımcı oldu. O kadar işin arasında dükkânla ilgilenmeyi de ihmal etmedi. Ben geçen hafta artık kendi evime gideyim diyordum ki, Mualla Hanım'ın durumu kötüleşti, hastaneye yatırdılar, şimdi hepsi başında. Tam her şey düzeldi, artık iyileşiyor derken bir gün Muazzez Teyzemle çarşıya çıkmışlar. Orada ayağı burkulup düşmüş, ama bir de kırık oluşmuş ayağında. Ardından da beyne emboli atmış. Durumu pek iyi değil. Hayat ne garip değil mi?"

"Maalesef öyle... Yarının ne getireceği hiç belli değil."

"Benim durumum da öyle. O gece başımıza böyle bir şey geleceği hiç aklımıza gelir miydi?"

"Haklısın, adamların o saatte karşınıza çıkması gerçekten de kötü bir tesadüf olmuş."

"Adam boğulmasın diye suya atlamasam, bana bir şey olmayacaktı. Zaten atlasam da ölecekmiş, atlamasam da... Hani merhametten maraz doğar derler ya, aynen öyle oldu."

"Nereden bilecektin adamın böyle bir şey yapacağını..."

"İnsan kendisini kurtarmaya gelen adamı bıçaklar mı doktor hanım, bırak da kurtarayım seni."

"Kişi karşısındakini kendi gibi sanırmış ya, senin onu kurtarmaya çalışacağın hiç aklına gelmemiş. Biraz da kafası iyiymiş galiba."

"Sadece içki de değil, sanırım başka şeyler de içmişler. Yanındaki ondan da beterdi, zaten sorguda saçma sapan ifadeler verdi, o geceyi hiç hatırlamıyor ki... İkisinin de sabıka kaydı kabarık. Ölen adam üç gün önce çıkmış cezaevinden. Üç kızı varmış, hepsi küçük. Cezaevinden çıkınca üç gündür İstanbul'da, kendi gibi arkadaşlarıyla gezip tozuyormuş. O gece memleketine gitmek üzere bilet almış ama ne olduysa, kaçırmışlar otobüsü. Ayşa o gece bana kızıp ortalığı birbirine katmasa, Agâh denen o adamın evine gitmese, biz orada olmayacaktık. Her şey sanki biri tarafından ince ince planlanıyor."

Doğru söylüyor. Hayat her zaman öyle ince hesaplar yapıyor ki, biz bunu bazen görmezden geliyoruz, görsek de bir türlü çözümleyemiyoruz zaten. O karşılaşma, her birinin ve ailelerinin kaderini değiştirdi.

"Gerçi bize zarar verdiği kadar da faydası oldu. Ben Ayşa için böbreğimi kaybetmeye razıyım. Belki de o gece yaşananlar bizi tekrar bir araya getirdi. O geceden sonra bir daha birbirimize yan gözle bile bakmadık. Şimdi artık birbirimize güveniyoruz. Kafamızdaki soru işaretleri de bitti. Kız bana bir cümleyle her şeyi anlattı. Agâh meselesini biliyordum ama Saffet'i duyunca tüylerim diken diken oldu. Kafamda hemen bağladım olayı. Hani size çocukluğumuzu, dükkândaki buluşmalarımızı filan anlatırken, bir anda değişti bizim kız, benden uzaklaştı demiştim ya, meğer o mendebur taciz etmiş Ayşa'yı. Ama o herif şimdi hayatta olsaydı, ben bunu onun yanına koymazdım. O da başka türlü buldu belasını. Kızcağız o zaman bana bu kadarını anlatamadı demek ki..."

"Sonra anlattı mı?"

"Yok doktor hanım, ben anladım ne olduğunu, bir daha böyle şeyler sorar mıyım? Aklıma hep son gelişimde sizinle konuştuklarımız geldi. Çok haklıydınız, ister anlatır ister anlatmaz."

Bunları ondan duymak ne güzel, bu kadarını beklemiyordum Ali'den. Ayşa'yı kaybetme ihtimalinin de payı var bu değişimlerde. Perili köşkte gördüğü sevgi, ilgi, itibar da iyi gelmiş çocuğa.

"Böyle düşünmen ne güzel... Sen çok iyi bir öğrencisin."

"Öğrenmezsem, eski Ali olarak kalırım doktor hanım. Hayata baksanıza, ne zaman ne yapacağı belli değil. Ben zaten o gün anladım Ayşa'yı. Bazı şeyler vardır ki, yaşamak kadar dönüp olanları bir başkasına anlatmak da zordur. O zaman anlatmaya utandığını şimdi sorup da kızı utandırır mıyım? O da az çekmemiş, başına gelmeyen kalmamış. Çok şükür o günler geride kaldı. İkimiz de büyüdük, kimseye muhtaçlığımız kalmadı. Zira Ayşa ikide bir ben çalışırım, kimseye muhtaç olmak istemem diyordu, haklı. Birkaç aya okul bitiyor, hemen evleneceğiz."

"Şimdiden kutlarım sizi. Bu haber beni de çok sevindirdi."

"Öyle uzaktan kutlamak filan olur mu, sizi de mutlaka bekleriz düğünümüze."

"İnşallah Ali, memnuniyetle. Demek aşağı yukarı evlilik tarihiniz bile belli."

"Öyle sayılır. Mualla Hanım'ın durumu belli olsun, ben artık evime geçerim. Bir ara Ayşa'yı memlekete götürmek, babamla tanıştırmak istiyorum. Belki bizim köye de gideriz. Hepsini de özledim."

Bu sözleri ondan duyacağım hiç aklıma gelmezdi. Hayatın içinde olmaz yok, her şey olabiliyor. Ali babası için özledim diyor, Ayşa'yı onunla tanıştırmak hatta köye götürmek istiyor. Aman Tanrım, hayat her zaman bizden bir adım önde.

"Çok güzel düşünmüşsün. Onlardan bir haber var mı?"

"Arada telefonlaşıyoruz, babamın keyfi yerinde. Adamın konuşması bile değişmiş, arada bir oğlum filan bile diyor.

Mehmet askerden döndü. Amcamla çalışıyorlar. Çok şükür durumları iyi. Yeni iş kurdular, ben de bu yeni işte maddi destek vermeye çalışıyorum."

İçeri girdiğinden beri söylediği her şey beni şaşırtmaya devam ediyor. Mehmet'e bile bir haller olmuş, artık kaçmıyor babasından, birlikte işleri büyütüyorlar. Ah sevgi yok mu, her derdin dermanı. Demek babasının eşi tüm aileye açtı kapısını, eşini de seviyor, ailesini de...

"Aferin Ali, seni yürekten kutluyorum. Demek kendini kurtardın, ailene de destek oluyorsun. Ne güzel..."

"Sormayın doktor hanım, benim de hoşuma gidiyor onlara destek olabilmek. Eskiden olsa bunu kerhen yapardım. Şimdi zevkle yapıyorum. Mehmet orada sefil olacak diye üzülüyordum, şimdi arı gibi çalışıyor herif, amcam da hep yanında. Bir de sevdiği kız varmış, kendi söylemiyor da, amcamdan duydum. Utanıyor kerata. Yakında o da evlenir."

Bunları anlatırken mutluluktan gözleri parlıyor. Hayat böyle işte! Bazen inim inim inletir insanı, bazen de böyle güzel şeyler üst üste gelir. Düşünüyorum da, nerelerden gelerek bugünlere ulaştı bu çocuklar. Babasındaki değişiklikler de inanılır gibi değil. Artık o da yalnız değil... Konuşacağı, sohbet edeceği, karar verirken fikir alacağı bir can yoldaşı var yanında. Böyle olunca hayata olan öfkesi yatışmış. Belki de Ayten Hanım gibi biri onu beğenip, ona değer verince, o da daha değerli hissetti kendini. Değerli hissettikçe de o değere layık olmaya çalıştı.

Hayatın ne garip bir matematiği var. Oysa eski eşi, çocuklarının annesi onu memnun edebilmek için elinden geleni yapmış. Hep ezilmiş, hep dayak yemiş, aşağılanmış, aşağılandıkça kendi içinde daha küçülmüş ve korkmuş. Onun suçu neydi diye sorası geliyor insanın. O zaman kader motifi geliyor aklıma. Evinde gördüğünü, öğrendiğini yapmış, boyun eğmiş, katlanmış, başka bir yol da bilmiyor zaten. Dik durmayı, eşiyle arkadaşlık, yârenlik etmeyi nereden bilsin bu kadın. Önce ailesi, sonra yaşadığı köy ona ne öğretmişse, onu yapmış yani kaderini kötü yazmış. Ali'ye bakıyorum, mahzunlaştı. Sanıyorum o da benimle aynı şeyleri düşünüyor.

"Annen geldi değil mi aklına?"

"Geliyor tabii... O da bugünleri görebilseydi diyorum içimden. Kısmet değilmiş, ne yapalım."

"Şu mahkeme konusu ne oldu, onu sormak isterim."

"Ayşa size anlatmıştır, şimdilik tutuksuz yargılanıyorum. Avukatlar da ellerinden geleni yapıyorlar ama eğer aleyhimde bir karar çıkarsa birkaç yıl içeride yatmam gerekecek."

Buna da çok şaşıyorum. Hiç suçu, günahı yokken mahkemeden demek böyle bir karar çıkma ihtimali var. Hâkimlerin de işi zor diyorum içimden, umarım öyle bir karar çıkmaz.

"Umarım adalet yerini bulur ve senin haklı olduğun bir an önce anlaşılır."

"İnşallah doktor hanım. İkimiz de bugün mutluysak bunu size borçluyuz. Ben asıl size hiç gelmeseydim, Ayşa'nın başına gelenlere ne der, olanları nasıl karşılardım, işte düşündükçe yüreğim hopluyor. Hepsiyle başa çık, tam olaylar yola giriyorken ayağına bu adam dolansın. Bunlar tabii üzüyor insanı. Adama da üzüldüm. Üç kızı varmış, babasız kaldı çocuklar. İyi kötü bir babaları varmış, şimdi o da yok."

"Demek bu kadar da ince düşünüyorsun! Buna hem çok memnun oldum, hem de daha fazlasına yorma kafanı diyorum. Olayda gerçekten de senin hiçbir kabahatin yok. Ben kafamda akladım seni. Sen de akla kendini."

"Bunu duyduğuma çok sevindim. Vicdanım arada bir peşimi bırakmıyor. Siz de böyle düşünüyorsanız bu beni rahatlatır. Rahmetli annem, 'Oğlum, olacak ile öleceğe çare yok' derdi. Gerçekten de öyleymiş."

"Ne güzel söylemiş. Nur içinde yatsın annen de. Umarım çok güzel bir hayatınız olur ama ne zaman başınız sıkışır, bana ihtiyacınız olursa, ben buradayım. Ayşa'ya da benden çok selam ve sevgiler."

Ali ayağa kalkıp gözlerime minnetle ve sevgiyle bakarak veda ediyor. Demek bu hikâye de böylece bitti. İçime incecik bir hüzünle karışık sevinç doluyor. Baştan bu çift beni biraz ürkütmüştü. Ali gibi bir adamın Ayşa'ya da, kendine de çok zarar verebileceğini düşünmüştüm. Hele Ayşa'nın son yaşadıklarının ardından Ali'nin vereceği tepkiler çok sert olabilirdi. Hiç de korktuğum gibi olmadı. Onlar şimdi mutluluk yolunda hızla ilerliyorlar. Bense hayata bir ucundan sevgiyle dokunmuş olabilmenin tadını yaşıyorum. Bu mesleğin en sevdiğim yanı da işte bu, insana iyi bir şeyler yaptığını hissettirmesi.

Pencereyi açıyorum, taze hava doluyor içeri. Bir yandan derin nefesler alırken, bir yandan da yine hayatı seyrediyorum. Akşam olmak üzere... Bütün insanlara bir telaş gelmiş. Herkes bir yerlere yetişmeye çalışıyor. Kimi durgun, kimi öfkeli, kimi heyecanlı, kimi de mutlu. Artık hayata karışma zamanı. Hemen çıkıyorum klinikten. Levent'in kalabalık yollarında ben de varım artık.

35. Bölüm

Kitabım *Camdaki Kız* 8 Mart Kadınlar Günü'nde çıkmıştı. Sık sık imza günlerim vardı. Yıl 2019'du. Ankara'dan her ayrıldığımda aklım hasta olan annemde kalıyordu. Doktorlar durumu iyi görmüyordu. 23 Mart'ta İstanbul Caddebostan'da, yine bir imza günündeydim. Salon hıncahınç doluydu. Koltuklar yetmemiş, insanların kimi merdivenlerde, kimi yerde, kimi de sahnede oturuyordu. Benim sunumum bitmiş, sıra okuyucularımın ellerindeki kitapları imzalamaya gelmişti. Asistanım sevgili Selda da yanımdaydı.

Kürsüden indiğimde yavaşça yanıma geldi, "Sizi Ankara'dan, annenizin yattığı hastaneden arıyorlar" dedi. Bir anda yüreğim ağzıma geldi, kolay kolay aramazlardı beni. Sahneden içeri girip aradım doktoru. "Annenizin bilinci kayboldu, sanırım zamanımız giderek azalıyor" dedi. Gözüm beni bekleyen kalabalıktaydı ve yakınımdaki herkes merakla yüzüme bakıyordu. Hiçbir şey olmamış gibi geçtim yerime, geç saatlere kadar kitapları imzaladım, onlarla ayaküstü sohbet ettim, resimler çektirdim, işim bittiğinde yorgunluktan ve üzüntüden ayakta duracak halim kalmamıştı. "Ey hayat" dedim içimden, "beni bu kaçıncı sınayışın? Daha tıp fakültesinde okur, bir yandan televizyonda çalışırken kaç kere sınadın beni? Hep köşelere sıkıştırdın ama ben hiçbirinde kaçmadım, göçmedim, yapmam gereken neyse onu yaptım. Hâlâ mı peşimdesin? Daha dün annemin yanındaydım, bu nasıl bir zamanlama!"

O gece döndüm Ankara'ya, eve girmeden hemen gittim annemin başına. İçeri girip kapıyı kapattım, tam üç saat hiç konuşmadan oturdum başında. Dilim konuşmasa da aklım hep konuşuyordu onunla. Sanki düşündüğüm, aklımdan geçen her şeyi annem de duyuyordu, öyle hissediyordum. Yanından ayrılmadan önce iyice sarıldım, öptüm, kokladım onu ve vedalaştım. Vedalaşırken kulağına dedim ki, "Anneciğim, hayattaki bütün görevlerini en iyi şekilde yerine getirdin sen. İçin rahat olsun. Sen hepimiz için çok değerlisin. Kalbimizdesin. Hep çok sevdin ama çok da sevildin. Benim güzel annem..."

Birkaç saat sonra kaybettik annemi. Onu yeni yeni kaybetmiş, acıyı ta içimde hissetmişken, başkalarının acılarını daha iyi anlayacağımı hissediyorum. Belki de kendi acımı başka acılarla yavaş yavaş eskiteceğim. Bu süreçte Tuna hep yanımdaydı. Hem iyi gün, hem kötü gün dostu o.

Onunla ayaküstü sohbet edip oturuyorum masama. Bugünkü ilk randevu Ayşa'nınmış. Evlenecekti, davetiyeleri getirmiştir. Ama Tuna, sesinin tuhaf olduğunu söyleyip çıkıyor. O kapıyı açınca, bize bakan Ayşa'yı görüyorum. Neyi var bu kızın? Hemen fırlıyorum yerimden, yanına geliyorum. Başı önünde, ağlıyor. Kolundan tutup her zaman oturduğu koltuğa oturtuyorum onu. Tuna da kapıyı çekip bizi yalnız bırakıyor. "Neyin var Ayşa, ne oldu sana?" diyorum... Neler olmamış ki...

36. Bölüm

Doktorların bütün çabalarına rağmen Mualla'yı hayata döndürememişlerdi. Bir hafta komada yatmış, sonra da kaybetmişlerdi onu. Bütün aile böyle bir ölüme hiç hazır değildi. O bu hastalığı da yenmeyi başarmış, tedavilerden çok fayda görmüş ve yeniden hayata dönmüştü. Çok ümitli konuşuyordu doktorlar, belli zamanlarda kontrole gelsin yeter, atlattı diyorlardı. Bir ayak burkulması, bir kırık, emboli... onu hayattan koparmıştı, buna inanamıyorlardı.

Nasıl da değişmişti son zamanlarda, pamuk gibi bir kadın olmuştu. Onun böyle aniden öleceği kimsenin aklına gelmemişti. İlk günler perili köşkte hep beraber oturup uzun uzun ağlamışlardı. Bu ölümden en çok etkilenen Şahin'di. Başı hiç yerden kalkmıyor, göstermek istemese de, gözünün yaşı hiç dinmiyordu. Bir zamanlar nefret edilen anne sonradan bambaşka biri olup da ölüverirse, bunun yakınlarına bedeli ağır olurdu. Cenazeyi memlekete götürmemiş, İstanbul'da, perili köşke en yakın mezarlıklardan birine gömmüşlerdi. Hem Ali, hem Doğan onları hiç yalnız bırakmıyor, her işlerine onlar koşturuyorlardı. Daha ilk hafta, Doğan'ın ailesi de gelmişti başsağlığına. Onların varlığı, hep yanında olduklarını hissettirmeleri iyi geliyordu Şahin'e. Şule de artık o evden hiç çıkmıyordu. Sabiha Hanım da sık sık eve başsağlığına gelenlerdendi. Gelirken getirdiği birbirinden güzel börekler, Şule'nin hazırladığı sofralar aileyi bir araya getiriyordu.

Çocukların sınavları yaklaşmıştı. Şahin de, Ayşa da o yıl mezun olacaklardı. Şahin'in bütün amacı Cumhurbaşkanlığı Senfoni Orkestrası'na girebilmekti ama oranın kadrosuna girmenin hiç de kolay olmadığını biliyordu. Belki de bir süre yine giderdi

Viyana'ya, orada eğitimine devam ederdi. Ayşa ise henüz iş konusunda harekete geçmemişti. Okul bitince evlenecek, gerisini sonra düşünecekti. Mualla'nın ani ölümü bütün planları bozmuş, düğünler ertelenmişti. Hele bir yaz geçsin, sonra bakarız diyorlardı.

Birkaç ay sonra Mehmet'in düğün davetiyesi gelmişti. Ali memlekete gidecekti. Ayşa'ya, epeydir aklında olan şeyi bu vesileyle söyledi: "Hadi sen de gel, beraber gidelim. Hem seni babamla ve kardeşimle de tanıştırırım." Ayşa dünden hevesliydi. Ertesi hafta Ali'nin arabasıyla çıktılar yola. Yol boyu sağa sola bakarak, konuşarak, önlerine çıkan restoranlarda bol bol yiyip içerek geldiler memlekete. Babası onları kendi evinde ağırlayacaktı. Ayten Hanım açtı kapıyı. İkisini de içeri buyur etti, babaları henüz dükkândan gelmemişti. Kahvelerini yaptı, dantelli tepsilerde ikram etti onlara. Birazdan Kasım Ağa da geldi. Daha kapıda kucaklaştılar Ali'yle. Ayşa'ya çok candan davranıyordu. Ayten Hanım onlara neler hazırlamıştı neler; dolmalar, sarmalar, börekler, ev yapımı turşular, kompostolar, tatlılar...

Ali baktıkça olanlara inanamıyordu, bu adam hiç onun babası gibi gelmiyordu ona. Ayten Hanım güler yüzlü, çok saygılı, biraz mesafeli bir kadındı. Titizdi de. Her şeyi kendi yapıyor, Ayşa'nın yardım etmesine izin vermiyor, misafirlerini en iyi şekilde ağırlamaya çalışıyordu. Bunları gördükçe Kasım Ağa da zevkten dört köşe oluyor, hanımıyla gurur duyuyordu.

Evdeki tek misafir yatak odasını Ayşa için hazırlamışlardı. Ali vakti gelince Ayşa'yı onlara emanet edip babasının yer ayırttığı otele gitti. O gece ne Ayşa uyuyabilmişti, ne de Ali. Neler oluyordu bu hayatta. İkisi de yaşadıklarına inanamıyordu. Ayşa'nın yattığı yatak mis gibi sabun kokuyordu. Mavi, ağız kısmı dantelli bir yorgan vardı üzerinde. Pencereye asılmış ince tüller ve yanındaki keten perdeler kolalanmış gibiydi. Mualla Teyzesinin evinden bile daha temiz, daha düzenliydi burası. Kasım Ağa da hiç Ali'nin anlattığı gibi biri değildi. Yine arada bir konuşurken kalın kaşları hızla yukarı kalkıyor, gözleri daha da büyüyor ve kanlanıyordu ama onlara çok saygı gösteriyordu.

Ali de oteldeki yatağında dönüp duruyordu. Bu dünyanın işine akıl sır ermiyor, diyordu içinden. Başkası anlatsa inanmazdı, ne olmuştu böyle babasına, kafasına taş mı düşmüştü? Bu Ayten nasıl saygılı davranmış, onları ne güzel ağırlamıştı. Açık duran kapıdan babasıyla Ayten'in yatak odalarını görmüştü. Ne güzeldi. Başlarında gece lambaları, işlemeli yatak örtüsü... Annesi neden hiç yapmamıştı bunları? Bilmediğinden mi, yoksa korkudan mı? Vakit gelmişti, hep birlikte Ali'nin arabasıyla köyün yolunu tuttular. Büyük bir heyecanla karşılandılar. Mehmet ve amcaları sarıldıkça sarılıyorlardı Ali'ye. Ali büyük adamdı, ta İstanbul'un göbeğinde dükkân açmıştı.

Düğün günü Mehmet'in keyfi yerindeydi. Damatlıkları giyince nasıl da yakışıklı bir delikanlı olmuştu. Üç gün, üç gece sürdü düğün. Üçüncü günün sonunda gelin eve geldi. Toparlak yüzlü, mavi gözlü, etine dolgun, güleç bir kızdı Ayşa'nın eltisi. Bu kız senin eltin olacak demişti Ali, ardından, "Biz de mi köyde yapsak düğünü?" diyerek gülmüştü. İkisi de yaşadıklarına inanamıyordu. İkisinin ailesi de onları içine alıvermişti. Bu kadar candan, sıcak ve samimi bir kabul Ayşa'nın gözlerini yaşartmıştı.

Sayılı gün çabuk bitti, köyün yakınlarındaki yeni açılan tesisleri gezdikten sonra yine çıktılar yola. Önce babası ile Ayten Hanım'ı evlerine bırakacak, sonra da kuş cennetine gideceklerdi. Ayşa'nın kuşlara olan merakını bildiğinden, illa oraya götürmek istemişti Ali.

Anayola çıktıklarında ufaktan yağmur yağmaya başladı. "Bahar yağmuru bu" dedi Kasım Ağa, "bereket getirir." Yollar kayganlaşmıştı. Ali her zamankinden daha dikkatli kullanıyordu arabayı. Yanında Ayşa, arkada da babası ve yeni karısı oturuyordu. Karşıdan büyük bir yolcu otobüsünün geldiğini gördü. Hızlı geliyordu otobüs. Bu yolda bu kadar hızlı gidilmemeliydi. Tam yaklaşmıştı ki otobüs onların üzerine doğru kaymaya başladı. Önce ne yapacağını bilemedi Ali, sonra hızla sola, otobüse doğru kırdı direksiyonu. Arabanın içindeki herkes çığlık atıyordu ki, iki araç kıl payı teğet geçti birbirini. İkisi de ters tarafa savruldu.

Yolun iki tarafı uçurum olsa, şimdi çoktan uçurumun dibini boylamışlardı. Yolun kenarında korkuluklar olsa, yine paramparça olacaklardı ama ikisi de yoktu. Yolun iki yanı irili ufaklı taş ve otlarla kaplıydı. Ali'nin kullandığı araba bir iki sendelese de sonunda bir yere çarpmadan durabildi. Otobüs ise tam devrilmemiş ama hafif yan yatmıştı. Herkes attı kendini arabalardan dışarı. Hepsi çok korkmuştu. Kimi titriyor, kimi dua ediyor, kimi kusuyordu. Otobüsün şoförü hemen atladı otobüsten, şöyle biraz gerileyip otobüse baktı, yolcuları indirdikten sonra koşarak Ali'nin yanına geldi, ona sıkıca sarıldı, "Geçmiş olsun oğlum, sayende hepimiz ölümden döndük" diyerek Ali'yi alnından öptü. "Belli ki sen çok tecrübeli bir şoförsün. Başkası olsa sağa kırardı, ben de gelir üstünüze çıkardım." Ali de şaşırmıştı bu işe, o tecrübeli filan değildi ama o anda içinden öyle gelmiş ya da beyni hızlı bir hesap yapmış ve ters tarafa kırdırmıştı direksiyonu.

Ayşa da çok korkmuştu. Rengi bembeyaz olmuş, bir eliyle Ali'nin kolunu sıkıca tutuyordu. Otobüste su vardı ama kimse cesaret edip yan yatmış otobüse binemiyordu. Polisten önce ambulans geldi, ihtiyacı olanları toplamaya başladı. Ali dönüp dönüp arabasına bakıyordu, bu araba çalışmaz diyordu içinden. Yeniden yola çıkmanın bir yolunu arayacaklardı. Polis gelse, nasıl olsa onlara bir yol gösterirdi. Hafifçe geri çekilmiş, polis geliyor mu diye yola bakıyordu ki, bir başka yolcu otobüsü onu nişan almış gibi Ali'nin üstüne doğru geliyordu. Ayşa o sırada bir eli Ali'nin kolunda, bir eliyle ağlayan bir bebeği susturmaya çalışıyor, başını okşuyordu. Otobüs hızla kalabalığa daldı ama bir tek Ali kaldı altında. Herkes yerinde donup kalmış, kaçmayı bile başaramamıştı. Ayşa Ali, diye aranırken, biraz ileride otobüsün altında gördü onu. Başı değil ama ayakları yola doğru uzanmıştı. Her yer kan içindeydi.

Kırmızı Oda

Duyduklarıma ben de inanamıyorum. Yani şimdi Ali yok mu? Düşüncelerimde bile "ölüm" sözcüğünü kullanamıyorum. Ölümü insan yakıştıramıyor Ali'ye. Hem de ne garip bir ölüm bu. Asıl kazadan sağ kurtuluyor, her şey yoluna girmiş, kaza atlatılmışken otobüs onu alıp götürüyor. Bu sefer benim de içime bir taş oturuyor. Ayşa karşımda ve acıdan donmuş gibi... Demek ağlayacak hali bile kalmadı kızın. Ona bir şeyler söylemeliyim ama bu acıyı hangi sözler hafifletebilir ki... "Demek Ali yok artık!" diyorum, "Yarın kırk mevlidini yapacağız. Ali gitti... O da bıraktı beni, o da gitti" diyor yere bakarak. Böyle demekte ne kadar haklı. Yıllardır herkes sırayla terk etmiş kızı. Bir Ali vardı güvendiği, Ayşa bıraksa da gitmeyen, çocukluğundan beri hayallerinde yaşattığı Ali. Yıllardır ikisi de bugünleri, kavuşmayı, mutlu olmayı bekliyordu.

O kadar üzülüyorum ki, bir türlü karşımda oturan kıza dönmüyor dikkatim. Bir iki kere öksürüp zaman kazanmaya çalışıyorum. Aklıma hemen su içmek geliyor. Korkana, aniden kötü bir haber alana annem hemen şekerli su içirirdi. Hemen Tuna'yı arıyorum, meyve suyu istiyorum iki tane. O gelene kadar ikimiz de konuşmuyoruz. Gelince de bir dikişte içiyoruz, yüreğimizde yanan ateşi söndürmek ister gibi.

"Ne yaptınız o gün Ayşa, neler yaşadın, anlatsana..."

"Ne olsun hocam, o manzarayı görünce dövündüm durdum. Nasıl vurduysam kendime, günlerce bacaklarımdaki morluklar geçmedi. Öyle çok bağırdım, öyle çok haykırdım ki, kimse beni tutamadı. Ona sarılmak, son bir kez öpmek istedim, ona da izin vermediler. Hemen aceleyle ambulansa koyup götürdüler. Zaten otobüsün altından sağ çıkamamış, o otobüs Ali'nin Azrail'i olmuş. Ben gürültüyle arkamı döndüğümde daha eli elimdeydi. Öyle bir savruldu ki, elimi bırakmamaya çalışıyordu sanki. Benden zorla kopardılar onu."

Yüzünde hiç ifade olmadan anlatıyor bunları. Kızcağız gerçekten de donup kalmış. Onu olabildiği kadar çok konuşturmam, onu bol bol dinlemem lazım. O acı ancak böyle, tekrar tekrar anlatıldıkça, yaşandıkça küllenir.

"Olanlara bir türlü inanamıyorum. Her şey Ali'yi benden almak için hazırlanmış bir senaryo gibiydi. Madem bir kaza yaşanacak, Ali de ölecekti, biz zaten on dakika önce çok büyük bir kaza atlatmıştık. Eğer o ilk otobüsle çarpışsak Ali de ben de öbür tarafa birlikte gidecektik. Hiç kurtuluşumuz yoktu çünkü koca bir otobüs bize önden vuracak, belki de şoför ve yolculardan da ölenler olacaktı. Sen o kazayı atlat, arabadan sağ salim çık, olmadık bir şekilde bir tek Ali ölsün. Bir de Ali'ye çarpan otobüsün en ön sırada oturan yolcusu ölmüş. Otobüs kalabalığa girmemek için savrulunca o da ön camdan fırlamış. Demek Azrail seçimini yapmış. Önce kimleri alacağına karar vermiş, sonra da bunu en ince detaylarına kadar planlamış. Ali'yi almaya kararlıymış zaten. İlkinde bıçaklandı, olmadı. İkinci kazadan da kurtuldu ama üçüncüde affetmedi, aldı onu. Ben onun öldüğünü de sonradan öğrendim. O ara ne yaptığımı hiç hatırlamıyorum zaten. Biraz aklım başıma geldiğinde yüzüme su filan serpiyorlardı. Bir de sakinleştirici iğne yapmışlar. İlk gördüğüm kişi Ali'nin babası oldu. Yere çömelmiş, eliyle yüzünü kapatmış, hıçkıra hıçkıra ağlıyordu."

Ferit geliyor aklıma, kardeşim Mustafa'nın en yakın arkadaşı. Konya'da bir yandan üniversite okur, bir yandan da Mevlevi dergâhında düzenlenen Şeb-i Arus törenlerinde dönerdi. Ne çok severdik Ferit'i... Bizim evin çocuklarından biri gibiydi. O zaman babam ölüm döşeğinde yatıyordu. Karlı bir kış günü buna benzer bir kazada kaybetmiştik onu da. Kardeşim Mustafa yanındaymış, o da ilk kazadan kurtulup ikincisinde ölmüştü; tek o!

"Biraz toparlanınca Doğan'ı aradım. Çocuk da şaşırdı telefonda sesimi duyunca. Arkadaşın öldü, ortağın öldü, beni de bırakıp gitti demişim. Sonradan o söyledi bana bunları. Şahin'i de alıp hemen geldiler. Köye götürdük Ali'yi. Bizim memleketin hemen tamamı Ali'yi uğurlamaya geldi. İstanbul'dan Cevat Bey de geldi cenazeye. Hep birlikte köy mezarlığına koyduk onu. Köydeki kadınlar ağıtlar yaktı Ali için, beni de aralarına aldılar, birlikte ağladık. Yeni gelin de yanımdaydı, onunla sarılıp sarılıp ağladık. Sonra da döndük işte."

Köylerin en güzel âdetlerinden biri de bu. Ölüm acısını, hep birlikte dibine kadar yaşıyor ve yaşatıyorlar. Ağlayana kimse sus demiyor. Beraber ağlamak, acıyı paylaşmak, her zaman yüreğimize iyi gelir, dayanılmazı dayanılır kılar. Ayşa'nın hikâyesi de ne hüzünlü... Bu meslek en çok da böyle durumlarda zorluyor beni. Onlarla birlikte benim de içim yanıyor, acılarım tazeleniyor. Zaten annemi de yeni kaybetmişim. Ben acıdan kaçmak için kendimi bir an önce İstanbul'a atmıştım. Demek ki acıdan kaçılmıyor. O sizi her yerde buluyor.

"Ne yaptın İstanbul'a gelince Ayşa, nasıl geçti ilk günler?"

"Sağ olsun Şahin de, Doğan da, Muazzez de beni hiç yalnız bırakmadılar. Biz de daha kaç ay olmuş Mualla Teyzemi toprağa vereli. Yastan daha çıkamamışız bile. Ali beni biraz da o ortamdan uzaklaştırabilmek için götürdü oralara. Sana da, bana da iyi gelir oralar demişti. Ben kuşları seviyorum diye kuş cennetini araştırmıştı, beni illa oraya götürmek istiyordu. Beni sevindirmek istediğini gördükçe ona olan sevgim ve saygım daha da artıyordu. Ben de hiç olmadığım kadar iyiydim, onların yanında sevmiştim kendimi, barışmıştım kendimle. Onların yanında önemli ve değerli olmuştum. Bana böyle hissettirmişlerdi. Sahneye çıktığım günler de buna benzer duygular hissediyordum hocam ama onlar sahte, bu gerçekti. Kırmızı pelerinim de yoktu üstümde. Beni ben olarak beğenmiş, onaylamış, sevmişlerdi. Yanımda da Ali olunca geçmiş silinip gitmişti kafamdan. Artık ben yepyeni biri olmuştum; kıymetli, sevilesi..."

Yavaş yavaş yüzünde kıpırtılar başlıyor. Duyguları baskıdan daha yeni kurtuluyor. Onun gözleri doldukça ben de aynı şeyi yapmamak için içimde adeta bir savaş veriyorum.

"Kader benden ne istiyor sizce? Yetmedi mi bana çektirdikleri, daha başka ne istiyor? Madem bu kadar düşman bana, neden o kazada benim canımı da almadı? Neyin cezası bu?"

Yine kendini suçluyor. Ali'nin ölümünden bile kendini sorumlu tutuyor. Ne dese haklı diyorum içimden. Önce denizde bıçaklandı, tek böbreğini ve karaciğerinin bir kısmını kaybetti Ali ve o gece Ayşa yüzünden oradaydılar. Neyse ki bu sefer çok başka bir nedenle çıkmışlar yola. Yine işin içinde Ayşa olsaydı, düğün yerine başka bir yere gidiyor olsalardı, Ayşa bunların altından hiç kalkamayacaktı. Gerçi mantıklı düşünüldüğünde her şartta ölüm gelecekse geliyor ama geride kalanlar bunları çok farklı yorumlayabiliyor. Neyin cezası bu, diye soruyor bana. Ceza alacak ne yaptı bu kız, hayatın kararlarına hangimiz bir şey diyebiliyoruz ki... Hele içinde ölüm varsa.

"Kendini suçlama, kızma kendine Ayşa. Biliyorum ölümü kabul etmek zor, sevgiliden sonsuza kadar ayrılmak daha zor ama bütün bunlar hayatın kararı. Hayatın yanında biz küçücüğüz... Arada bir kendimizi bir şey sansak da, esip gürlesek de, onun kararlarına boyun eğmekten başka çaremiz mi var? Biz insancıklar hayatın kararları karşısında işte bu kadar âciz varlıklarız. Biliyorum, acın çok büyük. Unut filan demeyeceğim. Neyi unutmuşuz ki..."

"Ali unutulur mu hocam, belki siz bile unutmayacaksınız onu, ben nasıl unutayım?"

"Tabii ki unutmayacağım Ali'yi, belki de bu hikâyeyi yazarım."

"Ne olur yazın, onu hiçbirimiz unutmayalım."

Yazın diyor. *Kral Kaybederse* kitabımın başkahramanı Kenan Bey de öyle demişti, "Yazın beni, yazın ki insanlar beni unutmasın." Onu yazdım, binlerce insan okudu o kitabı. Hâlâ herkes onu soruyor bana. İnsanın en büyük korkularından biri de unutulmak. Bu dünyada hiç yaşamamış gibi unutulup gitmek istemiyor insan. Yüz binlerce yıl önce oralarda yaşadığını, neler yaptığını sonraki nesillere ulaştırabilmek için mağaraların duvarlarına o zamanki imkânları zorlayarak resimler çizenlerin de amacı bu değil miymiş? Genç kızken hepimizin kenarı kilitli birer hatıra defteri vardı. Ona önemli önemsiz bir şeyler karalayıp dururduk. Kimsenin okumasına izin vermediğimiz bu defterlere demek ki bize bizi unutturmamak için yazıyormuşuz.

Keşke yazabilsem ama çok hüzünlü bir hikâye bu. Gerçi hayatın bundan sonra ona ne getireceğini ne o bilir, ne ben. "Bu kaybı sonsuza kadar tutma yüreğinde. Sen onu unutsan da, unutmasan da, mutlu da olsan, mutsuz da, Ali geri gelmeyecek. Hayata kapatma kendini" diyorum, Hoşlanmıyor söylediklerimden ama dinliyor.

"Aslına bakarsak diğer canlılardan pek de bir farkımız yok hayat için. Bu tür olayları, biz insancıkların başına geldiğinde, sevdiklerimizi kaybettiğimizde sorguluyoruz sadece oysa hayat hiç gözümüzün yaşına bakmadan, kendi bildiği gibi yoluna devam ediyor. Arada bir dünyanın efendisi filan olmadığımızı hatırlatmalıyız kendimize."

"Ama sizin meşhur kader motifi dediğiniz bir kavram var. Ona ters düşmüyor mu bu söyledikleriniz?"

"Düşmüyor tabii... Bizler dünyanın ya da hayatın yöneticileri değiliz. Biz ancak kendi kaderimize, kendi kararlarımıza hükmedebiliriz, o da bir yere kadar. Ölümü sorgulayamıyoruz bile. Şimdi sen, hayatının bundan sonrası için bir karar vereceksin. İşte hayat buna karışmaz. Zamanın gelene kadar istediğin gibi yaşayabilirsin. Bizim kaderimizin efendisi zihnimizin bir köşesinde saklanan ve hep bizi izleyen bilinçdışımızdır. Bugüne kadar ne yaşadıysan, hayat sana ne öğrettiyse, bilinçdışın sadece bunları biliyor. Senin zihnindeki sistem en iyi tanıdığını yaşatır sana. Diğerleri ona yabancı gelir, korkar, güvenmez, tanımıyor çünkü. Hele böyle bir kayıptan sonra yeniden çöp kız yapar seni. Ezdirir, üzer, aşağılar, suçlar..."

Ben böyle deyince kaşlarını kaldırıp hayretle bakıyor yüzüme. Bunları nasıl söylersiniz der gibi bir hali var. Buna memnun oluyorum. Ciddiye alıyor söylediklerimi.

"Tabii ki seni üzmek değil amacım ama uyarmak. Benim eşim anestezistti. Ameliyat öncesi hastaları uyuturdu. Onun işi insanları uyutmak, benimkiyse uyandırmaktı. Şimdi ben de bunları seni bir an önce uyandırmak için söylüyorum. Tam da bu acının üstüne, o sisteme yeni bir şeyler öğretmek pek kolay olmayacak ama ben sana güveniyorum."

"Sahi güveniyor musunuz?"

"Evet, güveniyorum. Boş bir güven değil bu. Sen bana kaç kere kanıtladın bunu. Nerelerden nerelere geldin. O sisteme teslim olmamak için çok emek harcadın. Başarmıştın zaten ama şimdi de acıların en büyüğünü yaşatıyor sana hayat. Yine teslim olma, savaş kaderinle."

"Şimdilik bunu yapacak gücüm yok benim."

"Bizim de acelemiz yok zaten. Demek yarın kırk mevlidini yapacaksınız Ali'nin. Kim düzenliyor bu işleri?"

"Kim olacak, Muazzez. Mualla Teyzem ölünce artık evin tek sahibi o oldu. Ama çok değişti o da. Hepimize nasıl bakıyor, evde nasıl koşturuyor, ben üzülmeyeyim diye neler yapıyor bir bilseniz. Mevlidi de perili köşkte yapacak. Şimdiden davetli listesi hazır. Bu akşam Ali'nin babası ile Mehmet de gelecek. Bu gece bizde misafir edecek onları. Okuyacak hocaları da ayarladı. Kaç gündür mutfaktan çıkmıyor, börekler, sarmalar, dolmalar hazır. Helvayı da yarın kavuracakmış."

"Aferin Muazzez'e. O hayatından memnun mu?"

"Hayret ama evet, çok memnun. Cevat Bey'e Mualla'dan daha iyi bakıyor. Şahin de çok memnun ondan. Onlar memnun oldukça, ona eline sağlık filan dedikçe bizimki iyice coştu."

"Peki, sen memnun musun? Nerede kalıyorsun, okul ne durumda?"

"Hem de hiç olmadığı kadar memnunum. Bana annelik ederken demek o da çok mutsuzmuş. Yine köşkteyim, bırakmıyorlar zaten. Okul da bitmedi hocam, sınavlara da girmedim. Bunları düşünecek halim yok. Ayrıca bitirip de ne yapacağım. Bütün hayallerimiz beraberdi. Şimdi hiçbir hayalim kalmadı.

İyi hissetmiyorum kendimi. Perili köşkte yaşamak bir yandan da işime geliyor. Her gece çatıdaki odada dönüp duruyorum. Sadece orada dönerken unutuyorum acımı. Belki de kulübe geri dönerim. Hem döner acımı gideririm, hem de onlara yük olmam, kendi paramı kendim kazanırım."

Neler söylüyor bu kız? Tam da kader motifinin dişine göre bunlar. Kızı oradan oraya savurup duracak, sonra da başka acılar yaşatacak. Mutlaka bir şeyler yapmam gerek ama ne ve nasıl? Şimdilik beni dinleyecek, önerilerime uyacak hali yok. Biraz zaman vermeliyim ona.

"Belki de haklısın. Biraz zamana ihtiyacın var. Yeni bir karar almakta acele etme istersen. Ben seni yine bekliyorum ama gecikme olur mu? Bu ara daha sık görüşelim."

"İnşallah hocam. Yine gelirim ben. Yarını da atlatabilsem diyorum. İnsan çok fena oluyor bu mevlitlerde. Acının, kaybın gerçekliğini daha derinden hissettiriyor insana. Küçük yaşımdan beri hep birileri öldü, hep bizim evde yas tutuldu. Hiçbiri canımı bu kadar yakmamıştı. Her ölümde mezarın başına içi en çok yanan, en çok üzülen kişi otururdu. Hiç anlamazmışım onları, sıra bana gelene kadar."

"Henüz acın çok taze, ne desen haklısın. Seni öyle iyi anlıyorum ki... Bu ara kendinle uğraşma, acının üstünü örtmeye çalışma. Bırak, o ne zaman isterse o zaman küllensin."

"Sağ olun hocam. İyi ki varsınız."

Böyle diyerek kalkıyor. Giderken bana sarılıp bir süre ağlıyor. Şimdi artık benim de gözlerimde yaş var. Nasıl olsa gidiyor. Bu kadar tutmasam da olur. O çıkınca gözlerim dolu dolu kırmızı odama bakıyorum. Nasıl da solmuş renkler, acının karası sinmiş odaya. Hemen açıyorum camları, nemli ve serin bir hava dolduruyor içeriyi. Önce toprağın sonra da hayatın kokusu geliyor burnuma.

37. Bölüm

Sık sık Ankara'ya gidiyorum, nasıl da özlüyorum memleketimi. Kardeşlerim, kızım, arkadaşlarım, klinik hep gözümde tütüyor. Son gittiğimde bol bol beraber olduk, klinikteki toplantılara katıldım, annem, babam ve Aydın'a gidip mezar ziyaretlerimizi yaptık derken bir hafta çabucak bitti ve İstanbul'a döndüm. Hava bir kapatıp bir açıyor, ılık ılık yağmur yağıyordu şehre. Yine her yer kalabalık, insanlar hep bir yerlere yetişmek ister gibi koşturup duruyor. Klinikte hastalarım beni bekliyor, Tuna bir an önce gelmem için sıkıştırıp duruyor. İşte bugün ben de başlıyorum işe. Kliniğe girdiğimde önce bir süre kliniğin kafeteryasında oturuyorum. Doktor ve psikolog arkadaşlarım geliyor yanıma. Bir yandan hasret giderirken bir yandan da çaylarımızı, kahvelerimizi içiyoruz. Tuna görünüyor uzaktan, hadi der gibi bakıyor, ben de toparlanıp çıkıyorum odama. Bu yıl Tuna yine Didim'deydi, balkonunda ağırladı beni. Yine neler yapmıştı neler... Onun sohbeti her şeye bedel zaten.

Hemen Ayşa'yı soruyorum Tuna'ya, "Bir haber var mı, hiç aradı mı?" diye, aramış, randevusunu çarşambaya verdiğini söyledi. Demek gelecek. Umarım iyi haberlerle gelir diyerek ilk hastamı alıyorum içeri. Zaman çabuk geçer klinikte, nasıl akşam olduğunu anlamazsınız. Giren çıkan, telefonla arayan, reçete yazdırmaya gelen derken yediyi geçe işim bitiyor. Bugün gelenler çok üzmedi beni, çoğu eski hastamdı zaten. Hepsi de iyiye gidiyor maşallah. Birlikte güldüğümüz bile oldu.

Çarşamba günü kafamda hep Ayşa var. Umarım bunca zamandır aldığımız yoldan geri dönmemiştir. Görüşmeyeli ne kadar oldu diye bakıyorum dosyasına, çok olmuş. Randevu saatinde kırmızı pelerininiyle içeri girince hafifçe buruluyorum. Bu pelerini kaç zamandır giymiyordu, daha doğrusu ona ihtiyaç hissetmiyordu artık. Şimdi onu niye giydi acaba? Yine kapıda karşılıyorum onu, hemen sarılıyor bana, özledim sizi diyerek. Yüzüne bakıyorum, yine yaprak kımıldamıyor yüzünde, durgun. Nasıl olduğunu soruyorum, "Kötü sayılmam hocam. Son geldiğimde söylediklerinizi unuturum sandınız ama unutmadım. Elimden geldiğince hayata tutunmaya çalışıyorum" diyerek başlıyor söze.

Perili köşkte Ali'nin kırk mevlidi de yapıldıktan sonra gelen giden azalmıştı. Yine eskisi gibi Ayşa ve Şahin vardı ama yeni bir düzen gerekiyordu o eve. Hastalıklar bitmiş, ölenler ölmüş, onlarla ilgili ne kadar örf ve âdet varsa yerine getirilmişti. Şahin okulunu bitirmiş, üst eğitim için yeniden Viyana'ya gitmenin yollarını ararken akşamları da yine kulüpte keman çalıyordu. Önce annesine, sonra da Ali'ye çok üzülmüştü ama hayat devam ediyordu. Bu acılarla yalnız başa çıkmak kolay olmuyordu. İyi ki Şule vardı hayatında. Zaten yakında evleneceklerdi.

Elinden geldiği kadar Ayşa'ya da destek olmaya çalışıyor, sık sık, "Bir ihtiyacın var mı?" diye soruyor ya da "Biz Şule ile yemek yiyeceğiz, sen de gel" diye ısrar ediyordu ancak Ayşa bunlara hep hayır, diyor, Muazzez'e ev işlerinde yardım ettikten sonra odasına kapanıyor ya da çatıdaki odada dönüyordu. Şahin'in bütün ısrarlarına rağmen okula gitmiyor, sınavlara girmiyordu.

Viyana'dan burs kazandığını duyunca, Şahin'le Şule'nin düğün tarihleri biraz daha öne çekilmiş, sonra da evlenip hemen gitmişlerdi. Şimdi artık Ayşa evde iyice yalnız kalmıştı. Muazzez elinden geldiği kadar evin işlerini aksatmıyor, her öğün Cevat Bey'le ona birbirinden güzel yemekler yapıyor, işler bitip de akşam olunca koltuğunda tavlayla geliyordu Cevat Bey'in yanına. Önceleri adam buna pek yanaşmasa da, Muazzez ısrarcıydı. Bunca acı başka türlü unutulmazdı. Gerçekten de tavla partileri ikisine de iyi geliyor, yenilen sık sık kavga çıkarsa da sonu tatlıya bağlanıyor, geceler daha eğlenceli geçiyordu.

Ayşa ona baktıkça şaşıp şaşıp kalıyordu. Demek acıya çok dayanıklıydı bu kadın. Ailesinde kaybetmediği kimse kalmamış, birinin acısı bitmeden diğeri çekip gitmişti. Onun baştan nasıl üzüldüğünü, nasıl günlerce ağladığını görüyor ama bunları pek fazla uzatmıyordu Muazzez. Yasını tutup bitiriyor ve hayata hemen geri dönüyordu. Yine gülüyor, yine espri yapıyor, yine canınız ne istiyor diye soruyor, cevap alamazsa da kendi canı ne isterse onu yapıyordu.

O ev tamamen ona aitmiş gibi evi sahipleniyor, masanın, koltukların yerini değiştiriyor, perdeler eskidi diyerek Cevat Bey'i de ikna edip yenilerini yaptırıyordu. Son olarak Mualla ile Cevat Beyin yattığı yatağı da değiştirdi. Yenisini Cevat Bey'le gidip kendi beğendi. Pazar günleri yine hep birlikte çıkalım diye çok ısrar ediyordu Ayşa'ya. Bazen zor da olsa onu ikna ediyor, üçü şehri dolaşıp iyi bir restoranda yemek yiyorlardı. Cevat Bey'in de hoşuna gidiyordu bu gezmeler. Üçü bir aile oluveriyorlardı.

Muazzez, Ayşa kendi evine gidecek diye fena halde korkuyordu. O da giderse eniştesiyle bir çatı altında yalnız oturması da caiz değildi. Gitse, nereye gidecekti, onun da herkes gibi bir kocası mı vardı. En son talibini de Mualla kapıdan kovmuştu. Gerçi iyi de etmişti. Şimdi onunla evlense, orada perili köşkteki hayatı bulabilecek miydi? O da yalnızdı, Cevat Bey de... Şahin de bırakıp gitmişti. Kimse onları düşünmüyordu. Bunun bir hal çaresi yok muydu? Bir gün akşam yavaşça çaldı Ayşa'nın kapısını. "Bak, sen de ikide bir gideceğim diye tutturuyorsun. Ne olacak bizim halimiz? Cevat Bey ve benim bu evde yalnız kalmamız yakışık almaz. Ben de gitsem, adamcağıza kim bakacak? Sen gitmeden bu işe bir hal çaresi düşünsek" dedi. Ayşa şaşırdı kaldı onun bu sözlerine. "Ne diyorsun sen, ablanın kocasıyla evlenmeyi filan mı hayal ediyorsun yoksa, olur mu öyle şey" diye itiraz edecek oldu ama Muazzez hemen lafı yapıştırdı. "Neden olmasın? Hiç bizi düşünen yok, herkes kendi derdinde. Şahin giderken babasını düşündü mü, hadi o neyse de sen hiç beni düşünüyor musun? Bu kadın ben de gidersem ne yapar, ne eder diyor musun? Sana kaç sene annelik ettim, bir günden bir güne seni bırakıp gittim mi? Şimdi artık büyüdün, biraz da sen bana sahip çık, ortalarda kaldım, görmüyor musun?" diyerek başladı ağlamaya.

Ayşa bir kere daha kalakaldı. Anlaşılan ona annelik etmiş, kimselere bırakıp gitmemiş, her yerde sahip çıkmıştı. Demek ki, o böyle düşünüyor, böyle hissediyordu. Çok iyi bir anne olduğundan hiç kuşkusu yoktu. Doktorla konuşmaları geldi aklına. Ne demişti ona, "Bir olay yaşanır ama onu herkes başka türlü yorumlar. Üstelik kendi düşündüğünün doğruluğundan da hiç kuşku duymaz." Şimdi de kalkmış ona sitem ediyordu.

Bir süre ne diyeceğini bilemedi. Muazzez şimdi de gözünü Cevat Bey'e dikmişti. Ayşa'nın, Ali'yi kaybettikten sonra yaşadığı acı, hayallerinin bir anda yerle bir olması filan onu hiç ilgilendirmiyor, bir gün olsun yanına gidip kızının halini hatırını sormak aklına bile gelmiyordu. Ne yapmasını istiyordu ondan, Cevat Bey'e gidip teyzemle evlenin demesini mi? Bunu Ayşa'nın yapmayacağını bilmiyor muydu? Hiç mi tanımamıştı kızını? Sonunda bir akşam Cevat Bey yemekten sonra Ayşa'yı da çağırdı, önemli bir konu konuşmak istediklerini söyledi. Ayşa merakla oturmuştu karşılarına, akşam akşam bu adam ne diyecekti ona. "Kızım, biz teyzenle evlenmeye karar verdik. Madem hepimiz aynı çatı altında yaşıyoruz, bunun adını koymakta fayda var. Hem böylece sen de daha rahat edersin, hep birlikte bu evde yaşamaya devam ederiz. Zaten ben seni öz kızım gibi görüyorum. Muazzez ve ben her daim senin yanında ve arkandayız."

Ayşa yine şaşkına dönmüştü. Demek Muazzez zaten işi halletmiş, onunla konuşarak kızı bu habere alıştırmaya çalışmıştı. İtiraz etmeye filan kalkma demenin başka yolunu bulmuştu. Herkes akıllı da o aptal mıydı acaba? Onun neden hiç böyle şeylere kafası basmıyordu. Cevat Bey sigarasından derin bir nefes çekip konuşmaya devam ediyordu. "Bu haberi önce seninle paylaşalım dedik, ne olsa sen bizim kıymetlimizsin. Ne kadar üzgün olduğunu biliyoruz, keşke elimizden gelen bir şey olsa. Çok iyi bir çocuktu Ali, hepimiz çok sevmiştik onu ama demek yazan böyle yazmış. Nurlarda yatar inşallah..." Hep birlikte amin dedikten sonra Cevat Bey devam etti. "Biraz sonra da Şahin'i arayacağım. Onun da uygun olduğu bir zamanda gelir, evde hep beraber sade bir nikâh töreni düzenleriz. Umarım siz de bizi yalnız bırakmazsınız" diyerek bitirdi konuşmasını. Gözleri Muazzez'e kaydığında yine şaşırdı kaldı. Nasıl masum, nasıl da utangaç bir kadın oluvermişti. Başını önüne eğmiş, sessizce dinliyordu onları.

Hemen döndü Cevat Bey'e, "Tabii enişte" dedi, "en doğrusunu yapıyorsunuz. Şimdiden kutlarım sizi. Çok yerinde bir karar vermişsiniz. Sanırım Şahin de çok memnun olacak bu habere." Ayşa böyle deyince Muazzez derin bir nefes alarak aceleyle mutfağa koştu. Öyleyse tatlı yiyip tatlı konuşalım diyerek, önceden tepsiye hazırladığı üzeri tarçınlı sütlaçlarını birer birer koydu önlerine. Yanında da birer bardak soğuk su getirdi. Ayşa aceleyle sütlacını yiyip onlara iyi geceler dileyerek çıktı odasına. Olanlara kızsa mı, sevinse mi, üzülse mi, ağlasa mı bilemedi. Hemen astığı yerden çıkardı kırmızı pelerini. Üstüne giydiği gibi attı kendini çatıdaki odaya. Yorgunluktan ayakta duracak hali kalmayana kadar döndü. Sonra da oracıkta uyudu. Rüyasında Ali'yi gördü. Kuş cennetine gitmiş, kollarını açmış, onu bekliyor, bir yandan da etraftaki kuşları gösteriyordu. Ne kadar mutluydu, nasıl da gülüyordu. Ayşa'nın üzerinde yine kırmızı pelerin vardı ve Ali onu beklerken o hep dönüyordu. Ayşa Ali'yi beklettiği için kızıyordu kendine, ama o hiç kızmıyor, sen dön, acele etme diyordu sanki.

Büyük bir acıyla uyandı uykudan. İlk kez görüyordu Ali'yi rüyasında. Nasıl da özlemişti ama dön diyordu Ali ona, acele etme. Hemen kalktı yerinden, duşunu alıp hızlıca çıktı evden. Muazzez arkasından söyleniyordu kahvaltı etmeden çıktı diye. Bildik yollardan hemen kulübe gitti, yeniden çalışmak istediğini söyledi. Onlar da zaten dünden razıydı. İsterse bu akşam başlayabileceğini söylediler. Ayşa hızla perili köşke döndüğünde, "Uzun süredir eve gitmiyorum, izin verirseniz bir süre evde kalayım, belki derslerime filan daha iyi çalışırım orada. Hem de evi şöyle bir gözden geçireyim. Zaten bir ayağım burada olur, sık sık gelirim yine" diyerek çıktı oradan.

Ne kadar çok olmuştu bu eve gitmeyeli. Kirasını biriktirdiği paralarla kendi ödemişti ama artık parası da kalmamıştı. Akşama kadar uğraştı evle, camları açtı, havalandırdı, yatağını değiştirdi, sildi süpürdü, akşam olunca da kırmızı pelerinini de alıp kulübe gitti. O görmeyeli kulüpte de bazı değişiklikler olmuş, dansçı kızlardan biri ayrılmış, yerine üç kız daha alınmıştı. Şimdi dört dansçı çıkıyordu sahneye. Ortaya kırmızı pelerinli kız çok yakışacaktı.

Sahneye ilk çıktığında eski performansını tutturamadı hemen ama alışması kolay oldu. Geceleri kulübe gitmek, orada birkaç insan yüzü görmek, sahnede uzun uzun dönmek iyi gelmişti. Sabahları geç kalkıyor, evde yapması gerekenleri yapıyor, alışverişe gidip kendine yemek yapacak bir şeyler alıyor, akşam da kulübe gidiyordu. Birkaç gün sonra Agâh Bey'i yine her zamanki masasında otururken gördü. Kızı yeniden sahnede görünce yüzüne bir gülümseme yerleşti adamın. Demek kız yeniden kürkçü dükkânına dönmüştü. Hemen haber yolladı kulise, sahneden inince yanıma gelsin diye. Garsonlar hiç ikiletmeden haberi Ayşa'ya iletti. Ayşa buna önce sevindi, son görüşmelerinde onlara çok yardımcı olmuştu Agâh Bey ama sonra doktorun sözleri geldi aklına. "Ne yaptığını önce düşün, bilinçli bir karar al, ne yapıyorsan sonra yap." Garsona döndü, "Agâh Bey'e söyle, masasına gelemem ama onu bir çay içmeye kulise davet edebilirim" dedi. Biraz sonra garson Agâh Bey'in geldiğini haber verdi. Kızlar çoktan giyinmiş, çıkmak üzereydi. Kapıda karşıladı Agâh Bey'i, karşılıklı oturdular. Gülerek ona bakıyordu adam. "Kürkçü dükkânına geri dönmüşsün. Yine mi terk etti seni Ali? Ama bak, bu sefer affetmem, o da biliyor bunu değil mi?" Ayşa acıyla baktı adamın yüzüne. Adam anlamadı onun yüzündeki bu ifadeyi. Demek kız çok seviyordu bu oğlanı. Her gidişinde perişan oluyordu. Tam kıza bir şeyler söylemeye hazırlanırken Ayşa sözünü kesti onun. "Ali bu sefer temelli gitti... Öldü Ali!" Adam bunun şaka mı ciddi mi olduğunu anlamadı önce, sonra hafifçe kıza doğru eğilerek sarıldı ona. Onun da gözleri dolmuştu. Yavaşça, "Ne oldu?" diye sordu, "Kaza" dedi Ayşa.

Bir süre öylece kaldılar, sonra "Bak kızım" dedi, "yazık olmuş ikinize de ama ben artık hep senin yanındayım. Ali'nin emanetisin artık bana. Sabri'ye söyleyeceğim, ne işin varsa, nereye gidip geleceksen emrinde olacak. Akşamları kulüpten o alsın seni, gideceğin yere götürsün" diyerek kalktı yerinden. Odadan çıkarken hâlâ "vah vah..." diyordu. Şimdi artık Agâh Bey onun kulüpteki hamisi olup çıkmıştı. Hemen kulüp ona özel bir oda hazırladı. Artık makyajı burada yapılacak, burada giyinip soyunacak, anahtarı da ona teslim edileceğinden odadaki dolapları istediği gibi kullanabilecekti. Bu tavrı kızın da hoşuna gitmişti. O gece Ali'ye de çok saygılı davranmıştı Agâh Bey. Hiç tereddüt etmeden kabul etti adamın önerilerini. Artık geceleri onu kulüpten Sabri alıyor, evine kadar bırakıyor, Ayşa yukarı çıkıp ışığını açmadan gitmiyordu. Arada bir İstanbul'da olduğu günler sabah kahvaltısına davet ediyordu kızı. Alışkın olduğu o eve başka bir sıfatla gitmek hoşuna gidiyordu kızın. Agâh Bey onu her zaman çok saygıyla karşılıyor, Mahmure Hanım da mükellef bir kahvaltı hazırlıyordu. Bir süre sonra da Sabri onu istediği yere bırakıyordu. Sabah kahvaltılarından sonra arada bir de akşam yemeği davetleri başlamış ama Ayşa henüz bu davetlere gitmemişti.

Bir gece yine kulüpte sahnedeyken Ali'nin oturduğu yere bakınca Doğan'ı gördü orada. Yine arkadaşlarıyla birlikte gelmişlerdi. Doğan gözlerini dikmiş, ona bakıyordu. Bir an düşündü, Doğan niye böyle bakıyordu, yapmazdı o çocuk böyle şeyler. Sonra acaba kırmızı pelerinli kızın ben olduğunu bilmiyor olabilir mi dedi. Öyle ya, Ali ona ne Ayşa'dan, ne de o kızın kim olduğundan hiç söz etmemişti. Kıskanç biriydi Ali, ona kimse yan gözle baksın, onu tanısın istemezdi. İlk olarak hastanede tanışmışlardı Doğan'la. Memleketten, küçüklüğünden tanımıştı Ayşa'yı. O bakışlardan çok rahatsız olmuştu kız, ne olsa Doğan Ali'nin en yakın arkadaşı, hem de ortağıydı. Onu sağlığına kavuşturabilmek için ne çok uğraşmıştı. Çok iyi, çok vefalı biriydi, ona haksızlık etmemeliydi. Ayşa'yı rahatsız edecek, peşine düşecek erkeklerden değildi o, hem kim olduğunu bilse, ona böyle baktığı için utanır, yerin dibine girerdi. Doğan da kırmızı pelerinli kızı yeniden sahnede görmekten memnundu. Yanıktı o kıza. Demek sahnelere yeniden dönmüştü. Acaba bu sefer ona ulaşmanın bir yolunu bulabilir miydi? Artık daha sık geliyordu kulübe.

Birkaç ay sonra Şahin babasının nikâh merasimi için Şule'yi de alıp yine gelmişti İstanbul'a. Sade bir nikâh töreni yapıldı evde. Şahin kocaman bembeyaz bir çiçek yaptırmış, Doğan da büyükçe bir vazoya yerleştirilmiş beyaz güllerle gelmişti nikâha. Şahin, Şule, annesi Sabiha, Doğan'ın da yanında annesiyle ablası vardı. Bir de Ayşa... O kalabalık aileye bir anda ne olmuştu.

Hafif bir müzik çalıyordu. Yemekler yendi, kahveler içildi, son olarak da Sabiha Hanım'ın getirdiği baklavalar konuldu masaya. Herkes hayatından memnun görünüyordu. Hem Sabiha ve kızları hem de Doğan ve ailesi çok yakın ve sıcak yaklaşıyordu kıza. Doğan ona sitem bile etti. "Ben seni aramaya çekiniyorum, lütfen ne zaman istersen ara, birlikte kahve içer, Ali'den konuşur, onu yâd ederiz ama sen Ali gidince hiçbirimizi tanımaz oldun. Öyle yapma." Sanki o, kırmızı pelerinli kıza bakan Doğan değildi. Nasıl da içtendi, samimiydi.

Gece bittiğinde evleri daha yakın olduğu için Şahin değil Doğan ve ailesi bırakmıştı onu eve. Yalnız başına eve girdiğinde içine ince bir sızı düştü Ayşa'nın. Yine, bir tek o yalnızdı. Bir zamanlar anne dediği Muazzez bile yanına bir hayat arkadaşı bulmuş, onu bir kere daha terk etmişti. Artık ait olmadığı bir yerlerde yaşamak istemiyordu Ayşa. Yalnız da olsa, bu ev ona aitti.

Girdi yatağına, yaktı gece lambasını, doktorun yazdığı kitaplardan birini aldı eline, gözleri dola dola okudu. Acaba onların hikâyesini de yazar mıydı doktor? Yazarsa onu Ayşa nasıl okur, ne çok ağlardı okurken. Kapattı kitabı, başladı ağlamaya. Bu ağlamalar ona iyi geliyordu.

Kırmızı Oda

"Demek kitap okumayı seviyorsun."

"Evet hocam, en çok da sizinkileri. Ama çok ağlıyorum. Seninle hiç ilgisi olmasa da, o kitapları okurken ağlıyor insan. Artık ne yazıyorsanız oraya..."

Hoşuma gidiyor onun bu sözleri. Demek çok iyi empati yapıyor karakterlerle, iyi bir şey bu, onları anlarsa bir gün kendini de daha kolay anlar. Muazzez'i konuşuyoruz.

"Nasıl da mutlu Muazzez, bir görseniz! Cevat Bey de keyifli. Adam sanki yeniden doğdu. Hiç oturmuyorlar evde, her gece bir yerde birlikte yemek yiyor, gezip tozuyorlar. Muazzez beni Avrupa'ya götür diye tutturmuş, önümüzdeki günlerde gideceklermiş."

"Sen nasıl hissediyorsun Ayşa, neler geçiyor kafandan?"

"Hiç! Şimdilik yeni bir şeyler yapacak gücü bulamıyorum kendimde. Kulüpte çalışmaktan memnunum. Hayatıma bir renk, bir hareket geldi. Gerisini düşünmek bile istemiyorum."

"Yine hayata ya da kader motifine teslim oldun, öyle mi? Onlar seni nereye götürürse oraya gideceksin yani."

"Neden öyle olsun? Şimdilik böyle iyi."

Yine yatmış uykuya, onu yeniden uyandırmam gerekiyor ama nasıl?

"Şimdilik derken, ne demek istiyorsun? Şimdilik dediğin senin hayatın zaten. Nereye gidiyorsun Ayşa? Eğer ne yaptığından eminsen sana söyleyecek bir sözüm yok"

"Neden hep böyle sorular soruyorsunuz? Ben memnunum hayatımdan. Kulüpte çalışmak bana iyi geliyor, sahnede döndükçe hafifliyorum."

Onu sıkıştırmamı istemiyor, rahat bırak beni diyor. Bırakmayacağım. Yine tehlikeli sularda yüzüyor ve ne yaptığının yine farkında değil.

"Senin daha iyi olduğunu görmek güzel ama hayatımızı biz planlamalı, ne istediğimizi, neyi niçin yaptığımızı bilmeliyiz. Zihninde bunun cevapları varsa, ben bir daha sormam bu soruları ama yok galiba... Yanılıyor muyum?"

"Ne plan programından söz ediyorsunuz, bunları yapacak halim mi kaldı benim?"

Bugün bana da sitem etmek istiyor. Biliyorum, çok zor zamanlar geçirdi. Bundan önce de böyleydi. Agâh Bey'in yatağına neden girdiğinin bile farkında değildi. O zaman bu yüzden çok suçladı kendini, vicdan azabı çekti. Şimdi Agâh Bey yine onu aynı yere götürmenin peşinde. Bunu bilerek, isteyerek yapsa, bu onun hayatı derdim. O da bir yaşam şekli, öyle yaşayıp da bundan memnun olan insanlar tanıyorum ama bu kız yeniden böyle bir şey yaparsa artık istese de geri dönemeyecek ve içindeki öfke okları yine kendine yönelecek. Bugün, her zamankinden daha sabırlı olmalıyım.

"Kaldır başını Ayşa, hayat hiç sevmez yoruldum diyenleri. Halin varsa da, yoksa da kaldır başını. Bu hayat senin! Onu sen yeniden kuracaksın. Bin kere de bozulsa, yine sahip çıkacaksın hayatına. Her esen rüzgârın seni götürdüğü yere değil, sen nereyi istiyorsan oraya gideceksin. İstiyorsan yine çalış kulüpte, dön sahnede ama yolunu kendin çiz. Şimdi artık gidebilirsin. Söylediklerimi iyi düşün. Kendine ihanet etme."

"Kendime mi? Ali'ye değil yani..."

"Ali yok artık. Acı ama gerçek bu. Ne yaparsan yap ama yaptığın şeyler senin onayından geçsin. Sonradan pişman olacağın şeyleri önceden gör, önceden tanı. Sonra ne istiyorsan onu yap, anlaştık mı?"

Git dememden etkilendi. Ben de zaten etkilensin, söylediklerimi ciddiye alsın diye böyle yaptım. Yine gözleri doldu. Bu sefer ben ona farklı bakıyorum. Gözlerim dolu değil, dimdik bakıyorum gözlerine. Yavaşça kalkıyor yerinden, kırmızı pelerinin eteklerini toplayarak. Bana sarılmadan gitmiyor. Kulağına, "Ben senin hep mutlu olmanı istiyorum" diyerek yolcu ediyorum onu. Bütün hayallerinden, ideallerinden vazgeçmiş. Kulüpte çalışmaya devam ederse istemediği şeyler gelecek başına ve bunlara dur diyecek gücü yok. Pişman olacak, iyice aşağılayacak kendini. Çöp kız geri gelirse onu götüreceği yer belli.

Ah benim bu kırmızı odam! Sen neler duydun, nelere tanıklık ettin bugüne kadar. Pencereyi açmadan önce odanın içinde bir aşağı, bir yukarı dolanıyorum. Biraz harekete ihtiyacım var, kasıldı her yanım.

38. Bölüm

Çok güzel bir İstanbul sabahına kuş cıvıltılarıyla uyanıyorum. Saat daha sekiz bile olmamış. Hep geç yattığım için bu saatler benim için erken ama uykum bitmiş ve ben kendimi zinde hissediyorum. Önce balkona atıyorum kendimi. İnsan bakmalara doyamıyor bu şehre. Bunca şehir gezdim, İstanbul'dan daha güzel, daha büyüleyici ve ihtişamlı başka yer görmedim. Ankara özlemim devam etse de, İstanbul giderek beni de aldı içine.

On yıla yakındır bu şehre sık sık gelip gidiyordum, son yıllarda ise asıl evim artık burası oldu ama bu şehir kimseye teslim olmuyor, kendini ele vermiyor, tanıtmıyor, her seferinde şaşırtmaya devam ediyor. Bir türlü elde edilemeyen çok fettan bir kadına benziyor. Tam bildim, gördüm, tanıdım, keşfettim dediğiniz anda bambaşka bir yüzünü daha gösteriyor. Çapkın, cilveli, işveli, süslü püslü, bastığı yerden ses getiren, saati saatini tutmayan, yakaladım dediğiniz yerde elinizden kaçıveren, bir türlü yaşlanmayan ama her şeyi de bilen, bunu sizin gözünüze sokan bir kadın işte İstanbul. Bunu söyleyen sadece ben değilim, pek çok şair ve yazar da genellikle böyle tanımlıyor bu şehri. Bunları hep bir yerlerde okumuş ama henüz şehri bu kadar yakından tanımamıştım. Nasıl bir mahareti varsa, tanıdıkça daha çok merak ettiriyor kendini.

Ankara ise elinde deri çantası, takım elbisesi, gömleği, kravatı, gözlüğü ile yakışıklı, mağrur, çokça mesafeli, başı dik bir erkek. Nerede ne yapacağı belli... Kaçmaz, göçmez, sözünde durur, dürüst, mert, güvenilir bir erkek Ankara. Bu cilveli kadın ile bu mağrur erkek birbiriyle yarışmıyor, rekabet etmiyor, tam tersi birbirini tamamlıyor.

Bunları düşünerek yürüyorum. Deniz kenarında yürüyen yaşlısı genci, çoluğu çocuğu, kadını erkeği benim gibi pek çok insan var. Kimi banklarda oturmuş, bir yandan termosla yanında getirdiği çayını kahvesini içerken, bir kısmı sabah sporunu yapıyor. İrili ufaklı birçok da köpek var etrafta. Sahipleriyle birlikte sabah keyfi yapıyorlar.

Kliniğe geldiğimde bu saatte beni görenlerde hafif bir telaş başlıyor. Haklılar, ben hiç bu saatte gelmem kliniğe. Tuna bile gelmemiş henüz. Ben de bahçede orada olanlarla oturup bir bardak çay içip öyle çıkıyorum odama. Randevu listesine bakarken Ayşa'nın adını görünce seviniyorum. Yine çok uzun süredir görmüyorum onu. Son gelişinde biraz sıkıştırmış, kendi gerçeklerini adeta gözüne sokmuştum. Böyle de yapsam, bu onların kararı. İster kendi kaderlerine, yine kendi istedikleri şekilde el koyar ya da hayatın onları götürdüğü yere giderler. Hayat onların, karar onların ama değişmenin, gelişmenin, suyun yolunu değiştirmenin ne kadar zor olduğunu biliyorum. Hata yapa yapa düzelecek bazı şeyler, yeter ki değişimin peşini bırakmasınlar. Yüz kere yanılsalar da tekrar kendi hayal ettikleri yolu bulmaktan vazgeçmesinler. Hep böyle olsun istiyor insan ama her zaman olmuyor. İnce bir terazisi var hayatın. Altın tartar gibi tartar bizi. Elinin ucuyla, gayret ediyormuş gibi yapanların numaralarını yemez, yutmaz, kusuverir. Aslında hayatı kandırdığımızı sanırken yine o bizi kandırır. Onun bizden çok daha akıllı, ince fikirli, ayrıntılara meraklı ve bizden çok ama çok daha büyük olduğunu unutuyoruz bazen.

Tuna heyecanla giriyor içeri, geç kaldığı için mahcup. Biraz üzerine gitmek geliyor içimden, ona takılmaya bayılırım. Nerede kaldığını ve hep böyle geç mi geldiğini soruyorum, gülmemeye çalışarak.

"Yok hocam, hiç yapar mıyım öyle şey, bugün her türlü aksilik bir araya geldi. Ay ne olur kusura bakmayın, ben de çok üzüldüm. Siz geleli çok mu oldu?"

Ay kıyamam Tunama, nasıl da üzüldü. Gidip sarılıyorum ona. Bu sefer kahvenin yanına bir de küçük çiçek koymuş. Ah canım benim... Neredeyse kalkıp kovalayacağım Tuna'yı. Ne olsa o benim eski arkadaşım, ona takılmadan duramıyorum. Tuna tam gülerek odamdan çıkacakken açık duran kapıdan Ayşa'yı görüyorum. Yanında genç ve yakışıklı bir genç var, kim acaba? Tuna'ya, Ayşa'yı almasını, sonra isterse ona da kahve yapmasını söylüyorum. Tuna, tamam diyerek çıkarken Ayşa giriyor içeri. Bugün nasıl da güzel... Oysa dudaklarındaki açık pembe rujdan başka makyaj yok yüzünde. Saçlarını her zamanki gibi arkadan atkuyruğu yapmış, yine dümdüz bir elbise var üzerinde. Pelerin de yok sırtında. Bu kıza bir haller olmuş, gözleri de hem canlı, hem de heyecanlı bakıyor. O yerine otururken hemen başlıyoruz konuşmaya.

"Hoş geldin Ayşa, bugün ne güzelsin sen. Işık gibi girdin odama, seninle birlikte her yer parladı."

"Hoş bulduk hocam, beni ne güzel karşıladınız böyle, size güzel şeyler anlatacağımı bilir gibi..."

"Sahi mi? Bak işte buna çok memnun oldum. Son görüştüğümüzde çok kızmıştın bana. Yalnız gelmedin galiba, yanında biri daha vardı."

"Artık hiç yalnız değilim, Doğan var. Birazdan o girecek içeri. Sizi tanımayı çok istiyor."

"Doğan mı? Yanındaki Doğan mıydı? Memnun olurum ama neler oluyor Ayşa?"

"Neler olmuyor ki hocam..."

39. Bölüm

Doktorla son görüşmelerinden sonra klinikten çıktığında kendini hiç iyi hissetmiyordu Ayşa. Doktor bile anlamamıştı Ayşa'yı. Ne istiyordu ondan, neden bugün onu sıkıştırıp durmuştu. Hiçbir şey yapacak gücünün olmadığını bir türlü anlatamamıştı. Bir tek, "Karar vermeden önce iyice düşün, ben ne istiyorum, ne yapıyorum diye sor kendine" dediği kalmıştı aklında. Ne bir şey istiyor, ne de yeni bir şey yapıyordu.

Sonraki günler kaldığı yerden devam etti hayat. Muazzez ve Cevat Bey zırt pırt bir yerlere gidiyorlardı. Şahin yine Viyana'daydı, onun da keyfi yerindeydi. Olan bir tek ona olmuş, sap gibi ortada kalıvermişti. Doktor acaba okulu bıraktığı için mi kızıyordu kendisine. Okulu bitirse ne olacaktı, paraysa, şimdi kulüpten kazanıyordu zaten. Diplomasını alsa bile bu kadar parayı okuldan alamazdı ki. Şimdi kendi kirasını kendi ödüyor, kalan parayla da rahatça geçiniyordu.

Ali bir türlü çıkmıyordu aklından. Giden sadece Ali değildi ki, giderken onun hayallerini, ümitlerini de alıp gitmişti. En iyisi şimdilik bunları hiç düşünmemeliydi. Düşündükçe morali bozuluyordu. Agâh Bey de ne iyi adamdı. Ona kol kanat geriyor, hem işte, hem de özel hayatında onu rahat ettirmeye çalışıyordu. Karşılığında ondan bir şey istediği de yoktu. Çok önemli bir misafir gibi evine her gidişinde onu ağırlıyor, masada sohbetlerin en koyusunu yapıyorlar, sonra da Sabri evine götürüp bırakıyordu. O gecelerde sık sık bir bahaneyle Ayşa'ya sarılıyor, giderken onu mutlaka yanaklarından öpüyordu ama şimdilik kötü bir niyeti yoktu adamın. Eskiden sadece sabah kahvaltılarına çağırırken şimdi kulüpten çıktığı bazı geceler de "Sen şimdi açsındır" diyerek evinde sofra hazırlatıyordu, öyle gecelerde az da olsa Ayşa da içki içiyordu. Her içkiyi içirmiyordu ona Agâh Bey, şarabın en kalitelisini açtırıyor, şarapla ilgili pek çok şey anlatıyordu. Onu dinledikçe genel kültürü de artıyordu Ayşa'nın. Zaten çoğu zaman seyahatte olduğundan, çok da sık görüşemiyorlardı.

Doğan ayda birkaç kere, yine iki arkadaşıyla birlikte geliyordu kulübe. Her sahneye çıktığında nasıl da bakıyordu Ayşa'ya. Onun kim olduğunu bilmediğinden emindi artık. Gönderdiği çiçeklerden belliydi bilmediği çünkü çiçeklerin içine koyduğu kartta ona Ayşe diye hitap ediyor, bir gece masalarını şereflendirmesini rica ediyordu. Bir gün sürpriz yapıp kırmızı peleriniyle karşısına çıksa, ne yapardı acaba? Kim bilir nasıl şaşırır, nasıl utanırdı. Aslında bir yanı çok utangaç, çok mesafeliydi Doğan'ın. Özellikle yeni tanıdığı insanlardan bir süre hep uzak duruyordu. Tanışıklık ilerledikçe onun da bu sıkılganlığı geçiyor, rahatlıyordu.

Bir akşam düşündüğünü yaptı, sahnedeki işleri bitince kostümleriyle birlikte gitti Doğanların masasına. Yüreği hoplayan Doğan fırladı yerinden. Hemen masada yer açtılar. Ayşa tam da Doğan'ın karşısına oturdu, muzip bir gülümsemeyle ona bakıyordu. Doğan kızın gülümsediğini görünce ne diyeceğini, ne yapacağını şaşırdı. Utancından dikkatle bakamıyordu bile. Zaten başındaki şapkanın tülü yüzünün yarısını kapatmıştı. Ağır bir sahne makyajı vardı yüzünde. "Hoş geldiniz masamıza Ayşe Hanım. Şeref verdiniz, gururlandırdınız bizi" dedi. Ayşa hemen cevapladı onu, "Hoş bulduk Doğan Bey. Görmeyeli nasılsınız?" Bu soru iyice şaşırttı Doğan'ı. Daha önce görüşmüşler gibi ne diyordu bu kız. Sesi de çok tanıdık geliyordu. Ayşa'ya mı benziyordu ne? "Aman, hâlâ mı tanımadın beni? Aşk olsun yani" deyince adeta şok geçirdi Doğan, "Ayşa! Sen misin? Nasıl ya? O kız gerçekten sen misin?"

Masadaki arkadaşları da şaşırıp kalmıştı bu işe. Demek yıllardır Doğan'ın hayran olduğu bu kız rahmetli Ali'nin kız arkadaşı, sözlüsü Ayşa'ydı. İyi ama bugüne kadar ona ne Ayşa, ne de Ali niye hiç bunu söylememişti? Diğer arkadaşları işi şakaya vurmuş, gülüyordu. Doğan gülmeye çalışsa da çok kötü hissetti kendini.

Hem Ayşa, hem de arkadaşları anlamışlardı onun nasıl utandığını, hemen lafı değiştirip başka konulara geçtiler, sonunda Doğan da katıldı sohbete.

Demek Ali yakın arkadaşı, ortağı da olsa, sahnedeki kırmızı pelerinli kızın Ayşa olduğunu söylememişti. Ne garip bir çocuktu Ali. Sadece Ali mi, kendisi söylemiş miydi? Ne zaman başları derde girse, önemli bir sorunları olsa Doğan'ı aramakta hiç tereddüt etmemişler, onun bu kulübe sık sık geldiğini bilseler de, bunu sır gibi saklamışlardı. Doğan'ın doktor arkadaşları durmadan konu değiştiriyor, her sefer bir espri yaparak onları rahatlatmaya çalışıyorlardı. Saat epey ilerlemiş, yavaş yavaş kalkma vakti gelmişti. Doğan Ayşa'ya dönüp, "Biz kalkıyoruz, hadi seni de bırakalım eve" dedi. Ayşa hiç tereddütsüz kabul etti bu teklifi, sadece bir dakika izin isteyip içeri girdi, Sabri Abisini buldu, "Bu gece arkadaşlarımla çıkacağım, sen gidebilirsin" diyerek tekrar döndü yanlarına. Bu arada başındaki şapkayı ve sarı peruğu çıkarmış, pelerini de eline almış, günlük kıyafetini giymişti.

Doğan'ın arabasıyla gelmişlerdi. Doğan kapıyı açıp onu öne bindirdi, arkadaşları arkaya, kendisi de direksiyona geçip düştüler yola. Doğan Ayşa'nın evini biliyordu, kendi evine yakın sayılırdı. Önce arkadaşlarını bıraktı, sonra da Ayşa'nın evinin önüne geldiler. Ayşa önce ne diyeceğini bilemedi, acaba Doğan'ı yukarı davet etse miydi? Ailecek çok yardımını görmüşlerdi onun. "Gel istersen, bizim balkonda birer kahve içelim" dedi. Doğan da aynı duyguyla çıktı yukarı. Ayıp olurdu Ayşa'ya hayır demek. Aslında onunla yalnız kalmayı hiç istemiyordu. Çok büyük bir suç işlemiş, Ali'ye ihanet etmiş gibi hissediyordu. Yukarı çıktılar, Ayşa onu balkona çıkardı, aceleyle kahveleri yapıp yanına geldi. Önce hiç konuşmadan içtiler kahvelerini. Sonra Doğan başladı sormaya, nereden öğrenmişti böyle dönmeyi, Mevleviler dönerdi böyle uzun uzun ama onlar da ciddi bir eğitim alırlardı, o nerede almıştı bu eğitimi, nasıl bu kadar güzel dönebiliyordu? Ayşa önce her soruya basit cevaplar vererek geçiştirmeye çalıştı ama sonra durdu, Doğan'a baktı, karşısındaki yabancı biri değildi, Doğan'dı o, başları her sıkıştığında yardımlarına koşan Doğan. Kendi kendine konuşur gibi başladı anlatmaya.

Çocukluğundan beri odalara kapanıp döndüğünü, memleketten teyzesiyle gelip perili köşke yerleşince çatı katındaki ceza odasında nasıl korktuğunu, korkularını dindirmek için nasıl döndüğünü, o çok korktuğu çatı katındaki ceza odasını, kırmızı pelerin hayalinin nereden geldiğini uzun uzun anlattı ona. Bittiğinde kendi de inanamadı anlattıklarına. Bir tek doktora bu kadar ayrıntılı anlatmıştı bunları. Orada bile bu akşamki kadar rahat değildi. Tekrar baktı Doğan'a, nasıl biriydi bu Doğan, insan karşısındakine kendini nasıl bu kadar rahat hissettirebilirdi? Onu dinlerken nasıl da üzülmüştü, gözleri nasıl da her şeyi anlar gibi bakıyordu. İçinden daha fazla anlatmak geliyordu bu akşam.

Doğan yavaşça uzandı, başını kavrayıp göğsüne yasladı, bir süre öylece kaldılar. Ayşa hep ağladı, Doğan onun saçlarını okşadı, "Meğer ben de seni nasıl ihmal etmişim" diye kendini suçladı. Hayatına Hızır gibi girivermişti bu çocuk. Derdini birilerine, onu anlayan, yaşadıklarını az çok bilen, Ali'yi iyi tanıyan birine anlatmak ne iyi gelmişti ona. Bir şeyler daha vardı, Ali'ye bile anlatamadığı bir şeyler. Neredeyse hepsini birden bir çırpıda anlatıverecekti ki, bir anda aklı başına gelir gibi durdu. Ne olmuştu bu akşam da hiç yapmadığı şeyleri yapıyordu? Şimdi artık Doğan'ın sıcaklığını hissediyordu bedeninde, utanmasa hep öyle kalacaktı aslında ama utandı, hemen geri çekildi.

Sonra biraz daha konuştular onunla, birbirinden gizlisi saklısı olmayan iki arkadaş gibi. Ayşa'nın rahatladığını görünce, "Sen yorgunsundur, hadi yat. Davetin için teşekkürler, ne zaman istersen ara beni" diyerek kalktı Doğan. Ayşa onu kapıya kadar uğurlarken gitme der gibi bakıyordu. Doğan onu başıyla hafifçe selamlayıp, "Ben seni ararım" diyerek indi merdivenlerden. Ayşa uzun süre kapatamadı kapıyı. Bu gece ne olmuştu ona, Doğan nasıl bu kadar iyi gelmişti ruhuna. Girdi odasına, giydi geceliğini, kapattı lambasını, hemen de uyudu. Sabah telefonun sesine uyandı. Arayanın Doğan olduğunu görünce hızla doğruldu yerinden. "Nasılsın Ayşa, nasıl geçti gece?" Neşeyle cevapladı onu, "Sayende çok güzel bir gece geçirdim, kuş gibi hafiflettin beni. Sana nasıl teşekkür edeceğimi bilemiyorum" dedi. Doğan'ın da aklı o gece

Ayşa'da kalmıştı. "Benim de aklım sende kaldı, uyandırdım galiba ama merak ettim" dedi. Tekrar görüşmek üzere kapattılar telefonu.

Ayşa o gün hiç olmadığı kadar hafiflemiş hissediyordu kendini. Demek Doğan her derde devaydı. Bir zamanlar Ali'nin elinden tutmuştu, şimdi de onu düştüğü karanlık kuyulardan çıkarmak üzere uzatmıştı elini. Ona bu kadar yakınlık göstermek, bir anda içini açıvermek ayıp mı olmuştu acaba? Onun hakkında neler düşünmüştü? Akşama kadar eve bir türlü sığamadı. Hemen giyinip çıktı dışarı, doğru sahile indi. Önce küçük bir kafede hafif bir kahvaltı yaptı, sonra da yol onu nereye götürürse oraya gitti. Eve geldiğinde yorgunluktan ayaklarına kara sular inmişti. Hemen attı kendini yatağa. Sırtüstü yattı, gözlerini tavana dikti, başucundaki kırmızı lambayı yaktı, ışığın tavanda yaptığı gölgeleri izlemeye başladı. İçinde bir türlü anlayamadığı bir heyecan, bir yaşama sevinci vardı. Elleri ayakları hafifçe titrese de, bunlar daha önce yaşadığı sıkıntılara hiç benzemiyordu. Zaten öyle olsa pelerini hemen başucunda duruyordu, kalkar dönerdi.

Kendi kendine düşünürken telefon yine çaldı. Akşam olmuştu, acaba Doğan mı arıyordu? Telefonu eline alınca arayanın Agâh Bey olduğunu gördü. Hafifçe yüzünü buruşturarak açtı telefonu. Agâh Bey'in sesi biraz gergin geliyordu. Bu akşam kulübe gelecekti, programdan sonra da onu evine, yemeğe davet ediyordu. Önce ne diyeceğini bilemedi, bu gece canı ne kulübe, ne de Agâh Bey'in yanına gitmek istiyordu. Ne demişti doktor, karar vermeden önce düşün, ne istiyorum diye sor kendine. "Bu akşam kulübe de gelemeyeceğim galiba, pek iyi hissetmiyorum kendimi" dedi. Agâh Bey ısrar ediyordu, hastaysa hemen bir doktor alıp yanına gelecekti. Ayrıca çok özlemişti onu. Ne biçim konuşuyordu bu adam yine, eskiden söylerdi ona bunları. Sabri mi bir şey demişti acaba, dün gece bir grup gençle çıktığını görmüştü çünkü. Ne dese de kurtulsaydı bu adamdan? "Yok yok, siz zahmet etmeyin, teyzemlere gidiyordum zaten" diyerek kapattı telefonu.

Sahi ne istiyordu Ayşa, dün gece ne olmuştu da bugün bambaşka biri olarak kalkmıştı bu yataktan? Ne istediğini bulabilirse doktorun dediğini yapacak, gözü kapalı atlamayacaktı her şeye. Hızla kalktı yataktan, banyoya gitti, elini yüzünü yıkamadan önce aynada dikkatle baktı kendine. Sanki bir gülümseme vardı yüzünde. Bir yandan da Agâh Bey'in davetini kabul etmemenin gururunu yaşıyordu. Eskiden olsa, mecburmuş gibi, hiç düşünmeden gidiverirdi. Adamın yatağına da öyle girmemiş miydi? Demek adamın niyeti tekrar eski günlere dönmekti. "Çok beklersin" dedi içinden.

Akşam olunca önce kulübü arayıp hastalandığını, bir süre sahneye çıkamayacağını söyledi, sonra da evde güzel bir yemek yaptı. Kendine böyle bir sofra hazırlamayalı çok olmuştu. Keşke Doğan da gelseydi bu akşam ama gelmedi. Yine de keyifle yedi yemeğini, sonra da oturdu televizyonun başına, önüne çıkan ilk filmi sonuna kadar seyretti. Yatmak üzere odasına giderken kendi kendine söyleniyordu. "Eski Ayşa tarih oldu. Dün gece biri geldi, eski Ayşa'yı alıverdi benden." Sıcak bir duş aldı, duş alırken bile telefonu görebileceği bir yere koymuştu, Doğan ararsa diye...

Kırmızı Oda

"İşte böyle hocam, eski Ayşa tarih oldu, Doğan geldi, eski dertlerimi, korkularımı, takıntılarımı alıverdi benden. Gerisini de anlatacağım ama bir yandan da büyük bir suç işlemiş gibi hissediyorum kendimi. Ali'nin daha toprağı kurumadan başka bir erkeğe karşı böyle hissetmek zor geliyor insana. Başkalarından önce sen kendini kınıyorsun."

Ne kadar haklı diyorum içimden. Bir yakınımızı kaybettiğimizde, o ölmüşken, toprağın altına girmişken sadece yaşıyor olmak bile böyle hissettirir bize. Hele ki bu bizim çok sevdiğimiz bir erkekse... Aradan yıllar geçse de bu duygu bırakmaz peşimizi. Mahinur diye bir hastam vardı. Çok genç kaybetmişti eşini. Yıllar sonra tekrar evlenmeden önce bana gelmiş, sanki eşine ihanet ediyor gibi hissettiğini, bu duygudan bir türlü kurtulamadığını anlatmış, uzun uzun ağlamıştı bu odada.

Sanırım Ali'yi de kaybedeli bir yıldan fazla oldu ve Ayşa da böyle hissediyor. Bu duygunun yarısı bize aitse, yarısı da topluma aittir, hakkımda ne düşünecekler endişesidir. Özellikle bizim toplumumuzda çoğumuz başkalarının bizimle ilgili düşüncelerinden çok etkilenir ve buna çok üzülürüz.

"Gerisini de anlatacağım" diyor. Demek Doğan'la aralarındaki ilişki arkadaşlığın dışına çıktı. Belki de sevdiler birbirlerini, âşık oldular. Nedense bana hiç garip gelmiyor bu haber, pek şaşırmıyorum çünkü baştan beri Doğan'ın bu hikâyenin neresinde yer alacağını bir türlü kestiremiyordum ama bir yandan da hikâyenin önemli kahramanlarından biri olacağını biliyor gibiydim. Biraz daha düşününce, zihnime bu fikri Ali'nin aşıladığını fark ettim. Ali de mi az çok olayın buralara geleceğini seziyordu acaba? Her fırsatta Doğan'ı anlatmış, hatta doktor olarak hayallerini çaldığı gibi bir şeyler söylemişti. O hayallerin içinde en çok Ayşa vardı oysa. İşte bu durum, daha da ilginç geliyor bana. Ayşa'ya bakıyorum, dediklerini onayladığımı, bundan hepimizin etkileneceğini, üzüleceğini ama hayatın bize neler getireceğini baştan bilemeyeceğimizi söylüyorum. Koltuğuna iyice yerleşir gibi hafifçe kımıldandıktan sonra gözlerini yine Mona Lisa'ya dikip başlıyor anlatmaya.

"O geceden sonra biz sık sık görüşmeye başladık Doğan'la. Bu arada kulüp beni sürekli arıyor, ben her seferinde oraya gitmemek için bir bahane buluyordum. Yaptığım hiçbir şey yoktu, evde oturup Doğan'ın beni aramasını bekliyordum. Sanki bir şey beni mıknatıs gibi ona doğru çekiyordu. Bir yandan da kendimi sorguluyordum. Yaptıklarım çok garip geliyordu. O geceye kadar düzenli bir hayatım vardı. Kulübe gitmek, orada sahneye çıkmak beni oyalıyordu. Üstelik iyi de para veriyorlardı ve artık orası benim hayatım olmuştu. Doğan arada bir soruyordu, niye gitmiyorsun diye, ona da ne cevap vereceğimi bilemiyordum. Kimse bana şunu yap, bunu yapma, şu ayıp, bu yasak filan demiyordu ama bu sefer de ben istemiyordum gitmeyi. Eğer o gün Doğan'la sözleşmişsek, o saat gelene kadar dört dönüyordum evin içinde. Sakın o eski dönmeler gibi sanmayın, hatta o ara içimden dönmek bile gelmiyordu. Doğan'la beraberken zamanın nasıl geçtiğini anlamıyor, o beni eve bırakıp da gidince yeniden ne zaman görüşürüz acaba diye düşünüyor, içim içime sığmıyordu. Bunlar çok garip geliyordu bana. Eskiden hayatta hiçbir şey beni çekmiyor, etkilemiyordu. O kadar öfkeliydim ki hayata, neden hep benimle uğraşıyor diyerek sürekli sitem ediyordum. Hani içeri girdiğimde ışık saçıyorsun filan gibi bir şey söylediniz ya, benim için bütün ışıkları söndürmüştü hayat. Neden ben diye sorup duruyordum."

Çok sorulan bir sorudur bu, başımıza olmadık işler geldiğinde hepimiz hayata sorarız bunu: "Neden ben?" Oysa hayat bu acıları sadece bize vermiyor. Sıra bize gelince kaldıramadığımız her acıda hayata kızıyoruz. Acaba hayata hiç kızmadan yaşayan biri var mıdır? Sonuç olarak insanız ya, biraz da eksiğiz ya, duygularımız çok derin ya, biz sormayalım da kim sorsun bu soruyu? Gerçi sorsak ne, sormasak ne, hayat yine bildiğini yapmıyor mu? Bu kızın da ömrü boyunca başına gelmedik kalmamış. Güvendiği bir tek Ali vardı, o da gidince, geriye işte bu soruyu sormak kaldı. Ali'yi kaybetmek gerçekten de Ayşa'nın başına gelebilecek en büyük felaketlerden biriydi.

"Hepimiz sorarız bu soruyu. Senin de sorman çok doğal geldi bana."

"Hatırlar mısınız bilmem, o Saffet denen adam yatağıma geldiği zaman içime bir taş oturmuştu, okula gidip gelirken yollarda tekmeleyecek taş arıyordum. Ali gidince de öyle oldu. İçimden hep bir şeylere vurmak, kırmak geliyor, hırsımı alamayınca da her zamanki gibi döne döne kalbime oturan taşı çıkarmaya çalışıyordum ama o gece, sizden başka birinin, yani hayatın içinden birinin beni hiç yargılamadan, aşağılamadan, hatta benim adıma üzülerek dinlemesi, bir anda çok iyi geldi bana. Eskiden biliyorsunuz bunları Ali'yle konuşurduk ama bir yerden sonra çoğu şeyi ona da anlatamadım. Onunla yaşadıklarımı paylaşamamak, bazı şeyleri ondan saklamak çok zoruma gitmişti. Bana bir şey söylemese de içinden nasıl kızacağını, beni nasıl aşağılayacağını biliyordum. Biraz da bu yüzden son günlerde daha çok kızıyordum ona. İlişkimizdeki samimiyet kaybolmuştu."

"Haklısın ama sanırım senin bu dediğin yeni değil, daha sen çocukken bazı şeyleri anlatmak istememişsin Ali'ye."

"Bunun istememek olmadığını siz çok iyi biliyorsunuz hocam. Daha o yaşta, onun beni kınayacağını hissetmişim demek ki... Ama hani uzun süredir çok kızıyordum ya hayata, bu sefer bana öyle güzel bir sürpriz yaptı ki, artık ona sitem etmekten vazgeçtim. Doğan tıpkı sizin gibi dinliyor beni, hiç kınamadan, aşağılamadan, yargılamadan ve benim için üzülerek dinliyor. Gerisini, hepsini anlattım. Bir akşam bu sefer de ben onu yemeğe davet etmiştim. Yemekten sonra kahvelerimizi balkonda içiyorduk. Doğan açtı konuyu, senin zor bir hayatın olmuş dedi. Ben yine başladım anlatmaya. Önce asıl annemin ölen Nurşen Hanım olduğunu, meğer beni doğar doğmaz Muazzez Teyzeme veriverdiklerini, bunu da tamamen tesadüfen öğrendiğimi, o arada dükkânda Ali'yle nasıl arkadaş olduğumuzu, onun arkadaşlığının bana nasıl iyi geldiğini filan sanki kendimle konuşur gibi anlattım. Baktım, anlattıkça rahatlıyorum, bu sefer de sıra Ali ile yaşadıklarıma geldi. Ali'nin beni nasıl bulduğunu, baştan bu ilişkiden nasıl korktuğumu, hayatım boyunca en yakınlarım tarafından sürekli terk edildiğim için Ali de beni bırakır giderse ben ne yaparım diyerek duyduğum endişeleri..."

Hem de tüm detaylarıyla anlatmış yaşadıklarını. Çok uzun süre bunları sevdiği adama anlatabilmenin hayalini kurmuştu, demek o kişi Ali değil Doğan'mış.

"Tam mutlu olmuş, artık korkularımdan kurtulmuşken Ali'yi kaybedince ne hale geldiğimi, nasıl yapayalnız kalıverdiğimi, okulu bile bırakıp tekrar kulübe döndüğümü, sahnede dönerek kendimi oyalamaya çalıştığımı bir bir anlattım. Arada bir 'Ah canım...' diyerek dinledi beni. Sıra Saffet'e gelmişti. İçimden bir ses bana onu da anlat diyordu ve ben onu da bir çırpıda anlatıverdim. Sonra da, 'Hani bana sormuştun ya, bu dönmelerin ne zaman başladı diye, işte bu dönmeler de o zaman başladı' dedim. Nasıl üzüldü bir bilseniz... Sarıldı bana, gözleri doldu, bir yandan da 'Vay ahlaksız herif, vay şerefsiz!' diye söyleniyordu. O böyle dedikçe benim yüreğime sular serpildi."

Onu çok iyi tanıyan birine bunları utanmadan, sıkılmadan, kendini aşağılamadan anlatabilmiş olmanın huzuruyla nasıl da rahatlamıştır kim bilir.

"Sonra da sanki benim mutfağımı çok iyi bilir gibi gitti, arandı tarandı, su kaynattı, bana papatya çayı yapmış, onu getirdi. Al bunu iç, gece seni rahat uyutur dedi. Oysa ben bunları anlatırken çok duygulansam da, onun varlığıyla öyle rahatlamıştım ki... Biraz daha oturdu yanımda, giderken bana ne dedi biliyor musunuz? 'Bana anlattıklarını unut, bırak onlar artık bende kalsın' dedi. O gidince yine bir hafiflik geldi üstüme. İçimdeki taş var ya, sanki yavaş yavaş eriyip gitti. Hayata duyduğum öfke bir anda kayboldu."

"Ne güzel."

"Sahi güzel mi? İçinizden, 'Ne çabuk unuttu Ali'yi' demiyor musunuz?"

"Sen Ali'yi hiç unutmamışsın ki..."

Nasıl da ağlıyor. En mutlu olduğu günde bile hayat bu kızı hep ağlatıyor. "Bırak artık kızın peşini ey hayat!" diyorum içimden, "Bırak da kız artık mutlu olsun."

"Onu unutmadan da mutlu olabilir miyim ben?"

"Tabii olursun. Geçmişte hepimizin unutamadığı neler var, neler... Geçmişimizle, bugünümüzle, yarınlarla ilgili umutlarımızla bir bütünüz biz. Gerekirse acı da çekeceğiz, gün olacak mutluluktan havalara uçacağız. İnsanoğlunun kaderi bu..."

Yine ağlıyor. Boncuk gibi iniyor gözyaşları, yanaklarından aşağı doğru. Bu kızı ne çok ağlattın be hayat ama sonradan bir o kadar da mutlu edeceksen, ne yapalım, mutlu günlerin yolunu bekleriz biz de. Gözlerini silerek anlatmaya devam ediyor.

"O geceden sonra Doğan beni bir daha hiç yalnız bırakmadı. Sabah hastaneye gider gitmez, akşam da çıkar çıkmaz arıyordu. Bana bir gün olsun şöyle yap ya da böyle yapma demedi bu çocuk. Hayatım boyunca sürekli birileri böyle yaptığı için önce şaşırdım kaldım. Sizinle son görüşmemizde söylediklerinize kızsam da, onlar hiç çıkmadı aklımdan. Kimse bir şey yap da demeyince kendi kendime sormaya, düşünmeye başladım, 'Sen ne istiyorsun, nasıl bir hayatın olsun?' diye."

"Ne tür cevaplar verdiğini merak ediyorum doğrusu."

"Siz de bana şunu yap, bunu yapma dememiş, sadece düşün demiştiniz. Bu sözünüz öyle çok işime yaradı ki, Doğan'la arkadaşlık etmeye başladıktan bir iki hafta sonra okula gittim. Pek ümidim yoktu ama bir şansım var mı diye sormak istedim. Varmış meğer... Eskiden bütün hayalim öğretmen olup çocuklarla, yapayalnız gençlerle bir arada olmak, onlara hayatı öğretmekti. Öğretmenlerin insan hayatında ne kadar önemli olduklarını yaşayarak öğrendim. Sadece ders değildi onlara anlatmak istediğim, kendilerini tanımalarında, sevmelerinde onlara yardımcı olmak istiyordum."

"Aferin sana Ayşa... Biliyorum, sen de hep aferin diyeceksin öğrencilerine."

"Demez miyim hocam, o aferinin ne kadar önemli olduğunu biliyorum ben. Birkaç ay sonra, girmediğim sınavlara girip bitireceğim okulu."

"Şimdiden kutlarım seni. Doğan ne diyor bu işlere?"

"Doğan çok değişik bir insan. Daha önce böyle birini hiç tanımamıştım. O geceden sonra biz onunla sık sık beraberdik. Arada bir o beni yemeğe götürüyordu, bazen de ben ona evde yemek yapıyordum. İkimiz de biliyorduk birbirimize deli gibi âşık olduğumuzu ama bekliyordu Doğan, benim bunlara hazır olmamı bekliyordu, ben de onun. Ama Ali aklımıza geldikçe, ikimiz de bir adım daha ilerleyemiyorduk. Sonunda bir gün Doğan, "Hadi artık konuşamadıklarımızı da konuşalım' dedi. Ne demek istediğini hemen anladım. 'Önce sen başla' dedim. Ali'ye ihanet edecekmişiz gibi geliyor bazen, bazen de o ikimizin de mutlu olmasını isterdi diyorum. 'Ben sonuna kadar varım. Sen ne diyorsun?' diye sordu bana. Ben de öyle hissediyordum ama o benim mutlu olmamı istese de, Doğan'la birlikte olmamı istemezdi. Bunu siz de biliyorsunuz değil mi?"

Bir an ne diyeceğimi bilemiyorum. Doğru söylüyor, Doğan onun hayatını, hayallerini çalmış gibi hissediyor, bazen kıskanıyor, bazen de imreniyordu ona. Aslında Doğan gibi yaşamak, onun gibi olmaktı hayali. Bu iki çocuk, iki genç birbirini izleyerek, gözleyerek, imrenerek, hayranlık duyarak yaşamışlar hayatı. Birinde olan, diğerinde yokmuş. Hayat kime her şeyi bir arada vermiş ki? İyi ki de vermemiş, verse bu hayat nasıl geçer, nasıl biter, ne hayal ederdi insan? Bir şeyler eksik olacak ki, tamamlayabilmek için uğraşıp duralım. Onu bu konuda rahatlatacak şeyler söylemeliyim.

"İkimiz de tanıyoruz Ali'yi, ikisi birbirinin zıddı gibiydi. Birinde olan diğerinde yoktu ve sanki bir şekilde tamamlıyorlardı birbirlerini. Onları hayata bağlayan tatlı bir rekabet vardı aralarında. Bir yandan da birbirleriyle gurur duyuyorlardı yani ikisi de memnundu bu arkadaşlıktan. Şimdi artık Ali hâlâ var, hayatta gibi düşünmemeliyiz. Hepimiz kendi kaderimizi yaşıyoruz. Kimse kimsenin yerine ölemiyor da, yaşayamıyor da. Bildiğim bir şey varsa, o da ikinizin de Ali'yi çok sevdiği, onu kaybedince çok yandığı. Onu aranızda engel olarak görmeseniz keşke..."

Yine ağlıyor. Mutluluğu içine sindiremiyor. Daha fazlasını yapmam gerekiyor. Keşke bu acıyı, bu vicdan azabını alabilsem yüreklerinden. Biraz da bana Doğan'ı ve ona karşı hissettiklerini anlatmasını istiyorum. Gözlerini silerek kaldırıyor başını.

"Hocam âşık oldum ona. Yıllardır onu bekliyormuşum gibi hissettim. Şimdi söyleyeceklerimi sadece siz anlarsınız. Biz onunla uzun süredir tanışıyoruz. İlk kez hastanede tanışmıştık, daha sonra da en çok hastanelerde bir araya geldik. Bir gün olsun birbirimize farklı bir gözle bakmadık."

"Bunu ikimiz de biliyoruz zaten Ayşa. Artık bunları kendine sorup durma. Günah çıkarmaktan vazgeç. Ali hayatta olsa ikinizin de yolu bambaşka olurdu ama yok ve hayat devam ediyor. Onu sen öldürmedin, hayat aldı elinden. Üzüldün, uzun süre yas tuttun onun için ama artık özgür bırak kendini. Kimseye ihanet ettiğiniz yok sizin. Sadece kalan ömrünüzü iyi geçirmek istiyorsunuz. Yaşam hakkı deriz buna ve ikinizin de daha iyi yaşamaya hakkı var."

Bu sefer gözlerimin içine bakarak, derin nefesler alarak, sanki ohh diyerek ağlıyor. Benim de gözlerim doluyor. Ona böyle söylesem de, bunun ne kadar zor olduğunu ta içimde hissediyorum.

"Ali'yi yattığı yerde rahat bırakalım artık. Nur içinde yatsın. Çok iyi bir çocuktu. Ben de çok sevmiştim onu."

Kalkıp sarılıyor bana. Bir süre de omzumda ağladıktan sonra gözlerini silerek yerine geçiyor. Kahvesi buz gibi oldu ama onu içmek şimdi aklına gelmiş gibi, üst üste iki yudum içiyor, sonra da elleriyle yüzüne gözüne dağılan saçlarını düzeltiyor. Böyle hazırlandığına göre demek şimdi Doğan girsin isteyecek. Ben de fincanda kalan son yudumu da içip, Doğan'ın da onu böyle sevip sevmediğini soruyorum. Küçük bir kıkırdama sesi geliyor kulağıma. Küçük ama çok güzel.

"Çok seviyor hocam, onun sevgisine sonuna kadar inanıyorum. Geçen hafta evlenme teklif etti. Bu yaz evleneceğiz. Daha da güzelini söyleyeceğim, o beni bırakır gider mi, terk eder mi gibi korkularım hiç yok. İnsana öyle bir güven veriyor ki, ne korku kalıyor, ne bir şey."

"Senden bunları duymak gerçekten çok güzel Ayşa. Şimdi söyle bakalım, Mona Lisa bu sefer ne diyor, nasıl bakıyor sana?"

Başını çevirip uzun uzun bakıyor Mona Lisa'ya. Ona baktıkça gözlerindeki pırıltı artıyor.

"Bugün çok mutlu Mona Lisa, sanki kimseye söylemediği bir sır var içinde, söylemese de onun çok güzel bir sır olduğunu anlıyorsunuz. Gelin mi olacak ne?"

Bir anda ikimiz birden gülmeye başlıyoruz. Ah bu Mona Lisa ah... demek gelin olacak. Bu arada Ayşa ayaklanmış bile.

"Birazdan siz de göreceksiniz ya, sadece ben değil, Doğan da öyle mutlu ki... Şimdi o da gelsin, sizinle tanışmasını istiyorum."

Hızla fırlıyor yerinden. Ne olmuş bu Ayşa'ya? Aşk insanı sadece güzelleştirmekle kalmıyor, aynı zamanda zihnindeki korkulara, kaygılara da ilaç gibi geliyor, enerjisi bile tavan yapmış kızın. Doğan deyince gözleri parlıyor. İçeri girdiği anda o aşkı gözlerinde görmüştüm zaten. Şimdi de Doğan bütün zarafetiyle giriyor içeri. Nasıl yakışıklı, nasıl temiz yüzlü, tiril tiril, tertemiz bir genç.

Saygıyla elimi sıkarak oturuyor karşıma. Ayşa, "Sizi yalnız bırakayım" diyerek dışarı çıkıyor. Şimdi kırmızı odamda Doğan'la yalnızız. Bir gün onun da buraya geleceğini biliyor gibiydim. Annemin de dediği gibi bu hayata gerçekten de akıl sır ermiyor.

"Hoş geldiniz Doğan Bey, sizi tanımak ne güzel!"

"Hoş bulduk hocam ama lütfen beyi kaldırın, sadece Doğan deyin bana. Ayşa sizden o kadar bahsetti ki, sizi tanıyor gibiyim. Hem Ayşa, hem de Ali bir süredir size terapiye geliyorlarmış, daha önce bundan da hiç söz etmemişlerdi bana ama artık her şeyi anlattı Ayşa. Son zamanlarda hayatlarının bir parçası olmuşsunuz. Çok memnun oldum Ayşa'nın tedaviye devam etmesine. Son olaylardan sonra çok acı çekti kızcağız. O zaman ben de onu çok yalnız bırakmışım. Ayşa anlatmıştır size bizim yaşadıklarımızı. Gerçi anlatırken bile inanası gelmiyor insanın, kaç yıldır hayalimde yaşattığım kırmızı pelerinli kız Ayşa çıkınca, neye uğradığımı şaşırdım. Açık konuşmak gerekirse çok da utandım kendimden ama neyse, zamanla her şey öyle değişti ki, şimdi çok mutluyuz."

Ona baktıkça, onu dinledikçe insan daha iyi anlıyor Ayşa'yı, bu adama âşık olunmaz da kime olunur. Ayşa nasıl su gibi bir kızsa, bu da öyle, çok yakışıklı. Ali onu kıskanmakta haklıymış. Halinden, tavrından, hitabından, ses tonundan bile anlaşılıyor onun nasıl da özel biri olduğu. Özel biri olmayı önce ailelerimiz öğretir bize, yaşayarak öğreniriz bunları. Bize öyle özen gösterir, o kadar sever ve değer verirler ki, zihnimiz otomatik olarak kendini buna göre şekillendirir. Ali ne demişti onun için, "O prens olarak doğmuşsa, ben de sokakların prensiyim." Ne kadar doğru söylemiş.

Ali deyince, yine hüzün çöküyor üstüme, o da gerçekten sokakların prensiydi, Son dönemde nasıl da geliştirmişti kendini sanki bambaşka biri oluvermişti. Nasıl seviyordu Ayşa'yı, nasıl da mutluydu son görüşmemizde. Hay Allah, yine Ali geldi aklıma, ben böyle hissediyorsam bu çocuklar ne yapıyor acaba? Onlara elimden geldiğince yardımcı olmalıyım.

"Çok memnun oldum buna. Ben de hem Ali'den, hem de Ayşa'dan dinledim seni. Daha doğrusu bu hikâyenin başından beri ikisi de sık sık seni anlattı. Bir gün tanışacağımızı biliyor gibiydim. Ayşa evleneceğinizi söyleyince, çok memnun oldum. Şimdiden ikinizi de tebrik ederim. Çok mutlu olacağınıza inanıyorum."

Artık belki de yaşımdan dolayı, pek çok hastam bana hocam diye hitap ediyor ama Doğan'ın kullandığı hocam kelimesi gerçek. O da doktor, ben de... Bizden büyük meslektaşlarımıza hep böyle hitap ederiz biz. Doğan konuşmaya devam ediyor, "Meğer aşk kapıyı çalmadan geliyormuş" diyor. Ne güzel bir söz bu! Gerçekten de bu aşk hiç beklemedikleri anda çıktı karşılarına. Hayatın sürprizleri tükenmez.

"Olanları biliyorsunuz, meğer kırmızı pelerinli kız bana hiç de yabancı değilmiş. O kıza âşık olduğumu biliyor ama o pelerinin içinden Ayşa'nın çıkacağını bilmiyordum. Her şey bir anda oldu zaten. Önce ikimiz de ne yapacağımızı, ne düşüneceğimizi bilemedik. Ali'ye ihanet ediyormuşuz gibi bir duygu çöktü içimize. Ben böyle hissediyorsam kim bilir Ayşa nasıl hissediyordu. İkimiz de işi biraz zamana bıraktık ama bu arada sık sık görüşmeye devam ettik. Zaman gerçekten de her şeyin ilacıymış. Yavaş yavaş içimizdeki o suçluluk duygusu hafifledi. Aslında ikimizin de hayatının bir parçasıydı Ali."

Sesi de kendisi gibi nazik ve ciddi. Onu tanımadan da Doğan'ı tam da böyle biri olarak hayal etmiştim. Beni hiç şaşırtmadı. O da beni uzun süredir tanıyormuş gibi, konuşurken hiç yabancılık çekmiyor.

"Ama Ali artık yoktu. Sonra da oturduk, uzun uzun Ali'yi konuştuk. O sevgilisi, ben de en yakın arkadaşıydım. O konuşmalar da iyi geldi bize. Herkes içindekileri döktü. Bazen çok üzüldük, bazen ikimiz de özledik onu, derken rahatladık. Gerçi Ayşa hâlâ arada bir suçluyor kendini, vicdanı sızlıyor ama biliyorum, geçecek. Hiç ummadığımız kadar mutluyuz şimdi."

"Biraz kendinden bahsetsene Doğan!"

"Hocam ben çok kolay mutlu olabilen biri değilim. Biraz fazla rahata alıştırmış beni ailem, her zaman, her şeyin en iyisi olsun istiyorum ama önce Ali'yi, sonra da Ayşa'yı yakından tanıdıkça ben de değiştim galiba. Zaten Ali'den çok şey öğrendim, şimdi de Ayşa'dan hayatı öğreniyorum. Bugüne kadar çıktığım kızlarda bile hep mükemmeli aradım. Hiçbiriyle uzun beraberliğim olamadı. Çabucak sıkılıyor ve uzaklaşıyordum onlardan. Ayşa ile yakınlaşmaya başlayalı sıkılmak şöyle dursun, gözüm hep telefonda, bir an önce arasa diye bekler oldum. Benden öyle farklı ki, mutlu olmak için her şeyin en iyisini filan aradığı yok. Ne istediğini biliyor, kendinden hiç taviz vermiyor. Benim yanımda ne kadar huzurlu olduğunu görüyorum, onun duyguları zamanla bana da geçti. Şimdi ben de kendimi onun yanında çok huzurlu hissediyorum. Elimden gelse, onu bir dakika ayırmayacağım yanımdan. Çok uzun yıllardır kendimi hiç bu kadar iyi hissetmemiştim. Çocukluğum hele..."

Aferin bizim kıza... demek huzuru Ayşa'dan öğreniyor Doğan. Ah hayat, sen nelere kadirsin.

"Bilmem size bahsetti mi Ali, ben ilkokuldayken babamı evimizin kapısının önünde vurdular. Tabii ailemiz adına büyük bir acı, büyük bir kayıptı ama benim kimseye anlatamadığım başka bir sırrım vardı ve o sır yıllarca çok yaktı içimi."

Ali biraz bahsetmişti bunlardan. Bir çocuk için ne kadar travmatik bir durum. Sır dediği nedir acaba, onun da mı vicdanını sızlatan bir şeyler var?

"Babam her öğlen yemeğe eve gelir, o sırada ben de okuldan gelmiş olurum, birlikte yemek yedikten sonra beni de alır, işyerine beraber giderdik. Savcıydı babam. O dosyaları incelerken ben de bir kenarda resim yapardım. O gün sınıftaki arkadaşlarımdan biri küçük bir oyuncak tabanca çıkardı cebinden. Şiddeti öğretmemek adına, bana evde hiç o tür oyuncaklar almazlardı. Çocukluk işte... O tabancada kaldı gözüm. Ben ona boya kalemlerimi verdim, o da bana tabancayı. Evdekiler onu görse biliyorum ki kızar, hemen alırdı elimden. Yani benim o tabancayla evdekilerden gizli oynamam gerekiyordu. İşte bu yüzden o gün babam çok ısrar etse de, onunla gitmek istemedim, gitmeyeceğim diye tutturdum. Babam çok üzüldü ama evden çıkarken ben de odama gidiyordum ki, silah sesini duydum. Babam kanlar içinde yerde yatıyordu."

Of, ne büyük bir şanssızlık! Kırk yılda bir babana hayır de, babanın ölümü de o gün ve o an olsun. Kendini nasıl suçlamasın bu çocuk! Hem de ölen, senin o yaşta en çok ihtiyaç duyacağın baban.

"Ne büyük talihsizlik! Bu işte hiçbir suçun, günahın olmadığı halde, kim bilir nasıl suçlamışsındır kendini."

"Sormayın hocam. O gün hayatımda bütün taşlar oynadı yerinden. Kendimi öyle çok suçladım ki... Sanki ben de o gün babamla gitsem ona bir şey olmayacakmış da, yalnız yakalayınca vurmuşlar gibi kafamda neler kurdum neler... Bunları evdekilere de söyleyemedim. Çocukluğum hep bu olayın gölgesinde geçti. Nasıl da severdim babamı! O benim sadece babam değil, arkadaşımdı. Çok düşkündü bana, ben de ona. Çocuklar anne diye ağlar, ben baba diye ağlardım ama sonra babam için hiç ağlayamadım. Evdekilere de çok eziyet ettim. Onlar bana babasızlığımı hissettirmemek için ellerinden geleni yaparken, ben onlara yapmadığımı bırakmadım. Hepimiz için zor günlerdi."

Ne kadar üzüldüğünü görüyorum ama duygularını çok bastırmış. Umarım Ayşa bu saklı duyguları birer birer çıkarır dışarı.

"Zor olmaz mı, her biriniz ne büyük bir acı yaşamışsınız."

"Ailem perişan oldu ama ben o çocuk halimle daha da üzdüm onları. İşi biraz da şımarıklığa, huysuzluğa vurmuşum. Tabii şimdi o zaman yaptıklarıma da çok pişmanım ama zamanı geri alamıyorsunuz. Bu da yetmezmiş gibi, bir yandan da mahallenin çocukları beni içlerine almıyorlar. O zamanlar nasıl üzülürdüm buna... Ali'den dinlemiş olabilirsiniz bunları. Ben hep ona imrenirdim. Çok farklı bir çocuktu. Kendine güvenirdi, mahallenin bütün çocukları onu sayardı, hep onun etrafında toplanırdı. Arada bir o da tavır alırdı bana ama bir yanı beni korurdu. Hem üzer, hem bunu telafi etmeye çalışırdı. Bir gün, hepimizin yanında babası onu öyle bir dövdü ki, adeta şoke olduk. O zaman anladım Ali'yi, hem onu anladım, hem kendimi. Zaten ondan sonra o bana yaklaşmasa da, ben onun peşinden hiç ayrılmadım. Sonra da biliyorsunuz, ortak olduk. Birbirimizden çok farklıydık ama ikimiz de çok acı çekmiştik. Ailem o ara beni uzun süre psikiyatristlere götürdü. Ben biraz olsun yaşadığım travmaların izlerini hafifletebilmiştim ama Ali'nin hiç böyle bir şansı olmamıştı. Birbirimize elimizden geldiği kadar destek olduk. Ali anlamazdı bunu."

"Neyi?"

"Hep ben ona destek oldum sanırdı ama gerçek öyle değildi. O da bana bilerek ya da bilmeyerek çok destek olmuştu. Ali vefat edince çok üzüldüm. Babamdan sonra bir de o, çok zor geldi bana."

"Demek kendini o kadar yakın hissediyordun ona."

"Hem de nasıl! Birbirimize çok şey öğrettik. O dönem ben yine ailesine elimden geleni yaptım ama artık hayatımda Ali de yoktu. Ben duygularımı etrafa pek belli edebilen biri değilim. Ne yaşarsam içimde. Ayşa'yla beraberliğimiz başlayınca bunları çok düşündüm. Ali hayatta olsa, aşkımdan ölsem de asla yaklaşmazdım Ayşa'ya ama hayat bizi öyle bir anda bir araya getirdi ki, buna ne Ayşa, ne de ben dur diyebildik."

"Demeli miydiniz?"

"Tabii ki hayır ama bunun benden çok Ayşa için zor olacağını tahmin ettim. Onun için uzun sure bekledim. Sizce artık Ayşa benimle evlenmeye hazır mı?"

"Hazır olduğunu düşünüyorum."

"Buna çok memnun oldum. Gerçi ben de öyle hissediyorum ama yine de sizin fikrinizi almak istedim."

Demek uzun süre psikolojik destek aldı. Belli oluyor, tedaviler iyi gelmiş ona. Benim bu cevabım da onu çok rahatlattı. Ardından, "Sonunda hayat bizi bir araya getirdi, o beni buldu, ben de onu" diyordu, Ali gibi, o da buldum diyor, "Ayşa beni buldu, ben de onu..."

"Şimdi onunla yaşamak çok heyecan verici geliyor bana. Onda da aynı duyguları gördükçe heyecanım daha da artıyor. Birlikte her şeyi uzun uzun konuşuyoruz. O bana anlatıyor, ben de ona. Babamın ölümünde yıllardır herkesten sakladığım sırrımı Ayşa'ya anlatmak çok iyi geldi bana. Bunları birine anlatabileceğim hiç aklıma gelmezdi çünkü ben böyle biri değildim. Hele kendimden, çocukluğumdan hiç bahsetmem. Tabii bu cesareti bana Ayşa verdi. Son olarak da o bana Agâh Bey'le yaşadıklarını anlattı."

Sonunda onu bile anlatmış Doğan'a, eminim çok rahatlamıştır. Doğan buna ne dedi acaba?

"Çok üzüldüm tabii, kızı yalnız bulmuşlar. O zaman Ali de yokmuş yanında. Belki de kızı yavaş yavaş içine alıverecekmiş o piyasa. Ben de sık gidip geldiğim için o kulübe, orada neler döndüğünü aşağı yukarı tahmin edebiliyorum. O da bunu anlamış olmalı ki, benimle arkadaşlığı başladığı gün bırakmış kulübü. Bundan sonradan haberim oldu benim. Biliyorsunuz okuluna da geri döndü."

"Sen hayatına gireli çok şeyi değiştirmiş Ayşa. Buna ben de çok memnun oldum."

"Ben onun kararlarına asla müdahale etmezdim zaten ama bunları kendiliğinden yapması hoşuma gitmedi desem, yalan olur. Uzman olmama çok az kaldı, sonra da devletten tayin bekleyeceğim. Ayşa'yı da alıp gideceğim buralardan."

Demek gideceksiniz buralardan. Gitmek, başka diyarlar keşfetmek özellikle böyle durumlarda çok iyi gelir insana. İstanbul da bana iyi gelmedi mi?

"Daha önce farklı planların mı vardı?"

"Yok, hayır, yine gidecektim. Biliyorsunuz işte, siz de doktorsunuz, ya kariyer yapacak, üniversitede kalacaksınız ya da devletin sizi yolladığı yere gideceksiniz. Ailem, evlenmeden uzaklara gideceğim, oralarda çok yalnız kalacağım diye üzülüp duruyordu ama artık yalnız değilim, Ayşa var yanımda. O da tayin isteyecek, eş durumundan sanırım aynı yere verirler bizi. Şimdiye kadar da hayatın içindeydik ama tepemize şemsiye tutan ailelerimiz vardı, şimdi kanatlanıp yuvadan uçma zamanı."

Hayata bak, diyorum içimden, bu hikâye nasıl başladı, hangi derelerden, tepelerden düz gidip de bugünlere geldi. Her haliyle insana güven veriyor bu delikanlı. Nasıl da zarif, nasıl da saygılı... Onun doğal hali bu, evde yalnızken bile bu çocuk böyledir.

"Seni tanıdığıma çok memnun oldum Doğan. Umarım artık kötü günler geride kalmıştır ve çok mutlu olursunuz."

"İnşallah hocam. Her şey için teşekkürler. Şimdilik buralardayız, Ayşa yine arada bir size gelir. Bana bir emriniz olursa, başım üstüne."

"Estağfurullah Doğan. Çok iyi bir dost, çok iyi bir doktor olduğunu biliyor ve görüyorum. Doktor dediğin tam da senin gibi olmalı, eşine dostuna yardıma hazır, sorumluluk sahibi ve senin kadar ince ve saygılı. Eminim hastaların seni çok sevecek ve çok güvenecek. Ne zaman istersen ben de buradayım."

Doğan saygıyla elimi sıkarak çıkıyor odadan. Ayşa içeri girip bana sarılmadan gitmiyor. Doğan'ı tanımış olmamdan çok memnun. "Bana söyleyeceğiniz bir şey var mı?" diye soruyor. "Harika bir çift olacaksınız" diyorum. "Nikâhımızda siz de olsanız keşke" diyor kulağıma. Hafifçe gülümsüyorum. Uzaktan bana el sallarken gözlerinin içi gülüyor. Mutluluk ve aşk, tam da bu galiba...

40. Bölüm

Birkaç ay sonra Ayşa elinde nikâh davetiyesiyle yine geldi. Beş on dakika sohbet ettik onunla. Doğan uzmanlığını almış ve tayini Karadeniz'de bir ile çıkmış, Ayşa da okulunu bitirmiş, tayin bekliyormuş. Haftaya perili köşkte düzenlenecek küçük bir nikâh töreniyle evleneceklermiş. Doğan çok ısrar etmiş, daha büyük bir tören yapalım diye ama Ayşa kabul etmemiş. Doğan ve ailesi bari gelinliği çok özel olsun diye yurt dışından getirtmişler her şeyi. Elindeki tek taş yüzüğü gösterirken gözlerinin içi gülüyordu. Balayına gitmeyi filan da düşünmemişler şimdilik. "Ben onun yanında o kadar mutluyum ki, her yer bize balayı" diyordu Ayşa. Tayini çıkar çıkmaz, öğrencilerine neler anlatacakmış, neler... Her birinin kaderine dokunuyor olacağını biliyormuş zaten.

"Pelerini ne yaptın, onu artık giymiyor musun, eskisi gibi dönmüyor musun?"

"Pelerini mankenle birlikte asıl sahibine geri götürdüm. Artık ona ihtiyacım kalmadı."

Demek pelerinin işi bitti, kırmızı pelerin eski yerine geri döndü. Bunu duyunca aklıma bin bir türlü şey geliyor ama daha fazlasını ben de düşünmek istemiyorum artık.

Bana sıkı sıkı sarıldıktan sonra boynuna bağladığı küçük kırmızı fuları düzelterek çıkıyor odadan. Demek sonunda karalar bitti, sıra kırmızılara geldi. Açık duran kapıdan, Tuna'ya da sarılarak veda ettiğini görüyorum. Akşam bize şarkı söyleyecek Tuna, o da giymiş kırmızıları.

O gidince hemen camı açıp arkasından bakıyorum.

İnsanın kendini değiştirebilmesi her zaman büyük bir devrim niteliğindedir. Devrimler aniden olur gibi görünse de, aslında ortaya çıkışından çok önce başlar hazırlıklar. Öyle yavaş, öyle derinden gider ki her şey, yeraltında faaliyet gösteren gizli örgütler gibi, insanın kendinden bile gizlenirler. Kimseler fark etmeden için için kaynamaya başlayan bir yanardağ gibidir o. Lavlar püskürmeye başladığında artık hareket kendini tamamlamış ve tanımlamıştır. Ne mutlu o devrimi kendi hayatında yapabilenlere...

Arkasından bakmaya devam ediyorum. Doğan'ın kolunda nasıl da mutlu, nasıl da sekerek yürüyor yolda. Bir şiir de ona yazmak geliyor içimden.

İstanbul'un kızları
Boynuna takmış kırmızı fuları
Seke seke yürürken
Bakıyorum, nasıl da havalı...

DOĞAN KİTAP TARAFINDAN YAYIMLANAN DİĞER KİTAPLARI